PENGUIN
COMPANHIA DAS LETRAS

RAZÃO E SENSIBILIDADE

JANE AUSTEN nasceu no dia 16 de dezembro de 1775, em Steventon, perto de Basingstoke, na Inglaterra. Sétima filha do reitor da paróquia, viveu com a família ali até se mudarem para Bath, após a aposentadoria do pai, em 1801. Depois da morte dele, em 1805, Jane Austen se mudou com a mãe; em 1809, estabeleceram-se em Chawton, perto de Alton, Hampshire, onde permaneceria, com exceção de algumas visitas a Londres, até maio de 1817, quando se mudou para Winchester a fim de ficar perto de seu médico. Ali morreu no dia 18 de julho de 1817.

Jane Austen era extremamente modesta com relação ao próprio gênio, descrevendo sua obra ao sobrinho, Edward, como "um pouco (duas Polegadas de espessura) de Marfim, que eu esfrego bem com uma Escova, de modo a produzir pouco efeito depois de muito trabalho". Quando menina escrevia contos, incluindo versões burlescas de romances populares. Suas obras só foram publicadas após muitas revisões, e ela teve quatro de seus romances editados em vida: *Razão e sensibilidade* (1811), *Orgulho e preconceito* (1813), *Mansfield Park* (1814) e *Emma* (1815). Dois outros romances, *A abadia de Northanger* e *Persuasão*, foram publicados postumamente em 1817, com uma nota biográfica de seu irmão, Henry Austen, anunciando formalmente pela primeira vez a identidade da autora. *Persuasão* foi escrito enquanto ela lutava contra problemas cardíacos, entre 1815 e 1816. Deixou ainda duas obras: um romance epistolar curto, *Lady Susan*, e um romance inacabado, *The Watsons*. No momento de sua morte, ela trabalhava em um novo livro, *Sandition*, do qual restam apenas fragmentos.

ALEXANDRE BARBOSA DE SOUZA nasceu em São Paulo, em 1972. É autor de *Livro de poemas* (Giordano, 1992), *Viagem a Cuba* (Hedra, 1999), *XXX* (Dolle Hond, Amsterdam,

2003), *Azul escuro* (Hedra, 2004) e do infantojuvenil *Autobiografia de um super-herói* (Hedra, 2003). Foi editor da Cosac Naify e da Editora 34, e é tradutor de obras do inglês, do francês e do espanhol.

ROS BALLASTER é professora associada de literatura inglesa no Mansfield College, da Universidade de Oxford. Organizou a edição de *The New Atalantis*, de Delarivier Manley, para a Penguin Classics, e é autora dos livros *Seductive Forms: Women's Amatory Fiction 1684-1740*, publicado em 1992 pela Oxford University Press, e *Fabulous Orients: Fictions of the East in Eighteenth-Century England*, lançado em 2005 pela mesma editora.

CLAIRE LAMONT foi responsável pelo estabelecimento do texto das obras de Jane Austen lançadas pelo selo Penguin Classics.

TONY TANNER foi membro do King's College, em Cambridge, e professor de literatura inglesa e americana na Universidade de Cambridge. Lecionou nos Estados Unidos e na Europa. Entre seus muitos livros estão *The Reign of Wonder* (1965), *City of Words* (1970), *Contract and Transgression: Adultery and the Novel* (1980), *Jane Austen* (1986), *Scenes of Nature, Signs of Men* (1987), *Venice Desired* (1992), *Henry James and the Art of Non-Fiction* (1995) e *The American Mystery* (2000). Morreu em dezembro de 1998.

JANE AUSTEN

Razão e sensibilidade

Tradução de
ALEXANDRE BARBOSA DE SOUZA

Prefácio e notas de
ROS BALLASTER

Introdução de
TONY TANNER

5ª reimpressão

COMPANHIA DAS LETRAS

Grafia atualizada segundo o Acordo Ortográfico da Língua Portuguesa de 1990, que entrou em vigor no Brasil em 2009.

Published by Companhia das Letras in association with Penguin Group (USA) Inc.

TÍTULO ORIGINAL
Sense and sensibility

PROJETO GRÁFICO PENGUIN-COMPANHIA
Raul Loureiro, Claudia Warrak

CAPA
Alceu Nunes

PREPARAÇÃO
Alexandre Boide

REVISÃO
Huendel Viana
Arlete Zebber

Dados Internacionais de Catalogação na Publicação (CIP)
(Câmara Brasileira do Livro, SP, Brasil)

Austen, Jane, 1775-1817.
Razão e sensibilidade/ Jane Austen ; tradução de Alexandre Barbosa de Souza; prefácio e notas de Ros Ballaster; introdução de Tony Tanner. — 1ª ed. — São Paulo: Penguin Classics Companhia das Letras, 2012.

Título original: Sense and sensibility.
ISBN 978-85-63560-49-0

1. Ficção inglesa I. Ballaster, Ros. II. Tanner, Tony. III. Título.

12-05808 CDD-823

Índice para catálogo sistemático:
1. Ficção: Literatura inglesa 823

EDITORA SCHWARCZ S.A.
Rua Bandeira Paulista, 702, cj. 32
04532-002 — São Paulo — SP
Telefone: (11) 3707-3500
www.penguincompanhia.com.br
www.blogdacompanhia.com.br
www.companhiadasletras.com.br

Sumário

Prefácio*

ROS BALLASTER

Em uma carta datada de 25 de abril de 1811, quinta-feira, Jane Austen respondia a perguntas de sua querida irmã, Cassandra, sobre os progressos da publicação de seu primeiro romance: "Não, na verdade, nunca estou ocupada demais para pensar em R&S. Não consigo esquecer esse livro, como uma mãe não esquece a criança que amamenta...".[1] É apropriado que Austen se refira a este romance, que tanto aborda afetos maternais e prioridades, como uma "criança que amamenta". Assim como a "segunda" heroína deste romance, Marianne Dashwood, *Razão e sensibilidade* não foi a primeira cria de sua mãe; no entanto, tornou-se o foco de sua aflição materna, por se tratar de seu primeiro romance publicado. Este foi seu segundo, possivelmente terceiro, romance terminado. *Orgulho e preconceito* foi oferecido ao editor Thomas Cadell com o título *Primeiras impressões* em novembro de 1797, o mesmo mês em que Austen começou a escrever *Razão e sensibilidade* em sua forma final. Ela usaria novamente a metáfora da maternidade para *Orgulho e preconceito*, que definiu como "meu filho preferido" em uma carta de 29 de janeiro de 1813,

* Os leitores que ainda não conhecem o livro devem levar em conta que detalhes do enredo serão revelados neste prefácio e na introdução. (N. E.)

sexta-feira.[2] *A abadia de Northanger*, então intitulado *Susan*, foi escrito entre 1798-9 e vendido à Crosby & Co. na primavera de 1803, onde permaneceria até que Henry Austen o comprasse de volta, um ano antes da morte da irmã.

Não se sabe ao certo qual desses "filhos" foi o primeiro a ser concebido e terminado. Segundo a tradição familiar, uma versão anterior de *Razão e sensibilidade* foi escrita na forma de romance epistolar, e era lida em voz alta para a família, ainda em 1795.[3] Isso o tornaria o mais antigo romance completo de Austen (embora já aparecessem fragmentos de prosa narrativa na produção de sua juventude). Segundo Cassandra Austen, *Razão e sensibilidade* foi o segundo livro da irmã, tendo sido iniciado em novembro de 1797, poucos meses após o término de *Primeiras impressões*. Ela, no entanto, comentaria: "Tenho certeza de que algo parecido foi escrito antes com o nome de *Elinor e Marianne*"[4] — possivelmente uma referência à versão epistolar do romance. A aparição de dois nomes, Elizabeth Steele e Edmond Ferrars, tão semelhantes aos usados no romance em anúncios de casamento em Hampshire publicados em *The Belle Assemblée* em março de 1810 sugere que Austen ainda estava revisando o romance algum tempo depois de o manuscrito terminado de *Susan* ter sido vendido a outro editor — ou seja, a reivindicação de que *Susan* é mais antigo que *Razão e sensibilidade* também tem seu peso.

São justamente esses temas de ordem e afetos, de primeiro e segundo lugar (entre filhos e casais), que organizam e regulam o enredo doméstico de *Razão e sensibilidade*. Como Elinor observa, a crença inabalável de sua irmã Marianne Dashwood de que homens e mulheres só devem amar uma vez significa que sua própria existência, como segunda filha de um segundo casamento, descumpre essa regra. No entanto, Marianne pode ser perdoada por desempenhar o "primeiro" lugar na família e na história que se desenrola à sua volta (e, sem que Marianne saiba, em torno de sua irmã). Para Marianne, tudo o que acontece no romance, acontece primeiro com ela. Ela é a primeira irmã a se apaixonar, a primeira a descobrir que seu amante está noivo de outra, a primeira a lutar para dominar suas emoções. O romance, porém, em sua sequência de acontecimentos, lembra o leitor de que isso tudo é apenas a fantasia do desejo da segunda filha. Nós e Elinor sabemos que a experiência de Marianne não passa de uma repetição da experiência de sua irmã mais velha.

A confusão entre "ordem" e "prioridade" em *Razão e sensibilidade* pode ser atribuída à significativa ausência de autoridade paterna nas famílias enfocadas. Esse é o único romance de Austen em que os pais estão quase totalmente excluídos do cenário das ações. Os pais de todos os filhos "adultos" da história que precisam tomar uma decisão sobre casamento — as irmãs Dashwood e Steele, os irmãos Ferrars, Willoughby e Eliza Brandon — estão mortos ou ausentes. Para as irmãs Dashwood e os irmãos Ferrars, a mãe é a única autoridade do núcleo familiar. E *Razão e sensibilidade* está repleto de mães. Na maioria das vezes, essas mães são criticadas por sua indulgência com os filhos e as filhas, seja como resultado de pouca sensibilidade (Fanny Dashwood, lady Middleton, senhora Ferrars) ou de muita (sra. Dashwood). Em termos mais específicos, é a preferência imprudente por um dos filhos por causa de uma semelhança com a mãe que resulta nesse tratamento desigual. A sra. Jennings, a sra. Dashwood e a sra. Ferrars preferem o segundo filho ao primeiro, e em todos os casos isso ocorre porque ele se parece mais com a mãe. Sobre Marianne, sabemos que sua "semelhança com a mãe era impressionante" (p. 79). Assim como sua mãe, Robert Ferrars é orgulhoso e ignorante; como a sra. Jennings, Charlotte Palmer é passional e tola. O amor materno é assim criticado como uma forma de narcisismo impensado. Em todos os casos, com uma simetria que desperta admiração em muitos e irritação em outros, a segunda filha repete a experiência da mãe: Marianne Dashwood entrega o coração a um homem que já amou outra antes; Robert Ferrars se torna rico e orgulhoso por acaso e não por mérito pessoal; Charlotte Palmer conquista uma vida de conforto doméstico e insensibilidade; Eliza Williams é seduzida e abandonada.

A maior parte de *Razão e sensibilidade* é contada em um discurso em terceira pessoa atrelado a Elinor, mas a autora opta por empregar uma voz narrativa "impessoal" de quando em quando, para fazer comentários sobre a maternidade. Nas páginas de abertura encontramos nossa primeira criança tirânica na forma de Harry Dashwood, que se torna o maior beneficiário do testamento do tio "com aquela atração que não é nem um pouco incomum em crianças de dois ou três anos; a fala imperfeita, o sincero desejo de fazer tudo a seu modo, inúmeras artimanhas e um bocado de barulho" (p. 76). As crianças transformam os adultos em crédulos ao longo de *Razão e sensibilidade*: as irmãs Steele se tornam simpáticas aos olhos de lady Middleton porque "uma mãe zelosa, embora ávida por elogios a suas crianças, as mais predatórias das criaturas, é ao mesmo tempo sempre a mais crédula" (pp. 202-3); a resposta sincera de Elinor em uma discussão sobre a altura de Harry Dashwood e de William Middleton, a favor deste último, torna-a ainda mais impopular com suas futuras sogra e cunhada (p. 323); e o fato de o senhor Palmer defender "a mesma, ainda que desnaturada, opinião de muitos homens de que todos os recém-nascidos são idênticos" (p. 337) desperta a ira de sua sogra, a sra. Jennings.

Austen havia muito se preocupava com a questão da responsabilidade materna. A perspectiva satírica que adotou na produção de sua juventude sobre a realidade do comportamento materno e os laços alternativos sobre o amor entre irmãos adquiriu um significado político específico na década de 1790, quando trabalhava em *Razão e sensibilidade*, como discutiremos mais tarde. *Jack and Alice*, uma obra cômica escrita entre 1788 e 1793, inclui uma primeira discussão sobre os méritos do primeiro e do segundo amor nas palavras de uma segunda mãe, a viúva lady Williams, à "heroína", Alice Johnson:

> "Percebo muito claramente, minha cara senhorita Johnson, que seu coração não foi capaz de suportar os encantos fascinantes deste homem tão jovem e lamento profundamente. É o primeiro amor?"
>
> "É sim."
>
> "Lamento ainda mais por saber disso; sou também um triste exemplo das desgraças que geralmente decorrem de um primeiro amor e estou decidida a evitar semelhante infortúnio no futuro. Tomara que não seja tarde demais para você fazer o mesmo; se não for, tente garantir-se contra tão grande perigo, minha cara menina. Um segundo amor dificilmente acarreta consequências sérias; contra ele portanto não tenho nada a dizer. Preserve-se de um primeiro amor e não precisará temer um segundo."[5]

Outra obra posterior inacabada, *Lady Susan*, provavelmente redigida por volta de 1793-4, toma a forma de uma série de cartas expondo a vilania de uma mãe desnaturada preterida na disputa de um amante por uma filha diferente dela. O fato de os leitores costumarem achar a heroína epônima e principal autora das cartas a única figura de substância e fascínio talvez forneça uma pista quanto aos motivos de Jane Austen ter abandonado a forma epistolar em *Razão e sensibilidade*. Mary Poovey sugere que essa forma tende a estimular a simpatia com o egoísmo e a indulgência do desejo que Jane Austen queria censurar, e chama nossa atenção para o fato de que todas as cenas de emoção em *Razão e sensibilidade* são apresentadas em "segunda mão": a história das duas Elizas é contada por Brandon depois que sua paixão se tornou uma lembrança afetiva; o encontro entre Marianne e Willoughby no baile é contado através dos olhos de Elinor.[6] Apenas com o estabelecimento da distância narrativa, através do recurso ora da visão retrospectiva por parte da protagonista, ora do deslocamento da voz narrativa da protagonista para um observador, os acontecimentos adquirem uma espécie de perspectiva capaz de fazer com que o leitor se sinta mais estimulado a emitir juízos do que a se identificar com os personagens.

Alguns desses elementos narrativos em *Razão e sensibilidade* também constituem segundas aparições, tendo sido no mínimo experimentados e testados antes. *The Visit: A Comedy in Two Acts* tinha um herói chamado Willoughby; uma lady Bridget Dashwood é mencionada na segunda carta de *A Collection of Letters*. Jane Austen não havia testado em sua juventude apenas nomes, mas também ideias. O contraste entre razão e sensibilidade está amplamente representado em *Love and Friendship*, uma história cômica narrada através de cartas sobre a juventude de uma velha heroína da sensibilidade, Laura, à filha de uma amiga chamada Marianne. Aqui, a primeira pessoa da carta é empregada para expor a condescendência egoísta que subjaz ao aparente calor da sensibilidade. Laura é satiricamente exposta desse modo quando reclama da falta de sensibilidade demonstrada por Augusta, irmã de seu noivo:

> Havia uma frieza desagradável e uma reserva severa, quando ela me recebeu, que foram igualmente aflitivas e inesperadas. Nada daquela interessante sensibilidade da amistosa simpatia de seus modos e do tratamento dedicado a mim, que havia quando nos conhecemos e que deveria ter caracterizado nossa apresentação. O lingua-

> jar não foi carinhoso nem afetuoso, sua expressão de interesse não foi entusiasmada nem cordial; seus braços não se abriram para me receber em seu coração, embora os meus estivessem estendidos para abraçá-la.[7]

A representação satírica de Laura e de sua amiga também "sensível", Sofia, é, evidentemente, desprovida da simpatia e do calor com que ela trata Marianne. Os sentimentos ternos de Elinor pela irmã mitigam em certa medida a perspectiva crítica do comportamento dela.

O contraste entre razão e sensibilidade nesses primeiros escritos nem sempre favorece a razão. Lesley Castle apresenta a correspondência entre duas amigas, Margaret e Charlotte; a última sofre o fardo de uma irmã de outra estirpe, que não aprova seu desejo de garantir que o desjejum do dia do casamento não vá para o lixo quando o noivo é morto em um acidente a cavalo. Charlotte comenta:

> Jamais seguramente houve duas disposições mais diferentes no mundo. Ambas amávamos ler. Ela preferia histórias; eu, receitas. Ela amava desenhar paisagens; eu, destrinchar galinhas. Ninguém cantava uma canção melhor que ela, ninguém fazia uma torta como a minha.[8]

Não estamos muito distantes aqui da preferência de Marianne Dashwood pela leitura ou do gosto de Elinor pelo desenho e pelo artesanato.

Razão e sensibilidade é um desdobramento e uma variação não apenas das primeiras experiências de Jane Austen com a literatura, mas também de suas leituras. Dois de seus livros favoritos, *The Female Quixote* (1752), de Charlotte Lennox, e *Evelina* (1778), de Frances Burney, fornecem paralelos interessantes. A heroína órfã de Lennox, Arabella, insiste em interpretar a cultura aristocrática de meados do século XVIII que encontra nos códigos do romance francês do final do século XVII; Marianne também adota modelos textuais (da estética do pitoresco) e insiste em sua realidade e relevância para o mundo movido economicamente à sua volta. Também como Arabella, embora seja quixotesca e romântica, ela é "sensível e inteligente" (p. 79). Ambas são capazes de reconhecer e criticar aplicações errôneas ou repetições derivativas de seus princípios estéticos favoritos. Em uma cena-chave de *Razão e sensibilidade*, na qual a teoria do pitoresco é abertamente debatida pelos personagens, Marianne comenta que "a admiração de cenários de paisagem já virou mero jargão". No entanto, mesmo ao criticar, ela admite continuar acreditando nessa visão expressiva do mundo natural: "Detesto todo tipo de jargão, e às vezes guardo meus sentimentos para mim, pois não encontraria linguagem que os descrevesse senão no que ficou gasto e banalizado de todo sentido e significado." (p. 178). Devemos notar que, nesse debate sobre o pitoresco, é a posição de Edward que contrasta com a de Marianne. Elinor comenta que desconfia

> "que para evitar um tipo de afetação Edward tenha incorrido em outro. Como ele acha que muitas pessoas tendem a exagerar sua admiração das belezas naturais e despreza esse tipo de afetação, ele finge sentir uma grande indiferença e dispor de menos critérios para observá-las do que de fato possui". (p. 177)

Elinor se torna não apenas a porta-voz de um equilíbrio entre respostas artísticas e práticas ao mundo natural, como também demonstra o quanto se parece com a irmã, lendo na atitude do amante de Marianne um espelho de seus próprios sentimentos e juízos. Assim como Marianne voluntariamente considera as atenções de seu amante a suas opiniões e sua sensibilidade artística como provas de que pensam da mesma maneira, Elinor considera a habilidade de Edward em utilizar a linguagem do pitoresco como prova de que ele a admira com a mesma reserva crítica por ela demonstrada.

O principal contraste entre os códigos de conduta de Marianne e Elinor está na insistência romântica de Marianne de que o desejo seja declarado, enquanto Elinor requer que seja silenciado. E é aqui, na viabilidade que oferece ao discurso contrário (representado em Elinor), que *Razão e sensibilidade* se afasta mais radicalmente de *The Female Quixote*. Enquanto o único "contraste" ou "contrapartida" de Arabella é sua prima impiedosa, fútil e invejosa, a srta. Glanville, um primeiro protótipo de Lucy Steele, Marianne sofre com a comparação com as virtudes de sua irmã Elinor, não o seu contrário, mas a sua "boa parte". *Evelina*, de Frances Burney, também se concentra em uma única protagonista, mas os paralelos aqui estão na manipulação do motivo da "primazia" de irmãs que competem em relação aos pais. O pai aristocrata de Evelina, sir James Belmont, recusa-se a reconhecer sua legitimidade porque foi convencido de que a filha de uma enfermeira, Polly Green, é na verdade filha dele com a falecida Caroline Evelyn. Evelina é, como os filhos em *Razão e sensibilidade*, assombrada pela perspectiva de repetir a experiência da mãe — fuga, casamento clandestino, ostracismo social e morte prematura.

Jane Austen também se vale de uma respeitável tradição dos romances escritos por mulheres sobre contrastes entre irmãs, o que fica bastante explícito em sua escolha dos nomes das heroínas: *The Recess* (1783-5), de Sophia Lee, tem duas irmãs chamadas Ellinor e Matilda; *The Sicilian Romance* (1790), de Ann Radcliffe, opõe Elinor e Julia; e *Gossip's Story* (1797), de Jane West, tem Laura e Marianne. O tratamento particular que Austen confere em seu contraponto de duas irmãs, como observa Marilyn Butler, coloca-a firmemente no contexto de um moralismo conservador que afirma que "a evidência objetiva deve ser preferível à intuição de caráter privado".[9] Essa conclusão moral, no entanto, é alcançada através de uma discussão sobre a exposição de um grupo específico — mulheres da classe alta — aos ideais e à estética de uma qualidade particular e problemática: a sensibilidade. Investigações mais profundas do tratamento dado por Jane Austen à dinâmica e aos efeitos da sensibilidade na heroína burguesa podem servir para colocar seu romance mais firmemente no contexto do debate político, da história literária e dos padrões culturais do final do século XVIII e início do XIX.

A sensibilidade [*sensibility*] é mais bem compreendida não como um antônimo de "razão", mas como uma variante. A definição de 1755, do *Dictionary of the English Language* de Samuel Johnson, anterior ao florescimento do que se poderia chamar de "culto da sensibilidade" na década de 1790, é "rapidez das sensações ou da percepção". Razão [*sense*] é, por contraste, a "faculdade ou capacidade pela qual os objetos externos são percebidos". Se a sensibilidade a princípio denota uma qualidade encontrada no comportamento individual, mais adiante nesse mesmo século adquire uma conotação de forma de reação estética aos objetos externos. A ideia de sensibilidade refina uma ideia anterior do "sentimental": a de que o surgimento de uma reação solidária ao sofrimento alheio (ao menos teoricamente) tende a levar a uma melhoria da ação social. Enquanto o romance sentimental de meados do século — que tem seu melhor exemplo em *Clarissa* (1747-8), de Samuel Richardson — tentava estimular a simpatia do leitor pela protagonista virtuosa e perseguida, o romance da sensibilidade — como *Man of Feeling* (1771), de Henry Mackenzie — oferece um estudo detalhado das motivações solidárias do sentimento na figura de um personagem central que reage a narrativas de sofrimento que observa. Em outras palavras, a posição tradicionalmente produzida para o leitor ocupar fora do texto no romance sentimental é ocupada — ou cooptada — por um personagem dentro do texto do romance da sensibilidade. Isso, por sua vez, permite que o leitor assuma uma perspectiva crítica sobre o herói ou a heroína da sensibilidade. Em seu *Man of Feeling*, Mackenzie fornece uma representação ambígua da sensibilidade, chamando nossa atenção para o modo como tal sentimento caracteristicamente reverte sua tendência "original" de expandir-se do mundo individual para o mundo social em torno do herói ou da heroína. A sensibilidade se inverte para se tornar uma corruptela individualista e autocomplacente da preciosa reação social e da responsabilidade coletiva engendrada por esse sentimento. A percepção dos objetos exteriores se torna um capricho totalmente estético. "Heróis" ou "heroínas" da sensibilidade preferem seus chalés arruinados, seus campos sufocados por folhas mortas, suas paisagens isentas de vida humana, para que possam se concentrar nas complexidades e nos ritmos da própria experiência de percepção.

A crítica da sensibilidade adquiriu tons políticos na década de 1790, quando a aristocracia inglesa tentou avaliar suas próprias reações aos "objetos exteriores" das revoluções americana e francesa. Ambas, evidentemente, tiveram impacto considerável na vida política e pessoal dos envolvidos no comércio, na agricultura e no serviço militar, mas havia também "cenários" a serem observados, julgados e explicados por escrito a partir de uma distância geográfica. Chris Jones comenta:

> Os debates da década de 1790 se caracterizaram por uma politização das questões levantadas dentro da escola da sensibilidade a um ponto em que as posições de alguém sobre qualquer assunto, como a conduta nos afetos particulares, a caridade, a educação, a simpatia, o gênio, a honra e até mesmo o uso da razão tornaram-

-se declarações políticas, alinhadas a ideologias conservadoras ou radicais.[10]

Por seu engajamento nesses debates, *Razão e sensibilidade* é em grande medida um romance dos anos 1790, apesar de ter sido publicado em 1811. Ainda quanto a isso, o romance parece ser secundário, repetindo e reordenando elementos que haviam surgido antes.

O tratamento que Jane Austen oferece aos opostos "razão" e "sensibilidade" como categorias políticas para o comportamento feminino entrou em um debate já iniciado por uma série de "irmãs" existentes na literatura, e pode ser mais bem esclarecido pelo contraste com duas autoras quase contemporâneas dela. Em *Reivindicação dos direitos da mulher* (1792), de Mary Wollstonecraft, em *Belinda* (1801), de Maria Edgeworth, e em *Razão e sensibilidade* (1811), podemos identificar três interpretações diferentes da política da sensibilidade com relação aos papéis femininos: crítica radical, apropriação moderada e crítica conservadora, respectivamente. Em cada um desses textos, a sensibilidade é apresentada como uma forma problemática do eu feminino, um meio de permitir o desejo de sensações individuais às custas da responsabilidade familiar e coletiva. Em todos eles, ideais de maternidade são investigados como caminhos para escapar da tensão entre individualismo e responsabilidade coletiva, e como exemplos comprovados contra o fracasso diante desse ideal, que é apresentado como uma forma de relação passional com um outro que ao mesmo tempo basta a si mesmo (a indulgência da sensibilidade) e se autorrenega (a negação "racional" do interesse próprio imediato em nome de outra pessoa de cujo bem-estar sua felicidade depende no longo prazo).

O polêmico argumento feminista de Wollstonecraft em *Reivindicação* se articula sobre a queixa de que, para manter a dependência das mulheres, os homens as escravizaram à gratificação estética de uma sensibilidade débil e trêmula; a liberdade só poderá ser alcançada através da rejeição integral da sensibilidade (praticamente sinônimo em *Reivindicação* de sensação e desejo) em favor de uma educação racional:

> As mulheres supostamente possuem mais sensibilidade e até mesmo mais humanidade que os homens, e seus afetos intensos e suas emoções instantâneas de compaixão são dados como provas; mas a afeição duradoura da ignorância dificilmente possui algo de nobre e pode justamente se transformar em egoísmo, assim como a afeição das crianças e dos animais.[11]

As mulheres que foram escravizadas à sensibilidade, segundo Wollstonecraft, negligenciam suas crianças, ou são indulgentes com elas, ao passo que as mulheres que tiveram oportunidade de exercitar sua capacidade racional teriam sido educadas para se tornarem cidadãs racionais. Em contraste, o romance de Edgeworth orienta sua heroína sobre a necessidade de equilibrar sensibilidade e razão em vez de rejeitar inteiramente a primeira. Belinda chega a suas decisões considerando os exemplos de duas figuras maternas. O primeiro exemplo é de sua guardiã, lady Delacour, que — frustrada em seu "primeiro amor" pelo senhor Percival e depois casada com um homem que não amava — vira as costas para seus deveres maternais e, por extensão, para qualquer ideia de lar, em troca da dissipação e da luxúria. A sensibilidade de lady Delacour, esfacelada pela decepção amorosa, torna-se nada mais que energia nervosa dissipadora. Na sra. Percival, a mulher que se casou com o antigo amante de lady Delacour, Belinda encontra um modelo de equilíbrio contido entre sensação e razão:

> Lady Anne Percival tinha, sem qualquer pedantismo ou ostentação, um conhecimento muito preciso e um

gosto pela literatura que a tornavam companhia dileta das reflexões do marido, assim como de seu coração. Ele não era obrigado a reservar suas conversas aos amigos do próprio sexo nem era forçado a se retirar em busca de algum ramo do conhecimento; a parceira de suas afeições mais calorosas era também parceira em suas mais graves ocupações; sua simpatia, aprovação e a percepção diária de seu sucesso na educação dos filhos inspiravam nele um feliz grau de energia social, desconhecido dos solitários devotos egoístas da avareza e da ambição.[12]

À primeira leitura, o romance de Austen parece mais próximo de *Reivindicação* que de *Belinda* em sua análise dos efeitos da sensibilidade. Ela não passa de uma desculpa para indulgências do amor-próprio, que na verdade inverte o primeiro impulso em direção à compaixão e à ação humana de aliviar o sofrimento dos outros, o que melhoraria o sujeito moral. Enquanto Elinor guarda sua angústia para poupar a família da dor de vê-la sofrer, Marianne se entrega à própria tristeza e não consegue enxergar a da irmã. Ela insiste na singularidade de sua condição. Na verdade, nem mesmo quando o noivado de Lucy e Edward vem a público e Marianne é obrigada a se dar conta do paralelo entre sua experiência de amor e de perda e a da irmã, ela consegue escapar dos hábitos mentais que a indulgência dos próprios sentimentos produziu, como a cáustica voz narrativa de Jane Austen nos lembra:

> Ela sentiu toda a força dessa comparação; mas não da forma como a irmã esperava, exigindo dela uma reação; sentiu toda a dor da contínua autocensura, lamentou amargamente jamais ter reagido antes; mas isso só lhe trouxe a tortura da penitência, sem a esperança da remissão. Sua mente estava tão debilitada que ela ainda

considerava impossível reagir e, portanto, aquilo só fez desanimá-la ainda mais. (pp. 361-2)

A clareza da percepção resulta não em um movimento solidário em direção ao outro, e sim em mais contemplação de si mesmo. No entanto, essa idolatria do eu não aparece em sua forma mais perigosa ou destrutiva em Marianne — que é, como nos garantem, apenas jovem e imatura em sua indulgência naquilo que é reconhecido como uma valiosa capacidade de sentir —, mas em Lucy Steele e Fanny Dashwood, que não possuem nenhuma sensibilidade.

A "sensibilidade" de Marianne acaba pondo sua vida em perigo, embora a autora enfatize que isso também causa tristeza aos que se importam com ela. A capacidade de Lucy de perceber o sofrimento dos outros sem compaixão ou sentimento apenas a torna mais capacitada para infligir dor. Sua esperteza significa que ela é capaz de jogar sal nas feridas causadas em sua rival, Elinor.

Como o exemplo do contraste entre Lucy Steele e Marianne indica, Jane Austen estabelece figuras de comparação para suas heroínas a cada mudança de contexto. Tudo o que acontece neste romance deve ser duplicado; o que acontece a Elinor deve acontecer a Marianne. As vidas das duas irmãs são cuidadosamente postas em paralelo: ambas se apaixonam por homens que se revelam comprometidos; ambas se envolvem em situações sociais difíceis, nas quais serão testadas — Marianne quando vê Willoughby no baile em Londres (cap. 28); e Elinor quando encontra Edward com Lucy na casa da sra. Jennings (cap. 35). Os noivos também possuem vidas "paralelas": Willoughby e Edward estão diante de três opções de casamento — um contrato anterior (Eliza Williams/Lucy Steele), uma opção financeiramente vantajosa (srta. Grey/srta. Morton) e um afeto genuíno (Marianne/Elinor). Ambos são deserdados por suas benfeitoras (sra.

Smith, tia de Willoughby/sra. Ferrars, mãe de Edward) — o primeiro por se recusar a casar com a mulher com quem tinha um contrato anterior, o último por se recusar a abandonar a mulher com quem tinha a mesma relação. A redução do enredo ao estatuto de um quebra-cabeças ou enigma intelectual é indicada na redução desses dois pretendentes a nada além de iniciais. Margaret deixa escapar que o pretendente de Elinor tem a inicial "F", e assim "A letra F invariavelmente também era trazida à baila, produzindo incontáveis gracejos, pois [...] havia muito tempo que Elinor a considerava a letra mais bonita do alfabeto" (p. 208). Quando as irmãs chegam a Londres, Marianne instantaneamente escreve uma carta e ficamos sabendo que Elinor "pensou ter visto um W maiúsculo no destinatário" (p. 244). Os jogos alfabéticos da autora nos lembram que distinções entre pessoas podem ser pouco mais do que diferenças de linguagem e de forma. Os pretendentes são às vezes confundidos uns com os outros: Marianne confunde a "forma" de Edward com a de Willoughby quando ele chega pela primeira vez a Barton, e Elinor o confunde com Brandon quando ele retorna no final do romance. Contrastes se formam mais pela semelhança do que pela absoluta diferença. Em suma, "razão" e "sensibilidade" são antes parentes etimológicos do que estranhos linguísticos.

A duplicação tende a envolver inversões para restaurar a ordem, como sugere o debate sobre o primeiro e o segundo amor no romance, que também aparece bastante em *Belinda*. Elinor e Belinda, as heroínas que se colocam em segundo plano para permitir o brilho de suas contrapartidas mais glamorosas, são na verdade recompensadas com seus primeiros amores (Edward Ferrars e Clarence Harvey), muito embora sejam segundos amores para seus maridos. São as heroínas da sensibilidade (Marianne e lady Delacour) que precisam aprender a aceitar o segundo amor, por elas mesmas e por seus maridos.

Jane Austen, no entanto, define os paralelos entre irmãs e irmãos (Elinor e Marianne, Lucy e Anne, Edward e Robert) mais do que entre mulheres mais velhas e jovens protegidas (lady Delacour e Belinda). O romance que ela publicaria em seguida, *Orgulho e preconceito*, curiosamente inverte essa primogenitura linguística e do eu feminino; ali será a segunda filha (Elizabeth) quem receberá prioridade narrativa e moral sobre a mais velha (Jane). Elizabeth, é claro, pode ser vista como uma mistura das duas irmãs publicadas, ainda que não criadas, anteriormente: tem a jovialidade de Marianne, mas a sensatez de Elinor. De modo similar, sua irmã Jane demonstra a compostura de Elinor e a vulnerabilidade histérica de Marianne à dor emocional.

Tony Tanner identifica a diferença entre as irmãs Dashwood na exigência de Marianne de que "as formas externas projetem ou retratem com exatidão os sentimentos interiores", em contraste com a busca de Elinor por uma "exatidão terminológica sutil, abrangente e abalizada".[13] Marianne, portanto, está convicta de que pode ser um sujeito que inventa a si mesmo, e não ser sujeitada ou sujeitar-se a formas anteriores da linguagem e do ser, enquanto Elinor aceita que deverá negociar dentro das formas e estruturas existentes de representação e do eu. Marianne precisa aprender que é "secundária" não apenas na família, mas em suas visões da cultura e em seus juízos estéticos. Que seus escritores românticos favoritos, Cowper e Scott, já percorreram esse caminho antes dela. Parte dessa educação sobre a necessidade de reconhecer o que se deve a um predecessor histórico acarreta o reconhecimento de uma interdependência absoluta das aparentemente distintas categorias do social e do linguístico. Definições e "formas" são adquiridas apenas através do processo de diferenciação.

As comparações proliferam em *Razão e sensibilidade*, e de modo ainda mais impressionante quando somos apresentados à aparência física das irmãs Dashwood através dos olhos de Willoughby:

> A srta. Dashwood tinha a pele delicada, traços bem-feitos e uma beleza marcante. Marianne era ainda mais linda. As formas, mesmo que não tão simétricas quanto as da irmã, pelo privilégio da altura, eram mais impressionantes; e seu rosto era tão adorável que, quando em arroubos de lisonjas era chamada de uma linda moça, a verdade era menos violentamente ultrajada do que em geral costuma acontecer. (p. 123)

A sintaxe dessa passagem pode servir para ilustrar o processo de categorização através da diferenciação e a resultante instabilidade das categorias que governa o romance como um todo. A primeira frase oferece um relato descritivo de Elinor. A segunda apresenta Marianne através de uma comparação que "supera" os encantos de sua irmã. A terceira indica pelo uso de uma negativa ("não tão simétricas") que essa "superação" é mais ambígua do que parece a princípio. Marianne se afasta da perfeição da irmã, mas isso apenas serve para aumentar seus atrativos (ela é mais impressionante). Depois do ponto e vírgula, a terceira sentença expande a comparação com Elinor para outras moças, indicando que Marianne se encaixa de modo mais exato na categoria terminológica ("linda moça") utilizada para descrevê-la do que outras moças a quem a categoria costuma ser aplicada. A linguagem, em outras palavras, ganha significado apenas através do reconhecimento de sistemas de contraste e diferença infinitamente expansivos. A estabilidade da lista de adjetivos usados para "descrever" Elinor deve, então, também ser posta em questão.

A sintaxe da autora continua a ser ordenada por uma série de oposições equilibradas que revelam dependência mútua no trabalho de "definir" o real. Quando a perfídia de Willoughby é revelada a Elinor por sua histérica irmã, sua reação é assim descrita: "Elinor pôs-se a caminhar pensativa da lareira à janela, da janela à lareira, sem perceber que recebia calor de uma nem que discernia objetos através da outra" (p. 275). Os elementos aqui são cuidadosamente equilibrados: lareira e janela, receber calor e discernir objetos, os objetos e sua percepção, os objetos e sua utilidade. A "desordem" mental de Elinor recebe significado por sua incapacidade de perceber a relação entre os objetos, enquanto o leitor recebe a confirmação de que tais relações continuam a existir apesar disso.

O perturbador colapso da diferenciação através da categorização estende-se ao debate sobre política e estética que amplia o contexto do romance do drama doméstico para o social. A diferença entre as duas irmãs e suas histórias românticas é amplamente demonstrada através de suas preferências e práticas artísticas: Marianne é uma pianista expressiva; Elinor, uma desenhista de esboços descritivos, uma pintora de interiores e retratos. Na superfície isso é um mero conflito entre princípios românticos e augustos de arte e de reação estética. Contudo, o debate se concentra sobre o papel da "utilidade" na reação do espectador ao objeto artístico. Edward Ferrars encarna a posição mais extremamente utilitarista sobre a beleza:

> "Não gosto de casas de campo arruinadas e antigas. Não gosto de urtigas, espinhos, urzes floridas. Sinto mais prazer em uma aconchegante casa de fazenda do que em uma torre de vigia — e uma tropa de simpáticos e felizes moradores me agrada mais que os maiores *banditti* do mundo." (p. 178)

A paisagem, segundo Edward, deve ser julgada e oferecer prazer apenas com base no bem-estar político ou econômico daqueles que a habitam. Os juízos estéticos são cegos para a injustiça política. Da mesma forma, no entanto, os juízos políticos se mostram cegos para a beleza em si mesma. Uma cena secundária em que dois aparadores de lareira decorados por Elinor são discutidos e passam de mão em mão (pp. 324-5) revela o vazio dos juízos puramente "políticos" da obra de arte. Os aparadores se tornam meros índices dos juízos que seus observadores fazem de sua criadora. Fanny Dashwood mostra-os à mãe, a sra. Ferrars, que os devolve com o comentário "'Hum' [...] 'muito bonitos' — [...] sem nem mesmo olhar para eles". Quando Fanny os compara ao "estilo de pintura da senhorita Morton" (p. 324), Marianne não consegue conter sua raiva: "'quem é essa para nós, a senhorita Morton?'", ela pergunta, "'Quem sabe, ou quem se importa com ela? — Estamos agora falando e pensando em Elinor'" (p. 325). A ironia aqui é que o juízo estético de Marianne tem tanto a ver com sua atitude para com a criadora dos aparadores, e tão pouco com seu valor intrínseco como obra de arte, como o juízo daquelas a quem se opõe.

Como as próprias irmãs Dashwood, portanto, a estética e a política não são facilmente discerníveis nem entidades separadas. A preocupação do romance com o perigo de permitir que o secundário venha primeiro se amplia para além da dinâmica familiar contida que a princípio é explorada para uma discussão sobre a propriedade, o poder econômico e a beleza estética. Um compromisso recorrente com o polêmico tema da "melhoria" pode ser analisado em *Razão e sensibilidade*, abordado particularmente através das duas propriedades que fornecem o cenário de abertura e de encerramento do romance, Norland e Delaford. As reformas ou melhorias podem ser mais bem compreendidas como reestruturações visuais com finalidades sociais e econômicas, além de estéticas; Lancelot "Capability" Brown (1716-83) e Humphrey Repton (1752-1818), por quem

Jane Austen nutria entusiasmo, foram os principais proponentes e expoentes das reformas arquitetônicas e do paisagismo de jardins na segunda metade do século XVIII. Norland e Delaford oferecem exemplos dos extremos e dos mecanismos de melhorias para a autora: as melhorias de John Dashwood — o cercamento das terras comuns de Norland, a incorporação de um sítio vizinho, a substituição do bosque de nogueiras por um canteiro de flores e uma estufa — são atos que tendem à extensão e à reflexão de seu poder econômico e social às custas de seus vizinhos e do meio ambiente (pp. 312-4). Por outro lado, a propriedade de Delaford de Brandon, descrita pela senhora Jennings como "um bom lugar à moda antiga" (p. 282), é "reformada" para manter sua função como centro de uma comunidade próspera e autossuficiente. A velha pérgola de teixos atrás da casa permite que as pessoas vejam as carruagens passando pela moderna estrada aos fundos. O jardim fornece suprimentos na forma de frutas e peixes. Brandon pretende deixar o pastor de seu presbitério confortável, de modo que ele possa viver e servir ali; John Dashwood fica intrigado por Brandon não ter tentado vender o presbitério para um terceiro com vistas ao lucro imediato (pp. 388-90). Tais "melhorias", então, deveriam corresponder ao próprio significado do termo; deveriam melhorar, não relegar ou ignorar, o original. Em *Razão e sensibilidade*, a autora critica tanto o defensor da estética do pitoresco como o reformador da propriedade rural, pois ambos negligenciam aquele outro elemento central para o "campo": sua população, suas comunidades.

O chalé, tão apreciado pelos admiradores da paisagem pitoresca e do reformador dos lares familiares, é geralmente o terreno em que essa denúncia da negligência da paisagem "humana" nas fantasias reformadoras é discutida. Na chegada ao chalé de Barton, no início de setembro, a sra. Dashwood planeja "talvez na primavera" acrescentar uma sala de estar, um quarto de dormir e um sótão, além de aumentar a saleta e criar um corredor, para torná-lo "uma casinha de campo muito aconchegante" (pp. 104-5). "Reformas e melhorias", ficamos sabendo, "eram prazeres para ela" (p. 104). Elinor não acha que a alegação de Robert Ferrars sobre as vantagens dos chalés afastados de Londres, capazes de acomodar dezoito pares em um baile, para a alta burguesia ou para a aristocracia ociosa, "merecesse a distinção de uma oposição racional" (p. 342). Chalés, estivessem em ruínas e vazios ou reformados e lotados de tolos aristocratas brincando de rústicos, afastaram-se demais de suas funções "originais", sociais, econômicas e políticas, a ponto de se tornarem absurdos ou escaparem às categorias em que se espera que se encaixem: "Como residência, Barton Cottage, embora pequena, era confortável e compacta; mas como chalé tinha seus defeitos, pois a construção era simples, o telhado estava em ordem, mas as janelas não eram pintadas de verde, nem as paredes cobertas de hera". Mais uma vez, a linguagem descritiva e a realidade social parecem se afastar; o espaço entre elas é exposto através do uso do vocabulário da comparação truncada.

Hierarquia e ordem ficam ameaçadas com esse colapso da categorização denotativa. O que é secundário, argumenta-se enfaticamente em *Razão e sensibilidade*, não deveria ser substituído pelo primordial. A dependência de um predecessor histórico, em arquitetura, economia, política ou nas relações familiares, deve ser reconhecida para a manutenção da ordem coletiva. No entanto, quando a instabilidade das categorias que está no cerne dos relatos da transformação histórica e da percepção da verdade é revelada, a "origem" estável a partir da qual os sucessores se afastam se torna cada vez mais difícil de definir. A peculiar reviravolta lógica que está no cerne do romance é que a razão de Elinor só faz sentido em contraste com a sensibilidade; de fato, podemos argumentar que ela só chega a decisões corretas, ou, pelo menos, racionaliza seu valor, mantendo o silêncio e avaliando as decisões erradas de Marianne. As agruras sofridas por Elinor antes seguem do que precedem as de Marianne, já que ela está sempre ciente do paralelismo entre suas posições, uma perspectiva que falta à sua irmã até o início do volume III. Em outras palavras, a razão pode ser uma derivação ou uma variação da sensibilidade, em vez de sua origem. "Autoridade" e "valores" se tornam relativos, em vez de absolutos.

Os romances de Jane Austen parecem lidar e resolver essas lutas epistemológicas entre opostos através de uma virtuosística demonstração de equilíbrio e controle sintático. A autora descreve turbulências emocionais, instabilidades sociais e cobiça financeira com uma precisão gramatical absoluta que por si só já reage à desordem de seu significado. Trata-se de uma facilidade com a língua partilhada com sua heroína, Elinor; o discurso dela e a prosa da autora geralmente obtêm sucesso em conter e equilibrar elementos tão díspares que os interlocutores de Elinor, e por extensão os leitores de Austen, saem convencidos de que a verdade foi definida e revelada. O momento em que Marianne se dá conta da falsidade de Willoughby e "quase gritou de agonia" (p. 267) encontra seu equivalente na magnífica fala de Elinor em sua própria defesa após a revelação do noivado anterior de Edward. Quando Marianne expressa sua surpresa com o "autocontrole" da irmã diante da adversidade, Elinor responde:

> "Eu a compreendo. — Você nunca imaginou que eu fosse capaz de sofrer muito. — Por quatro meses, Marianne, fiquei com tudo isso na cabeça, sem a liberdade de falar a respeito com ninguém; sabendo que isso deixaria você e minha mãe muito tristes quando lhes contasse, mas incapaz de prepará-las minimamente para tanto. —

> Fiquei sabendo disso — de certa forma fui forçada a sabê-lo, pela própria pessoa em questão, cujo compromisso anterior arruinou todas as minhas perspectivas; e isso tudo ela me contou, pelo que entendi, como um triunfo pessoal. — As suspeitas dessa mesma pessoa, portanto, fui obrigada a contestar, tentando parecer indiferente ao que mais profundamente me interessava; — e não foi apenas uma vez; — tive de ouvir suas esperanças e exultações praticamente a cada encontro. — Eu me vi definitivamente separada de Edward, sem tomar conhecimento de nenhuma circunstância que pudesse me fazer desejar menos aquela relação. — Sem nada que provasse alguma indignidade sua; tampouco algo que mostrasse sua indiferença por mim. — Precisei lutar contra a mesquinharia de sua irmã, a insolência de sua mãe; e sofri o castigo de uma relação sem desfrutar de seus benefícios. — E tudo isso justamente quando, como você bem sabe, não era apenas eu quem estava infeliz. — Se você consegue me imaginar capaz de sofrer — certamente poderá supor como sofri nesse momento." (pp. 354-5)

Elinor demonstra sua capacidade de sentir através da cuidadosa modulação de sua escolha verbal, do conhecimento (de que isso faria sua família infeliz, de que ela está separada de Edward para sempre), passando à evidência (Edward não se provou indigno nem indiferente), até chegar à ação (lutando contra a crueldade e sofrendo esse castigo). Significativamente, com exceção da escolha do verbo "sofrer", nenhum desses verbos na verdade faz parte do vocabulário do sensível, justamente a qualidade que Elinor está tentando demonstrar. Ela obtém sucesso, na verdade, substituindo o vocabulário da percepção mental e intelectual pelo da reação emocional. Da mesma forma, sua criadora, que se refere a ela afetuosamente como "minha Elinor",[14] afirma a flexibilidade de seu próprio vocabulário de valores morais diante da ameaça de um colapso das prioridades éticas. Uma terminologia relativista de comparativas e negativas manifesta a segurança das essências positivas e absolutas. Enfim, tudo o que mantém razão e sensibilidade dentro de uma tensão produtiva e previne o colapso de sua distinção é meramente outra variante linguística de sua raiz etimológica comum, a sentença.

NOTAS

1 Carta 70, *Jane Austen's Letters to Her Sister Cassandra and Others*, R. W. Chapman (org.), 2ª ed., Londres: Oxford University Press, 1952; reimpresso em 1979, p. 272.

2 Carta 76, *Letters*, p. 297.

3 *Jane Austen: Her Life and Letters. A Family Record*, William e Richard Austen-Leigh, Londres: Smith, Elder and Co., 1913; reimpresso em Nova York: Russell and Russell, 1965, p. 80.

4 *Minor Works*, R. W. Chapman (org.), v. 6 de *The Works of Jane Austen* (reimpresso com revisões), Londres: Oxford University Press, 1965, p. 242.

5 Id., ibid., p. 16.

6 *The Proper Lady and the Woman Writer, Women in Culture and Society Series*, Mary Poovey, Londres: University of Chicago Press, 1984, pp. 187-8.

7 *Minor Works*, pp. 82-3.

8 Id., ibid., p. 129.

9 *Jane Austen and the War of Ideas*, Marilyn Butler, Oxford: Clarendon Press, 1975; reimpresso com nova introdução, 1987, p. 101.

10 *Radical Sensibility: Literature and Ideas in the 1790s*, Chris Jones, Londres: Routledge, 1993, p. 13.

11 *Reivindicação dos direitos da mulher*, cap. 13, seção 4, de *Mary Wollstonecraft: Political Writings*, Mary Wollstonecraft, Oxford: Oxford University Press, 1994, p. 277.

12 *Belinda*, Maria Edgeworth, Oxford: Oxford University Press, 1994, cap. XVI, p. 216.

13 Ver Introdução, pp. 44, 53.
14 Carta 70, *Letters*, p. 70.

Introdução*

TONY TANNER

Razão e sensibilidade obviamente trata de razão e sensibilidade, mas também trata de discrição e doença. O livro começa com considerações sobre a propriedade e termina com as simetrias do casamento, dois fenômenos que determinam a divisão territorial e a continuidade familiar da sociedade, o que é característico daquilo que assumimos como o mundo de Jane Austen. Entretanto, no coração do romance há um grito abafado de Marianne (quase literalmente no meio do livro, no 29º dos cinquenta capítulos), e a causa e a subsequente supressão desse grito são tão importantes como as atribulações em diferentes graus de sutileza em busca de parceiros, propriedades e poder que aparentemente ocupam o primeiro plano da ação. Que o grito é sintoma de uma doença e que a doença está intimamente relacionada à imposição da discrição e do segredo são indícios do significado complexo do romance, que tentarei apontar nesta introdução. A tentativa de abordar o romance dessa forma não pretende ser meramente, ou perversamente, original. Mas alguma extensão do vocabulário costumeiro usado ao abordar este romance da juventude de Jane Austen me parece necessária se desejamos compreender

* Publicada na primeira edição do selo Penguin Classics de *Razão e sensibilidade*, em 1969. (N. E.)

algumas das mais importantes questões de um livro que parece despertar pouco interesse em muitos dos mais atentos críticos de Jane Austen. Walton Litz, por exemplo, que escreveu o que é certamente um dos melhores livros sobre a autora,[1] defende que "a maioria dos leitores há de concordar que *Razão e sensibilidade* é a menos interessante das grandes obras de Jane Austen". Ele vê este romance como algo no meio do caminho entre o burlesco e o "romance sério", o que é problemático, e justifica sua tese afirmando que "muitos dos equívocos de *Razão e sensibilidade* podem ser explicados, senão perdoados, por um exame de sua evolução". É verdade que sabemos que existe uma versão anterior do romance, chamada *Elinor e Marianne*, escrita em algum momento entre 1795-6 na forma de uma série de cartas (assim como *Lady Susan*, que pela ordem de composição, veio em seguida); que *Razão e sensibilidade* foi iniciado em novembro de 1797; que, por mais que boa parte já estivesse então terminada, o romance foi consideravelmente retrabalhado na década seguinte, para ser publicado na forma que temos hoje em 1811. Não há dúvida de que certas irregularidades evidentes da técnica podem ser atribuídas a essa longa evolução, e pode-se entender o que o sr. Litz quer dizer sobre o romance ser "uma obra da juventude reformulada em data posterior, na qual a antítese bruta da estrutura original não chegou jamais a ser superada com sucesso". O que o senhor Litz quer dizer com "antítese bruta" é a separação esquemática das qualidades indicada no título, uma estratégia ficcional que permanece em *Orgulho e preconceito* e que retoma ficções moralistas do século XVIII, como *Nature and Art*, da sra. Inchbald.[2] O uso de antíteses como instrumento de distinção entre determinadas qualidades para obter um maior esclarecimento através de diferenciações mais refinadas é um traço dominante da prosa do século XVIII pelo menos desde o tempo de Locke, e fornece boa parte da energia da forma dominante da Idade da Razão, o dístico heroico, que atingiria seu pleno potencial analítico com Pope. As antíteses foram fonte de vigor para boa parte da literatura do século XVIII, mas, como argumentaria o sr. Litz, para a emergente romancista Jane Austen isso representaria um obstáculo, pois, como uma espécie de vício intelectual, o uso de antíteses tende a produzir abstrações polarizadas, o confronto de estereótipos e a oposição automática de extremos. Isso contraria a flexibilidade e a sensação de que é impossível classificar as pessoas e suas ações, o que é desejável no romance. Para obter tal flexibilidade e tal sensação, Jane Austen precisou ir além das antíteses.

Boa parte disso é verdade, e podemos identificar um desenvolvimento comparável de um gênero relembrando como a crueza esquemática das peças moralizantes cedeu espaço à densa riqueza dramática das obras da maturidade de Shakespeare. As últimas obras de Jane Austen, para não entrar em comentários sobre os romances de uma autora como George Eliot, quando comparada com ficções moralistas do século XVIII, claramente denotam grande expansão e aprofundamento das possibilidades da forma romanesca. No entanto, ao tomar *Razão e sensibilidade* como uma matriz do século XVIII contendo o embrião de um romance do século XIX, que se esforça mas não consegue nascer, creio que perdemos de vista uma boa parte daquilo que o livro de fato contém (o sr. Litz se dedica a ele em cerca de dez páginas de um livro de 180 páginas, o que praticamente equivale a um desdém). O título e o uso das duas irmãs parece indicar uma esquematização bastante primitiva, mas o cerne do romance trai a aparente simplicidade de sua estrutura. O fato de que Marianne é bastante racional e Elinor não é de modo algum desprovida de sensibilidade deveria bastar para nos convencer de que Jane Austen já era uma romancista madura o suficiente para saber que não há nada sem mistura, que as qualidades que podem existir em isolamento como abstrações ocorrem nas pessoas apenas em combinação com outras, talvez em conflito com outras, em configurações que podem ser bastante problemáticas. Na verdade, o drama precipitado pelas tensões entre a instabilidade potencial do indivíduo e a estabilidade exigida pela sociedade é sob alguns aspectos tanto tema deste romance como das mais celebradas ficções que tratam da oposição entre a energia individual e as estruturas sociais. O que é outro modo de dizer que, se por um lado *Razão e sensibilidade* remonta a *Letters of Julia and Caroline*, de Maria Edgeworth, por outro, é uma espécie de precursor de *O mal-estar na civilização*, de Freud. Isso não significa afirmar — o que seria absurdo — que Jane Austen tenha sido pioneira das ideias de Freud, mas antes reforçar que *Razão e sensibilidade* toca em algumas questões de importância perene que costumam ser ignoradas quando analisamos esse romance como uma fatalidade precoce dentro de um gênero em evolução.

Vista em linhas gerais, a trama é bastante geométrica. Elinor e Marianne caminham lentamente em direção a casamentos desejáveis com homens de valor, o coronel Brandon e Edward Ferrars. Esse avanço é complicado pelo comportamento inescrupuloso de duas pessoas egoístas — Lucy e Willoughby. Em busca de seus interesses, esses dois acabam em casamentos oportunistas, que lhes darão o castigo apropriado na forma da infelicidade doméstica. Ao final, dois paralelogramos se formam, demonstrando de um lado a harmonia verdadeira (Elinor e Edward, Marianne e Brandon) e de outro a harmonia aparente, superficial (Lucy e Robert, John e Fanny Dashwood) — como de costume, Jane Austen nos ajuda a apreciar o valor do que é verdadeiro justapondo uma versão travestida ou paródica. É a geometria que fornece a resolução formal ao romance e retornaremos a ela. Mas o corpo de *Razão e sensibilidade* trata daquilo que complica e obscurece a emergência dessa ou de qualquer outra geometria, e é nesse sentido que pretendo considerar a discrição e a doença, que, conforme sugeri, são matérias de importância no livro.

"Ora, ora, não temos segredos entre amigos", exclama a interrogadora incorrigível sra. Jennings, e sua exigência nada cortês adquire ainda mais sentido quando consideramos quanto segredo existe entre os poucos e intimamente relacionados personagens do livro. O coronel Brandon precisa partir subitamente, interrompendo a excursão a Whitwell, mas não pode dar nenhuma explicação. Lucy só conta a Elinor de seu noivado secreto com Edward Ferrars para silenciá-la como potencial rival — "pois isso sempre precisou ser um grande segredo"; a conduta inexplicavelmente cruel de Willoughby com Marianne só começa a fazer sentido quando seu plano de se casar com a srta. Grey vem a público — "já não era mais segredo". O disfarce obviamente convém aos intuitos calculistas desses dois frios interesseiros, mas há mais segredos além dos inconfessáveis feitos e compromissos anteriores dos principais pretendentes masculinos do romance. Primeiramente, a ideia de relacionamentos secretos se construía dentro do jogo social como uma espécie de brincadeira — daí o bondoso porém insensível sir John se esforçar para criar "segredos" a fim de trazer certa picardia vulgar à sua mesa de jantar. "'O nome dele é Ferrars', ele disse, num sussurro bastante audível; 'mas lhe peço que não repita a ninguém, pois é um grande segredo.'" Pode-se imaginar que os motivos por trás desses jogos sociais, como os bailes de máscara, fossem similares: se uma sociedade se vê extremamente bem informada e todos parecem tediosamente familiares, pode muito bem buscar reintroduzir algumas sombras, máscaras e biombos, ainda que apenas para recuperar o estímulo e o frisson de uma ideia de mistério rudimentar — ou, pelo menos, a atmosfera excitante da conspiração erótica. Mas existe um tipo de segredo muito mais importante de que Jane Austen nos torna conscientes — o segredo sobre tudo aquilo que o coração não pode impor com a mão, expor com o rosto ou expressar com a voz; ou seja, o segredo das coisas íntimas, que lutam para sair e se deparar com diferentes tipos de restrições ou supressões. Tais ocultamentos ou resignações podem ser admiráveis, astutos ou simplesmente a única possibilidade diante das circunstâncias, mas, de uma forma ou de outra, são recorrentes. Há o "extraordinário silêncio" e "o estranho segredo" mantido por Marianne e Willoughby. Mais tarde, em Londres, Marianne é reservada até mesmo com Elinor, manifestando "tamanha discrição que escapou à vigilância da irmã". A própria Elinor, quando fica sabendo do noivado de Lucy e Edward, consegue exibir uma "frieza na voz, sob a qual disfarçava uma emoção e uma aflição além de qualquer coisa que já sentira antes". A expressão "necessidade de esconder" fornece indícios da ideia de responsabilidade de Elinor em relação aos códigos de comportamento formal; como resultado, ninguém suporia que "Elinor estivesse lamentando em segredo os obstáculos que deveriam afastá-la para sempre do objeto de seu amor". Quando o coronel Brandon procura confirmar com Elinor que seu amor por Marianne não pode ser retribuído, ele sente que "resignar-me, se tal resignação for possível, é a única coisa que resta". Os exemplos poderiam proliferar, mas a recorrência de expressões como "espantosa discrição", "resoluta compostura", "promessa de segredo", sugere a prevalência do vocabulário de todas as variedades de disfarces, sejam eles segredos mantidos pelo indivíduo em relação à sociedade ou do próprio eu particular que tenta mantê-los em relação ao eu público. Elinor, que se torna depositária dos segredos das outras pessoas sem poder contar a ninguém os seus, experimenta todo o fardo e o tormento de tanto sigilo. "Por quatro meses, Marianne, fiquei com tudo isso na cabeça, sem a liberdade de falar a respeito com ninguém." E, se o silêncio é muitas vezes exigido no interesse da honra e da dignidade, pode haver ainda outras justificativas para o sigilo, algo mais parecido com a autopreservação. Isso fica sugerido pela reveladora carta escrita pelo sr. Dashwood depois que Lucy se casa secretamente com Robert Ferrars. "O segredo em que tudo havia sido conduzido entre eles foi visto como algo que aumentara enormemente o delito, pois, se alguma suspeita tivesse ocorrido, as *medidas apropriadas* teriam sido tomadas para *impedir o casamento*." (Grifos meus.) Nesse caso, ninguém irá supor que a ardilosa Lucy tenha casado por amor — amor por Robert, pelo menos; mas as palavras em destaque, que ocorrem com tanta facilidade ao impiedoso e respeitável sr. Dashwood, sugerem o cruel poder coercitivo da sociedade e a brutalidade a que muitos de seus membros estavam dispostos para manipular ou "corrigir" as aberrações da paixão individual diante dos interesses da riqueza ou de alguma adequação hierárquica ilusória. De modo que, se muitas vezes o sigilo é uma dolorosa obrigação imposta pelas formas de uma sociedade rígida, pode também ser uma estratégia contrária a essas formas, criada para contorná-las.

Ao final, todos os segredos já vieram à superfície e, sem mais mistérios para obscurecer a emergente geometria do livro, os casamentos apropriados podem se realizar. Mas não antes de Marianne ficar muito doente. Marianne defende que as emoções usam o corpo como veículo de expressão, de modo que dificilmente surpreenderá o fato de ela cultivar suas lágrimas com tanta frequência quanto Elinor luta por sua compostura. Mas o que acontece quando Willoughby a deixa pela primeira vez e a trata com crueldade incompreensível vai além da afetação de uma menina emotiva. Jane Austen acompanha o progresso de sua doença com tamanho detalhamento que nos transmite uma boa noção da linguagem da sintomatologia e dos diagnósticos da época. Ela sofre de melancolia e tem "dores de cabeça, desânimo e uma grande fadiga". Mais tarde ela estará "inteiramente desmotivada, negligente com a aparência e parecendo igualmente indiferente a ir ou ficar". Durante algum tempo fica quase catatônica, "sem se mover da poltrona ou alterar sua atitude". Quando mostra a Elinor a carta que Willoughby enviou, afirmando que algum mal-entendido devia ter ocorrido entre eles, ela "quase gritou de agonia". Depois disso, Marianne piora. "Tonta e desfalecida por uma longa privação de sono e alimentação", com "dor de cabeça", "estômago debilitado" e "na iminência de uma síncope nervosa", "ela se mexia de uma posição para outra, até que ficou cada vez mais histérica, sua irmã teve dificuldade em mantê-la na cama"; e assim alternadamente, até que ela contrai uma febre que quase a mata. Aqui há um capítulo inteiro descrevendo o progresso da doença a partir do momento em que o boticário declara que o "distúrbio apresentava uma tendência pútrida" através da aceleração do pulso, da incoerência mental, da "súbita decadência" e do "estupor", até que a crise passa, o pulso desacelera, e Elinor percebe que a irmã está melhor quando "Marianne fixou os olhos sobre ela com um olhar racional, embora lânguido". Podemos observar que é precisamente nesse momento, em que sua longa enfermidade passou do ponto crítico e Marianne está recuperando a saúde e a razão, que Willoughby aparece sem aviso — não como uma ameaça, mas como penitente, não mais o ousado caçador com uma arma como a princípio havia surgido, mas intimidado e cheio de remorso. É no exato momento em que Marianne encontra forças para vencer a febre que a potência de Willoughby desaparece e ele surge no meio da noite para admitir não apenas seu erro, mas sua derrota.

Enfatizei aqui o detalhamento da doença de Marianne, pois me parece algo muito mais sério do que a característica burlesca da sensibilidade excessiva encontrada em obras como *Love and Friendship*. A doença de Marianne é claramente psicossomática e em muitos de seus sintomas — a incoerência mental, os transes catatônicos alternados com exigências inquietas por uma "contínua mudança de posição", os períodos de completa ausência e inconsciência do mundo imediatamente à sua volta — seu comportamento é patológico de um modo que no final do século XVIII poderia ser considerado próprio da loucura. (Muitos dos primeiros poetas românticos enlouqueceram, inclusive Cowper, um dos favoritos de Marianne e de Jane Austen.) Quero agora introduzir algumas citações do notável livro *História da loucura*, de Michel Foucault. Ele mostra que no final do século XVIII houve um grande aumento das "doenças nervosas". Sobre as causas dessas doenças, seu contemporâneo Tissot escrevera: "Não hesito em dizer que, se um dia elas foram as mais raras, hoje são as mais frequentes". E Foucault cita outro médico contemporâneo, Matthey, para relatar a noção crescente de precariedade de uma razão que podia ser a qualquer momento minada por uma desordem interna. "Não se glorifiquem em sua condição, se são homens sábios e civilizados; basta um instante para perturbar e aniquilar essa suposta sabedoria de que tanto se orgulham; um acontecimento inesperado, uma emoção aguda e súbita da alma abruptamente transformará o homem mais razoável e inteligente em um idiota furioso." É interessante que Foucault também recorde que nessa época os ingleses eram considerados extraordinariamente propensos à loucura e à melancolia. Isso se devia em parte ao fato de que eram de um país de mercadores, preocupado com as especulações financeiras que levavam a um estado de coisas, e não só entre as famílias mais autoritárias, "em que o homem é privado de seus desejos pelas leis da usura". (Essas observações são extremamente relevantes também para *Clarissa*.) Isso se relacionava com a equivocada liberdade desfrutada pelos ingleses ("todo homem deve lidar com as próprias incertezas"), sobre quem Foucault escreve: "a liberdade, longe de deixar o homem em posse de si mesmo, incessantemente o aliena de sua essência e de seu mundo; ela o fascina com a absoluta exterioridade das outras pessoas e do dinheiro, com a irreversível inferioridade da paixão e do desejo insatisfeito". Ainda escrevendo sobre esse período, Foucault continua (em uma seção intitulada "Loucura, civilização e sensibilidade") a oferecer seu relato e sua explicação para a alta incidência de distúrbios nervosos/mentais na época. "Não é apenas o conhecimento que separa o homem do sentimento; é a própria sensibilidade: uma sensibilidade que não é mais controlada pelos movimentos da natureza, mas por todos os hábitos, por todas as demandas da vida social." As mulheres que se nutriam de literatura (especialmente de romances) eram as mais propensas aos distúrbios nervosos: "a literatura separa a alma de todos os sentimentos imediatos e naturais e leva a um mundo imaginário de sentimentos violentos, proporcionais à sua irrealidade, menos controlado pelas bondosas leis da natureza". (Uma das curas da época para os distúrbios nervosos era expor o doente à paisagem, para que a tendência à subjetividade pudesse de alguma forma ser corrigida por essas "bondosas leis": é o que Elinor tenta fazer com Marianne, por exemplo, no capítulo XVI.) Foucault conclui essa seção do livro com as seguintes generalizações, um tanto exageradas, mas sugestivas:

> Na segunda metade do século XVIII, a loucura já não era reconhecida naquilo que traz o homem para perto de uma queda imemorial ou de uma animalidade indefinidamente presente; era, pelo contrário, situada nas distâncias que o homem toma em relação a si mesmo, ao mundo, a tudo o que é oferecido pela intimidade com a natureza; a loucura se tornou possível naquele meio em que as relações do homem com seus sentimentos, com o tempo, com os outros, estavam alteradas; a loucura se tornou possível por causa de tudo aquilo que, na vida e no desenvolvimento do homem, é uma ruptura com o imediato.

Apresentei as perspectivas de Foucault sobre o fim do século XVIII não para propor uma teoria absurda de que Marianne seja uma lunática raivosa, mas para sugerir que a "sensibilidade", um fenômeno psicológico relacionado ao início do movimento romântico, que por vezes foi caracterizado pelo tipo de excesso sem ironia facilmente ridicularizado pela sátira, também deve ser vista como sintomática de certo tipo de sociedade e, portanto, faz um comentário indireto sobre ela. Está claro, por exemplo, que Marianne conhece muito bem — ou talvez seja uma vítima dela — uma condição caracterizada por Foucault como a noção "da absoluta exterioridade das outras pessoas" e a "irreversível interioridade da paixão e dos desejos insatisfeitos", de modo que boa parte de seu comportamento posterior indica uma "ruptura com o imediato". Ela está de fato doente, com tanta intensidade quanto suas próprias paixões e fantasias. Qual é a natureza da sociedade em que essa doença surge, ao menos na forma como Jane Austen a descreve? Trata-se de um mundo completamente dominado por formas ou "anteparos", que podem se tornar mentiras. Para Marianne, as formas equivalem à falsidade; ela não participará desse baile de máscaras. Sua "habitual desatenção às formas de praxe" é observada o tempo inteiro. A sociedade para ela é algo banal como o interminável uíste que as outras adoram jogar; como não poderia deixar de ser, ela "não sabia jogar". Um típico exemplo disso ocorre quando um elogio insincero a uma mulher fria pede sua corroboração. "'Que mulher meiga é Lady Middleton!', disse Lucy Steele. Marianne ficou calada; era impossível para ela dizer o que não sentia, por mais trivial que fosse a ocasião; e, como sempre, coube a Elinor a tarefa de dizer as mentiras que a educação exigia." O adstringente realismo da visão de Jane Austen está comprovado na última parte da frase, pois a sociedade de fato se sustenta em mentiras necessárias. Marianne é quem exige que as formas externas projetem ou retratem com exatidão os sentimentos interiores; é essa exigência de sinceridade, esse horror à hipocrisia, uma das características mais simpáticas do movimento romântico. A dificuldade aqui é que, apesar de cada indivíduo poder ter um mundo interno de sentimentos e pensamentos diferente, existe apenas um mundo externo concreto, em que todos habitamos. Ninguém notou melhor que Jane Austen que, às vezes, vizinhos fisicamente muito próximos podem ser estranhos muito distantes em termos de pensamento. E, embora percebesse com clareza impiedosa a crueldade, a repressão e a maldade que as formas sociais tornavam possíveis, a desgraça que geravam, ela sabia que um mundo onde todos fossem sinceros, sempre dizendo a verdade pelo bem da própria consciência e nunca lançando uma mentira que ferisse a consciência alheia, seria simplesmente uma anarquia, na qual a "forma" pessoal de cada um anularia a de todos os outros.

De modo mais sutil, Jane Austen percebeu que muitas vezes justamente as pessoas que se diziam impacientes com as formas eram aquelas que de certo modo mais contavam com elas. Willoughby a princípio parece um jovem apaixonado, "negligenciando com excessiva facilidade as formalidades do bom tom", aos olhos sóbrios de Elinor; no entanto ele logo abandona sua sinceridade passional para garantir a riqueza e a posição social que o manterão em sua vida de ócio e autocomplacência. Os sentimentos de Marianne são muito mais profundos, e no entanto é digno de nota que o tempo todo ela espera uma opulência e um conforto maiores com o casamento do que a supostamente prudente Elinor (ela considera 2 mil libras por ano uma renda "modesta" para viver, enquanto para Elinor mil libras já seriam "riqueza"). Sob diversos aspectos esses dois namorados vivem às custas dos outros; Willoughby bastante literalmente, Marianne de maneira mais sutil, na medida em que, ao se entregar a cada variação do temperamento, fazendo poucas concessões às formas sociais, ela está na verdade passando a Elinor a tarefa de acobertá-la. É um dos toques de destreza de Jane Austen que Elinor seja uma boa pintora de aparadores de lareira, pois ela passa o tempo todo tentando aliviar ou harmonizar situações potencialmente abrasivas e discordantes, dando à realidade social um verniz artístico. É também um exemplo da complexidade da visão de Jane Austen que, quando os aparadores pintados por Elinor são insultados pela esnobe sra. Ferrars, Marianne se recuse a "aparar" sua fúria e sua raiva e expresse seu desprezo por aqueles maus modos. Não podemos deixar de simpatizar com seu extravasamento, quando não de efetivamente aplaudi-lo, o que significa que Jane Austen nos levou ao ponto de sentir uma aprovação e uma apreciação positiva tanto daquela que mantém o aparador como daquela que o descarta. Claramente, neste romance os vereditos simplistas não têm lugar.

A certa altura, Marianne exclama com energia para Elinor: "'nossa situação então é a mesma. Nenhuma de nós tem nada para contar; você porque nunca conta nada, e eu nunca escondo nada'". Isso na verdade não é justo com Elinor, que precisou manter silêncio pois prometera honrar um segredo, mas o comentário mostra uma diferença crucial entre Marianne, que "nunca esconde nada", e Elinor, que tenta conter sentimentos privados no interesse de preservar alguma ordem entre os filtros sociais necessários. Enquanto Marianne busca se expressar, Elinor trabalha para se conter, e Jane Austen captou essa diferença entre elas até mesmo no contraste das aparências. As formas de Marianne, "mesmo que não tão simétricas quanto as da irmã [...] eram mais impressionantes". Acrescentarei mais comentários sobre as duas mais adiante nesta introdução, mas acho que já é possível perceber que através delas coloca-se em foco um problema central daquela ou de qualquer outra sociedade. Quanto do mundo interno do indivíduo deve-se permitir extravasar no interesse da vitalidade pessoal e da saúde psíquica, e quanto do mundo externo deve-se permitir que exerça coerção e controle da realidade interna no interesse da manutenção de uma estrutura social que forneça definições e espaços significativos para as vidas de seus membros? Quando Elinor comenta com a mãe sobre Marianne e Willoughby, "'Não preciso de provas da afeição deles', disse Elinor; 'mas do noivado eu preciso'", ela demonstra a consciência desse problema. A "afeição" é uma disposição pessoal, e o "noivado" é um ato social — a afeição é uma questão interna não socializada, o noivado é uma subscrição aos simbolismos fixos e impessoais do mundo público. O que Elinor deseja é que o caso de amor de Marianne deixe o mundo informe dos sentimentos e penetre as formas definidoras da sociedade. De outro modo ela receia que não haja nenhuma continuidade real — e no caso está correta, embora pelo mesmo motivo não possamos dizer que Marianne esteja errada. O que desejo sugerir é que boa parte do drama do livro (o que inclui a comédia) trata precisamente desse ponto no qual as energias, os desejos e as necessidades do mundo privado afetam o público ou são afetados por ele. Quando Edward Ferrars, essa vítima das ambições sociais da família que levou uma vida de "inclinação *agrilhoada*" (grifo meu), enfim aparece para Elinor livre e decidido a se casar com ela, ele revela algo de seu nervosismo e de sua resolução por um ato inconsciente que nos faz pensar que Jane Austen talvez não ficaria tão surpresa com as formulações de Freud como a princípio poderíamos supor. "Ele se levantou da poltrona e caminhou até a janela, aparentemente por não saber como agir; pegou uma tesoura que havia ali, [...] estragando as lâminas e a bainha ao cortar esta última em pedaços enquanto falava [...]." Há momentos em que a tesoura destrói a bainha, assim como há momentos em que a tesoura fica guardada nela. Os sentimentos de Edward nesse momento podem sair de dentro da bainha com determinado propósito, pois ele os está direcionando para o casamento. As paixões de Marianne são mais fortes e menos propensas a serem "agrilhoadas"; não é surpresa que um vocabulário caracteristicamente intempestivo se associa a seus surtos emotivos — "Os sentimentos de Marianne então já tinham vindo à tona e posto um fim a toda a regularidade dos detalhes", "A indignação de Marianne extravasou": nela vemos claramente um exemplo do instinto de aniquilar as formas que a reprimem — da extrema impaciência da tesoura com a bainha. E, como seus fortes sentimentos não encontram o desempenho livre que desejam, eles perturbam e minam seu corpo até que ela solta aquele grito no centro do livro e no centro de Londres. É um grito abafado, pois a bainha está apertada em torno dela, por toda parte, mas um grito não articulado é mais eloquente do que qualquer linguagem que ela pudesse ter usado. E entre a compulsão de gritar de Marianne e o instinto aparador de Elinor, Jane Austen nos mostra alguns dos problemas e paradoxos envolvidos na vida em sociedade tal como ela conhecia.

Um desses paradoxos, conforme sugeri, é que aquela era um sociedade que forçava as pessoas a serem ao mesmo tempo muito sociáveis e muito reservadas. Elinor se retira para refletir em particular tanto quanto Marianne se retira para se deixar levar pelo próprio temperamento; e, mesmo na companhia dos outros, o "efeito da solidão" acontecia. "Sua mente se viu irrevogavelmente livre; seus pensamentos não podiam mais ser acorrentados a nada; e o passado e o futuro [...] hão de ter se revelado diante dela, hão de ter forçado sua atenção e reforçado sua memória, sua reflexão e sua fantasia." Essa solidão mental, que algumas vezes significa sofrimento mental, é reforçada na última linha do volume I — "Elinor se viu então livre para pensar e sentir a própria desgraça". Com essa breve cena, Jane Austen enfatiza como é comum que a liberdade interior resulte em aflição interior. Ao mesmo tempo, fica claro que há muitas pessoas nessa sociedade completamente desprovidas de vida interior. Sir John Middleton, por exemplo, é um homem afável, "cuja principal aflição na vida era o pavor de ficar sozinho". Tais pessoas são responsáveis por muitas das contiguidades que podem representar um esforço muito grande para as pessoas sensíveis, cujas angústias são de natureza muito mais interior e pessoal. A ênfase no envolvimento em realidades privadas e sociais ao mesmo tempo significa que muitas atividades importantes ocorrem no pequeno território onde as realidades interna e externa se encontram — os olhos. Marianne "virou para Elinor para ver como ela reagia a tais afrontas", "todos sentaram para olhar uns para os outros", "olhou-o com uma curiosidade que parecia dizer", "nada escapou à detalhada observação e à curiosidade geral desta última; ela reparou em tudo", "Edward [...] olhou-a com expressão tão séria, tão ardente, tão tristonha, como se dissesse", "Elinor [...] não pôde deixar de encará-lo fixamente, com um olhar que revelava todo o desprezo que ele provocava", "também seus olhos se fixaram nele com o mesmo assombro impaciente" — todo o vocabulário da visão está muito evidente o tempo inteiro, indicando quantas coisas acontecem nesse órgão tão sensível, que tanto conecta como separa a consciência e o mundo. Em um mundo de tantos segredos e supressões impostas, os olhos precisam ficar estranhamente ocupados, não apenas em busca de superfícies, mas também devendo penetrá-las, não apenas decifrando sinais, mas também os interpretando.

Em um mundo de anteparos, é inevitável que a informação que qualquer indivíduo recebe seja imperfeita, e os equívocos da insuficiência de provas podem levar ao engano. Pessoas com boas intenções podem, na verdade, agir para garantir más ações; a sra. Jennings fica feliz ao pensar que o coronel Brandon está propondo casamento a Elinor, mas na verdade ele está oferecendo ajuda a Edward e Lucy, sem saber da dor que isso deve causar a Elinor. Sinais ambíguos podem também causar dor mais diretamente, como quando Elinor toma a evidência empírica do anel de Lucy no dedo de Edward como sinal de um afeto genuíno da parte dele. Pode-se compartilhar muito da aversão de Marianne por toda forma de "disfarce" quando se vê a maldade e a angústia ensejadas por um mundo onde a verdade das coisas geralmente não se encontra na superfície. E é provavelmente Marianne quem sofre mais com o rosto falso do mundo social, quando é desdenhada de forma devastadora por Willoughby na festa em Londres. O cenário é importante: "uma sala esplendidamente iluminada, cheia de gente e insuportavelmente quente". As duas irmãs se mesclam à multidão "e tiveram sua cota de calor e inconveniência". Então Elinor vê Willoughby e começa o drama:

> Logo cruzaram olhares, e ele imediatamente fez uma mesura, mas sem esboçar tentativa de falar com ela ou de se aproximar de Marianne, embora fosse impossível que não a tivesse visto; e então retomou sua conversa com a mesma dama. Elinor virou-se involuntariamente para Marianne, para ver se ele havia lhe passado despercebido. Nesse momento, ela o viu pela primeira vez, e toda a sua expressão iluminou-se de súbito deleite; ela teria ido até ele naquele mesmo instante, caso a irmã não a tivesse retido.
>
> "Santo Deus!", Marianne exclamou, "ele está ali — ele está ali. — Oh! por que ele não olha para mim? Por que não posso falar com ele?"

Marianne iria direta e candidamente até o homem que ama e que imagina que também a ama. Mas o movimento direto e impulsivo não é tão simples nessa sociedade; é preciso atravessar a multidão, a luz ofuscante, as restrições das boas maneiras e do decoro, o opressivo calor geral — uma analogia da sociedade como um todo. Ali temos a bainha no máximo de sua restrição. Estão todos de certo modo presos e imobilizados, e como resultado toda a atividade acontece nos olhos. A mais severa acusação que se pode fazer do jogo social é que nesse ponto ele se presta inteiramente ao intuito de Willoughby, que pode usar as formas respeitáveis para compor uma falsidade emocional profunda às custas de Marianne. Ela, no entanto, exclama contra a traição das aparências. "Seu rosto enrubesceu intensamente, e ela exclamou com a voz muito emocionada: 'Santo Deus, Willoughby! O que significa isto?'." Nenhuma exigência de esclarecimento poderia ser mais justificada. Marianne, com as faces coradas (aqui uma medida de paixão sob pressão, como em Racine), protesta com ultraje e perplexidade contra a traição de toda a integridade emocional não só tornada possível como disfarçada pelas regras aceitas do jogo social. Assim, ela é uma figura que autentica o protesto com uma queixa que nada nem ninguém no romance jamais poderá responder. Revela sua agonia através de sintomas de doença e desfalecimento que não fará nada para esconder, enquanto Elinor, como sempre, "tentou protegê-la dos olhares alheios". Há uma verdade essencial nas condições de vida em sociedade expressa nessa luta silenciosa entre o grito e os anteparos. Enquanto isso, lady Middleton, para quem a superfície social e seus aparatos são a única realidade, continua seu jogo de cartas. O painel geral nesse ponto me parece bastante profundo para um romance supostamente defeituoso e insatisfatório.

Mas, se as regras e formas sociais inibem a ação mais expressiva, especialmente os gestos passionais sem censura, de modo que os olhos se movem mais do que as mãos, isso não significa que a ação foi cortada ou banida do mundo interior. Significa antes que boa parte da ação se passou para o mais abstrato, mas não menos intenso, domínio da linguagem. De todas as estruturas definidoras erigidas pela sociedade, a linguagem é a mais importante, não apenas porque a usamos para transmitir e herdar informação, mas porque é com a linguagem que damos forma a nossos sentimentos e identidade a nossos valores. É através da linguagem que a consciência do homem deriva significados e projeta propósitos a partir de seus encontros com a alteridade. E a qualidade de vida na sociedade depende de sua linguagem — do modo como essa sociedade formulou suas prioridades e orientou seus conceitos. Mas, evidentemente, existe outro aspecto desse aperfeiçoamento da linguagem. Por exemplo, ela é acessível a uma pessoa inescrupulosa que deseja projetar um modelo completamente falso da realidade, forjando ou invertendo qualquer situação. Ela "fala muito bem, com um feliz domínio da linguagem, que muitas vezes é usada, creio, para fazer o branco parecer preto". É o que é dito de lady Susan, uma das maiores manipuladoras da obra de Jane Austen. Isso mostra como somos todos vulneráveis a qualquer pessoa inescrupulosa com domínio dos códigos de nossa linguagem. E existe outro tipo de possível vitimização linguística em que nossa conduta está sempre à mercê das descrições interpretativas das outras pessoas. Assim Marianne faz uma vigorosa réplica ao aviso de Elinor de que ela estaria se "expondo" ao risco de "comentários impertinentes". "'Se os comentários impertinentes da senhora Jennings são a prova de uma conduta inapropriada, estaremos todas pecando a vida inteira.'" Isso não é apenas um gracejo às custas de uma bisbilhoteira irritante, embora bem-intencionada. É o protesto de um coração sincero contra as distorções da linguagem social, que ameaça continuamente o indivíduo a submeter seus sentimentos e suas ações individuais a redefinições depreciativas. Um dos aspectos mais importantes do movimento romântico é a recusa do indivíduo intensamente sensível a ter o significado de sua experiência definido pela linguagem de outra pessoa. De fato, existe um conceito que percorre o pensamento romântico de que toda linguagem é em certa medida falsificação, uma vez que envolve a transposição de sentimentos internos únicos em formas e termos públicos: existe até mesmo às vezes a sensação de que, assim como as leis e os tabus de uma sociedade determinam como um homem deve agir, a linguagem determina como ele deve se sentir. Quando Marianne diz a certa altura que "às vezes guardo meus sentimentos para mim, pois não encontraria linguagem que os descrevesse senão no que ficou gasto e banalizado de todo sentido e significado", ela está falando como uma romântica, preferindo guardar seus sentimentos intactos e em silêncio dentro de si, em vez de traí-los pelas formas gastas da linguagem disponível do mundo à sua volta. A linguagem que ela prefere é a dos primeiros poetas românticos, uma linguagem da solidão e não da sociedade, que se presta mais a expressar emoções do que a abordar problemas de conduta. E, caso pensemos que Jane Austen está armando uma simples oposição entre o discurso social e o "poético", devemos nos lembrar de que os autores favoritos de Marianne são também os favoritos de Jane Austen.

Sente-se, portanto, uma grande identificação com a convicção de Marianne de que a linguagem deveria ser usada para expressar sentimentos privados e não para preservar formas sociais. Mas Jane Austen via perfeitamente bem que, se todos limitassem a linguagem apenas à expressão de emoções sinceras, haveria uma anarquia de discurso comparável à anarquia de comportamento que resultaria da permissão que as ações fossem determinadas inteiramente pelos impulsos. Se precisamos conviver (e Jane Austen não concebia a alternativa do "mundo à parte" dos eremitas, dos expatriados, dos reclusos etc.), então é essencial que haja algum acordo sobre as convenções do discurso, assim como sobre as convenções do comportamento. É por isso que há tanta ênfase na obra dela na necessidade de chamar cada coisa por seu nome apropriado. Ela tinha plena consciência da relatividade da visão individual, de que as pessoas adquiriam uma impressão e uma interpretação diferente da mesma cena de acordo com sua perspectiva e com sua preocupação particular (por exemplo, "A sra. Dashwood, não menos atenta que a filha ao que se passava, mas com o pensamento influenciado de maneira muito distinta e portanto alerta de um modo bastante diferente"), mas também era capaz de ver que havia o perigo de esse relativismo afetar a linguagem a ponto de cada pessoa ter sua própria definição da mesma palavra. Boa parte da energia e dos esforços, não só de Elinor mas da própria Jane Austen, está orientada para uma tentativa de exatidão terminológica sutil, abrangente e abalizada. Um bom exemplo dessa preocupação pode ser encontrado no modo como o livro começa. No capítulo I, ela estabelece um vocabulário adequado para descrever e avaliar as diversas qualidades e excessos, ou possíveis fraquezas, de Marianne e Elinor. No capítulo seguinte, há um relato devastador da conversa entre a sra. Dashwood e o marido, no qual, com o mais especioso abuso da linguagem da razão e equilibrada consideração, ela convence John a não fazer absolutamente nada pelas irmãs — uma completa inversão do pedido do testamento do pai dele. Nessa incomparável racionalização da maldade e do egoísmo temos um exemplo insuperável da compreensão de Jane Austen do poder da linguagem de fazer o preto parecer branco. Tanto é assim que boa parte do conflito do livro se dá entre o uso apropriado e o uso inapropriado da linguagem; entre outras coisas, aprendemos com este livro que boa parte de nossa felicidade pode depender do modo como nomeamos as coisas e nossas experiências. A "riqueza" para Elinor é muito menos do que uma renda "modesta" para Marianne. De modo semelhante, o chalé de Barton é algo diferente conforme o nome que se dá à mesma construção: "Como residência, Barton Cottage, embora pequena, era confortável e compacta; mas como chalé tinha seus defeitos, pois a construção era simples, o telhado estava em ordem, mas as janelas não eram pintadas de verde, nem as paredes cobertas de hera". Se procuramos chalés e nos deparamos com casas, o descontentamento é quase certo; uma mudança do vocabulário pode servir para alinhar nossas imagens preconcebidas com a realidade existente, e Jane Austen está suficientemente distante de nosso tempo para pensar que, com esforço, as palavras poderiam coincidir com as coisas, e que boa parte de nossa dignidade e de nossa paz de espírito dependia de fazer isso.

Sendo assim, distinções cuidadosas são feitas o tempo todo. "Interesse" pode ser diferenciado de "prudência"; "insipidez" não deve ser confundida com "gravidade"; "serenidade dos modos" não é necessariamente a mesma coisa que "sensatez"; o mero ruído de uma reunião noturna não deve ser confundido com uma verdadeira "conversa". Personagens tolos ou coisa pior se revelam através de seus abusos da linguagem. Robert Ferrars considera alguém uma pessoa "de valor" apenas porque "a casa, o estilo de vida, tudo indica uma renda altíssima" — um equívoco grosseiro, mas bastante comum, entre o comercial e o espiritual. John Dashwood considera que sua esposa tem a "firmeza de um anjo", provavelmente a analogia mais inapropriada de todo o livro. A srta. Steele considera uma pessoa "muito fina" porque "ganha uma quantidade assombrosa de dinheiro", mas evidentemente a vulgaridade comparativa das percepções e dos valores dela e de Lucy é revelada por seus lapsos de linguagem e suas grosserias durante as conversas. Willoughby é, como o sedutor tradicional, dono de uma lábia suave e mostra um domínio sem esforço dos modos persuasivos apropriados do diálogo. Como Henry Crawford em *Mansfield Park*, possui um dom para interpretar vários papéis, o que é indicado em uma breve alusão à sua perícia na leitura de peças de teatro, embora ele não permaneça tempo o bastante com Marianne para terminar de ler *Hamlet*. (Podemos imaginar que ele tenha chegado até a parte em que Hamlet inexplicavelmente rejeita Ofélia.) Mas mesmo sua exploração e sua improvisação fluente podem chegar ao ponto do silêncio, quando, ao admitir para Elinor ter recebido um bilhete de Marianne declarando que ela ainda gostava dele e confiava nele, revela: "Não pude responder. Tentei — mas não consegui formular uma frase". A destreza sem pudores e a duplicidade de seu discurso levaram-no a um ponto em que ele perde a capacidade de falar o que de fato pensa. Enquanto Marianne ocasionalmente se submete ao silêncio da sinceridade, o silêncio de Willoughby é de vergonha.

Elinor e Marianne estão o tempo todo apresentando diferenças terminológicas de opinião, como era de esperar, uma vez que cada uma dá definições baseadas em um viés particular do próprio temperamento. Elinor declara que Brandon é "homem sensato, educado, informado, de conversa delicada, e creio que dono de um bom coração"; Marianne prefere o modo negativo: acredita que ele não tem "gênio, bom gosto ou presença de espírito. Seu entendimento das coisas não tem brilho, seus sentimentos não têm ardor, sua voz não tem expressão". Nisso, pode-se dizer que Marianne não está sendo inteiramente justa, mas os comentários da jovem efusiva não podem ser inteiramente negados pelos termos de Elinor. Outro exemplo de como a linguagem muda conforme o ponto de vista encontra-se nas conversas entre Marianne e Edward Ferrars sobre a paisagem local. Marianne reage a todo o panorama de colinas, bosques e plantações falando de "exuberância"; Edward olha a condição do caminho, pensa no inverno e fala em "barro". Mais adiante, Edward admite que seu vocabulário se baseia em uma espécie de empirismo sem emoção, em uma neutralidade descritiva: "Eu chamaria de íngremes, colinas que são ousadas; de estranhas e ásperas, superfícies que são irregulares e escarpadas; e chamaria objetos distantes de invisíveis, o que só seria o caso através do meio diáfano de uma atmosfera turva". Ele fala e vê mais em termos de utilidade do que de beleza natural — "Não entendo nada desse tal pitoresco". De modo similar, Elinor é também mais seca com relação à "paixão por folhas mortas" que tanto entusiasmo provoca em Marianne: "com que sensações de enlevo as vi cair outrora! Como eu adorava vê-las esvoaçar à minha volta quando caminhava, sopradas pelo vento! Que sentimentos a estação e o ar juntos inspiravam! Agora não há ninguém que se importe com elas. São vistas apenas como incômodo [...]". A questão pode ser mesmo levantada — elas deveriam ser vistas de outro modo afinal? Mas seria errado pensar que a simpatia de Jane Austen está inteiramente do lado de Edward e Elinor nesse debate linguístico. Embora o culto das efusões diante dos méritos pictóricos e estéticos do cenário natural fosse responsável por algumas reações afetadas na época de Jane Austen, ela era capaz de ver "exuberância", além de "barro", na paisagem natural, e um prazer diante da natureza apenas ligeiramente mais moderado do que o de Marianne fica evidente em todas as suas obras. Por mais tolo que o entusiasmo de Marianne com folhas e colinas possa soar a ouvidos utilitaristas, é ela quem confere valor estético ao ambiente natural pela qualidade de sua reação. O valor que as folhas mortas, ou qualquer outro objeto, possam ter na ausência do olho humano para percebê-las é um problema filosófico amplo demais para ser abordado aqui; mas o simples fato de Jane Austen permitir que esse problema apareça em uma obra de sua juventude demonstra que ela provavelmente compreendera bem os famosos versos de Coleridge dirigidos à natureza:

> Recebemos apenas o que damos
> E é só na nossa vida que vive a Natureza
> Nosso é seu véu nupcial, nossa é sua mortalha!*

Na época em que Jane Austen escrevia — a mesma de Coleridge e Wordsworth —, havia maior consciência de que o modo como um indivíduo reagia à natureza era ao mesmo tempo uma revelação das disposições de sua paisagem interior, de que a natureza é o que vemos e o nome que lhe damos. Marianne conferia um véu nupcial à natureza, e algumas de suas reações, ainda que motivadas por seu entusiasmo literário, indicam também uma generosidade e um calor de espírito, uma capacidade de apreciação e de simpatia que Jane Austen sem dúvida valorizava. (Marianne tem imaginação, Elinor se limita a fantasiar — uma distinção apropriadamente coleridgiana.) Edward, é preciso que se admita, provavelmente envolveria a natureza em uma mortalha.[3] Devemos parar aqui, nas raias da epistemologia; basta nos darmos conta de que Jane Austen de modo algum pretendia dar uma justificativa desqualificada da perspectiva e do vocabulário da razão, fosse no comportamento ou na linguagem — Marianne confere uma nova dimensão ao ardor e à vitalidade do mundo do livro, e a autora tinha plena consciência disso.

Farei uma última observação sobre o papel desempenhado pela linguagem no livro. Ciente das tendências centrífugas e contrárias do eu, da sociedade e da linguagem, Jane Austen claramente via o equilíbrio como uma virtude fundamental a ser almejada. Assim, quando os

* Trecho de "Dejection: An Ode". No original: "*O Lady! we receive but what we give,/ And in our life alone does Nature live:/ Ours is her wedding garment, ours her shroud!*". (N. E.)

personagens atingem o equilíbrio, seu discurso também tende ao equilíbrio. Por exemplo, quando a doença de Marianne a conduz a uma consciência mais "equilibrada" das coisas, seu discurso reflete essa transformação. "'Não deixe, minha querida Elinor, que sua bondade defenda o que sei que seu juízo deveria censurar [...]'". Ao adotar essa cadência, pode-se ver que suas frases começam a se estabilizar e a se equilibrar; a harmonia sintática e métrica do discurso é sintoma de uma mente em harmonia consigo mesma. É o modo como a própria Jane Austen muitas vezes escreve; sobre Elinor, por exemplo: "impaciente para acalmá-la, embora sincera demais para a lisonja". A prosa, como a trama, tende a incorporar — e chega a isso — aquelas simetrias constantes que a autora considerava indispensáveis para uma existência genuinamente civilizada.

Voltemos, por fim, às duas irmãs, pois a amorosa tensão entre elas, o debate constante sobre "como ser" que se precipita simplesmente justapondo-as em quaisquer circunstâncias, é o verdadeiro tema do romance. Podemos começar considerando as diferenças marcantes na reação de cada uma à chegada do cavalheiro desconhecido, Willoughby, na região. Sir John, com sua tendência a avaliar um homem pela companhia canina, diz primeiramente que Willoughby é "dono da melhor cadela de caça que já vi, uma pretinha". Elinor, contudo, não se contenta com essa informação um tanto marginal. Ela quer saber quem ele é, de onde vem, e se ele "tem casa em Allenham". Isso no entanto tem pouca importância para Marianne, muito mais interessada no gosto de Willoughby pela dança e pela caça; é disso que ela gosta em um rapaz: "Quaisquer que sejam suas aspirações, sua avidez em persegui-las não deve conhecer moderação". Elinor quer saber sobre o homem social — o construtor da casa. Marianne está interessada no homem mais primitivo, mais dionisíaco — o dançarino. A atividade de um é transformar energia em estrutura; a do outro, a liberação estilizada de energia em gesto. Ambos são, evidentemente, essenciais para qualquer tipo de vida social, mas a disposição de um ou outro pode ser preponderante. Desse modo, Elinor possui um instinto para a quietude e a serenidade, enquanto Marianne possui uma preferência resoluta pelo movimento veloz (é quando ela corre — e cai — que Willoughby a encontra, e ela gosta de andar a cavalo tanto quanto Mary Crawford em *Mansfield Park*), e o que transparece em seus olhos é "uma vida, um espírito e uma avidez". Lembramo-nos de que as formas de Elinor eram mais "simétricas"; as de Marianne, mais "impressionantes". Claramente uma combinação das duas "formas" seria o mais interessante para Jane Austen; contudo, tão claramente quanto isso, ela era capaz de ver que essas formas possuem uma tendência inerente a se separar. É talvez uma fraqueza do livro, ou uma severidade da autora, que nenhuma concessão da parte das duas irmãs seja contemplada, assim como sentimos falta de um tipo de homem que possa ser algo entre os pouco excitantes "construtores", Brandon e Ferrars, e o "dançarino" de segunda categoria que Willoughby se revela (indigno de seu predecessor, Lovelace, e de seu remoto sucessor, Heathcliff).

Se as irmãs diferem em suas atitudes com relação à estabilidade e à energia, diferem também de modos mais sutis quanto aos fatores que devem determinar a conduta. Eis um diálogo crucial:

> "Receio", respondeu Elinor, "que nem sempre uma atividade prazerosa seja necessariamente apropriada."
>
> "Pelo contrário, é a prova mais forte disso, Elinor; se houvesse de fato algo impróprio no que fiz, eu teria me dado conta disso na hora, pois sempre sabemos quando estamos agindo mal, e com tal convicção eu não teria sentido nenhum prazer."

Elinor pertence àquela escola de pensamento que considera a conduta virtuosa uma tarefa árdua, envolvendo dolorosos ajustes às formas controladoras da sociedade e desagradáveis frustrações das tendências pessoais. Podemos identificar essa escola de pensamento como cristã, estoica ou até mesmo vagamente clássica. Mas outra escola surgiu do racionalismo iluminista, com uma visão mais otimista do homem geralmente associada aos filósofos franceses, mas com muitos adeptos ingleses. John Stuart Mill caracterizou-a com admirável clareza e brevidade em seu ensaio sobre Coleridge:

> O erro dos filósofos foi antes ter confiado demais naqueles sentimentos [de moralidade]; acreditavam ser arraigados mais profundamente na natureza humana; e não tão dependentes, como de fato são, de influências colaterais. Pensavam neles como um desenvolvimento natural e espontâneo do coração humano; tão presos a este que sobreviveriam inabaláveis, impávidos, quando o sistema como um todo, das opiniões e dos costumes em que estavam habituados a viver entranhados, foi violentamente esfacelado.

A ideia de Rousseau de que os impulsos humanos inatos são bons e de que é a sociedade que os obstrui ou corrompe certamente havia chegado a Marianne, e ela também ficaria feliz em "esfacelar" boa parte daquele "sistema das opiniões e dos costumes" que espíritos mais sóbrios, como Elinor (e a bem dizer o próprio Mill), viam como tão necessário quanto as "influências colaterais" à boa conduta. Marianne é uma mulher de quem se pode dizer que "seus motivos são justamente suas paixões", como Henry James disse de Hedda Gabler; o problema é que ela também acredita que os sentimentos que transbordam de maneira espontânea de dentro de uma pessoa são intrinsecamente morais, e portanto os melhores motivos possíveis para a ação. Aqui mais uma vez vemos Jane Austen se concentrar em um tema que define substancialmente o tipo de sociedade em que vivemos — as virtudes da "liberdade" em oposição às necessidades do "controle". Elinor, com seu tato magnânimo, seu instinto para o acordo e a manutenção das aparências e seus poderes de modificar e reconciliar, é claramente membro indispensável da sociedade; nos termos do livro, pode-se dizer que ela é um de seus pilares. E no entanto reagimos muito positivamente diante da sinceridade confiante de Marianne, não podemos deixar de achar atraente sua generosa capacidade de sentir, nem deixar de nos solidarizar com seu sofrimento genuíno e sua doença. Vemos perfeitamente que boa parte do trabalho de manter uma sociedade mais civilizada recai sobre Elinor — e Jane Austen sabe que tarefa ingrata isso pode ser. Porém, de forma alguma isso torna menos atraente uma menina que, como Keats, acredita que "os afetos do coração são sagrados".

Duas irmãs, portanto, embora não seja um simples dualismo. Elas não são meras cifras da paixão e da razão, do impulso e da restrição, do sentimento e da forma, do poético e do prosaico. Mas é verdade que projetam uma divisão básica, uma fissura da civilização tal como Jane Austen a conheceu, talvez como nós a conhecemos. Ao longo de todo o século XIX será possível encontrar escritores utilizando irmãos e irmãs para projetar diferentes aspectos de um único ser. O mais famoso exemplo está em *Os irmãos Karamazov*, que, com as diferentes ênfases em corpo, mente e espírito, parecem ser três partes de um indivíduo total — o filho coletivo do pai deles, talvez o próprio Homem em si. Jane Austen dificilmente tentou algo tão ambicioso quanto Dostoiévski, mas ela deixa claro que Elinor e Marianne encarnam, ligeiramente mas de modo crucial, noções diferentes sobre como viver, e que a sociedade só tolera uma delas (assim como George Eliot faz com Maggie e Tom Tulliver). Fica evidente que ela pôs tanto de si em Marianne como em Elinor, de modo que, sob determinado ponto de vista, podemos imaginar que se trate de uma parábola psicológica escrita no mínimo para seu próprio benefício — as duas irmãs compõem um único eu dividido. Porém, se considerarmos que o estado ideal das coisas é aquele destacado por E. M. Forster ao lidar com a ideia de "conexão" — conexão dos Schlegel com os Wilcox, da poesia com a prosa, da sensibilidade com a razão —, para Jane Austen as circunstâncias da vida social não permitiam conectar as duas irmãs; uma delas seria, e deveria ser, subordinada. Por isso introduzi de passagem o título de Freud, *O mal-estar na civilização*, pois Marianne sofre de uma neurose provocada pela repressão, e sua doença é justamente o custo pago por seu ingresso na estabilidade sedada da vida civilizada contemplada no final do livro. Antes da doença, seus olhos são brilhantes, ávidos, cheios de um espírito exuberante; depois — inclusive como sinal de sua recuperação —, ela olha para Elinor com "um olhar racional, embora lânguido". "Minha doença me fez pensar", ela diz, ao pedir desculpas por sua "falta de generosidade para com os outros"; é como se a virtude social e a debilidade estivessem intimamente conectadas. Freud dificilmente teria sido mais sucinto ao sugerir o preço pago pela aquisição da "razão". Sua visão agora é mais clara; porém sua energia se transformou em languidez. Ela foi domada e está pronta para a "cidadania".

Certamente essa é a parte mais fraca do livro — o modo como Marianne se mostra ao final. Ela se casa com Brandon para seguir o padrão, para satisfazer àquele instinto de acomodação harmônica que é parte da estrutura da sociedade e do livro. Sua energia é sacrificada em benefício da geometria. Jane Austen sugere até mesmo a coerção — na forma de pressão afetuosa

— envolvida nessa decisão. Edward e Elinor querem ver Marianne estabelecida na "mansão senhorial" de Brandon, assim como Jane Austen quer vê-la firmemente colocada em seu romance. Todos os personagens concordam que Brandon possui muitas virtudes e sofreu muito, e "Marianne, segundo o consenso geral, deveria ser a recompensa". "Diante de tamanho conluio contra ela", Jane Austen prossegue com essa palavra ambígua, "o que mais ela poderia fazer?" Marianne capitula; dito de outra forma, o "conluio" da sociedade e da autora demonstra ser um força poderosa demais para ela. O relato que Jane Austen faz da transformação de Marianne é quase bruscamente seco. "Marianne Dashwood nascera com um destino extraordinário. Nascera para descobrir a falsidade das próprias opiniões e para contradizer, por sua própria conduta, suas máximas favoritas." E, um parágrafo depois, "ela se viu, aos dezenove anos, submetendo-se a um novo afeto, assumindo novos deveres, morando em um novo lar, esposa e senhora de uma família, e benfeitora de um povoado". Ela está agora seguramente "colocada" — na sociedade, no livro. É possível ter pelo menos duas reações a isso. Pode-se achar que há algo punitivo na domesticação de Marianne e tudo o que ela encarna, que algo está sendo enquadrado, em uma espécie de vingança. É como se a autora tivesse feito questão de mostrar que os sentimentos românticos são radicalmente inviáveis na sociedade. Olhando em retrospecto para o livro, pode-se notar que muitas vezes a validade das reações de Marianne é subitamente minada por um viés caricatural — como se Jane Austen estivesse se defendendo de sua própria criatura. Como sua criadora, certamente, ela gosta de Marianne, mas não estaria também um tanto assustada com ela? O que sem dúvida é verdadeiro é que a autora não se dedica a uma exploração completa da "sensibilidade" — como, por exemplo, George Eliot (uma grande admiradora de

Jane Austen) faz com Maggie Tulliver, outra personagem irreconciliável com a sociedade por conta de sua intensidade passional. O que George Eliot tem a coragem de mostrar é que o único caminho para Maggie é a morte; sendo como é, não existe literalmente nenhum lugar para ela na sociedade. A mesma intuição se encontra em outra descendente de Marianne — a Cathy de *O morro dos ventos uivantes*. Jane Austen para bem antes desse tipo de investigação. E, no entanto, Marianne, na verdade, morre. Qualquer que seja o nome que se dê ao autômato que se submete aos planos ou aos parentes e se junta ao jogo social, aquela não é a verdadeira Marianne, e na simetria desvitalizada da conclusão algo valioso se perdeu. Ela "concede" ao casamento com uma vingança — usando a expressão de outra dama espirituosa, a Millamant de Congreve. Mas *Razão e sensibilidade* se preocupa em retratar a existência e o poder da vida interior das emoções, mas retorna à superfície no final e se resolve com uma brusca manipulação do enredo, a ponto de nos perguntarmos se Jane Austen tinha intenção de criar uma última e amarga ironia. É certamente difícil saber como reagir a esse final. Entre outras coisas, isso nos lembra que Jane Austen é também uma belíssima pintora de aparadores, e é difícil não sentir que com esse final ela expõe sobre a tela, quase intencionalmente, algo de si. Ficamos com a furtiva suspeita de que uma das coisas ocultas por trás desse aparador é um final potencialmente trágico.

Por outro lado, pode-se, ao final, aplaudir o realismo obstinado que reconhece que os consolos sociais só se obtêm às custas de uma contenção, mais rigorosa em alguns casos do que em outros, da intensidade dos impulsos e de uma redução disciplinada da autocomplacência das fantasias emocionais solitárias. Mas também é o caso de se perguntar que consolo a sociedade poderá ter para Marianne depois de sua experiência dilacerante

— a verdadeira Marianne, como Ofélia, também poderia ter optado pela abençoada inconsciência do fundo do rio. "Se eu tivesse morrido — teria sido autodestruição", ela diz, embora muito ciente da inclinação ao suicídio que trazia dentro de si. Evidentemente deve-se reconhecer aqui que, para Jane Austen, a estrutura da sociedade era mais poderosa do que a estrutura de sentimentos de qualquer indivíduo e seria sempre capaz de contê-la — embora, como o romance mostra, ela soubesse muito bem como essa contenção podia ser dolorosa. Mas caberia a futuros romancistas, como Emily Brontë, revelar como esse estado de coisas poderia ser invertido e mostrar a estrutura social se dissolvendo diante da inegável força da paixão individual. Não que Jane Austen necessariamente valorizasse mais a sociedade que o destino dos indivíduos; ao contrário, ninguém antes dela mostrou de modo tão penetrante as possíveis desgraças de uma existência social compulsória. Mas isso para ela era um dado inalterável, e qualquer que fosse a vida que tivessem a razão e a sensibilidade, qualquer que fosse o espaço e a satisfação que a inteligência e a sensibilidade conseguissem garantir, isso se daria dentro da sociedade. Como afirmou Ian Watt, Jane Austen sem dúvida achava Marianne encantadora, mas considerava suas "táticas imprudentes".

> Jane Austen, é possível se arriscar a dizer, pensava que na vida a sensibilidade acabaria naufragando se não fosse orientada pela sensatez, pois seu percurso não levaria em conta o que ela pensava ser a verdadeira e supostamente inalterável configuração da sociedade. Marianne teve sorte não só de encontrar o coronel Brandon esperando por ela, mas também de ter uma irmã como Elinor, dotada de uma visão mais realista daquilo que o indivíduo pode conceder sem perder a integridade.

Trata-se de uma observação muito pertinente, e talvez haja mais sabedoria no modo como o romance se conclui do que uma geração pós-romântica — e somos todos pós-românticos — é capaz de reconhecer à primeira vista. Certamente não iríamos contra o espírito do livro se, ao ceder diante dessa sabedoria, nos lembrássemos do grito por trás do aparador, da tesoura que luta dentro da bainha. Temos todas as evidências de que Jane Austen tinha em mente uma reação complexa e não complacente.

Pois, em um livro que, no fundo, é sobre a medida em que a "natureza" deve ser reformada e "podada" para tornar a "sociedade" possível, a decisão só pode ser uma pausa temporária em uma dialética sem fim. A certa altura ouvimos que John Dashwood, um bom exemplo de pessoa fútil, egoísta e estúpida que consegue se sair bem na sociedade, está derrubando as árvores para construir uma estufa. "As velhas nogueiras serão todas derrubadas para abrir espaço para a obra." É só mais um exemplo menor de sua falta de sensibilidade geral, algo que Elinor deixa passar sem hesitar. Porém, mesmo dessa forma mínima, esse episódio mostra o permanente paradoxo da civilização. O homem continuamente devasta a magnífica natureza selvagem para construir suas estufas nas clareiras; podemos ver a artificialidade da vida nessas estufas na cena da festa em que Willoughby esnoba Marianne. Jane Austen não seria a primeira pessoa a sentir que algumas árvores ficam melhor de pé, e que seria melhor que algumas estufas jamais fossem construídas. Mas ela não era sentimental com o selvagem, e reconhecia que a sociedade é necessariamente uma depredação mais ou menos contínua da natureza. O que está implícito em toda a sua obra é que a sociedade humana precisa ser de fato muito boa para justificar as "trilhas" abertas na natureza — tanto em nossos sentimentos como em meio às árvores a nossa volta — para construí-la e assegurar sua existência. Com esse fim, a razão e a sensibilidade devem trabalhar juntas o mais intimamente possível. Mas — esta é outra lição de seus romances — esse trabalho não é fácil, e a possibilidade da dor existe a cada passo do caminho. Um equilíbrio perfeito entre as duas continuará sendo um sonho de artista, enquanto muitas casas servem de meras prisões para dançarinos outrora brilhantes, e estufas continuam sendo erguidas onde um dia grandiosas árvores balançavam no ar mais generoso.

NOTAS

1 *Jane Austen: A Study of Her Artistic Development*, Chatto & Windus, 1965.

2 O sr. Litz indica *Letters of Julia and Caroline*, de Maria Edgeworth, 1795, em que duas irmãs também representam a razão e a sensibilidade.

3 Esse diálogo me lembrou a resposta de Ruskin a um palestrante que defendia que, do ponto de vista científico, a flor era algo que não existia. Ruskin respondeu recorrendo a uma linguagem deliberadamente não científica: "E, quando as folhas se casam, vestem véus de casamento, e são mais gloriosas do que Salomão em toda a sua glória, e dão banquetes de mel, e nós as chamamos de flores. De certo modo, portanto, vê-se que o palestrante tinha toda a razão. Não existem flores — há apenas folhas contentes". Ou seja, ele contrapõe ao vocabulário científico as poderosas respostas bíblicas de seu próprio estilo, então sentimos que seria preferível estar "errado" com Ruskin do que "certo" com o cientista em virtude do poder persuasivo superior de sua sensibilidade e linguagem incomparáveis. Marianne, sem dúvida, teria preferido.

Nota sobre o texto*

O texto foi tirado da primeira edição de *Razão e sensibilidade*, publicada em 1811, mediante encomenda da autora a Thomas Egerton. Jane Austen corrigiu as provas na casa de seu irmão Henry, na Sloan Square, 64, em abril de 1811. A publicação da primeira edição foi anunciada em novembro. Em carta a Francis Austen, datada de 3 de julho de 1813 (*Letters*, 81, p. 317), Austen dizia estar contente que a primeira edição havia esgotado e que ela recebera 140 libras em troca (a edição fora publicada às suas próprias custas). A segunda edição, que saiu em novembro de 1813, também foi publicada por Egerton e continha diversas correções e cortes. Essas alterações parecem ter sido obtidas de um exemplar com marcas de revisão da primeira edição, e supõe-se que tenham sido feitas pela própria autora. No entanto, os diversos erros de impressão da segunda edição sugerem que ela não releu as provas do romance depois de composto e diagramado. Novos erros foram portanto introduzidos na segunda edição, e a primeira, na qual aparentemente a autora esteve mais envolvida, pode ser uma versão mais fiel de sua intenção original. As tiragens estimadas da primeira e da segunda edição teriam sido de mil exemplares cada.

* A política editorial foi a da mínima intervenção. Não foi feita nenhuma tentativa de modernizar a pontuação ou de padronizar a grafia, já que variantes eram aceitáveis na época. (N. E.)

Razão e sensibilidade

VOLUME I*

* *Razão e sensibilidade* foi lançado originalmente em três volumes. Para manter a divisão nesta edição, os cabeçalhos à esquerda informam o volume e o capítulo da primeira edição e os cabeçalhos à direita informam o número do capítulo em sequência numérica contínua. (N. E.)

I

A família Dashwood estava estabelecida havia muito tempo em Sussex. O terreno era grande, e a casa ficava em Norland Park, bem no centro da propriedade onde, por muitas gerações, viveram respeitavelmente, de modo que todos os conhecidos da região tinham uma boa opinião deles. O último dono da propriedade era solteiro e viveu até idade muito avançada, tendo sido acompanhado durante muito tempo pela governanta e pela irmã. Quando a irmã morreu, dez anos antes dele, houve uma grande alteração no lar; para compensar a perda sofrida, ele convidou e recebeu em casa a família de seu sobrinho Henry Dashwood, herdeiro legal de Norland e pessoa para quem pretendia deixar a propriedade. Na companhia do sobrinho, que tinha esposa e filhos, os dias do velho cavalheiro passaram confortavelmente. Sua ligação com eles se fortaleceu. As constantes atenções do sr. e da sra. Henry Dashwood às suas vontades, oriundas não apenas do interesse, mas também da bondade de seu coração, forneceram-lhe todas as instâncias do conforto que sua idade poderia receber; e a alegria das crianças acrescentou-lhe tempero à existência.

De um casamento anterior, o sr. Henry Dashwood tinha um filho: de sua esposa atual, três filhas. O filho, um rapaz pacato e respeitável, fora fartamente abonado pela fortuna da mãe, que era vultosa, e cuja metade lhe havia sido transmitida quando atingiu a maioridade. Com o casamento, que ocorrera pouco depois, o filho ficou ainda mais rico. A esposa era dona de uma renda considerável ao casar, e viria a receber fortuna ainda maior da parte da mãe, uma viúva que dispunha de muito a oferecer. Para ele, portanto, a herança da propriedade de Norland não era, na verdade, tão importante quanto para suas irmãs; pois, além do que poderiam receber se herdassem do pai a propriedade, não sobraria muito para elas. A mãe não tinha posses, e o pai dispunha de uma renda de apenas sete mil libras; o restante da fortuna da primeira esposa também fora assegurado ao filho, e ele tinha apenas o direito de usufruir da propriedade.

O velho cavalheiro morreu; seu testamento foi lido e, como quase sempre acontece, provocou doses iguais de frustração e prazer. Ele não foi injusto ou ingrato a ponto de tirar a propriedade do sobrinho; — mas deixou-a em termos que comprometiam metade do valor do legado. O sr. Dashwood a queria mais pela esposa e pelas filhas do que por si mesmo ou pelo filho — mas para o filho dele e para o filho do filho, uma criança de quatro anos de idade, a propriedade foi assegurada, de tal modo que não lhe restaram poderes de prover aquelas que lhe eram mais caras e que mais necessitavam ser providas, fosse por uma divisão do espólio, fosse através da venda de seus valiosos arvoredos. O total estava atrelado em benefício dessa criança, que, em visitas eventuais com o pai e a mãe a Norland, havia conquistado a afeição do tio, com aquela atração que não é nem um pouco incomum em crianças de dois ou três anos; a fala imperfeita, o sincero desejo de fazer tudo a seu modo, inúmeras artimanhas e um bocado de barulho de certo modo haviam superado o valor de toda a atenção que, durante anos, ele recebera da esposa do sobrinho e de suas filhas. Mas ele não quis ser cruel e, como sinal de sua afeição pelas três meninas, deixou mil libras para cada.

A frustração do sr. Dashwood foi, a princípio, grande; mas seu temperamento era alegre e sanguíneo, e ele contava, com certa razão, viver ainda muitos anos e, com parcimônia, amealhar quantia considerável a partir dos rendimentos de uma propriedade já grande e passível de melhorias quase imediatas. Mas a fortuna, de tão tardio recebimento, seria sua por apenas um ano. Ele não sobreviveria mais ao tio; dez mil libras, incluindo o que foi legado pelo falecido, foi tudo o que restou para a viúva e as filhas.

O filho foi chamado assim que o perigo se tornou conhecido, e a ele o sr. Dashwood recomendou, com toda a força e a urgência que a doença lhe podia incitar, que cuidasse do interesse da madrasta e das irmãs.

O sr. John Dashwood não nutria fortes sentimentos pelo resto da família; mas fora afetado por uma recomendação daquela natureza, naquele determinado momento, e prometeu fazer tudo em seu poder para deixá-las em situação confortável. O pai se viu aliviado por tais garantias, e o sr. John Dashwood teve então oportunidade de considerar quanto exatamente, com prudência, podia fazer por elas.

Ele não era um rapaz ruim, a não ser que um coração frio e certo egoísmo constituam maldade: ele era, em geral, respeitável; pois agia com propriedade no desempenho de suas tarefas cotidianas. Se tivesse casado com uma mulher mais amável, poderia ter sido ainda mais respeitado: — talvez chegasse mesmo a ser amável; pois era muito jovem quando se casou e gostava muito da esposa. Mas a sra. John Dashwood era uma veemente caricatura do marido; — mais tacanha e egoísta.

Quando ele fez a promessa ao pai, pensava consigo mesmo em aumentar a fortuna das irmãs com um presente de mil libras para cada uma. Pensara, então, que isso seria justo. A perspectiva de quatro mil por ano, somados à renda que ele já tinha, além do que restava de sua metade da fortuna da mãe, aqueceram-lhe o coração e o tornaram capaz de generosidades. — "Sim, ele ficou de dar três mil libras: que bonito, que magnânimo! Seria o bastante para que vivessem perfeitamente tranquilas. Três mil libras! Ele poderia dispor da considerável quantia com a mínima inconveniência." — Ele pensou nisso o dia inteiro, e por dias a fio, e não se arrependeu.

Mal havia passado o funeral, a sra. John Dashwood, sem avisar a sogra de suas intenções, chegou com o filho e as criadas. Ninguém poderia contestar seu direito; a casa era de seu marido após a morte do pai; mas a indelicadeza de sua conduta foi imensa mesmo assim, e para uma mulher na situação da sra. Dashwood, cheia dos mais compreensíveis sentimentos, deve ter sido profundamente desagradável; — e na cabeça dela havia uma noção de honra tão aguçada, uma generosidade tão romântica, que qualquer ofensa desse tipo, provocada ou recebida por quem quer que fosse, era para ela uma fonte perene de desgosto. A sra. John Dashwood nunca fora a pessoa favorita de ninguém na família do marido; mas não tivera, até então, oportunidade de demonstrar com quão pouca atenção ao conforto alheio era capaz de agir quando a ocasião exigia.

A sra. Dashwood sentiu tanto essa atitude mesquinha, e desprezou sua nora por isso com tanta sinceridade, que, quando ela chegou, teria deixado a casa para sempre, não tivesse a filha mais velha levado-a a refletir sobre a pertinência dessa partida; seu terno amor pelas três filhas a fez depois resolver ficar e em nome delas evitar um rompimento com seu irmão.

Elinor, a mais velha, cujos conselhos foram tão efetivos, possuía a força do entendimento e a tranquilidade do juízo, que a qualificavam, embora com apenas dezenove anos, a ser conselheira da mãe e lhe permitiam muitas vezes contrabalançar, para benefício de todas, aquele espírito inquieto da sra. Dashwood que em geral a levava à imprudência. Tinha muito bom coração; — sua disposição era afetuosa e seus sentimentos eram fortes; mas ela sabia como governá-los: era um conhecimento que sua mãe ainda precisava adquirir, e que uma de suas irmãs estava decidida a nunca aprender.

Os talentos de Marianne eram, em muitos aspectos, bastante parecidos com os de Elinor. Ela era sensível e inteligente; mas ardorosa em tudo; tristezas, alegrias, nada nela era moderado. Era generosa, amável, interessante: mas era tudo menos prudente. A semelhança com a mãe era impressionante.

Elinor observava, com preocupação, o excesso de sensibilidade da irmã; mas a sra. Dashwood valorizava e apreciava aquilo tudo. Elas se encorajavam mutuamente na violência de sua aflição. A agonia do luto, que as derrubara a princípio, foi voluntariamente renovada, buscada, criada e recriada sem cessar. Entregaram-se por inteiro à própria tristeza, procurando aumentar o horror que cada reflexão pudesse propiciar, decididas a jamais admitir a possibilidade de alguma consolação futura. Elinor também ficou abaladíssima; mas conseguiu lutar, conseguiu ao menos reagir. Conseguiu consultar o irmão, conseguiu receber a cunhada quando chegou e tratá-la com toda a atenção devida; e foi capaz, sobretudo, de animar a mãe ao mesmo empenho, encorajando uma contenção semelhante.

Margaret, a outra irmã, era uma menina bem-humorada e afável; mas como se já houvesse embebido um bocado do romantismo de Marianne, sem dispor do mesmo juízo, não prometia, aos treze anos, igualar-se às irmãs futuramente na vida.

II

A sra. John Dashwood então se instalou como proprietária de Norland, e a madrasta e as irmãs do marido foram rebaixadas à condição de convidadas. Como tais, contudo, foram tratadas por ela com serena civilidade; e, pelo marido, com toda a afeição que ele era capaz de sentir por alguém além de si mesmo, sua esposa e seu filho. Ele chegou a insistir que elas considerassem Norland seu lar; como a sra. Dashwood não tinha ainda nenhum plano plausível além de permanecer ali até que pudesse se acomodar em uma casa das redondezas, o convite foi aceito.

A permanência em um lugar onde tudo a lembrava um prazer passado era justamente o que ela tinha em mente. Na alegria, ninguém era mais alegre do que ela ou possuía, em mais alto grau, aquela expectativa sanguínea de felicidade que constitui a própria felicidade. Mas na tristeza ela também precisava ser igualmente arrebatada pela fantasia e sentir-se tão além de qualquer consolação quanto no prazer era desmedida.

A sra. John Dashwood não aprovava nem um pouco o que o marido pretendia fazer pelas irmãs. Tirar três mil libras da fortuna do filhinho querido deles seria condená-lo ao grau mais deplorável da pobreza. Ela implorou que ele pensasse melhor no assunto. O que teria a dizer de si mesmo se roubasse do próprio filho, seu menino, filho único como ele, tal quantia? E que direitos as srtas. Dashwood, que eram apenas meias-irmãs, o que ela nem considerava parentesco, poderiam ter sobre a generosidade dele para receberem tanto? Todos sabiam que não existia afeto entre os filhos dos diferentes casamentos de um homem; por que ele haveria de se arruinar, além do pobre Harry, abrindo mão de todo o dinheiro para ajudar suas meias-irmãs?

"Foi o último pedido que meu pai me fez", respondeu o marido, "que eu ajudasse sua viúva e suas filhas."

"Parece-me que ele não sabia o que estava falando; aposto que estava com a cabeça nas nuvens. Se estivesse em seu juízo perfeito, não teria nem pensado em implorar para você fazer uma coisa dessas, abrir mão de metade da fortuna do nosso próprio filho."

"Ele não estipulou nenhuma quantia em particular, minha querida Fanny, só me pediu, em termos genéricos, que as ajudasse, que as deixasse em uma situação mais confortável do que ele era capaz naquele momento. É como se tivesse deixado tudo para mim. Dificilmente imaginaria que eu seria capaz de ignorá-las. Mas, como ele me pediu que jurasse, eu não poderia deixar de aceitar: pelo menos foi o que pensei na hora. Minha palavra, portanto, foi dada e deve ser cumprida. Algo precisa ser feito por elas quando deixarem Norland e se estabelecerem em uma nova casa."

"Bem, pois então que *algo* seja feito por elas; mas não precisa ser três mil libras. Considere o seguinte", ela acrescentou, "depois que o dinheiro vai embora, não volta mais. Suas irmãs vão acabar se casando, e esse dinheiro estará perdido para sempre. Se, de fato, pudesse voltar para nosso pobre filhinho..."

"Ora, sem dúvida", disse o marido, muito gravemente, "isso faria uma grande diferença. Há de chegar um dia em que Harry lamentará termos gasto uma quantia tão alta. Se ele tiver uma família numerosa, por exemplo, seria um acréscimo muito conveniente."

"Seguramente."

"Talvez, então, fosse melhor para todas as partes que a quantia caísse pela metade. — Quinhentas libras já seriam um aumento prodigioso para elas!"

"Oh! Mais do que isso! Nenhum irmão no mundo faria tanto pelas irmãs, nem mesmo por irmãs de verdade! Assim — só com metade do sangue! — É muita generosidade sua!"

"Eu não gostaria de cometer nenhuma crueldade", ele respondeu. "É melhor, nessas situações, fazer mais do que menos. Assim ninguém poderá achar que não fiz o bastante pelas três: elas próprias dificilmente esperam mais do que isso."

"Não há como saber o que elas esperam", disse a mulher, "mas não devemos pensar na expectativa alheia: a questão é quanto você pode pagar."

"Certamente — e acho que posso pagar quinhentas libras a cada uma. Assim, sem nenhuma ajuda minha, cada uma terá mais de três mil libras com a morte da mãe — uma fortuna bastante confortável para qualquer jovem."

"Seguramente: e, de fato, agora me dei conta de que elas não precisarão mesmo de ajuda. Terão dez mil libras para dividir em três. Se elas se casarem, certamente se casarão bem, e se não casarem, podem muito bem viver com conforto dos juros das dez mil libras."

"Isso é bem verdade, e, sendo assim, não sei se não seria, afinal, mais aconselhável fazer algo pela mãe delas enquanto está viva do que por elas — como uma espécie de pensão anual, quero dizer. Minhas irmãs se beneficiariam da mesma forma que a mãe. Cem libras por ano deixariam todas perfeitamente confortáveis."

A esposa, no entanto, hesitou um pouco em concordar com o plano.

"Seguramente", ela disse, "é melhor do que dar quinze mil libras de uma vez. Mas se a senhora Dashwood viver mais quinze anos nós estaremos completamente arruinados."

"Quinze anos! Minha Fanny querida, a vida dela não deve durar metade disso."

"Certamente que não, mas se você reparar, as pessoas sempre acabam vivendo para sempre quando têm algum tipo de anuidade a receber; e ela é bastante robusta e saudável, não tem nem quarenta anos. Pensão é um assunto muito sério; todo ano é preciso pagar, e você não se livra disso nunca mais. Você não tem consciência do que está fazendo. Eu sei o que é ter problemas com pensão; minha mãe acabou sendo obrigada, pelo testamento de meu pai, a pagar três empregadas muito idosas, e era extremamente desagradável. Duas vezes por ano ela tinha de pagar; e depois havia o incômodo de levar o dinheiro para elas; então foi dito que uma tinha morrido, depois descobriu-se que não era nada disso. Minha mãe passou maus bocados. Não tinha acesso à própria renda, ela dizia, com todas essas reivindicações intermináveis sobre o montante: e era uma mesquinharia de meu pai, pois, de outro modo, o dinheiro ficaria inteiramente à disposição de minha mãe, sem nenhum tipo de restrição. Isso tudo me provocou tal ojeriza a pensões, que eu seguramente não me comprometeria a pagar outra por nada neste mundo."

"Certamente é desagradável", respondeu o sr. Dashwood, "ter esses desfalques anuais na própria renda. A fortuna, como bem observou sua mãe, acaba por não nos pertencer. Comprometer-se a um pagamento regular de tal quantia, com data determinada, é por todos os aspectos algo indesejável: pois nos tira a independência."

"Sem dúvida; e, afinal, você não tem nenhuma obrigação. Elas já se consideram amparadas, você não precisa fazer mais do que o esperado, nem cativar a gratidão delas. Se eu fosse você, ajudaria de acordo com meu próprio critério. Não me atrelaria a fazer nenhum pagamento anual. Às vezes pode ser muito inconveniente ter de abrir mão de cem ou até mesmo de cinquenta libras das nossas próprias despesas anuais."

"Creio que você está com a razão, meu amor; o melhor, nesse caso, será mesmo não haver anuidade nenhuma; o que eu puder lhes dar eventualmente será muito mais útil do que qualquer pensão anual, pois seu estilo de vida se tornaria mais dispendioso se tivessem a certeza de contar com uma renda maior, e não estariam por conta disso nem um centavo mais ricas ao final do ano. Certamente será melhor assim. Um presente de cinquenta libras aqui e outro ali evitará que se aflijam por dinheiro, e creio que me desobrigará amplamente da promessa que fiz a meu pai."

"Seguramente. De fato, para falar a verdade, estou convencida de que seu pai não achava que você fosse dar nenhum dinheiro a elas. A assistência que ele tinha em mente, penso comigo, era apenas algo que já se esperaria de você; por exemplo, procurar uma casa pequena e confortável para elas, ajudá-las a fazer a mudança, enviar presentes, peixes, caça, e assim por diante, toda temporada. Aposto minha vida como ele não quis dizer nada além disso; na verdade, seria muito estranho e insensato se quisesse dizer outra coisa. Pense comigo, meu querido senhor Dashwood, com que conforto sua madrasta e as filhas dela poderão viver dos juros de sete mil libras, além das mil libras de cada menina, o que chega a cinquenta libras por ano cada uma, de onde, é claro, poderão pagar à mãe pelas próprias despesas da casa. Juntas, elas terão quinhentas libras por ano no total, e, afinal, o que mais quatro mulheres podem querer na vida além disso? A vida delas será tão pouco dispendiosa! As despesas com a casa não darão quase nada. Não terão mais carruagem, nem cavalos, praticamente nenhum empregado; não visitarão mais ninguém, nem poderão ter qualquer tipo de despesa! Será uma vida muito confortável! Com quinhentos por ano! Garanto que não sei como conseguirão gastar metade disso; e essa sua ideia de lhes dar ainda mais é um absurdo muito grande de se pensar. Elas estarão em situação tão boa que poderão dar a *você* alguma coisa."

"Dou minha palavra", disse o sr. Dashwood, "acredito que você está com toda a razão. Meu pai certamente não esperava outra coisa de mim, senão o que você está dizendo, quando me fez esse pedido. Agora vejo claramente, e cumprirei meu compromisso com esses gestos de auxílio e bondade que você bem descreveu. Quando minha madrasta se mudar para outra casa, prontamente oferecerei meus serviços para acomodá-la da melhor forma que puder. Uma pequena ajuda na mobília também seria aceitável."

"Certamente", devolveu a sra. John Dashwood. "Mas, no entanto, uma coisa não se pode esquecer. Quando seu pai se mudou com ela para Norland, embora a mobília de Stanhill tenha sido vendida, toda a porcelana, os pratos e os linhos ficaram, e agora estão com ela. A casa já estará, portanto, praticamente pronta quando ela se mudar."

"Essa é, sem dúvida, uma consideração relevante. De fato, é um legado valioso! Alguns desses pratos de fato seriam bons acréscimos a nossos serviços de mesa."

"Sim; e o conjunto de porcelana do desjejum é duas vezes mais bonito que o nosso. Bonito demais, na minha opinião, para qualquer casa que elas possam pagar. Mas, no entanto, é assim mesmo. Seu pai só pensou nelas. E eu tenho que dizer: você não deve nenhuma gratidão especial a ele, nem mesmo essa atenção a seus desejos, pois sabemos muito bem que, se pudesse, teria deixado quase tudo o que tinha para elas."

Esse argumento foi irresistível. Deu às intenções do marido o que lhe faltava em decisão; e ele por fim resolveu que seria absolutamente desnecessário, quando não bastante indecoroso, fazer mais pela viúva e pelas filhas de seu pai do que alguns daqueles gestos de boa vizinhança que sua própria esposa havia sugerido.

III

A sra. Dashwood permaneceu em Norland por vários meses; não porque lhe faltasse vontade de mudar dali, quando a visão de cada canto tão conhecido seu deixou de lhe despertar aquela violenta emoção produzida por algum tempo; pois quando seu espírito começou a reviver e sua mente tornou a ser capaz de se empenhar em outra coisa além de aguçar a própria aflição com lembranças melancólicas, ela se viu impaciente para ir embora e incansável na procura de um local apropriado na região de Norland; pois se mudar para longe do amado recanto era impossível. Mas não encontrou nenhuma proposta que correspondesse ao mesmo tempo às suas noções de conforto e tranquilidade e à prudência da filha mais velha, cujo juízo mais sólido recusou diversas casas por serem grandes demais para o orçamento, e que sua mãe teria aprovado.

A sra. Dashwood fora informada pelo próprio marido da solene promessa da parte do filho em favor dela e das filhas, o que dera conforto às últimas reflexões terrenas do falecido. Ela não desconfiava da sinceridade dessa garantia mais do que ele mesmo e pensou satisfeita no quanto aquilo seria bom para as filhas, embora estivesse convencida de que precisaria de muito menos que sete mil libras para se manter com fartura. Também pelo irmão delas, pela bondade de seu coração, ela se sentiu feliz; e censurou-se por antes ter sido tão injusta sobre os méritos dele, imaginando-o incapaz de generosidade. Seu comportamento atencioso convenceu-a de que ele se importava com o bem-estar de todas, e por um longo tempo ela acreditou sem hesitar na sinceridade das intenções do rapaz.

O desdém que ela sempre sentira, desde que havia sido apresentada à esposa do enteado, aumentou bastante conforme foi conhecendo seu caráter, o que ocorreu naquele meio ano em que morou com a família; e talvez, apesar de certa obrigação de polidez ou afeição maternal por parte da viúva, as duas senhoras tivessem achado impossível morar juntas por tanto tempo não fosse uma circunstância em particular, ocorrida de modo a dar maior plausibilidade, segundo a opinião da sra. Dashwood, à permanência de sua filha em Norland.

Essa circunstância foi a crescente afeição entre a filha mais velha e o irmão da sra. John Dashwood, um rapaz simpático e de aparência cavalheiresca, que lhes fora apresentado assim que a irmã se mudou para Norland e que desde então passava a maior parte do tempo por lá.

Algumas mães poderiam estimular a intimidade por uma questão de interesse, pois Edward Ferrars era o filho mais velho de um homem que morrera muito rico; algumas mães poderiam reprimi-la por uma questão de prudência, pois, exceto por uma quantia insignificante, toda a fortuna dele dependia do testamento da mãe. Mas a sra. Dashwood estava igualmente alheia à influência de ambas as considerações. Bastava-lhe que ele parecesse cortês, que amasse sua filha, e que Elinor retribuísse tal predileção. Era contrário à sua doutrina que uma diferença de renda afastasse um casal atraído pela semelhança de disposição; e que o mérito de Elinor não fosse reconhecido por qualquer um que a conhecesse parecia algo impossível para sua mãe.

Edward Ferrars não tinha nenhuma graça peculiar em sua pessoa ou sua conversa que o recomendasse a uma boa opinião. Não era bonito, e seus modos exigiam intimidade para serem agradáveis. Era muito inseguro para fazer justiça a si mesmo; mas, uma vez superada essa timidez, seu comportamento dava todos os sinais de se tratar de um coração franco e apaixonado. Ao bom entendimento das coisas, sua formação agregara sólidas melhorias. Mas não era apto, por talentos ou disposição naturais, a satisfazer os anseios da mãe ou da irmã de vê-lo se destacar como — elas nem sabiam como o quê. Queriam que ele fizesse uma bela figura no mundo, de uma maneira ou de outra. A mãe bem que tentou fazê-lo se interessar pela política, levá-lo ao parlamento, fazer com que se relacionasse com alguns dos grandes homens de seu tempo. A sra. John Dashwood desejava o mesmo; mas, nesse ínterim, até que alguma dessas bênçãos superiores pudesse ser alcançada, sua ambição já seria apaziguada por vê-lo de carruagem. Mas Edward não tinha pendores para grandes homens ou carruagens. Todos os seus anseios se concentravam no conforto doméstico e na tranquilidade de sua vida privada. Por sorte, ele tinha um irmão mais moço que parecia mais promissor.

Só depois de várias semanas hospedado na casa, Edward atraiu a atenção da sra. Dashwood; pois, naquele momento, ela vivia tamanha aflição que passara a negligenciar todo objeto ao seu redor. Reparou apenas que ele era calado e discreto, e gostou disso. Ele não perturbava seus pensamentos com conversas fora de hora. O que chamou primeiramente sua atenção e fez com que o observasse e aprovasse ainda mais foi um comentário que Elinor fez por acaso, um dia, sobre a diferença entre ele e a irmã. Esse contraste o recomendou de maneira irresistível aos olhos da mãe.

"Para mim, basta"; ela disse, "dizer que ele é diferente de Fanny é o bastante. Sugere uma série de coisas agradáveis. Já o amo."

"Acho que vai gostar dele", disse Elinor, "depois que o conhecer melhor."

"Gostar dele?", respondeu a mãe com um sorriso. "O que sinto por ele não é nada menos que amor."

"Você pode vir a admirá-lo também."

"Nunca soube exatamente a diferença entre admiração e amor."

A sra. Dashwood então se deu ao trabalho de conhecê-lo melhor. As maneiras cativantes do rapaz logo superaram sua reserva. Rapidamente ela compreendeu todo o seu mérito; o fato de estar persuadida do interesse dele por Elinor talvez tenha ajudado em tal percepção; mas ela de fato sentiu confiança em seu valor: e mesmo aquele tom ameno que militava contra qualquer ideia estabelecida sobre como deve ser a conversa de um rapaz deixou de ser desinteressante quando ela viu que seu coração era afetuoso e seu temperamento, apaixonado.

Assim que percebeu o primeiro sintoma de amor na atitude dele para com Elinor, considerou a possibilidade de uma relação séria como certa e passou a desejar que a data do casamento chegasse o quanto antes.

"Em questão de poucos meses, minha cara Marianne", ela disse, "Elinor muito provavelmente estará feita na vida. Sentiremos saudades dela; mas ela pelo menos será feliz."

"Ah, mamãe, o que faremos sem ela?"

"Meu amor, não chegará a ser uma separação. Viveremos a poucos quilômetros de distância e nos encontraremos todos os dias de nossas vidas. Vocês ganharão um irmão, um irmão de verdade, afetuoso. Tenho a melhor opinião do mundo sobre o coração de Edward. Mas você ficou séria, Marianne; não aprova a escolha de sua irmã?"

"Talvez", respondeu Marianne, "eu tenha ficado um pouco surpresa. Edward é muito amável, e sinto grande carinho por ele. Mas ainda assim — ele não é o tipo de rapaz — algo lhe falta — sua aparência não impressiona; não tem aquela graça que eu esperaria do homem com quem minha irmã se envolveria seriamente. Seus olhos não têm aquele espírito, aquele fogo, que anuncia ao mesmo tempo a virtude e a inteligência. Além disso tudo, receio, mamãe, que lhe falte o verdadeiro bom gosto. Parece não se interessar por música e, embora tenha admirado muito os desenhos de Elinor, não se trata da admiração de uma pessoa capaz de entender seu valor. É evidente, apesar de sempre prestar atenção quando ela desenha, que na verdade ele não entende nada do assunto. Admira como enamorado, não como *connoisseur.* Para me satisfazer, esses dois personagens precisam ser um só. Eu não poderia ser feliz com um homem cujo gosto não coincidisse com o meu. Ele precisaria ter cada um dos meus sentimentos; ler os mesmos livros, a mesma música deve encantar nós dois. Ah, mamãe, como Edward se mostrou apático, comportado, ontem à noite quando leu para nós! Lamentei amargamente por minha irmã. Mas ela demonstrou mais compostura, nem parece ter reparado. Mal consegui ficar sentada ouvindo aquilo. Aqueles versos tão lindos que sempre me arrebatam, pronunciados com uma calma tão impenetrável, com uma indiferença tão pavorosa!"

"Ele certamente teria feito mais justiça a uma prosa simples e elegante. Pelo menos, foi o que achei na hora; mas foi você que o fez ler Cowper."[1]

"Ora, mamãe, se ele não se anima nem com Cowper! — mas nós devemos deixar de lado essa diferença de gosto. Elinor não compartilha de meus sentimentos, e pode portanto superar isso e ser feliz com ele. Mas isso teria me magoado muito se eu o amasse, ouvi-lo ler com tão pouca sensibilidade. Mamãe, quanto mais conheço o mundo, mais certeza tenho de que nunca vou encontrar um homem que eu seja capaz de amar de verdade. Eu exijo demais! Ele precisaria ter todas as virtudes de Edward, e sua personalidade e seus modos deveriam ornar com sua bondade e todos os encantos possíveis."

"Lembre-se, meu amor, de que você não tem nem dezessete anos. Ainda é cedo demais na vida para desistir de encontrar tal felicidade. Por que você teria menos sorte que sua mãe? Que seu destino possa ser diferente do dela em uma única circunstância, minha Marianne!"

IV

"É uma pena, Elinor", comentou Marianne, "que Edward não tenha gosto para o desenho."

"Ele não tem gosto para o desenho?", retrucou a irmã. "Por que você diria uma coisa dessas? Ele não desenha, é verdade, mas sente grande prazer em ver outras pessoas desenhando, e garanto que não é desprovido, de modo algum, de um bom gosto natural, que ele apenas não teve ocasião de aprimorar. Se tivesse estudado um pouco, acho que desenharia muito bem. Desconfia tanto do próprio juízo nesses assuntos que nunca está disposto a dizer sua opinião sobre um quadro qualquer; mas possui, de berço, um gosto muito apropriado e simples, que geralmente o orienta com perfeição."

Marianne receava ofender, e não falou mais nada sobre o assunto; mas o tipo de aprovação dele que Elinor descrevia diante dos desenhos de outras pessoas estava longe do enlevo arrebatado que, na opinião da irmã, era a única coisa que se podia chamar de gosto. Contudo, mesmo rindo por dentro diante de tal equívoco, ela elogiou a irmã pela predileção cega por Edward que propiciara aquilo.

"Espero, Marianne", continuou Elinor, "que você não o considere desprovido de bom gosto. Na verdade, acho que posso afirmar que você não deve pensar assim, pois seu comportamento com ele é perfeitamente cordial e, se essa fosse mesmo sua opinião, tenho certeza de que você jamais conseguiria ser cortês com ele."

Marianne não sabia o que dizer. Não queria ferir os sentimentos da irmã de forma alguma, e no entanto lhe era impossível dizer algo em que não acreditava. Por fim, respondeu:

"Não se ofenda, Elinor, se meus elogios não correspondem exatamente ao seu juízo sobre os méritos dele. Não tive muitas oportunidades de avaliar as mínimas propensões de seu pensamento, suas inclinações e seus gostos, como você; mas tenho a melhor opinião do mundo sobre sua bondade e seu bom senso. Creio que ele possui tudo o que há de mais digno e amável."

"Tenho certeza", respondeu Elinor com um sorriso, "de que as pessoas mais íntimas dele ficariam satisfeitas com um elogio como esse. Você não poderia ter sido mais afetuosa."

Marianne ficou feliz ao ver a irmã tão satisfeita com tão pouco.

"Acho que ninguém entre os que o conheceram o bastante para uma conversa franca", continuou Elinor, "põe em dúvida seu bom senso e sua bondade. A excelência de seu entendimento das coisas e de seus princípios apenas está escondida atrás daquela timidez que tantas vezes o impede de falar. Você já o conhece bem o bastante para fazer justiça a seu verdadeiro valor. Mas, quanto às mínimas propensões, como você diz, de fato, por circunstâncias peculiares você as ignora mais do que eu. Acabamos passando um bocado de tempo juntos, enquanto você esteve afetuosamente envolvida com minha mãe. Eu já o conheço bastante bem, analisei seus sentimentos e ouvi sua opinião sobre temas de literatura e bom gosto; e em geral arrisco-me a dizer que se trata de uma mente muito bem informada, o prazer que sente com os livros é extraordinariamente grande, sua imaginação é vivaz, suas observações são precisas e corretas, seu gosto é delicado e puro. Suas habilidades em todos os campos só aumentam conforme o conheço mais, assim como seus modos e sua personalidade. À primeira vista, sua conversa decerto não impressiona; e dificilmente se poderia dizer que ele é lindo, até que se note a expressão de seus olhos, que é de uma bondade rara, e a suavidade geral de seu semblante. No momento, eu o conheço tão bem que já o considero bonito de verdade; ou, pelo menos, quase. O que tem a dizer, Marianne?"

"Digo que muito em breve também vou achá-lo bonito, Elinor, se é que já não acho. Se me disser para amá-lo como a um irmão, não verei mais imperfeições em seu rosto, como não vejo em seu coração."

Elinor sobressaltou-se com essa declaração, e lamentou o ardor que havia mostrado ao falar dele. Sentiu que já tinha Edward em altíssima conta. Acreditava que o sentimento era recíproco; mas precisaria ter mais certeza disso para que a convicção de Marianne sobre a relação dos dois não lhe fosse incômoda. Ela sabia que, se a irmã e a mãe agora conjecturavam, logo em seguida já acreditavam — com elas, um desejo já era uma esperança, e uma esperança era uma expectativa. Ela tentou explicar a situação real do caso.

"Não negarei", ela disse, "que o tenho em alta conta — que o admiro bastante, que gosto dele."

Marianne então explodiu de indignação —

"Admira bastante? Gosta dele? Elinor, que coração mais frio! Ah, pior que isso! Você tem vergonha de admitir. Use essas palavras de novo e eu a deixarei falando sozinha."

Elinor não pôde segurar o riso. "Perdão", ela disse, "e tenha certeza de que não quis ofendê-la falando de modo tão ameno dos meus próprios sentimentos. Acredite que eles são mais fortes do que os declarei; creia que eles, em suma, são correspondentes aos méritos dele e ao que a suspeita — a esperança de sua afeição por mim autorizam, sem nenhuma imprudência ou tolice. Mas você não deve acreditar em nada além disso. Não estou de forma alguma segura do interesse dele por mim. Há momentos em que a dimensão desse interesse me parece questionável; e até que os sentimentos dele sejam plenamente conhecidos, você não deve se espantar com minha intenção de evitar algum encorajamento em virtude do que sinto por ele, dizendo ser ou acreditando se tratar de algo mais do que é. No fundo do coração tenho poucas — talvez nenhuma dúvida do que ele sente por mim. Mas existem outros pontos a serem considerados além de suas vontades. Ele está muito longe de ser independente. Não temos como saber de sua mãe; mas, pelo que Fanny mencionou por acaso sobre sua conduta e suas opiniões, não temos motivo para pensar que seja uma pessoa amável; e, ou estou muito enganada, ou o próprio Edward sabe que deverá haver muitas dificuldades em seu caminho, caso queira se casar com uma mulher que não tenha grande fortuna ou alta posição."

Marianne ficou perplexa ao ver como ela e a mãe haviam se distanciado da realidade em sua imaginação.

"De fato, você não está comprometida com ele!", ela disse. "Mas isso deve acontecer logo. E duas vantagens advirão dessa demora. Eu não a perderei tão cedo, e Edward terá mais oportunidades de aprimorar aquele bom gosto natural que é seu maior interesse e que deverá ser indispensável para sua felicidade futura. Ah, se ele for estimulado pelo seu gênio a ponto de aprender a desenhar, como isso seria delicioso!"

Elinor revelara sua verdadeira opinião à irmã. Ela não podia considerar seu afeto por Edward algo tão promissor quanto Marianne acreditava. Havia nele, às vezes, uma ausência de espírito que, se não denotava indiferença, demonstrava algo igualmente pouco promissor. Uma dúvida quanto ao que ela sentia, imaginando que ele tivesse alguma, não deveria provocar nele nada além de mera inquietude. Dificilmente produziria aquela depressão que com tanta frequência o abatia. A causa mais provável talvez fosse a situação de dependência que o proibia de se deixar levar pela própria afeição. Ela sabia que a mãe dele tampouco colaborava para deixá-lo confortável, nem lhe dava garantia de que ele seria capaz de formar um lar para si mesmo, sem que atendesse estritamente aos planos dela para seu engrandecimento na vida. Sabendo disso, era impossível para Elinor sentir-se à vontade com o assunto. Ela estava longe de contar com a preferência dele, que a mãe e a irmã consideravam certa. Não, quanto mais ficavam juntos, mais ambígua parecia a natureza de seus sentimentos por ela; e às vezes, por alguns minutos dolorosos, ela achava que não passava de amizade.

Mas, quaisquer que pudessem ser esses limites, foram o bastante para deixar a irmã dele contrariada quando ela os percebeu; e, ao mesmo tempo (o que era ainda mais comum), pouco cortês. Ela aproveitou a primeira oportunidade de confrontar a madrasta do marido, falando com ela em termos bem claros sobre as grandes expectativas para o irmão, da convicção da sra. Ferrars de que os filhos deviam se casar bem, do risco que corria qualquer moça que tentasse atraí-lo; e isso a sra. Dashwood não pôde fingir ignorar. Ela nem tentou se acalmar. Deu-lhe uma resposta que expressava seu desdém e deixou a sala imediatamente, convicta de que, qualquer que fosse a inconveniência ou o custo de uma retirada tão súbita, sua amada Elinor não devia ser exposta nem por mais uma semana a tais insinuações.

Em tal estado de ânimo, chegou-lhe uma carta pelo correio, contendo uma proposta especialmente oportuna. Era a oferta de uma pequena casa, em termos bastante favoráveis, de um parente seu, um cavalheiro de posição e propriedades, em Devonshire. A carta era do próprio homem, escrita no genuíno espírito de uma oferta amistosa. Ele sabia que ela estava precisando de um lugar e, embora a casa oferecida fosse pequena, um simples chalé, garantia que seria feito tudo o que ela achasse necessário para tanto, caso as condições lhe agradassem. Ele insistiu com sinceridade, após relatar os detalhes da casa e do jardim, para que ela fosse com as filhas a Barton Park, onde ele residia, e julgasse por si mesma, pois as casas ficavam na mesma propriedade, se Barton Cottage podia se tornar, com alguns ajustes, um lugar confortável. Ele parecia de fato ansioso para acomodá-las, e a carta inteira vinha escrita em estilo tão simpático que só podia causar prazer à prima distante; em especial naquele momento em que ela estava sofrendo com o comportamento frio e cruel de suas relações mais próximas. A sra. Dashwood não precisou de mais tempo para deliberações ou consultas. Sua decisão foi tomada enquanto lia. A localização de Barton, em Devonshire, tão distante de Sussex, que poucas horas antes teria sido objeção suficiente e teria pesado mais do que todas as possíveis vantagens do lugar, foi então seu principal atrativo. Deixar a vizinhança de Norland já não era um mal; era um objeto de desejo; era uma bênção, em comparação à desgraça de continuar sendo convidada na casa da esposa do enteado: e se mudar para sempre daquele amado recanto não seria mais doloroso do que habitá-lo ou visitá-lo enquanto aquela mulher fosse sua dona. Ela escreveu no mesmo instante a sir John Middleton em reconhecimento à sua bondade, aceitando a proposta; e então foi logo mostrar as duas cartas às filhas, pois queria ter certeza da aprovação de ambas antes de enviá-las.

Elinor sempre achara mais prudente mudar para longe de Norland a continuar nas imediações de seus atuais proprietários. Por conta disso, portanto, não seria ela a se opor à intenção da mãe de se mudar para Devonshire. A casa, também, segundo a descrição de sir John, tinha dimensões tão apropriadas e o aluguel era tão estranhamente razoável que ela não fez objeções a nada; e, assim, embora não fosse um plano que trouxesse enlevo a sua imaginação, embora fosse uma mudança para mais longe de Norland do que teria sido seu desejo, ela não fez nenhuma tentativa de dissuadir a mãe de enviar a carta de consentimento.

V

Depois que sua resposta foi enviada, a sra. Dashwood se permitiu o desfrute de anunciar ao enteado e a sua esposa que ela agora tinha uma casa e que não os incomodaria mais, assim que as coisas estivessem prontas para sua mudança. Eles a ouviram com surpresa. A sra. John Dashwood não disse nada; mas o marido expressou educadamente a esperança de que ela não fosse se mudar para muito longe de Norland. Ela demonstrou grande satisfação ao responder que iria para Devonshire. Edward se virou para ela ao ouvir isso e, com uma voz surpresa e preocupada, que não era difícil para ela compreender, repetiu: "Devonshire! Vão mesmo para lá? Tão longe daqui! E que parte de Devon?". Ela explicou a localização. Ficava a quatro milhas de Exeter.

"É uma simples casa de campo", ela continuou, "mas espero ver muitos de meus amigos por lá. Um ou dois quartos podem ser facilmente acrescentados, e se meus amigos não se incomodarem de viajar até tão longe para me ver, eu também não me incomodarei em acomodá-los."

Ela concluiu com um convite muito gentil para que o sr. e a sra. Dashwood fossem visitá-la em Barton; e fez um convite ainda mais afetuoso a Edward. Embora a última conversa com a esposa do enteado a tivesse feito decidir ficar em Norland apenas pelo tempo que fosse inevitável, ela não concordava com a principal preocupação da mulher. Separar Edward de Elinor jamais foi seu objetivo; ao convidar seu irmão, ela quis mostrar à sra. John Dashwood o quanto desdenhava de sua desaprovação do casal.

O sr. John Dashwood disse à madrasta várias vezes que lamentava o fato de ela ter escolhido uma casa tão longe de Norland, o que o impediria de ajudá-la na mudança da mobília. Ele realmente se sentiu constrangido com a situação; o esforço a que limitara o cumprimento da promessa ao pai daquela forma se tornava impraticável. A mudança toda foi transportada de navio. Consistia basicamente de toalhas, pratos, porcelana e livros, além do belíssimo piano de Marianne. A sra. John Dashwood viu os embrulhos sendo embarcados e suspirou: não podia deixar de se abalar com o fato de a sra. Dashwood possuir objetos tão lindos, mesmo com uma renda agora tão insignificante se comparada à sua.

A sra. Dashwood alugou o chalé por um ano; já estava mobiliado, e ela podia se mudar de imediato. Não houve dificuldade em nenhuma das partes do acordo; ela só precisaria dar destino às suas coisas de Norland e apontar a direção de seu futuro lar, então partiria para o oeste; como ela era extraordinariamente rápida em tudo o que lhe interessava, isso logo foi providenciado. Os cavalos que o marido lhe deixara haviam sido vendidos assim que ele morreu, e diante de uma oportunidade de abrir mão da carruagem ela aceitou a oferta e vendeu-a também, seguindo o bom conselho da filha mais velha. Para o conforto das moças, ela teria mantido a carruagem se tivesse obedecido apenas a seus próprios desejos; mas o bom senso de Elinor prevaleceu. Sua sabedoria também limitou o número de criados a três; duas empregadas e um homem entre todos aqueles que trabalhavam para elas em Norland, que prontamente aceitaram acompanhá-las.

O criado e uma das empregadas foram mandados de imediato para Devonshire, a fim de preparar a casa para a chegada da patroa; pois como lady Middleton não conhecia a sra. Dashwood, ela preferiria ir diretamente para o chalé em vez de chegar como visita a Barton Park; e confiava com tanta segurança na descrição que sir John fizera da casa, que nem teve curiosidade de examiná-la até chegar a hora de vê-la por si mesma. Sua ansiedade para deixar Norland não foi diminuída pela evidente satisfação da esposa do enteado com a perspectiva de sua retirada; uma satisfação que a outra mal tentou disfarçar com uma fria sugestão de que postergasse a partida. Era chegada a hora em que a promessa do genro ao pai poderia ser cumprida com particular propriedade. Como ele deixara de fazê lo ao tomar posse, a despedida da casa podia ser o momento mais adequado para cumpri-la. Mas a sra. Dashwood logo viria a perder toda a esperança nesse sentido e a se convencer, pelo encaminhamento do discurso dele, que sua ajuda não iria além de tê-las sustentado naqueles seis meses em Norland. Ele falava tanto dos gastos cada vez maiores com a casa e das eternas exigências ao bolso a que um homem de certa posição na vida está exposto, que parecia ser ele quem estava precisando de dinheiro, incapaz de arcar com mais algum desembolso.

Poucas semanas depois do dia da primeira carta de sir John Middleton a Norland, tudo já estava arrumado no futuro lar, de modo que a sra. Dashwood e suas filhas puderam dar início à viagem.

Muitas foram as lágrimas derramadas por elas no último adeus à casa tão adorada. "Amada Norland!", disse Marianne, vagando sozinha diante da casa, na última tarde delas ali, "quando deixarei de lamentar sua ausência? — Quando poderei me sentir em casa em outra parte? — Ah! Casa feliz, se soubesse como sofro ao vê-la daqui agora, de onde talvez nunca mais volte a vê-la! — E vocês, minhas árvores tão conhecidas! — Vocês continuarão as mesmas. Nenhuma folha cairá porque estaremos longe, nenhum galho ficará imóvel porque não estaremos mais olhando! — Não; vocês continuarão as mesmas; inconscientes do prazer e do remorso que ocasionam, insensíveis às mudanças de quem passa à sua sombra! — Mas quem ficará para desfrutá-las?”

VI

A primeira parte da viagem se passou em disposição melancólica demais para torná-la qualquer coisa além de tediosa e desagradável. Mas, conforme se aproximavam do final do trajeto, o interesse pela aparência da região onde morariam superou a depressão, e a visão do vale de Barton, quando o penetraram, trouxe-lhes alegria. Era um terreno agradável e fértil, bem arborizado e rico em pastagens. Após serpentear por ali mais de uma milha, chegaram ao chalé. Um pequeno pátio verde era tudo o que havia na frente; e um elegante portãozinho lhes franqueou a entrada.

Como residência, Barton Cottage, embora pequena, era confortável e compacta; mas como chalé tinha seus defeitos, pois a construção era simples, o telhado estava em ordem, mas as janelas não eram pintadas de verde, nem as paredes cobertas de hera. Uma estreita passagem atravessava a casa diretamente até o jardim dos fundos. As duas entradas da casa davam para a sala de estar, de pouco menos de cinco metros quadrados; e depois vinham os escritórios e a escada. Quatro quartos e dois sótãos compunham o restante dos cômodos. A construção tinha apenas alguns anos e estava em boas condições. Se comparada a Norland, era de fato pobre e pequena! — mas as lágrimas trazidas pela recordação ao entrarem na casa logo se secariam. Foram recebidas com alegria pelos criados, e todas, diante da alegria dos demais, resolveram se mostrar felizes. Era o início de setembro; fazia um dia bonito e, à primeira vista do lugar, com o benefício do bom tempo, elas tiveram uma impressão favorável que seria essencial para recomendá-lo em sua aprovação definitiva.

A localização da casa era boa. Altas colinas se erguiam imediatamente ao fundo, e com distâncias não muito grandes entre as vertentes; algumas eram barrancos de terra, outras, encostas cultivadas e arborizadas. A cidade de Barton[1] se construíra basicamente em torno de uma dessas colinas, oferecendo um belo panorama das janelas da casa. A perspectiva da frente era mais extensa; via-se todo o vale, até o horizonte daquelas terras. As colinas ao redor da casa encerravam o vale naquela direção; com outro nome, e em outro percurso, o vale se espraiava novamente entre duas das colinas mais íngremes.

O tamanho e a mobília da casa, em geral, deixaram a sra. Dashwood bem satisfeita; pois, embora seu estilo de vida anterior implicasse o acréscimo de muitos itens ao indispensável do estilo atual, reformas e melhorias eram prazeres para ela; e ela tinha dinheiro o bastante para providenciar tudo o que houvesse de mais elegante para os apartamentos. "Quanto à casa em si", ela disse, "seguramente é pequena demais para nossa família, mas por ora ficaremos razoavelmente confortáveis, pois não vamos começar uma reforma no fim do ano. Talvez na primavera, se eu tiver dinheiro suficiente, como espero vir a ter, possamos pensar em construir. Essas duas salas também são pequenas demais para os grupos de amigos que esperamos reunir aqui; e estou pensando em fazer o corredor chegar até uma delas, talvez até uma parte da outra, e deixar o restante da outra sala como entrada; isso, com uma nova sala de estar que facilmente poderemos acrescentar, mais um quarto de dormir e outro sótão em cima, farão uma casinha de campo muito aconchegante. A escada poderia ser mais bonita. Mas não se pode querer tudo; embora eu ache que não seria difícil alargá-la. Preciso esperar para ver como estarei na primavera, e planejaremos essas melhorias como se deve."

Nesse ínterim, até que as reformas pudessem ser feitas com as economias de uma renda de quinhentos por ano de uma mulher que nunca economizou na vida, elas tiveram a prudência de se contentar com a casa como estava; e todas trataram de cuidar dos próprios afazeres e tentaram, dispondo pela casa seus livros e demais pertences, fazer do chalé um lar. O piano de Marianne foi desembrulhado e colocado no lugar certo; os desenhos de Elinor ficaram expostos nas paredes da sala de estar.

Em meio a tais afazeres, elas seriam interrompidas pouco após o desjejum do dia seguinte pela entrada de seu senhorio, que foi lhes dar as boas-vindas a Barton e lhes oferecer todas as comodidades da própria casa e da horta para suprir as necessidades que tivessem no momento. Sir John Middleton era um homem bonito, de seus quarenta anos. Já as visitara antes em Stanhill, mas fazia tempo demais para suas jovens primas se lembrarem dele. Sua expressão era de pleno bom humor; seus modos eram amistosos como o estilo de sua carta. A chegada delas parecia haver lhe proporcionado uma genuína satisfação, e seu conforto era agora o foco de sua solicitude. Ele falou bastante de seu profundo desejo de que elas convivessem socialmente com sua família, e insistiu de maneira tão cordial que fossem jantar em Barton Park todos os dias até que estivessem mais bem acomodadas em casa que, embora sua insistência tenha chegado a um grau de perseverança que ia além da cortesia, elas não poderiam cometer tal desfeita. Sua generosidade não se limitava às palavras; pois, uma hora depois que ele se foi, uma grande cesta cheia de produtos da horta e do pomar chegou da sede da propriedade, seguida, antes do fim do dia, por outra com carne de caça. Ele fez questão de mandar entregar e retirar toda a correspondência delas, e não se furtaria à satisfação de enviá-las seu jornal[2] todos os dias.

Lady Middleton enviara um recado bastante cortês por intermédio dele, demonstrando sua intenção de visitar a sra. Dashwood assim que ela lhe garantisse que a visita não seria inconveniente; como esse recado foi respondido com um convite igualmente cortês, a mulher foi apresentada a elas logo no dia seguinte.

Elas estavam evidentemente ansiosas para conhecer uma pessoa de quem muito de seu conforto em Barton devia depender; e a elegância de sua aparência correspondeu ao que elas desejavam. Lady Middleton não tinha mais do que vinte e seis ou vinte e sete anos; dona de um lindo rosto, era alta, tinha um porte marcante e falava graciosamente. Seus modos exibiam toda a elegância que faltava ao marido. Por outro lado, só teria a ganhar caso tivesse um pouco da franqueza e do calor dele; a visita se prolongou o bastante para desfazer parte da primeira impressão, mostrando que, embora perfeitamente bem educada, ela era reservada, fria e não tinha nada a dizer além dos lugares-comuns de perguntas e comentários.

Assunto, no entanto, não faltou, pois sir John era muito tagarela, e lady Middleton tomara a sábia precaução de levar o filho mais velho, um garotinho de uns seis anos, de modo que havia sempre um assunto recorrente para as damas em casos extremos, pois precisavam saber seu nome, sua idade, admirar-lhe a beleza e fazer-lhe perguntas que a mãe respondia enquanto ele se pendurava nela e escondia o rosto, para grande espanto da mulher, que estranhou a timidez do filho diante do grupo, sendo tão ruidoso em casa. Toda visita formal deveria incluir uma criança para fornecer assunto. Naquele caso, levaram dez minutos para decidir se o menino se parecia mais com a mãe ou com o pai e o que ele puxara de cada um, pois nisso todos discordaram e ficaram perplexos com as opiniões uns dos outros.

Logo surgiria uma oportunidade para as Dashwood conversarem sobre os outros filhos do casal, pois sir John não sairia dali sem antes fazê-las prometer que jantariam com eles no dia seguinte.

VII

Barton Park ficava a meia milha do chalé. As mulheres haviam passado perto da residência principal ao percorrer o vale, mas não podiam vê-la do chalé por causa de uma colina. A casa era grande e muito bonita; os Middleton viviam em um estilo hospitaleiro e elegante. O primeiro gratificava sir John; o segundo, sua senhora. Era raro não haver pelo menos alguns amigos hospedados com eles na casa, e recebiam todo tipo de companhia, mais do que qualquer outra família da região. Era algo necessário para a felicidade dos dois; pois, mesmo que diferentes em temperamento e no comportamento aparente, eles eram muito parecidos na falta de talento e de bom gosto que restringia seu afazeres, além do que a sociedade demandava, a um espectro bastante restrito. Sir John era esportista, lady Middleton era mãe. Ele caçava e atirava, ela brincava com as crianças; e esses eram seus únicos recursos. Lady Middleton tinha a vantagem de conseguir mimar os filhos o ano inteiro, enquanto as distrações solitárias de sir John duravam apenas metade do tempo. Compromissos sociais frequentes, contudo, em casa e fora dela, compensavam todas as deficiências de natureza e educação; mantinham o bom humor de sir John e permitiam que a esposa exercitasse sua boa formação.

Lady Middleton fazia questão de elegância à sua mesa, e era assim em todos os arranjos domésticos; seu grande deleite nas festas vinha desse tipo de vaidade. Mas a satisfação de sir John com a sociedade era muito mais real; ele adorava reunir em torno de si mais jovens do que sua casa poderia abrigar e quanto mais barulhentos, mais ele gostava deles. Era uma verdadeira bênção para a juventude da vizinhança, pois no verão ele sempre os convidava para comer ao ar livre presunto frio e galinha, e no inverno seus bailes eram numerosos o bastante para qualquer moça que não fosse acometida do insaciável apetite dos quinze anos.

A chegada de uma nova família na região era sempre motivo de alegria para ele, e, em todos os aspectos, sir John estava encantado com as moradoras que arranjara para seu chalé em Barton. As srtas. Dashwood eram jovens, bonitas e sem afetação. Era o bastante para serem bem vistas por todos; pois não ter afetação era tudo o que uma menina bonita poderia querer para tornar sua mente tão cativante quanto sua aparência. A disposição amistosa fez com que ele se sentisse feliz por acomodar aquelas parentes cuja situação podia ser considerada, em comparação com a anterior, infeliz. Ao demonstrar bondade às primas, portanto, ele sentiu a genuína satisfação de um bom coração; e, ao receber uma família inteira só de mulheres em sua casa de campo, sentiu toda a satisfação de um esportista; pois o esportista, embora só admire outros de seu sexo que sejam também esportistas, nem sempre deseja estimular neles o bom gosto acolhendo-os em uma residência dentro de sua propriedade.

A sra. Dashwood e as filhas foram recebidas na porta da casa por sir John, que lhes deu as boas-vindas a Barton Park com sua sinceridade natural; e, levando-as à sala de estar, repetiu às moças a mesma preocupação que o assunto lhe despertara no dia anterior, de não ter conseguido encontrar rapazes elegantes para apresentá-las. Elas veriam, disse sir John, que havia apenas um cavalheiro além dele; certo amigo que estava hospedado ali, mas que não era nem muito moço, nem muito alegre.

Ele esperava que perdoassem o grupo tão pequeno e lhes garantiu que isso nunca mais aconteceria. Sir John visitara diversas famílias pela manhã na esperança de conseguir mais convidados para o grupo, mas era lua cheia,[1] e todo mundo tinha compromissos para a noite. Por sorte, a mãe de lady Middleton chegara a Barton havia cerca de uma hora e, como se tratava de uma mulher muito alegre e simpática, ele esperava que as jovens damas não achassem a ocasião tão maçante quanto poderiam imaginar. As jovens damas, assim como sua mãe, acharam que duas pessoas inteiramente desconhecidas no jantar já bastavam, e não desejaram mais nada.

A sra. Jennings, mãe de lady Middleton, era uma mulher bem-humorada, divertida, gorda e velha, que falava um bocado e parecia muito feliz, até mesmo vulgar. Cheia de chistes e risadas, já havia proferido diversos gracejos espirituosos sobre namorados e maridos antes de encerrado o jantar; esperava que elas não tivessem deixado seus amores em Sussex, e fingiu vê-las corar em reação a terem ou não deixado. Marianne ficou constrangida pela irmã e se virou para Elinor para ver como ela reagia a tais afrontas, com uma gravidade que a incomodou ainda mais do que aqueles lugares-comuns que a sra. Jennings dizia em tom de fanfarrice.

O coronel Brandon, o tal amigo de sir John, a julgar pela aparência de seus modos, nem parecia seu amigo, não mais que lady Middleton parecia sua esposa, ou a sra. Jennings parecia mãe de lady Middleton. Ele era silencioso e grave. Sua aparência, no entanto, não era desagradável, apesar de se tratar, na opinião de Marianne e Margaret, de um velho solteirão rematado, pois já havia passado dos trinta e cinco anos; mas, embora seu rosto não fosse bonito, tinha uma expressão sensível, e sua conversa era especialmente cavalheiresca.

Nada em nenhum dos membros do grupo os recomendava como companhia para as Dashwood; mas a fria insipidez de lady Middleton foi tão especialmente repulsiva que, em comparação, a gravidade do coronel Brandon e mesmo a alegria ostensiva de sir John e sua sogra pareceram interessantes. Lady Middleton se entusiasmou apenas após o jantar, quando entraram quatro crianças barulhentas, que a arrastaram dali, puxaram suas roupas e puseram fim a todas as conversas que não se referissem a elas.

À noite, quando descobriram que Marianne tinha dotes musicais, ela foi convidada a tocar. O instrumento foi aberto, todos se prepararam para ser enfeitiçados, e Marianne, que também cantava muito bem, a pedidos, cantou quase todas as músicas que lady Middleton acrescentara à família depois do casamento, e que talvez estivessem desde então esquecidas na mesma posição sobre o piano, pois a mulher havia celebrado o acontecimento abandonando a música, embora segundo sua mãe tocasse extremamente bem e, também segundo ela, gostasse muito.

A apresentação de Marianne foi muito aplaudida. Sir John expressou sua admiração ao final de cada canção, assim como, em conversas com os outros convidados, durante a execução de cada uma delas. Lady Middleton muitas vezes o repreendeu, perguntando-se como alguém podia se distrair da música a ponto de pedir a Marianne uma canção que ela havia acabado de executar. Apenas o coronel Brandon, de todo o grupo, ouviu-a sem se exaltar. Concedeu-lhe o elogio de sua atenção; e ela sentiu por ele um respeito que os demais haviam em certa medida perdido com sua vergonhosa falta de gosto. O prazer que o coronel sentia com a música, ainda que não chegasse ao êxtase do deleite, o único capaz de falar aos sentimentos dela, era admirável em contraste com a horrorosa insensibilidade dos demais; e ela foi razoável o bastante para admitir que um homem de trinta e cinco anos pudesse muito bem ter superado a pungência das sensações e todo o poder misterioso dos desfrutes. Marianne estava perfeitamente disposta a fazer qualquer concessão ao estágio avançado da vida do coronel que a humanidade exigisse.

VIII

A sra. Jennings era viúva e recebia uma polpuda pensão.[1] Tivera apenas duas filhas, e ela vivera o bastante para ver bem casadas, portanto não tinha mais nada a fazer da vida senão casar o resto do mundo. Na promoção de tal objetivo, ela era obstinadamente ativa, na medida em que suas habilidades permitiam; não perdia uma oportunidade de planejar casamentos entre todos os jovens que conhecesse. Era incrivelmente rápida para descobrir afinidades, e tivera o privilégio de fazer corar e suscitar a vaidade de muitas jovens insinuando seu poder sobre determinado rapaz; foi esse tipo de discernimento que lhe permitiu, logo após sua chegada a Barton, afirmar sem hesitação que o coronel Brandon estava apaixonadíssimo por Marianne Dashwood. Ela já desconfiava, desde a noite em que os dois se encontraram, pelo modo como ele escutara atentamente enquanto a jovem cantava para eles; quando a visita foi retribuída e os Middleton jantaram no chalé, o fato se confirmou pelo modo como ele tornou a prestar atenção na moça. Ela estava convencida. Seria um excelente casal, pois ele era rico e ela era linda. A sra. Jennings ansiava para ver o coronel Brandon bem casado desde que sua amizade com sir John fizera com que se conhecessem; e estava sempre ansiosa para arranjar um bom marido para uma menina bonita.

A vantagem imediata para ela não era de forma alguma insignificante, pois lhe forneceria uma infinidade de gracejos que poderia fazer com ambos. Na residência principal, ela ria do coronel; no chalé, ria de Marianne. Ele era provavelmente indiferente à fanfarronice; mas para Marianne a princípio tudo parecia incompreensível; quando por fim entendeu o que se passava, ela não sabia se ria do absurdo ou se censurava a impertinência, pois considerou a insinuação uma reflexão cruel sobre a idade avançada do coronel e sua condição de velho solteirão empedernido.

A sra. Dashwood, que não consideraria um homem cinco anos mais novo que ela tão velho quanto a imaginação juvenil de sua filha, tentou demover a senhora Jennings da hipótese de tentar ridicularizar a idade do outro.

"Mas pelo menos, mamãe, você não pode negar o absurdo dessa acusação, ainda que não creia se tratar de má-fé. O coronel Brandon é certamente mais novo que a senhora Jennings, mas tem idade para ser meu pai; e, mesmo que ele ainda tivesse ânimo para se apaixonar outra vez, deve ter há muito suprimido qualquer sensação do tipo. É muito ridículo! Quando um homem estará a salvo dessas astúcias, se nem a idade nem a enfermidade o protegem?"

"Enfermidade?!", exclamou Elinor, "você acha que o coronel Brandon é doente? Posso imaginar que a idade dele pareça muito maior para você do que para minha mãe; mas você há de convir que ele faz perfeito uso das próprias pernas!"

"Você não o ouviu reclamar do reumatismo? E essa não é uma doença típica da época decadente da vida?"

"Minha queridíssima filha", disse a mãe dando risada, "se pensa assim você deve viver o tempo todo aterrorizada pela iminência do meu fim; deve achar um milagre que minha existência tenha chegado à avançada idade dos quarenta."

"Mamãe, você não está sendo justa comigo. Sei muito bem que o coronel Brandon não é velho a ponto de seus amigos ficarem com medo de perdê-lo por causas naturais. Ele ainda pode viver mais vinte anos. Mas trinta e cinco não é idade para casar."

"Talvez", concordou Elinor, "trinta e cinco e dezessete não sejam mesmo idades para um casamento. Mas, se por acaso acontecer de uma mulher estar solteira aos vinte e sete, eu não faria objeção ao coronel Brandon se casar com ela."

"Uma mulher de vinte e sete anos", disse Marianne, após uma pausa momentânea, "jamais poderia esperar inspirar afeição novamente, e se a casa dela não é confortável, ou se sua fortuna é pequena, posso imaginá-la indo procurar emprego de enfermeira, para cuidar das provisões e da segurança da esposa de alguém. Ele se casar com uma mulher assim, portanto, não seria nada descabido. Seria de uma conveniência sem par, e o mundo inteiro ficaria satisfeito. A meus olhos, isso não seria nem casamento, não seria nada. Para mim, seria uma troca comercial, na qual cada um deseja se beneficiar às custas do outro."

"Sei que seria impossível", respondeu Elinor, "convencê-la de que uma mulher de vinte e sete pode vir a sentir algo próximo de amor por um homem de trinta e cinco e torná-lo uma companhia desejável para ela. Mas devo discordar de sua condenação do coronel Brandon e de sua eventual esposa ao confinamento constante de um leito de morte, simplesmente porque por acaso ontem, um dia muito frio e úmido, ele reclamou de uma leve dor reumática no ombro."

"Mas ele ficou falando de coletes de flanela", insistiu Marianne, "e para mim coletes de flanela estão invariavelmente associados a dores, câimbras, reumatismos e todo tipo de padecimento que aflige os velhos e debilitados."

"Se ele estivesse com uma febre violenta, você não o teria desprezado tanto assim. Admita, Marianne, não acharia interessante a face corada, o olho fundo e o pulso acelerado de febre?"

Logo depois, Elinor saiu da sala. "Mamãe", disse Marianne, "tenho uma preocupação no campo das doenças que não consigo esconder da senhora. Tenho certeza de que Edward Ferrars não está bem. Já estamos aqui há quase quinze dias, e ele ainda não apareceu. Só uma verdadeira indisposição acarretaria essa demora toda. O que mais o deteria em Norland?"

"Você achava mesmo que ele viria tão cedo?", surpreendeu-se a sra. Dashwood. "Eu não. Pelo contrário, se fiquei preocupada com esse assunto foi por lembrar que ele demonstrou certa falta de prazer e de prontidão ao aceitar meu convite quando falei com ele sobre vir a Barton. Será que Elinor já está à espera?"

"Nunca falei disso com ela, mas é claro que deve estar."

"Eu diria que você está enganada, pois, quando conversei com ela ontem sobre comprar outro aquecedor para a cama de hóspedes, ela respondeu que não havia tanta pressa, pois o quarto provavelmente ficaria vazio por algum tempo."

"Mas que estranho! O que será que isso quer dizer?! Por outro lado, o comportamento dos dois, em geral, sempre foi inexplicável! Que frieza, quanta compostura na hora do adeus! E a conversa deles, na última noite juntos, tão indiferente! Edward se despediu de Elinor e de mim sem nenhuma distinção; foram bons votos de um irmão carinhoso para as duas. Deixei-os sozinhos duas vezes de propósito no último dia, e nas duas vezes, inexplicavelmente, ele veio atrás de mim quando saí da sala. Elinor, ao deixar Norland e Edward para trás, não chorou como eu. Mesmo agora, sua serenidade não se abala. Quando ela ficará deprimida ou melancólica? Será que nunca vai abandonar a cordialidade nem se mostrar inquieta e insatisfeita na frente das pessoas?"

IX

As Dashwood estavam agora estabelecidas em Barton com razoável conforto. A casa e a horta, com todos os objetos em torno delas, iam se tornando familiares, e as melhorias cotidianas, que deram a Norland metade de seus encantos, foram implementadas novamente, com um prazer muito maior do que Norland pudera proporcionar desde a morte do pai. Sir John Middleton, que viera visitá-las todos os dias nas primeiras duas semanas e que não estava acostumado a ver tanta atividade em casa, não conseguia disfarçar seu espanto por vê-las sempre ocupadas em alguma coisa.

As visitas, exceto as de Barton Park, não eram muitas; pois, apesar das urgentes promessas de sir John de que elas iriam frequentar mais a vizinhança e das repetidas garantias de que sua carruagem estaria sempre à disposição, a independência de espírito da sra. Dashwood superou o desejo de convívio social das filhas; ela se recusou decididamente a visitar qualquer família a mais de uma caminhada de distância. Eram poucas as que podiam ser assim classificadas; e nem todas eram acessíveis. A cerca de quatro quilômetros do chalé, pelo vale estreito e serpeante de Allenham, que margeava o de Barton, conforme descrito anteriormente, as meninas haviam visto, durante uma de suas primeiras caminhadas, uma mansão antiga e imponente, que, por lembrar-lhes um pouco a casa de Norland, atiçara sua imaginação e fez com que desejassem conhecê-la melhor. Mas descobriram, depois de perguntar, que a dona, uma dama idosa de ótimo caráter, era infelizmente doente demais para o convívio com o mundo e nunca saía de casa.

Todas as terras ao redor eram abundantes de belas trilhas para caminhar. As encostas íngremes, que as convidavam praticamente de todas as janelas do chalé a buscar os raros prazeres do ar puro de seus cumes, eram uma alternativa feliz quando o barro dos vales lá embaixo lhes vedava a beleza das alturas; e foi em direção a uma dessas colinas que Marianne e Margaret, certa memorável manhã, encaminharam seus passos, atraídas pelo sol difuso filtrado por um céu carregado e incapazes de suportar mais um minuto daquele confinamento que a chuva constante dos dois dias anteriores havia provocado. O tempo não estava tentador a ponto de demover as outras duas do lápis e do livro, apesar de Marianne ter declarado que o dia terminaria bonito e que todas as nuvens ameaçadoras sumiriam das colinas; as duas meninas partiram juntas.

Subiram alegremente as encostas, exultantes com a própria perspicácia a cada lampejo de céu azul; quando sentiram na pele as revigorantes rajadas de um forte vento sudoeste, lamentaram os receios que impediram a mãe e Elinor de compartilhar aquelas sensações deliciosas.

"Será que existe no mundo", disse Marianne, "felicidade maior que esta? — Margaret, vamos caminhar pelo menos duas horas por aqui."

Margaret concordou, e elas seguiram seu caminho contra o vento, resistindo à corrente de ar com um prazer risonho, por mais uns vinte minutos, quando de repente as nuvens se juntaram sobre suas cabeças e uma chuva forte molhou em cheio seus rostos. Decepcionadas e surpresas, foram obrigadas, ainda que a contragosto, a voltar, pois o abrigo mais próximo era sua própria casa. Restou-lhes ao menos um consolo, ao qual a exigência do momento conferiu ainda mais propriedade; correr na maior velocidade possível colina abaixo até o portão da horta.

Elas correram. Marianne começou na frente, mas um passo em falso levou-a subitamente ao chão, e Margaret, não conseguindo parar para ajudá-la, continuou correndo e chegou a seu destino em segurança.

Um cavalheiro com uma espingarda e dois cães de caça passava pela colina a poucos metros de Marianne quando o acidente aconteceu. Ele baixou a arma e correu para ampará-la. Ela já havia se levantado do chão, mas torcera o tornozelo na queda e mal conseguia se manter em pé. O cavalheiro ofereceu seus préstimos e, notando que a modéstia da moça recusaria o que sua situação tornava necessário, ergueu-a nos braços sem mais delongas e desceu a colina com ela no colo. Passando então pelo portão da horta, que Margaret deixara aberto, ele a carregou diretamente para a casa, onde a irmã mais nova havia acabado de chegar, e só soltou Marianne para sentá-la em uma poltrona da saleta.

Elinor e a mãe se levantaram assustadas com aquela entrada e, enquanto os olhos de ambas se fixavam sobre ele com evidente curiosidade e uma admiração secreta, ambas despertadas por sua aparência, o cavalheiro pediu desculpas pela intrusão e relatou o ocorrido de modo tão franco e gracioso que sua pessoa, que já era de uma beleza rara, ganhou mais encantos graças à sua voz e expressão. Fosse ele velho, feio e vulgar, a gratidão e a bondade da sra. Dashwood ainda estariam asseguradas pela atenção à filha; mas a influência da juventude, da beleza e da elegância gerou um interesse pela atitude que atingiu em cheio seus sentimentos.

Ela agradeceu algumas vezes; e, com a doçura que lhe era peculiar, convidou-o para sentar. Mas ele recusou, pois estava sujo e molhado. A sra. Dashwood então quis saber a quem devia agradecer. Seu nome, ele respondeu, era Willoughby, e sua casa atualmente ficava em Allenham, de onde esperava que ela permitisse que ele viesse, no dia seguinte, para saber da srta. Dashwood. A honra foi logo concedida, e ele partiu, tornando-se ainda mais interessante, em meio à chuva pesada.

Sua beleza viril e sua graciosidade incomum viraram instantaneamente motivos de admiração geral, e os gracejos com Marianne, que seu galanteio despertou, ganharam uma ênfase peculiar graças a seus atrativos externos. A própria Marianne vira menos dele que as outras, pois a confusão que havia ruborizado seu rosto quando ele a tomou nos braços roubara-lhe o poder de se concentrar até que entraram em casa. Mas ela vira o bastante para partilhar da admiração das outras, e com a energia que sempre adornava seus elogios. A aparência e o comportamento do cavalheiro equivaliam ao que a fantasia dela criara para o herói de uma história favorita; e, no transporte em seus braços para dentro de casa com tão pouca formalidade, havia uma rapidez de raciocínio que o recomendava especialmente. Todas as circunstâncias a seu respeito eram interessantes. O nome era bom, a residência ficava no local favorito delas, e ela logo descobriu que de todos os trajes masculinos a roupa de caça era a que vestia melhor. Sua imaginação foi longe, suas reflexões foram agradáveis e a dor do tornozelo foi ignorada.

Sir John foi visitá-las assim que o primeiro intervalo do mau tempo daquela manhã permitiu que saísse de casa; depois de lhe contarem do acidente de Marianne, logo lhe perguntaram se conhecia um cavalheiro de nome Willoughby em Allenham.

"Willoughby!", exclamou sir John; "Como assim? Ele está aqui? Mas essa é uma ótima notícia; vou amanhã mesmo convidá-lo para jantar na quinta-feira."

"Então o senhor o conhece", disse a sra. Dashwood.

"Se eu o conheço?! Claro que sim. Ora, ele vem para cá todo ano."

"E que tipo de rapaz ele é?"

"O melhor tipo que já existiu, isso eu garanto. Tem uma boa pontaria, e não há cavaleiro mais ousado em toda a Inglaterra."

"E isso é tudo o que o senhor tem a dizer dele?", exclamou Marianne, indignada. "Como ele se comporta com seus conhecidos mais íntimos? Quais são suas aspirações, seus talentos, como é seu gênio?"

Sir John ficou deveras intrigado.

"Juro por minha alma", ele disse, "que não o conheço a ponto de saber todas essas coisas. Mas é um sujeito simpático, bem-humorado e dono da melhor cadela de caça que já vi, uma pretinha. Ela estava com ele?"

Mas, assim como sir John não foi capaz de descrever os matizes do intelecto de Willoughby, Marianne não sabia a cor de seu cão de caça.

"Mas quem ele é?", insistiu Elinor. "De onde vem? Tem casa em Allenham?"

Nesse ponto sir John foi capaz de dar informações mais precisas; contou a elas que o sr. Willoughby não tinha propriedade no interior; que morava lá apenas quando visitava a velha senhora em Allenham Court, de quem era parente e cujos bens herdaria; acrescentou: "Sim, eis um homem que vale a pena fisgar, é o que lhes digo, senhorita Dashwood; ele tem ainda uma pequena propriedade em Somersetshire; se eu fosse a senhorita, não o deixaria para sua irmã mais nova, apesar desse tombo na colina. A senhorita Marianne não pode esperar ter todos os homens só para ela. Brandon sentirá ciúmes, se ela não tomar cuidado."

"Não creio", disse a sra. Dashwood, com um sorriso bem-humorado, "que o senhor Willoughby se incomodará se qualquer uma das minhas filhas tentar *fisgá-lo*, como o senhor diz. Mas não foi para isso que elas foram criadas. Os homens estão a salvo conosco, por mais ricos que sejam. Fico contente de perceber, no entanto, pelo que o senhor diz, que se trata de um rapaz de respeito, com quem uma relação não seria inapropriada."

"É um sujeito muito bom, acredito, não há outro igual", repetiu sir John. "Lembro que no Natal passado, durante um pequeno baile em nossa casa, ele dançou a noite inteira, das oito às quatro da manhã, sem parar para descansar."

"É mesmo?", exclamou Marianne, com os olhos brilhando, "e com elegância e vontade?"

"Sim; e estava novamente de pé às oito da manhã para ir à reserva de caça."[1]

"É disso que gosto; um rapaz deve ser assim. Quaisquer que sejam suas aspirações, sua avidez em persegui-las não deve conhecer moderação nem deixar qualquer sinal de fadiga."

"Sim, já prevejo o que irá acontecer", disse sir John, "já entendi tudo. Vai dedicar todos os seus esforços a ele, e nunca mais pensará no pobre Brandon."

"Essa é uma expressão, sir John", disse Marianne, enfática, "que particularmente me desagrada. Abomino qualquer clichê que subentenda astúcia; e 'dedicar todos os esforços', ou 'conquistar', são os mais odiosos de todos. São clichês de conotação grosseira e antiquada; se é que seu uso possa um dia ter sido considerado engenhoso, o tempo destruiu há muito isso."

Sir John não compreendeu muito bem essa censura; mas deu a risada mais vigorosa que conseguiu, e então respondeu:

"Sim, vocês conquistarão muitos homens, ouso dizer, de um modo ou de outro. Pobre Brandon! Ele já está bastante impressionado, e vale a pena investir seus esforços nele, isso eu garanto, apesar de todos os tombos e tornozelos torcidos."

X

O protetor de Marianne, como Margaret apelidou Willoughby com mais graça que precisão, apareceu no chalé logo cedo na manhã seguinte para ter notícias pessoalmente. Foi recebido pela sra. Dashwood com mais do que simples cortesias; com a bondade que o relato de sir John e sua própria gratidão de mãe ocasionara; e tudo o que se passou durante a visita levou-o a se assegurar do bom senso, da elegância, da afeição recíproca e do conforto doméstico daquela família à qual um acidente o apresentara. Ele não precisou de um segundo encontro para se convencer do encanto daquelas pessoas.

A srta. Dashwood tinha a pele delicada, traços bem-feitos e uma beleza marcante. Marianne era ainda mais linda. As formas, mesmo que não tão simétricas quanto as da irmã, pelo privilégio da altura, eram mais impressionantes; e seu rosto era tão adorável que, quando em arroubos de lisonjas era chamada de uma linda moça, a verdade era menos violentamente ultrajada do que em geral costuma acontecer. Tinha a pele bem morena, mas era tão translúcida que ganhava um brilho incomum; seus traços eram todos belos; o sorriso, doce e cativante; nos olhos, que eram muito escuros, havia uma vida, um espírito e uma avidez à qual dificilmente se reagia sem prazer. Diante de Willoughby tal expressão a princípio foi contida, em virtude do constrangimento gerado pela recordação de seu socorro. Mas quando isso passou, quando ela recobrou seu ânimo, quando viu que ao berço perfeito o cavalheiro aliava a franqueza e a vivacidade, e, acima de tudo, quando o ouviu declarar que gostava apaixonadamente de cantar e dançar, lançou-lhe tal olhar de aprovação que conquistou boa parte da atenção dele pelo resto do dia.

Bastava mencionar qualquer distração interessante para ela começar a falar. Marianne não conseguia se calar quando falavam sobre esses assuntos, e não tinha timidez nem reserva ao discuti-los. Logo descobriram que o gosto pela dança e pela música era compartilhado e advinha de uma conformidade de juízos generalizada. Encorajada portanto a um exame mais detalhado de suas opiniões, ela passou a questioná-lo sobre livros; os autores favoritos dela foram trazidos à baila e abordados com um prazer tão enlevado que qualquer rapaz de vinte e cinco anos com alguma sensibilidade se renderia imediatamente à excelência de tais obras, mesmo que nunca as tivesse lido antes. O gosto de ambos era incrivelmente parecido. Os mesmos livros, os mesmos trechos, eram idolatrados por ambos — ou, se surgia alguma diferença, uma objeção qualquer, só durava até a força dos argumentos e o brilho dos olhos dela entrarem em ação. Ele concordou com todas as decisões dela, captou todo o seu entusiasmo; e, muito antes de encerrada a visita, os dois conversavam com a familiaridade de velhos conhecidos.

"Bem, Marianne", disse Elinor, assim que ele as deixou, "para uma manhã, acho que você se saiu muito bem. Já sabe a opinião do senhor Willoughby sobre praticamente todos os assuntos importantes. Sabe o que ele pensa de Cowper e Scott; tem a certeza de que ele estima tais belezas como devia e toda a segurança de que ele não gosta de Pope mais do que o apropriado.[1] Mas como essa relação vai durar, depois desse desperdício extraordinário de assuntos? Logo vocês terão exaurido todos os seus tópicos preferidos. Mais um encontro, e ele já estará dizendo o que sente sobre o pitoresco na pintura,[2] dará sua opinião sobre segundos casamentos, e então você não terá mais nada para perguntar."

"Elinor", exclamou Marianne, "você acha justo falar assim comigo? Acha certo? Minhas ideias são tão disparatadas? Mas entendo o que você quer dizer. Fiquei muito à vontade, muito contente, fui muito franca, contrariei todos os ditames do decoro; fui aberta e sincera quando devia ter sido reservada, desanimada, maçante e furtiva: — se tivesse falado apenas sobre o clima e as estradas, e por apenas dez minutos, seria poupada dessa censura."

"Minha querida", interveio a mãe, "não precisa se ofender com Elinor — ela só estava brincando. Eu mesma a repreenderia, se sua intenção fosse estragar o prazer da conversa com nosso novo amigo." — Marianne sentiu-se aliviada por um momento.

Willoughby, por sua vez, dera todas as provas de seu prazer em conhecê-las que o evidente desejo de aprofundar suas relações poderia oferecer. Ia visitá-las todos os dias. A princípio, seu pretexto era saber de Marianne; mas o incentivo da boa recepção, que a cada dia era mais generosa, tornou tal desculpa desnecessária quando ela deixou de ser plausível, após a recuperação total da moça. Ela ficou confinada em casa por alguns dias; jamais, porém, um confinamento foi tão pouco maçante. Willoughby era um rapaz de talentos, rápida imaginação, humor vivaz e modos francos e afetuosos. Era talhado exatamente de maneira a conquistar o coração de Marianne, pois a tudo isso aliava não apenas a presença cativante, mas o ardor natural de sua mente, que agora estava aceso e tinha sido aumentado pelo exemplo dela, o que o recomendava a seus olhos mais do que qualquer outra coisa.

A companhia dele gradualmente se tornou seu mais requintado prazer. Liam, conversavam e cantavam juntos; seus talentos musicais eram consideráveis; e ele lia com a sensibilidade e o espírito que infelizmente faltavam a Edward.

No conceito da sra. Dashwood e de Marianne, ele era impecável; e Elinor não tinha nada a censurar exceto uma propensão, no que parecia muito Marianne e a agradava especialmente, a falar o que pensava em qualquer ocasião, sem prestar atenção às pessoas e às circunstâncias. Formando e emitindo depressa demais sua opinião sobre os outros, sacrificando a cortesia pelo prazer da atenção total àquilo que seu coração ditava e negligenciando com excessiva facilidade as formalidades do bom tom, ele demonstrava uma falta de cuidado que Elinor não podia aprovar, apesar de tudo o que Marianne pudesse dizer em sua defesa.

Marianne começou então a perceber que o desespero que a acometera aos dezesseis anos e meio de jamais encontrar um homem capaz de satisfazer seus ideais de perfeição talvez fosse precipitado e injustificável. Willoughby era tudo o que ela fantasiara, naquela hora infeliz e em cada momento mais luminoso, capaz de fazê-la se apaixonar; e o comportamento dele demonstrava que seus desejos eram tão sinceros quanto fortes.

A mãe, em cuja mente não passara um único pensamento especulativo sobre casamento, em virtude da perspectiva da riqueza dele, também foi levada na mesma semana a esperar e contar com isso; secretamente congratulando a si mesma pela possibilidade de ganhar dois genros como Edward e Willoughby.

A afeição do coronel Brandon por Marianne, tão cedo descoberta pelas outras, só então se tornou perceptível a Elinor, quando já deixara de ser novidade. A atenção e os gracejos das duas passaram ao rival mais venturoso; e o escárnio, de que o outro era vítima antes mesmo que qualquer afeição fosse suscitada, também acabou quando os sentimentos dele chegaram de fato às raias do ridículo, vizinho tão próximo da sensibilidade. Elinor foi obrigada, ainda que a contragosto, a crer que os sentimentos que a sra. Jennings havia atribuído a ele, para sua própria satisfação, eram agora, na verdade, excitados pela irmã; e que, por mais que uma disposição parecida entre as partes pudesse externar a afeição do sr. Willoughby, uma oposição igualmente forte de caráter não era obstáculo para a estima do coronel Brandon. Isso ela pensou com preocupação; pois o que um homem de trinta e cinco anos poderia esperar, quando oposto a um jovem de vinte e cinco cheio de energia? E, como não podia desejar que ele fosse bem-sucedido, almejou de todo o coração que fosse indiferente. Ela gostava dele — apesar de sua gravidade e de sua reserva, via nele um objeto de interesse. Seus modos eram sérios, mas brandos; e sua reserva parecia antes resultado de alguma opressão do espírito do que uma melancolia no temperamento. Sir John deixara escapar indícios de injustiças e frustrações passadas que justificariam sua suspeita de que se tratava de um homem infeliz, e ela o considerou com respeito e compaixão.

Talvez sentisse pena e o admirasse mais por ter sido desdenhado por Willoughby e Marianne, que, demonstrando preconceito por ele não ser entusiasmado nem jovem, pareciam decididos a desvalorizar seus méritos.

"Brandon é o tipo de homem", disse Willoughby certo dia, quando falavam sobre ele, "de quem todo mundo fala bem, mas com quem ninguém se importa; todos ficam contentes em vê-lo, embora ninguém se lembre de conversar com ele."

"É exatamente o que penso dele", exclamou Marianne.

"Mas não vá se gabar disso", repreendeu Elinor, "pois é uma injustiça que vocês dois cometem. Ele é muito admirado por toda a família de sir John, e sempre que o encontro me dou ao trabalho de conversar com ele."

"Que você tenha essa preocupação", respondeu Willoughby, "certamente conta a favor dele; mas, quanto à admiração dos outros, é uma censura em si mesma.

Quem se submeteria à indignidade de receber a aprovação de mulheres como lady Middleton e a senhora Jennings, que despertam a indiferença de todos?"

"Mas talvez pessoas como você e Marianne compensem a consideração de lady Middleton e da mãe dela. Se o elogio delas é uma censura, a censura de vocês talvez seja um elogio, pois elas não são mais obtusas do que vocês são preconceituosos e injustos."

"Para defender seu protegido, você é capaz até de ser audaz."

"Meu protegido, como você diz, é um homem razoável; e o bom senso sempre me será atraente. Sim, Marianne, mesmo em um homem entre trinta e quarenta anos. Ele conhece bem o mundo; viajou; leu, e possui uma mente pensante. Acho que é capaz de me fornecer muita informação sobre vários assuntos, e sempre responde às minhas perguntas com a prontidão de quem tem boa formação e um bom gênio."

"Ou seja", exclamou Marianne com desdém, "ele disse que nas Índias Orientais o clima é quente e os mosquitos são um problema."

"Ele até teria dito isso, sem dúvida, se eu tivesse feito esse tipo de pergunta, mas acontece que só falamos de assuntos sobre os quais eu já tenha alguma informação prévia."

"Talvez", disse Willoughby, "as observações dele possam ter se estendido à existência de nababos, *mohrs* dourados e palanquins."[3]

"Posso lhe adiantar que as observações dele foram muito além do seu costume de dizer tudo o que pensa. Mas por que afinal o senhor não gosta dele?"

"Eu não desgosto. Considero-o, pelo contrário, um homem muito respeitável, que todos têm em alta conta e em quem ninguém repara; que tem mais dinheiro do que consegue gastar, mais tempo livre do que sabe empregar e manda fazer dois trajes novos por ano."

"Acrescente-se a isso", exclamou Marianne, "o fato de não ter gênio, bom gosto ou presença de espírito. Seu entendimento das coisas não tem brilho, seus sentimentos não têm ardor, sua voz não tem expressão."

"Você reparou nessas imperfeições dele", respondeu Elinor, "muito por conta e influência de sua própria imaginação e do comentário que eu fiz sobre ele ser comparativamente frio e insípido. Agora só posso dizer que se trata de um homem sensato, educado, informado, de conversa delicada, e creio que dono de um bom coração."

"A senhorita Dashwood", exclamou Willoughby, "agora está sendo deselegante comigo. Está tentando me desarmar pelo raciocínio e me convencer a contragosto. Mas não será o bastante. Você verá que sou tão teimoso quanto a senhorita é engenhosa. Tenho três motivos irretorquíveis para não gostar do coronel Brandon: ele me tratou com chuvas e trovoadas quando desejei que houvesse bom tempo entre nós; ele encontrou defeito no assento da minha charrete,[4] e não consigo convencê-lo a comprar minha égua marrom. Se lhe traz alguma satisfação, no entanto, saber que considero seu caráter inatacável sob todos os demais aspectos, estou pronto a admiti-lo. E em troca dessa confissão, que há de me causar algum incômodo, a senhorita não pode me negar o privilégio de antipatizar com ele mais do que nunca."

XI

Quando se mudaram para Devonshire, a sra. Dashwood e as filhas não imaginavam que haveria tantos compromissos a ocupar seu tempo, nem que seriam tantos os convites e as visitas que receberiam, a ponto de lhes restarem pouquíssimos momentos para afazeres mais sérios. Mas foi o que aconteceu. Quando Marianne se recuperou, os planos de diversão, em casa e fora, que sir John traçara anteriormente foram postos em execução. Começaram então os bailes particulares na residência principal; e as festas no lago foram preparadas e realizadas conforme aquele outubro chuvoso permitia. Em todos esses eventos Willoughby foi incluído; e o desembaraço e a familiaridade que naturalmente se manifestavam nessas festas foram calculados com exatidão para proporcionar maior intimidade em sua relação com as Dashwood, de modo a lhe dar ocasião de testemunhar as excelências de Marianne, de enfatizar sua entusiasmada admiração por ela e de receber, pelo comportamento dela, a mais contundente garantia de sua afeição.

Elinor não se surpreendeu com aquela relação. Ela só gostaria que a irmã se expusesse menos; e uma ou duas vezes ousou sugerir que seria o caso de Marianne se controlar um pouco. Mas a moça abominava qualquer disfarce, pois nenhuma desgraça poderia ocorrer à sinceridade; e tentar conter sentimentos que não eram em si mesmos indignos parecia-lhe não apenas um esforço desnecessário, como também uma sujeição desonrosa da razão ao clichê e às ideias equivocadas. Willoughby pensava o mesmo; e a atitude deles, o tempo todo, foi uma ilustração de suas opiniões.

Quando ele estava presente, ela não tinha olhos para mais ninguém. Tudo o que ele fazia era certo. Tudo que ele dizia era inteligente. Se as tardes no parque terminavam em jogos de cartas, ele sabotava a si mesmo e ao resto da mesa para ela receber uma boa mão. Se a diversão da noite era dança, formavam par metade do tempo; e, quando eram obrigados a se separar por algumas danças, tratavam de ficar próximos e mal diziam uma palavra a qualquer outra pessoa. Tal conduta fez com que todos rissem muito deles; mas o ridículo não os envergonhava, mal parecia provocá-los.

A sra. Dashwood aprovava tão ardentemente aquele sentimento dos dois que nem se preocupou em conter os excessos de demonstração. Para ela, era apenas a consequência natural de uma forte afeição em uma mente jovem e ardorosa.

Foi uma época de felicidade para Marianne. Seu coração estava entregue a Willoughby, e seu forte apego a Norland, que trouxera consigo de Sussex, fora mais facilmente abrandado do que ela antes achara possível, graças aos encantos que a companhia dele propiciava em sua residência atual.

A felicidade de Elinor não era tão grande. Seu coração não estava tão à vontade, nem sua satisfação com as festas era tão genuína. Não lhe ofereciam companhia que pudesse compensar o que ela deixara para trás, nem lhe ensinavam a pensar em Norland com menos tristeza do que antes. Nem lady Middleton nem a sra. Jennings podiam lhe propiciar as conversas que ela deixara para trás; ainda que a mais velha fosse uma tagarela incessante e desde o início a tivesse tratado tão bem que havia conquistado um bocado de sua atenção. Ela já havia contado a própria história a Elinor três ou quatro vezes; e, caso a memória da srta. Dashwood fosse comparável a seus talentos, ela poderia ter reconstituído logo que conhecera todos os detalhes da derradeira doença do sr. Jennings e o que ele disse à esposa em seus últimos minutos antes de morrer. Lady Middleton aos poucos se tornava mais agradável que a mãe, porém apenas por ser mais contida. Elinor precisou de um momento de observação para perceber que sua reserva era meramente uma afetação que nada tinha a ver com o bom senso. Com o marido e a mãe, ela se comportava da mesma forma; portanto, a intimidade com ela não devia ser buscada ou desejada. Ela não tinha nada a dizer que já não houvesse dito no dia anterior. Sua insipidez não variava, pois até seus caprichos eram sempre os mesmos; e, embora não se opusesse às festas dadas pelo marido, fazia questão de que tudo fosse feito com estilo e com a ajuda dos dois filhos mais velhos, mas não parecia ficar mais satisfeita do que estaria se tivesse ficado sozinha em casa; — sua presença agregava tão pouco prazer às demais pessoas, com suas participações nas conversas, que às vezes só se lembravam de que ela estava ali por sua solicitude para com os irrequietos meninos.

Apenas o coronel Brandon, de todos os seus novos conhecidos, era uma pessoa a quem Elinor podia demonstrar, sob todos os aspectos, respeito por seus talentos, interesse por sua amizade, ou prazer em sua companhia. Willoughby estava fora de questão. Ele tinha toda a sua admiração e estima, ainda que de forma fraternal; mas estava apaixonado; e as atenções dele eram todas para Marianne, de modo que um homem muito menos simpático podia ser muito mais agradável. O coronel Brandon, para sua infelicidade, não recebia nenhum tipo de estímulo para pensar só em Marianne, e, nas conversas com Elinor, descobriu o maior consolo para a total indiferença da outra irmã.

A compaixão de Elinor por ele aumentou à medida

que ela descobriu que existiam motivos para desconfiar que ele já havia conhecido a desgraça do amor não correspondido. Tal suspeita lhe viera por algumas palavras que ele deixara escapar certa tarde na residência principal, quando se sentaram juntos por mútuo consentimento, enquanto os outros dançavam. Os olhos dele estavam fixos em Marianne, e após alguns minutos de silêncio ele disse com um breve sorriso: "Sua irmã, pelo que entendi, não acredita em segundas opções no amor".

"Não", respondeu Elinor, "ela só tem opiniões românticas."

"Ou, então, creio, considera essas segundas opções impossíveis."

"Acredito que sim. Mas como ela se esquece do caráter de nosso próprio pai, que se casou duas vezes, eu não sei. Mais alguns anos, no entanto, e suas opiniões haverão de se consolidar na base razoável do bom senso e da observação; e talvez sejam mais fáceis de definir e justificar do que agora, por qualquer pessoa além dela mesma."

"Provavelmente é este o caso", ele respondeu; "mesmo assim há algo tão adorável nos preconceitos de uma mente jovem que é uma pena vê-la dar razão ao consenso das opiniões alheias."

"Disso devo discordar", disse Elinor. "Há inconveniências associadas a sentimentos como esses de Marianne que nem todos os encantos do entusiasmo e toda a ignorância do mundo são capazes de reparar. Seu modo de pensar tem a infeliz inclinação de acabar com qualquer vestígio de bom senso; e espero que um maior conhecimento do mundo lhe traga as maiores vantagens possíveis."

Após uma breve pausa ele retomou a conversa dizendo —

"Sua irmã não faz distinção entre essas objeções? Ou considera um crime em qualquer caso? Quem foi infeliz da primeira vez, seja pela inconstância do objeto do afeto, seja pela perversidade das circunstâncias, deve ser indiferente ao amor pelo resto da vida?"

"Juro que não conheço em detalhes os princípios dela. Só sei que nunca a ouvi admitir ser perdoável, em nenhum caso, um segundo amor."

"Isso", ele disse, "não pode ser assim; mas uma mudança — uma transformação total dos sentimentos — não, não, não queira que ela passe por isso —, quando as sutilezas românticas de uma mente jovem são obrigadas a ceder, muitas vezes dão lugar a opiniões comuns até demais, e muito perigosas! Falo por experiência própria. Conheci uma mulher cujo temperamento e intelecto lembravam muito a sua irmã, que pensava e julgava como ela, mas que por uma mudança forçada — por uma série de circunstâncias infelizes..." — Aqui ele parou subitamente; pareceu pensar que havia falado demais, e pela expressão insinuou conjecturas que de outro modo nem passariam pela cabeça de Elinor. A dama provavelmente nem desconfiaria, não fosse ele convencer a srta. Dashwood de que ela não poderia ouvir dos lábios dele o que a deixara intrigada. Da forma como aconteceu, bastou um ligeiro esforço de imaginação para ligar aquele sentimento à terna recordação de um afeto do passado. Elinor não insistiu. Mas Marianne, em seu lugar, não teria deixado por menos. A história inteira rapidamente teria se formado em sua imaginação febril; e cada elemento receberia um lugar estabelecido na ordem melancólica do amor desastroso.

XII

Enquanto caminhavam juntas na manhã seguinte, Marianne comunicou uma notícia a Elinor que, apesar de tudo o que ela conhecia da imprudência e da falta de reflexão da irmã, surpreendeu-a pela extravagante comprovação de ambas. Marianne lhe contou, com o maior deleite, que Willoughby lhe dera um cavalo, uma égua que ele mesmo criara em sua propriedade em Somersetshire, e que era apropriada para ser montada por uma mulher. Sem considerar que não estava nos planos da mãe sustentar um cavalo, que, caso ela mudasse de ideia depois desse presente, precisaria comprar outro para o cavalariço e contratar um empregado só para montá-lo, e, por fim, construir um estábulo para acolhê-los, ela aceitou o presente sem hesitação e contou com euforia a novidade à irmã.

"Ele quer mandar o cavalariço ir buscá-la em Somersetshire imediatamente", ela acrescentou, "e quando ela chegar, vamos cavalgar todos os dias. Você poderá revezar comigo. Imagine, minha querida Elinor, a delícia de galopar por essas colinas."

Ela não queria, sobretudo, despertar desse sonho de felicidade e compreender todas as desagradáveis verdades associadas ao caso; e por algum tempo se recusou a se submeter a elas. Quanto ao novo empregado, custaria uma ninharia; e ele poderia usar qualquer cavalo; inclusive um da propriedade; quanto ao estábulo, qualquer barracão bastaria. Elinor então ousou duvidar da pertinência de aceitar tal presente de um homem que conhecia tão pouco, ou, no mínimo, há tão pouco tempo. Foi o que bastou.

"Você está muito enganada, Elinor", ela respondeu exaltada, "se pensa que mal conheço Willoughby. Não o conheço há muito tempo, de fato, mas o conheço melhor do que qualquer outra criatura deste mundo, com exceção de você e mamãe. Não vem ao caso no momento determinar o tamanho da intimidade; — é uma questão de disposição, apenas. Sete anos seriam pouco para algumas pessoas se conhecerem, e sete dias são mais do que suficientes para outras. Eu me consideraria culpada de uma deselegância muito maior se aceitasse um cavalo de meu irmão do que de Willoughby. Pois John eu conheço muito pouco, embora tenhamos vivido juntos durante anos; mas, quanto a Willoughby, meu juízo já se formou há muito tempo."

Elinor considerou ser prudente não tocar mais nesse assunto. Conhecia o temperamento da irmã. Contrariá-la em questão tão delicada só a faria agarrar-se ainda mais à própria opinião. Mas, diante do apelo ao afeto que sentia pela mãe, considerando as inconveniências que uma mulher tão indulgente seria capaz de provocar a si mesma caso consentisse (como provavelmente faria) em tal aumento no orçamento, Marianne foi logo subjugada; e jurou não instigar a generosidade tão imprudente da mãe, não mencionando a oferta, e contar a Willoughby, assim que o encontrasse, que devia recusar.

Ela manteve sua palavra; e quando Willoughby apareceu no chalé, naquele mesmo dia, Elinor ouviu-a expressar sua decepção para ele em voz baixa, por ser obrigada a declinar do presente. Os motivos foram relatados, de modo a tornar impossível alguma insistência da parte dele. Sua consternação, contudo, ficou muito evidente;

e, após expressá-la com sinceridade, ele acrescentou na mesma voz baixa — "Mas, Marianne, a égua ainda é sua, mesmo que você não a aceite agora. Ficarei com ela até que possa reivindicá-la. Quando você partir de Barton para formar seu próprio lar, Queen Mab[1] estará esperando por você".

Isso tudo foi entreouvido pela srta. Dashwood; na sentença como um todo, em seu modo de pronunciá-la, e pelo fato de ele se dirigir à sua irmã só pelo nome de batismo, Elinor entreviu uma intimidade tão decidida, uma intenção tão direta, que comprovava a perfeita combinação entre eles. A partir daquele momento ela não duvidou mais do compromisso que existia entre os dois; e, estabelecida essa crença, a única surpresa foi que, mesmo em se tratando de dois temperamentos tão francos, ela, ou qualquer um dos outros conhecidos, tivesse que descobrir tudo por acaso.

Margaret contou-lhe uma coisa no dia seguinte que iluminou ainda mais o caso. Willoughby passara a tarde anterior com elas, e Margaret, ficando algum tempo na saleta sozinha com ele e Marianne, tivera a oportunidade de observar o que, com expressão de grande seriedade, ela comunicou à irmã mais velha quando ficaram a sós.

"Ah! Elinor", ela exclamou, "tenho um segredo a lhe contar sobre Marianne. Tenho certeza de que ela vai casar com o senhor Willoughby muito em breve."

"Você vem falando isso", respondeu Elinor, "praticamente desde que eles se conheceram em Highchurch Down; e não levou uma semana, creio, para você ter certeza de que Marianne usava um retrato dele no pescoço; mas depois vimos que era uma miniatura de nosso tio-avô."

"Mas, de verdade, agora o caso é outro. Estou segura de que eles vão se casar logo, porque ele pegou uma mecha do cabelo dela."

"Cuidado, Margaret. Pode ser apenas o cabelo de um tio-avô dele."

"Não, Elinor, é de Marianne. Tenho quase certeza, pois vi quando ele cortou. Ontem à noite, depois do chá, quando você e mamãe saíram da sala, eles logo começaram a cochichar e sussurrar, e parecia que Willoughby estava implorando, e então ele pegou a tesoura dela e cortou uma longa madeixa de cabelo, que estava solto, todo para trás; e ele beijou a mecha, e dobrou dentro de um pedaço de papel branco, e colocou na carteira."

Com tais detalhes, relatados com tamanha autoridade, Elinor não podia lhe tirar o crédito: tampouco estava disposta a tanto, pois o relato estava em perfeita consonância com o que ela mesma ouvira e presenciara.

A sagacidade de Margaret nem sempre se mostrava de modo satisfatório à irmã. Quando a sra. Jennings a abordou certa tarde na residência principal, insistindo que dissesse o nome do rapaz por quem Elinor tinha particular predileção, algo que era objeto de sua grande curiosidade fazia um bom tempo, Margaret respondeu olhando para a irmã e dizendo: "Não posso falar, não é, Elinor?".

Isso evidentemente fez com que todas rissem; Elinor também tentou sorrir. Mas o esforço foi doloroso. Ela tinha certeza de que Margaret escolheria uma pessoa cujo nome a faria perder a compostura, de modo que tudo viraria uma piada com a sra. Jennings.

Marianne lamentou sinceramente pela irmã; mas, ao ficar muito vermelha e ralhar com Margaret, Elinor só piorou a situação:

"Lembre-se de que você não tem direito de repetir suas conjecturas, quaisquer que elas sejam."

"Nunca fiz nenhuma conjectura sobre isso", respondeu Margaret; "foi você mesma quem me contou."

Isso fez o grupo todo rir ainda mais, e Margaret foi avidamente pressionada a continuar falando.

"Oh! Por Deus, senhorita Margaret, queremos saber de tudo", instigou a sra. Jennings. "Qual é o nome do cavalheiro?"

"Não posso revelar, madame. Mas sei muito bem qual é o nome; e sei também onde ele está."

"Sim, sim, podemos imaginar onde ele esteja; em sua casa em Norland, decerto. É o cura da paróquia, isso sim."

"Não, não é. Ele não tem nenhuma profissão."

"Margaret", interrompeu Marianne energicamente, "você sabe muito bem que isso é invenção sua e que não existe pessoa nenhuma."

"Bem, então ele deve ter morrido há pouco tempo, Marianne, porque eu tenho certeza de que esse homem existia, e que o nome dele começa com F."

Elinor ficou muito aliviada quando lady Middleton comentou que "chovia forte", embora acreditasse que a interrupção se dera mais porque a senhora não gostava da deselegância daquelas zombarias que o marido e a sogra tanto adoravam. A deixa, no entanto, lançada por ela, foi logo apanhada pelo coronel Brandon, que sempre levava em conta os sentimentos alheios; e muito se falou sobre a chuva. Willoughby abriu o piano, e pediu que Marianne se sentasse ao lado dele; e assim, após muitas tentativas, por parte de diversas pessoas, de mudar de assunto, a conversa se encerrou sozinha. Mas Elinor não se recuperou com tanta facilidade da agitação que o tema lhe provocara.

Um grupo se formou à noite para ir no dia seguinte conhecer um belo lugar a cerca de trinta quilômetros de Barton, propriedade de um cunhado do coronel Brandon, sem o qual não poderiam ir, pois o dono, que não estaria lá, deixara ordens expressas a esse respeito. Diziam que o lugar era muito bonito, e sir John, que se mostrara especialmente efusivo ao elogiá-lo, podia ser considerado bom juiz, pois vinha formando grupos para visitá-lo pelo menos duas vezes por verão nos últimos dez anos. Era uma propriedade com um lago imponente; onde velejar pela manhã seria a principal diversão; precisariam levar alimentos frios, pois só era possível chegar de carruagem aberta, e tudo foi conduzido de modo condizente ao estilo de um grupo a passeio.

Para algumas poucas pessoas entre eles, a empreitada pareceu ousada, levando em conta a época do ano e que chovera todos os dias nas últimas duas semanas; — e a sra. Dashwood, que já estava resfriada, foi convencida por Elinor a permanecer em casa.

XIII

A pretendida excursão a Whitwell se revelou algo muito diferente do que Elinor esperava. Ela estava preparada para molhar-se toda, exaurir-se, assustar-se; mas o programa foi ainda mais infeliz, pois acabaram não indo afinal.

Por volta das dez, todo o grupo estava reunido na residência principal, onde seria feito o desjejum. A manhã estava aprazível, embora tivesse chovido a noite inteira; as nuvens se dispersavam no céu, e o sol aparecia de quando em quando. Estavam todos animados e bem-humorados, ávidos de felicidade e determinados a se submeter às maiores inconveniências e enfrentar apuros, se fosse o caso.

Enquanto comiam, chegaram as cartas. Entre elas uma para o coronel Brandon; — ele a pegou, olhou o remetente, mudou de cor e saiu imediatamente da sala.

"O que houve com o coronel Brandon?", perguntou sir John.

Ninguém soube explicar.

"Espero que não sejam más notícias", disse lady Middleton. "Deve ser algo extraordinário para fazer o coronel Brandon sair da mesa assim tão de repente."

Em cerca de cinco minutos, ele voltou.

"Espero que não seja nenhuma má notícia, coronel", disse a sra. Jennings, assim que ele entrou na sala.

"De forma alguma, madame, obrigado."

"Era de Avignon? Espero que não seja para avisar que sua irmã piorou."

"Não, madame. É de Londres, apenas uma carta de negócios."

"Mas como pôde desconcertá-lo dessa maneira, se é uma mera carta comercial? Ora, convenhamos, coronel, desta vez essa desculpa não funcionou; então nos conte a verdade."

"Minha senhora", interveio lady Middleton, "preste atenção ao que está dizendo."

"Será uma carta contando que sua prima Fanny se casou?", especulou a sra. Jennings, sem atentar à censura da filha.

"Não, na verdade, não é."

"Bem, então já sei de quem é, coronel. E espero que ela esteja bem."

"A quem se refere, madame?", ele disse, corando um pouco.

"Ah, o senhor sabe a quem me refiro."

"Lamento ter recebido essa carta justamente hoje", ele disse, dirigindo-se a lady Middleton, "pois se refere a negócios que requerem minha presença imediata na cidade."

"Na cidade!", exclamou a sra. Jennings. "O que você precisa fazer na cidade nesta época do ano?"

"É uma pena", ele continuou, "ser obrigado a abandonar este grupo tão simpático; mas fico ainda mais penalizado por saber que minha presença seria necessária para que vocês pudessem ser recebidos em Whitwell."

Que duro golpe para todos!

"Mas se o senhor escrever um bilhete à governanta, senhor Brandon", disse avidamente Marianne, "não seria o bastante?"

Ele balançou a cabeça.

"Nós temos que ir", disse sir John. — "Não podemos cancelar tão de repente. Você só poderá ir à cidade amanhã, Brandon, e está decidido."

"Quem me dera fosse tão simples. Mas não posso me demorar nem mais um dia!"

"Se ao menos nos deixasse saber do que se trata", insistiu a sra. Jennings, "poderíamos tentar descobrir se é o caso de cancelar ou não."

"Você se atrasaria menos de seis horas", disse Willoughby, "se deixasse para viajar quando voltarmos."

"Não posso me dar ao luxo de perder nem mais uma hora."

Elinor então ouviu Willoughby dizer em voz baixa a Marianne: "Certas pessoas não suportam se divertir. Brandon é uma delas. Aposto que não quis pegar um resfriado e inventou esse truque para se livrar do compromisso. Aposto cinquenta guinéus como ele mesmo escreveu a carta."

"Não tenho a menor dúvida", respondeu Marianne.

"Há muito tempo já sei, Brandon, que não é possível fazê-lo mudar de ideia", disse sir John, "depois que você se decidiu. Mas, no entanto, espero que pense bem. Considere as duas senhoritas Carey, que vieram de Newton, as três Dashwood, que vieram andando do chalé, e o senhor Willoughby, que teve de acordar duas horas mais cedo do que é seu costume, com o propósito de ir a Whitwell."

O coronel Brandon reiterou seu pesar por ser ele a causa da frustração de todo o grupo; mas ao mesmo tempo declarou que era inevitável.

"Pois, então, quando você estará de volta?"

"Esperamos encontrá-lo em Barton", acrescentou lady Middleton, "assim que lhe for conveniente deixar a cidade; e iremos a Whitwell quando o senhor voltar."

"É muita gentileza de sua parte. Mas quando poderei voltar é tão incerto que não me comprometerei no momento."

"Ah! Ele tem que voltar, ele há de voltar", exclamou sir John. "Se não estiver aqui até o fim da semana, eu mesmo irei buscá-lo."

"Sim, vá buscá-lo, sir John", exclamou a sra. Jennings, "e talvez o senhor descubra o que ele tanto tem de fazer por lá."

"Não tenho intenção de me intrometer em questões alheias. Imagino que seja algo que o tenha deixado constrangido."

Os cavalos do coronel Brandon foram anunciados.

"Você não vai a cavalo até Londres, vai?", acrescentou sir John.

"Não. Só até Honiton, depois tomarei uma diligência postal."

"Bem, se já está decidido, desejo-lhe boa viagem. Mas seria melhor que mudasse de ideia."

"Eu lhe garanto que o faria se pudesse."

Então se despediu de todos.

"Haveria a possibilidade de a senhorita e suas irmãs me encontrarem na cidade neste inverno, senhorita Dashwood?"

"Receio que não, nenhuma de nós poderá fazê-lo."

"Então devo lhes dizer adeus por mais tempo do que gostaria."

A Marianne, ele dirigiu um leve aceno de cabeça e não disse nada.

"Vamos, coronel", disse a sra. Jennings, "antes de ir embora, conte-nos o que o senhor está indo fazer afinal."

Ele apenas disse bom-dia e, acompanhado por sir John, saiu da sala.

Queixas e lamentos que a polidez até então coibira afloraram de maneira generalizada; e reiteradas vezes todos expressaram como era irritante sofrer uma decepção.

"Mas eu posso bem imaginar que negócios são esses", disse a sra. Jennings, exultante.

"É mesmo, madame?", quase todos perguntaram.

"Sim; é sobre a senhorita Williams, tenho certeza."

"E quem é a senhorita Williams?", perguntou Marianne.

"O quê?! Você não sabe quem é a senhorita Williams? Seguramente deve ter ouvido falar dela. É parente do coronel, minha querida; uma parente muito próxima. Não diremos o quanto agora, por receio de chocar as senhoritas." Então, baixando um pouco a voz, ela disse a Elinor: "É uma filha ilegítima dele".

"É mesmo?!"

"Ah, sim; e é a cara dele, reparando bem. O coronel deve lhe deixar toda a sua fortuna."

A delicadeza de lady Middleton foi ferida; e, no intuito de banir assunto tão impróprio como a menção de uma filha ilegítima, enfim se deu ao trabalho de dizer mais uma vez qualquer coisa sobre o tempo.

Quando sir John voltou, juntou-se vigorosamente aos pesares gerais pelo infeliz incidente; e concluiu comentando que, uma vez que estavam todos ali reunidos, haveriam de encontrar um meio de se alegrarem; após algumas consultas todos concordaram que, embora só fossem encontrar alegria em Whitwell, podiam ao menos tentar manter um ânimo razoável com um passeio pelo campo. As carruagens foram solicitadas; a de Willoughby chegou primeiro, e Marianne nunca pareceu mais feliz do que ao embarcar nela. Eles atravessaram o parque bem depressa, e logo os outros os perderam de vista; nada mais deles se soube até sua volta, o que só aconteceu bem depois que todos já haviam chegado. Ambos pareciam encantados com o que ocorrera, mas comentaram apenas que tinham ficado passeando pelas alamedas, enquanto os demais haviam seguido pelas colinas.

Ficara combinado que haveria um baile à noite e que todos deveriam manter o ânimo durante o dia. Outros membros da família Carey compareceram ao jantar e tiveram o prazer de compor uma mesa de quase vinte pessoas, o que sir John observou com grande contentamento. Willoughby tomou seu lugar de costume entre as duas srtas. Dashwood mais velhas. A sra. Jennings ficou à direita de Elinor; e já estavam ambas sentadas havia algum tempo quando ela se inclinou para a moça e Willoughby, e disse a Marianne, alto o bastante para ambos ouvirem: "Já entendi tudo, apesar dos seus truques. Já sei onde você passou a manhã".

Marianne enrubesceu e respondeu de forma muito exaltada: "Onde, por Deus?".

"A senhora não sabia", disse Willoughby, "que havíamos saído na minha carruagem aberta?"

"Sabia, sim, senhor Despudor, sei muito bem disso, e resolvi descobrir onde vocês estavam. — Espero que tenha gostado de sua casa, senhorita Marianne. Sei que é bem grande, e quando eu for visitá-la, espero que já tenha trocado aquela mobília, pois estava mesmo precisando quando estive por lá, seis anos atrás."

Marianne virou-se de lado, muito constrangida. A sra. Jennings riu bem alto; e Elinor percebeu que, na ânsia de apurar aonde haviam ido, ela na verdade pedira à empregada que perguntasse ao cavalariço do sr. Willoughby e que graças a tal estratagema fora informada de que tinham ido até Allenham e passado bastante tempo por lá passeando no jardim e percorrendo toda a casa.

Elinor não conseguia acreditar que fosse verdade, uma vez que parecia muito improvável que Willoughby fizesse tal proposta, ou que Marianne aceitasse entrar na casa enquanto a sra. Smith estava lá, alguém que Marianne não conhecia nem sequer de vista.

Assim que saíram da sala de jantar, Elinor perguntou diretamente à irmã; e grande foi sua surpresa ao descobrir que todas as circunstâncias descritas pela sra. Jennings eram verdadeiras. Marianne ficou muito irritada com ela por duvidar.

"Por que você acharia, Elinor, que não estivemos lá, ou por que não teríamos visitado a casa afinal? Não era o que você mesma gostaria de ter feito?"

"Sim, Marianne, mas eu jamais iria com a senhora

Smith em casa, sem mais ninguém me acompanhando além do senhor Willoughby."

"Mas o senhor Willoughby é a única pessoa que teria o direito de mostrar a casa; e, como fomos em carro aberto de dois lugares, era impossível levar outra companhia. Nunca tive uma manhã tão agradável em toda a minha vida."

"Receio", respondeu Elinor, "que nem sempre uma atividade prazerosa seja necessariamente apropriada."

"Pelo contrário, é a prova mais forte disso, Elinor; se houvesse de fato algo impróprio no que fiz, eu teria me dado conta disso na hora, pois sempre sabemos quando estamos agindo mal, e com tal convicção eu não teria sentido nenhum prazer."

"Mas, minha querida Marianne, nem mesmo tendo sido exposta a comentários muito impertinentes você suspeita da discrição da sua conduta?"

"Se os comentários impertinentes da senhora Jennings são a prova de uma conduta inapropriada, estaremos todas pecando a vida inteira. Não levo em conta suas censuras, tampouco seu bom conceito. Não sinto como se tivesse feito nada de errado em caminhar pela propriedade da senhora Smith ou visitar a casa dela. Um dia ela será do senhor Willoughby e..."

"Se um dia, Marianne, aquela for sua casa, ainda assim você não teria justificativa para o que fez."

Marianne enrubesceu diante da sugestão; mas aquilo foi visivelmente gratificante para ela; depois de dez minutos de profundos pensamentos, ela voltou para a irmã e disse com muito bom humor: "Talvez, Elinor, tenha sido mesmo imprudente de minha parte ir até Allenham; mas o senhor Willoughby queria me mostrar o lugar; e posso lhe garantir que é uma casa encantadora. — Tem uma sala lindíssima no andar de cima; de um tamanho bem confortável para uso diário, e com móveis mais modernos ficará deliciosa. É uma sala de canto e tem janelas dos dois lados. De um lado se vê todo o gramado, atrás da casa, até um belo arvoredo, e do outro, a vista é da igreja e da vila, e além veem-se aquelas colinas bonitas, impressionantes, que tanto admiramos. Mas, apesar disso, nada podia ser mais lastimável que aqueles móveis — mas trocando-os por novos... — algumas centenas de libras, como disse Willoughby, e seria uma das salas de verão mais agradáveis da Inglaterra".

Caso Elinor pudesse lhe dar ouvidos sem as interrupções dos demais presentes, ela teria descrito um a um, com o mesmo encantamento, todos os ambientes da casa.

XIV

O súbito encerramento da visita do coronel Brandon e sua decisão de esconder seus motivos preencheram a mente e despertaram a imaginação da sra. Jennings por dois ou três dias; ela era muito imaginativa, como qualquer um que tivesse o mesmo ardoroso interesse pelas idas e vindas da vida de todos os seus conhecidos. Ela se perguntava quase o tempo todo qual seria o motivo; tinha certeza de que eram más notícias e considerava todo tipo de aflição que lhe pudesse ter ocorrido com a firme convicção de que ele não haveria de escapar ileso a todas elas.

"Tenho certeza de que deve ser um assunto muito melancólico", ela disse. "Era possível ver no rosto dele. Pobre homem! Receio que as circunstâncias lhe sejam ruins. A propriedade em Delaford nunca deu mais de dois mil por ano, e o irmão infelizmente deixou tudo comprometido. Acho que ele deve ter sido chamado por questões de dinheiro, pois o que mais poderia ser? Eu me pergunto se não será isso mesmo. Daria qualquer coisa para saber ao certo. Talvez seja sobre a senhorita Williams — e, por falar nisso, eu diria que deve ser mesmo, pois ele me pareceu constrangido quando a mencionei. Talvez ela tenha adoecido em Londres; nada no mundo seria mais plausível, pois sei que ela está sempre abatida. Apostaria qualquer coisa que se trata da senhorita Williams. Não é muito provável que ele esteja aflito com as próprias circunstâncias agora, pois é um homem muito prudente, e seguramente já deve ter liberado a propriedade a essa altura. Eu me pergunto o que seria, então! Quem sabe a irmã dele piorou em Avignon e mandou chamá-lo. Essa partida às pressas só pode ser isso. Bem, desejo do fundo do coração que ele se livre de todos os problemas e consiga em troca uma boa esposa."

Se assim pensava, assim falava a sra. Jennings, cujas opiniões variavam a cada nova conjectura, e todas elas pareciam igualmente plausíveis conforme surgiam. Elinor, embora se interessasse pelo bem-estar do coronel Brandon, não divagou tanto sobre sua súbita partida quanto a sra. Jennings gostaria que ela o fizesse; pois, além de a situação não justificar tanto espanto ou tamanha variedade de especulações, sua imaginação estava envolvida em outra coisa. Interessava-se pelo extraordinário silêncio de sua irmã e de Willoughby sobre o assunto, que sabiam muito bem ser de peculiar interesse para todos. Conforme o silêncio continuou, a cada dia parecia mais estranho e mais incompatível com a disposição dos dois. Por que não admitiam abertamente para a mãe e para ela o que a atitude de um para o outro demonstrava haver acontecido, Elinor não conseguia imaginar.

Ela facilmente compreendia que a realização do casamento não estava nas mãos deles; pois, embora Willoughby fosse independente, não havia motivos para acreditar que fosse rico. Sua propriedade rendia, segundo sir John, cerca de seiscentas ou setecentas libras por ano; mas ele vivia com gastos que essa renda dificilmente cobriria e já havia reclamado algumas vezes da própria pobreza. Mas do estranho segredo em que mantinham o relacionamento, que na verdade não era segredo nenhum, ela não conseguia entender o motivo; e era tão contraditório com suas opiniões e atitudes que às vezes ela duvidava que estivessem mesmo comprometidos, e essa dúvida era o bastante para que não perguntasse nada a Marianne.

Nada podia ser mais expressivo dessa preferência que o comportamento de Willoughby. Para Marianne, toda a distinta ternura que o coração de um amante é capaz de dar, e para o restante da família, a atenção afetuosa de um filho e um irmão. O chalé parecia ser considerado e amado por ele como seu próprio lar; ali ele passava muito mais horas do que em Allenham; e, se não havia nenhum compromisso que reunisse todos na residência principal, o exercício que o despertava toda manhã quase certamente terminava ali, onde passava o resto do dia ao lado de Marianne, com o cão de caça favorito a seus pés.

Uma tarde em particular, cerca de uma semana depois da partida do coronel Brandon, o coração de Willoughby pareceu tocado, mais do que de costume, pelos objetos à sua volta; e quando a sra. Dashwood mencionou casualmente seu desejo de fazer melhorias na casa durante a primavera, ele se opôs de maneira convicta a qualquer alteração naquele lugar que afetuosamente considerava perfeito como estava.

"O quê?!", ele exclamou — "Reformar esta casa de campo adorada?! Não. Com isso não posso concordar. Nenhuma pedra deverá ser acrescentada a essas paredes, nem um centímetro às suas dimensões, se a senhora tem consideração por meus sentimentos."

"Não se preocupe", disse a srta. Dashwood, "nada desse tipo será feito; pois minha mãe jamais teria dinheiro para tanto."

"Eu fico muito feliz com isso", ele exclamou. "Que ela continue sempre pobre, se não tiver melhor uso para o dinheiro."

"Obrigada, Willoughby. Mas pode ter certeza de que eu não sacrificaria seus sentimentos pelo local, ou de ninguém que eu ame, nem por todas as reformas do mundo. Esteja certo de que, qualquer que seja a quantia remanescente quando eu fizer minhas contas na primavera, preferirei não usar o dinheiro a gastá-lo de modo tão doloroso para você. Mas é mesmo tão apegado a este lugar a ponto de não enxergar nele nenhum defeito?"

"Sou, sim", ele afirmou. "Para mim, é impecável. Não, mais do que isso, considero a única forma de edificação em que a felicidade pode ser alcançada, e se eu fosse rico o bastante, demoliria Combe agora mesmo e construiria uma reprodução fiel deste chalé."

"Com escadas escuras e estreitas e uma cozinha que se enche de fumaça, imagino?", provocou Elinor.

"Sim", exclamou ele no mesmo tom aflito, "com todo e cada detalhe pertencente à casa; — sem nenhuma consideração com a conveniência ou a inconveniência, a mínima variação seria perceptível. Então, e só então, sob esse teto, talvez eu pudesse ser feliz em Combe como fui em Barton."

"Muito me lisonjeia", respondeu Elinor, "que mesmo com a desvantagem de quartos melhores e uma escada mais larga você acharia sua casa tão impecável quanto esta."

"Certamente existem algumas circunstâncias", disse Willoughby, "que a tornam muito cara a mim; mas este lugar sempre terá uma prerrogativa sobre o meu afeto da qual nenhum outro poderá compartilhar."

A sra. Dashwood olhou satisfeita para Marianne, cujos belos olhos estavam fixados de maneira tão expressiva em Willoughby que indicavam perfeitamente quão bem ela o compreendia.

"Quantas vezes não desejei", ele acrescentou, "quando estava este ano em Allenham, que o chalé de Barton fosse ocupado! Jamais passei por aqui sem admirá-lo ou sem lamentar que ninguém aqui morasse. Não poderia imaginar que a primeira notícia que receberia da sra. Smith quando cheguei à região seria que o chalé havia sido ocupado: senti imediatamente uma satisfação e um interesse pelo fato, que só poderiam ser explicados por uma espécie de pressentimento da felicidade que eu viria a experimentar. Não terá sido justamente isso, Marianne?", falou com ela em voz mais baixa. Depois, retomando o tom anterior, acrescentou: "E no entanto a senhora Dashwood quer estragar esta casa, não é mesmo? A senhora roubaria toda a simplicidade com essas melhorias ilusórias! E esta saleta adorável, onde nossa amizade começou e onde tantas horas agradáveis passamos todos juntos, a senhora degradaria à condição de uma entrada comum, e todos ficariam logo ávidos para passar através desta sala, que assim como está contém, dentro de si, mais aconchego e conforto do que qualquer ambiente de dimensões superiores no mundo poderia oferecer".

A sra. Dashwood mais uma vez lhe garantiu que não tentaria nenhuma reforma do tipo.

"A senhora é uma boa mulher", ele respondeu, caloroso. "Sua promessa me deixa aliviado. Estenda-a mais um pouco, e me deixará feliz. Diga que não apenas sua casa continuará a mesma, como também sempre encontrarei a senhora e suas filhas intactas, assim como o seu lar; e que sempre me tratarão com a mesma bondade que tornou tão caro a mim tudo o que lhes diz respeito."

A promessa foi feita sem demora, e o comportamento de Willoughby durante toda a noite comprovou ao mesmo tempo seu afeto e sua felicidade.

"Nós o veremos amanhã no jantar?", perguntou a sra. Dashwood quando ele estava saindo. "Não pedirei que venha pela manhã, pois devemos ir visitar lady Middleton."

Ele combinou de vê-las às quatro da tarde.

XV

A visita da sra. Dashwood a lady Middleton ocorreu no dia seguinte, e duas de suas filhas foram com ela; mas Marianne deu uma desculpa para não se juntar ao grupo sob o pretexto de algum afazer, e a mãe, concluindo que Willoughby devia ter feito alguma promessa na noite anterior de visitá-la enquanto estivessem fora, ficou satisfeita com o fato de a filha ter ficado em casa.

Na volta, encontraram a carruagem aberta de Willoughby e seu criado esperando em frente ao chalé, e a sra. Dashwood se convenceu de que sua conjectura era correta. Até ali tudo saíra conforme ela havia previsto; mas ao entrar em casa ela viu algo que nenhuma previsão a teria permitido esperar. Assim que apontaram no corredor, Marianne saiu às pressas da saleta aparentando violenta aflição, com o lenço sobre os olhos; e, sem ao menos notá-las, subiu correndo a escada. Surpresas e preocupadas, elas foram até a sala de onde ela acabara de sair e encontraram apenas Willoughby, apoiado ao console da lareira de costas para elas. Ele se virou quando entraram, e sua expressão mostrou que compartilhava da mesma emoção que acometera Marianne.

"Há algum problema com ela?", indagou a sra. Dashwood ao entrar — "ela se sentiu mal?"

"Espero que não", ele respondeu, tentando parecer

animado; e com um sorriso forçado então acrescentou: "Eu é que deveria me sentir mal — pois agora estou sofrendo uma frustração muito pesada!".

"Frustração!"

"Sim, pois não poderei manter meu compromisso com vocês. A senhora Smith esta manhã exerceu o privilégio dos ricos sobre o primo pobre e dependente, enviando-me a Londres a negócios. Acabei de receber minhas ordens e estou me despedindo de Allenham; buscando me alegrar vim agora me despedir de vocês."

"Londres! — e o senhor está indo esta manhã?"

"Praticamente agora mesmo."

"É muito azar. Mas a senhora Smith deve ser atendida; — e espero que os negócios dela não o impeçam de nos ver por muito tempo."

Ele corou ao responder. "A senhora é muito bondosa, mas não tenho planos de voltar a Devonshire tão cedo. Minhas visitas à senhora Smith só acontecem uma vez por ano."

"E a senhora Smith é sua única amizade? Acaso Allenham é a única casa da região onde o senhor é bem-vindo? Que vergonha, Willoughby. Precisa de convite para nos visitar?"

Seu rubor ficou mais intenso; e, com os olhos fixos no chão, ele respondeu apenas: "Vocês são boas demais".

A sra. Dashwood olhou para Elinor com surpresa. A filha sentiu a mesma perplexidade. Por alguns momentos todos ficaram em silêncio. A sra. Dashwood foi a primeira a falar.

"Só tenho a acrescentar, meu caro Willoughby, que aqui na nossa casa em Barton você será sempre bem-vindo; não o pressionarei a voltar imediatamente, pois só você poderá julgar até que ponto isso agradaria a senhora Smith; e quanto a isso não questionarei seu juízo, mas sim sua vontade de voltar."

"Meus compromissos no momento", respondeu

Willoughby, de maneira confusa, "são de tal natureza — que — não me orgulho muito deles."

Ele se interrompeu. A sra. Dashwood estava perplexa demais para falar, e houve outra pausa. Foi rompida por Willoughby, que disse com um sorriso difuso: "É inútil ficar assim. Não me torturarei mais com amigas cuja companhia é impossível desfrutar agora".

Então ele se despediu às pressas e saiu da sala. Elas o viram subir em sua carruagem aberta, e um minuto depois ele havia desaparecido da paisagem.

A sra. Dashwood estava muito sentida para falar, e no mesmo momento deixou a saleta para se dedicar a sós à preocupação e aos receios ocasionados por aquela súbita partida.

A inquietação de Elinor era, no mínimo, igual à da mãe. Ela refletia sobre o que havia acontecido com ansiedade e desconfiança. A atitude de Willoughby ao se despedir delas, seu constrangimento, seu entusiasmo fingido, e sobretudo sua recusa em aceitar o convite da sra. Dashwood, retrocesso incompatível em alguém apaixonado, incongruente consigo mesmo, deixaram-na profundamente abalada. Ora temia que não houvesse nenhuma intenção séria de sua parte; em seguida, que alguma rusga infeliz houvesse surgido entre ele e a irmã; — a perturbação com que Marianne deixara a sala fora tal que podia muito bem ser resultado de uma briga feia, embora, se pensasse no amor que a irmã tinha por ele, parecesse quase impossível que tivessem brigado.

Mas, quaisquer que fossem os detalhes daquela separação, a aflição da irmã era indiscutível; e ela pensou com a mais terna compaixão na violenta tristeza a que Marianne dava vazão, não apenas como um desabafo, mas alimentando-a e encorajando-a, como um dever.

Em cerca de meia hora a mãe voltou, e embora estivesse com os olhos vermelhos sua expressão não era de desalento.

"Nosso querido Willoughby está agora a algumas milhas de Barton, Elinor", ela disse, ao sentar-se para costurar, "e o coração dele deve estar apertado, não?"

"Tudo isso é muito estranho. Ir embora assim tão de repente! Parece que foi algo momentâneo. Ontem à noite mesmo ele não estava conosco tao feliz, tão animado, todo afetuoso? E agora, dez minutos depois de nos avisar — Lá se foi ele sem intenção de voltar! — Deve ter acontecido alguma coisa que nós não sabemos. Ele não estava falando, não estava agindo como de hábito. Você também há de ter notado a diferença. O que será? Terão brigado? Por que outro motivo ele teria mostrado tanta má vontade em aceitar seu convite para nos visitar?" —

"Não foi por falta de inclinação, Elinor; eu vi perfeitamente que não foi o caso. Não estava em seu poder aceitar o convite. Garanto que pensei bastante nisso e tenho uma ótima explicação para tudo o que a princípio pareceu estranho a mim e a você."

"Tem mesmo?"

"Tenho. Expliquei a mim mesma de modo muito satisfatório; — sei que você, Elinor, que adora duvidar sempre que possível — não ficará satisfeita; mas não vai conseguir me dissuadir. Estou convencida de que a senhora Smith desconfia do interesse dele por Marianne e desaprova esse interesse (talvez por ter outros planos para ele), e por isso está ansiosa para mandá-lo para longe; — e de que esses negócios para os quais ela pediu sua colaboração são uma desculpa inventada para se livrar dele. É o que eu acredito que tenha acontecido. Ele sabe que ela não aprova sua relação com Marianne e se sente obrigado, por sua condição de dependente, a cair nas armadilhas dela e se ausentar de Devonshire por algum tempo. Você dirá, eu sei, que isso pode ter acontecido ou não; mas não ouvirei nenhuma argumentação, a não ser que me mostre outro método de compreensão do caso tão satisfatório quanto o meu. E então, Elinor, o que tem a dizer?"

"Nada, pois você já antecipou minha resposta."

"Então você diria que pode ter sido isso ou não. Ah, Elinor, como seus sentimentos são indecifráveis! Prefere acreditar no mal a dar crédito ao bem. Prefere contar com a angústia de Marianne e a culpa do pobre Willoughby, a acreditar que exista uma desculpa para ele. Está decidida a pensar que ele é culpado, porque se despediu de nós com menos afeto do que costumava demonstrar. E não se pode atribuir tudo às circunstâncias ou à depressão do humor em virtude da frustração recente? As probabilidades não devem ser aceitas simplesmente por não serem certezas? Não devemos um crédito a esse homem que todas nós temos tantos motivos para amar e nenhum motivo no mundo para julgar? E à possibilidade das razões inconfessáveis em si mesmas, ainda que por ora mantidas inevitavelmente em segredo? E, afinal, com relação a ele, você desconfia do quê?"

"Eu não saberia dizer. — Mas a suspeita de algo desagradável é consequência inevitável dessa alteração que testemunhamos. Existe, porém, uma grande verdade nessa lembrança sobre o crédito que devemos a ele, e minha intenção é ser leal em meu juízo de qualquer pessoa. Willoughby pode sem dúvida ter bons motivos para sua conduta, e espero mesmo que tenha. Mas teria sido mais digno admiti-los de uma vez. O sigilo pode ser aconselhável; mas ainda assim não consigo deixar de me perguntar se ele está agindo assim por isso."

"Não o culpe por se afastar de seu caráter quando o desvio se faz necessário. Mas você realmente admite que há justiça no que eu disse em defesa dele? — Fiquei feliz — e ele fica inocentado."

"Não totalmente. Pode ser apropriado esconder um noivado (se é que eles têm esse compromisso) da senhora Smith — e, se é esse o caso, pode ser mesmo proveitoso para Willoughby ficar o mínimo possível em Devonshire no momento. Mas não é desculpa para esconder isso de nós duas."

"Esconder de nós! Minha criança querida, você está acusando Willoughby e Marianne de esconder algo de nós? Isso é de fato estranho vindo de você, que lhes censurava a imprudência todos os dias com seus olhares."

"Não preciso de provas da afeição deles", disse Elinor; "mas do noivado eu preciso."

"Estou perfeitamente satisfeita com as duas coisas."

"No entanto, nenhum deles disse uma sílaba sobre o assunto."

"Não preciso de sílabas quando as atitudes falam muito bem por si mesmas. A atitude dele com Marianne e com todas nós, ao menos nas duas últimas semanas, não deixou claro que ele a ama e a considera como sua futura esposa, e que sente por nós a afeição de um parente próximo? Nós todas não nos entendemos perfeitamente com ele? O meu consentimento não foi solicitado o tempo todo pelos olhares, pelos modos, pelo respeito atencioso e afetuoso da parte dele? Minha Elinor, será possível duvidar do compromisso dos dois? Como você pode pensar uma coisa dessas? Como é possível supor que Willoughby, convencido como deve estar do amor de sua irmã, tenha partido, talvez por meses, sem declarar a ela seus sentimentos; — que eles tenham se despedido sem uma troca de declarações?"

"Confesso", respondeu Elinor, "que todas as circunstâncias, com exceção de uma, são favoráveis à hipótese do noivado; mas essa exceção é o completo silêncio dos dois sobre o assunto, e para mim isso pesa mais que todo o resto."

"Que coisa estranha! Você deve mesmo pensar muito mal de Willoughby, se depois de tudo o que se passou abertamente entre eles ainda duvida da natureza dos termos da união em que eles se encontram. Todo esse tempo ele teria interpretado um papel com sua irmã? Acha mesmo que é indiferente a ela?"

"Não, não chego a pensar assim. Ele deve amá-la, ele certamente a ama."

"Mas com uma espécie estranha de ternura, se é capaz de se despedir dela com tamanha indiferença, tamanha negligência com o futuro, como você atribui a ele."

"Você há de lembrar, minha querida mãe, que jamais considerei esse assunto resolvido. Eu tinha lá minhas dúvidas, confesso; mas elas já são menores do que antes, e em breve podem se extinguir de vez. Se descobrirmos que eles se correspondem, todos os meus temores serão afastados."

"De fato, é uma grande concessão de sua parte! Quando você os vir no altar, irá supor que estarão se casando. Menina desagradável! Mas eu não exijo essas provas. Na minha opinião não aconteceu nada que justifique dúvidas; não houve nenhuma tentativa de sigilo; foi tudo igualmente aberto e sem reservas. Você não pode duvidar do desejo de sua irmã. Portanto deve desconfiar mesmo de Willoughby. Mas por quê? Ele não é um homem honrado e sensível? Houve algum deslize da parte dele para criar essa resistência? Será um trapaceiro?"

"Espero que não, acredito que não", exclamou Elinor. "Adoro Willoughby, de verdade eu o adoro; e desconfiar da integridade dele é tão doloroso para mim quanto para você. Foi algo involuntário, e não pretendo nutrir tal desconfiança. Fiquei preocupada, confesso, com a alteração nos modos dele hoje cedo; — nem parecia que era Willoughby falando, e ele não respondeu à sua gentileza com a mínima cordialidade. Mas tudo pode ser explicado por essa circunstância dos negócios dele, tal como você supôs. Ele tinha acabado de se despedir da minha irmã, de vê-la sair tão aflita; e caso se sinta obrigado, por receio de ofender a senhora Smith, a resistir à tentação de voltar aqui tão cedo, e no entanto tinha consciência de que ao declinar de seu convite, dizendo que ficaria fora por algum tempo, estaria desempenhando um papel mesquinho e suspeito para nossa família, nada mais natural que ficasse constrangido e atordoado. Nesse caso, uma simples e franca admissão de suas dificuldades seria o mais digno, creio, além de mais coerente com seu caráter costumeiro; — mas não levantarei objeções contra a conduta de ninguém com bases tão arbitrárias, como o meu próprio julgamento da situação, ou um desvio daquilo que penso ser correto e coerente."

"Você falou com muita propriedade. Willoughby certamente não merece essa desconfiança. Embora não o conheçamos há muito tempo, ele não é nenhum forasteiro nesta parte do mundo, e quem alguma vez disse algo que o desabonasse? Se estivesse em condições de agir de modo independente e se casar, poderia ser estranho ir embora sem admitir tudo: mas não é esse o caso. Esse noivado em alguns aspectos não começou muito bem, pois o casamento ainda está a alguma distância de acontecer; e o próprio sigilo, na medida em que possa ser observado, talvez agora seja bastante aconselhável."

Elas foram interrompidas pela entrada de Margaret; Elinor então se sentiu à vontade para pensar nas elucubrações da mãe, reconhecer a probabilidade de algumas e torcer pela justiça de todas elas.

Não viram Marianne até a hora do jantar, quando ela entrou na sala e tomou seu lugar à mesa sem dizer uma palavra. Seus olhos estavam vermelhos e inchados; e mesmo àquela altura parecia que ela segurava o pranto com dificuldade. Evitou o olhar das outras, não conseguiu comer nem dizer nada, e quando, após algum tempo, a mãe silenciosamente apertou sua mão com terna compaixão, seu pequeno grau de fortaleza foi sobrepujado sem dificuldades, e ela explodiu em lágrimas e saiu da sala.

A violenta opressão de seu ânimo continuou a noite inteira. Ela não tinha forças, pois não possuía nenhum desejo de controle sobre si mesma. A mínima alusão a qualquer assunto relacionado a Willoughby a arrebatava instantaneamente e, embora sua família estivesse muito preocupada com seu bem-estar, seria impossível para elas, quando diziam alguma coisa, evitar todos os assuntos que seus sentimentos associavam a ele.

XVI

Marianne teria considerado imperdoável dormir na primeira noite depois da partida de Willoughby. Sentiria vergonha de encarar a família na manhã seguinte se não levantasse da cama precisando de repouso mais do que quando fora se deitar. De qualquer forma, os sentimentos que tornavam a perspectiva do sono uma desgraça não permitiriam que ela adormecesse. Ficou a noite toda acordada, chorando a maior parte do tempo. Levantou-se com dor de cabeça, sem conseguir falar, indisposta a comer o que quer que fosse; enervando a todo instante a mãe e as irmãs, e as proibindo de tentar consolá-la. Sua sensibilidade tinha esse poder!

Encerrado o desjejum, ela saiu sozinha e perambulou pela vila de Allenham, permitindo-se recordar a delícia do passado e chorar o revés do presente durante a maior parte da manhã.

A tarde se passou na mesma indulgência sentimental. Ela tocou todas as músicas favoritas que costumava tocar com Willoughby, no mesmo ar em que suas vozes tantas vezes se juntaram, e sentou-se ao piano a contemplar cada linha de música que ele escrevera para ela, até que seu coração ficou tão pesado que não podia mais conter nenhuma tristeza; e essa dieta de luto foi seguida todos os dias. Ela passava horas inteiras ao piano, alternando canto e pranto; a voz, muitas vezes, era embargada pelas lágrimas. Também nos livros, assim como na música, ela cortejou a angústia que o contraste entre passado e presente certamente oferecia. Leu apenas o que costumavam ler juntos.

Uma aflição tão violenta de fato não poderia ser suportada eternamente; em poucos dias, passou a uma melancolia mais branda; mas essas ocupações a que recorria todos os dias, os passeios solitários e o silencioso meditar, ainda produziam ocasionalmente efusões de tristeza com a vividez habitual.

Nenhuma carta de Willoughby chegou; tampouco Marianne parecia esperar isso. A mãe ficou surpresa, e Elinor, mais uma vez, contrariada. Mas a sra. Dashwood conseguia encontrar uma explicação sempre que precisava, o que ao menos a deixava satisfeita.

"Lembre-se, Elinor", ela disse, "de quantas vezes sir John busca nossas cartas no correio e também as leva para postar. Já concordamos que o sigilo talvez seja necessário, e devemos reconhecer que não poderia ser mantido se as cartas deles passassem pelas mãos de sir John."

Elinor não poderia negar a verdade desse fato e tentou encontrar então um motivo razoável para aquele silêncio. Mas havia um método tão direto, tão simples e na opinião dela tão adequado de saber a verdadeira situação do caso e de acabar instantaneamente com o mistério, que ela não pôde deixar de sugeri-lo à mãe.

"Por que não pergunta de uma vez a Marianne", disse, "se ela está ou não noiva de Willoughby? Vinda de sua mãe, e uma mãe tão boa, tão complacente, a pergunta não a ofenderia. Ela costumava não esconder nada, especialmente da senhora."

"Eu não perguntaria isso por nada neste mundo. Supondo que seja possível que eles não estejam noivos, imagine a agonia que essa pergunta lhe traria! Seria no mínimo muita falta de consideração. Eu não mereceria nunca mais sua confiança se a forçasse a confessar algo que por ora deve passar despercebido de todos. Conheço o coração de Marianne: sei que ela me ama muito e que não serei a última a saber, quando as circunstâncias permitirem que o revele. Não gosto de forçar a confiança de ninguém; muito menos de uma filha; porque uma sensação de dever evitaria a negação que seus desejos podem por ora preferir."

Elinor achou tal generosidade um exagero, considerando a juventude da irmã, e insistiu no assunto, mas em vão; o bom senso, o cuidado e a prudência, tudo cedia à delicadeza romântica da sra. Dashwood.

Passaram-se vários dias até que alguém da família voltasse a mencionar o nome de Willoughby diante de Marianne; sir John e a sra. Jennings, de fato, não pareciam tão simpáticos; seus gracejos adicionavam mais dor àquelas horas já dolorosas; — mas, certa noite, a sra. Dashwood sem se dar conta tomou um volume de Shakespeare e exclamou:

"Nunca terminamos *Hamlet*,[1] Marianne; nosso querido Willoughby foi embora antes de acabar. Vamos deixá-lo de lado, por ora, para quando ele voltar... Mas serão meses, talvez, até isso acontecer."

"Meses!", exclamou Marianne, com forte surpresa. "Não — eram algumas semanas."

A sra. Dashwood lamentou ter dito o que disse; mas Elinor gostou, pois tirou de Marianne uma resposta expressiva de sua confiança em Willoughby e um conhecimento de suas intenções.

Certa manhã, por volta de uma semana após a partida do rapaz, Marianne foi convencida a acompanhar as irmãs nas caminhadas de costume em vez de vagar sozinha. Até então ela vinha tomando o cuidado de evitar companhia em suas perambulações. Se as irmãs pretendiam descer as colinas, ela furtivamente tomava as alamedas; se mencionavam o vale, ela logo subia o morro e não era encontrada quando as outras saíam. Mas por fim se deixou conquistar pelo estímulo de Elinor, que reprovava com vigor sua constante reclusão. Caminharam pela estrada através do vale, praticamente caladas, pois a mente de Marianne não podia ser controlada, e Elinor, satisfeita com a concessão obtida, não tentaria arrancar mais uma. Além da entrada do vale, onde a paisagem, embora ainda exuberante, era menos selvagem e mais aberta, um longo trecho da estrada por onde passaram na primeira viagem a Barton surgiu diante delas; e, ao chegarem àquele ponto, pararam para olhar ao redor e examinar a paisagem que viam à distância do chalé de um local aonde nunca haviam chegado antes em suas caminhadas.

Entre os elementos da cena, logo descobriram um que se mexia; era um homem a cavalo vindo na direção delas. Em poucos minutos puderam distinguir que se tratava de um cavalheiro; e no momento seguinte Marianne exclamou, entusiasmada:

"É ele; é ele mesmo; — eu sei que é ele!" — E ia às pressas a seu encontro, quando Elinor exclamou:

"Na verdade, Marianne, acho que você se enganou. Não é Willoughby. Não é alto como ele e não tem a mesma postura."

"É, sim. Tem, sim", exclamou Marianne. "Tenho certeza. É a postura dele, o paletó dele, o cavalo dele. Sabia que ele voltaria logo."

Caminhava ansiosamente enquanto falava; e Elinor, para proteger a irmã de qualquer dissabor, uma vez que tinha quase certeza de que não era Willoughby, apressou o passo e a alcançou. Logo estavam a uns trinta metros do cavalheiro. Marianne olhou de novo; seu coração afundou dentro do peito; e, virando-se abruptamente, ela voltou apressada, quando à voz das irmãs que chamavam na tentativa de detê-la juntou-se uma terceira, quase tão conhecida quanto a de Willoughby, e ela se virou outra vez com surpresa e viu e saudou Edward Ferrars.

Era a única pessoa no mundo que ela poderia perdoar naquele momento pelo fato de não ser Willoughby; o único que poderia receber dela um sorriso; Marianne enxugou as lágrimas para sorrir para ele e escondeu na felicidade da irmã, por um momento, a própria decepção.

Edward desmontou e, dando o cavalo ao criado, voltou a pé com elas até Barton, aonde ia justamente com intenção de visitá-las.

Deram-lhe as boas-vindas com grande cordialidade, em especial Marianne, que se mostrou mais calorosa ao recebê-lo do que a própria Elinor. Para ela, na verdade, o encontro de Edward com sua irmã foi uma continuação precisa daquela inexplicável frieza que tantas vezes presenciara em Norland desde que se conheceram. Edward, principalmente, mostrou-se aquém de tudo o que se esperaria que um apaixonado dissesse ou agisse em tal ocasião. Confuso, mal parecia sentir prazer em vê-las, não demonstrava nem entusiasmo nem alegria, pouco falando além do obrigatório, e não dedicou a Elinor nenhum sinal de afeição. Marianne olhava e escutava cada vez mais surpresa. Começou a sentir uma espécie de desprezo por Edward; e isso acabou, como ocorria com qualquer sensação no caso dela, levando seus pensamentos de volta a Willoughby, cujos modos faziam um contraste bastante impressionante com os do outro, que considerava já seu irmão dileto.

Após um breve silêncio que se sucedeu à surpresa inicial e às perguntas de praxe, Marianne perguntou a Edward se ele chegara diretamente de Londres. Não, já fazia quinze dias que ele estava em Devonshire.

"Quinze dias!", ela repetiu, surpresa por ele haver passado tanto tempo no mesmo condado que Elinor sem ter ido vê-la antes.

Ele pareceu aflito e acrescentou que estivera hospedado com amigos perto de Plymouth.

"O senhor esteve recentemente em Sussex?", perguntou Elinor.

"Estive em Norland há cerca de um mês."

"E como estava a querida, tão querida Norland?", indagou Marianne.

"A querida, tão querida Norland", disse Elinor, "provavelmente deve estar como sempre nesta época do ano. Com os bosques e os caminhos cobertos de folhas mortas."

"Ah!", exclamou Marianne, "com que sensações de enlevo as vi cair outrora! Como eu adorava vê-las esvoaçar à minha volta quando caminhava, sopradas pelo vento! Que sentimentos a estação e o ar juntos inspiravam! Agora não há ninguém que se importe com elas. São vistas apenas como incômodo, varridas às pressas e levadas o mais longe possível dos olhos."

"Nem todo mundo", disse Elinor, "tem essa sua paixão por folhas mortas."

"Não; meus sentimentos nem sempre são compartilhados nem compreendidos. Mas às vezes são." — Ao dizer isso, ela mergulhou mais uma vez em devaneios por alguns momentos; — mas, erguendo-se novamente: "Ora, Edward", ela disse, chamando a atenção dele para a paisagem. "Este é o vale de Barton. Olhe para isso e fique indiferente se puder. Veja essas colinas! Já viu outras que se comparem? À esquerda fica Barton Park, em meio àqueles bosques e plantações. Dá para ver um dos lados da casa. E lá, junto àquela última colina, que se ergue com tanta exuberância, fica nosso chalé."

"É uma bela região", ele respondeu; "mas essas várzeas devem ficar sujas de barro no inverno."

"Como pode pensar em barro com tais objetos diante de si?"

"Porque", ele respondeu, sorrindo, "entre esses objetos que tenho diante de mim, vi uma alameda muito suja de barro."

"Que estranho!", disse Marianne consigo mesma e continuou andando.

"Vocês têm bons vizinhos por aqui? Os Middleton são pessoas simpáticas?"

"Não, nem um pouco", respondeu Marianne, "não podíamos estar mais mal situadas."

"Marianne", exclamou a irmã, "como pode dizer uma coisa dessas? Como pode ser tão injusta? São uma família muito respeitável, senhor Ferrars; e conosco sempre se comportaram da maneira mais amistosa. Você se esquece, Marianne, quantos dias agradáveis passamos graças a eles?"

"Não", disse Marianne em voz baixa, "nem quantos momentos dolorosos."

Elinor não deu importância a isso e, voltando sua atenção ao visitante, tentou entabular algum tipo de conversa com ele, falando da atual residência, de suas conveniências etc., arrancando dele vez por outra uma pergunta ou comentário. A frieza e a reserva dele a mortificaram gravemente; ela ficou contrariada e um tanto irritada; mas, decidida a regular sua atitude pelo passado e não pelo presente, evitou aparentar qualquer sinal de ressentimento ou desprazer, e tratou-o como achava que ele devia ser tratado graças à relação com a família.

XVII

A sra. Dashwood só ficou surpresa por um momento ao vê-lo; pois sua vinda a Barton era, segundo ela, a mais natural de todas as coisas. Sua alegria e suas expressões de estima duraram mais que seu espanto. Ele recebeu a mais cordial acolhida da parte dela; e sua timidez, frieza e reserva não puderam resistir a tal recepção. Tais sentimentos haviam começado a deixá-lo antes mesmo que ele entrasse na casa e foram largamente superados pelos modos cativantes da sra. Dashwood. De fato, era impossível se apaixonar por qualquer uma das filhas sem estender a paixão à mãe; e Elinor teve a satisfação de vê-lo voltar a se parecer mais consigo mesmo. A afeição por todas elas pareceu se reanimar, e o interesse por seu bem-estar novamente se tornou perceptível. Mas ele não estava entusiasmado; elogiou a casa, admirou a vista, foi atencioso e gentil; mas ainda assim não estava entusiasmado. A família toda percebeu, e a sra. Dashwood, atribuindo aquilo a alguma intolerância da parte da mãe dele, sentou-se à mesa indignada com o egoísmo das famílias.

"Quais são os planos da senhora Ferrars para você no momento, Edward?", ela disse, quando havia terminado o jantar e foram todos para a lareira; "você ainda deverá ser um grande orador mesmo sem querer?"

"Não. Espero que agora minha mãe esteja convencida de que não tenho nem talento nem inclinação para a vida pública."

"Mas como conquistará a fama? Pois ao menos famoso você precisará ser para contentar sua família; e sem inclinação para gastar, sem gostar de desconhecidos, sem profissão e sem confiança, talvez tenha dificuldades para tanto."

"Nem tentarei. Não tenho nenhum desejo de ser reconhecido, e tenho motivos de sobra para esperar não sê-lo jamais. Graças aos céus! Não podem me obrigar a ser um gênio eloquente."

"Você não tem ambição, isso eu bem sei. Seus desejos são todos moderados."

"Como acredito que sejam moderados os desejos do resto do mundo. Eu também quero ser feliz como todo mundo; mas, como todo mundo, apenas se for à minha maneira. Isso a grandeza não me proporcionará."

"Seria estranho se proporcionasse!", exclamou Marianne. "O que a riqueza ou a grandiosidade têm a ver com a felicidade?"

"A grandiosidade, quase nada", disse Elinor, "mas a riqueza tem muito a ver com a felicidade."

"Elinor, que vergonha!", disse Marianne; "o dinheiro só traz a felicidade onde já não existe mais nada que a proporcione. A partir de certa quantia, ele não oferece nenhuma satisfação genuína no campo pessoal."

"Talvez", disse Elinor sorrindo, "tenhamos chegado ao mesmo ponto. Esta sua certa quantia e a minha riqueza são coisas muito parecidas, arrisco dizer; e sem elas, nos dias de hoje, haveremos de convir que nos faltaria todo tipo de conforto exterior. Suas ideias são apenas mais nobres do que as minhas. Ora, a partir de que quantia?"

"Cerca de mil e oitocentas ou duas mil libras por ano; não mais do que isso."

Elinor deu risada. "Dois mil por ano! Para mim, bastariam apenas mil! Já imagino como isso acabaria."

"E, no entanto, dois mil por ano seriam uma renda bastante modesta", disse Marianne. "Uma família não poderia viver com menos. Tenho certeza de que não sou extravagante em minhas exigências. Uma boa equipe de empregados, uma carruagem, talvez duas, e caçadores não seriam mantidos com menos que isso."

Elinor sorriu de novo ao ouvir a irmã descrever com tamanho detalhe seus futuros gastos em Combe Magna.

"Caçadores!", repetiu Edward — "Mas por que você precisaria ter caçadores? Nem todo mundo caça."

Marianne enrubesceu ao responder: "Mas a maioria caça".

"Quem dera", disse Margaret externando um pensamento original, "alguém deixasse uma grande fortuna para cada uma de nós!"

"Ah, sim, alguém deixará!", exclamou Marianne, com os olhos cintilantes de entusiasmo, e as faces brilhando com a delícia de tal felicidade imaginária.

"Somos unânimes quanto a tal desejo, imagino", disse Elinor, "apesar da insuficiência de riqueza."

"Ah, querida!", exclamou Margaret, "como eu seria feliz! Fico pensando no que faria com o dinheiro!"

Marianne parecia não ter dúvidas a esse respeito.

"Acho que gastaria sozinha uma fortuna", disse a sra. Dashwood, "se as minhas filhas fossem todas tão ricas sem precisar da minha ajuda."

"Você precisa começar as reformas da casa", comentou Elinor, "e suas dificuldades logo haverão de passar."

"Que encomendas magníficas chegariam de Londres para esta família", disse Edward, "nessa ocasião! Que dia feliz para os livreiros, vendedores de partituras e gravuras! A senhorita Dashwood faria um pedido geral para que lhe enviassem todas as melhores novidades impressas — e quanto a Marianne, conhecendo a grandeza de sua alma, não haveria música suficiente em toda Londres para satisfazê-la. E livros! — Thomson,[1] Cowper, Scott; — ela os compraria muitas e muitas vezes; compraria toda a tiragem, para evitar que um exemplar fosse parar em mãos indignas; e teria todos os livros que lhe dissessem como admirar uma velha árvore retorcida. Não seria assim, Marianne? Desculpe se estou sendo saliente. Mas eu queria lhe mostrar que não esqueci nossas velhas disputas."

"Adoro ser lembrada do passado, Edward — seja ele melancólico ou alegre, adoro recordar — e você jamais me ofenderia falando dos velhos tempos. Tem toda a razão ao imaginar como meu dinheiro seria gasto. Parte dele ao menos — o dinheiro trocado certamente seria empregado em melhorias na minha coleção de música e livros."

"E o grosso de sua fortuna seria empregado em anuidades para os autores e seus herdeiros."

"Não, Edward, eu teria outros destinos para ele."

"Talvez então entregue como prêmio à pessoa que escrever a melhor defesa de sua máxima favorita: de que ninguém pode amar mais de uma vez na vida — pois sua opinião a esse respeito, presumo, continua inalterada."

"Sem dúvida. Neste momento da vida, minhas opiniões são razoavelmente estáveis. Não é provável que eu vá encontrar ou ouvir nada que as altere."

"Marianne continua, como vê, fiel como sempre", disse Elinor, "ela não mudou nada."

"Só ficou um pouco mais grave do que era."

"Não, Edward", disse Marianne, "não precisa me censurar. Você também não me parece muito alegre."

"Por que diz isso?", ele respondeu, suspirando. "A alegria nunca fez parte do meu caráter."

"Tampouco creio que seja do caráter de Marianne", disse Elinor; "eu não diria que ela é uma menina jovial — é muito séria, muito ávida em tudo o que faz — às vezes fala bastante e sempre com entusiasmo —, mas é raro vê-la contente de fato."

"Creio que você esteja certa", ele respondeu, "no entanto, sempre a considerei jovial."

"Muitas vezes também me pego nesse tipo de equívoco", disse Elinor, "uma total incompreensão de caráter em determinados aspectos: imaginando um mais alegre ou mais grave, mais engenhoso ou estúpido, do que de fato a pessoa é, nem sei por quê, ou se por conta de alguma frustração anterior. Às vezes somos guiadas pelo que a pessoa diz de si mesma, e muitas vezes pelo que dizem dela, sem nos dar ao trabalho de decidir e julgar sozinhas."

"Mas pensei que fosse certo, Elinor", disse Marianne, "ser guiada inteiramente pela opinião alheia. Achava que nossos critérios nos eram dados apenas para serem submetidos aos de nossos vizinhos. Tenho certeza de que esta sempre foi sua doutrina."

"Não, Marianne, jamais. Minha doutrina nunca visou à sujeição do entendimento. Tudo o que sempre almejei influenciar foi o comportamento. Você não deve confundir meus conceitos. Sou culpada, confesso, de ter desejado muitas vezes que você tratasse nossos conhecidos em geral com mais atenção; mas jamais aconselhei que adotasse os sentimentos deles ou se conformasse com os critérios alheios em questões sérias."

"Então você ainda não conseguiu fazer sua irmã adotar seu plano geral de civilidade?", perguntou Edward a Elinor. "Não avançou nesse território?"

"Muito pelo contrário", respondeu Elinor, lançando um olhar expressivo para Marianne.

"Meu juízo", ele devolveu, "está inteiramente a seu lado nessa questão; mas receio que na prática esteja muito mais com sua irmã. Nunca pretendo ofender, mas, como sou absurdamente tímido, muitas vezes pareço negligente, quando apenas me contenho por não possuir talento para as relações sociais. Com frequência penso que, por temperamento, eu deveria preferir as más companhias, tão pouco à vontade que fico entre nobres desconhecidos!"

"Marianne não pode alegar timidez como desculpa para nenhuma desatenção", disse Elinor.

"Ela sabe o próprio valor bem demais para apelar à falsa modéstia", respondeu Edward. "A timidez é sempre efeito de uma sensação de inferioridade, de um modo ou de outro. Se eu pudesse me convencer de que meus modos são perfeitamente graciosos e espontâneos, não seria tímido."

"Mas ainda assim seria reservado", disse Marianne, "o que é ainda pior."

Edward encarou-a — "Reservado! Eu sou reservado, Marianne?"

"Sim, muito."

"Eu não entendo", ele respondeu, corando. "Reservado! Como — de que maneira? O que eu teria para lhe contar? O que você estaria supondo?"

Elinor pareceu surpresa com aquela emoção, mas riu, tentando desviar o assunto ao dizer a ele: "Você não conhece a minha irmã bem o bastante para entender o que ela quer dizer? Não sabe que para ela é reservado quem não fala sem parar ou não compartilha de suas admirações com o mesmo enlevo?".

Edward nada respondeu. Sua gravidade pensativa retornou com toda a força — e ele ficou ali sentado algum tempo calado e carrancudo.

XVIII

Elinor notou, com grande contrariedade, o desânimo de seu amigo. A visita oferecia a ela apenas uma satisfação parcial, mas ele parecia muito longe de estar satisfeito. Era evidente que estava infeliz; ela desejava que fosse evidente também que ele ainda a distinguisse com a mesma afeição que um dia sem dúvida lhe havia inspirado; mas até então a continuidade de sua predileção parecia muito incerta; e a reserva de seus modos para com ela contradizia no instante seguinte o que um olhar mais animado ensejava no momento anterior.

Ele se juntou a Elinor e Marianne na sala do desjejum na manhã seguinte antes que as outras descessem; e Marianne, sempre ávida por promover a felicidade deles, logo os deixou a sós. Mas quando estava ainda na metade da escada ouviu a porta da saleta se abrir e, voltando-se para trás, ficou perplexa ao ver o próprio Edward indo embora.

"Vou até a vila verificar meus cavalos", ele disse, "uma vez que vocês ainda não estão prontas para o desjejum; devo estar de volta em um instante."

Edward voltou com todo o frescor da admiração da paisagem dos arredores; em sua caminhada até a vila, aproveitara para ter uma boa visão do vale; e a própria vila, que ficava em um local bem mais alto que o chalé, oferecera a ele uma bela visão do todo, que tanto lhe havia agradado. Esse era um assunto que garantia a atenção de Marianne, e ela estava começando a descrever sua própria admiração daqueles cenários e de questioná-lo sobre minúcias dos objetos que particularmente o haviam impressionado, quando Edward a interrompeu dizendo: "Não faça tantas perguntas, Marianne — lembre-se de que não tenho conhecimentos do pitoresco e acabarei por ofendê-la com minha ignorância e falta de gosto caso entremos em detalhes. Eu chamaria de íngremes, colinas que são ousadas; de estranhas e ásperas, superfícies que são irregulares e escarpadas; e chamaria objetos distantes de invisíveis, o que só seria o caso através do meio diáfano de uma atmosfera turva.[1] Você terá de se contentar com esse tipo de admiração de que eu posso ser capaz. Diria que é uma região muito bonita — as colinas são íngremes, os bosques parecem cheios de boa madeira, e o vale parece confortável e acolhedor — com belas campinas e simpáticas casas de fazenda espalhadas aqui e ali. Coincide exatamente com minha ideia de uma bela região campestre, pois alia beleza e praticidade — e, arriscaria dizer, também o pitoresco, pois se pode admirar a paisagem; posso facilmente imaginar que tenha ainda muitos rochedos e promontórios, musgo cinza e arbustos, mas isso tudo me escapa completamente. Não entendo nada desse tal pitoresco."

"Receio que seja uma grande verdade", disse Marianne; "mas por que se gabar disso?"

"Desconfio", disse Elinor, "que para evitar um tipo de afetação Edward tenha incorrido em outro. Como ele acha que muitas pessoas tendem a exagerar sua admiração das belezas naturais e despreza esse tipo de afetação, ele finge sentir uma grande indiferença e dispor de menos critérios para observá-las do que de fato possui."

"É bem verdade", disse Marianne, "que a admiração

de cenários de paisagem já virou mero jargão. Todo mundo finge sentir algo e tenta descrever com o mesmo bom gosto e a mesma elegância do primeiro a definir o que era a beleza pitoresca, Gilpin.[2] Detesto todo tipo de jargão, e às vezes guardo meus sentimentos para mim, pois não encontraria linguagem que os descrevesse senão no que ficou gasto e banalizado de todo sentido e significado."

"Estou convencido", disse Edward, "de que você realmente sente todo esse prazer que professa sentir diante de uma bela paisagem. Mas, quanto a mim, sua irmã há de me permitir que sinta mais do que professe. Gosto de uma paisagem, mas não segundo os princípios pitorescos. Não gosto de árvores retorcidas, rachadas, derrubadas. Admiro muito mais quando são altas, retas e floridas. Não gosto de casas de campo arruinadas e antigas. Não gosto de urtiga, espinhos, urzes floridas. Sinto mais prazer em uma aconchegante casa de fazenda do que em uma torre de vigia — e uma tropa de simpáticos e felizes moradores me agrada mais que os maiores *banditti* do mundo."

Marianne olhou espantada para Edward, com pena da irmã. Elinor simplesmente deu risada.

O assunto não foi adiante; e Marianne permaneceu pensativa e silenciosa, até que um novo objeto de repente lhe captou a atenção. Ela estava sentada ao lado de Edward e, ao receber seu chá das mãos da sra. Dashwood, a mão dele passou bem na frente dela, a ponto de deixar um anel, com uma mecha de cabelo no engaste, perfeitamente visível em um de seus dedos.

"Nunca vi você usando anel antes, Edward", ela exclamou. "Esse cabelo é de Fanny? Lembro que ela prometeu lhe dar um pouco. Mas eu diria que o cabelo dela é mais escuro."

Marianne falava sem pensar tudo o que sentia — mas, ao se dar conta de como deixara Edward constrangido, seu próprio constrangimento pela falta de moderação na língua só não conseguiu superar o dele. Edward ficou muito vermelho e, olhando de relance para Elinor, respondeu: "Sim, é o cabelo da minha irmã. Cortado, você sabe, o tom sempre fica um pouco diferente".

O olhar de Elinor cruzou com o dele, e ela parecia igualmente séria. O fato de aqueles cabelos serem dela a satisfez tanto quanto a Marianne; a única diferença em suas conclusões era que aquilo que Marianne considerava um presente oferecido por sua irmã, Elinor sabia se tratar de algum roubo ou contravenção que ela mesma desconhecia. Mas seu humor não permitia considerar aquilo uma afronta e, fingindo não reparar no que acontecia, imediatamente mudou de assunto, decidindo-se a doravante aproveitar cada oportunidade de observar aquela mecha e de constatar com satisfação, sem a menor sombra de dúvida, de que era exatamente seu tom.

O constrangimento de Edward durou algum tempo, e terminou em um alheamento ainda mais decidido. Ele foi especialmente grave toda a manhã. Marianne censurava-se de forma impiedosa pelo que dissera; mas talvez ela se perdoasse mais depressa se soubesse quão pouco a irmã se ofendera.

Antes mesmo do meio-dia, elas receberam a visita de sir John e da sra. Jennings, que, sabendo da chegada de um cavalheiro ao chalé, fora investigar quem era o convidado. Com a ajuda da sogra, sir John não demoraria a descobrir que o nome Ferrars começava com F, e isso armou uma bomba de zombarias contra a cautelosa Elinor, que nada senão a novidade de sua relação com Edward poderia impedir de estourar imediatamente. Por alguns olhares de cumplicidade, ela constatou até que ponto chegava, segundo as informações de Margaret, aquela intimidade.

Sir John nunca ia visitar as Dashwood sem convidá-las para jantar na mansão no dia seguinte ou para o chá na mesma tarde. Na presente ocasião, para melhor entreter a visita, para cujo divertimentos se sentia no dever de contribuir, ele queria convidá-las para as duas coisas.

"Vocês precisam tomar o chá conosco hoje", disse, "pois estaremos apenas nós — e amanhã não podem faltar ao jantar conosco, pois teremos um grupo grande de convidados."

A sra. Jennings reforçou a necessidade. "E quem sabe vocês não fazem um baile?", disse. "Isso interessaria à senhorita Marianne."

"Um baile!", exclamou Marianne. "Impossível! Quem dançaria?"

"Quem! Ora, vocês, as Carey e as Whitaker, certamente. Ora! Achou que ninguém poderia dançar porque certa pessoa cujo nome não diremos foi embora?"

"Gostaria de todo o coração", exclamou sir John, "que Willoughby estivesse conosco amanhã."

Isso e o rubor de Marianne despertaram novas suspeitas em Edward. "E quem é Willoughby?", perguntou ele em voz baixa à srta. Dashwood, sentada a seu lado.

Ela respondeu com poucas palavras. A expressão de Marianne era muito mais expressiva. Edward vira o bastante para compreender não apenas o sentido das outras, mas também daquelas expressões de Marianne que antes o haviam intrigado; e, quando as visitas foram embora, ele foi imediatamente até ela e disse, sussurrando: "Eu já imaginava. Posso dizer qual é o meu palpite?".

"Qual?"

"Devo dizer?"

"Certamente."

"Pois bem; meu palpite é que o senhor Willoughby gosta de caçar."

Marianne ficou surpresa e confusa; e não pôde deixar de sorrir diante da astúcia serena dos modos dele, e, após um momento de silêncio, disse:

"Ah! Edward! Como você descobriu? — Quando for a hora, espero... Tenho certeza de que você gostará dele."

"Não tenho dúvidas", ele respondeu, ainda perplexo com tanta sinceridade e ardor; pois se não achasse que era uma brincadeira dos conhecidos dela, baseada apenas no nada ou quase nada que houvera entre Marianne e o senhor Willoughby, ele não teria ousado tocar no assunto.

XIX

Edward ficou uma semana no chalé; foi muito pressionado pela sra. Dashwood a ficar mais um pouco; mas, como que movido apenas pela automortificação, pareceu decidido a partir quando seu prazer de desfrutar das amigas estava no auge. Seu humor nos dois ou três últimos dias, embora ainda muito instável, havia melhorado muito — ele estava cada vez mais simpático quanto à casa e seu entorno — não falava na partida sem suspirar — deixou claro que tinha todo o tempo livre do mundo — nem sequer sabia aonde iria quando as deixasse — mas, ainda assim, era preciso ir. Jamais uma semana se passara tão depressa — ele mal podia acreditar que já havia terminado.

Edward disse isso algumas vezes; falou também outras coisas, que marcaram a guinada de seus sentimentos, dando sustentação a seus atos. Não sentia nenhum prazer em Norland; detestava a capital; mas, a Norland ou Londres, era preciso que ele fosse. Sentia-se grato sobretudo pela generosidade delas, e sua maior felicidade seria continuar ali com as Dashwood. Contudo precisaria deixá-las ao cabo de uma semana, apesar do desejo, delas e dele, de ficar, e de todo o tempo livre de que dispunha.

Elinor atribuiu todo o absurdo dessa atitude à mãe dele; e era um golpe de sorte que Edward tivesse uma mãe de cujo caráter ela sabia tão pouco, de modo que fosse desculpa para tudo que houvesse de estranho com o filho. Apesar de decepcionada, no entanto, mesmo contrariada como estava, e de certo modo aborrecida com sua atitude incerta para com ela, estava disposta em linhas gerais a aceitar o comportamento dele, com todas as concessões da lealdade e qualificações generosas que lhe haviam sido muito mais dolorosamente arrancadas por sua mãe no caso de Willoughby. Aquela falta de ânimo, de franqueza e de coerência foi atribuída à sua falta de independência e a seu maior entendimento da disposição e dos desígnios da sra. Ferrars. A brevidade da visita, a firmeza no propósito de deixá-las, originavam-se na mesma inclinação agrilhoada, na mesma inevitável necessidade de transigir com a mãe. O velho e tão conhecido sofrimento do dever contra a vontade, pais contra filhos, era a causa de tudo. Ela bem gostaria de saber quando essas dificuldades cessariam, quando essa oposição cederia, — quando haveria uma mudança de pensamento na sra. Ferrars que deixasse seu filho livre para ser feliz. Mas, com tais anseios vãos, ela se viu obrigada a buscar um consolo que renovasse sua confiança no afeto de Edward, lembrando-se de cada sinal de consideração, em olhares e palavras, que ele deixara escapar em Barton e sobretudo daquela prova lisonjeira que agora ele usava o tempo todo no dedo.

"Edward", disse a sra. Dashwood, durante o desjejum na manhã do último dia, "creio que você seria mais feliz se tivesse uma profissão para ocupar o tempo e direcionar seus planos e suas atitudes. Alguns inconvenientes, de fato, talvez resultassem disso para seus amigos — você não teria mais tanto tempo para eles. Mas (com um sorriso) teria ao menos um benefício relevante. Você saberia aonde ir quando fosse embora."

"Eu lhes asseguro", ele respondeu, "que penso nisso há muito tempo, nisso que a senhora disse agora. Foi e provavelmente sempre será uma grande desgraça para mim que eu não tivesse de me ocupar com algum negócio, que nenhuma profissão me desse alguma coisa parecida com independência. Mas, infelizmente, minha própria delicadeza, somada à de meus pais, fez de mim o que sou, este ser ocioso, inepto. Nunca concordamos quanto à escolha de uma profissão. Sempre preferi a igreja, como ainda hoje prefiro. Mas isso não era elegante o bastante para minha família. Eles recomendaram o Exército. Era mais do que elegante para mim. Direito, diziam que era muito mundano; muitos rapazes com escritórios no Temple causavam ótima impressão nas melhores rodas e passeavam pela capital com seus cabriolés elegantes. Mas eu não tinha inclinação para o direito, tampouco essa perspectiva menos absurda minha família teria aprovado. Quanto à Marinha,[1] tinha a seu favor a moda, mas eu era velho demais quando aventei a hipótese de ingressar pela primeira vez — e, depois, como não havia a necessidade de assumir alguma profissão, uma vez que podia ser tão arrojado e esbanjador sem o casaco vermelho quanto com ele, o ócio foi declarado o modo mais vantajoso e honrado de vida, e um rapaz de dezoito anos em geral não está muito inclinado a trabalhar a ponto de resistir às solicitações dos pais para não fazer nada. Ingressei assim em Oxford e tenho sido desde então um perfeito vadio."

"A consequência disso, imagino", disse a sra. Dashwood, "como o ócio não promoveu sua felicidade, será que seus filhos acabarão crescendo com tantas ocupações, atividades, profissões e ofícios quanto os de Columella."[2]

"Eles serão formados", disse Edward, com um tom grave, "para serem o mais diferentes de mim quanto possível. Em sentimentos, ações, condições, em tudo."

"Ora, ora; isso não passa de uma efusão momentânea de desânimo, Edward. Você está melancólico, e acha que qualquer um que não seja igual a você deve ser necessariamente feliz. Mas lembre-se de que todo mundo, em algum momento, sente a dor da separação dos entes queridos, seja qual for sua educação ou sua classe. Busque sua própria felicidade. Não lhe falta nada além de paciência — ou dê a isso um nome mais interessante, digamos, esperança. Sua mãe acabará lhe dando, com o tempo, essa independência que você tanto anseia; é um dever que ela tem, e certamente, antes do que se imagina, para a própria felicidade dela, ela há de impedir que sua juventude seja desperdiçada em descontentamentos. O que são mais alguns meses?"

"Creio", respondeu Edward, "que no meu caso seriam necessários muitos meses até conseguir algo proveitoso."

Essa disposição mental ao desespero, embora não pudesse ser comunicada à sra. Dashwood, acrescentou dor à despedida, que ocorreu brevemente, deixando nos sentimentos de Elinor, em particular, essa incômoda impressão que exigiria algum esforço e tempo para se atenuar. Mas, como era sua determinação atenuá-la, e não parecer que sofria mais do que o restante da família com sua partida, ela não adotou o método criteriosamente empregado por Marianne em ocasiões semelhantes, de exagerar e fixar a tristeza, buscando o silêncio, a solidão e o ócio. Seus meios eram tão diferentes quanto seus fins, e igualmente adequados ao desenvolvimento de cada uma.

Elinor sentou-se à escrivaninha assim que ele partiu, ocupando-se o dia todo com trabalhos manuais; não disse nem evitou dizer o nome dele, pareceu tão interessada como sempre nos assuntos de interesse geral da família e, se com tal conduta não apaziguou a própria tristeza, poupou-se de um crescimento desnecessário dessa, e a irmã e a mãe não foram obrigadas a ser tão solícitas com ela.

Tal comportamento, tão oposto ao seu próprio, não parecia muito meritório a Marianne, assim como o seu devia parecer falho à irmã. A questão do autocontrole ela resolvia facilmente; — com afetos mais intensos era impossível; com afetos amenos, não era mérito nenhum.

Que os afetos da irmã eram amenos, ela não ousaria negar; embora tenha corado ao reconhecê-lo; quanto à força dos seus, dera uma prova impressionante ao continuar amando e respeitando a irmã apesar dessa mortificante convicção.

Sem se isolar da família, ou deixando a casa em decidida solidão para evitá-las ou deitada acordada a noite inteira entregue a meditações, Elinor a cada dia dispunha de tempo livre suficiente para pensar em Edward e no comportamento dele, em cada possível variação que os diferentes estados de espírito a todo momento nela produzissem; — com ternura, pena, aprovação, censura e dúvida. Houve inúmeros momentos em que, se não pela ausência da mãe e da irmã, ao menos pela natureza de suas tarefas, foi impedida de conversar com elas, e todo o efeito da solidão se produziu. Sua mente se viu irrevogavelmente livre; seus pensamentos não podiam mais ser acorrentados a nada; e o passado e o futuro de assunto tão interessante hão de ter se revelado diante dela, hão de ter forçado sua atenção e reforçado sua memória, sua reflexão e sua fantasia.

Dessa sorte de devaneios, sentada à escrivaninha, ela foi despertada certa manhã pouco após a partida de Edward pela chegada de companhia. Por acaso estava sozinha. O portão menor sendo batido, na entrada coberta de plantas da frente da casa, atraiu seus olhos para a janela, e ela viu um grupo grande tomando a direção da porta. Entre eles estavam sir John, lady Middleton e a sra. Jennings, mas havia duas outras pessoas, um cavalheiro e uma dama, que ela desconhecia inteiramente. Estava junto à janela e, assim que sir John a viu, ele deixou que o resto do grupo batesse cerimoniosamente à porta e atravessou pelo gramado, obrigando-a a abrir o postigo para falar com ele, embora o espaço fosse exíguo entre a porta e a janela, tornando quase impossível falar sem que fossem ouvidos pelos demais.

"Bem", ele disse, "trouxemos mais gente. O que você acha deles?"

"Fale baixo, vão ouvi-lo!"

"Pouco importa. São apenas os Palmer. Charlotte é muito bonita, isso eu lhe digo. Você pode vê-la se olhar para lá."

Como Elinor tinha certeza de que a veria em poucos minutos sem tomar tal liberdade, absteve-se do gesto.

"Onde está Marianne? Fugiu porque chegamos? Vejo o piano aberto daqui."

"Acredito que ela tenha ido caminhar."

Juntou-se então a eles a sra. Jennings, que não teve paciência de esperar que abrissem a porta para contar sua própria história. Ela foi saudando até a janela: "Como está, minha querida? Como vai a senhora Dashwood? E onde estão suas irmãs? Como assim, sozinha? Então você vai adorar um pouco de companhia. Trouxe minha outra filha e o marido para conhecê-las. Só de pensar que devem chegar a qualquer momento! Ontem à noite pensei ter ouvido a carruagem, quando bebíamos nosso chá, mas na hora não atinei que fossem eles. Só me ocorreu que poderia ser o coronel Brandon; então comentei com sir John: 'Acho que ouvi uma carruagem; talvez seja o coronel Brandon que já voltou'".

Elinor foi obrigada a dar as costas para ela, no meio da história, para receber o resto do grupo; lady Middleton apresentou as duas pessoas desconhecidas; a sra. Dashwood e Margaret vieram descendo juntas a escada, e todos sentaram para olhar uns para os outros, enquanto a sra. Jennings continuava a contar sua história, caminhando pelo corredor até a saleta, acompanhada por sir John.

A sra. Palmer era muitos anos mais jovem que lady Middleton e totalmente diferente dela em todos os aspectos. Era baixa e rechonchuda, tinha um rosto muito bonito e a expressão mais delicada de bom humor que poderia existir. Seus modos não eram de modo algum elegantes como os da irmã, mas eram muito mais confiantes. Chegou sorrindo, sorriu durante toda a visita, a não ser quando gargalhou, e com um sorriso se despediu. O marido era um rapaz de aparência muito grave, com uns vinte e cinco, vinte e seis anos, e ares de mais elegância e juízo do que a esposa, mas com menos preocupação de agradar ou de ser agradado. Entrou na sala com uma expressão autoconfiante, fez uma ligeira mesura para as damas, sem dizer uma palavra, e, após cumprimentá-las brevemente e conhecer a casa, pegou um jornal da mesa e permaneceu lendo todo o tempo que ficou ali.

A sra. Palmer, ao contrário, dotada pela natureza de uma forte inclinação para ser sempre cortês e feliz, mal conseguiu se manter sentada de tão admirada que ficou com a saleta e tudo o mais ali que a surpreendia.

"Ora! Que sala deliciosa! Nunca vi nada tão encantador! Imagine, mamãe, como tudo melhorou desde a última vez que estive aqui! Sempre achei este lugar muito aprazível, madame! (virando-se para a sra. Dashwood) Mas a senhora o deixou um verdadeiro encanto! Veja, minha irmã, como tudo aqui é delicioso! Bem que eu gostaria de ter uma casa assim? Você não, senhor Palmer?"

O sr. Palmer nada respondeu, nem sequer ergueu os olhos do jornal.

"O senhor Palmer não me dá ouvidos", ela disse, aos risos, "às vezes não escuta nada do que eu falo. É tão engraçado!"

Foi uma novidade para a sra. Dashwood, pois ela nunca achara graça na desatenção de ninguém e não conseguiu deixar de olhar com certa surpresa para aqueles dois.

A sra. Jennings, nesse ínterim, falava o mais alto que podia e continuava relatando sua surpresa, na noite anterior, ao descobrir que eram eles chegando, sem nenhuma pausa, até terminar de contar cada detalhe. A sra. Palmer riu alto ao se lembrar do espanto da mãe, e todos concordaram, duas ou três vezes, que havia sido uma surpresa deveras agradável.

"Pode acreditar que ficamos muito contentes ao vê-los", acrescentou a sra. Jennings, inclinando-se na direção de Elinor e falando em voz baixa como se não quisesse que mais ninguém escutasse, embora estivessem sentadas do outro lado da sala; "mas sou obrigada a dizer que preferiria que eles não tivessem viajado tão depressa nem fizessem essa viagem tão longa, pois vieram de Londres por conta de um negócio, coisa que, você sabe (acenando e apontando com a cabeça para a filha), não é certo fazer na situação dela. Queria que ela tivesse ficado em casa descansando hoje cedo, mas quis vir conosco; queria muito ver vocês todas!"

A sra. Palmer deu risada e disse que isso não lhe faria mal nenhum.

"Ela deve se recolher a partir de fevereiro", continuou a sra. Jennings.

Lady Middleton não conseguiu mais suportar aquela conversa, e então se deu ao trabalho de perguntar ao sr. Palmer se havia alguma novidade no jornal.

"Não, nenhuma novidade", ele respondeu, e voltou a ler.

"Lá vem Marianne", exclamou sir John. "Agora, Palmer, você vai conhecer uma menina realmente linda."

Ele foi apressado até o corredor, abriu a porta da frente e a conduziu para dentro. A sra. Jennings perguntou, assim que Marianne apareceu, se por acaso havia ido até Allenham; e a sra. Palmer deixou escapar outra risada ruidosa diante da pergunta, dando a entender que sabia de tudo. O sr. Palmer levantou os olhos quando ela entrou na sala, encarou-a por alguns minutos e depois voltou ao jornal. A atenção da sra. Palmer então recaiu sobre os desenhos pendurados nas paredes da sala. Ela se levantou para observá-los de perto.

"Ah! Minha cara, como são lindos esses desenhos!

Ora! Que maravilha! Veja só, mamãe, que beleza! Eu diria que são de fato encantadores; seria capaz de ficar olhando eternamente para eles." E então, tornando a sentar, logo se esqueceu da existência de tais objetos na sala.

Quando lady Middleton se levantou para ir embora, o sr. Palmer também se levantou, deixou o jornal, esticou-se e olhou para todos.

"Meu amor, você estava dormindo?", disse a esposa, às gargalhadas.

Ele nada respondeu; apenas observou, depois de examinar novamente a sala, que o teto era muito baixo e estava trincado. Então fez outra mesura e partiu com o resto do grupo.

Sir John insistiu muito com elas para que passassem o dia seguinte na residência principal. A sra. Dashwood, que preferia não jantar com eles mais vezes do que eles jantavam no chalé, recusou-se terminantemente a aceitar; as filhas, por sua vez, podiam fazer como quisessem. Mas elas não tinham nenhuma curiosidade de saber como o sr. e a sra. Palmer faziam suas refeições, nem esperança de desfrutar qualquer outro tipo de prazer por conta deles. Tentaram, portanto, da mesma forma, recusar o convite; o tempo não estava firme e era pouco provável que abrisse. Mas sir John não ficou satisfeito — a carruagem iria buscá-las e elas compareceriam de todo modo. Lady Middleton, embora não demonstrasse fazer questão da presença da mãe delas, também insistiu que fossem. A sra. Jennings e a sra. Palmer juntaram-se às súplicas, ambas igualmente ansiosas para evitar permanecerem apenas em família; e as jovens damas foram obrigadas a ceder.

"Por que eles nos convidariam?", perguntou Marianne assim que foram embora. "Dizem que o aluguel deste chalé é baixo; mas é uma grande desvantagem se tivermos de jantar na casa deles sempre que alguém estiver hospedado por lá ou conosco."

"Eles só querem ser corteses e gentis conosco", disse Elinor, "com esses convites frequentes, da mesma forma como acontecia algumas semanas atrás. Não foram eles que mudaram, se os jantares agora parecem maçantes e tediosos. Os motivos para isso são bem outros."

XX

Quando as srtas. Dashwood entraram por uma porta, no dia seguinte, a sra. Palmer foi correndo sala adentro, parecendo tão bem-humorada e contente quanto antes. Tomou-as muito afetuosamente pelas mãos e expressou um grande prazer em revê-las.

"Estou muito contente que estejam aqui", ela disse, sentando-se entre Elinor e Marianne, "pois o dia está tão feio que temi que vocês não viessem, o que seria um horror, uma vez que amanhã vamos embora. Precisamos ir, pois os Weston vêm nos visitar semana que vem, vocês sabem. Nossa própria vinda foi algo bastante inesperado, e só fiquei sabendo quando a carruagem já estava à nossa porta, e então o senhor Palmer me perguntou se eu viria com ele a Barton. Ele é tão engraçado! Nunca me conta nada! Sinto muito, mas não poderemos ficar mais; no entanto, vamos nos encontrar muito em breve na capital, assim espero."

Elas foram obrigadas a desmentir tais esperanças.

"Não vão à cidade?!", exclamou a sra. Palmer, com uma risada, "eu ficaria muito desapontada se não fossem. Conseguiria para vocês a melhor casa do mundo, vizinha à nossa em Hanover-square. Vocês precisam ir, sem dúvida. Garanto que ficarei muito feliz em ciceroneá-las a qualquer hora, antes de me recolher, se a senhora Dashwood não quiser sair em público."

Elas agradeceram; mas foram obrigadas a recusar todas aquelas súplicas.

"Oh! Meu amor", exclamou a sra. Palmer ao marido, que acabara de entrar na sala — "Você tem que me ajudar a convencer as senhoritas Dashwood a ir para Londres neste inverno."

Seu amor nada respondeu; e, após uma breve mesura para as damas, começou a reclamar do tempo.

"Que horrível é tudo isso!", ele disse. "Esse tempo torna tudo e todos desprezíveis. Com a chuva, há tédio tanto dentro como fora de casa. Isso faz a pessoa detestar todos que encontra. Que diabos faz sir John que não tem uma sala de jogos nesta casa? São tão poucas as pessoas que sabem o que é conforto! Sir John é maçante como este tempo."

O resto do grupo logo entrou na conversa.

"Receio, senhorita Marianne", disse sir John, "que você não tenha feito hoje sua caminhada de costume até Allenham."

Marianne o olhou muito séria e não disse nada.

"Ah! Não tente disfarçar na nossa presença", disse a sra. Palmer; "pois já sabemos de tudo, isso eu garanto; e admiro muito seu bom gosto, pois ele é lindo. Nossa casa no campo não fica muito longe da dele, você sabe. Eu diria que são menos de vinte quilômetros."

"Mais para cinquenta quilômetros", disse o marido.

"Ah! Pois bem, que diferença faz? Nunca estive na casa; mas dizem que é muito gracioso."

"O lugar mais desagradável que já vi na vida", disse o sr. Palmer.

Marianne continuou em perfeito silêncio, embora sua expressão traísse seu interesse no que diziam.

"É tão feio assim?", continuou a sra. Palmer — "então suponho estar pensando em outro lugar que deve ser bonito."

Quando passaram à sala de jantar, sir John lamentou que fossem apenas oito pessoas.

"Minha querida", disse ele à sua senhora, "é pena que sejamos tão poucos. Por que você não convidou também os Gilbert para esta noite?"

"Eu já não disse, sir John, quando você tocou no assunto antes, que não seria possível? Ainda não fomos jantar lá."

"Você e eu, sir John", disse a sra. Jennings, "não deveríamos nos deixar levar por toda essa cerimônia."

"Nesse caso, você seria bem mal-educada", exclamou o sr. Palmer.

"Meu amor, você quer contradizer todo mundo", disse a esposa com a risada de sempre. "Sabia que isso é muito grosseiro de sua parte?"

"Não creio que esteja contradizendo ninguém ao chamar sua mãe de mal-educada."

"Ora, pode abusar de mim quanto quiser", disse a velha senhora, de bom humor, "você levou minha Charlotte e não pode mais devolvê-la. De modo que eu saí ganhando."

Charlotte gargalhou ao pensar que o marido não poderia mais se livrar dela; e disse exultante que não se importava que ele fosse duro com ela, pois deviam continuar vivendo juntos. Era impossível alguém ser mais afável ou mais decidida a ser feliz que a sra. Palmer. A estudada indiferença, a insolência e o descontentamento do marido não a incomodavam minimamente: e, quando ele gritava ou a ofendia, ela se divertia muito.

"O senhor Palmer é tão engraçado!", ela disse, aos sussurros, a Elinor. "Ele não tem nenhum senso de humor."

Elinor não se sentiu inclinada, após breve observação, a dar a ele crédito por ser tão genuína e espontaneamente mal-humorado ou mal-educado quanto desejava parecer. Seu temperamento talvez se ressentisse ao descobrir, como muitos outros de seu sexo, que graças a um injustificável pendor favorável à beleza ele era hoje marido de uma mulher bastante fútil — mas ela sabia que era um erro muito comum mesmo em homens sensatos para se ressentir por tanto tempo. Tratava-se antes de um desejo de distinção, ela acreditava, que resultava naquele tratamento desdenhoso a todos, e no insulto generalizado de tudo à sua volta. Era o anseio de parecer superior às outras pessoas. O motivo era também trivial demais para elucubrações; no entanto, os meios, ainda que eficazes ao estabelecer sua superioridade em falta de educação, dificilmente cativariam qualquer outra pessoa além da esposa.

"Ah, minha querida senhorita Dashwood!", disse a sra. Palmer logo em seguida. "Eu tenho um grande favor para lhe pedir, e à sua irmã também. Vocês iriam passar algum tempo comigo em Cleveland neste Natal? Ora, eu lhe imploro, — e venha enquanto os Weston estiverem conosco. — Você não imagina como ficarei feliz! Seria delicioso! — Meu amor", dirigindo-se ao marido, "você também não quer muito que as senhoritas Dashwood venham a Cleveland?"

"Certamente" — respondeu ele com desdém. — "Vim a Devonshire exclusivamente com esse intento."

"Pois então" — disse a esposa, "viram? O senhor Palmer as aguarda; — agora não podem mais se recusar."

Ambas declinaram do convite, ávidas e resolutas.

"Mas vocês precisam mesmo vir. Tenho certeza de que haverão de gostar de tudo. — Os Weston estarão conosco e será delicioso. Não imaginam como Cleveland é adorável; e agora estamos muito contentes, pois o senhor Palmer fica o tempo todo percorrendo a região em campanha para a eleição; e tanta gente que eu nunca vi na vida vem jantar conosco, é uma maravilha! Mas coitado! É muito cansativo ter de obrigar as pessoas a gostarem dele."

Elinor mal conseguiu disfarçar sua expressão ao concordar que era mesmo uma missão inglória.

"Mas imagine que maravilha será", disse Charlotte, "quando ele estiver no Parlamento! — Que tal? Vou dar muita risada! Será hilário ver todas as cartas chegarem para ele com o M. P., de membro do parlamento. — Mas sabe o que ele disse? Que não vai me escrever nunca com o timbre de porte franco![1] Ele já disse que não vai. Não é, senhor Palmer?"

O sr. Palmer ignorou a esposa.

"Ele não suporta escrever, sabe?", ela continuou — "diz que fica perturbado."

"Não"; ele corrigiu, "eu nunca disse nada tão irracional. Não distorça minhas palavras com seus ultrajes à língua."

"Pois aí está; vejam como ele é engraçado. É sempre assim! Às vezes ficamos metade do dia sozinhos, eu e ele, sem que me diga uma palavra, e aí ele se sai com algum desses rompantes — por qualquer bobagem."

Elinor ficou surpresa quando, ao voltarem para a sala, ela lhe perguntou se também não havia gostado demais do sr. Palmer.

"Certamente"; disse Elinor, "ele me parece bastante cordato."

"Bem — fico contente que tenha gostado dele. Achei mesmo que seria assim, ele é muito agradável; e o senhor Palmer também gostou demais de você e de suas irmãs, isso eu lhe garanto, e não imagina como ele ficará desapontado se não forem a Cleveland. — Não consigo imaginar que motivos teriam para recusar."

Elinor viu-se outra vez obrigada a declinar do convite; e, mudando de assunto, deu um basta em tanta insistência. Pensou que, como viviam no mesmo condado, a sra. Palmer podia lhe oferecer mais detalhes sobre o caráter de Willoughby do que conseguiria apurar dos Middleton, tão parciais em favor do rapaz; e estava ávida por receber, de qualquer um, alguma confirmação dos méritos dele que afastassem de vez qualquer possibilidade de risco para Marianne. Começou perguntando se eles encontravam amiúde o sr. Willoughby em Cleveland e se o conheciam intimamente.

"Ah, querida, sim; conheço-o muitíssimo bem", respondeu a sra. Palmer — "Não que já tenha falado com ele de fato; mas o vejo sempre em Londres. Por algum motivo nunca estive em Barton quando ele está em Allenham. Mamãe esteve aqui com ele uma vez; — mas eu estava com meu tio em Weymouth. Ouso dizer que teríamos inúmeras ocasiões de vê-lo em Somersetshire, mas infelizmente nunca aconteceu de estarmos na região na mesma época. Creio que raramente ele se demora em Combe: mas, mesmo que ficasse mais tempo, não creio que o senhor Palmer fosse visitá-lo, pois ele é da oposição, você sabe, e além disso não fica assim tão perto. Sei bem por que você pergunta; sua irmã vai se casar com ele. Estou contentíssima, pois nesse caso ela será minha vizinha."

"Juro", respondeu Elinor, "que você parece saber mais desse assunto do que eu, se é que existe mesmo algum motivo para esperar tal casamento."

"Não tente disfarçar, pois você sabe que é o que todos estão falando. Pelo menos me disseram isso a caminho da capital."

"Minha cara senhora Palmer!"

"Palavra de honra, foi o que ouvi. — Encontrei o coronel Brandon na segunda-feira pela manhã na Bond-street, pouco antes de partirmos de Londres, e ele mesmo me disse."

"Isso para mim é uma grande surpresa. O coronel Brandon lhe disse isso! Seguramente a senhora está enganada. Dizer tal coisa a alguém que não teria nenhum interesse no caso, mesmo que fosse verdade, não é o que eu esperaria do coronel Brandon."

"Pois eu garanto que foi o que aconteceu. Quando o encontramos, ele deu meia-volta e foi caminhando conosco; e então começamos a falar de meu cunhado e minha irmã, e uma coisa puxa outra, e eu disse a ele: 'Pois então, coronel, ouvi dizer que há uma nova família no chalé de Barton, e minha mãe me escreveu contando que são muito bonitas, e que uma delas se casará com o senhor Willoughby de Combe Magna. Diga-me, é verdade? Pois decerto o senhor há de saber, já que esteve em Devonshire recentemente'."

"E o que o coronel disse?"

"Ah! — Não disse muita coisa; mas me olhou como se soubesse que era verdade, de modo que desde então tenho isso para mim como certo. E certamente será maravilhoso! Já marcaram a data?"

"E o senhor Brandon estava bem, eu presumo."

"Ah! Sim, muito bem; e cheio de elogios para você, só disse coisas boas a seu respeito."

"Muito me lisonjeiam as recomendações dele. Ele me parece um homem excelente; e, para mim, excepcionalmente agradável."

"Para mim, também. — Um homem muito encantador, e é uma pena mesmo que ele seja tão grave e enfadonho. Mamãe contou que ele também estava apaixonado por sua irmã. — Garanto que seria um grande elogio para ela caso estivesse, pois ele dificilmente se apaixona por alguém."

"O senhor Willoughby é muito conhecido na região de Somersetshire?", perguntou Elinor.

"Ah, sim, conhecidíssimo; quer dizer, não creio que muita gente o conheça, porque Combe Magna fica muito longe; mas todos o acham extremamente simpático, isso eu garanto. Ninguém é mais querido que o senhor Willoughby aonde quer que vá, e isso você pode contar para sua irmã. Ela teve uma sorte incrível de conquistá-lo, dou minha palavra; não que ele também não tenha tido sorte muito maior de conquistá-la, pois ela é tão linda e simpática que merece o que houver de melhor. Mas dificilmente eu diria que ela é mais linda que você, isso eu garanto; pois acho vocês duas belíssimas, assim como o senhor Palmer, garanto, embora não tenhamos conseguido fazê-lo admitir ontem à noite."

A informação da sra. Palmer sobre Willoughby não era muito sólida; mas qualquer testemunho a favor dele, por menor que fosse, era agradável para ela.

"Fico muito contente que tenhamos enfim nos conhecido", continuou Charlotte. — "E agora espero que sejamos para sempre grandes amigas. Não imagina quanto queria conhecê-las! É tão maravilhoso que vocês estejam morando no chalé! Não há nada igual, tenho certeza! E estou tão contente que sua irmã vai casar bem! Espero vê-las bastante em Combe Magna. Todos dizem que é um lugar adorável."

"Você conhece o coronel Brandon há muito tempo, não?"

"Sim, há muito tempo; desde que minha irmã se casou. — Ele era amigo pessoal de sir John. Creio", acrescentou em voz baixa, "que ele teria sido muito feliz comigo, se pudesse. Sir John e lady Middleton queriam muito. Porém mamãe achou que não seria um bom partido para mim, de outro modo sir John teria conversado com o coronel e teríamos nos casado imediatamente."

"O coronel Brandon não sabia que sir John faria a proposta para sua mãe? Ele mesmo nunca chegou a lhe confessar o que sentia?"

"Ah, não; mas, se mamãe não tivesse objeções, ouso dizer que eu teria gostado mais do que tudo. Na época, ele só tinha me visto duas vezes, pois eu estava na escola. Mas sou bem mais feliz assim. O senhor Palmer é o tipo de homem que eu gosto."

XXI

Os Palmer voltaram a Cleveland no dia seguinte, e as duas famílias de Barton novamente puderam se entreter sozinhas. Mas isso não durou muito; Elinor mal havia tirado as últimas visitas da cabeça, mal havia deixado de se intrigar com o fato de Charlotte ser tão feliz sem motivos, com a capacidade do sr. Palmer de ser tão direto, e com a estranha incompatibilidade que muitas vezes existe entre marido e mulher, quando o ativo ardor de sir John e da sra. Jennings pela causa social arranjou-lhe novas conhecidas para ver e observar.

Em uma excursão matinal até Exeter, eles haviam encontrado duas jovens damas que a sra. Jennings teve a satisfação de vir a descobrir serem suas parentes, e isso havia sido o bastante para sir John convidá-las a visitá-los em sua casa, assim que seus atuais compromissos em Exeter terminassem. Os tais compromissos em Exeter logo foram deixados de lado diante de tal convite, e lady Middleton ficou deveras aturdida quando do retorno de sir John, ao saber que muito em breve receberia a visita de duas moças que nunca tinha visto na vida e de cuja elegância, — até mesmo de uma razoável polidez, ela não tinha prova alguma; pois as garantias do marido e da mãe sobre o assunto eram o mesmo que nada. O fato de serem parentes tornava tudo ainda pior; e as tentativas da sra. Jennings de consolá-la foram infelizes, quando aconselhou a filha a não se preocupar com a elegância delas; pois eram primas[1] e deviam tolerar umas às outras. Como não era mais possível impedir que chegassem, lady Middleton resignou-se com a ideia, com todo o brio filosófico de uma mulher bem educada, contentando-se apenas em fazer reprimendas ao marido sobre o assunto cinco ou seis vezes por dia.

As jovens damas chegaram, e sua aparência não era de modo algum deselegante ou desmazelada. Suas roupas eram muito finas, seus modos muito corteses, ficaram encantadas com a casa e enlevadas com a mobília, mostraram-se tão apaixonadas pelas crianças que a opinião de lady Middleton já estava formada a seu favor menos de uma hora depois de chegarem a Barton Park. Declarou que eram de fato moças muito simpáticas, o que para ela equivalia à admiração mais entusiasmada. A segurança de sir John no próprio julgamento cresceu com esse elogio animado, e ele foi logo ao chalé contar às srtas. Dashwood sobre a chegada das srtas. Steele, garantindo que eram as moças mais doces do mundo. De tal recomendação, contudo, não havia muito o que depreender; Elinor sabia muito bem que as moças mais doces do mundo podiam ser vistas em qualquer lugar da Inglaterra, sob todas as possíveis variações de forma, rosto, temperamento e juízo. — Sir John queria que a família toda fosse caminhando até sua casa e conhecesse as visitas. Benevolente filantropo! Doía-lhe guardar para si até mesmo as primas distantes.

"Venham comigo", ele disse — "eu lhes peço — vocês precisam vir — estou dizendo, devem vir agora mesmo. — Vocês não imaginam como gostarão delas. Lucy é lindíssima, e tão bem-humorada e simpática! As crianças não saem do colo dela, como se fosse uma velha conhecida. E as duas gostariam de conhecê-las mais do que qualquer outra coisa, pois ouviram falar em Exeter que são as criaturas mais lindas do mundo; e eu disse a elas que é tudo verdade, e muito mais. Adorarão conhecê-las, tenho certeza. Elas trouxeram a carruagem cheia de brinquedos para as crianças. Como podem fazer a desfeita de não vir? Pois elas são suas primas, vocês sabem, de certa forma. Vocês são minhas primas, e elas são primas da minha esposa, de modo que vocês também devem ser parentes."

Mas sir John não conseguiu persuadi-las. Obteve apenas uma promessa de que iriam dali a um ou dois dias, e foi embora, espantado com tamanha indiferença, caminhando para casa, a fim de se gabar novamente das srtas. Dashwood para as srtas. Steele, como já fizera destas para aquelas.

Quando ocorreu a prometida visita e a conseguinte apresentação das jovens damas, elas só viram na mais velha, de quase trinta anos, um rosto bastante comum e de aparência não muito inteligente, nada de admirável; porém, na outra, que não tinha mais de vinte e dois, vinte e três anos, reconheceram uma beleza considerável; seus traços eram belos e seus olhos eram agudos e acesos, e tinha um ar de desenvoltura que, embora não denotasse propriamente elegância ou graça, conferia-lhe distinção à figura. — Seus modos eram especialmente corteses, e Elinor logo admitiu que elas tinham algum tipo de bom senso ao ver com que cuidados constantes e conscienciosos elas se tornaram simpáticas a lady Middleton. Com as crianças, estavam sempre embevecidas, exaltando-lhes a beleza, cortejando sua atenção, concedendo a todos os seus caprichos; e todo o tempo que puderam passar a salvo das exigências inoportunas que tal polidez obrigava, passaram admirando qualquer coisa que a senhora estivesse fazendo, acaso ela tivesse algo para fazer, ou tirando moldes de algum novo vestido elegante, que no dia anterior ela usara e lhes propiciara um prazer incessante. Felizmente para quem corteja explorando essas fraquezas, uma mãe zelosa, embora ávida por elogios a suas crianças, as mais predatórias das criaturas, é ao mesmo tempo sempre a mais crédula; suas exigências são exorbitantes; mas ela acreditará em qualquer coisa; e assim o afeto e a tolerância excessivos das srtas. Steele para com seus filhos foram vistos por lady Middleton sem surpresa ou desconfiança. Viu com complacência de mãe todas as intrusões impertinentes e os truques perversos a que as primas se submeteram. Viu suas faixas serem soltas, seus cabelos serem puxados, suas sacolas serem reviradas e suas facas e tesouras serem levadas embora, e sentiu sem dúvida se tratar de um prazer recíproco. A única surpresa era Elinor e Marianne ficarem sentadas tão compostas, sem reivindicar nenhuma participação no que se passava.

"John acordou bem-humorado hoje!", ela disse, quando ele tirou o lenço do bolso da srta. Steele e jogou pela janela. — "Cheio de macaquices."

Pouco depois disso, quando o segundo menino beliscou violentamente os dedos da mesma dama, ela carinhosamente comentou: "Como William é brincalhão!".

"E aqui está minha linda Annamaria", ela acrescentou, terna, acarinhando a garotinha de três anos, que não tinha emitido nenhum som nos últimos dois minutos; "ela é sempre tão educada e tranquila — nunca vi uma coisinha tão quietinha!"

Mas infelizmente, quando dava esses abraços, um alfinete do vestido da mãe arranhou de leve o pescoço da menina, e o resultado da gentileza foram gritos violentos, difíceis de superar por qualquer outra criatura notoriamente ruidosa. A consternação da mãe foi excessiva; mas não a ponto de sobrepujar o alarde das srtas. Steele, e as três se dispuseram a tudo, diante da grave emergência, que o afeto pudesse sugerir para aliviar a agonia da pequena sofredora. Ela ficou no colo da mãe, sendo coberta de beijos, e uma das srtas. Steele limpou o ferimento com água de lavanda, ajoelhando-se para atendê-

-la, enquanto sua boca era preenchida com doces pela outra moça. Com tais recompensas por suas lágrimas, a criança se mostrou esperta demais para parar de chorar. Continuou gritando e soluçando avidamente, chutou os dois irmãos, que tentaram tocá-la, e todos os consolos foram ineficazes, até que lady Middleton, por sorte, se lembrou de que durante uma cena similar, na semana anterior, um pouco de geleia de damasco fizera efeito no caso de uma batida na cabeça, e o mesmo remédio foi logo recomendado para aquele arranhão infeliz, e uma branda interrupção dos gritos da pequena dama à menção da geleia deu-lhes esperança de que ela não recusaria. — Ela foi então levada para fora da sala no colo da mãe, em busca do medicamento, e como os dois meninos foram atrás, ainda que a mãe deixasse claro que não deviam ir, as quatro jovens damas foram deixadas a sós em silêncio, o que não se conhecia naquela sala havia muitas horas.

"Pobre criaturinha!", disse a srta. Steele, assim que elas saíram da sala. "Poderia ter sido um acidente muito triste."

"Embora eu não veja como", exclamou Marianne, "a não ser que sob circunstâncias totalmente diferentes. Mas essa é a forma mais comum de exagerar as preocupações, quando na realidade não existe nada com que se preocupar."

"Que mulher meiga é lady Middleton!", disse Lucy Steele.

Marianne ficou calada; era impossível para ela dizer o que não sentia, por mais trivial que fosse a ocasião; e, como sempre, coube a Elinor a tarefa de dizer as mentiras que a educação exigia. Ela fez o melhor que podia, falando de lady Middleton com mais ardor do que sentia, embora com muito menos do que a srta. Lucy.

"E também sir John", exclamou a mais velha, "que homem encantador!"

Aqui também, o elogio da srta. Dashwood, ainda que apenas simples e justo, veio sem qualquer *éclat*.[2] Ela se limitou a comentar que ele era perfeitamente bem-humorado e amigável.

"E que família encantadora eles têm! Nunca vi crianças tão lindas na minha vida. Confesso que já as estou mimando, e de fato gosto tanto delas que acabo me distraindo de tudo."

"É o que eu diria", afirmou Elinor com um sorriso, "depois do que testemunhei esta manhã."

"Noto", disse Lucy, "que você acha os pequenos Middleton mimados demais; talvez eles sejam, mais do que seria razoável; mas me parece algo tão natural em lady Middleton; e quanto a mim, adoro ver crianças cheias de vida e de humor; não suporto crianças comportadas e silenciosas."

"Confesso", respondeu Elinor, "que, sempre que estou em Barton Park não consigo pensar que crianças comportadas e silenciosas seriam indesejáveis."

Uma breve pausa seguiu-se a essa fala, interrompida pela srta. Steele, que parecia muito disposta a conversar e disse um tanto abruptamente: "E o que você achou de Devonshire, senhorita Dashwood? Imagino que tenha sido muito triste deixar Sussex".

Com alguma surpresa diante da familiaridade da pergunta ou pelo menos com o modo como foi feita, Elinor concordou.

"Norland é um lugar prodigiosamente belo, não é mesmo?", acrescentou a srta. Steele.

"Ouvimos sir John dizer que admirava muitíssimo o lugar", disse Lucy, que parecia achar necessário algum tipo de desculpa pelas liberdades da irmã.

"Creio que todos deviam admirar Norland", respondeu Elinor, "quem quer que tenha conhecido o lugar; embora não se deva supor que exista alguém que soubesse apreciar melhor as belezas de lá do que nós."

"E você tinha bons pretendentes por lá? Imagino que nesta parte do mundo não haja tantos; quanto a mim, creio que são sempre um ótimo atrativo adicional."

"Mas por que você pensaria", disse Lucy, parecendo envergonhada pela irmã, "que não existem tantos rapazes bons em Devonshire quanto em Sussex?"

"Não, minha cara, certamente não quero dizer que não existam. Estou certa de que há muitos bons pretendentes em Exeter; mas, você sabe, como eu poderia saber se há bons pretendentes em Norland?; só receava que as senhoritas Dashwood pudessem achar maçante a vida em Barton, caso não houvesse tantos rapazes quanto elas estavam acostumadas. Mas talvez vocês, jovens damas, não se importem com rapazes e passem bem com ou sem eles. Quanto a mim, acho que belos rapazes são imensamente bem-vindos, desde que se vistam bem e se comportem de acordo. Mas não suporto vê-los sujos ou indecentes. Agora mesmo o senhor Rose em Exeter, um rapaz prodigiosamente elegante, muito bonito, funcionário do senhor Simpson, você sabe; se o encontrasse pela manhã, ele nunca estava apresentável. — Imagino, senhorita Dashwood, que seu irmão fosse muito bonito, além de rico, antes de casar, não?"

"Dou-lhe minha palavra", respondeu Elinor, "de que não saberia dizer, pois não compreendo perfeitamente o significado dessa palavra. Mas posso dizer que, se ele era bonito antes de casar, ainda é, pois não mudou nada."

"Ah, querida! Não se diz que um homem casado é bonito — eles estão ocupados com outras coisas."

"Deus! Anne", exclamou a irmã, "você só sabe falar de rapazes; — assim a senhorita Dashwood vai pensar que você não pensa em outra coisa." E então, para mudar de assunto, começou a admirar a casa e os móveis.

Tal amostra das srtas. Steele foi mais do que suficiente. As liberdades e as tolices vulgares da mais velha não a recomendavam, e, como Elinor não se deixara cegar pela beleza ou pelo olhar arguto da mais nova, pela sua falta de elegância e naturalidade, despediu-se delas sem nenhuma vontade de conhecê-las melhor.

Não foi o caso das srtas. Steele. — Elas tinham chegado de Exeter, providas de admiração por sir John Middleton, pela família dele e por todos os seus parentes, e não haveriam de implicar com nenhuma mesquinharia da parte de suas primas, que haviam declarado serem as moças mais bonitas, elegantes, prendadas e simpáticas que já tinham visto, e a quem estavam especialmente ansiosas para conhecer melhor. — E conhecê-las melhor, portanto, Elinor logo descobriu que era seu destino inevitável, pois como sir John estava inteiramente do lado das srtas. Steele, seu partido seria forte demais para fazerem oposição, e deveriam se submeter àquele tipo de intimidade, que consistia em ficar juntas por uma ou duas horas, sentadas na mesma sala, quase todos os dias. Era isso que sir John podia fazer; mas não sabia que seria preciso muito mais; estar no mesmo ambiente, na opinião dele, era ser íntimo, e como seus muitos planos de reuni-las foram eficazes ele não tinha nenhuma dúvida de que elas já haviam estabelecido uma amizade definitiva.

De sua parte, é justo admitir, ele fez tudo o que estava em seu poder para promover a sinceridade sem reservas entre elas, familiarizando as srtas. Steele com qualquer coisa que soubesse ou supusesse a respeito da situação das primas nos mais delicados detalhes — e Elinor não as havia visto mais do que duas vezes, quando a mais velha lhe deu parabéns pela irmã ter tido a sorte de conquistar um pretendente tão elegante depois de se mudar para Barton.

"Será muito bom que ela se case tão moça, sem dúvida", disse, "e ouvi dizer que ele é um bom partido e prodigiosamente lindo. Espero que você também tenha a mesma boa sorte muito em breve — mas talvez já tenha uma amizade discreta em algum canto."

Elinor não tinha motivos para supor que sir John seria mais gentil ao revelar suas suspeitas dos sentimentos dela por Edward do que havia sido com relação a Marianne; na verdade, dos dois casos, o dela se tornara seu gracejo favorito, pois era um tanto mais recente e mais conjectural; e, desde a visita de Edward, não havia jantar em que ele não brindasse aos sentimentos dela cheio de piscadelas e insinuações, de modo a chamar a atenção de todos. A letra F invariavelmente também era trazida à baila, produzindo incontáveis gracejos, pois, segundo ele, havia muito tempo que Elinor a considerava a letra mais bonita do alfabeto.

As srtas. Steele, como ela esperava, entenderam perfeitamente essas piadas, que na mais velha despertaram uma curiosidade de saber o nome do cavalheiro a que aludiam que, embora muitas vezes expressa de modo impertinente, casava perfeitamente com seu pendor inquisitivo quanto aos assuntos de família. Mas sir John não espicaçou muito mais a curiosidade que se deliciara em despertar, pois sentiu ao menos o mesmo prazer em revelar o nome quanto a srta. Steele ao ouvi-lo.

"O nome dele é Ferrars", ele disse, num sussurro bastante audível; "mas lhe peço que não repita a ninguém, pois é um grande segredo."

"Ferrars!", repetiu a srta. Steele; "o senhor Ferrars então é o felizardo? Ora! O irmão de sua cunhada, senhorita Dashwood? Um rapaz muito simpático, sem dúvida, eu o conheço muito bem."

"Como você pode dizer isso, Anne?", exclamou Lucy, que costumava pôr reparo em toda assertiva da irmã. "Embora o tenhamos visto uma ou duas vezes na casa de meu tio, é certo exagero dizer que o conhecemos muito bem."

Elinor escutou tudo com atenção e surpresa. "E quem era esse tio? Onde ele mora? Como se conheceram?" Ela desejou intensamente que o assunto continuasse, embora preferisse não participar; nada mais, porém, foi dito a respeito, e pela primeira vez na vida ela considerou a sra. Jennings desprovida de curiosidade por informações comezinhas ou de disposição em comunicá-las. O modo como a srta. Steele havia se referido a Edward aumentou sua curiosidade; pois sentira nela certa má vontade, que sugeria a suspeita de que ela sabia, ou fingia saber, alguma coisa desabonadora a respeito dele. — Porém sua curiosidade foi infrutífera, pois nenhum outro comentário seria feito sobre o sr. Ferrars pela srta. Steele, depois que seu nome foi aludido, ou mesmo quando abertamente mencionado por sir John.

XXII

Marianne, que nunca teve muita tolerância para nada semelhante a impertinência, vulgaridade, inferioridade ou mesmo diferenças de gosto, dessa vez ficou especialmente indisposta em seu humor para se satisfazer com a companhia das srtas. Steele ou para estimular seus avanços; e, à invariável frieza de sua atitude, que comprometia toda tentativa de intimidade da parte delas, Elinor atribuiu a preferência por ela, que logo se tornou evidente nos modos de ambas, mas em especial de Lucy, que não perdia uma oportunidade de puxar assunto ou de tentar melhorar a relação comunicando de maneira espontânea e sincera seus sentimentos.

Lucy era naturalmente astuta; seus comentários eram muitas vezes justos e interessantes; e, como companhia para meia hora, Elinor quase sempre a considerava agradável; mas seu talento não recebera auxílio da educação, ela era ignorante e iletrada, e a defasagem de desenvolvimento intelectual, sua falta de informação sobre os fatos mais comuns, não passaram despercebidos à srta. Dashwood, apesar de suas constantes tentativas de aparentar estar em vantagem. Elinor via isso e tinha pena dela por sua negligência em relação a aptidões que a educação poderia ter tornado tão respeitáveis; mas via, com menos ternura de sentimentos, a completa falta de delicadeza, de retidão, e de coerência que seus cuidados, sua solicitude e sua lisonja em Barton Park traíam; e não conseguiu satisfação duradoura na companhia de uma pessoa que aliava a falta de sinceridade à ignorância; cuja falta de instrução evitava que em seus encontros conversassem em pé de igualdade, e cuja conduta para com os outros tornava toda demonstração de atenção e deferência para com ela inteiramente sem valor.

"Você há de achar estranha a minha pergunta", disse-lhe Lucy um dia, quando caminhavam juntas da residência principal ao chalé — "mas, diga-me, você conhece pessoalmente a mãe de sua cunhada, a senhora Ferrars?"

Elinor de fato achou a pergunta muito estranha, e sua expressão deixou isso evidente, ao responder que não, nunca tinha visto a sra. Ferrars.

"Jura?", respondeu Lucy; "estranhei pois achava que você podia tê-la visto algumas vezes em Norland. Então talvez não possa me dizer que tipo de mulher ela é."

"Não", retrucou Elinor, cautelosa para não dar sua verdadeira opinião sobre a mãe de Edward e não muito desejosa de satisfazer o que lhe pareceu ser uma curiosidade impertinente — "Não sei nada sobre ela."

"Com certeza você acha estranho que eu pergunte sobre ela dessa forma"; disse Lucy, olhando atentamente para Elinor ao falar; "mas talvez eu tenha meus motivos — quem dera pudesse especular; mas espero que me faça justiça e não creia que tive intenção de ser impertinente."

Elinor deu-lhe uma resposta cortês, e caminharam mais alguns minutos sem falar nada. O silêncio foi rompido por Lucy, que retomou o assunto ao dizer com alguma hesitação:

"Não suporto a ideia de você considerar minha curiosidade impertinente. Garanto que preferiria qualquer coisa no mundo a ser vista assim por alguém cuja boa opinião eu prezo tanto. E com certeza não devo ter o menor receio de confiar em você; na verdade, eu devia era ficar muito contente em ouvir seus conselhos sobre como lidar com essa situação tão incômoda em que estou; mas não é o caso de perturbá-la com isso. Lamento que a senhorita não conheça a senhora Ferrars."

"Lamento não conhecê-la", disse Elinor com grande espanto, "se é que a minha opinião sobre ela de fato pode lhe ser de alguma valia. Mas, realmente, nunca soube que você tinha relação com essa família, e portanto estou um pouco surpresa, admito, com essas perguntas tão graves sobre o caráter dela."

"Vejo que a senhorita está mesmo, garanto que não duvido disso. Mas, se eu me aventurasse a lhe contar todo o caso, a senhorita não se espantaria tanto. A senhora Ferrars não é nada minha no momento, — mas pode ser que um dia — a depender apenas dela — venhamos a ser bastante íntimas."

Ela baixou os olhos ao dizer isso, amavelmente acanhada, olhando apenas de relance para sua companhia para observar o efeito de suas palavras.

"Céus!", exclamou Elinor. "O que quer dizer com isso? Conhece o senhor Robert Ferrars? Será possível?" E não gostou muito da ideia de tê-la como cunhada.

"Não"; respondeu Lucy, "não o senhor Robert Ferrars — nunca o vi na vida; mas", cravando os olhos em Elinor, "o irmão mais velho dele."

O que Elinor sentiu naquele momento? Talvez perplexidade, o que teria sido tão doloroso quanto intenso, não fosse a imediata descrença que se seguiu à assertiva. Virou-se para Lucy, em silencioso espanto, incapaz de adivinhar os motivos ou o objetivo de tal declaração, e, embora pálida, permaneceu firme em sua incredulidade e não sentiu nenhum risco de ataque histérico ou desmaio.

"Você deve estar surpresa", continuou Lucy; "pois seguramente não teria como saber disso antes; aposto que ele nunca fez a menor alusão a isso para a senhorita ou sua família; pois isso sempre precisou ser um grande segredo, e, da minha parte, tenho certeza de que foi fielmente mantido até agora. Alma nenhuma entre todos os meus parentes sabe disso além de Anne, e eu não teria jamais mencionado à senhorita, se não tivesse sentido a maior confiança do mundo em sua discrição; realmente acredito que minha atitude ao fazer tantas perguntas sobre a senhora Ferrars deva lhe parecer tão insólita que exige explicação. E não creio que vá desagradar ao senhor Ferrars saber que confiei em você, pois sei que ele tem a senhorita e toda a sua família na mais alta conta, e considera você e as demais senhoritas Dashwood irmãs." — Ela fez uma pausa.

Elinor continuou calada por mais alguns momentos. Seu espanto com o que ouviu a princípio foi grande demais para expressar em palavras; mas aos poucos, obrigando-se a falar, e a falar com cautela, ela perguntou com modos muito tranquilos, que razoavelmente disfarçaram sua surpresa e inquietação: "Posso saber se seu compromisso com ele é antigo?".

"Estamos noivos há quatro anos."

"Quatro anos!"

"Sim."

Elinor, ainda que imensamente chocada, ainda se sentia incapaz de acreditar.

"Eu não sabia", ela disse, "nem que vocês se conheciam até outro dia."

"Nós nos conhecemos, a bem dizer, já há muitos anos. Ele viveu sob os cuidados de meu tio, você sabe, durante um período considerável."

"Seu tio?"

"Sim; o senhor Pratt. Você já deve ter ouvido falar do senhor Pratt, não?"

"Creio que sim", respondeu Elinor, com esforço cada vez maior, conforme aumentava sua emoção.

"Ele ficou quatro anos com meu tio, que mora em Longstaple, perto de Plymouth. Foi lá que nos conhecemos, pois minha irmã e eu passávamos temporadas com meu tio, e foi lá que nosso compromisso se firmou, quando ele já não era mais seu aluno havia um ano; mas estava quase sempre conosco, mesmo depois. Como você pode imaginar, eu não queria começar nada sem o conhecimento e a aprovação da mãe dele; mas eu era jovem demais e o amava demais para ser tão prudente como deveria ter sido. — Embora não o conheça tão bem quanto eu, senhorita Dashwood, você há de tê-lo visto o bastante para perceber que é bem capaz de fazer uma mulher se apaixonar de todo o coração."

"Certamente", respondeu Elinor, sem saber o que dizia; mas, após um momento de reflexão, acrescentou, com reavivada segurança da honra e do amor de Edward e da falsidade de sua interlocutora — "Noiva do senhor Edward Ferrars! — confesso que estou tão surpresa com isso que você me diz que realmente — a senhorita há de me perdoar; mas deve haver algum equívoco entre a pessoa e o nome. Não podemos estar falando do mesmo senhor Ferrars."

"Só podemos estar falando da mesma pessoa", exclamou Lucy sorrindo. "O senhor Edward Ferrars, filho mais velho da senhora Ferrars de Park-street, e irmão de sua cunhada, a senhora John Dashwood, é a pessoa a quem me refiro; você deve convir que é improvável que eu esteja enganada quanto ao nome do homem de quem toda a minha felicidade depende."

"É estranho", respondeu Elinor com a mais dolorosa perplexidade, "que eu nunca o tenha ouvido mencionar seu nome."

"Não; considerando nossa situação, não é estranho. Nossa principal preocupação sempre foi manter segredo. Você nada sabia sobre mim ou minha família, e portanto não poderia haver ocasião para ele mencionar meu nome à senhorita, e ele sempre receou especialmente que a irmã dele desconfiasse de alguma coisa, isso foi motivo o bastante para não tocar no meu nome."

Ela se calou. — A confiança de Elinor definhou; mas seu autocontrole não.

"Noivos há quatro anos", ela disse com a voz firme.

"Sim; e só Deus sabe quanto tempo ainda teremos de esperar. Pobre Edward! Isso o deixa muito perturbado." Então, retirando um pequeno retrato do bolso, ela acrescentou: "Para evitar qualquer possibilidade de equívoco, tenha a bondade de olhar para este rosto. Certamente o retrato não lhe faz justiça, mas não creio que você se engane quanto à pessoa retratada. — Guardo comigo este retrato há três anos".

Ela colocou-o em suas mãos enquanto falava, e quando Elinor viu a pintura, ainda que pudesse considerar que tinha sido uma decisão precipitada e que desejasse detectar alguma falsidade nela, não havia dúvidas de que se tratava do rosto de Edward. Devolveu o retrato imediatamente, admitindo a semelhança.

"Jamais tive ocasião", continuou Lucy, "de dar a ele o meu em troca, o que me deixa muito contrariada, pois ele sempre se mostrou ansioso por um retrato meu! Mas estou decidida a presenteá-lo na primeira oportunidade."

"Você está em seu direito", respondeu Elinor calmamente. Então deram alguns passos em silêncio. Lucy falou primeiro.

"Tenho certeza", disse, "não tenho dúvidas de que você manterá fielmente esse segredo, pois há de entender a importância que tem para nós não deixar que a mãe dele saiba; pois ela jamais aprovaria, creio. Não sou rica, e imagino que a mãe dele seja uma mulher excessivamente orgulhosa."

"Certamente não fui eu quem procurou sua confiança", disse Elinor; "mas você tem toda a razão em supor que pode confiar em mim. Seu segredo está a salvo comigo; mas perdoe-me se expresso alguma surpresa diante de revelações tão gratuitas. Você há de convir que o fato de eu ficar sabendo só coloca em risco a segurança do segredo."

Quando disse isso, ela olhou seriamente para Lucy, esperando descobrir algo em sua expressão; talvez a falsidade da maior parte do que vinha dizendo; mas o semblante de Lucy não se alterou.

"Tive medo de que você pensasse que eu estava tomando uma grande liberdade", ela disse, "ao lhe contar tudo isso. Decerto não a conheço há muito tempo, ao menos não pessoalmente, mas por descrições conheço muito bem a senhorita e sua família; e assim que a vi senti quase como se fôssemos velhas conhecidas. Além disso, neste caso, realmente achei que devia alguma explicação depois das perguntas detalhadas que lhe fiz sobre a mãe de Edward; e, infelizmente, não tenho ninguém mais a quem perguntar. Anne é a única outra pessoa que sabe, e ela não tem nenhuma opinião sobre nada; na verdade, ela me faz muito mais mal do que bem, pois estou sempre receosa de que vá me trair. Ela não sabe manter a boca fechada, como você deve ter percebido, e passei seguramente o maior medo do mundo, quando, outro dia, o nome de Edward foi mencionado por sir John, de que ela fosse contar tudo. Você não imagina como isso me preocupa. Não sei como ainda estou viva depois de tudo o que sofri por Edward nesses últimos quatro anos. Todo esse suspense e essa incerteza; vendo-o tão raramente — mal nos encontramos duas vezes por ano. Não sei como meu coração ainda não está partido."

Ela tirou o lenço; mas Elinor não demonstrou muita compaixão.

"Às vezes", continuou Lucy, depois de enxugar as lágrimas, "penso se não seria melhor, para nós dois, romper o noivado de uma vez." Ao dizer tais palavras, ela olhava diretamente para Elinor. "Mas às vezes sinto que me falta determinação. — Não suporto a ideia de fazê-lo infeliz, como sei que a mera menção de uma coisa dessas faria com ele. E também eu mesma — sentindo o que sinto por ele — não sei se poderia suportar. O que você me aconselharia a fazer neste caso, senhorita Dashwood? O que a senhorita faria?"

"Perdão", respondeu Elinor, espantada com a pergunta; "mas não posso lhe dar nenhum conselho em tais circunstâncias. Você deve julgar por si mesma."

"Seguramente", continuou Lucy, após alguns minutos de silêncio de ambas, "sua mãe deve, mais dia, menos dia, arranjar alguém para ele; mas o pobre Edward está tão abatido com isso! Você não o achou terrivelmente desanimado quando esteve em Barton? Estava tão infeliz quando nos deixou em Longstaple, para visitá-las, que receei que vocês fossem pensar que estava muito doente."

"Ele veio da casa de seu tio então, quando veio nos visitar?"

"Ah, sim; ele havia passado duas semanas conosco. Você pensava que ele tinha vindo da capital?"

"Não", respondeu Elinor, mais emotivamente sensível a cada nova circunstância favorável à veracidade das palavras de Lucy; "lembro que ele comentou conosco que estivera duas semanas com alguns amigos perto de Plymouth." Ela também se lembrou, para sua total surpresa na ocasião, de que ele não mencionara nada mais acerca desses amigos e de seu completo silêncio quanto a seus nomes.

"Ele não lhes pareceu tristemente abatido?", repetiu Lucy.

"Pareceu, de fato, especialmente na chegada."

"Implorei que ele reagisse, com receio de que vocês desconfiassem; mas ele ficou ainda mais melancólico, por não poder ficar mais do que quinze dias conosco, e por me ver tão abalada. — Pobrezinho! — Receio que se passe o mesmo com ele agora; pois ele me escreveu com péssimo ânimo. Recebi notícias dele pouco antes de sairmos de Exeter"; tirando uma carta do bolso e exibindo-a negligentemente para Elinor. "Você conhece a letra dele, imagino, uma caligrafia encantadora; mas não está tão bem escrita quanto de costume. — Ele estava cansado, imagino, pois costuma preencher a folha toda sempre que possível."

Elinor viu que era de fato a letra dele, e já não tinha mais como duvidar. O retrato, permitira-se acreditar, poderia ainda ter sido obtido por acaso; poderia não ser um presente de Edward; mas uma correspondência entre eles, por carta, só existiria no caso de um compromisso efetivo, nada além disso lhes concederia tal permissão; por alguns momentos, ela quase sucumbiu — seu coração afundou dentro do peito, e ela mal conseguiu se manter de pé; mas era necessário reagir, e ela se empenhou de maneira tão decidida contra a opressão de seus sentimentos que logo obteve sucesso; sucesso, por ora, absoluto.

"Escrever um ao outro", disse Lucy, guardando de volta a carta no bolso, "é o único consolo que temos nessas longas separações. Sim, tenho outro consolo, que é o retrato dele; mas o pobre Edward não tem nem isso. Se ao menos tivesse o meu retrato, ele diz que tudo seria mais ameno. Dei-lhe uma mecha do meu cabelo em um anel quando esteve em Longstaple dessa última vez, e isso lhe serviu de consolo, disse-me, mas não se compara a um retrato. Talvez a senhorita tenha notado o anel quando esteve com ele?"

"Notei", disse Elinor, com frieza na voz, sob a qual disfarçava uma emoção e uma aflição além de qualquer coisa que já sentira antes. Estava mortificada, chocada, confusa.

Felizmente para ela, haviam chegado ao chalé, e a conversa não pôde seguir adiante. Depois de se sentar com elas por mais alguns minutos, as srtas. Steele retornaram a Barton Park, e Elinor se viu então livre para pensar e sentir a própria desgraça.

VOLUME II

I

Por menor que fosse a confiança que ela sentia na veracidade das palavras de Lucy, era impossível mediante sérias reflexões suspeitar dela naquele caso em que nenhuma tentação explicaria a loucura de inventar falsidades em tamanho grau de detalhamento. Que Lucy dissera a verdade, portanto, Elinor não podia, não ousava mais duvidar; fundamentada, aliás, em todos os aspectos, por tais probabilidades e provas, e negada apenas por seus próprios desejos em contrário. A oportunidade do aprofundamento da relação deles na casa do sr. Pratt era um alicerce para todo o resto, ao mesmo tempo indiscutível e alarmante; e a visita de Edward à região de Plymouth, seu estado de espírito melancólico, sua insatisfação com as próprias perspectivas, sua atitude incerta para com ela, o conhecimento íntimo que as srtas. Steele tinham de Norland e dos amigos da família, que muitas vezes a surpreendera, o retrato, a carta, o anel, tudo isso compunha um conjunto de provas materiais, que superou seus receios de condená-lo injustamente, e estabeleceu algo que nenhuma parcialidade poderia ignorar: ele agira mal com ela. — O ressentimento com a atitude dele, a indignação por ter sido enganada por um breve tempo fizeram com que sentisse pena de si mesma; mas outras ideias, outras considerações logo entraram em cena. Seria possível que Edward a estivesse iludindo intencionalmente? Fingindo um afeto que não sentia? O noivado com Lucy seria por amor? Não; o que quer que tenha sido um dia, ela não acreditava que ainda fosse. Ele só sentia aquilo por ela. Quanto a isso, não podia estar enganada. A mãe, as irmãs, Fanny, todos se deram conta da preferência dele por ela em Norland; não se tratava de uma ilusão motivada pela vaidade. Decerto ele a amava. Que alívio para o coração ser assim persuadida! Mas esse alívio não haveria de instigá-la ao perdão! A atitude dele havia sido condenável, altamente condenável, ao permanecer em Norland depois de sentir que a influência que ela exercia sobre ele era maior do que deveria. Para isso, ele não tinha desculpa; mas, se a magoara, sua própria mágoa seria muito maior; se ela era digna de pena, ele era um caso perdido. A imprudência dele a fizera se sentir infeliz por algum tempo; mas parecia privá-lo para sempre de qualquer possibilidade de felicidade. Com o tempo, ela poderia retomar a tranquilidade; mas ele, o que ele poderia esperar pela frente? Conseguiria ser razoavelmente feliz com Lucy Steele? Seria capaz, sem levar em conta o que sentia por ela, com sua integridade, sua delicadeza e seu intelecto, de se satisfazer com uma esposa como aquela — iletrada, ardilosa e egoísta?

O arroubo de paixão dos dezenove anos naturalmente o deixou cego a tudo, exceto sua beleza e afabilidade; mas os quatro anos seguintes — anos que, racionalmente vividos, poderiam ter propiciado melhorias ao entendimento mútuo, haviam aberto os olhos dele para os defeitos em sua educação, e o mesmo período de tempo, passado a seu lado em sociedade inferior e de objetivos mais frívolos, talvez tenha roubado dela aquela simplicidade, que talvez um dia pudesse haver conferido um caráter interessante à sua beleza.

Diante da suposição de que ele quisesse se casar com Elinor, as dificuldades impostas pela mãe dele já pareciam grandes, muito maiores haveriam de ser nesse caso, quando o objeto do noivado era indiscutivelmente de classe inferior à sua e provavelmente também inferior em fortuna. Tais dificuldades, com um coração tão indiferente a Lucy, não deviam exigir tanto assim da paciência dele; mas, de fato, a melancolia era o estado de espírito de uma pessoa a quem a expectativa de oposição e má vontade da família poderia ser vista como um alívio!

Enquanto tais considerações lhe ocorriam em dolorosa sucessão, ela chorou por ele, mais do que por si mesma. Apoiada na convicção de não ter feito nada para merecer a atual infelicidade, e consolada pela crença de que Edward tampouco fizera alguma coisa para cair em seu conceito, ela achou que mesmo agora, logo após o impacto do golpe sofrido, seria capaz de se conter a tal ponto que a mãe e as irmãs nem desconfiassem da verdade. E soube tão bem corresponder às próprias expectativas que, quando se juntou a elas no jantar, passadas apenas duas horas desde que sofrera a destruição de suas mais caras esperanças, ninguém haveria de supor, pela aparência das irmãs, que Elinor estivesse lamentando em segredo os obstáculos que deveriam afastá-la para sempre do objeto de seu amor e que Marianne estivesse internamente especulando sobre as perfeições de um homem cujo coração ela achava inteiramente conquistado e que esperava ver em cada carruagem que passava perto de sua casa.

A necessidade de esconder da mãe e de Marianne o que havia sido confiado apenas a ela, embora a obrigasse a um esforço incessante, não chegou a piorar a aflição de Elinor. Pelo contrário, foi um alívio para ela ser poupada da revelação de algo que tanto as afligiria, além de ser preservada de ouvir a condenação de Edward, que provavelmente adviria do excesso de parcialidade da família e que era mais do que ela se sentia capaz de suportar.

Dos conselhos delas, de suas conversas, ela sabia que não poderia receber nenhum auxílio, sua solidariedade e tristeza haveriam de aumentar seu sofrimento, ao passo que seu autocontrole não receberia nem o estímulo de seus exemplos nem de seus elogios. Ela estaria mais forte sozinha, e seu próprio bom senso tão bem a amparou, sua firmeza se mostrou tão inabalável, sua aparência tão invariavelmente alegre, quanto o pesar tão doloroso e recente lhe permitia.

Por mais que tivesse sofrido na primeira conversa com Lucy sobre o assunto, logo ela sentiu um profundo desejo de retomá-la; e por mais de um motivo. Queria ouvir detalhes do noivado outra vez, queria entender com mais clareza o que Lucy realmente sentia por Edward, se havia sinceridade em sua declaração de um terno afeto por ele, e queria especialmente convencê-la, com aquela prontidão em voltar ao tema, e com aquela tranquilidade ao discuti-lo, de que não tinha nenhum tipo de interesse no caso senão como amiga, pois temia que sua agitação involuntária, durante o colóquio matinal, tivesse deixado Lucy um tanto desconfiada. Que Lucy estivesse disposta a sentir ciúmes dela parecia bastante provável; estava claro que Edward havia sempre falado de Elinor em termos altamente elogiosos, não apenas pela atenção que Lucy lhe dedicava, mas também por haver se arriscado a lhe confiar, pouco tempo depois de se conhecerem pessoalmente, um segredo assumida e evidentemente importante. E até mesmo a alusão jocosa de sir John deve haver pesado no caso. Mas, na verdade, enquanto Elinor continuava bem confiante em seu íntimo de ser realmente amada por Edward, não era preciso recorrer às probabilidades para reconhecer que naturalmente Lucy devia sentir ciúmes; e essa própria segurança era uma prova de que estava de fato enciumada. Que outro motivo poderia haver para aquela revelação do caso, senão que Elinor fosse informada do direito adquirido de Lucy sobre Edward e tratasse de evitá-lo no futuro? Ela não teve muita dificuldade para entender essa parte das intenções de sua rival, e embora firmemente decidida a agir com ela segundo todos os princípios da honra e da honestidade, a lutar contra a afeição que sentia por Edward e a vê-lo o mínimo possível, ela não podia negar a si mesma o consolo de tentar convencer Lucy de que seu coração não estava ferido. E, como não havia nada mais doloroso que pudesse ouvir sobre o assunto além do que já fora dito, ela seria capaz outra vez de repassar todos os detalhes com serenidade.

Mas tal oportunidade de fazê-lo não se apresentaria de imediato, ainda que Lucy estivesse tão disposta quanto ela a aproveitar a primeira ocasião que houvesse; pois o tempo não estava bom o bastante para permitir que caminhassem juntas, quando facilmente conseguiriam se separar do grupo; e, apesar de se encontrarem quase todas as tardes, ora no chalé, mas principalmente em Barton Park, não havia possibilidade de ficarem a sós para conversar. Essa possibilidade jamais passaria pela cabeça de sir John ou de lady Middleton, e assim raríssimos momentos de lazer eram dedicados a conversas em grupo e nenhum absolutamente a diálogos particulares. Encontravam-se para comer, beber e rir, jogar o *round game*[1] ou qualquer outro jogo de salão que fosse suficientemente barulhento.

Um ou dois encontros assim já haviam ocorrido, sem permitir a Elinor nenhuma possibilidade de falar em particular com Lucy, quando sir John apareceu certa manhã no chalé, pedindo que, por caridade, todas fossem jantar com lady Middleton naquela noite, pois ele precisaria ir ao clube em Exeter, e de outro modo ela ficaria sem companhia, além da mãe e das duas srtas. Steele. Elinor, que antevia a possibilidade de uma abertura para o objetivo que tinha em mente, já sob os cuidados serenos e polidos de lady Middleton teria mais liberdade de ficar a sós do que quando o marido as reunia com um mesmo propósito ruidoso, imediatamente aceitou o convite; Margaret, com a permissão da mãe, também aquiesceu, e Marianne, embora sempre relutante em participar de qualquer grupo com elas, foi persuadida pela sra. Dashwood, que não suportava vê-la se excluir de toda oportunidade de se divertir, a ir também.

As jovens compareceram, e lady Middleton foi felizmente poupada da assustadora solidão que a havia ameaçado. A insipidez do encontro foi exatamente como Elinor já esperava; não resultou em nenhuma novidade intelectual ou expressiva, e nada poderia ser menos interessante do que as conversas entabuladas, tanto na sala de jantar como na de estar, onde as crianças se juntaram ao grupo, e enquanto ali permaneceram ela se convenceu de que seria impossível obter a atenção de Lucy para seu intento. Saíram apenas depois de retirado o chá. A mesa de jogos foi preparada, e Elinor começou a questionar a si mesma por ter alimentado a esperança de um momento de diálogo naquela casa. Todas se levantaram para jogar.

"Fiquei contente", disse lady Middleton a Lucy, "que você não terminará o cesto da pobrezinha da Annamaria esta noite; pois certamente deve cansar seus olhos trabalhar à luz de velas. Arrumaremos alguma compensação para minha queridinha, e então espero que ela já não dê tanta importância ao cesto."

A sugestão foi entendida, Lucy recompôs-se instantaneamente e respondeu: "Na verdade, lady Middleton, a senhora está muito enganada; só estou esperando para saber se a mesa de jogo ficará completa sem mim, ou já teria voltado ao trabalho. Não desapontaria esse anjinho por nada no mundo, e, se a senhora quiser que eu jogue agora, posso terminar o cesto após o jantar".

"Você é muito bondosa, espero que não lhe canse a vista — a senhorita tocaria a sineta para pedir mais velas para trabalhar? Minha pobre garotinha ficará triste e decepcionada, eu sei, se o cesto não estiver terminado amanhã, pois, embora eu tenha dito que certamente não estaria, tenho certeza de que ela está contando com o cesto pronto."

Lucy levou sua mesa de trabalho para perto dela e tornou a se sentar com uma alegria e um entusiasmo que permitiam inferir que ela não conhecia prazer maior do que ornamentar um cesto para uma menina mimada.

Lady Middleton propôs uma rodada de cassino[2] às outras. Ninguém fez objeção, exceto Marianne, que, com a habitual desatenção às formas de praxe da cortesia, exclamou: "A senhora terá a bondade de me dar licença — sabe que odeio baralho. Vou ao piano; não toco desde que foi afinado". E, sem mais cerimônia, ela se virou e caminhou até o instrumento.

Lady Middleton pareceu agradecer aos céus por jamais ter dito ela mesma nada tão rude.

"Marianne não consegue ficar muito tempo longe do piano, você sabe, madame", disse Elinor, tentando atenuar a ofensa; "e não é de estranhar; pois este é o piano mais afinado que já ouvi na vida."

As outras cinco então se puseram a jogar cartas.

"Talvez", continuou Elinor, "se por acaso eu puder me ausentar, eu possa ajudar a senhorita Lucy Steele preparando os rolos de papel; e ainda há tanto a ser feito no cesto que acho que será impossível, se ela trabalhar sozinha, terminá-lo ainda hoje. Eu adoraria, se ela me permitisse participar."

"Na verdade eu ficaria muito agradecida pela ajuda", exclamou Lucy, "pois descobri que falta muito mais do que eu pensava; e seria um choque decepcionar a querida Annamaria, afinal."

"Ah! Isso seria de fato terrível", disse a srta. Steele — "Queridinha, como eu a adoro!"

"Você é muito bondosa", disse lady Middleton a Elinor: "e como realmente quer ajudá-la, talvez prefira jogar só na próxima rodada, ou quer arriscar a sorte agora?"

Elinor alegremente preferiu a primeira proposta e assim, após breve troca de palavras, a que Marianne jamais teria condescendido, conseguiu seu objetivo, agradando ao mesmo tempo a lady Middleton. Lucy abriu espaço para ela com pronta solicitude, e as duas belas rivais ficaram assim sentadas juntas, à mesma mesa, e com máxima harmonia envolvidas em dar continuidade ao trabalho. O piano, junto ao qual Marianne, envolvida com sua música e seus pensamentos, a essa altura se esquecera de que havia alguém além de si mesma na sala, felizmente ficava tão perto delas que a senhorita Dashwood então julgou que poderia, em segurança, protegida por aquele som, avançar no assunto de seu interesse sem correr o risco de serem ouvidas da mesa de jogo.

II

Em tom firme, embora cauteloso, Elinor começou:

"Eu não deveria merecer a confiança com que me honra, se não sentisse o desejo de que essa confiança perdure, se não sentisse mais curiosidade sobre o assunto. Não pedirei desculpas portanto por trazê-lo outra vez à baila."

"Obrigada", exclamou Lucy afetuosamente, "por quebrar o gelo; você assim tranquiliza meu coração; pois por algum motivo receava que pudesse ter ficado ofendida com o que lhe contei na segunda-feira."

"Ofendida? Por que haveria de supor tal coisa? Acredite", e Elinor disse isso com a mais genuína sinceridade, "nada poderia ser mais distante de minha intenção do que lhe passar essa impressão. Haveria de sua parte algum motivo para tal confiança que não fosse honroso e lisonjeiro para mim?"

"E no entanto eu lhe asseguro", respondeu Lucy, com seus olhinhos penetrantes cheios de significado, "que me pareceu haver uma frieza e um desgosto em seus modos, o que me deixou bastante incomodada. Tive certeza de que você estava aborrecida comigo; e venho me martirizando desde então, por ter tomado liberdades a ponto de perturbá-la com meus problemas. Mas estou muito contente por ver que era só minha imaginação, e que a senhorita na verdade não me culpa por isso. Se soubesse o consolo que foi abrir meu coração ao contar o que tenho pensado a cada momento da minha vida, sua compaixão decerto a faria relevar todo o resto."

"De fato acredito que tenha sido um grande alívio admitir sua condição para mim, e com a certeza de que jamais terá nenhum motivo para se arrepender por isso. Seu caso é muito infeliz; a senhorita parece cercada de dificuldades, e vocês precisarão de todo o seu afeto recíproco para suportar todas elas. O senhor Ferrars, creio, depende inteiramente da mãe."

"Ele só dispõe de duas mil libras por ano; e seria loucura se casar com isso, embora, se de mim dependesse, eu abriria mão de qualquer valor acima disso sem hesitar. Fui acostumada a viver com uma renda bastante modesta e enfrentaria até mesmo a pobreza ao lado dele; mas o amo demais para ser egoísta e roubar-lhe, talvez, tudo aquilo que a mãe poderia lhe dar se o casamento a agradasse. Devemos esperar, talvez, muitos anos ainda. Para qualquer outro homem, seria uma perspectiva preocupante; mas sei que nada me privará da afeição e da constância de Edward."

"Essa convicção há de ser o mais importante; e ele sem dúvida se sustentará na mesma confiança de sua parte. Se a força dessa afeição recíproca fraquejasse, como acontece com muita gente, e em muitos casos teria naturalmente acontecido após um noivado de quatro anos, aí, sim, sua situação seria de fato lamentável."

Lucy aqui ergueu a vista; porém, Elinor foi cuidadosa ao suprimir no rosto qualquer expressão que pudesse dar a suas palavras uma tendência suspeita.

"O amor de Edward por mim", disse Lucy, "vem sendo duramente testado por essa longa, essa longuíssima ausência desde que se iniciou nosso compromisso, e vem sobrevivendo tão bem às provações que seria imperdoável duvidar dele agora. Posso dizer seguramente que, desde o início, ele nunca me provocou um momento de preocupação em relação a isso."

Elinor não sabia se sorria ou suspirava diante daquela afirmação.

Lucy prosseguiu. "Meu temperamento é também naturalmente ciumento, e dadas nossas posições diferentes na vida, sendo ele muito mais importante no mundo que eu, e diante de nossa contínua separação, seria o bastante para eu desconfiar e descobrir no mesmo instante a verdade se houvesse a mínima alteração na atitude dele comigo quando nos encontramos ou algum desânimo do qual eu entendesse o motivo, ou se ele falasse mais de uma dama que de outra, ou parecesse menos feliz, sob qualquer aspecto, em Longstaple do que de costume. Não quero dizer que eu seja uma pessoa especialmente observadora ou perspicaz, mas nesse caso tenho certeza de que não me deixaria enganar."

"Tudo isso", pensou Elinor, "é muito singelo; mas não convence nenhuma de nós."

"Mas quais", ela disse após breve silêncio, "são seus planos? Ou você não tem nenhum, além de esperar que a senhora Ferrars morra, o que seria um desfecho melancólico e chocante? O filho está decidido a se submeter a isso e a todo o tédio de anos de suspense que podem envolver tal fato, em vez de correr o risco de desagradar por algum tempo a mãe admitindo a verdade?"

"Se ao menos tivéssemos certeza de que seria apenas por algum tempo! Mas a senhora Ferrars é uma mulher muito orgulhosa e obstinada, e se ele contar, no primeiro acesso de raiva, provavelmente passaria tudo para o nome de Robert, e só de pensar nisso, pelo bem de Edward, fico apavorada e desisto desse ímpeto de tomar medidas apressadas."

"E para seu próprio bem, ou seu desapego iria além dos limites da razão."

Lucy tornou a olhar para Elinor e se calou.

"Você conhece o senhor Robert Ferrars?", perguntou Elinor.

"De modo algum — jamais o vi; mas imagino que seja muito diferente do irmão — fútil e um tremendo janota."

"Um tremendo janota!", repetiu a srta. Steele, cujo ouvido havia captado aquelas palavras graças a uma súbita pausa da música de Marianne. — "Ah! Aposto que estão falando de seus pretendentes favoritos."

"Nada disso, minha irmã", exclamou Lucy, "aí você se engana, nossos pretendentes não são tremendos janotas."

"Posso dizer que o da senhorita Dashwood não é", disse a sra. Jennings, rindo vigorosamente; "pois é um dos rapazes mais modestos, mais bem-comportados que eu já vi; mas, quanto a Lucy, ela é uma criaturinha tão dissimulada que não há meio de descobrir de quem ela gosta."

"Ah!", exclamou a srta. Steele, com olhares insinuantes para elas, "eu diria que o favorito de Lucy é tão modesto e bem comportado quanto o da senhorita Dashwood."

Elinor enrubesceu descontroladamente. Lucy mordeu o lábio e olhou irritada para a irmã. Um silêncio recíproco reinou por algum tempo. Lucy foi a primeira a rompê-lo, dizendo em voz baixa, embora Marianne naquele momento lhes desse a poderosa proteção de um magnífico concerto —

"Vou lhe contar com toda a franqueza um plano que me ocorreu recentemente, para tornar as coisas mais suportáveis; na verdade devo deixá-la a par do segredo pois a senhorita é parte envolvida. Creio que já conhece Edward o bastante para saber que ele preferiria a igreja a qualquer outra profissão; ora, o plano é que ele se ordene o quanto antes, e então, por seu intermédio, o que tenho certeza de que a senhorita faria pela amizade dele, e espero que alguma consideração por mim, seu irmão talvez possa ser persuadido a dar a ele o presbitério de Norland, que sei que é muito bom, e o atual presbítero não deve viver por muito tempo. Seria o bastante para que nos casássemos e confiaríamos no tempo e no acaso para o restante."

"Eu ficaria feliz", respondeu Elinor, "de mostrar algum sinal de minha estima e amizade pelo senhor Ferrars; mas você não percebe que minha interferência em tal ocasião seria inteiramente desnecessária? Ele é irmão da senhora John Dashwood — isso deve bastar como recomendação para o marido dela."

"Mas a senhora John Dashwood não aprovaria que Edward se ordenasse."

"Então desconfio que minha intercessão não terá muita utilidade."

Calaram-se outra vez por vários minutos. Até que Lucy exclamou suspirando profundamente:

"Creio que a maneira mais prudente de acabar com essa história de uma vez seria dissolver o compromisso. Temos enfrentado tantas dificuldades por todos os lados que, apesar de infelizes por algum tempo, talvez no fim sejamos mais felizes. Mas você não me dará o seu conselho, senhorita Dashwood?"

"Não", respondeu Elinor, com um sorriso que escondia toda a agitação de seus sentimentos, "nesse caso, certamente não. Você sabe muito bem que minha opinião só teria algum valor se correspondesse a seus desejos."

"Na verdade, a senhorita faz um mau juízo de mim", rebateu Lucy com grande solenidade; "não há ninguém cuja opinião eu considere tanto quanto a sua; e acredito que mesmo se me disser: 'Aconselho-a a romper de uma vez seu compromisso com Edward Ferrars, pois será melhor para a felicidade de ambos', eu tomaria essa decisão imediatamente."

Elinor corou diante da falta de sinceridade da futura esposa de Edward e respondeu: "Tal elogio na verdade faz com que eu tema dar qualquer opinião sobre esse assunto que porventura tivesse. A senhorita exagera, e muito, minha influência; o poder de separar duas pessoas tão ternamente envolvidas é demais para alguém que não está envolvido no caso."

"Justamente por não estar envolvida", disse Lucy, com certa ironia, depositando uma ênfase especial nessas palavras, "sua opinião tem valor para mim. Se a senhorita pudesse ter qualquer viés, por conta de seus próprios sentimentos, sua opinião não teria tanta importância."

Elinor achou mais prudente não responder, para não provocar uma descabida efusão de afabilidade e franqueza; e estava parcialmente decidida a nunca mais tocar no assunto. Seguiu-se, portanto, outra pausa de vários minutos de duração, e novamente Lucy foi a primeira a romper o silêncio.

"Você irá a Londres este inverno, senhorita Dashwood?", ela perguntou, com seu convencimento habitual.

"Certamente não."

"Sinto muito", devolveu a outra, enquanto seus olhos brilhavam com a informação, "eu teria grande prazer em encontrá-la! Mas acho que você vai acabar indo. Sem dúvida, seu irmão e sua cunhada hão de convidá-la."

"Não estará em meu poder aceitar tal convite, caso eles o façam."

"Que azar! Eu já estava contando que iria encontrá-la. Anne e eu devemos viajar no final de janeiro para visitar alguns parentes que esperam há anos essa nossa visita! Mas eu irei apenas para ver Edward. Ele estará lá em fevereiro, de outro modo Londres não teria graça para mim; a capital não me entusiasma."

Elinor foi logo chamada à mesa de jogo ao término da primeira rodada, e o diálogo confidencial das duas damas então teve fim, ao que ambas se submeteram sem relutância, pois nada havia sido dito, de nenhuma das partes, que fizesse uma gostar da outra menos do que gostava antes; e Elinor sentou-se à mesa de jogo melancolicamente persuadida de que Edward não só não sentia afeto pela pessoa que seria sua esposa como não teria a possibilidade de ser razoavelmente feliz no casamento, o que a sincera afeição da parte dela lhe teria propiciado, pois apenas o interesse próprio poderia induzir uma mulher a forçar um homem a manter um noivado do qual ela parecia saber perfeitamente que ele estava farto.

Desde então Elinor não voltou mais ao assunto, e quando Lucy o abordava, e raramente perdia uma oportunidade de fazê-lo, fazendo questão de informar a confidente de sua felicidade sempre que recebia uma carta de Edward, era tratado pela primeira com calma e cautela; e descartado assim que a cortesia permitisse; pois ela achava que tais conversas eram uma indulgência que Lucy não merecia e eram perigosas para si mesma.

A visita das srtas. Steele a Barton Park se estendeu muito além do que o convite inicial implicava. O apreço da família cresceu, não podiam mais passar sem elas; sir John não queria nem ouvir quando falavam em partir; e apesar de seus muitos compromissos, havia muito marcados, em Exeter, apesar de ser necessário que voltassem para cumpri-los imediatamente, necessidade que voltava com toda a força ao final de cada semana, elas foram convencidas a ficar quase dois meses na casa e a participar da devida celebração dos tipos de festividades que requerem uma cota extraordinária de bailes particulares e grandes jantares para proclamar sua importância.

III

Embora a sra. Jennings costumasse passar boa parte do ano em casa de filhos e amigos, tinha também residência própria. Desde a morte do marido, comerciante bem-sucedido de um bairro menos elegante da capital, ela passava todos os invernos em uma casa de uma das ruas vizinhas à Portman-square.[1] Para essa residência, seus pensamentos começaram a voltar no início de janeiro, e um dia, de maneira abrupta e muito inesperada, convidou as duas srtas. Dashwood mais velhas a acompanhá-la até lá. Elinor, sem notar a mudança de cor no rosto da irmã e o olhar animado que não sugeria indiferença ao plano, imediatamente agradeceu, mas recusou pelas duas, com o que acreditava dar voz à vontade de ambas. O motivo alegado foi a resoluta determinação de não deixarem a mãe sozinha naquela época do ano. A sra. Jennings recebeu a recusa com alguma surpresa e repetiu o convite no mesmo instante.

"Ah! Por Deus, tenho certeza de que sua mãe pode passar muito bem sem vocês e imploro que me façam o obséquio de sua companhia; pois já estou resolvida quanto a isso. Não pensem que seriam inconvenientes, pois não desviarei em nada meu trajeto por sua causa. Basta que Betty tome a diligência, ao menos isso eu espero ser capaz de pagar. Nós três poderíamos viajar muito bem em minha carruagem; e quando estivermos na cidade, se não quiserem ir aonde eu for, muito bem, poderão sair com minhas filhas. Estou certa de que sua mãe não faria objeção; pois tive tanta sorte ao me livrar de minhas filhas que ela há de me considerar a pessoa mais apropriada para cuidar de vocês; e, se eu não conseguir casar bem pelo menos uma nesse ínterim, não será culpa minha. Falarei bem de vocês para todos os rapazes, podem contar com isso."

"Tenho para mim", disse sir John, "que a senhorita Marianne não faria objeção a esse plano se a irmã mais velha também fosse. É de fato uma situação difícil, não poder desfrutar de um pouco de prazer apenas porque a senhorita Dashwood não quer. De modo que eu as aconselharia a partir logo para a capital quando estiverem cansadas de Barton, sem dizer nenhuma palavra à senhorita Dashwood a respeito."

"Não", exclamou a sra. Jennings, "tenho certeza de que ficarei muito contente com a companhia da senhorita Marianne, quer a senhorita Dashwood vá ou não, mas, como se diz, quanto mais, melhor, e pensei que seria mais confortável para elas se fossem as duas; pois, se cansarem de mim, podem conversar entre elas e rir da minha extravagância pelas costas. Mas uma delas, se não as duas, hei de levar comigo. Deus me livre! Como poderei me meter na vida alheia sozinha, eu que sempre estive habituada, até este inverno, a ter Charlotte comigo. Vamos, senhorita Marianne, apertemos as mãos e fechemos negócio, e se a senhorita Dashwood mudar de ideia depois, ora, quanto mais, melhor."

"Eu agradeço, madame, sinceramente, muito obrigada", disse Marianne, com ardor; "seu convite garante à senhora minha gratidão eterna e me traria muita felicidade, sim, quase a maior felicidade que sou capaz de imaginar, poder aceitá-lo. Porém, minha mãe, a mais querida e generosa das mães... Entendo o que Elinor disse, se ela se sentisse mais infeliz ou menos confortável na nossa ausência — Ah!, não, nada me tentaria a deixá-la sozinha. Não devemos nem podemos arriscar."

A sra. Jennings repetiu sua garantia de que a sra. Dashwood passaria muito bem sem elas; e Elinor, que então entendeu a irmã e viu a que indiferença para com quase todo o resto ela fora levada na ânsia de estar novamente com Willoughby, não ofereceu mais oposição direta ao plano, apenas submeteu-o à decisão da mãe, de quem, contudo, não esperava receber apoio em sua tentativa de impedir um encontro que, embora não gostaria que Marianne tivesse, não tinha nenhum motivo especial para proibir. Qualquer coisa que Marianne desejasse, a mãe estaria ávida por promover — Elinor não podia contar com a influência da sra. Dashwood sobre a irmã em se tratando de agir com prudência em um caso do qual Elinor jamais conseguira sequer levá-la a suspeitar; e não ousaria explicar seus próprios motivos para não querer ir a Londres. Que Marianne, entediada como estava e ciente dos modos da sra. Jennings, os quais invariavelmente a repugnavam, relevasse todas aquelas inconveniências, desconsiderasse tudo o que mais feria seus sentimentos irritadiços, no encalço de um único objetivo, foi uma prova tão contundente, tão plena da importância desse objetivo para ela, que Elinor, apesar de tudo o que havia se passado, não estava preparada para testemunhar.

Ao ser informada do convite, a sra. Dashwood, convencida de que tal passeio seria fonte de muita diversão para as duas filhas e percebendo na atenção afetuosa para consigo o quanto Marianne o desejava, não aceitou a recusa delas em seu nome; insistiu que ambas aceitassem imediatamente, e então passou a imaginar, com o entusiasmo habitual, uma série de vantagens que adviriam a todas elas com a separação.

"Gostei muito desse plano", exclamou, "é justamente o que eu mais queria. Margaret e eu seremos tão beneficiadas quanto vocês. Quando forem com os Middleton, continuaremos aqui tranquilas e contentes com nossos livros e nossas músicas! Na volta, Margaret estará muito mais prendada! E tenho também um pequeno plano de reforma para os quartos de vocês duas, que agora poderei fazer sem incomodá-las. A verdade é que devem ir a Londres, todas as moças na posição de vocês precisam conhecer os costumes e as atrações da cidade. E estarão aos cuidados de uma mulher gentil e maternal, que tem muita afeição por vocês, não tenho a menor dúvida. E muito provavelmente acabarão encontrando seu irmão, e por mais que ele tenha lá seus defeitos, ou a esposa dele tenha os defeitos dela, quando penso de quem ele é filho, não posso suportar o fato de vocês serem tão distantes."

"Mesmo que com sua ansiedade habitual por nossa felicidade", disse Elinor, "você esteja se desviando dos obstáculos que, em sua opinião, poderiam impedir nossa viagem, ainda assim existe um que, em minha opinião, não pode ser facilmente superado."

O semblante de Marianne se abateu.

"E o que", disse a sra. Dashwood, "minha prudente e querida Elinor vai sugerir? Que formidável obstáculo ela trará agora à baila? Não quero ouvir uma palavra sobre gastos."

"Minha objeção é a seguinte; embora eu tenha muita estima pela boa vontade da senhora Jennings, ela não é uma mulher cujo convívio nos propiciará prazer nem cuja proteção poderá nos conferir algum destaque."

"Isso lá é verdade", respondeu a mãe; "mas vocês quase não precisarão conviver a sós com ela, e aparecerão em público praticamente o tempo todo com lady Middleton."

"Se Elinor quer desistir porque não gosta da senhora Jennings", disse Marianne, "pelo menos eu não preciso ser proibida de aceitar o convite. Não tenho tais escrúpulos, e tenho certeza de que saberei relevar essas inconveniências com um mínimo de esforço."

Elinor não conseguiu conter um sorriso diante daquela demonstração de indiferença para com os modos de uma pessoa em cuja presença muitas vezes tivera dificuldade de convencer Marianne a se comportar com um mínimo de polidez; e decidiu consigo mesma que, se a irmã continuasse insistindo, ela iria junto, pois não considerava apropriado que Marianne fosse deixada sob a orientação exclusiva do próprio juízo ou que a sra. Jennings tivesse que contar apenas com a compaixão de Marianne para consolar suas longas horas dentro de casa. Com tal decisão se viu mais facilmente conciliada ao lembrar que Edward Ferrars, segundo Lucy, só estaria em Londres em fevereiro; e que a visita delas, sem nenhuma interrupção intempestiva, haveria de terminar antes disso.

"Eu quero que as duas vão", disse a sra. Dashwood; "essas objeções são absurdas. Vocês adorarão visitar Londres, especialmente juntas; e, se Elinor se permitisse sentir antecipadamente algum prazer, haveria de imaginar que lá poderá encontrar inúmeras situações prazerosas; talvez até mesmo na possibilidade de conhecer melhor a família da cunhada."

Elinor vinha procurando uma oportunidade de tentar enfraquecer a confiança da mãe em sua relação com Edward, para amenizar o choque quando toda a verdade fosse revelada, e nessa investida, embora quase desiludida do sucesso, obrigou-se a começar dizendo, com o máximo de tranquilidade de que era capaz: "Gosto muito de Edward e sempre ficarei contente ao encontrá-lo; mas, quanto ao resto da família, é perfeitamente indiferente a mim se um dia conhecerei bem ou não".

A sra. Dashwood sorriu e não disse nada. Marianne ergueu os olhos, perplexa, e Elinor pensou que seria melhor não ter dito nada.

Muito pouco depois, finalmente ficou decidido que o convite seria integralmente aceito. A sra. Jennings recebeu a informação com muita alegria e promessas de carinhos e cuidados; e a decisão não foi um prazer apenas seu. Sir John ficou contentíssimo; pois, para um homem cuja principal aflição na vida era o pavor de ficar sozinho, o acréscimo de duas pessoas ao número de habitantes de Londres já era alguma coisa. Até mesmo lady Middleton se deu ao trabalho de ficar contentíssima, o que nela era algo bastante incomum; e quanto às srtas. Steele, especialmente Lucy, nunca ficaram tão felizes na vida como ao saber da notícia.

Elinor submeteu-se ao combinado, que contrariava seus desejos, com menos relutância do que esperava sentir. Quanto a si mesma, não se importava em ir ou não à capital, e quando viu a mãe tão satisfeita com o plano, e os olhos, a voz e os modos esfuziantes da irmã retomando sua animação de costume, elevada a uma alegria fora do comum, não poderia ficar insatisfeita com a causa e dificilmente se permitiria desconfiar da consequência.

A alegria de Marianne ia quase além da felicidade, tão grande era a perturbação de seu humor e a impaciência de partir. A relutância em deixar a mãe era seu único tônico tranquilizante; e no momento da despedida sua tristeza por ela foi excessiva. A aflição da mãe não era menor, e Elinor foi a única das três que parecia considerar que a separação não seria para sempre.

Partiram na primeira semana de janeiro. Os Middleton iriam uns sete dias depois. As srtas. Steele mantiveram sua posição em Barton Park, e só deixaram a mansão com o resto da família.

IV

Elinor não conseguiria se imaginar dentro de uma carruagem com a sra. Jennings ou iniciando uma viagem até Londres sob sua proteção, e como sua convidada, sem questionar a própria situação, tão recente era sua amizade com aquela dama, tão inteiramente díspares eram em idade e temperamento e tantas haviam sido as objeções a tal medida poucos dias antes! Porém, tais objeções haviam sido todas, com aquele ardor feliz da juventude de que Marianne e a mãe igualmente partilhavam, superadas ou relevadas; e Elinor, apesar de uma ou outra dúvida quanto à constância de Willoughby, não poderia presenciar o enlevo de prazerosa expectativa que enchia toda a alma e reluzia nos olhos de Marianne sem sentir como eram vazias suas próprias perspectivas, como era descontente seu próprio estado de espírito e como prontamente adotaria a inquietude da situação de Marianne para ter o mesmo tipo de objetivo animador pela frente, a mesma possibilidade de esperança. Em breve, muito em breve, contudo, saberia-se quais eram as intenções de Willoughby; muito provavelmente ele já estava na cidade. A avidez de Marianne por partir havia declarado sua confiança em encontrá-lo por lá; e Elinor estava resolvida não apenas a obter nova luz sobre o caráter dele, que sua própria observação ou que informações de terceiros pudessem lhe dar, mas também a vigiar a atitude dele para com sua irmã com zelosa atenção, de modo a ter certeza de quem ele era e o que pretendia, antes mesmo que tivessem muitos encontros. Mesmo que o resultado da observação fosse desfavorável, estava determinada a abrir os olhos da irmã; do contrário, seus esforços seriam de natureza diferente — ela então deveria aprender a evitar qualquer comparação egoísta e banir todo o remorso que pudesse diminuir sua satisfação com a felicidade de Marianne.

Foram três dias de viagem, e o comportamento de Marianne durante todo o trajeto foi uma amostra feliz do que futuramente se poderia esperar de sua complacência e seu companheirismo para com a sra. Jennings. Ficou sentada em silêncio quase absoluto, absorta nas próprias meditações, e por iniciativa própria mal abriu a boca, a não ser quando algum belo objeto pitoresco no campo de visão lhe arrancava uma exclamação de prazer dirigida exclusivamente à irmã. Para reparar tal conduta, portanto, Elinor imediatamente tomou posse do posto de civilidade que ela mesma se atribuía e agiu com a máxima atenção à sra. Jennings, conversou com ela, riu com ela, dando-lhe ouvidos sempre que podia; e a sra. Jennings, por sua vez, tratou-as com toda a generosidade possível, atenta a tudo o que pudessem gostar e desfrutar, incomodada apenas por não conseguir fazê-las escolher o jantar na estalagem, nem sequer arrancar-lhes uma confissão sobre sua preferência entre salmão e bacalhau, ou entre ave cozida ou costeletas de vitela. Chegaram à cidade por volta das três da tarde do terceiro dia, contentes por se verem livres, após tão longa viagem, do confinamento da carruagem e prontas para desfrutar de todo o luxo de uma boa lareira.

A casa era linda e muito bem mobiliada, e as jovens damas logo foram instaladas num apartamento muito confortável. Anteriormente pertencera a Charlotte, e sobre a lareira ainda estava pendurada uma paisagem por ela pintada em seda colorida, como prova de haver passado sete anos em uma grande escola da capital com algum proveito.

Como o jantar só ficaria pronto em duas horas, Elinor resolveu empregar esse intervalo escrevendo para a mãe, e sentou-se com isso em mente. Momentos depois Marianne fez o mesmo. "Já estou escrevendo para casa, Marianne", disse Elinor; "não seria melhor você esperar um ou dois dias para escrever?"

"Não estou escrevendo para minha mãe", respondeu Marianne, bruscamente, como se quisesse evitar mais perguntas. Elinor não falou mais nada; imediatamente lhe ocorreu que ela devia estar escrevendo para Willoughby, e a conclusão que logo se seguiu foi a de que, por mais que eles pudessem desejar manter segredo sobre o caso, deviam estar de fato comprometidos. Tal convicção, embora não inteiramente satisfatória, deu-lhe algum prazer, e ela retomou sua carta com entusiasmo redobrado. Marianne terminou a sua em poucos minutos; pela extensão, não passava de um bilhete: dobrou-a, selou-a e endereçou-a com ávida rapidez. Elinor pensou ter visto um W maiúsculo no destinatário, e depois disso Marianne tocou a sineta, chamando um empregado que logo chegou, para enviar sua carta ao correio de dois centavos.[1] Isso resolveu a questão de uma vez.

Ela continuava de bom humor, mas havia uma hesitação que não agradava muito à irmã, e essa inquietação aumentou conforme a noite foi chegando. Mal conseguiu tocar no jantar, e depois, quando voltaram à sala de jogos, ela parecia atenta ao som de cada carruagem que passava.

Foi uma grande satisfação para Elinor ver que a sra. Jennings, muito ocupada em sua própria sala, pouco reparava no que estava acontecendo. O chá foi levado, e Marianne já havia se decepcionado mais de uma vez por uma batida na porta do vizinho quando subitamente se ouviu outra, mais alta, que não podia ser confundida com uma batida em nenhuma outra casa. Elinor teve certeza de que anunciava a chegada de Willoughby, e Marianne se levantou e foi em direção à porta. Tudo estava quieto; aquilo não durou mais do que alguns segundos; ela abriu a porta, deu alguns passos até a escada da entrada e, depois de escutar por meio minuto, voltou à sala com a convicção que a voz dele naturalmente produziria; no êxtase de seus sentimentos, naquele instante não conseguiu deixar de exclamar: "Oh, Elinor! É Willoughby, sem dúvida é ele!", e parecia quase pronta a se atirar nos braços dele quando o coronel Brandon apareceu.

Foi um choque grande demais para ser suportado com serenidade, e ela imediatamente saiu da sala. Elinor também ficou decepcionada; mas ao mesmo tempo sua consideração pelo coronel Brandon garantiu que ele recebesse suas boas-vindas, e ficou especialmente magoada pelo fato de aquele homem, tão claramente interessado em sua irmã, perceber que Marianne não sentia nada além de tristeza e frustração ao vê-lo. No mesmo instante Elinor viu que aquilo não passara despercebido aos olhos dele, que continuara observando Marianne enquanto ela saía da sala, com tamanha perplexidade e preocupação que mal se lembrou da formalidade que devia a Elinor.

"Sua irmã está doente?", perguntou.

Elinor respondeu com alguma aflição que sim, estava, e então falou em dores de cabeça, desânimo e uma grande fadiga; e de tudo aquilo a que decentemente pudesse atribuir a atitude da irmã.

Ele a escutou com a mais sincera atenção, mas, parecendo se lembrar de algo, não tocou mais no assunto e passou a falar abertamente de seu prazer por encontrá-las em Londres, fazendo as perguntas de praxe sobre a viagem e as pessoas que haviam deixado para trás.

Dessa maneira tranquila, com ambas as partes demonstrando pouco interesse, continuaram a conversar, os dois desanimados, pensando em outra coisa. Elinor queria muito perguntar se Willoughby estava na cidade, mas receava magoá-lo perguntando sobre o rival; até que por fim, para dizer alguma coisa, perguntou-lhe se estivera em Londres o tempo todo desde que o vira pela última vez. "Sim", ele respondeu um tanto constrangido, "quase o tempo todo; estive uma ou duas vezes em Delaford, por alguns dias, mas não pude mais voltar a Barton."

Isto, e o modo como foi dito, imediatamente lhe trouxe à lembrança todas as circunstâncias de quando ele partira, a contrariedade e a desconfiança provocadas na sra. Jennings, e temeu que sua pergunta sugerisse muito mais curiosidade no assunto do que ela de fato sentia.

A sra. Jennings logo apareceu. "Oh! Coronel", disse, com sua alegria ruidosa de sempre, "estou felicíssima em vê-lo — lamento não poder ter vindo antes — perdão, mas fui obrigada a me arrumar um pouco, cuidar de tudo; pois já faz algum tempo que não volto para casa, e o senhor sabe que há sempre um mundo de pequenas tarefas a fazer quando se sai de casa; e depois precisei me acertar com Cartwright — Deus, eu pareço uma abelha que não descansa desde o jantar! Mas diga, coronel, como o senhor descobriu que eu já estava na cidade?"

"Tive o prazer da notícia na casa do senhor Palmer, onde fui jantar."

"Oh! O senhor estava lá; muito bem, e como estão todos por lá? Como vai Charlotte? Aposto que já deve estar enorme a esta altura."

"A senhora Palmer me pareceu muito bem, e fui encarregado de avisar que certamente amanhã a senhora há de encontrá-la."

"Ora, seguramente, foi o que pensei. Muito bem, coronel, trouxe comigo duas jovens damas, como o senhor vê — ou melhor, o senhor só viu até agora uma delas, mas a outra está por aí em algum lugar. Sim, também sua amiga, a senhorita Marianne — o que o senhor não há de lamentar. Não sei como o senhor e o senhor Willoughby farão para se entender quanto a ela. Ora, como é bom ser jovem e linda! Muito bem! Eu fui jovem um dia, mas nunca fui linda — azar o meu. Mas arrumei um marido muito bom e não sei o que a maior das belezas pode dar além disso. Ah, pobre homem! Já se vão mais de oito anos que ele morreu. Mas, coronel, por onde o senhor andou desde a última vez que nos vimos? E como vão os negócios? Ora, ora, não temos segredos entre amigos."

Ele respondeu com a brandura de costume a todas as perguntas, mas sem satisfazê-la em nenhuma resposta. Elinor então começou a preparar o chá, e Marianne foi obrigada a aparecer novamente.

Após sua entrada, o coronel Brandon ficou mais pensativo e calado do que antes, e a sra. Jennings não conseguiu convencê-lo a ficar mais tempo. Nenhuma outra visita apareceu naquela noite, e as damas foram unânimes ao concordar em dormir mais cedo.

Marianne acordou na manhã seguinte com o humor revigorado e uma expressão feliz. A decepção da noite anterior parecia esquecida na expectativa do que iria acontecer naquele dia. Mal haviam terminado o desjejum quando a carruagem da sra. Palmer parou na porta da casa, e poucos minutos depois ela entrou aos risos na sala; tão feliz de vê-las que era difícil dizer se tinha mais prazer por encontrar a mãe ou por reencontrar as srtas. Dashwood. Muito surpresa por elas terem ido, embora fosse o que ela esperava o tempo todo; muito irritada por terem aceitado o convite de sua mãe depois de terem recusado o seu, mas, ao mesmo tempo, jamais as teria perdoado se não tivessem ido!

"O senhor Palmer ficará tão feliz ao vê-las", disse; "o que acham que ele disse quando ficou sabendo que vocês vinham com mamãe? Esqueci agora, mas foi uma coisa muito engraçada!"

Depois de uma hora ou duas passadas no que a mãe dela chamou de uma boa prosa, ou, em outras palavras, em toda variedade de perguntas a respeito de todos os conhecidos da sra. Jennings e risadas sem motivo da parte da sra. Palmer, foi proposto por esta última que todas a acompanhassem até algumas lojas onde ela precisaria passar pela manhã, com o que a sra. Jennings e Elinor prontamente concordaram, uma vez que também precisavam fazer algumas compras; e Marianne, embora recusasse a princípio, acabou concordando em ir junto.

Aonde quer que fossem, ela estava evidentemente alerta. Em especial na Bond-street, onde ficava a maioria das lojas, seus olhos permaneceram em constante investigação; e, em toda loja que o grupo entrava, sua mente ficava igualmente abstraída de tudo o que havia de fato diante delas, de tudo o que interessava e ocupava as demais. Inquieta e insatisfeita em qualquer lugar, a irmã não conseguiu obter sua opinião sobre nenhuma compra, por mais que o artigo dissesse respeito a ambas; ela não obtinha prazer com nada; estava apenas impaciente para voltar para casa, e com muita dificuldade dominou sua contrariedade diante da tediosa sra. Palmer, cujos olhos eram atraídos por tudo o que era bonito, caro ou novo; que descontroladamente queria comprar tudo, não conseguia se decidir por nada e perdia seu tempo entre o arrebatamento e a indecisão.

Só no fim da manhã elas voltaram para casa; mal entraram Marianne correu afoita escada acima, e quando Elinor foi atrás dela encontrou-a dando as costas para a mesa com uma expressão de tristeza, que declarava que Willoughby não estivera à sua procura.

"Não chegou nenhuma carta para mim desde que saímos?", perguntou ao criado que entrou com as compras. A resposta foi negativa. "Você tem absoluta certeza disso?", ela insistiu. "Tem certeza de que nenhum lacaio, nenhum portador trouxe uma carta ou recado?"

O homem respondeu que não, nenhum.

"Mas é muito estranho!", disse em voz baixa e decepcionada, virando-se para a janela.

"É de fato estranho!", repetiu Elinor consigo mesma, considerando a aflição da irmã. "Se ela soubesse que ele não está na cidade, não teria escrito; ela teria escrito para Combe Magna; e, se ele está na cidade, é muito estranho que não tenha vindo nem respondido! Oh!, minha querida mãe, a senhora deve estar errada ao permitir um compromisso entre uma filha tão moça e um homem que conhecemos tão pouco seguir adiante dessa maneira tão dúbia, tão misteriosa! Pudera eu fazer perguntas; mas como minha interferência será recebida?"

Ela decidiu após alguma ponderação que, se as aparências continuassem as mesmas por muitos dias ainda, desagradáveis como agora, informaria à mãe, de modo mais incisivo, da necessidade de uma investigação séria sobre o caso.

A sra. Palmer e duas damas idosas, conhecidas da sra. Jennings, que ela encontrara e convidara naquela mesma manhã, jantaram com elas. A primeira foi embora logo depois do chá para cumprir seus compromissos; e Elinor foi obrigada a completar a mesa de uíste para as outras. Marianne era inútil nessas horas, pois não sabia jogar, mas, embora tivesse todo o tempo à sua disposição, sua noite não foi de modo nenhum mais produtiva em termos de prazer do que a de Elinor, pois a passou entre a ansiedade da expectativa e a dor da decepção. Tentou ler por alguns minutos; mas o livro foi logo posto de lado, e ela voltou a empregar seu tempo de modo mais interessante: caminhando de um lado para o outro pela sala, parando por um momento toda vez que passava pela janela, na esperança de distinguir a tão aguardada batida na porta.

V

"Se o clima continuar assim ameno[1] por muito tempo", disse a sra. Jennings, quando se encontraram para o desjejum na manhã seguinte, "sir John não vai querer sair de Barton na semana que vem; esportistas como ele ficam tristes quando deixam de desfrutar um dia ao ar livre. Pobres almas! Sinto pena deles quando isso acontece; eles parecem levar isso muito a sério."

"É verdade", exclamou Marianne com voz animada, caminhando até a janela enquanto falava, para examinar o céu, "não tinha pensado nisso. Esse tempo há de fazer muitos esportistas ficarem no campo."

Foi uma boa lembrança, capaz de restabelecer todo seu bom humor. "Para eles, esse tempo é muito bom mesmo", continuou, ao sentar-se à mesa do desjejum com uma expressão feliz. "Como devem aproveitar! Mas" (com um breve retorno da ansiedade) "não deve ficar muito tempo assim. Nesta época do ano, depois de todas essas chuvas, certamente esse bom tempo há de durar só mais um pouco. As geadas logo hão de voltar e provavelmente virão com toda a força. É questão de um ou dois dias; esse clima tão ameno dificilmente durará mais do que isso — não, talvez hoje à noite já congele."

"De qualquer forma", disse Elinor, desejando evitar que a sra. Jennings enxergasse o que havia no pensamento de sua irmã tão claramente quanto ela, "eu diria que teremos sir John e lady Middleton na cidade até o fim da próxima semana."

"Decerto, minha cara, garanto que teremos. Mary sempre consegue o que quer."

"E agora", conjecturou em silêncio Elinor, "ela escreverá para Combe no próximo correio."

Mas, se o fez, a carta foi escrita e enviada com tamanha discrição que escapou à vigilância da irmã, que desejava certificar-se do fato. Fosse qual fosse a verdade disso, e longe como estava Elinor de sentir genuíno contentamento com o caso, ao ver Marianne animada, porém, ela não poderia se sentir muito incomodada. E Marianne estava entusiasmada; feliz com o clima ameno e ainda mais feliz com a expectativa da geada.

Passaram a manhã essencialmente entregando cartões nas casas de conhecidos da sra. Jennings, informando que ela havia retornado à cidade; e Marianne, todo esse tempo, ocupou-se em observar a direção do vento, assistindo às variações do céu e imaginando alguma alteração no ar.

"Você não acha que está mais frio agora do que de manhã, Elinor? Para mim, a diferença é bastante evidente. Mal consigo manter minhas mãos aquecidas dentro do regalo. Acho que ontem não estava assim. As nuvens parecem estar se afastando, o sol parece que vai sair a qual quer momento; e teremos uma tarde de tempo aberto."

Elinor alternava-se entre divertida e irritada; porém Marianne continuou insistindo, vendo toda noite no brilho do fogo e toda manhã na aparência da atmosfera sintomas certeiros da aproximação da geada.

As srtas. Dashwood não tinham motivo para estarem insatisfeitas com o estilo de vida da sra. Jennings e com seu grupo de conhecidos, nem com sua atitude para com elas, invariavelmente generosa. Todas as atividades em casa eram conduzidas da forma mais liberal, e exceto por alguns velhos amigos da cidade, a quem, infelizmente para lady Middleton, ela jamais deixara de frequentar, ela não visitou ninguém cuja apresentação pudesse minimamente desagradar aos sentimentos de suas jovens companheiras. Contente ao se ver mais confortavelmente situada nesse aspecto do que havia esperado, Elinor estava disposta a relevar a ausência de grandes prazeres de fato em todos aqueles eventos noturnos, que, fossem em casa ou fora dela, consistiam apenas em jogos de cartas e não podiam lhe interessar muito.

O coronel Brandon, que não precisava de convite naquela casa, esteve com elas quase todos os dias; ia olhar para Marianne e conversar com Elinor, que geralmente se satisfazia mais falando com ele do que em qualquer outro evento diário, mas que ao mesmo tempo via com muito mais preocupação a continuidade do interesse do coronel por sua irmã. Temia que aquele afeto estivesse ficando mais forte. Sofria ao ver a sinceridade com que ele costumava olhar para Marianne, e seu ânimo certamente estava pior do que em Barton.

Cerca de uma semana depois que elas chegaram, ficou provado que Willoughby também estava na cidade. Seu cartão estava sobre a mesa quando elas voltaram do passeio da manhã.

"Santo Deus!", exclamou Marianne, "ele esteve aqui quando estávamos fora." Elinor, feliz com a confirmação de que Willoughby estava em Londres, arriscou dizer: "Esteja certa de que amanhã ele voltará". Porém a irmã mal pareceu escutar e, quando a sra. Jennings entrou, ela fugiu com o valioso cartão.

Esse acontecimento, que despertou os ânimos de Elinor, restaurou na irmã, e até mesmo revigorou, toda a agitação anterior. A partir desse momento sua mente ficou sempre inquieta; a expectativa de vê-lo, a cada hora do dia, tornou--a incapaz de fazer outra coisa. Ela insistiu para ser deixada em casa, na manhã seguinte, quando as outras saíram.

Os pensamentos de Elinor se ocuparam do que poderia estar se passando em Berkeley street durante sua ausência; mas, na volta, um olhar de relance para a irmã bastou para informar que Willoughby não lhe fizera uma segunda visita. Naquele momento chegou um recado, que deixaram na mesa.

"É para mim?", exclamou Marianne, logo se aproximando.

"Não, madame, é para minha patroa."

Porém Marianne, não convencida, tomou instantaneamente o envelope.

"É mesmo para a senhora Jennings, mas que estranho!"

"Então você está esperando uma carta?", disse Elinor, que não conseguiu mais se conter.

"Sim; alguma coisa — não muito."

Após uma breve pausa: "Você não confia em mim, Marianne".

"Não, Elinor, veja quem fala — logo você, que não confia em ninguém!"

"Eu?!", devolveu Elinor, um tanto confusa; "na verdade, Marianne, eu não tenho nada para contar."

"Nem eu", respondeu a irmã com ênfase, "nossa situação então é a mesma. Nenhuma de nós tem nada para contar; você porque nunca conta nada, e eu nunca escondo nada."

Elinor, perturbada com a acusação de ser reservada, que não se sentia à vontade para desdizer, não soube como, em tais circunstâncias, insistir para que Marianne fosse mais franca.

A sra. Jennings logo apareceu, e leu o bilhete em voz alta ao recebê-lo. Era de lady Middleton, anunciando sua chegada a Conduit-street na noite anterior, solicitando a companhia da mãe e das primas na noite seguinte. Negócios da parte de sir John, e uma gripe violenta dela mesma, haviam impedido a visita a Berkeley-street. O convite foi aceito; mas quando foi chegando perto da hora do compromisso, como era necessário, por uma simples questão de cortesia para com a sra. Jennings, que ambas comparecessem à visita, Elinor teve alguma dificuldade em convencer a irmã a ir, pois ela ainda não encontrara Willoughby; e portanto seu problema não era estar indisposta para se divertir fora de casa, e sim não querer correr o risco de ele aparecer novamente durante sua ausência.

Elinor descobriria, até o final da noite, que a disposição essencialmente não se altera com a mudança de lugar, pois, embora mal tivesse chegado à cidade, sir John conseguira reunir à sua volta quase vinte jovens e entretê-los com um baile. Esta, contudo, foi uma ideia que lady Middleton não teria aprovado. No interior, um baile improvisado era algo permissível; mas em Londres, onde a reputação de elegância era mais importante e mais difícil de obter, era muito arriscado, para a gratificação de algumas poucas moças, divulgar que lady Middleton oferecera um pequeno baile para oito ou nove pares, com dois violinos e um simples bufê frio.

O sr. e a sra. Palmer faziam parte do grupo; do primeiro, que elas não viam desde que chegaram à cidade, uma vez que ele tratava de evitar demonstrar qualquer tipo de atenção à sogra, e portanto se mantinha à distância, elas não perceberam nenhum sinal de havê-las reconhecido na chegada. Ele olhou rapidamente para elas, sem parecer saber quem eram, e meramente acenou com a cabeça para a sra. Jennings do outro lado da sala. Marianne esquadrinhou rapidamente o apartamento ao entrar; foi o bastante, ele não estava lá — e ela sentou-se, indisposta a sentir ou propiciar algum prazer. Depois de cerca de uma hora, o sr. Palmer foi até as srtas. Dashwood expressar sua surpresa em vê-las na cidade, embora o coronel Brandon estivesse em sua casa quando foi informado da chegada delas, e ele mesmo tivesse dito alguma coisa muito engraçada ao saber que estavam em Londres.

"Achei que vocês duas estavam em Devonshire", disse.

"Achou mesmo?", respondeu Elinor.

"Quando voltam para lá?"

"Não sei." E assim terminou a conversa.

Em toda a sua vida, Marianne nunca se sentiu tão indisposta a dançar quanto naquela noite, e jamais tão fatigada pelo mero exercício. Reclamou disso na volta a Berkeley-street.

"Ora, ora", disse a sra. Jennings, "sabemos muito bem o motivo disso; se certa pessoa, cujo nome não diremos, tivesse ido, você não estaria nem um pouco cansada; e, verdade seja dita, não foi muito bonito da parte dele não ter comparecido, uma vez que foi convidado."

"Convidado!", exclamou Marianne.

"Foi o que me disse minha filha Middleton, pois parece que sir John o encontrou na rua esta manhã." Marianne não falou mais nada, mas pareceu bastante magoada. Impaciente com a situação, e para fazer algo que pudesse apaziguar a irmã, Elinor decidiu escrever à mãe na manhã seguinte, e esperava, despertando seus temores quanto à saúde de Marianne, fazer aquelas perguntas por tanto tempo postergadas; ficou ainda mais avidamente inclinada a tomar tal medida ao perceber, após o desjejum, que Marianne estava novamente escrevendo a Willoughby, pois não podia supor que fosse para qualquer outra pessoa.

Por volta do meio-dia, a sra. Jennings saiu sozinha, e Elinor começou sua carta sem demora, enquanto Marianne, inquieta demais para costurar, aflita demais para conversar, andava de uma janela para a outra, ou sentava junto ao fogo em melancólica meditação. Elinor foi muito sincera no pedido à mãe, contando tudo o que se passara, suas suspeitas quanto à inconstância de Willoughby, insistindo, com apelos à responsabilidade e ao afeto que sentia, que a mãe pedisse a Marianne um relato da verdadeira situação da filha com o rapaz.

A carta mal havia sido terminada quando uma batida na porta indicou uma visita e o coronel Brandon foi anunciado. Marianne, que o vira pela janela e odiaria qualquer tipo de companhia, saiu da sala antes que ele entrasse. Parecia mais grave do que de costume e, embora expressasse sua satisfação ao encontrar a srta. Dashwood sozinha, como se tivesse algo em particular a lhe dizer, sentou-se por alguns minutos sem dizer palavra. Elinor, convencida de que ele tinha algum comunicado a fazer com relação à sua irmã, aguardou impacientemente que ele começasse. Não era a primeira vez que sentia a mesma convicção; pois, em mais de uma ocasião, começando com o comentário de que "sua irmã não me parece bem hoje", ou "sua irmã parece desanimada", ele chegava a ponto de revelar ou de perguntar alguma coisa específica sobre ela. Após uma pausa de vários minutos, o silêncio foi rompido e ele perguntou, com a voz algo agitada, quando poderia lhe dar os parabéns pela aquisição de um cunhado. Elinor não estava preparada para tal pergunta e, não tendo nenhuma resposta pronta, foi obrigada a adotar o expediente mais simples e comum, de perguntar o que ele queria dizer com aquilo. Ele tentou sorrir ao dizer: "O compromisso de sua irmã com o senhor Willoughby é de conhecimento geral".

"Não pode ser de conhecimento geral", devolveu Elinor, "pois a própria família dela não tem conhecimento disso."

Ele pareceu surpreso e disse: "Perdão, receio que minha pergunta tenha sido impertinente; mas supus não haver nenhum segredo, uma vez que eles se têm correspondido abertamente e o casamento dos dois é comentado em público".

"Como isso é possível? Quem o senhor ouviu comentá-lo?"

"Muitas pessoas — algumas que você não conhece, outras que conhece muito intimamente, a senhora Jennings, a senhora Palmer e os Middleton. Mas ainda assim eu não teria acreditado, pois quando a mente reluta em se convencer, sempre encontra algo que fundamente suas dúvidas, se não houvesse, quando o empregado me deixou entrar hoje, acidentalmente visto uma carta na mão dele, endereçada ao senhor Willoughby, com a letra de sua irmã. Vim disposto a perguntar, mas me convenci antes mesmo de conseguir formular a questão. Já está tudo acertado? Não será possível que —. Mas não tenho esse direito, e não teria nenhuma chance de obter sucesso. Perdão, senhorita Dashwood. Acho que errei ao falar demais, mas nem sei o que faço, e tenho a maior confiança em sua prudência. Diga-me que já está tudo absolutamente resolvido. Qualquer tentativa de, em suma, resignar-me, se tal resignação for possível, é a única coisa que resta."

Tais palavras, que para Elinor equivaleram a uma declaração direta do amor que ele sentia por sua irmã, afetaram-na bastante. Ela não foi capaz de dizer nada imediatamente e, mesmo quando recobrou seu ânimo, hesitou por um momento quanto à resposta mais apropriada a lhe dar. Sabia tão pouco do verdadeiro estado das coisas entre Willoughby e a irmã que, ao tentar explicar-lhe, podia tanto falar demais como de menos. Mas, como estava convencida de que o afeto de Marianne por Willoughby não deixava esperanças de sucesso ao coronel Brandon, quaisquer que fossem os acontecimentos decorrentes desse afeto, e ao mesmo tempo, como desejava proteger a conduta da irmã de alguma censura, achou mais prudente e gentil, após alguma reflexão, dizer mais do que realmente sabia ou acreditava. Admitiu, portanto, que, embora jamais tivesse sido informada pelos próprios dos termos daquela relação, não tinha dúvida quanto à afeição recíproca que sentiam e, quanto à correspondência que mantinham, não foi nenhuma surpresa para ela.

Ele a escutou com silenciosa atenção e, quando ela terminou de falar, levantou-se da cadeira, e após dizer com a voz emocionada, "para sua irmã, desejo toda a felicidade imaginável; para Willoughby, que tente merecê--la", — saiu, e foi embora.

Elinor não terminou essa conversa com sentimentos agradáveis, que amainassem o alvoroço em sua mente sobre outros pontos; ficou-lhe, ao contrário, a melancólica impressão da infelicidade do coronel Brandon, e não pôde nem mesmo desejar que tal impressão se desfizesse, ansiosa que estava pelo próprio acontecimento que haveria de confirmá-la.

VI

Nada aconteceu durante os três ou quatro dias seguintes que fizesse Elinor se arrepender de seu procedimento de recorrer à mãe; pois Willoughby não viera nem escrevera. Elas haviam se comprometido, ao final desse período, a acompanhar lady Middleton a uma festa, à qual a sra. Jennings ficara impedida de ir devido a uma indisposição da filha mais nova; e para tal festa Marianne, inteiramente desmotivada, negligente com a aparência e parecendo igualmente indiferente a ir ou ficar, preparou-se sem um único olhar de esperança, sem uma expressão de prazer. Ficou sentada junto à lareira na sala de jogos até a hora em que lady Middleton chegou, sem se mover da poltrona ou alterar sua atitude, perdida nos próprios pensamentos e insensível à presença da irmã; e, quando finalmente lhe disseram que lady Middleton estava esperando na porta, ela se espantou como se houvesse esquecido que esperava alguém.

Chegaram a tempo ao local de destino e, assim que a fila de carruagens diante delas permitiu, desembarcaram, subiram as escadas, ouviram seus nomes anunciados da escadaria em voz alta e entraram em uma sala esplendidamente iluminada, cheia de gente e insuportavelmente quente. Pago o tributo da cortesia com uma reverência à dona da casa, puderam mesclar-se à multidão e tiveram sua cota de calor e inconveniência, que sua chegada necessariamente fizera aumentar. Após algum tempo sem dizer quase nada e fazendo menos ainda, lady Middleton sentou-se para jogar cassino, e, como Marianne não estava disposta a caminhar, ela e Elinor, por sorte conseguindo poltronas vazias, sentaram-se a pouca distância da mesa de jogo.

Não fazia muito que estavam ali sentadas quando Elinor viu Willoughby, de pé a alguns metros delas, entretido em uma conversa com uma moça de aparência muito elegante. Logo cruzaram olhares, e ele imediatamente fez uma mesura, mas sem esboçar tentativa de falar com ela ou de se aproximar de Marianne, embora fosse impossível que não a tivesse visto; e então retomou sua conversa com a mesma dama. Elinor virou-se involuntariamente para Marianne, para ver se ele havia lhe passado despercebido. Nesse momento, ela o viu pela primeira vez, e toda a sua expressão iluminou-se de súbito deleite; ela teria ido até ele naquele mesmo instante, caso a irmã não a tivesse detido.

"Santo Deus!", Marianne exclamou, "ele está ali — ele está ali. — Oh! Por que ele não olha para mim? Por que não posso falar com ele?"

"Eu lhe imploro, por favor, comporte-se", exclamou Elinor, "e não traia seus sentimentos diante de todos aqui presentes. Talvez ele não a tenha visto ainda."

Isso, no entanto, era mais do que ela mesma poderia acreditar, e comportar-se naquele momento não estava apenas além do alcance de Marianne: estava além de seus desejos. Ela sentou-se agoniada de impaciência, o que lhe afetou toda a aparência.

Por fim, ele se virou novamente e olhou para as duas; ela se levantou, pronunciou o nome dele em tom afetuoso, estendeu-lhe a mão. Ele se aproximou, e, dirigindo-se antes a Elinor que a Marianne, como se tentasse evitar seu olhar, e decidido a não notar sua atitude, perguntou apressadamente pela sra. Dashwood e quanto tempo havia que elas estavam na cidade. Elinor se viu privada de toda presença de espírito com aquela abordagem, e foi incapaz de dizer palavra. Mas os sentimentos da irmã foram expressos no mesmo instante. Seu rosto enrubesceu intensamente, e ela exclamou com a voz muito emocionada: "Santo Deus, Willoughby! O que significa isto? Você não recebeu minhas cartas? Não vai me dar a mão?".

Ele, então, não pôde mais evitá-la, mas o toque pareceu doloroso para ele, que reteve sua mão apenas por um momento. Durante todo esse tempo, Willoughby evidentemente se esforçava para manter o controle. Elinor observou sua expressão e viu seu rosto ficar mais tranquilo. Após uma breve pausa, ele falou serenamente.

"Tive a honra de visitá-las em Berkeley-street terça-feira passada e lamentei muito não ter a sorte de encontrá-las, nem a senhora Jennings, em casa. Espero que meu cartão não tenha se perdido."

"Mas você não recebeu meus recados?", exclamou Marianne na mais incontrolável ansiedade. "Tenho certeza de que houve algum mal-entendido — algum terrível engano. O que significa tudo isto? Diga-me, Willoughby; por tudo o que é mais sagrado, diga-me, qual é o problema?"

Ele nada respondeu; sua expressão se alterou e todo o constrangimento reapareceu; mas como se, ao cruzar o olhar da jovem dama com quem estivera conversando anteriormente, ele sentisse necessidade de reagir, recompôs-se de imediato, e depois de dizer: "Sim, tive o prazer de receber informações de sua chegada à cidade, e foi muita bondade sua enviá-las", virou-se rapidamente com uma breve mesura e juntou-se à amiga.

Marianne, então assustadoramente pálida e incapaz de manter-se de pé, afundou na poltrona, e Elinor, esperando vê-la desmaiar a qualquer momento, tentou protegê-la dos olhares alheios, enquanto a reanimava com água de lavanda.

"Vá até ele, Elinor", exclamou assim que foi capaz de falar, "e faça com que venha falar comigo. Diga que preciso vê-lo outra vez — preciso falar com ele imediatamente. — Não terei descanso — não terei um momento de paz até que ele me explique isso — esse terrível mal-entendido ou coisa parecida. — Oh, vá buscá-lo agora mesmo."

"Como isso seria possível? Não, minha querida Marianne, você deve esperar. Aqui não é lugar para explicações. Espere ao menos até amanhã."

Não foi fácil para ela se conter e não ir atrás dele; e convencer a irmã a disfarçar sua agitação e esperar, pelo menos até conseguir, aparentando manter o controle, falar com ele em particular e de forma mais direta, foi impossível; pois Marianne continuou incessantemente a dar vazão em voz baixa à desgraça de seus sentimentos, com exclamações de desventura. Em pouco tempo, Elinor viu Willoughby deixar a sala pela porta, em direção à escada, e, dizendo a Marianne que ele havia ido embora, reforçou a impossibilidade de voltar a falar com ele naquela noite, tentando um novo argumento para que ela se acalmasse. Instantaneamente ela implorou que a irmã pedisse a lady Middleton que as levasse para casa, pois estava muito infeliz para ficar ali por mais um minuto que fosse.

Lady Middleton, embora estivesse em meio a uma rodada, ao ser informada de que Marianne estava mal foi polida o bastante para não fazer nenhuma objeção a seu desejo de ir embora, e, passando suas cartas para uma amiga, partiram assim que a carruagem chegou. Mal trocaram palavras durante a volta a Berkeley-street. Marianne estava em uma agonia silenciosa, aflita demais até para chorar; mas, como a sra. Jennings não havia voltado da filha, elas puderam subir diretamente ao quarto, onde sais de amônia[1] a trouxeram um pouco de volta a si. Marianne logo se trocou e se deitou na cama, e, como parecia desejar ficar sozinha, a irmã saiu, e, enquanto esperava a sra. Jennings voltar, teve tempo para pensar sobre o ocorrido.

De que algum tipo de compromisso tinha existido entre Willoughby e Marianne ela não poderia duvidar; e que Willoughby estava farto desse compromisso parecia igualmente claro; pois, por mais que Marianne ainda fosse capaz de alimentar os próprios desejos, ela não podia atribuir aquela atitude a um equívoco ou a um mal-entendido de qualquer natureza. Nada senão uma completa mudança de sentimentos podia explicar aquilo. Sua indignação teria sido ainda maior não tivesse testemunhado nele o constrangimento que pareceu revelar a consciência do próprio delito, e evitou que ela o achasse tão desprovido de princípios a ponto de ter brincado com os sentimentos de sua irmã desde o início, sem qualquer outro intuito que resistisse a investigação. A ausência podia ter enfraquecido seu interesse, e a conveniência talvez o tivesse levado a se esquecer de tudo, mas de que esse interesse um dia existira, ela não tinha como duvidar.

Sobre Marianne, com os sofrimentos que o encontro tão infeliz já devia lhe causar e outros ainda mais graves que lhe adviriam como provável consequência, ela não foi capaz de refletir sem a mais profunda preocupação. Sua própria situação melhorou, em termos comparativos; pois, enquanto ainda pudesse estimar Edward como sempre, mesmo que permanecessem separados no futuro, em pensamento ela sempre teria um esteio. Porém, todas as circunstâncias capazes de tornar amargo aquele mal aparentemente se uniram para transformar a desgraça de Marianne — por sua separação definitiva de Willoughby — em uma ruptura imediata e irreconciliável.

VII

Antes que a camareira acendesse a lareira no quarto delas no dia seguinte ou que o sol tivesse algum poder sobre a manhã fria e soturna de janeiro, Marianne, antes mesmo de terminar de se vestir, já estava ajoelhada na conversadeira da janela em busca de um mínimo de luz que pudesse obter ali e escrevia depressa, na medida em que o fluxo contínuo de lágrimas lhe permitia. Em tal situação, Elinor, despertada do sono pela agitação e pelos soluços da irmã, viu-a pela primeira vez; e depois de observá-la por alguns momentos em silenciosa ansiedade, disse, em um tom da mais atenciosa delicadeza:

"Marianne, posso saber..."

"Não, Elinor", ela respondeu, "você não pode perguntar nada; logo saberá de tudo."

O tipo de tranquilidade desesperada com que isso foi dito não durou mais do que o tempo de dizê-lo, e seguiu-se imediatamente o retorno da aflição desmedida. Só minutos depois ela conseguiu continuar a carta, e os frequentes acessos de tristeza que ainda a acometiam, de quando em quando, obrigando-a a parar de escrever, foram provas suficientes de que sentia que era mais do que provável que estivesse escrevendo a Willoughby pela última vez.

Elinor dedicou-lhe a atenção mais silenciosa e discreta que estava em seu poder oferecer; e tentaria acalmá-la e tranquilizá-la ainda mais se Marianne não lhe pedisse, com toda a avidez da mais nervosa irritabilidade, que não falasse com ela por nada neste mundo. Em tais circunstâncias, era melhor para ambas que não continuassem juntas por muito tempo; e o estado mental conturbado de Marianne não só impediu que permanecesse no quarto depois que terminou de se vestir como exigiu, ao mesmo tempo, solidão e uma contínua troca de lugar, forçando-a a perambular pela casa até o desjejum, evitando todos.

Não comeu nem tentou comer nada no desjejum, e o espírito atencioso de Elinor então interveio, não insistindo, nem dela se compadecendo, nem mesmo aparentando se importar com ela, mas tentando chamar toda a atenção da sra. Jennings para si.

Como aquela era a refeição favorita da sra. Jennings, o desjejum durava um tempo considerável, e estavam ainda se acomodando, depois de comer, ao redor da mesa de costura quando uma carta foi entregue a Marianne, que ela tomou com ansiedade da mão do criado; assumindo uma palidez mortiça, instantaneamente saiu correndo da sala. Elinor, que entendeu perfeitamente, como se tivesse visto o remetente, que devia ser de Willoughby, sentiu no mesmo instante tal padecimento no coração que mal conseguiu manter a cabeça erguida, e sentou-se com o corpo a tremer tanto que achou que seria impossível tal incidente passar despercebido à sra. Jennings. A boa senhora, contudo, viu apenas que Marianne havia recebido uma carta de Willoughby, o que lhe pareceu ocasião para um gracejo, e, assim pensando, expressou, com uma risada, votos de que fizesse bom proveito. Da aflição de Elinor, ela estava muito ocupada medindo fios de lã para seu tapete para perceber alguma coisa; e calmamente continuou a conversa, assim que Marianne se foi, dizendo:

"Juro que nunca vi uma moça tão desesperadamente apaixonada na minha vida! Minhas meninas nem se comparavam a ela, e ainda assim eram bastante tolas; mas a senhorita Marianne se torna uma criatura bastante alterada. Espero, do fundo do coração, que ele não a faça esperar muito, pois dá pena vê-la assim tão abatida e abandonada. Ora, quando eles vão se casar?"

Elinor, embora nunca tivesse se sentido tão indisposta a falar quanto naquele momento, obrigou-se a responder a tal ataque, e portanto, tentando sorrir, respondeu: "Madame, a senhora realmente se deixou convencer de que minha irmã está noiva do senhor Willoughby? Pensei que fosse apenas uma piada, mas uma pergunta tão séria parece conter mais implicações; e devo lhe pedir, portanto, que não se iluda mais. Garanto que nada me surpreenderia mais do que ouvir dizer que eles se casarão um dia".

"Que vergonha, que vergonha, senhorita Dashwood! Como pode dizer isso? Nós todas não sabemos que eles formam um par perfeito, que ficaram completamente apaixonados desde que se viram pela primeira vez? Eu mesma não os vi em Devonshire todos os dias, dias inteiros? E não sei também que sua irmã veio a Londres comigo no intuito de comprar roupas para o casamento? Ora, ora, pare com isso. Porque a senhorita é dissimulada sobre o assunto, acha que ninguém mais percebeu; mas não é o caso, isso eu lhe garanto, pois é o que todos dizem na cidade desde então. Eu conto para todo mundo, e Charlotte também."

"Na verdade, madame", disse Elinor, muito gravemente, "a senhora está enganada. Na verdade, está fazendo algo muito indelicado ao divulgar essa informação, e verá que foi um deslize de sua parte, ainda que não acredite em mim agora."

A sra. Jennings deu outra risada, mas Elinor não tinha disposição para dizer mais nada, e ávida, sobretudo, para saber o que Willoughby havia escrito, correu para o quarto, onde, ao abrir a porta, viu Marianne deitada na cama, quase sufocada de tristeza, uma carta na mão e duas ou três outras espalhadas ao lado. Elinor se aproximou, mas sem dizer nenhuma palavra; e, sentando-se na mesma cama, tomou-lhe a mão, beijou-a afetuosamente várias vezes, e então deixou que as lágrimas brotassem, a princípio quase tão violentamente quanto as de Marianne. Esta, embora incapaz de falar, parecia sentir toda a ternura daquela atitude, e, após algum tempo unidas na aflição, ela colocou todas as cartas nas mãos de Elinor; e então, cobrindo o rosto com um lenço, quase gritou de agonia. Elinor, ciente de que aquela tristeza, algo chocante de testemunhar, devia ser extravasada, acompanhou-a até que o excesso de sofrimento tivesse passado um pouco, e então, virando-se avidamente para a carta de Willoughby, leu o seguinte:

Bond Street, janeiro

Minha cara senhora,

Acabo de ter a honra de receber sua carta, pela qual quero retribuir com minha sincera gratidão. Fiquei muito preocupado que houvesse algo em minha atitude na noite passada que você não tivesse aprovado; e embora eu esteja bastante confuso sobre o ponto em que infelizmente eu possa tê-la ofendido, peço-lhe seu perdão quanto a algo que garanto ter sido inteiramente sem intenção. Jamais pensarei nos dias em que conheci sua família em Devonshire sem o mais grato prazer e me orgulho de dizer que tal prazer jamais será interrompido por qualquer engano ou mal-entendido quanto às minhas ações. Minha estima por toda a sua família é muito sincera; contudo, se infelizmente a fiz acreditar em mais do que de fato sentia ou pretendia expressar, censuro-me por não ter sido mais reservado na profissão dessa estima. Que eu tivesse algum dia outra intenção, você há de convir que é impossível, quando souber que minha afeição está comprometida com outra pessoa há muito tempo, e creio que em poucas semanas tal compromisso será sacramentado. É com grande pesar que obedeço às suas ordens de devolver suas cartas que tanto me honraram e a mecha de cabelo que tão condescendentemente me regalou.

Sigo sendo, cara senhora,
Seu mais obediente e
humilde servidor,
John Willoughby

Com que indignação uma carta assim deve ter sido lida pela srta. Dashwood, pode-se bem imaginar. Embora ciente, antes mesmo de começá-la, de que haveria de trazer uma confissão das inconstâncias dele e confirmar a separação definitiva dos dois, ela não poderia imaginar os termos utilizados para anunciá-lo; nem poderia supor que Willoughby fosse capaz de abandonar tão completamente qualquer aparência de honra e delicadeza de sentimentos — tão distante do decoro usual de um cavalheiro a ponto de enviar uma carta tão despudoradamente cruel: uma carta que, em vez de acompanhar seus desejos de ruptura com alguma expressão de pesar, não demonstrava nenhuma fé, negava até mesmo algum tipo de afeição particular — uma carta cujas linhas eram cada uma um insulto, que revelava seu autor como um rematado e empedernido vilão.

Ela se deteve diante da carta por algum tempo, indignada e perplexa; então a leu e releu novamente; mas cada releitura só fez aumentar sua aversão por aquele homem, e tão amargos foram seus sentimentos contra ele que nem ousou se permitir falar, para não magoar Marianne ainda mais ao tratar daquele rompimento não como a perda de alguma possibilidade de benefício, mas como uma fuga do pior e mais irremediável dos males, um laço, para a vida toda, com um homem sem princípios, como uma salvação das mais genuínas, uma bênção das mais relevantes.

Em suas sinceras meditações sobre o conteúdo da carta, sobre a perversidade da mente que a ditara e provavelmente, sobre uma mente tão distinta, de uma pessoa tão diferente, uma pessoa que não tinha nenhuma relação com o caso além do que o coração dela atribuíra a ele a cada episódio transcorrido entre os dois, Elinor se esqueceu da aflição imediata da irmã, esqueceu que tinha em seu colo ainda três cartas para ler e se esqueceu tão completamente de quanto tempo havia que estava no quarto que, ao ouvir uma carruagem se aproximando da casa, foi até a janela ver quem poderia ser ainda tão cedo, e ficou muito aturdida ao perceber que era a carruagem da sra. Jennings, que ela sabia que só deveria chegar à uma da tarde. Decidida a não abandonar Marianne, ainda que sem esperança de ajudar, no momento, a consolá-la, ela logo foi pedir à sra. Jennings que lhe desse licença para não acompanhá-la, pois sua irmã sentia-se indisposta. A sra. Jennings, com uma visão inteiramente bem-humorada do motivo, concedeu sua licença sem hesitação, e Elinor, depois de assegurar-se de que ela partira, voltou a Marianne, que encontrou tentando se levantar da cama e que amparou pouco antes que desabasse no chão, tonta e desfalecida por uma longa privação de sono e alimentação; pois fazia muitos dias que não tinha nenhum apetite e muitas noites que não dormia de fato; e agora, quando a mente já não se mantinha acesa pela febre do suspense, a consequência de tudo isso se fez sentir na dor de cabeça, no estômago debilitado e na iminência de uma síncope nervosa. Uma taça de vinho, que Elinor logo lhe trouxe, deixou-a mais confortável, e ela conseguiu, por fim, expressar algum sinal de bondade, dizendo:

"Pobre Elinor! Como eu a deixo infeliz!"

"Eu só gostaria", respondeu a irmã, "de poder fazer alguma coisa que a consolasse."

Isso, como qualquer outra coisa, foi demais para Marianne, que só conseguiu exclamar, na angústia de seu coração: "Oh! Elinor, estou mesmo sofrendo", antes que sua voz sumisse sob os soluços.

Elinor não conseguiu mais testemunhar em silêncio aquela torrente de tristeza incontida.

"Reaja, querida Marianne", exclamou, "para não acabar matando a si própria e a todas nós que a amamos. Pense em sua mãe; pense na angústia dela enquanto você sofre; por ela, você precisa reagir."

"Não consigo, não consigo", exclamou Marianne; "deixe-me, deixe-me em paz, se por causa minha está aflita; deixe-me, odeie-me, esqueça-me; mas não me torture assim. Oh! Como é fácil para quem não tem uma tristeza falar em reagir! Elinor, feliz é você, que não faz ideia do que estou sofrendo."

"Você diz que sou feliz, Marianne? Ah, se soubesse! — E pensa que eu poderia ser feliz vendo você nessa desgraça!"

"Perdão, perdoe-me", disse enlaçando com os braços o pescoço da irmã; "eu sei que sente muito por mim; sei como é seu coração; mas você está — você deve estar feliz; Edward a ama — o que, oh!, o que poderia acabar com tal felicidade?"

"Muitas, muitas circunstâncias", disse Elinor, solene.

"Não, não, não", exclamou Marianne vigorosamente, "ele a ama, e só a você. Não tem por que sofrer."

"Não sinto nenhum prazer vendo você nesse estado."

"E nunca mais me verá de outro modo. Nada porá fim à minha infelicidade."

"Você não deve falar assim, Marianne. Acaso não tem nenhum conforto? Nenhum ente querido? Sua perda não deixa margem para consolação? Por mais que esteja sofrendo agora, pense no que teria sofrido se essa descoberta do caráter dele só ocorresse mais tarde — se o noivado se arrastasse por meses e meses, como poderia ter sido, até que ele resolvesse terminar. Cada dia a mais de infeliz confiança de sua parte tornaria o golpe ainda mais terrível."

"Noivado!", exclamou Marianne, "nunca houve nenhum noivado."

"Não houve noivado!"

"Não; ele não é tão indigno quanto você imagina. Não quebrou nenhuma promessa."

"Mas ele disse que a amava?"

"Sim — não — nunca exatamente. Todos os dias isso ficava implícito, mas jamais chegou a ser declarado. Algumas vezes pensei que sim — mas não, nunca foi dito."

"Mesmo assim você lhe escreveu?"

"Sim — como podia ser errado depois de tudo o que passamos? — Mas não consigo mais falar."

Elinor não disse mais nada e, voltando-se novamente para as três cartas que então despertaram uma curiosidade muito maior do que antes, percorreu o conteúdo de todas elas. A primeira, que a irmã enviara assim que chegaram à cidade, consistia no seguinte:

Berkeley Street, janeiro

Como você há de ficar surpreso, Willoughby, ao receber este bilhete; e imagino que vá sentir também outra coisa além de surpresa quando souber que estou na cidade. Uma oportunidade de vir para cá, ainda que na companhia da sra. Jennings, foi uma tentação à qual não pude resistir. Espero que receba esta carta a tempo de vir hoje à noite, mas não contarei com isso. De todo modo, espero você amanhã. Por ora, *adieu*.

M.D.

O segundo bilhete, escrito na manhã seguinte ao baile dos Middleton, vinha nestes termos:

Não consigo expressar minha decepção pelo nosso desencontro de antes de ontem, nem meu espanto por não ter ainda recebido resposta a meu bilhete enviado há quase uma semana. Espero notícias suas e, mais do que isso, encontrá-lo, horas a fio todos os dias. Por favor, venha de novo o quanto antes e explique o motivo dessa minha espera em vão. Da próxima vez, é melhor que venha mais cedo, pois geralmente saímos à uma. Ontem à noite estivemos na casa de lady Middleton, onde houve um baile. Disseram-me que você também foi convidado. Mas como isso é possível? Você deve mesmo estar muito mudado desde nossa despedida se foi esse o caso para não ter ido. Mas não suporei que seja possível e espero muito em breve receber pessoalmente sua garantia de que não foi nada disso.

M. D.

O conteúdo do último bilhete para ele era este:

O que devo pensar, Willoughby, de sua atitude ontem à noite? Novamente exijo uma explicação. Estava pronta para encontrá-lo com o prazer que nossa separação naturalmente produziu, com a familiaridade que nossa intimidade em Barton me pareceu justificar. Senti verdadeira repulsa! Passei uma noite terrível tentando encontrar o que desculpasse uma conduta que dificilmente se poderia chamar de algo menos que ofensiva; mas, embora eu ainda não tenha sido capaz de formular nenhuma justificativa razoável para sua atitude, estou perfeitamente disposta a ouvi-la. Você talvez tenha sido mal informado, ou propositalmente iludido, quanto a algo a meu respeito que pode ter prejudicado sua opinião sobre mim. Diga-me o que foi, explique o fundamento de sua ação e me darei por satisfeita por deixá-lo satisfeito. Na verdade seria triste pensar mal de você; mas se é o que devo fazer, se tiver de descobrir que você não é quem eu até então achava que era, se seu afeto por todas nós foi insincero, se sua atitude comigo era mera ilusão, que isso seja dito o mais depressa possível. Sinto-me agora em um estado de indecisão terrível; quero absolvê-lo, mas uma certeza, seja de que lado for, já seria um alívio para o que estou sofrendo. Se não sente mais o que sentia antes, devolva meus bilhetes e a mecha de meu cabelo que está com você.

M.D.

Que tais cartas, tão cheias de afeto e confiança, pudessem ter sido respondidas de tal maneira, Elinor, pelo bem de Willoughby, não estava disposta a acreditar. Mas condená-lo não a impedia de ver a impropriedade do mero fato de terem sido escritas; e ela lamentava em silêncio aquela imprudência que arriscara tais provas não solicitadas de ternura, que nenhum precedente garantia, severamente condenadas pelos acontecimentos, quando Marianne, notando que ela terminara de ler, comentou que não continham nada que qualquer outra pessoa não teria escrito na mesma situação.

"Eu me sentia", ela acrescentou, "tão solenemente noiva dele, como se estivéssemos unidos por uma certidão legal reconhecida."

"Eu acredito", disse Elinor; "mas infelizmente ele não sentia a mesma coisa."

"Ele sentia a mesma coisa, Elinor — durante semanas e semanas, ele sentiu. Eu sei que sentiu. Por mais que alguma coisa o tenha feito mudar (e nada senão magia negra contra mim pode ter feito isso), houve um tempo em que ele gostava tanto de mim quanto minha alma poderia desejar. Esta mecha de cabelo que ele agora devolve assim sem pudor, ele implorou com a mais penhorada súplica. Se você tivesse visto sua expressão, seus modos, se tivesse ouvido sua voz naquele momento! Você se esqueceu de nossa última tarde juntos em Barton? E a manhã em que nos despedimos! Quando ele me contou que talvez ficássemos sem nos ver por muitas semanas — a aflição em que ele estava — como esquecer aquela aflição?"

Por um momento ou dois, ela não conseguiu dizer mais nada; mas, passada a emoção, acrescentou, em tom mais firme:

"Elinor, fui tratada cruelmente; mas não por Willoughby."

"Amada Marianne, mas quem senão ele? Por quem ele teria sido instigado?"

"Por todo o mundo, mas não movido pelo próprio coração. Antes acreditar que todos os meus conhecidos se uniram para me arruinar aos olhos dele do que acreditar que sua natureza seria capaz de tamanha crueldade. Esta mulher de quem ele escreve — quem quer que seja — ou qualquer outra pessoa, em suma, além de você, minha querida, mamãe e Edward, há de ter me difamado barbaramente. Além de vocês três, de quem eu desconfiaria menos de alguma maldade que Willoughby, cujo coração conheço tão bem?"

Elinor não discutiu, apenas respondeu: "Quem quer que sejam seus odiosos inimigos, deixe que se iludam do triunfo maligno, minha irmã querida, vendo com que nobreza a consciência de sua própria inocência e boa-fé você sustenta seu ânimo. Só mesmo um orgulho sensato e louvável pode resistir a tamanha maldade".

"Não, não", exclamou Marianne, "quem sofre como eu não tem orgulho. Não me importa que saibam de minha desgraça. O triunfo de me ver assim está aberto a todos. Elinor, Elinor, quem sofre pouco pode ter o orgulho e a independência que quiser — pode resistir ao insulto, ou retribuir com mortificação — mas eu não posso. Eu preciso sentir minha desgraça — eu devo ser desgraçada — e quem puder que desfrute dessa consciência."

"Mas pelo bem de minha mãe e por mim..."

"Eu faria mais por você do que por mim. Mas parecer feliz quando estou tão infeliz — oh! Quem exigiria isso de mim?"

Novamente ficaram ambas caladas. Elinor pôs-se a caminhar pensativa da lareira à janela, da janela à lareira, sem perceber que recebia calor de uma nem que discernia objetos através da outra; e Marianne, sentada ao pé da cama, com a cabeça apoiada a um dos postes, novamente apanhou a carta de Willoughby, e, após estremecer a cada sentença, exclamou:

"É demais! Oh! Willoughby, Willoughby, será mesmo sua esta carta? Cruel, cruel — nada pode absolvê-lo, Elinor, nada. O que quer que tenha ouvido contra mim — ele não poderia ao menos duvidar por um momento? Não poderia ter me contado, oferecendo-me ocasião de me explicar? 'A mecha de cabelo, que tão condescendentemente me regalou' — isso é imperdoável. Willoughby, onde estava seu coração quando escreveu essas palavras? Oh, bárbaro insolente! Elinor, ele teria justificativa?"

"Não, Marianne, é impossível que tenha."

"E, no entanto, essa mulher — quem sabe que artifícios possa ter — há quanto tempo isso não vem sendo premeditado e quão profundamente ele se encontra enredado por ela! — Quem ela é? — Quem pode ser? — De quem alguma vez o ouvi dizer que era jovem e atraente entre suas conhecidas? — Oh!, de nenhuma, nenhuma — comigo ele só falava de mim."

Outra pausa se seguiu; Marianne estava extremamente agitada, e terminou assim:

"Elinor, preciso ir para casa. Preciso ir e consolar mamãe. Podemos partir amanhã?"

"Amanhã, Marianne!"

"Sim; por que eu ficaria aqui? Vim somente por Willoughby — e agora quem se importa comigo? Quem gosta de mim?"

"Partir amanhã seria impossível. Devemos à senhora Jennings muito mais que cortesia; e a cortesia mais ordinária impediria uma partida assim às pressas."

"Pois então, dentro de um ou dois dias, talvez; mas não posso mais ficar aqui por muito tempo, não creio que suporte as perguntas e os comentários de toda essa gente. Os Middleton e os Palmer — como farei para suportar a compaixão deles? A compaixão de uma mulher como lady Middleton! Oh, o que ele diria disso?"

Elinor aconselhou que Marianne se deitasse novamente, e por um momento ela se deitou; mas nenhuma atitude chegava a tranquilizá-la; e, com a mente e o corpo dolorosamente agitados, ela se mexia de uma posição para outra, até que ficou cada vez mais histérica, sua irmã teve dificuldade em mantê-la na cama, e por algum tempo receou ser obrigada a pedir ajuda. Algumas gotas de lavanda, contudo, que por fim ela se convenceu a aceitar, fizeram efeito; desde então, até a volta da sra. Jennings, ela continuou na cama calada e imóvel.

VIII

A sra. Jennings foi imediatamente para o quarto delas quando voltou e, sem esperar resposta a seu pedido de licença, abriu a porta e caminhou quarto adentro com uma expressão de genuína preocupação.

"Como você está, minha querida?" — disse em voz condoída a Marianne, que virou o rosto sem tentar responder.

"Como ela está, senhorita Dashwood? — Pobrezinha! Ela parece muito mal. — Não é para menos. Sim, e no entanto é a mais pura verdade. Ele vai se casar em breve — sujeitinho imprestável! Perdi a paciência com ele. A senhora Taylor me contou, meia hora atrás, o que lhe confidenciou uma amiga particular da própria senhorita Grey, do contrário eu não teria acreditado; e, quando ela terminou, eu quase caí para trás. Bem, eu disse, só posso afirmar que, se isso for verdade, ele agiu de modo abominável com uma jovem que conheço, e desejo do fundo da alma que a esposa lhe atormente o coração para sempre. E assim, minha cara, é o que eu sempre digo, você pode contar com isso. O que ele fez não é atitude de um homem; e, se o encontrar de novo, vou lhe passar uma descompostura que ele nunca ouviu na vida. Mas existe um consolo, minha querida senhorita Marianne; ele não é o único rapaz do mundo para casar; e, com um rosto bonito desses, nunca lhe faltarão pretendentes. Bem, pobrezinha! Não vou mais perturbá-la, pois é melhor mesmo ela chorar tudo de uma vez e acabar logo com isso. Os Parry e os Sanderson, por sorte, vêm hoje à noite, você sabe, ela poderá se distrair."

Então ela foi embora, caminhando na ponta dos pés para fora do quarto, como se a aflição da jovem amiga pudesse aumentar com o barulho.

Marianne, para surpresa da irmã, decidiu jantar com elas. Elinor chegou a aconselhá-la a não fazê-lo. Mas "não, ela desceria; suportaria tudo muito bem, e o falatório sobre ela seria menor". Elinor, contente por Marianne ter momentaneamente se controlado, embora achasse que dificilmente seria possível que ela conseguisse permanecer durante todo o jantar, não disse mais nada; e, arrumando o vestido da irmã o melhor que podia, enquanto Marianne continuava na cama, estava pronta para conduzi-la até a sala de jantar quando foram chamadas.

Uma vez lá, apesar da aparência deplorável, ela comeu mais e mostrou-se mais serena do que a irmã esperava. Se houvesse tentado falar ou se tivesse consciência de metade das bem-intencionadas, porém mal calculadas, considerações da sra. Jennings a seu respeito, tal serenidade não se sustentaria; mas nenhuma sílaba escapou de seus lábios, e, absorta nos próprios pensamentos, ela se preservou na ignorância de tudo o que se passava diante de si.

Elinor, fazendo justiça à bondade da sra. Jennings, apesar das efusões muitas vezes aflitivas e outras vezes quase ridículas, agradeceu-lhe tal preocupação e retribuiu-lhe a cortesia pela irmã, que não podia agradecer ou retribuir ela mesma. A boa amiga viu que Marianne estava infeliz e sentiu que dependia dela fazer algo que diminuísse essa infelicidade. Tratou-a, portanto, com todo o carinho indulgente de uma mãe pela filha favorita no último dia de férias. Marianne ficaria com o melhor lugar junto à lareira, seria convidada a provar as melhores iguarias que havia na casa e seria entretida com o relato de todas as notícias do dia. Caso Elinor não tivesse notado na triste expressão da irmã um obstáculo a toda aquela alegria, teria se deixado levar pelas tentativas da sra. Jennings de curar uma decepção amorosa com uma sucessão de doces, azeitonas e uma boa lareira. No entanto, assim que a consciência disso tudo se tornou forçosa pela contínua repetição, Marianne não conseguiu mais permanecer na sala. Com brusca exclamação de sofrimento e um sinal para a irmã não acompanhá-la, levantou-se imediatamente e saiu às pressas da sala.

"Pobrezinha!", exclamou a sra. Jennings assim que ela saiu, "como me entristece vê-la assim! E não é que ela saiu sem terminar o vinho! E as cerejas secas também! Santo Deus! Parece que nada lhe apetece. Certamente se ela quisesse alguma coisa eu mandaria buscar em qualquer lugar da cidade. Bem, para mim isso é o maior dos absurdos, que um homem trate tão mal assim uma menina tão bonita! Mas quando há muito dinheiro de um lado e quase nada do outro, Deus me perdoe! Porque eles não se importam mais com nada! — "

"Essa moça — a senhorita Grey, como a senhora a chamou — ela é muito rica?"

"Cinquenta mil libras por ano, minha cara. Você a conhece? Dizem que é muito elegante, fina, mas não é linda. Lembro bem da tia dela, Biddy Henshawe; que se casou com um homem muito rico. Mas a família já era rica. Cinquenta mil libras por ano! E sabe-se que virão em boa hora; pois dizem que ele está arruinado. Não é para menos!, exibindo-se por aí de carruagem com seus caçadores! Bem, não é por falar, mas quando um rapaz, seja quem for, chega e se enamora de uma menina bonita, e promete casamento, não tem nada que fugir à palavra só porque cresceu pobre e uma menina rica está esperando para casar. Por que, nesse caso, ele não vende os cavalos, sai de casa, dispensa os criados e faz uma reforma completa de uma vez? Eu tenho certeza, a senhorita Marianne esperaria de bom grado até que tudo se resolvesse. Mas nada feito; hoje em dia, esses moços não abrem mão de nenhum prazer."

"A senhora sabe que tipo de moça é a senhorita Grey? Dizem que é amável?"

"Nunca ouvi nada de ruim a respeito dela; na verdade, acho que nunca tinha ouvido falar dela; a não ser o que a senhora Taylor me contou hoje cedo, que um dia a senhorita Walker lhe deu a entender que ela achava que o senhor e a senhora Ellison não achariam má ideia ver a senhorita Grey casada, pois ela e a senhora Ellison nunca concordam em nada."

"E quem são os Ellison?"

"São seus tutores, minha cara. Mas agora ela atingiu a maioridade e pode escolher por si mesma; e que bela escolha ela fez! — E agora", após uma pausa momentânea — "sua pobre irmã imagino que tenha subido ao quarto para chorar sozinha. Haveria algo que pudéssemos fazer para consolá-la? Pobrezinha, parece uma crueldade deixá-la sozinha. Bem, de todo modo, hoje teremos visitas, e isso deve animá-la um pouco. O que jogaremos? Sei que ela odeia uíste; mas gosta de algum outro jogo?"

"Cara madame, sua gentileza é desnecessária. Creio que Marianne não sairá mais do quarto esta noite. Devo tentar convencê-la, se puder, a ir para a cama mais cedo, pois tenho certeza de que ela precisa de repouso."

"Pois bem, creio que será mesmo o melhor para ela. Então pode escolher o que quer jantar e ir para a cama. Deus!, não é para menos, há uma ou duas semanas está tão mal e tão abatida, pois suponho que esse assunto não saía de sua cabeça desde então. E a carta de hoje encerrou tudo! Pobrezinha! Juro, sem dúvida, que, se eu fizesse ideia, não teria brincado com isso, nem por todo o meu dinheiro! Mas, você sabe, como eu poderia adivinhar uma coisa dessas? Tinha certeza de que era uma carta de amor comum, simplesmente, e você sabe que os jovens gostam quando rimos deles. Santo Deus! Como sir John e minha filha ficarão preocupados quando souberem! Se eu tivesse pensado direito na hora, poderia ter passado por Conduit-street no caminho para casa e contado para eles. Mas amanhã nos veremos."

"Seria desnecessário, tenho certeza, alertar a senhora Palmer e sir John para que não mencionem o nome do senhor Willoughby ou evitem qualquer alusão ao que se passou diante de minha irmã. A boa índole de ambos por si só haverá de mostrar a eles a verdadeira crueldade de aparentar saber do caso na presença dela; e quanto menos se disser sobre o assunto para mim, mais meus sentimentos serão poupados, como a senhora, querida madame, facilmente há de compreender."

"Oh! Deus!, sim, de fato, eu compreendo. Deve ser terrível para você ouvir alguém falar disso; e, quanto à sua irmã, garanto que não diria nenhuma palavra, por tudo o que é mais sagrado. Você viu que não falei nada durante o jantar. E assim também farão sir John e minhas filhas, pois são todos muito prudentes e respeitosos; especialmente se eu os puser a par da situação, como certamente farei. Para mim, quanto menos se tocar em tais assuntos, melhor, mais cedo tudo passa e é esquecido de uma vez. E afinal, você sabe, desde quando falar adianta alguma coisa?"

"Neste caso só faria prejudicar; mais até do que em muitos casos semelhantes, pois as circunstâncias que o cercam, pelo bem de todos os envolvidos, tornam o caso impróprio para ser abordado publicamente. Justiça seja feita ao senhor Willoughby — ele não chegou a romper de fato nenhum compromisso com minha irmã."

"Pois, sim, minha cara! Não finja querer defendê-lo. Nenhum compromisso?! Depois de levá-la para Allenham e passearem por todos os cômodos onde viveriam para sempre?"

Elinor, pelo bem da irmã, não podia levar o assunto adiante e contava que isso não fosse esperado dela pelo bem de Willoughby; pois, ainda que Marianne pudesse perder muito, ele tampouco ganharia com a obrigatoriedade da verdade dos fatos. Após um breve silêncio de ambas as partes, a sra. Jennings, com toda a sua alegria natural, voltou à carga:

"Ora, minha querida, há males que vêm para bem, pois será tanto melhor para o coronel Brandon. Ele por fim a terá para si; ora, se não terá. Escute o que eu digo, se eles não vão se casar até o final do verão. Deus! Como ele há de rir com essa notícia! Espero que venha hoje à noite. Será sem nenhuma dúvida um melhor partido para sua irmã. Dois mil por ano sem dívidas ou descontos — exceto, na verdade, pela pequena filha ilegítima; sim, tinha me esquecido dela; mas deve sair barato educá-la, e que importância tem isso? Delaford é um belo lugar, isso eu garanto; justamente o que chamo de um bom lugar à moda antiga,[1] cheio de confortos e conveniências; quase isolado pelos muros altos dos jardins, cobertos por um pomar das melhores frutas da região: e que amoreira em um dos cantos! Deus! Como Charlotte e eu nos fartamos na única vez em que lá estivemos! Pois então, há um columbário, alguns tanques de peixes muito bonitos e um lindo canal; e tudo, enfim, que alguém pode desejar: e mais, fica perto da igreja, e a um quarto de milha do entroncamento da estrada,[2] de modo que nunca é maçante, pois basta sentar na velha pérgola de teixos atrás da casa e você vê todas as carruagens que passam. Oh!, é um lugar muito simpático. Um açougue por perto, na vila; e o presbitério, pertíssimo. Para meu gosto, mil vezes mais bonito que Barton Park, onde são obrigados a ir buscar carne a três milhas dali, e o vizinho mais próximo é sua mãe. Bem, vou reanimar o coronel na primeira oportunidade. Se um não a quer, ela tem quem a queira.[3] Se ao menos conseguíssemos fazê-la parar de pensar em Willoughby!"

"Sim, se ao menos conseguíssemos fazer isso, madame", disse Elinor, "já seria de grande valia, com ou sem o coronel Brandon." E então, levantando-se, saiu para voltar a Marianne, que encontrou, como esperava, no quarto, inclinada, triste e calada, sobre um resquício de fogo na lareira, que, até a entrada de Elinor, era sua única luz.

"Seria melhor me deixar sozinha", foi o único aviso que recebeu da irmã.

"Deixarei", disse Elinor, "se você vier para a cama." Mas isso, na momentânea perversidade do impaciente sofrimento, ela a princípio se recusou a fazer. A persuasão da irmã, decidida mas gentil, contudo, logo a fez ceder, e Elinor viu-a deitar a cabeça dolorida no travesseiro e viu-a, como queria, antes de sair, encaminhar-se para um descanso tranquilo.

Na sala, para onde então retornou, Elinor logo ganhou a companhia da sra. Jennings, que chegou com uma taça de vinho, cheia de alguma coisa, na mão.

"Minha querida", disse, ao entrar, "acabei de me lembrar que eu tinha uma garrafa fechada de um velho vinho Constantia,[4] dos melhores, aqui em casa, então trouxe uma taça para sua irmã. Meu pobre marido! Como ele adorava esse vinho! Sempre que sentia atacar a gota, ele dizia que era a melhor coisa do mundo. Leve para sua irmã."

"Cara madame", respondeu Elinor, sorrindo da diferença das queixas para que o vinho era recomendado, "a senhora é muito bondosa! Mas acabei de colocar Marianne na cama e espero que esteja prestes a dormir; e, como penso que nada lhe fará tão bem quanto repouso, se a senhora me der licença, eu mesma beberei este vinho."

A sra. Jennings, ainda lamentando não haver chegado cinco minutos antes, ficou satisfeita com o acordo; e Elinor, ao beber de um gole a maior parte, refletiu que, embora os efeitos daquele vinho sobre a gota pouco lhe importassem no momento, seu poder de curar corações frustrados viria bem a calhar, tanto para ela como para a irmã.

O coronel Brandon chegou quando o grupo se preparava para o chá, e, por seu modo de observar a sala em busca de Marianne, Elinor imediatamente imaginou que não esperava nem desejava encontrá-la ali e, em suma, que já soubesse o que ocasionara sua ausência. À sra. Jennings não ocorreu o mesmo pensar; pois, logo após sua chegada, ela atravessou a sala até a mesa de chá onde Elinor servia e sussurrou: "O coronel parece grave como sempre, você não acha? Ele não sabe de nada; vá contar a ele, minha querida".

Pouco depois disso, ele se aproximou e, com uma expressão que garantia perfeitamente o conhecimento da situação, perguntou-lhe pela irmã.

"Marianne não está bem", Elinor disse. "Ela ficou o dia todo indisposta e nós a convencemos a se deitar mais cedo."

"Talvez, então", ele respondeu hesitante, "o que eu ouvi esta manhã possa ser — pode haver mais verdade nisso do que julguei possível a princípio."

"O que o senhor ouviu?"

"Que um cavalheiro que eu tinha motivos para acreditar que — em suma, que um homem que eu sabia estar comprometido — mas como lhe dizer? Se você já sabe, como certamente deve saber, pode me poupar de dizê-lo."

"O senhor se refere", respondeu Elinor, com forçada serenidade, "ao casamento do senhor Willoughby com a senhorita Grey. Sim, sabemos de tudo. Hoje parece ter sido o dia das elucidações gerais, pois só esta manhã isso nos foi revelado. O senhor Willoughby é um mistério insondável! Onde o senhor ficou sabendo disso?"

"Em uma papelaria em Pall Mall,[5] quando estava de saída. Duas damas aguardavam a carruagem, e uma delas contava à outra sobre tal casamento, em tom de voz que nem tentava disfarçar, de modo que foi impossível que eu não escutasse tudo. O nome de Willoughby, John Willoughby, diversas vezes repetido, primeiramente me chamou a atenção, e o que se seguiu foi uma declaração de que estava tudo enfim acertado para que seu casamento com a senhorita Grey — já não era mais segredo — ocorresse mesmo dentro de poucas semanas, com muitos detalhes dos preparativos e outros afazeres. Lembro-me especialmente de uma coisa, pois serviu para identificar melhor o sujeito: — encerrada a cerimônia, eles irão para Combe Magna, a casa dele em Somersetshire. Fiquei pasmo! Mas seria impossível descrever o que senti. A dama comunicativa, apurei mais tarde, pois fiquei na papelaria até que elas partissem, era uma tal senhora Ellison, e este, como fiquei sabendo depois, é o nome da tutora da senhorita Grey."

"É, sim. Mas o senhor ouviu dizer também que a senhorita Grey tem uma renda de cinquenta mil libras por ano? Se existe alguma explicação, talvez aí a encontremos."

"Pode ser; mas Willoughby é bem capaz — pelo menos é o que eu acho" — ele se deteve por um momento; então acrescentou com uma voz que não parecia mais confiante: "E sua irmã — como ela..."

"O sofrimento é muito intenso. Só espero que, proporcionalmente, não dure tanto. Tem sido, está sendo uma aflição cruel. Até ontem, creio, ela jamais duvidou dos sentimentos dele; e mesmo agora, talvez — mas eu estou quase convencida de que ele nunca gostou dela de verdade. Ele foi muito capcioso!, e em alguns aspectos parece que existe uma dureza em seu coração."

"Ah", disse o coronel Brandon, "existe mesmo, sem dúvida! Mas sua irmã não — creio que você disse isso — ela não pensa o mesmo que você?"

"O senhor conhece o temperamento dela e pode imaginar com que avidez ainda o justificaria se pudesse."

Ele nada respondeu; e, logo em seguida, com a retirada do serviço de chá e a formação das mesas de jogo, o assunto foi necessariamente abandonado. A sra. Jennings, que os observara com prazer enquanto conversavam e que esperava ver o efeito do comunicado da srta. Dashwood na forma de uma alegria instantânea sobre o coronel Brandon, como poderia ocorrer a um homem na flor da idade, da esperança e da felicidade, viu-o, com espanto, permanecer o restante da noite ainda mais sério e pensativo que de costume.

IX

De uma noite de mais sono do que o esperado, Marianne acordou na manhã seguinte com a mesma consciência de sua desgraça com que fechara os olhos.

Elinor encorajou-a o máximo possível a falar o que sentia; e, antes do desjejum, já haviam revisitado diversas vezes o assunto; com a mesma convicção constante e os mesmos conselhos afetuosos de Elinor, e os mesmos sentimentos impetuosos e as mesmas opiniões cambiantes de Marianne. Ora a moça conseguia acreditar que Willoughby era tão infeliz e inocente quanto ela, ora ficava desconsolada com a impossibilidade de absolvê-lo. Em um primeiro momento, era absolutamente indiferente aos olhos do mundo, em seguida, dele se isolava para sempre, para, em um terceiro momento, resistir ao mundo com energia. Era, no entanto, uniforme em uma coisa: em evitar, sempre que podia, a presença da sra. Jennings, ou no resoluto silêncio que assumia quando obrigada a suportá-la. Seu coração se endurecera a ponto de não crer que a sra. Jennings fosse capaz de penetrar sua tristeza com alguma compaixão.

"Não, não, não, não pode ser", ela exclamou; "ela não sente nada. Sua bondade não tem compaixão; sua boa vontade não tem ternura. Ela só quer bisbilhotar e só gosta de mim agora como um pretexto."

Elinor nem precisava disso para ter certeza da injustiça com que a irmã costumava se deixar levar em sua opinião sobre os outros, do refinamento irritadiço de sua mente e da importância exagerada que dava à delicadeza de uma sensibilidade aguda e à graça na polidez dos modos. Como a outra metade do mundo, se é que mais da metade é perspicaz e bondosa,[1] Marianne, com todos os seus excelentes atributos e sua excelente disposição, não era nem lógica nem justa. Ela esperava dos outros as mesmas opiniões e os mesmos sentimentos que os seus e julgava os motivos alheios pelo efeito imediato que tinham sobre si mesma. Assim ocorreu uma circunstância, enquanto as irmãs estavam juntas no quarto, após o desjejum, em que a boa-fé da sra. Jennings caiu ainda mais em seu conceito; pois, por uma fraqueza, acabou se revelando fonte de novas dores para ela, embora tivesse agido por impulso da maior boa vontade.

Com uma carta na mão estendida e expressão de quem sorri alegremente, certa de trazer consolo, ela entrou no quarto dizendo:

"Agora, minha querida, trouxe algo que certamente lhe fará bem."

Para Marianne, foi o que bastou. No mesmo momento sua imaginação colocou diante de si uma carta de Willoughby, cheia de ternura e contrição, explicando tudo o que acontecera, de maneira satisfatória e convincente; e, no mesmo instante, seguiria-se Willoughby em pessoa, avidamente quarto adentro, para reforçar, a seus pés, pela eloquência do olhar, o que garantia a carta. A obra de um momento foi destruída pelo seguinte. A letra de sua mãe, nunca até então indesejada, era o que tinha diante de si; e na frustração aguda que seguiu o êxtase de mais que uma esperança ela sentiu como se, até aquele instante, nunca tivesse sofrido antes.

A crueldade da sra. Jennings, palavras ao alcance de sua eloquência nos momentos mais felizes não poderiam expressar; e então ela a censurou apenas pelas lágrimas que jorraram de seus olhos com violência apaixonada — uma censura, no entanto, tão inteiramente vã que, após muitas expressões de pena, ela interrompeu, já que a outra ainda se referia à carta como um consolo. Mas a carta, quando ela estava serena o bastante para lê-la, trazia pouco consolo. Willoughby enchia todas as páginas. A mãe ainda confiante no noivado, contando sempre com a constância dele, entusiasmada, havia sido motivada apenas pela insistência de Elinor, para estimular Marianne a se abrir mais com elas; e era tanta a ternura que lhe dedicava, e tamanha a afeição por Willoughby, e tanta convicção da felicidade futura do casal, que ela chorou de agonia ao longo de toda a leitura.

Então sentiu novamente toda a impaciência de voltar para casa; mais do que nunca queria bem à mãe; com todos os excessos de sua confiança equivocada em Willoughby, sentiu uma urgência incontrolável de ir embora. Elinor, que também não sabia ao certo se o melhor para Marianne era ficar em Londres ou voltar a Barton, não deu nenhum conselho além de paciência até que soubessem o que a mãe decidiria; e, por fim, obteve o consentimento da irmã para aguardar tal informação.

A sra. Jennings saiu mais cedo que de costume; pois não sossegaria enquanto os Middleton e os Palmer não pudessem lamentar como ela; e, recusando terminantemente a oferta de Elinor de lhe fazer companhia, ficou fora, sozinha, pelo resto da manhã. Elinor, com o coração muito apertado, ciente do pesar que deveria transmitir e percebendo pela carta a Marianne como fracassara em preparar o terreno para tanto, sentou e escreveu para a mãe um relato do que havia se passado, pedindo lhe orientação sobre o futuro; enquanto Marianne, que entrou na sala quando a sra. Jennings foi embora, permaneceu parada junto à mesa onde Elinor escrevia, observando o movimento da pena, lamentando a dureza de tal tarefa, lamentando ainda mais pelo efeito que teria sobre a mãe.

Assim teriam ficado outros quinze minutos se Marianne, cujos nervos então não podiam suportar nenhum ruído súbito, não houvesse se sobressaltado com uma batida na porta.

"Quem pode ser?", exclamou Elinor. "Ainda tão cedo! Achei que estaríamos livres."

Marianne foi até a janela.

"É o coronel Brandon!", disse, contrariada. "Jamais nos livraremos dele."

"Ele não vai entrar com a senhora Jennings fora."

"Eu não contaria com isso", disse retirando-se para o quarto. "Quem não tem mais o que fazer com seu tempo não se dá conta da própria intrusão na vida dos outros."

Os fatos provaram que sua conjectura estava certa, embora baseada na injustiça e no erro, pois o coronel Brandon entrou; e Elinor, convencida de que ele viera por pura preocupação com Marianne, o que se confirmou em seu olhar perturbado e melancólico e quando perguntou por ela, de modo breve porém ansioso, não conseguiu perdoar a irmã por ter tão pouca estima por ele.

"Encontrei a senhora Jennings na Bond-street", disse, após a primeira saudação, "e ela me estimulou a vir; e vim ainda mais encorajado, pois pensei que provavelmente encontraria a senhorita sozinha, o que era meu maior desejo. Meu objetivo — meu desejo — minha única intenção em meu desejo — espero, creio que é — é oferecer algum consolo; — não, não diria consolo — não um consolo instantâneo — mas uma convicção, uma convicção definitiva para sua irmã. Minha estima por ela, pela senhorita, por sua mãe — que a senhorita me permita prová-la, relatando algumas circunstâncias, que nada senão uma estima muito sincera — nada além do profundo desejo de ser útil—. Tenho justificativa — mas com tantas horas passadas tentando me convencer de que estou certo, será que eu não teria motivos para temer estar errado?" Ele se interrompeu.

"Eu compreendo", disse Elinor. "Você tem algo para me contar sobre o senhor Willoughby, que revelará mais amplamente o caráter dele. Contá-lo será a maior prova de amizade que pode dar a Marianne. Minha gratidão fica garantida imediatamente por qualquer informação com esse intuito, e a dela, certamente, virá com o tempo. Por favor, por favor, quero saber."

"Pois então saiba; e, para ser breve, quando eu saí de Barton em outubro passado — mas assim você não vai entender — preciso voltar mais no tempo. Verá que não sou um narrador habilidoso, senhorita Dashwood; nunca sei por onde começar. Um breve relato sobre mim, creio, será necessário, e garanto que será breve. Nesse assunto", suspirou pesadamente, "não me sinto tentado a ser prolixo."

Ele se deteve por um momento para lembrar, e então, com outro suspiro, prosseguiu.

"Provavelmente a senhorita se esqueceu de uma conversa — (que não deve ter lhe causado nenhuma impressão) — uma conversa entre nós certa noite em Barton Park — uma noite de baile — em que aludi a uma dama que um dia conheci e que se parecia, em certa medida, com sua irmã Marianne."

"Na verdade", respondeu Elinor, "eu não me esqueci disso." Ele pareceu satisfeito com a lembrança e acrescentou:

"Se não estou enganado pela incerteza, pela parcialidade da lembrança afetuosa, existe uma forte semelhança entre elas, física e intelectual. O mesmo calor no coração, a mesma avidez da imaginação e do humor. Essa dama era muito próxima a mim, uma órfã desde a infância, que vivia sob a guarda de meu pai. Tínhamos quase a mesma idade, e desde a mais tenra infância brincávamos juntos e éramos amigos. Desde que me lembro, eu amava Eliza;[2] e meu afeto por ela, conforme crescemos, foi se tornando, a julgar pela minha atual gravidade desamparada e descontente, algo que você poderia achar impossível que um dia eu tivesse sentido. O amor que ela sentia por mim era, creio, tão ardente quanto o de sua irmã pelo senhor Willoughby, e foi, embora por motivos diferentes, não menos infeliz. Aos dezessete anos, perdi-a para sempre. Ela se casou — foi casada contra sua vontade com meu irmão. Dispunha de uma grande fortuna, e a propriedade de minha família estava muito endividada. E isso, receio, é tudo o que se pode dizer da conduta de alguém que era ao mesmo tempo seu tio e seu tutor. Meu irmão não a merecia; nem a amava. Eu esperava que o que ela sentia por mim pudesse fortalecê-la diante de qualquer dificuldade, e por algum tempo de fato fortaleceu; — mas por fim a desgraça de sua situação, pois ela experimentou grandes brutalidades, superou sua determinação, e embora ela tivesse me prometido que nada — mas como relato tudo aos trancos! Não cheguei a lhe contar como isso aconteceu. Fugiríamos juntos para a Escócia dentro de poucas horas. A astúcia, ou a tolice, da criada de minha prima acabou nos traindo. Fui banido para a casa de um parente muito distante, e a ela não foi permitida nenhuma liberdade, nenhuma convivência, nenhuma distração, até que a vontade de meu pai prevalecesse. Acabei confiando demais nas forças de que ela dispunha, e o golpe foi muito duro — mas se ela fosse feliz no casamento, jovem como eu era na época, em questão de meses teria me conformado, ou pelo menos não haveria de lamentar até hoje. Não foi, no entanto, o caso. Meu irmão não tinha nenhuma consideração por ela; seus prazeres não eram como deveriam ser, e desde o início ele a tratou com brutalidade. A consequência disso, sobre uma mente tão jovem, tão jovial, tão inexperiente, quanto a da senhora Brandon, foi muito natural. Ela se resignou a princípio à desgraça da própria situação; e teria sido mais feliz se não tivesse vivido para superar os remorsos que minha lembrança lhe causava. Será de estranhar que, com um marido daqueles a provocar-lhe a inconstância e sem nenhuma amizade para aconselhá-la ou impedi-la (pois meu pai viveu apenas mais alguns meses depois desse casamento, e eu estava com meu regimento nas Índias Orientais), ela tenha decaído? Se eu tivesse ficado na Inglaterra, talvez — mas pretendia promover a felicidade dos dois me afastando dela durante anos e, com esse propósito, pedira transferência. O choque que o casamento dela causou em mim", continuou, com a voz muito exaltada, "não pesou tanto — não foi nada mesmo — comparado com o que senti quando fiquei sabendo, dois anos depois, do divórcio. Foi o que lançou essa sombra, — de até hoje lembrar do que sofri—"

Ele não conseguiu dizer mais nada, e, levantando-se subitamente, caminhou alguns minutos pela sala. Elinor, abalada pelo relato, e ainda mais pela aflição dele, tampouco conseguiu falar. Ele notou essa preocupação e, aproximando-se, tomou-lhe a mão, apertou-a e beijou-a com agradecido respeito. Levou alguns minutos recuperando-se em silêncio até prosseguir serenamente.

"Eu só voltaria à Inglaterra quase três anos após esse infeliz período. Minha primeira preocupação, quando cheguei, foi obviamente procurá-la; mas a busca foi tão infrutífera quanto melancólica. Não consegui descobrir seu paradeiro além do primeiro que a seduziu, e havia muitos motivos para temer que tivesse se afastado dele para afundar ainda mais em uma vida de pecados. A pensão que ela recebia não era proporcional à sua fortuna, nem suficiente para que se mantivesse com conforto, e, fiquei sabendo por meu irmão, o direito de recebê-la havia sido transferido alguns meses antes para outra pessoa. Ele imaginava, e conseguia imaginar isso com tranquilidade, que suas extravagâncias e consequentes aflições deviam tê-la obrigado a dispor do dinheiro para algum alívio imediato. Por fim, contudo, quando eu já estava na Inglaterra havia seis meses, acabei encontrando Eliza. A consideração por um antigo empregado meu, que desde então caíra em desgraça, levou-me a visitá-lo onde se encontrava preso por dívidas; e lá, na mesma casa de devedores,[3] em confinamento semelhante, estava minha infeliz cunhada. Tão mudada — tão envelhecida — exaurida por agudos sofrimentos de toda sorte! Mal pude acreditar que aquela figura melancólica e enfermiça diante de mim era o que restara da menina adorável, na flor da idade, saudável, que um dia eu tanto adorei. O que senti ao contemplá-la — mas não tenho direito de ferir seus sentimentos tentando descrever — já a incomodei demais. Que ela estivesse, ao que tudo indicava, no último estágio da tuberculose, foi — sim, em tal situação, foi meu maior consolo. A vida não podia lhe dar mais nada, além de tempo para se preparar melhor para a morte; e esse tempo lhe foi dado. Dei-lhe aposentos mais confortáveis, onde recebeu cuidados apropriados; visitei-a em todos os dias que restaram de sua breve existência; estive com ela em seus últimos momentos."

Novamente ele parou para se recompor; e Elinor contou o que sentia em uma exclamação de terna preocupação, com o destino de sua amiga infeliz.

"Sua irmã, espero, não há de se ofender", ele disse, "com a semelhança que vi entre ela e minha pobre e desgraçada parente. Seus destinos, suas sortes não poderiam ser iguais; e se a disposição naturalmente doce de uma tivesse sido protegida por uma mente mais resoluta ou por um casamento feliz, ela poderia ter sido tudo o que você verá a outra se tornar. Mas aonde tudo isso está levando? É como se eu a tivesse afligido por nada. Ah!, senhorita Dashwood — um assunto como esse — intocado durante catorze anos — só abordá-lo já é perigoso! Serei mais sucinto — mais conciso. Ela deixou a meus cuidados sua filha única, uma garotinha, fruto de sua primeira relação ilegítima, que então tinha cerca de três anos. Eliza amava a criança e sempre a mantivera consigo. Foi uma confiança valiosa, preciosa, em mim; e eu de bom grado a teria assumido legalmente, cuidando de sua educação, se a natureza de nossas posições permitisse; mas eu não tinha família nem lar: e minha pequena Eliza foi, portanto, levada para uma escola. Eu a visitava sempre que podia, e depois da morte de meu irmão (que ocorreu há cerca de cinco anos, e que me tornou dono das propriedades da família) ela me visitava com frequência em Delaford. Eu dizia que era uma parente distante; mas sei muito bem que todos desconfiam que eu tenha uma relação muito mais íntima com ela. Agora faz três anos (ela completara catorze) que a tirei da escola, para deixá-la aos cuidados de uma mulher muito respeitável, em Dorsetshire, que cuidava de quatro ou cinco outras meninas por volta dessa mesma idade; e, durante dois anos, tive todos os motivos para estar satisfeito com a situação dela. Porém, em fevereiro passado, há quase um ano, ela sumiu de forma repentina. Eu havia permitido (imprudentemente, conforme se revelaria), atendendo a suas calorosas instâncias, que ela fosse a Bath com uma de suas jovens amigas, que acompanharia o pai em um tratamento de saúde. Eu sabia que ele era um homem muito bom, e tinha sua filha em alta conta — mais alta do que ela merecia, pois, em segredo, obstinada e impensadamente, ela não me contou nada, nenhuma pista, embora na certa soubesse de tudo. Ele, o pai dela, um homem bem-intencionado, mas não muito observador, não teria como dar, creio, nenhuma informação; pois ficara o tempo todo confinado dentro de casa, enquanto as meninas passeavam pela cidade e conversavam com quem bem entendessem; e ele tentou me convencer, da mesma forma como estava convencido, de que sua filha não tinha nenhum conhecimento do caso. Em suma, fiquei sabendo apenas que ela havia sumido; todo o resto, durante oito longos meses, foi resultado de conjecturas. O que pensei, o que temi, pode-se bem imaginar; assim como o que sofri."

"Céus!", exclamou Elinor, "será possível? Teria sido Willoughby?"

"A primeira notícia que recebi", ele continuou, "foi uma carta dela mesma, em outubro passado. Encaminharam para mim de Delaford, e a recebi naquela manhã em que pretendíamos ir a Whitwell; e foi esse o motivo de eu ter ido embora de Barton tão de repente, o que decerto todos acharam estranho na ocasião e algumas pessoas devem ter ficado até mesmo ofendidas. Suponho que o senhor Willoughby nem imaginasse, quando sua expressão censurou minha indelicadeza ao cancelar o passeio, que eu estava sendo chamado para atender alguém que ele mesmo tornara pobre e infeliz; mas, caso soubesse, de que teria adiantado? Ele teria ficado menos alegre ou menos feliz com os sorrisos de sua irmã? Não, ele já havia feito aquilo, algo que nenhum homem que se importa com o outro teria feito. Abandonara uma menina cuja juventude e inocência já seduzira, em uma situação de máxima aflição, sem um lar confiável, sem ajuda, sem parentes, sem saber ao menos o endereço dele! Ele a deixara com a promessa de que voltaria; mas não voltou, nem escreveu, nem deu satisfações a ela."

"Isso vai além de qualquer conjectura!", exclamou Elinor.

"Agora você conhece o caráter dele; esbanjador, libertino e ainda pior. Sabendo de tudo isso, como eu já sabia havia várias semanas, imagine o que eu senti ao ver que sua irmã gostava dele como nunca, e ao me garantirem que se casaria com ele; imagine o que senti por todas vocês. Quando vim aqui na semana passada e a encontrei sozinha, viera decidido a saber a verdade; embora tenha ficado indeciso quanto ao que fazer depois que soube. Meu comportamento há de ter parecido estranho na ocasião; mas agora você compreende. Suportar vê-las tão iludidas; ver sua irmã — mas o que eu podia fazer? Não havia esperança de que minha intervenção pudesse obter sucesso; e às vezes achava que sua irmã, apaixonada, ainda poderia tentar defendê-lo. Mas agora, depois dessa atitude tão indecorosa, quem sabe quais seriam as intenções dele com ela? Quaisquer que fossem, contudo, ela pode agora, e doravante sem dúvida o fará, enfrentá-las de acordo com a própria situação, comparando-se com minha pobre Eliza, considerando a desgraça e o desamparo dessa pobre menina, e pensando nela, com um afeto por ele tão forte quanto o dela, e com a mente atormentada pela autocensura, que há de acompanhá-la pelo resto da vida. Certamente essa comparação deve lhe ser útil. Ela verá que seus sofrimentos não são nada. Não procedem de um desvio de conduta e não podem lhe trazer nenhuma desgraça. Ao contrário, toda amizade se tornará mais valiosa para ela por conta de tais sofrimentos. A preocupação com sua infelicidade e o respeito por sua força diante da tristeza hão de fortalecer todas as suas relações. Siga seu próprio discernimento, todavia, ao comunicar o que lhe contei. Você deve saber melhor que eu qual será o efeito disso; mas, se não acreditasse seriamente, e do fundo do coração, que isso poderia ter alguma serventia, que poderia diminuir seu pesar, não teria ousado incomodá-la com esse relato de minhas agruras familiares, com um recital que pode parecer uma tentativa de me destacar às custas dos outros."

Depois desse discurso, Elinor agradeceu com ardoroso reconhecimento; acompanhado da garantia de que também ela esperava que o relato do que se passara na prática seria vantajoso para Marianne.

"Aflige-me mais", Elinor disse, "quando ela tenta inocentá-lo do que qualquer outra coisa; pois isso a perturba mais do que a perfeita convicção da indignidade dele. Agora, embora a princípio ela vá sofrer bastante, tenho certeza de que o sofrimento em breve será mais ameno. O senhor", ela continuou, após um breve silêncio, "chegou a encontrar o senhor Willoughby depois que partiu de Barton?"

"Sim", ele respondeu gravemente, "uma vez. Foi um encontro inevitável."[4]

Elinor, assustada com os modos dele, encarou-o ansiosamente, dizendo:

"O quê?! O senhor o enfrentou em..."

"Não seria possível encontrá-lo de outra maneira. Eliza confessou para mim, depois de muita relutância, o nome de seu amante; e, quando ele retornou à cidade, o que ocorreu quinze dias após a minha volta, nós nos enfrentamos, ele para defender, e eu para punir sua conduta. Saímos sem ferimentos, e o encontro, portanto, jamais veio a público."

Elinor suspirou só de pensar no quanto aquilo era desnecessário; mas, por se tratar de um homem que era soldado, achou melhor não fazer nenhuma censura.

"Tal", disse o coronel Brandon, após uma pausa, "foi a infeliz semelhança entre o destino de mãe e filha! E assim desastrado foi meu desempenho diante do que me havia sido confiado!"

"Ela continua em Londres?"

"Não; assim que se recuperou do parto, pois a encontrei apenas um pouco antes disso, eu a transferi com a criança para o interior, onde ela se encontra até hoje."

Lembrando-se, pouco depois, de que provavelmente estava impedindo Elinor de ficar com a irmã, ele deu por encerrada a visita, recebendo dela mais uma vez o mesmo grato reconhecimento e deixando-a cheia de compaixão e estima por ele.

X

Quando os detalhes dessa conversa foram repetidos pela srta. Dashwood à irmã, o que se deu muito em breve, o efeito sobre ela não foi exatamente o que a primeira havia esperado. Não que Marianne parecesse suspeitar da veracidade de alguma parte da história, pois ouviu tudo com a mais constante e submissa atenção, não fez nenhuma objeção ou comentário, não tentou vingança contra Willoughby, e pareceu demonstrar por suas lágrimas que considerava aquilo impossível. Mas, embora esse comportamento garantisse a Elinor que a convicção da culpa dele penetrara a consciência da irmã, embora visse com satisfação o efeito disso no fato de ela não mais evitar o coronel Brandon quando este vinha visitá-la, no fato de falar com ele, voluntariamente até, com uma espécie de respeito compassivo, e embora notasse que seu ânimo estava menos violentamente irritadiço do que antes, não havia sinal de que Marianne se sentisse menos desgraçada. Sua mente havia se acalmado, mas em soturna depressão. Ela lamentava a perda do caráter de Willoughby ainda mais pesadamente do que sentira a perda de seu coração; a sedução e a deserção da srta. Williams, a infelicidade da pobre menina, e a dúvida quanto às intenções que um dia ele tivera com relação a ela, juntas rapinaram tanto seu ânimo que Marianne não conseguiu falar o que sentia nem mesmo a Elinor; e, remoendo em silêncio suas tristezas, afligiu ainda mais a irmã do que se a tivesse comunicado com a mais franca e frequente confissão.

Expor os sentimentos ou o linguajar da sra. Dashwood ao receber e responder a carta de Elinor seria apenas repetir o que as filhas já haviam sentido e relatado; seria repetir uma decepção dificilmente menos dolorosa que a de Marianne, e uma indignação ainda maior que a de Elinor. Longas cartas, chegando em rápida sucessão, relataram tudo o que ela sofrera e pensara; expressando sua ansiosa preocupação com Marianne, e estimulando-a a suportar com firmeza aquele infortúnio. Devia ser mesmo ruim a natureza das aflições de Marianne, para sua mãe falar em firmeza! E mortificante e humilhante havia de ser a origem de tais pesares, para a mãe desejar que ela não se deixasse levar!

Contra o interesse de seu próprio consolo individual, a sra. Dashwood decidira que seria melhor para Marianne que fosse a qualquer parte, naquele momento, mas não voltasse a Barton, onde tudo à sua volta traria o passado da forma mais intensa e aflitiva, colocando constantemente Willoughby diante dela, tal como sempre o vira por lá. Ela recomendou às filhas, portanto, que de modo algum abreviassem a visita à sra. Jennings; cuja duração, embora jamais fixada exatamente, todas esperavam que se estendesse pelo menos por cinco ou seis semanas. A diversidade de ocupações, de objetivos e de companhias, que não encontrariam em Barton, seria inevitável na capital, e seriam capazes, ela esperava, de persuadir Marianne, em certas ocasiões, a se interessar por algo além de si mesma e até mesmo a se divertir um pouco, por mais que a filha pudesse então menosprezar essas ideias.

Dos perigos de tornar a ver Willoughby, a mãe considerava que a filha estaria igualmente a salvo na cidade como no interior, uma vez que todos que se consideravam amigos dela agora haveriam de cortar relações com ele. Intencionalmente, jamais cruzariam seus caminhos; a negligência jamais os deixaria expostos a uma surpresa; e o acaso era menos favorável na multidão de Londres que no isolamento de Barton, onde poderiam se encontrar durante a visita a Allenham por ocasião do casamento dele, o que a sra. Dashwood, que o previra a princípio como um acontecimento provável, já contava como certo.

Havia ainda outro motivo para desejar que as filhas permanecessem onde estavam; uma carta de seu enteado lhe informara que ele e a esposa estariam na capital a partir de meados de fevereiro, e ela achava bom que elas se encontrassem às vezes com o irmão.

Marianne havia prometido seguir a opinião da mãe, e acatou-a, portanto, sem oposição, embora fosse totalmente distinta do que havia desejado e esperado, embora a considerasse inteiramente errada, estabelecida sobre fundamentos equivocados, e apesar de que, ao pedir que ela permanecesse mais tempo em Londres, aquilo a privaria do único alívio possível para sua desgraça, a solidariedade pessoal de sua mãe, condenando-a a tal convivência e tais cenas que impediriam que ela tivesse um momento sequer de sossego.

Mas foi motivo de grande consolo para ela descobrir que o que lhe trouxera o mal traria o bem para sua irmã; e Elinor, por sua vez, desconfiando que não poderia evitar Edward inteiramente, consolou-se pensando que, embora a permanência daquela forma prolongada militasse contra sua própria felicidade, seria melhor para Marianne do que um retorno imediato a Devonshire.

Seu cuidado em proteger a irmã para que jamais ouvisse o nome de Willoughby outra vez ser mencionado não foi em vão. Marianne, embora sem sabê-lo, foi muito beneficiada com isso; pois nem a sra. Jennings, nem sir John, nem mesmo a própria sra. Palmer jamais tocaram em seu nome diante dela. Elinor bem gostaria que a mesma contenção tivesse se estendido também a ela, mas isso era impossível, e foi obrigada a ouvir, dia após dia, a indignação de todo o grupo.

Sir John não achava que fosse possível. "Um homem que sempre lhe dera tantos motivos para ter na mais alta conta! Um sujeito tão aprazível! Um dos cavaleiros mais ousados na Inglaterra! Era um caso inconcebível. Desejou de todo o coração que ele fosse para os infernos. Jamais trocaria outra palavra com ele, onde quer que o encontrasse, por tudo o que era mais sagrado! Não, nem que fosse no abrigo de caça em Barton e ficassem duas horas juntos esperando. Que sujeito ordinário! Cão ardiloso! E da última vez em que estiveram juntos ele lhe havia oferecido um filhote de Folly! E agora podia esquecer!"

A sra. Palmer, a seu modo, mostrou-se igualmente irascível. "Estava resolvida a cortar imediatamente relações com ele, e era muito grata por jamais havê-lo conhecido afinal. Desejou de todo coração que Combe Magna não fosse tão perto de Cleveland; odiou-o tanto que decidiu nunca mais mencionar seu nome outra vez, e diria a todo mundo que encontrasse que ele não valia nada."

O restante da solidariedade da sra. Palmer se resumiu a obter cada detalhe que pôde amealhar do casamento prestes a acontecer e a comunicá-los a Elinor. Em pouco tempo, já sabia dizer quem seria o fabricante da nova carruagem do casal, o pintor do retrato do sr. Willoughby, e de que loja eram as roupas da srta. Grey.

O desinteresse sereno e polido de lady Middleton na ocasião foi um feliz lenitivo para o estado de espírito de Elinor, oprimido como vinha sendo amiúde pela clamorosa bondade dos demais. Foi um grande consolo assegurar-se de que ao menos uma pessoa dentro daquele círculo de amizade não se interessava pelo caso; um grande consolo saber que havia ao menos alguém que a encontraria sem sentir nenhuma curiosidade pelos detalhes ou a mínima ansiedade com relação à saúde de sua irmã.

Toda qualidade é por vezes elevada, pelas circunstâncias do momento, a um valor mais alto que o real; e ela às vezes ficava tão deprimida com aquelas condolências oficiosas que chegava a valorizar mais a boa educação como algo indispensável para servir de consolo do que a boa índole.

Lady Middleton expressava ter ciência do caso, uma ou duas vezes por dia, quando o assunto era muito abordado, dizendo apenas "É de fato muito chocante!", e, por meio desse repetido porém gentil comentário, conseguia olhar para as srtas. Dashwood desde o início não apenas sem a menor emoção, mas também como se houvesse, em seguida, esquecido cada palavra do assunto; e, dessa forma mantendo a dignidade de seu próprio sexo, e declarando sua resoluta censura do que era errado no outro, ela se considerou à vontade para corresponder ao interesse de seu grupo, e assim decidiu (embora contrariando a opinião de sir John) que, como a sra. Willoughby seria em breve uma mulher de elegância e fortuna, deixaria seu cartão com ela assim que se casasse.

As delicadas e discretas perguntas do coronel Brandon nunca eram indesejáveis para a srta. Dashwood. Ele merecera abundantemente o privilégio da discussão íntima sobre a desilusão de sua irmã, com o cuidado amistoso com que tentara amenizá-la, e eles sempre conversavam com franqueza. A principal recompensa pela dolorosa revelação de suas tristezas do passado e humilhações do presente foi o olhar compassivo que Marianne por vezes dirigia a ele, e a delicadeza da voz dela sempre que falava ou se obrigava a falar com ele (embora isso não fosse frequente). Esses olhares e essa voz lhe garantiram que seu empenho produzira um aumento da boa vontade dela para com ele e deram a Elinor esperança de que doravante isso só faria crescer ainda mais; mas a sra. Jennings, que não sabia de nada disso, que sabia apenas que o coronel continuava cerimonioso como sempre e que ela não conseguiria convencê-lo a fazer uma proposta direta, nem incumbi-la de fazê-lo por ele, começou, ao cabo de dois dias, a achar que, em vez de a tempo da festa de são João, em junho, eles não estariam casados antes da festa de são Miguel Arcanjo, em setembro, e, após uma semana, que não chegariam jamais a se casar. O bom entendimento entre o coronel e a srta. Dashwood parecia antes declarar que as honras da amoreira, do canal e da pérgola de teixos ficariam todas para ela; e a sra. Jennings deixou por algum tempo de pensar no sr. Ferrars.

No início de fevereiro, quinze dias depois do recebimento da carta de Willoughby, Elinor teve a dolorosa função de informar à irmã que ele havia se casado. Ela tratara de receber pessoalmente a notícia, assim que se soube que a cerimônia estava encerrada, pois desejava que Marianne não ficasse sabendo primeiro pelos jornais, que ela via a irmã examinar avidamente toda manhã.

Esta recebeu a notícia com resoluta compostura; não fez nenhum comentário, e a princípio não derramou lágrimas; mas pouco tempo depois extravasou, e pelo restante do dia ficou em um estado comparável ao de quando descobriu que era isso o que deveria esperar pela frente.

Os Willoughby deixaram a cidade assim que se casaram; e Elinor então esperou que, como não havia risco de Marianne se encontrar com nenhum dos dois, conseguiria convencer a irmã, que ainda não havia saído de casa desde o impacto do golpe, a voltar a sair aos poucos, como fizera antes.

Nesse ínterim, as duas srtas. Steele, recém-chegadas à casa da prima em Bartlett's Buildings,[1] Holborn, apresentaram-se novamente diante das parentes mais importantes em Conduit-street e Berkeley-street; e foram recebidas por todos com grande cordialidade.

Apenas Elinor lamentou revê-las. A presença delas sempre a incomodava, e ela mal soube como retribuir de maneira graciosa o sufocante prazer de Lucy ao encontrá-la ainda na cidade.

"Eu teria ficado muito decepcionada se não a encontrasse aqui ainda", repetiu Lucy, com uma forte ênfase na última palavra. "Mas sempre achei que encontraria. Tinha quase certeza de que não deixariam Londres ainda por algum tempo; embora tenha dito, você sabe, em Barton, que não iam ficar mais de um mês. Mas achei, na hora, que provavelmente mudaria de ideia quando chegasse a hora. Teria sido uma pena ir antes de seu irmão e sua cunhada chegarem. E agora certamente não terão mais nenhuma pressa de ir. Estou contentíssima que não tenha cumprido com sua palavra."

Elinor entendeu perfeitamente e foi obrigada a se valer de todo o seu autocontrole para parecer que não.

"Bem, minha cara", disse a sra. Jennings, "e como foram de viagem?"

"Não viemos de diligência, isso eu garanto", respondeu a srta. Steele, rapidamente, exultante; "viemos o caminho inteiro com uma carruagem alugada e com um elegante pretendente a nos fazer companhia. O doutor Davies vinha a Londres, então achamos melhor dividir com ele uma carruagem; e ele se comportou de modo muito cortês e pagou dez ou doze xelins a mais do que nós."

"Oh, oh!", exclamou a sra. Jennings; "que simpático, de fato! E o doutor é solteiro, isso eu garanto."

"Pois aí está", disse a srta. Steele, sorrindo com afetação, "todo mundo agora ri de mim por causa do doutor, e não consigo atinar por quê. Minhas primas dizem que certamente eu o conquistei; mas, de minha parte, juro que não penso nele em momento nenhum. 'Deus! Lá vem seu pretendente, Nancy', minha prima disse outro dia, quando o viu atravessando a rua de casa. 'Meu pretendente!?', eu disse — 'não sei a quem você se refere. O doutor não é meu pretendente coisa nenhuma.'"

"Sim, sim, foi uma bela tentativa — mas não funcionou — é o doutor, já estou vendo."

"Não, não é mesmo!", retrucou a prima, com afetada

sinceridade, "e imploro que desminta isso, se um dia ouvir da boca de alguém."

A sra. Jennings prontamente lhe ofereceu a gratificante garantia de que jamais o faria, e a srta. Steele ficou completamente feliz.

"Suponho que vá embora para ficar com seu irmão e sua cunhada, senhorita Dashwood, quando eles chegarem à cidade", disse Lucy, tornando à carga, após o fim das sugestões hostis.

"Não, não creio."

"Ah, sim, acredito que irão."

Elinor não lhe deu o prazer de prolongar sua oposição.

"É muito amável da parte da senhora Dashwood abrir mão de vocês duas por tanto tempo!"

"Tanto tempo!", interveio a sra. Jennings. "Pois a visita delas só começou!"

Lucy se calou.

"Sinto muito não poder ver sua irmã, senhorita Dashwood", disse a srta. Steele. "Sinto muito que ela não esteja bem"; pois Marianne deixara a sala quando elas chegaram.

"É muita bondade sua. Minha irmã também lamentará não ter o prazer de vê-las; mas ultimamente tem sofrido muito com dores de cabeça de fundo nervoso, que a tornam incapacitada para o convívio ou a conversa."

"Ah, querida, isso é uma pena! Mas mesmo velhas amigas como Lucy e eu! — acho que ela poderia nos receber; e tenho certeza de que não diríamos uma palavra."

Elinor, com grande cortesia, declinou da proposta. Sua irmã talvez já estivesse deitada na cama, ou de camisola, e portanto não poderia recebê-las.

"Ah, se for apenas por isso", exclamou a srta. Steele, "nós podemos subir só para vê-la."

Elinor começou a achar impertinência demais para seu temperamento; mas foi poupada do incômodo de detê-la pela brusca repreensão de Lucy, que então, como em diversas ocasiões, embora isso não conferisse suavidade aos modos de uma irmã, servia para governar os modos da outra.

XI

Não sem alguma oposição, Marianne acabou cedendo às instâncias da irmã, e consentiu em sair de casa com ela e a sra. Jennings certa manhã, por meia hora. Expressamente, contudo, declarou que não faria nenhuma visita, não faria mais do que acompanhá-las à joalheria Gray na Sackville street,[1] onde Elinor iria negociar a venda de algumas joias antiquadas da mãe.

Quando pararam na porta, a sra. Jennings se lembrou de que havia uma dama no final da rua a quem devia uma visita; e, como não tinha nada a fazer na joalheria, ficou combinado que, enquanto suas jovens amigas faziam suas transações, ela faria a tal visita, e voltaria para buscá-las.

Ao subir a escada, as srtas. Dashwood depararam com tantos clientes na sala que não havia ninguém que pudesse atendê-las; e foram obrigadas a esperar. Tudo o que podiam fazer era sentar e aguardar junto ao balcão onde a fila prometia ser mais rápida; apenas um cavalheiro estava ali parado, e é provável que Elinor tivesse esperanças de despertar sua gentileza no sentido de uma resolução mais rápida. Mas a acuidade da visão e o refinamento do gosto se provariam maiores que o cavalheirismo. Ele estava encomendando um estojo pessoal de palitos de dente, e até que o tamanho, o formato e os ornamentos tivessem sido decididos, após examinar e discutir durante quinze minutos cada um dos estojos de palitos da loja, finalmente escolhido de acordo com sua própria imaginação inventiva, ele não teve sequer um momento livre para prestar alguma atenção às duas damas, além do que pôde apurar em três ou quatro olhares fixos e demorados; um tipo de observação que serviu para deixar em Elinor a lembrança de uma pessoa e de um rosto dotados de forte, natural e elevada insignificância, ainda que adornado segundo a última moda.

Marianne foi poupada dessas perturbadoras sensações de desdém e ressentimento, diante do exame impertinente da aparência delas duas e diante da gabolice de seus modos ao pontificar sobre os diversos horrores dos variados estojos de palitos de dente apresentados para sua inspeção, permanecendo inconsciente de tudo aquilo; pois ela foi capaz de se recolher aos próprios pensamentos e ignorar o que se passava à sua volta, tanto na joalheria do sr. Gray como em seu próprio quarto de dormir.

Por fim, o assunto foi resolvido. O marfim, o ouro e as pérolas, cada um foi encomendado, e o cavalheiro, após determinar o último dia que sua existência poderia continuar sem a posse do estojo de palitos de dentes, vestiu suas luvas com cuidadosa lentidão e, lançando outro olhar para as srtas. Dashwood, mas um olhar que antes parecia demandar do que expressar admiração, saiu andando com um ar feliz de genuína arrogância e afetada indiferença.

Elinor não perdeu tempo ao apresentar sua proposta de negócio e estava prestes a concluí-la quando outro cavalheiro se apresentou a seu lado. Ela virou os olhos para o rosto dele e descobriu com certa surpresa que era seu irmão.

O afeto e o prazer do encontro foram o suficiente para uma cena bastante louvável na joalheria do sr. Gray. John Dashwood não lamentou nem um pouco o reencontro com as irmãs; era antes uma satisfação; e as perguntas sobre a mãe delas foram respeitosas e atenciosas.

Elinor descobriu que ele e Fanny estavam na cidade havia dois dias.

"Eu quis muito visitá-las ontem", ele disse, "mas foi impossível, pois tivemos de levar Harry para ver os animais selvagens em Exeter Exchange:[2] e passamos o resto do dia com a senhora Ferrars. Harry ficou satisfeitíssimo. Hoje cedo minha intenção era unicamente visitá-las, se tivesse conseguido meia hora livre para tanto, mas há sempre tanto a fazer quando se chega à cidade. Vim aqui encomendar um sinete para Fanny. Mas amanhã com certeza conseguirei visitá-las em Berkeley-street e ser apresentado à sua amiga, a senhora Jennings. Sei que é uma mulher de considerável fortuna. E os Middleton também, vocês precisam me apresentar a eles. Como parentes de minha sogra, ficarei feliz em lhes oferecer meus respeitos. Sei também que são seus excelentes vizinhos no interior."

"De fato, excelentes. A atenção que demonstram pelo nosso conforto, a amizade, sob todos os aspectos, é maior do que consigo expressar."

"Fico muito contente por isso, juro que fico. Mas é assim que deve ser; são pessoas muito ricas, são seus parentes, e o mínimo que se espera é que dediquem toda a cortesia e todo o consolo para tornar sua situação mais agradável. Pois então vocês estão confortavelmente instaladas naquele pequeno chalé e nada lhes falta! Edward nos fez um relato encantador do lugar; o mais completo chalé que se pode imaginar, ele disse, e aparentemente vocês apreciam a casa mais do que a qualquer outra coisa. Foi uma grande satisfação para nós, eu garanto."

Elinor sentiu certa vergonha do irmão; e não lamentou ser poupada da necessidade de responder, pela chegada do criado da sra. Jennings, que veio dizer que a senhora as aguardava na entrada.

O sr. Dashwood acompanhou-as até a rua, foi apresentado à sra. Jennings na porta da carruagem e, repetindo sua esperança de conseguir visitá-las no dia seguinte, despediu-se.

Então veio o dia da visita. Ele chegou com um pretexto para justificar a ausência da esposa; "mas ela estava tão ocupada com a mãe, que realmente não teria tempo de ir a parte alguma". A sra. Jennings, contudo, garantiu que não deveria haver cerimônia de sua parte, pois eram todos primos, ou algo do gênero, e ela certamente visitaria a sra. John Dashwood muito em breve e levaria as cunhadas para vê-la. Seus modos para com todos ali, embora contidos, foram perfeitamente gentis; com a sra. Jennings, ele foi o mais atentamente cortês; e no tocante ao coronel Brandon, que chegou pouco depois dele, olhou-o com uma curiosidade que parecia dizer que só estava esperando para saber se era rico para ser igualmente cortês.

Depois de meia hora com o grupo, pediu que Elinor caminhasse consigo até Conduit-street e o apresentasse a sir John e lady Middleton. O tempo estava especialmente bom, e ela consentiu sem hesitar. Assim que deixaram a casa, ele começou a perguntar.

"Quem é o coronel Brandon? É um homem de posses?"

"Sim; é dono de uma propriedade muito boa em Dorsetshire."

"Fico contente. Ele parece ser um homem extremamente cavalheiresco; e creio, Elinor, que posso parabenizá-la pela perspectiva de uma posição bastante respeitável na vida."

"Eu, meu irmão? O que quer dizer?"

"Ele gosta de você. Observei-o de perto, e estou convencido disso. Qual é o montante da fortuna dele?"

"Creio que uma renda de duas mil libras por ano."

"Dois mil por ano"; e então, se esforçando para uma inflexão de generosidade entusiasmada, acrescentou:

"Elinor, eu gostaria de todo o coração que fosse o dobro disso, para o seu bem".

"Não tenho dúvida quanto a isso", ela respondeu, "mas tenho certeza de que o coronel Brandon não tem a menor intenção de se casar comigo."

"Você está enganada, Elinor; está muito enganada. Com um mínimo de empenho, você o conquistará. Talvez, no momento, ele esteja apenas indeciso; a pequena fortuna de que você dispõe talvez o esteja fazendo hesitar; a família deve aconselhá-lo do contrário. Mas algumas daquelas pequenas atenções e garantias que as damas sabem conceder com tanta facilidade hão de bastar para ele, apesar de sua indecisão. E não há motivo para não entrar na disputa por ele. Não se pode supor que haja algum compromisso anterior da sua parte — em suma, você sabe, qualquer compromisso desse tipo, isso está inteiramente fora de cogitação, as objeções seriam intransponíveis — você é sensata demais para não perceber tudo isso. Há de ser o coronel Brandon; e não economizarei gentilezas para que goste de você e de sua família. Trata-se de um casamento que deixará todos satisfeitos. Em suma, é o tipo de coisa que" — baixando a voz para um sussurro grave — "será bem-vinda por todas as partes envolvidas." Lembrando-se, contudo, ele acrescentou: "Isto é, quero dizer — todos os seus parentes estão verdadeiramente ansiosos para vê-la bem estabelecida; especialmente Fanny, pois ela se importa muito com você, isso eu garanto. E a mãe dela também, a senhora Ferrars, uma mulher muito bondosa, tenho certeza de que lhe daria grande prazer; ela mesma o disse outro dia".

Elinor não ousaria arriscar nenhuma resposta.

"Seria algo notável", ele continuou, "algo inusitado, se Fanny ganhasse um cunhado e eu uma cunhada ao mesmo tempo. E, no entanto, não seria improvável."

"O senhor Edward Ferrars", disse Elinor, resoluta, "está para se casar?"

"Não está ainda acertado, mas é o que se cogita. A mãe é uma pessoa excelente. A senhora Ferrars, com a maior generosidade, intervirá, dando mil libras por ano, se o casamento acontecer. A dama é a honorável senhorita Morton, filha única do falecido lord Morton, dona de trinta mil libras por ano. Um enlace bastante desejável para ambas as partes, e não tenho dúvida de que ocorrerá em breve. Mil libras por ano não é uma quantia pequena para uma mãe dispensar, para sustentá-lo o resto da vida; mas a senhora Ferrars é um espírito nobre. Para lhe dar outro exemplo da generosidade dela: — Outro dia, logo que chegamos à cidade, ciente de que não teríamos muito dinheiro na chegada, ela abriu a mão de Fanny e colocou ali um total de duzentas libras em cédulas. E isso veio muito a calhar, pois haveremos de gastar um bocado enquanto estivermos aqui."

Ele fez uma pausa para que ela assentisse e se compadecesse; e ela foi obrigada a dizer:

"Seus gastos na cidade como no interior certamente são consideráveis, mas sua renda é bem alta."

"Não tão alta, devo dizer, quanto muita gente pensa. Não quero reclamar, contudo; é sem dúvida uma renda confortável, e espero que melhore muito em breve. O cercamento das terras comuns de Norland,[3] agora em andamento, é uma despesa muito séria. E fiz pequenas aquisições no último semestre; East Kingham Farm, você há de se lembrar do lugar onde o velho Gibson morava. A terra me parecia tão desejável sob todos os aspectos, tão imediatamente contígua à minha propriedade, que considerei meu dever adquiri-la. Não ficaria em paz com minha consciência se a deixasse cair em outras mãos. Um homem deve pagar pela conveniência e, de fato, isso me custou uma imensa quantia em dinheiro."

"Mais do que você achava que valia intrinsecamente."

"Ora, espero que nem tanto assim. Eu poderia revender no dia seguinte, por mais do que paguei: mas, quanto ao dinheiro da compra, eu poderia ter sofrido um grande revés; pois as ações na ocasião estavam tão em baixa que, se não obtivesse a quantia necessária das mãos do meu banqueiro, podia ter perdido muito na hora de vender."

Elinor só conseguiu sorrir.

"Tivemos ainda outras despesas grandes e inevitáveis na chegada a Norland. Nosso respeitado pai, como você bem sabe, deixou toda a mobília de Stanhill que havia em Norland (eram peças muito valiosas) para sua mãe. Longe de mim querer desfazer isso; ele tinha, sem dúvida, direito de dispor do que era dele como bem entendesse. Mas, em consequência disso, fomos obrigados a comprar muita roupa de cama, porcelana etc. para reabastecer a casa do que foi levado embora. Você pode imaginar, depois de toda essa despesa, como devemos estar longe de ricos, e como a generosidade da senhora Ferrars foi bem-vinda."

"Certamente", disse Elinor; "e, auxiliados pela generosidade dela, espero que estejam em situação mais amena."

"Dentro de um ou dois anos estaremos perto disso", ele respondeu gravemente; "mas ainda há muita coisa a ser feita. Não começamos ainda nem a estufa[4] de Fanny, e do jardim de flores só temos o desenho feito."

"Onde ficará essa estufa?"

"No alto do outeiro, atrás da casa. As velhas nogueiras serão todas derrubadas para abrir espaço para a obra. Será uma bela visão de muitos pontos do terreno, e o jardim de flores descerá pelo aclive até a entrada da estufa, isso fica extremamente elegante. Limpamos todos os espinhos das touceiras que ultrapassavam a cerca."

Elinor guardou para si sua preocupação e censura; e sentiu-se grata por Marianne não estar presente para sofrer tal provocação.

Tendo dito o bastante para deixar clara a própria pobreza e para livrar-se da necessidade de comprar um par de brincos para cada irmã em sua próxima visita à joalheria Gray, seus pensamentos tiveram uma guinada de entusiasmo, e ele passou a parabenizar Elinor por ter uma amiga como a sra. Jennings.

"Parece, de fato, uma mulher de valor. — A casa, o estilo de vida, tudo indica uma renda altíssima; e é uma amizade que não só pode lhe ser muito útil, como no fim pode se revelar até materialmente vantajosa. — Esse convite para acompanhá-la em Londres depõe seguramente muito a seu favor; e, na verdade, mostra uma consideração por vocês tão grande que provavelmente, quando ela morrer, não serão esquecidas. — Ela deve ter muitos bens para deixar."

"Nada disso, eu diria; pois ela só tem a própria mobília, que acabará deixando para as filhas."

"Mas não se deve imaginar que ela viva apenas da própria renda. Poucas pessoas com um mínimo de prudência fariam isso; e tudo o que ela economizar, depois será capaz de dispor disso também."

"E você não acha mais provável que ela deixe tudo para as próprias filhas do que para nós?"

"As filhas estão muitíssimo bem casadas, e, portanto, não vejo a necessidade de ela se preocupar mais com elas. Ao passo que, em minha opinião, com toda essa atenção para vocês, e tratando-as assim tão bem, ela lhes concede uma espécie de reivindicação a suas considerações futuras, algo que uma mulher conscienciosa não haverá de negligenciar. Sua atitude é a mais generosa; e dificilmente ela faria tudo isso sem se dar conta da expectativa suscitada."

"Mas lhe garanto que não existe nenhuma expectativa das partes mais interessadas. Em verdade, irmão, sua preocupação com nosso bem-estar e nossa prosperidade o está levando longe demais."

"Decerto", ele disse, parecendo se lembrar, "as pessoas podem fazer pouco, muito pouco. Porém, minha cara Elinor, o que houve com Marianne? — ela parece estar muito mal, perdeu a cor e está ficando muito magra. Está doente?"

"Ela não está bem, vem se queixando dos nervos há várias semanas."

"Sinto muito. Nessa idade dela, qualquer doença destrói o viço para sempre! No caso de Marianne, foi tão breve! Ela era uma menina linda em setembro, como nunca vi igual; e que muito provavelmente seria atraente para os homens. Havia algo no estilo de sua beleza que agradava bastante. Lembro que Fanny comentou que ela se casaria antes e melhor que você; não que ela não gostasse muito de você, mas simplesmente foi o que ela achou. Mas acabou se enganando. Eu me pergunto se agora Marianne conseguirá se casar com alguém que tenha mais de quinhentas ou seiscentas libras por ano, no máximo, e ou muito me engano ou você há de conseguir muito mais. Dorsetshire! Conheço muito pouco de lá, mas, minha cara Elinor, ficarei extremamente contente em conhecer melhor; e acho que posso dizer que Fanny e eu seremos suas primeiras e mais satisfeitas visitas."

Elinor tentou seriamente convencê-lo de que não havia nenhuma probabilidade de se casar com o coronel Brandon; mas era uma expectativa prazerosa demais para ser abandonada, e ele estava mesmo resolvido a buscar intimidade com o cavalheiro, e a promover o casamento por meio de toda atenção que lhe pudesse dedicar. Era remorso por não ter feito nada pelas irmãs que ele sentia, que o deixava extremamente ansioso para que o resto do mundo fizesse o bastante por elas; e uma proposta do coronel Brandon, ou uma herança da sra. Jennings, seriam os meios mais fáceis de reparar sua própria negligência.

Tiveram a sorte de encontrar lady Middleton em casa, e sir John chegou antes que a visita terminasse. Uma abundância de gentilezas, de ambas as partes, foi trocada. Sir John estava sempre disposto a gostar de qualquer um e, embora o sr. Dashwood não parecesse entender muito de cavalos, ele logo estabeleceu que se tratava de um sujeito muito simpático; lady Middleton, por sua vez, notou a suficiente elegância de sua aparência para considerá-lo digno de suas relações; e assim o sr. Dashwood foi embora satisfeito com ambos.

"Terei um relato encantador para fazer a Fanny", disse, enquanto caminhava de volta com a irmã. "Lady Middleton é uma mulher realmente muito elegante! O tipo de mulher que Fanny decerto ficará contente em conhecer. E também a senhora Jennings, uma mulher extremamente dócil, ainda que não tão elegante quanto a filha. Sua cunhada não precisaria ter demonstrado nenhum escrúpulo de visitá-la, o que, verdade seja dita, foi o caso, em certa medida e com certa razão; pois sabíamos apenas que a senhora Jennings era viúva de um homem que amealhou fortuna de modo vulgar; e Fanny e a senhora Ferrars estavam ambas muito convencidas de que nem ela nem as filhas eram do tipo de mulher com quem minha mulher gostaria de se relacionar. Mas agora poderei levar a ela uma impressão perfeitamente satisfatória de ambas."

XII

A sra. John Dashwood tinha tanta confiança no critério do marido que no dia seguinte foi visitar tanto a sra. Jennings como a filha; e sua confiança foi recompensada ao descobrir que mesmo a primeira, mesmo a mulher com quem suas cunhadas estavam hospedadas, era na verdade digna de sua atenção; e, quanto a lady Middleton, achou-a uma das mulheres mais encantadoras do mundo!

Lady Middleton ficou igualmente satisfeita com a sra. Dashwood. Havia a mesma espécie de egoísmo e frieza nas duas, o que as atraía mutuamente; e simpatizaram uma com a outra na insípida adequação da conduta e na carência generalizada de compreensão das coisas.

Os mesmos modos, contudo, que recomendavam a sra. John Dashwood à boa opinião de lady Middleton não se encaixaram na imaginação da sra. Jennings, a quem ela pareceu simplesmente uma mulherzinha orgulhosa e de trato nada cordial, que encontrou as cunhadas sem demonstrar nenhum afeto e quase sem ter o que lhes dizer; pois, dos quinze minutos passados em Berkeley-street, ela permaneceu pelo menos sete minutos e meio em silêncio.

Elinor queria muito saber, embora não desejasse perguntar, se Edward já estava na cidade; mas nada faria Fanny mencionar voluntariamente o nome dele na frente dela, não sem antes contar que o casamento de Edward com a srta. Morton já havia sido acertado, ou até que as expectativas do marido quanto ao coronel Brandon fossem confirmadas; pois ela ainda os considerava tão apegados que era preciso mantê-los separados o tempo todo, tanto no discurso como na prática. A informação, todavia, que ela não daria, logo veio de outra fonte. Lucy passou brevemente para reclamar a compaixão de Elinor por não ter conseguido ver Edward, embora este tivesse chegado a Londres com o sr. e a sra. Dashwood. Ele não ousara ir a Bartlett's Buildings, pois seu receio de ser descoberto, apesar da mútua impaciência para se encontrarem, não podia ser revelado, de modo que, por ora, podiam apenas se corresponder.

Edward lhes daria sua garantia pessoal de que estava na cidade pouco tempo depois, visitando-as duas vezes em Berkeley-street. Duas vezes seu cartão foi encontrado sobre a mesa, quando elas voltavam de seus afazeres matinais. Elinor ficou satisfeita por ele ter ido; e ainda mais por terem se desencontrado.

Os Dashwood ficaram tão extraordinariamente encantados com os Middleton que, embora não tivessem o hábito de dar nada, resolveram dar algo a eles — um jantar; logo depois de haverem sido apresentados, convidaram-nos para comer em Harley-street, onde haviam alugado uma casa muito boa por três meses. As cunhadas e a sra. Jennings também foram convidadas, e John Dashwood teve o cuidado de garantir a presença do coronel Brandon, que, sempre contente de poder estar onde as srtas. Dashwood estivessem, recebeu aquela ávida gentileza com alguma surpresa, mas com muito maior deleite. Conheceriam a sra. Ferrars; mas Elinor não conseguiu apurar se seus filhos fariam parte do grupo. A expectativa de vê-la, no entanto, foi o bastante para fazê-la se interessar pelo compromisso; pois, embora agora pudesse conhecer a mãe de Edward sem aquela forte ansiedade que outrora essa apresentação prometera, embora pudesse vê-la agora com a mais perfeita indiferença quanto à opinião que dela teria, sua vontade de estar na companhia daquela senhora, sua curiosidade de saber como ela era, estava acesa como nunca.

O interesse com que ela aguardava pela ocasião logo em seguida foi aumentado, com mais intensidade do que satisfação, quando ficou sabendo que as srtas. Steele também estariam presentes.

Elas tinham agradado tanto lady Middleton, tinham sido tão simpáticas em sua solicitude para com ela, que, embora Lucy não chegasse a ser elegante e a irmã nem sequer bem educada, ela estava disposta, assim como sir John, a convidá-las a passar uma semana ou duas em Conduit-street; e acabou sendo conveniente para as srtas. Steele, uma vez que o convite dos Dashwood foi feito, que a visita começasse poucos dias antes do dia do jantar.

Os requisitos da apresentação delas à sra. John Dashwood, como sobrinhas do cavalheiro que por muitos anos fora responsável pela educação do irmão dela, no entanto, não teriam grande efeito em garantir-lhes um lugar à mesa; mas como convidadas de lady Middleton deviam ser bem-recebidas; e Lucy, que havia muito desejava conhecer pessoalmente toda a família, para ter uma perspectiva mais íntima do caráter deles e das dificuldades que enfrentaria, e ter uma oportunidade de tentar agradá-los, talvez não tenha jamais se sentido tão feliz quanto ao receber o cartão da sra. John Dashwood.

Sobre Elinor, o efeito foi muito diferente. Ela se ocupou de imediato de convencer a si mesma de que Edward, que vivia com a mãe, devia também ser convidado a um jantar oferecido por sua irmã; e encontrá-lo pela primeira vez depois de tudo o que se passara, na companhia de Lucy — ela não sabia se conseguiria suportar!

Tais apreensões talvez não se ancorassem inteiramente na razão, e decerto não se baseavam na verdade. Mas foram amenizadas, não porque ela mesma tivesse se lembrado disso, mas pela boa vontade de Lucy, que acreditava infligir uma grave decepção quando lhe disse que certamente Edward não iria a Harley-street na terça-feira, e até mesmo esperava provocar dor ainda maior ao convencê-la de que ele havia preferido evitá-la em virtude da extrema afeição que sentia por ela, a qual não era capaz de ocultar quando estavam juntos.

Enfim chegou a importante terça-feira em que as duas jovens damas seriam apresentadas àquela sogra formidável.

"Como não ter pena de mim, cara senhorita Dashwood?", disse Lucy, enquanto subiam juntas a escada — pois os Middleton chegaram logo depois da sra. Jennings, de modo que todos foram conduzidos pelo criado ao mesmo tempo — "Não há ninguém além da senhorita para partilhar minha aflição. — Juro que mal posso suportar. Santo Deus! — Dentro de instantes encontrarei a pessoa de quem depende toda a minha felicidade — que há de se tornar minha sogra!"

Elinor poderia ter lhe oferecido alívio imediato sugerindo a possibilidade de ser da srta. Morton, e não sua, a sogra que estavam prestes a contemplar; mas, em vez de assim proceder, ela lhe garantiu, com grande sinceridade, que sim, tinha pena dela, — para o puro espanto de Lucy, que, embora realmente incomodada, esperava ao menos ser objeto da irreprimível inveja de Elinor.

A sra. Ferrars era uma mulher pequena, magra, altiva, formal até, em sua postura, e séria, às raias da acidez, no aspecto. A pele era pálida; e os traços miúdos, sem beleza e naturalmente inexpressivos; porém o cenho franzido salvava sua expressão da desgraça da insipidez, conferindo-lhe os sinais fortes do orgulho e da má vontade. Não era uma mulher de muitas palavras: pois, ao contrário das pessoas em geral, ela as usava conforme a quantidade de ideias que tinha; e, das poucas sílabas que lhe escaparam, nenhuma delas pôde ser compartilhada pela srta. Dashwood, que a observou com a entusiasmada determinação de antipatizar com ela sob qualquer circunstância.

Agora Elinor não conseguia mais ficar infeliz com esse comportamento. — Poucos meses antes isso a teria magoado profundamente; mas a sra. Ferrars não detinha mais o poder de afligi-la; — e a diferença da atitude dela para com as srtas. Steele, uma diferença que parecia proposital para humilhá-la ainda mais, apenas a divertiu. Ela só podia sorrir diante da benevolência de mãe e filha para com a única pessoa — pois Lucy era tratada com peculiar deferência — a quem, se soubessem o que ela sabia, deveriam estar ansiosas por espezinhar; ela, por outro lado, que em termos comparativos não tinha nenhum poder de feri-las, era claramente desdenhada por ambas. Mas, enquanto sorria diante daquela benevolência tão mal aplicada, ela não foi capaz de refletir sobre a maldosa tolice da qual aquilo emanava, nem percebeu a estudada solicitude com que as srtas. Steele cortejavam sua continuidade, e portanto não direcionou seu desprezo para nenhuma das quatro.

Lucy estava exultante por receber tão honrosa distinção; e, à srta. Steele, só faltou alguma provocação sobre o dr. Davies para sentir-se perfeitamente feliz.

O jantar foi grandioso, a criadagem, numerosa, e tudo ali no fim revelava a tendência da senhora à ostentação, e a capacidade do senhor de sustentá-la. Apesar das melhorias e reformas que estava fazendo na propriedade em Norland, apesar de seu proprietário, outrora dono de alguns milhares de libras, ter sido obrigado a vender com prejuízo na baixa das ações, nada ali era sintoma daquela indigência que ele tentara fazer inferir; — nenhum sinal de algum tipo de pobreza, exceto a da conversa — mas, nisso, a deficiência era considerável. John Dashwood não tinha muito a dizer de si mesmo que valesse a pena ser ouvido, e a esposa, ainda menos. Mas não havia nada de peculiar nessa desgraça, pois era o que se dava com a maioria de suas visitas, quase todas incorrendo em uma ou outra dessas formas desabonadoras para se tornar simpáticas: falta de bom senso, inato ou adquirido — falta de elegância — falta de ânimo — falta de gênio.

Quando as damas se retiraram para a sala de jogos após o jantar, essa pobreza se tornou ainda mais evidente, pois os cavalheiros ao menos supriam o discurso com alguma variedade — questões como a política, o cercamento das terras, o encabrestamento dos cavalos —, mas agora isso havia acabado; e as damas trataram de um único assunto até que o café foi servido, que era comparar as alturas de Harry Dashwood e do segundo filho de lady Middleton, William, que tinham quase a mesma idade.

Se os meninos estivessem ali, teria sido fácil chegar a uma decisão medindo um pelo outro; mas, como apenas Harry estava presente, eram apenas assertivas conjecturais de ambas as partes, e todas se deram o direito de ser igualmente categóricas em suas opiniões e de repeti-las incessantemente o quanto quisessem.

O resultado foi o seguinte:

As duas mães, embora cada uma estivesse convencida de seu próprio filho ser o mais alto, educadamente votaram, ambas, em favor do filho da outra.

As duas avós, tampouco isentas de grande parcialidade, porém mais sinceras, foram igualmente ardorosas em favor dos próprios descendentes.

Lucy, ansiosa para agradar tanto uma como a outra, achou que os meninos eram os dois incrivelmente altos para a idade, e não concebia que pudesse haver a mínima diferença entre eles; e a srta. Steele, com arenga ainda mais longa, decidiu-se, o mais depressa que conseguiu, em favor de ambos.

Elinor, depois de declarar sua opinião em favor de William, com o que ofendeu ainda mais a sra. Ferrars e Fanny, não viu necessidade de acirrar a discussão com mais justificativas; e Marianne, ao ter solicitada a sua, ofendeu a todas, dizendo que não tinha nenhuma opinião para dar, pois jamais havia pensado a respeito.

Antes de sair de Norland, Elinor havia pintado uma bela dupla de aparadores[1] para a cunhada, que, trazidos e expostos, enfeitavam a sala da casa de Londres: e tais aparadores, atraindo a atenção de John Dashwood, que conduzia os outros cavalheiros para a sala, foram solenemente passados por ele às mãos do coronel Brandon, para que os admirasse.

"Foram feitos pela mais velha de minhas irmãs", ele disse; "e o senhor, como homem de bom gosto, saberá, ouso dizer, apreciá-los. Não sei se já teve oportunidade de ver alguma de suas obras, mas todos dizem que ela sempre desenhou extremamente bem."

O coronel, embora renunciasse a qualquer pretensão a *connoisseur*, admirou entusiasticamente os aparadores, como teria feito com qualquer coisa pintada pela srta. Dashwood; e, sendo a curiosidade dos demais dessa forma estimulada, foram passados de mão em mão até que todos os tivessem visto. A sra. Ferrars, sem saber que eram obra de Elinor, pediu também para ver; e, após terem recebido o grato testemunho da aprovação de lady Middleton, Fanny apresentou-os à mãe, informando-a ao mesmo tempo, de maneira enfática, de que haviam sido feitos pela srta. Dashwood.

"Hum" — disse a sra. Ferrars — "muito bonitos" — e, sem nem mesmo olhar para eles, devolveu-os à filha.

Talvez Fanny tenha pensado por um momento que a mãe havia sido um tanto rude — pois, um pouco enrubescida, disse imediatamente:

"São muito bonitos, madame — não é mesmo?" Mas então lhe ocorreu o temor de haver sido gentil demais, elogiosa demais, pois acrescentou em seguida:

"Não acha que eles têm algo do estilo de pintura da senhorita Morton, madame? — Ela, sim, pinta divinamente! — Essa última paisagem que ela fez ficou belíssima!"

"Belíssima de fato! Mas ela faz tudo muito bem!"

Marianne não conseguiu mais suportar aquilo. — Já estava incomodadíssima com a sra. Ferrars; e aquele elogio fora de hora, às custas de Elinor, embora não tivesse noção do que a princípio estivesse dizendo, provocou-a a dizer acaloradamente:

"Essa admiração é muito peculiar! — quem é essa para nós, a senhorita Morton? — Quem sabe, ou quem se importa com ela? — Estamos agora falando e pensando em Elinor."

E tomou, ao dizê-lo, os aparadores das mãos da cunhada, para ela mesma admirá-los como deviam ser admirados.

A sra. Ferrars pareceu extremamente irritada e, empertigando-se de forma ainda mais altiva, pronunciou em retaliação esta amarga sentença filípica:[2] "A senhorita Morton é filha de lord Morton".

Fanny também pareceu muito irritada, e o marido ficou apavorado com a audácia da irmã. Elinor ficou muito mais magoada pelo ardor de Marianne do que por aquilo que o provocara; mas os olhos do coronel Brandon, como estavam fixos em Marianne, declararam que ele percebia apenas o que havia de amável no caso: o coração afetuoso que não pode suportar ver uma irmã ser minimamente desdenhada.

Os sentimentos de Marianne não pararam por aí. A fria insolência da atitude geral da sra. Ferrars para com sua irmã pareceu-lhe prenúncio das dificuldades e aflições que sobreviriam a Elinor, nas quais seu próprio coração ferido lhe ensinara a pensar com horror; e, impelida por um forte impulso de afetuosa sensibilidade, ela se aproximou, após um momento, da poltrona da irmã e, passando um braço em volta de seu pescoço e apertando o rosto contra o seu, disse em voz baixa, mas com sofreguidão:

"Querida, minha querida Elinor, não se incomode com elas. Não deixe que a façam infeliz."

Não conseguiu dizer mais nada; seu ânimo estava muito abalado e, ocultando o rosto no ombro de Elinor, desatou a chorar. — Aquilo chamou a atenção de todos, e quase todos ficaram preocupados. — O coronel Brandon se levantou e foi até elas sem saber o que fazer. — A sra. Jennings comentou, muito compreensiva: "Oh! Pobrezinha", e imediatamente passou-lhe seus sais; e sir John sentiu-se tão desesperadamente enfurecido contra a causa daquela aflição nervosa que logo mudou de lugar para perto de Lucy Steele e ofereceu-lhe, aos sussurros, um breve relato de todo aquele caso, tão chocante.

Em questão de minutos, contudo, Marianne estava recuperada o bastante para dar fim a tanto alarde, e tornou a sentar-se com os demais; ainda que seu ânimo conservasse, a noite inteira, a impressão do que se passara.

"Pobre Marianne!", disse o irmão ao coronel Brandon em voz baixa, assim que obteve sua atenção — "Não tem a saúde tão boa quanto a irmã — ela é muito nervosa — não tem a mesma constituição de Elinor; — e é preciso admitir que existe algo muito exasperante em uma mulher jovem que deixa de ser uma beldade, com a perda de seus atrativos pessoais. Você não acreditaria, talvez, mas poucos meses atrás Marianne era lindíssima; tanto quanto Elinor. — E agora o senhor vê como isso tudo acabou."

XIII

A curiosidade de Elinor de conhecer a sra. Ferrars foi satisfeita. — Encontrara nela tudo o que seria capaz de tornar indesejável uma relação mais íntima entre as famílias. — Vira o bastante de orgulho, maldade e obstinado preconceito contra ela mesma, para entender as dificuldades que haveriam de complicar o noivado, e retardar seu casamento com Edward, se ele estivesse livre para tanto; — e vira quase o bastante para ser grata à própria sorte, pelo fato de haver um obstáculo maior a impedi-la de sofrer sob outra cria da sra. Ferrars, o que a preservava de depender de seus caprichos ou de aspirar à sua boa opinião. Ou pelo menos, se não chegava exatamente a exultar com o fato de Edward estar preso a Lucy, tinha a certeza de que, se Lucy fosse mais simpática, ela teria exultado.

Intrigava-a que o humor de Lucy tivesse melhorado tanto graças às gentilezas da sra. Ferrars; — que seu interesse e sua vaidade a cegassem daquela maneira, a ponto de aquela atenção, que lhe fora dada apenas pelo fato de ela não ser Elinor, parecer um elogio — e que ela encontrasse estímulo em uma preferência que só lhe concedia quem ignorava sua verdadeira situação. A cegueira era tanta, e não apenas evidenciada pelos olhos de Lucy, que tornou a se mostrar mais abertamente na manhã seguinte, pois, a pedido desta, Lady Middleton levou-a a

Berkeley-street no intuito de encontrar Elinor sozinha, para contar como estava feliz.

A ocasião se revelou propícia, pois um recado da sra. Palmer, logo depois da chegada de Lucy, tirou a sra. Jennings de casa.

"Minha querida amiga", exclamou Lucy assim que ficaram sozinhas, "vim conversar sobre minha felicidade. O que pode ser mais lisonjeiro do que o modo como a senhora Ferrars me tratou? Ela foi tão simpática ontem! — Você sabe como eu tremia só de pensar em vê-la; — mas, a partir do momento em que fui apresentada, a atitude dela foi tão afável, que realmente parecia dizer que tinha gostado mesmo de mim. Diga, não foi?"

"Ela foi, de fato, muito polida com você."

"Polida! — você acha que ela foi só polida? — Eu achei muito mais do que isso. Tanta boa vontade e só comigo! — Nenhum orgulho, nenhuma arrogância, e sua cunhada, a mesma coisa — As duas, doces e simpáticas!"

Elinor quis mudar de assunto, mas Lucy insistiu que ela admitisse que havia motivo para sua felicidade; e Elinor foi obrigada a prosseguir.

"Sem dúvida, se elas soubessem de seu compromisso", ela disse, "nada poderia ser mais lisonjeiro que o tratamento que você recebeu; — mas como não era esse o caso..."

"Imaginei que fosse dizer isso" — respondeu Lucy rapidamente — "mas não havia nenhum motivo para a senhora Ferrars fingir gostar de mim, se não gostasse, e o fato de ter gostado é tudo para mim. Você não vai me tirar esse gosto. Tenho certeza de que tudo vai acabar bem, e não vai haver nenhuma dificuldade, em comparação ao que eu pensava. A senhora Ferrars é uma mulher encantadora, assim como sua cunhada. São ambas mulheres realmente adoráveis! — Estranho você nunca haver mencionado que a senhora Dashwood era tão simpática!"

A isto, Elinor não respondeu, nem sequer tentou dar alguma resposta.

"Você está doente, senhorita Dashwood? — Parece abatida — não fala; — decerto que não passa bem."

"Minha saúde nunca esteve melhor."

"Fico contente por isso, do fundo do coração, mas não parece que a senhorita esteja bem, na verdade. Seria uma pena se adoecesse. Justo você, que tem sido meu maior consolo neste mundo! — Só Deus sabe o que seria de mim sem sua amizade." —

Elinor tentou dar uma resposta educada, ainda que duvidasse do próprio sucesso. Mas aparentemente foi o bastante para satisfazer Lucy, pois ela respondeu em seguida:

"Na verdade, estou inteiramente convencida de que a senhorita se importa comigo, e depois do amor de Edward, esse é o maior consolo que tenho. — Pobre Edward! — Ainda bem que agora poderemos nos encontrar, e quase sempre, pois lady Middleton adorou a senhora Dashwood, de modo que passaremos um bom tempo em Harley-street, espero, e Edward passa metade do tempo com a irmã — além disso, lady Middleton e a senhora Ferrars agora se frequentam; — e a senhora Ferrars e sua cunhada foram tão boas, e disseram, mais de uma vez, que sempre ficarão contentes de me encontrar. — Que mulheres encantadoras! — Juro que, se você for contar à sua cunhada o que penso sobre ela, não haveria palavras para tamanho elogio."

Mas Elinor não queria levá-la a pensar que um dia fosse dizer algo daquilo à cunhada. Lucy continuou:

"Sei que eu teria notado na mesma hora se a senhora Ferrars não gostasse de mim. Se tivesse feito uma mesura formal, por exemplo, sem falar nada, e se depois nem olhasse mais para mim, ou não olhasse de bom grado — você sabe o que quero dizer — se eu tivesse sido tratada daquela maneira hostil, teria me desesperado e desistido de tudo. Não teria suportado. Pois, quando ela não gosta, sei que o desgosto é muito violento."

Elinor se viu impedida de dar qualquer resposta a esse triunfo de sua polidez, pela porta sendo escancarada, o criado anunciando o sr. Ferrars, e pela entrada, em seguida, de Edward.

Foi um momento muito embaraçoso; e a expressão no rosto dos três presentes o demonstrou. Todos pareciam extremamente sem graça; e Edward foi açoitado ao mesmo tempo pela vontade de sair dali e pela curiosidade de ir em frente. Sobrevinha-lhes justamente a circunstância, em sua forma mais desagradável, que todos tiveram sempre o maior cuidado de evitar — não só estavam os três reunidos, como não havia o auxílio de nenhuma outra pessoa. As damas se recompuseram primeiro. Lucy não poderia se intrometer, e a aparência de segredo ainda precisava ser mantida. Resignou-se a parecer afetuosa, cumprimentou-o brevemente, e então não disse mais nada.

Porém Elinor teve muito trabalho; e viu-se tão ansiosa, por ele e por ela mesma, para agir adequadamente que se obrigou, após um momento de hesitação, a lhe dar as boas-vindas, com modos e olhares que foram quase serenos e quase francos; a cada indício de situação desconfortável, ela se empenhava ainda mais. Elinor não permitiria que a presença de Lucy, nem que a consciência de certa injustiça contra si mesma, a impedisse de dizer que estava feliz em vê-lo e que lamentara muito não estar em casa quando ele tentara visitá-las em Berkeley-street. Não recearia lhe dedicar toda a atenção que, como amigo e quase parente, ele merecia, diante dos olhos atentos de Lucy, ainda que logo percebesse como a observavam de perto.

O comportamento dela deu alguma segurança a Edward, e ele teve coragem o bastante para sentar; mas seu constrangimento era ainda muito maior que o delas, o que naquela situação parecia razoável, embora fosse incomum entre homens; pois seu coração não era indiferente como o de Lucy, nem sua consciência tranquila como a de Elinor.

Lucy, com ar recatado e resoluto, parecia decidida a não contribuir para atenuar o embaraço de ninguém, e não disse mais nada; e quase tudo que foi dito partiu de Elinor, que foi obrigada a fornecer todas as informações sobre a saúde da mãe, a ida para Londres etc. que Edward deveria ter solicitado, mas que jamais solicitou.

Seu esforço não parou aí; pois logo em seguida sentiu uma disposição heroica de sair, sob o pretexto de avisar Marianne, e deixá-los a sós; e realmente o fez, e da maneira admirável, pois passou vários minutos do mais elevado heroísmo no patamar da escada antes de chamar a irmã. Quando isso enfim foi feito, contudo, cessaram de vez os enlevos de Edward; pois a alegria de Marianne a fez correr de imediato para a sala. Seu prazer em vê-lo foi como todos os seus sentimentos, naturalmente intenso e intensamente declarado. Ofereceu-lhe a mão, prontamente aceita, e uma voz que expressava a afeição de uma irmã.

"Edward querido!", ela exclamou, "este é um momento de grande felicidade! — Isso praticamente salva tudo!"

Edward tentou fazer jus à gentileza, mas, diante de tais testemunhas, não ousou dizer metade do que de fato sentia. Sentaram-se todos novamente, e por um momento ou dois ficaram em silêncio; enquanto Marianne olhava com evidente ternura, ora para Edward, ora para Elinor, lamentando apenas que o prazer dos dois fosse prejudicado pela presença indesejada de Lucy. Edward foi o primeiro a falar, ao reparar na aparência mudada de Marianne, expressando seu receio de que ela não estivesse gostando de Londres.

"Ah!, mas não pense em mim!", ela respondeu, com ardor bem-humorado, embora com os olhos cheios de lágrimas enquanto falava, "não pense em minha saúde. Elinor está bem, como você pode ver. Isso já é o bastante para nós."

Esse comentário não veio no intuito de deixar Edward ou Elinor mais à vontade nem de conquistar a boa vontade de Lucy, que olhou para Marianne com expressão nada benevolente.

"Está gostando de Londres?", perguntou Edward, para dizer qualquer coisa que pudesse introduzir outro assunto.

"Nem um pouco. Esperava aproveitar muito mais, mas não encontrei nada que me agradasse. Encontrá-lo aqui, Edward, foi meu único alento até agora; e, graças a Deus! Você continua o mesmo de sempre!"

Ela fez uma pausa — ninguém disse mais nada.

"Elinor", ela então acrescentou, "acho que Edward poderia nos acompanhar na volta a Barton. Creio que em uma ou duas semanas estaremos de partida; e, tenho certeza, Edward não haveria de se incomodar com essa incumbência."

O pobre Edward balbuciou alguma coisa, mas o que era, ninguém entendeu, nem ele mesmo. Mas Marianne, que notou sua agitação e poderia facilmente atribuí-la ao que melhor lhe aprouvesse, ficou plenamente satisfeita com aquilo, e logo passou a falar de outra coisa.

"Que dia passamos ontem, Edward, em Harley-street! Tão maçante, tão terrivelmente maçante! — Pois eu preciso mesmo lhe contar, aliás, algo sobre isso, mas que agora não posso dizer."

E, com essa espantosa discrição, ela guardou para si o fato de que suas parentes em comum se haviam mostrado mais desagradáveis do que nunca e de que ela havia antipatizado especialmente com a mãe dele, para um momento em que pudessem falar a sós.

"Mas por que você não foi, Edward? — Por que você não foi?"

"Eu tinha outro compromisso."

"Outro compromisso! — Mas o que poderia ser, com tantos entes queridos reunidos?"

"Talvez, senhorita Marianne", exclamou Lucy, ávida

por um pouco de vingança, "você pense que os rapazes nunca mantenham suas promessas quando não é do interesse deles, sejam grandes ou pequenas."

Elinor ficou muito irritada, mas Marianne pareceu inteiramente insensível à ferroada; pois retrucou sem se alterar:

"Nem tanto, na verdade; pois tenho plena certeza de que Edward não foi a Harley-street por sua própria consciência. E realmente acredito que ele tem a consciência mais delicada do mundo; a mais escrupulosa para com seus compromissos, mínimos que sejam, e mesmo que sejam contrários a seus interesses e prazeres. Ele é a pessoa com o maior receio de incomodar, de frustrar expectativas, e a mais incapaz de ser egoísta que eu já conheci. Edward, é verdade, e vou dizer agora. O que houve? Não sabe receber um elogio? — Pois bem, então não seja meu amigo; pois quem aceita meu amor e minha estima deve se submeter à minha franca admiração."

Porém a natureza desses elogios era incompatível com os sentimentos de dois terços dos ouvintes e tão desestimulante para Edward que logo em seguida ele se levantou para ir embora.

"Mais ainda é tão cedo!", disse Marianne; "meu querido Edward, não pode ser."

E, puxando-o um pouco de lado, sussurrou algo para convencê-lo de que Lucy não se demoraria muito mais. Mas nem esse estímulo bastou, pois ele partiu mesmo assim; e Lucy, que teria ficado ainda que ele houvesse se demorado duas horas ali, logo em seguida foi também.

"Afinal o que tanto ela quer aqui?", disse Marianne, quando ela as deixou. "Será que não via que queríamos que ela fosse embora? — Quanta provocação com nosso Edward!"

"Por quê? — Somos todas amigas dele, e Lucy o conhece há mais tempo que nós. É natural que ele quisesse vê-la tanto quanto a nós."

Marianne olhou firmemente para ela e disse: "Você sabe, Elinor, que eu não suporto esse tipo de coisa. Se com isso espera que eu a contradiga, como imagino que seja o caso, deveria se lembrar de que eu seria a última pessoa no mundo a fazer isso. Não posso me deixar enganar por promessas que ninguém deseja realmente cumprir".

Ela então saiu da sala; e Elinor não ousou segui-la para não dizer mais nada, pois, como estava atrelada por sua promessa de segredo a Lucy, não poderia dar nenhuma informação capaz de convencer Marianne; e, por mais que fossem dolorosas as consequências da manutenção do engano, foi obrigada a se submeter a elas. Tudo o que podia esperar era que Edward não a expusesse, ou a si mesmo, nem à aflição de presenciar o entusiasmo equivocado de Marianne nem à repetição de nenhuma parte do incômodo desse último encontro — e, com isso, ela tinha muitos motivos para contar.

XIV

Poucos dias depois desse encontro, os jornais anunciaram ao mundo que a esposa de Thomas Palmer, advogado, havia dado à luz um filho e herdeiro, e ambos passavam bem; um parágrafo muito curioso e satisfatório, ao menos para os parentes mais íntimos que já sabiam disso.

Esse acontecimento, importantíssimo para a felicidade da sra. Jennings, produziu uma alteração temporária na utilização de seu tempo e influenciou, por conseguinte, os compromissos de suas jovens amigas; pois, como ela queria ficar o maior tempo possível com Charlotte, todas as manhãs ia para lá, assim que se vestia, e só voltava no final da tarde; e as srtas. Dashwood, a pedido dos próprios Middleton, passavam dias inteiros em Conduit-street. Para seu próprio conforto, elas teriam preferido ficar, pelo menos as manhãs, na casa da sra. Jennings; mas isso não era algo que pudessem exigir, contrariamente aos desejos de todos. Passavam, portanto, horas com lady Middleton e as duas srtas. Steele, que, em verdade, valorizavam tão pouco sua companhia quanto declaradamente a solicitavam.

Tinham juízo demais para serem consideradas companhias desejáveis para a primeira; e eram vistas com olhos invejosos pelas outras duas, como intrusas em seu território, partícipes da generosidade que elas queriam monopolizar. Ainda que nada pudesse ser mais polido que a atitude de lady Middleton diante de Elinor e Marianne, ela não gostava nem um pouco das duas. Como não a bajulavam, nem às crianças, ela não acreditava que tivessem boa índole; e, como gostavam de ler, imaginava que fossem satíricas: talvez sem saber exatamente o que era ser satírico; mas isso não vinha ao caso. Era uma censura que todos usavam, a torto e a direito.

A presença delas ali era um empecilho tanto para ela como para Lucy. Prejudicava o ócio de uma e os negócios da outra. Lady Middleton ficava envergonhada de não fazer nada diante delas, e as lisonjas que Lucy até então se envaidecia ora por supor, ora por ministrar, ela temia que as outras fossem desprezá-la por propiciar. A srta. Steele foi quem menos se abalou com a presença delas; e elas bem poderiam conquistá-la inteiramente. Se uma das duas simplesmente tivesse feito um relato completo e detalhado do caso entre Marianne e Willoughby, ela já se sentiria amplamente recompensada pelo sacrifício do melhor lugar junto à lareira após o jantar, que a chegada das duas havia exigido. Mas tal conciliação não foi oferecida; pois, embora ela por vezes dirigisse a Elinor expressões de compaixão pela irmã e mais de uma vez deixasse escapar reflexões sobre a inconstância dos pretendentes em presença de Marianne, nenhuma surtiu outro efeito além do olhar indiferente da primeira e de desprezo da última. Um esforço mesmo que menor teria conquistado sua amizade. Se ao menos tivessem rido dela por conta do doutor! Mas estavam tão pouco inclinadas a favorecê-la que, se sir John tivesse ido jantar fora, ela teria passado o resto da noite sem ouvir outra censura sobre o assunto além das que ela própria teve a bondade de fazer a si mesma.

De todo esse ciúme e descontentamento, no entanto, a sra. Jennings sequer suspeitava, tanto que achava que seria excelente que as moças ficassem juntas; e toda noite parabenizava suas jovens amigas, genericamente, por terem escapado da companhia de uma velha tola por algum tempo. Juntava-se a elas ora na casa de sir John, ora em sua própria casa; mas, aonde quer que fosse, sempre chegava com ótimo humor, cheia de satisfação e pompa, atribuindo tudo de bom que Charlotte fizera à educação que ela lhe dera, e disposta a contar em detalhes precisos sua situação, como somente a senhorita Steele tinha curiosidade o bastante para desejar saber. Uma única coisa a perturbava; e disso ela se queixava diariamente. O sr. Palmer tinha a mesma, ainda que desnaturada, opinião de muitos homens de que todos os recém-nascidos são idênticos; e, embora ela tivesse notado algumas vezes uma impressionante semelhança entre o bebê e todos os parentes de ambos os lados, não havia como convencer o pai de que ele não era exatamente igual a qualquer outro bebê da mesma idade; nem como fazê-lo admitir a simples sugestão de que se tratava da criança mais linda do mundo.

Chego agora ao relato de um infortúnio, que por esses tempos acometeu a sra. John Dashwood. Aconteceu de, quando as cunhadas e a sra. Jennings a visitavam pela primeira vez em Harley-street, outra de suas conhecidas ir também visitá-la — circunstância que a princípio não pareceu capaz de lhe causar nenhum mal. Mas, enquanto a imaginação dos outros levá-los a formular juízos errôneos sobre nossa conduta e a tomar decisões a nosso respeito a partir de meras aparências, nossa felicidade há de ficar, em certa medida, à mercê do acaso. Aqui, a dama que chegara por último permitiu que sua imaginação divagasse para tão longe da verdade e de toda probabilidade que, imediatamente após mencionado o nome das srtas. Dashwood, notando que eram as irmãs do sr. Dashwood, concluiu que estariam hospedadas em Harley-street; e tal equívoco ocasionou, um ou dois dias depois, o envio de convites para que as duas, além do irmão e da própria cunhada, comparecessem a um pequeno sarau em sua casa. A consequência disso foi que a sra. John Dashwood foi obrigada a se submeter não só à descomunal inconveniência de enviar sua carruagem buscar as srtas. Dashwood; como, o que era ainda pior, sujeitar-se ao incômodo de parecer tratá-las com alguma deferência: e quem garantiria que elas não esperariam sair com ela uma segunda vez? O poder de desapontá-las, a bem da verdade, deveria ser sempre dela. Mas não foi o bastante; pois, quando a pessoa opta por um modo de conduta que sabe ser errado, fica ofendida quando esperam dela alguma coisa melhor.

Marianne, só aos poucos, era trazida de volta ao costume de sair todos os dias, de modo que lhe era indiferente se iria ou não sair: ela se preparava calada e mecanicamente para os compromissos da noite, embora sem a menor expectativa de diversão e, muitas vezes, sem nem mesmo saber aonde iria.

Quanto às roupas e à aparência, tornara-se perfeitamente indiferente, não dedicando metade da consideração, durante toda a sua toalete, que lhe dedicaria a srta. Steele, nos primeiros cinco minutos em que estavam juntas, depois de pronta. Nada escapou à detalhada observação e à curiosidade geral desta última; ela reparou em tudo, perguntou sobre tudo; não se conformou enquanto não descobriu o preço de cada peça do vestuário de Marianne; enquanto não conseguiu avaliar o número total de vestidos da moça melhor do que ela mesma, e não perdeu a esperança de descobrir, antes de ir embora, quanto ela gastava em lavanderia por semana e quanto davam essas despesas por ano. A impertinência desse tipo de detalhamento, de mais a mais, encerrou com um elogio, que, embora na intenção fosse delicado, foi considerado por Marianne a maior das impertinências; pois, após o exame do valor e do feitio de seu vestido, da cor de seus sapatos e do enfeite em seu cabelo, ela tinha quase certeza de que se poderia dizer que “palavra de honra que ela estava incrivelmente elegante, e arriscaria dizer que ela ainda faria muitas conquistas importantes".

Com um incentivo desses, ela foi despachada oportunamente para a carruagem do irmão; onde estavam prontas para entrar cinco minutos depois que esta parou na porta, um tipo de pontualidade que não agradou muito a cunhada, que chegara antes delas na casa de sua conhecida e estava torcendo por um atraso que pudesse ser considerado inconveniente para ela ou para o cocheiro.

Os acontecimentos da noite não foram muito relevantes. Entre os convidados, como em qualquer sarau, havia um grande número de pessoas com genuíno bom gosto musical e um grande número delas sem gosto nenhum; e os próprios músicos, como de costume, eram tidos, por si mesmos e pelos mais íntimos, como os melhores concertistas amadores da Inglaterra.

Como Elinor não era musical nem fingia ser, não tinha pudor de desviar os olhos do grandioso piano sempre que desejava e, ignorando até mesmo a presença de uma harpa e de um violoncelo, fixá-los a seu bel-prazer em qualquer outro objeto da sala. Durante uma dessas digressões do olhar, ela notou, em meio a um grupo de rapazes, justamente aquele que lhes dera uma aula sobre estojos de palitos de dentes na joalheria Gray. Notou em seguida que ele olhava para ela, enquanto conversava de modo familiar com seu irmão; e havia acabado de se decidir a perguntar a este o nome daquele quando ambos vieram em sua direção, e o sr. Dashwood apresentou-o como o sr. Robert Ferrars.

Ele cumprimentou-a com desembaraçada cortesia e baixou a cabeça numa mesura que deixou bem claro, como se tivesse dito textualmente, que se tratava exatamente do janota da descrição que ouvira de Lucy. Teria sido melhor para ela se seu afeto por Edward dependesse menos dos méritos dele que dos de seus parentes mais próximos! Pois assim a mesura do irmão teria sido o golpe final no que a má vontade da mãe e da irmã haviam começado. Mas, enquanto ela pensava na diferença entre os dois rapazes, não considerou que a fatuidade e a arrogância de um esgotassem sua simpatia pela modéstia e pelo valor do outro. O porquê da diferença o próprio Robert explicou-lhe ao longo de quinze minutos de conversa; pois, ao falar do irmão, lamentando a extrema *gaucherie* que em sua opinião o isolava do convívio em sociedade mais apropriada, cândida e generosamente ele atribuiu isso não a algum traço negativo de caráter, mas à infelicidade de uma educação particular;[1] por outro lado, ele mesmo, ainda que sem nenhuma superioridade inata, nada de especial ou relevante, meramente graças à vantagem da educação em escola pública, tornara-se tão apto a conviver no mundo quanto qualquer outro homem.

"Juro por minha alma", ele acrescentou, "creio que não é nada mais do que isso; e é o que eu sempre digo à minha mãe, quando ela se lamenta por isso. 'Minha cara madame', sempre digo a ela, 'a senhora precisa se conformar. O mal está feito, é irremediável, e a culpa é inteiramente sua. Por que foi se deixar convencer por meu tio, sir Robert, do contrário do que a senhora mesma pensava, e mandou Edward para um tutor particular, na fase mais crítica da vida dele? Se o tivesse mandado para Westminster, como no meu caso, em vez de ao sr. Pratt, tudo isso teria sido evitado.' É como eu sempre vejo essa questão, e minha mãe está perfeitamente convencida de que foi um erro."

Elinor não se oporia à opinião dele, pois, qualquer que fosse seu julgamento das vantagens da escola pública, não conseguia pensar em Edward morando com a família do sr. Pratt sem algum desprazer.

"Você mora em Devonshire, creio" — foi seu comentário seguinte; "em um chalé perto de Dawlish."

Elinor corrigiu-o quanto à localização, e ele ficou surpreso por alguém morar em Devonshire sem que fosse perto de Dawlish. Declarou todavia ardoroso apreço por aquele tipo de moradia.

"Quanto a mim", disse, "eu gosto demais de pequenos chalés; são sempre tão aconchegantes, tão elegantes. E, sempre digo, se tivesse algum dinheiro sobrando, compraria um pequeno pedaço de terra e construiria um para mim, a uma curta distância de Londres, aonde pudesse ir a qualquer hora, reunir alguns amigos à minha volta e ser feliz. Sempre aconselho quem vai construir a fazer um pequeno chalé. Meu amigo lord Courtland me procurou outro dia para pedir meu conselho e me mostrou três desenhos diferentes de Bonomi.[2] Para que eu escolhesse o melhor. 'Meu caro Courtland', eu disse, jogando todos os três na lareira, 'não escolha nenhum deles, e construa um pequeno chalé.' E imagino que isso encerre a questão.

"Algumas pessoas imaginam que é impossível ficar bem acomodado, que não há espaço suficiente em um chalé; mas isso é um equívoco completo. No mês passado estive na propriedade de meu amigo Elliott, perto de Dartford. Lady Elliott quis oferecer um baile. 'Mas como será possível?', ela disse; 'Meu caro Ferrars, diga-me como isso pode ser feito. Não há um único cômodo da casa que comporte dez pares, e onde seria o jantar?' Imediatamente vi que não haveria problema, então disse: 'Minha cara lady Elliott, não se preocupe. A sala de jantar acomodará facilmente dezoito pares; mesas de jogos podem ficar na sala de estar; a biblioteca pode ficar aberta para o chá e outros refrescos; e que o jantar seja servido no salão'. Lady Elliott ficou encantada com a ideia. Medimos a sala de jantar e descobrimos que ali caberiam exatamente dezoito pares, e o assunto foi encerrado seguindo à risca meu plano. De modo que, na verdade, você sabe, se a pessoa simplesmente souber se organizar, o mesmo conforto se tira de um pequeno chalé ou da mais espaçosa mansão."

Elinor concordou com tudo aquilo, pois não achava que ele merecesse a distinção de uma oposição racional.

Como John Dashwood não gostava de música, assim como a mais velha de suas irmãs, sua mente estava igualmente livre para se fixar em qualquer outra coisa; e um pensamento lhe ocorrera durante a noite, que ele comunicou à esposa, para sua aprovação, quando chegaram em casa. Considerando o engano da sra. Denison, ao supor que as irmãs eram suas hóspedes, pensara se não seria apropriado convidá-las para se hospedarem de fato com eles, enquanto os compromissos da sra. Jennings a impediam de passar muito tempo em casa. Não gastariam quase nada, não haveria nenhuma inconveniência; e seria, ao mesmo tempo, uma atenção que a delicadeza de sua consciência apontava como requisito para que ele cumprisse e definitivamente se livrasse da promessa feita ao pai. Fanny ficou exasperada com a proposta.

"Não vejo como isso poderia acontecer", disse, "sem afrontarmos lady Middleton, pois elas passam o dia inteiro com ela; de outro modo, eu ficaria extremamente feliz em convidá-las. Você sabe que estou sempre disposta a fazer por elas qualquer coisa que esteja ao meu alcance, como demonstrei ao levá-las esta noite para sair. Mas elas são convidadas de lady Middleton. Como eu poderia privá-la de tal companhia?"

O marido, não sem grande humildade, tampouco sentiu que a objeção fosse sólida. "Elas já passaram uma semana em Conduit-street, e lady Middleton não se incomodaria de conceder o mesmo número de dias a parentes tão próximos."

Fanny parou por um momento e então, com vigor renovado, disse:

"Meu amor, do fundo do coração, eu as convidaria se estivesse ao meu alcance. Mas já havia decidido comigo mesma convidar as senhoritas Steele para passar alguns dias conosco. Elas são muito bem comportadas, meninas muito boas; e acho que devemos atenção a elas, uma vez que o tio delas foi tão bom para Edward. Podemos convidar suas irmãs no ano que vem, você sabe; mas as senhoritas Steele talvez não fiquem mais na cidade. Tenho certeza de que gostará delas; na verdade, já gosta delas, você sabe, gosta muito, assim como minha mãe; e elas são as favoritas de nosso Harry!"

O sr. Dashwood se convenceu. Enxergou a necessidade de convidar imediatamente as srtas. Steele, e sua consciência foi pacificada pela decisão de convidar as irmãs no ano seguinte; ao mesmo tempo, contudo, furtivamente suspeitando que no ano seguinte não haveria mais necessidade do convite, pois Elinor iria à capital como esposa do coronel Brandon, e Marianne como convidada da irmã.

Fanny, exultante com a saída encontrada e orgulhosa da presença de espírito que a motivara, escreveu na manhã seguinte para Lucy solicitando a companhia dela e da irmã em alguns dias em Harley-street, assim que lady Middleton pudesse dispensá-las. Foi o bastante para deixar Lucy genuína e justificadamente feliz. A sra. Dashwood parecia de fato estar a seu favor, intercedendo por ela; acalentando suas esperanças e promovendo seus interesses! Uma oportunidade dessas de estar com Edward e sua família era, mais do que qualquer outra coisa, o maior dos agrados a seus interesses, e aquele convite, o mais gratificante para seus sentimentos! Era uma vantagem tão grande que ela não saberia como agradecer e da qual não via a hora de se valer; e a visita a lady Middleton, que até então não tinha nenhum prazo definido, logo se descobriu que sempre estivera prevista para terminar dali a dois dias.

Quando o bilhete foi mostrado a Elinor, o que ocorreu dez minutos depois da entrega, ela se permitiu, pela primeira vez, acreditar um pouco nas expectativas de Lucy; pois tal sinal de rara generosidade, expresso em amizade tão recente, parecia indicar que aquela boa vontade toda advinha de algo além da mera má vontade para consigo; e podia, com o tempo e as palavras, vir a realizar tudo o que Lucy queria. Sua lisonja já subjugara o orgulho de lady Middleton e penetrara o coração fechado da sra. John Dashwood; tais resultados abriam a possibilidade de outros ainda mais grandiosos.

As srtas. Steele se mudaram para Harley-street, e tudo o que chegou a Elinor sobre a influência delas ali fortaleceu sua expectativa do acontecimento. Sir John, que as visitara mais de uma vez, levou relatos sobre a boa acolhida que vinham recebendo, os quais impressionaram a todas. A sra. Dashwood nunca antes gostara tanto de nenhuma outra moça em sua vida como gostava delas; dera a cada uma um estojo de costura feito por uma estrangeira refugiada; chamava Lucy por seu nome de batismo; e não sabia mais se um dia conseguiria se separar daquelas duas.

VOLUME III

I

A sra. Palmer estava tão bem ao final de uma quinzena que sua mãe achou que não precisaria mais dedicar todo o seu tempo a ela; e, contentando-se em visitá-la uma ou duas vezes por dia, voltou para a própria casa e para os próprios hábitos, encontrando as srtas. Dashwood muito dispostas a retomar o convívio anterior.

Por volta da terceira ou quarta manhã depois de se reinstalar em Berkeley-street, a sra. Jennings, voltando de sua visita de costume à sra. Palmer, entrou na sala de jogos, onde Elinor estava sentada sozinha, com um ar de solenidade apressada, como se a preparasse para ouvir algo maravilhoso; e, dando-lhe apenas o tempo necessário para formar tal ideia, começou diretamente a justificá-la dizendo:

"Santo Deus! Minha querida senhorita Dashwood! Já soube da novidade?"

"Não, madame. O que houve?"

"Uma coisa muito estranha! Mas você precisa saber de tudo. — Quando cheguei à casa do senhor Palmer, achei Charlotte muito agitada com o bebê. Ela tinha certeza de que ele estava muito doente — ele chorava, estava irritadiço, e todo cheio de brotoejas. Então olhei bem para ele e 'Santo Deus, minha cara', eu disse, 'são apenas os dentes de leite; e a babá achou a mesma coisa. Mas Charlotte não se deu por satisfeita, então chamamos o senhor Donavan; e, por sorte, ele tinha acabado de vir de Harley-street,[1] de modo que foi diretamente para lá, e, assim que pôs os olhos no menino, disse o mesmo que nós, que não era nada além dos dentes de leite, e então Charlotte se acalmou. Quando ele estava novamente de saída, passou pela minha cabeça, tenho certeza de que não sei como fui pensar nisso, mas passou por minha cabeça perguntar se ele sabia de alguma novidade. Diante disso, ele forçou um sorriso, sem graça, e pareceu sério, como quem sabe de alguma coisa, e por fim disse, sussurrando: 'Para que nenhuma notícia desagradável chegue às moças que estão hospedadas com a senhora sobre algum mal-estar da cunhada, é aconselhável dizer que acho que não há motivo para alarme; espero que a senhora Dashwood fique logo muito bem'."

"O quê! Fanny está doente?"

"Foi exatamente o que perguntei, minha querida. 'Santo Deus!', eu disse, 'a senhora Dashwood está doente?' Então ele despejou a história toda; e a questão toda, pelo que entendi, parece ser a seguinte. O senhor Edward Ferrars, justo o rapaz que eu costumava mencionar para provocá-la (mas, como se viu, estou felicíssima que nunca tenha existido nada entre vocês), o senhor Edward Ferrars, ao que parece, está comprometido há mais de um ano com minha prima Lucy! — Aí está, minha cara! — E ninguém mais sabia uma sílaba do caso além de Nancy! — Você acha possível uma coisa dessas? — Não me espanta que eles se gostem; mas que as coisas tenham chegado tão longe entre eles, e sem ninguém nunca suspeitar de nada! Isso sim é estranho! — Nunca cheguei a vê-los juntos, ou tenho certeza de que teria percebido na mesma hora. Bem, o fato é que isso foi mantido como um grande segredo, por receio da senhora Ferrars, e nem ela, nem seu irmão, nem sua cunhada, ninguém nunca desconfiou de nada; — até que, hoje de manhã, a pobre Nancy, que, você sabe, é uma criatura bem-intencionada, mas não lá muito brilhante, deixou escapar. 'Santo Deus!', ela pensou consigo mesma, 'Todo mundo aqui gosta tanto de Lucy, certamente não haverá nenhuma dificuldade da parte delas'; e assim, lá foi ela contar para sua cunhada, que estava sozinha trabalhando em um tapete, sem desconfiar do que viria pela frente — pois ela havia acabado de dizer a seu irmão, cinco minutos antes, que tinha planos de arranjar um casamento para Edward com alguma filha de um lorde, cujo nome esqueço. De modo que você imagina o golpe que aquilo foi para a vaidade e o orgulho dela. Ela ficou violentamente histérica na hora, aos berros, que chegaram aos ouvidos de seu irmão, que estava no escritório, lá embaixo, pensando em escrever uma carta para seu funcionário no interior. Então ele subiu correndo, e ocorreu uma cena terrível, pois Lucy àquela altura também chegara e nem sonhava com o que estava se passando. Pobrezinha! Tenho pena dela. E, devo dizer, acho que foi muito mal tratada; pois sua cunhada ralhou furiosa com ela, o que logo a fez desmaiar. Nancy jogou-se aos pés dela e chorou amargamente; e seu irmão ficou andando pela sala e disse que não sabia o que fazer. A senhora Dashwood declarou que elas não deveriam permanecer nem mais um minuto na casa, e seu irmão também foi obrigado a se jogar aos pés dela, para convencê-la a deixá-las ficar até terminarem de fazer as malas. Então ela ficou histérica outra vez, e ele ficou tão apavorado que chamou o senhor Donavan, e o senhor Donavan encontrou a casa naquela balbúrdia. A carruagem estava na porta esperando para levar minhas pobres primas embora, e elas estavam subindo quando ele desceu; pobre Lucy, em um estado, segundo ele, que mal conseguia andar; e Nancy quase tão mal quanto a irmã. Juro, não tenho paciência com sua cunhada; e espero, do fundo do coração, que eles se casem apesar dela. Santo Deus! Como ficará o pobre Edward quando souber disso? Que seu amor foi tratado com tamanho desprezo! Pois dizem que ele gosta muitíssimo dela, e deve ser verdade. Não admira que esteja nesse apogeu da paixão! — E o senhor Donavan pensa como eu. Tivemos muito o que conversar a esse respeito; e o melhor de tudo é que ele voltou para Harley-street, para ficar por perto quando a senhora Ferrars ficasse sabendo, pois ela foi chamada assim que minhas primas saíram, porque sua cunhada tinha certeza de que ela também ficaria histérica; pois que fique, tanto me dá. Não tenho pena de nenhuma dessas duas. Não entendo por que as pessoas fazem todo esse estardalhaço por dinheiro e posição. Não existe nada no mundo que impeça o senhor Edward e Lucy de se casarem; pois tenho certeza de que a senhora Ferrars pode sustentar muito bem o filho e, embora Lucy não tenha quase nada, sabe melhor que ninguém tirar o máximo de cada coisa; e devo dizer que, se a senhora Ferrars lhe desse algo como quinhentas libras por ano, ela faria tão bonito com isso quanto a maioria não faz com oitocentas. Santo Deus! Eles poderiam viver no aconchego de um chalé como o seu — ou um pouco maior — com duas empregadas e dois criados; e acho que posso ajudá-los a arranjar uma, pois minha Betty tem uma irmã sem trabalho que serviria perfeitamente para eles."

Aqui a sra. Jennings fez uma pausa, e, tendo tempo de reunir seus pensamentos, Elinor foi capaz de dar uma resposta e fazer alguns comentários que o assunto naturalmente havia suscitado. — Feliz ao perceber que não havia suspeita de um interesse extraordinário de sua parte; que a sra. Jennings (como ultimamente costumava esperar que fosse o caso) deixara de imaginar que ela gostava de Edward; e feliz, sobretudo, pela ausência de Marianne, ela se sentiu bastante capaz de falar do caso com desembaraço e de pronunciar seu juízo com imparcialidade, ela acreditava, sobre a conduta de todos os envolvidos.

Não saberia dizer o que ela mesma esperava, de fato, dos acontecimentos; — embora ardentemente tentasse afastar a ideia de que fosse possível aquilo terminar de outro modo que não o casamento de Edward e Lucy. O que a sra. Ferrars faria ou diria, embora não houvesse dúvida quanto a natureza de sua atitude, ela ansiava por ouvir; e ainda mais ansiosa estava para saber como Edward se comportaria. — Dele, sentia muita pena; — de Lucy, pouquíssima — e precisou se esforçar para sentir mesmo esse pouco; — do resto do grupo, não teve pena nenhuma.

Como a sra. Jennings não conseguia falar de outro assunto, Elinor logo se viu na necessidade de preparar Marianne para discuti-lo. — Não havia tempo a perder, era preciso desiludi-la, fazê-la conhecer a verdade dos fatos, tentar acostumá-la a ouvir os outros falando sem revelar qualquer constrangimento pela irmã ou ressentimento contra Edward.

A tarefa de Elinor era dolorosa. — Era, sem perda de tempo, tirar da irmã o que realmente acreditava ser seu principal consolo — revelar detalhes sobre Edward, que ela temia que arruinassem o bom conceito que a irmã fazia dele — e fazer Marianne reviver, dada a semelhança da situação das duas, que na imaginação dela pareceria grande, sua própria frustração. Porém, por mais indesejada que fosse sua missão, era necessário cumpri-la, e Elinor, portanto, prontamente se dispôs a executá-la.

Estava muito longe de querer enfatizar os próprios sentimentos ou de demonstrar um sofrimento exagerado; nada além do autocontrole que vinha praticando desde que soubera pela primeira vez do compromisso de Edward poderia antecipar algo que fosse factível para Marianne. Seu relato foi claro e simples; e, embora não o tenha feito sem emoção, não foi acompanhado de violenta agitação nem de arroubos de tristeza. — Isso ficou por conta da ouvinte, pois Marianne escutou-a horrorizada e chorando copiosamente. Elinor haveria de consolar os outros até mesmo em sua própria aflição, não apenas na alheia; e todo o consolo que poderia ser concedido por sua própria paz de espírito e uma ardorosa defesa de Edward contra qualquer acusação, além de imprudência, foram prontamente oferecidos.

Porém Marianne, durante algum tempo, não deu crédito a nada daquilo. Edward pareceu-lhe um segundo Willoughby; e, reconhecendo, como Elinor admitiu, que ela de fato o amara com total sinceridade, como não sofrer o mesmo que ela! Quanto a Lucy Steele, ela a considerava totalmente sem graça, tão absolutamente incapaz de cativar um homem sensível que a princípio não conseguiu se convencer a acreditar, e depois perdoar, que houvesse algum sentimento anterior de Edward por aquela jovem. Ela sequer admitiria que isso fosse natural; e Elinor deixou-a convencida de que era verdade, com a única coisa capaz de convencê-la: um conhecimento maior da humanidade.

O primeiro comunicado não passou da declaração do fato do compromisso e da duração de sua existência. — Os sentimentos de Marianne então já tinham vindo à tona e posto um fim a toda a regularidade dos detalhes; e, por algum tempo, tudo o que Elinor conseguiu fazer foi aliviar sua aflição, amenizar seus temores e combater seu ressentimento. A primeira pergunta da parte de Marianne, que levou a mais esclarecimentos, foi:

"Há quanto tempo você sabia disso, Elinor? Ele escreveu?"

"Já sei há quatro meses. Quando Lucy veio pela primeira vez a Barton, em novembro passado, ela me revelou em segredo seu compromisso."

Diante dessas palavras, os olhos de Marianne expressaram uma perplexidade que seus lábios não conseguiram articular. Após um momento de assombro, ela exclamou:

"Quatro meses! — Você sabe disso há quatro meses?"

Elinor confirmou.

"O quê? — Enquanto me ajudava na minha tristeza, você tinha isso no coração? — E eu dizendo que você sim era feliz!"

"Não havia como você saber que era justamente o contrário."

"Quatro meses!" — exclamou Marianne outra vez. — "Tão serena! — Tão entusiasmada! — De onde você tirou forças?"

"Da sensação de estar cumprindo meu dever. A promessa que fiz a Lucy me obrigava a manter o segredo. Por causa dela, portanto, evitei dar qualquer sinal da verdade; e, por causa de minha família e de meus amigos, não quis despertar nenhuma preocupação comigo que eu não poderia depois desfazer."

Marianne pareceu ficar muito abalada.

"Muitas vezes desejei contar tudo a você e à minha mãe", acrescentou Elinor; "E uma ou duas vezes até tentei; — mas, sem trair a confiança em mim depositada, eu jamais conseguiria convencê-la."

"Quatro meses! — e no entanto você o amava!"

"Sim. Mas eu não amava apenas Edward; — e, na medida em que me importava com os outros, fiquei contente de poupá-los de saber o quanto eu sofria. Agora, consigo falar disso sem tanta emoção. — Eu não a faria sofrer por minha causa; pois garanto que eu mesma já não sofro tanto assim. Tenho muitas coisas em que me apoiar. Tenho plena consciência de não haver provocado essa decepção, por nenhuma imprudência de minha parte, e suportei o máximo que pude sem deixar que se espalhasse. — Não condeno Edward por nenhum desvio de conduta. Desejo que ele seja muito feliz; e tenho tanta certeza de que ele sempre cumprirá seu dever que, ainda que agora ele possa sentir algum remorso, ao final acabará sendo feliz. A Lucy não falta juízo, e isso é o alicerce sobre o qual qualquer coisa pode ser construída. — E, afinal, Marianne, é esse o encanto da ideia de uma única e constante relação, e o mesmo se pode dizer sobre a felicidade de alguém depender inteiramente de uma única pessoa, não é para ser — não deve ser — não é possível que seja assim. — Edward se casará com Lucy; ele se casará com uma mulher, em termos pessoais e intelectuais, superior à média das mulheres; e o tempo e o hábito o ensinarão a esquecer que um dia ele considerou outra superior a ela."

"Se é o que você pensa", disse Marianne, "se a perda do que lhe era mais valioso é tão facilmente compensada com outra coisa qualquer, sua determinação, seu autocontrole talvez sejam menos admiráveis. — Tornam-se mais compreensíveis para mim."

"Eu a compreendo. — Você nunca imaginou que eu fosse capaz de sofrer muito. — Por quatro meses, Marianne, fiquei com tudo isso na cabeça, sem a liberdade de falar a respeito com ninguém; sabendo que isso deixaria você e minha mãe muito tristes quando lhes contasse, mas incapaz de prepará-las minimamente para tanto. — Fiquei sabendo disso — de certa forma fui forçada a sabê-lo, pela própria pessoa em questão, cujo compromisso anterior arruinou todas as minhas perspectivas; e isso tudo ela me contou, pelo que entendi, como um triunfo pessoal. — As suspeitas dessa mesma pessoa, portanto, fui obrigada a contestar, tentando parecer indiferente ao que mais profundamente me interessava; — e não foi apenas uma vez; — tive de ouvir suas esperanças e exultações praticamente a cada encontro. — Eu me vi definitivamente separada de Edward, sem tomar conhecimento de nenhuma circunstância que pudesse me fazer desejar menos aquela relação. — Sem nada que provasse alguma indignidade sua; tampouco algo que mostrasse sua indiferença por mim. — Precisei lutar contra a mesquinharia de sua irmã, a insolência de sua mãe; e sofri o castigo de uma relação sem desfrutar de seus benefícios. — E tudo isso justamente quando, como você bem sabe, não era apenas eu quem estava infeliz. — Se você consegue me imaginar capaz de sofrer — certamente poderá supor como sofri nesse momento. A paz de espírito com que me conduzi até agora para encarar a questão, o consolo que ofereci quando tanto queria ter recebido, foram efeito de um esforço constante e doloroso; — essas coisas não brotam do nada; — nem me acudiram para melhorar meu ânimo a princípio — Não, Marianne. — Na ocasião, se eu não tivesse jurado silêncio, talvez não conseguisse evitar — nem mesmo em consideração a meus entes mais queridos — demonstrar abertamente que estava muito infeliz." —

Marianne ficou muito abatida. —

"Ah! Elinor", exclamou, "agora você me fez odiar a mim mesma para sempre. — Como fui cruel com você! — Com você, que era meu único consolo, que suportou comigo toda a minha angústia, que só parecia estar sofrendo por minha causa! — Essa foi minha gratidão? A única coisa que pude fazer por você em retribuição? — Seu mérito soava como uma censura feita a mim, e eu vinha tentando me livrar disso."

Essa confissão foi seguida do mais terno carinho. Em tal estado de espírito, Elinor não teve dificuldade em obter todas as promessas que quis da irmã; e, a seu pedido, Marianne jurou não demonstrar nenhum sinal de amargura quando tocassem no assunto; — não tratar Lucy com mais antipatia do que antes; — e até mesmo com o próprio Edward, se o acaso os reunisse novamente, jurou que não haveria nenhuma diminuição da cordialidade de sempre. — Essas foram grandes concessões; — porém, para Marianne, quando sentia que havia provocado alguma mágoa, nenhuma exigência era grande demais.

Ela cumpriu sua promessa de ser discreta admiravelmente. — Escutou tudo o que a sra. Jennings tinha a dizer sobre o assunto com expressão impávida, não discordou de nada, e por três vezes ouviram-na dizer: "Sim, madame". — Ela escutou seus elogios a Lucy apenas trocando de cadeira enquanto isso, e, quando a sra. Jennings falou do afeto de Edward, limitou-se a pigarrear um pouco. — Tais mostras de heroísmo da parte da irmã fizeram Elinor sentir-se igualmente capaz de tudo enfrentar.

A manhã seguinte traria uma provação ainda maior, com a visita do irmão delas, que, com expressão grave, queria conversar sobre o pavoroso acontecimento e dar notícias da esposa.

"Vocês ficaram sabendo, imagino", ele disse com a maior solenidade, assim que sentou, "da descoberta muito chocante ocorrida ontem em nossa casa."

Todas assentiram com o olhar; pois parecia um momento embaraçoso demais para falar.

"Sua cunhada", ele continuou, "sofreu terrivelmente. A senhora Ferrars também — em suma, foi uma cena aflitiva e difícil — mas espero que a tempestade passe sem que ninguém fique muito abalado. Pobre Fanny! Ontem ficou o dia inteiro histérica. Mas eu não me preocuparia tanto se fosse vocês. Donavan disse que não há nada de concreto para ficar apreensivos; ela tem boa saúde e, com sua determinação, é capaz de superar isso. Já suportou tudo, com a firmeza de um anjo! Disse que nunca mais faria bom juízo de ninguém; e não é de estranhar, depois de ter sido tão enganada! — Depois de tanta ingratidão, para quem mostrou tanta generosidade, tanta confiança! Foi pura bondade do coração dela convidar essas moças para nossa casa; simplesmente porque achava que elas mereciam essa atenção, eram dóceis, bem comportadas e seriam companhias agradáveis; pois, de outro modo, teríamos ambos preferido convidar você e Marianne para se hospedarem conosco, enquanto sua boa amiga cuidava da filha. E vejam a recompensa que tivemos! 'Digo do fundo do coração', falou a pobre Fanny com aquele jeito afetuoso dela, 'antes tivéssemos convidado suas irmãs em vez daquelas duas.'"

Aqui ele fez uma pausa para os agradecimentos; após os quais, continuou:

"O que a pobre senhora Ferrars sofreu, quando Fanny lhe contou tudo, foi algo indescritível. Pois, enquanto ela planejava, movida pelo mais genuíno afeto, um casamento mais condizente para ele, não podia imaginar que o filho estivesse secretamente comprometido com outra pessoa! — Tal suspeita jamais teria passado por sua cabeça! Se a mãe desconfiava de qualquer predisposição da parte dele, não teria sido por aquela moça. 'Quanto àquela moça, certamente', ela disse, 'eu achava que estava segura.' Ela ficou muito angustiada. Conversamos, contudo, sobre o que deveria ser feito, e, por fim, ela resolveu mandar chamar Edward. Ele veio. Mas lamento relatar o que se seguiu. Nada do que a senhora Ferrars disse para ele, no intuito de desmanchar esse compromisso, nem os argumentos que vocês devem imaginar que eu apresentei, ou as súplicas de Fanny, nada surtiu efeito. Dever, afeto, tudo foi ignorado. Nunca antes pensei que Edward fosse tão obstinado, tão insensível. A mãe dele explicou a generosidade de seus planos, caso ele se casasse com a senhorita Morton; disse que lhe daria a propriedade de Norfolk, que, livre de impostos,[2] rende bem suas mil libras por ano; ofereceu até mesmo, no desespero, mil e duzentos por ano; e, diante disso, caso ele ainda persistisse naquele noivado sem classe, mostrou-lhe a certeza da penúria que o casamento acarretaria. Declarou que ele teria apenas as duas mil libras que já recebia; que jamais tornaria a vê-lo; e que estava muito pouco disposta a lhe prestar a mínima assistência, que, se ele se decidisse por alguma profissão para poder se sustentar melhor, ela faria tudo em seu poder para impedir que progredisse na carreira."

Aqui Marianne, num arroubo de indignação, bateu palmas e exclamou: "Bom Deus! Como alguém pode fazer isso!".

"Isso bem se aplica, Marianne", respondeu o irmão, "à teimosia capaz de resistir a tais argumentos. Sua exclamação é bastante natural."

Marianne ia retrucar, mas se lembrou das promessas que fizera e relevou.

"Tudo isso, no entanto", ele continuou, "foi em vão. Edward quase não disse nada; mas, quando o fez, foi do modo mais decidido. Nada o convenceria a voltar atrás em sua palavra. Ele manteria o compromisso, custasse o que custasse."

"Então", exclamou a sra. Jennings com brusca sinceridade, incapaz de se manter calada, "ele agiu como um homem honesto! Sinto muito, senhor Dashwood, mas, se tivesse agido de outra forma, eu o consideraria um crápula. Tenho certo interesse nesse caso, assim como o senhor, pois Lucy Steele é minha prima, e acredito que não exista menina melhor no mundo ou que mereça tanto um bom marido."

John Dashwood ficou estupefato; mas era naturalmente calmo, imune a provocações e jamais teve a intenção de ofender ninguém, especialmente uma pessoa de considerável fortuna. Então ele respondeu, sem nenhum ressentimento:

"De maneira nenhuma eu falaria de modo desrespeitoso sobre uma parente sua, madame. A senhorita Lucy Steele é, devo dizer, uma moça de muitos méritos, mas, neste caso, a senhora sabe, o casamento seria impossível. E ter assumido um noivado secreto com um rapaz sob os cuidados de seu tio, filho de uma mulher de tal fortuna como a senhora Ferrars, é talvez, por si, um tanto fora do comum. Em suma, não quero discutir o comportamento de nenhum de seus entes queridos, sra. Jennings. Todos desejamos que ela seja extremamente feliz, e a conduta da senhora Ferrars, no geral, foi a que toda mãe conscienciosa e boa, em circunstâncias parecidas, teria adotado. Digna e generosa. Edward colheu o que plantou, e receio que não tenham sido bons frutos."

Marianne suspirou por uma apreensão semelhante; e o coração de Elinor se apertou com o que sentiu por Edward, ao enfrentar as ameaças da mãe por uma mulher que ele sabia que não o recompensaria.

"Bem, senhor", disse a sra. Jennings, "e como tudo terminou?"

"Lamento dizer, madame, que no mais infeliz desentendimento: — Edward foi abandonado para sempre dos cuidados da mãe. Saiu da casa dela ontem, mas aonde foi, ou se ainda está na cidade, não se sabe; pois nós, obviamente, não podemos perguntar."

"Pobre rapaz! — e o que será dele?"

"É o que me pergunto, madame! É uma consideração melancólica. Diante da perspectiva de tamanha afluência! Não posso conceber situação mais deplorável. Os juros de duas mil libras — como alguém pode viver com isso! — quando se pensa que ele poderia, não fosse a própria loucura, dentro de três meses, vir a ter duas mil e quinhentas libras por ano (pois a senhorita Morton dispõe de trinta mil libras), não sou capaz de imaginar condição mais agourenta. Devemos todos lamentar por ele; e ainda mais porque ajudá-lo está inteiramente fora de nossa alçada."

"Pobre rapaz!", exclamou a sra. Jennings, "certamente será muito bem-vindo para dormir e comer em minha casa; e é isso que vou lhe dizer, assim que puser os olhos nele. Não é certo deixá-lo vivendo às próprias custas agora, pelas hospedarias e tabernas."

O coração de Elinor ficou grato por tamanha generosidade para com Edward, mas ela não pôde conter o riso diante da forma como havia se manifestado.

"Se ele ao menos tivesse agido conforme os próprios interesses", disse John Dashwood, "como todos estavam dispostos a agir por ele, agora poderia desfrutar de uma situação condizente e nada lhe faltaria. Mas, da forma como ele agiu, ninguém poderá fazer nada para ajudá-lo. Existe ainda outra coisa sendo preparada contra ele, que será o pior de tudo — sua mãe já decidiu, com estado de espírito bastante compreensível, passar a propriedade imediatamente para o nome de Robert, aquela que teria sido de Edward, em condições mais apropriadas. Deixei-a esta manhã com seu advogado, conversando sobre os trâmites."

"Ora!", disse a sra. Jennings, "eis como a mãe se vingou. Cada um age a seu modo. Mas não creio que eu teria feito assim, emancipar um filho porque o outro me dá um desgosto."

Marianne levantou-se e caminhou pela sala.

"Haverá algo capaz de fustigar mais o espírito de um homem", continuou John, "do que ver seu irmão mais novo herdar uma propriedade que podia ter sido sua? Pobre Edward! Lamento sinceramente por ele."

Depois de alguns poucos minutos desse mesmo tipo de efusão, a visita terminou; e, com reiteradas garantias às irmãs de que ele realmente acreditava que o mal-estar de Fanny não representava nenhum perigo de fato e de que, portanto, elas não precisariam ficar muito preocupadas, ele foi embora; deixando as três damas unânimes em seus sentimentos sobre a situação, ao menos no tocante à conduta da sra. Ferrars, dos Dashwood e de Edward.

A indignação de Marianne extravasou assim que ele saiu da sala; e, como sua veemência tornou a discrição impossível para Elinor e desnecessária para a sra. Jennings, todas se juntaram em uma entusiasmada crítica àquelas pessoas.

II

A sra. Jennings foi muito enfática ao louvar a conduta de Edward, mas apenas Elinor e Marianne sabiam de seu verdadeiro mérito. Apenas elas sabiam quão pouco era necessário para que ele se sentisse tentado a desobedecer a mãe, e quão pequena era a consolação, além da consciência de fazer o certo, que lhe restaria na perda de amizades e fortuna. Elinor exultou com sua integridade; e Marianne perdoou todos os seus pecados em compaixão por seu castigo. Mas embora a confiança entre elas houvesse, por essa descoberta pública, recuperado sua condição apropriada, aquele não era um assunto em que gostavam de pensar quando estavam sozinhas. Elinor o evitava por princípio, pois tendia a se fixar excessivamente em seus pensamentos, dadas as afirmações calorosas demais, positivas demais, de Marianne, na crença na continuidade do afeto de Edward por ela; e também logo arrefeceria o ímpeto de Marianne ao abordar um tópico que sempre a deixava mais insatisfeita consigo mesma, graças à comparação que o tema necessariamente trazia entre a conduta de Elinor e a sua própria.

Ela sentiu toda a força dessa comparação; mas não da forma como a irmã esperava, exigindo dela uma reação; sentiu toda a dor da contínua autocensura, lamentou amargamente jamais ter reagido antes; mas isso só lhe trouxe a tortura da penitência, sem a esperança da remissão. Sua mente estava tão debilitada que ela ainda considerava impossível reagir e, portanto, aquilo só fez desanimá-la ainda mais.

Nada de novo ficaram sabendo ao longo de um ou dois dias acerca dos acontecimentos de Harley-street e Bartlett's Buildings. Mas embora já soubessem o bastante e fosse o suficiente para a sra. Jennings se ocupar difundindo tais informações, sem tentar apurar mais notícias, ela decidira, desde o início, visitar suas primas para consolá-las e saber delas, assim que possível; e nada senão o atraso devido a um número maior de visitas em casa a impedira de ir antes disso.

O terceiro dia depois que ficaram sabendo desses detalhes foi um domingo tão claro, tão bonito, que atraiu muitas pessoas a Kensington Gardens,[1] embora fosse ainda a segunda semana de março. A sra. Jennings e Elinor estiveram entre elas; porém Marianne, que soubera que os Willoughby estavam de volta à cidade e tinha um pavor constante de encontrá-los, preferiu ficar em casa a se arriscar em local público.

Uma conhecida, íntima da sra. Jennings, juntou-se a elas assim que entraram no jardim do parque, e Elinor não lamentou o fato de que, enquanto a amiga continuou entre elas, conversando sobre qualquer assunto que a sra. Jennings abordasse, ela foi deixada em paz com suas reflexões. Não viu sinal dos Willoughby nem de Edward, e, por algum tempo, tampouco de alguma pessoa que por algum acaso, grave ou alegre, pudesse interessá-la. Mas, por fim, notou com certa surpresa a aproximação da srta. Steele, que, embora parecesse tímida, expressou grande satisfação em vê-las e, encorajada pela peculiar gentileza da sra. Jennings, deixou brevemente o grupo com quem estava, para juntar-se ao delas. A sra. Jennings imediatamente sussurrou para Elinor:

"Tire tudo dela, minha querida. Ela contará o que perguntar. Você sabe, não posso abandonar a senhora Clarke."

Por sorte, no entanto, para a curiosidade da sra. Jennings e também para a de Elinor, ela contaria tudo sem que ninguém perguntasse, pois, do contrário, não ficariam sabendo de nada.

"Estou tão contente de encontrá-las"; disse a srta. Steele, pegando-a familiarmente pelo braço — "pois encontrá-las era tudo o que eu queria." E então, baixando a voz: "Imagino que a senhora Jennings já esteja sabendo de tudo. Ela está aborrecida?".

"De maneira alguma, creio que não com vocês."

"Isso é bom. E lady Middleton, ficou aborrecida?"

"Não consigo imaginar por que ficaria."

"Fico contentíssima de ouvir isso. Bom Deus! Já está sendo tão difícil! Nunca vi Lucy tão enfurecida em minha vida. Ela chegou a jurar que nunca mais enfeitaria minhas toucas nem faria nunca mais nada por mim enquanto vivesse; mas agora já está bem mais calma e voltamos às boas como antes. Veja, ela fez este laço do meu chapéu e ontem à noite acrescentou a pluma. Pois então, agora vocês também farão pouco de mim. Mas por que eu não deveria usar laços cor-de-rosa? Não me importa se é a cor favorita do doutor. Com certeza, quanto a mim, eu nem saberia que ele gostava de rosa mais que de outras cores, se ele não tivesse por acaso me contado. Meus primos vêm zombando tanto de mim por conta disso — que às vezes eu digo que nem sei mais como me vestir quando estou com eles."

Ela divagara para um assunto sobre o qual Elinor não tinha nada a dizer e, portanto, logo julgou conveniente encontrar um modo de retornar ao primeiro.

"Bem, enfim, senhorita Dashwood", falando triunfalmente, "as pessoas podem dizer o que quiserem, que o senhor Ferrars não ficaria com Lucy, pois eu lhe garanto que não foi nada disso; e é uma vergonha que tais boatos mal-intencionados sejam espalhados por aí. Não importa o que a própria Lucy acha disso, você sabe, ninguém tem o direito de estabelecer isso como certo."

"Nunca ouvi ninguém supor esse tipo de coisa, isso eu lhe asseguro", disse Elinor.

"Ah! não mesmo? Mas disseram por aí, eu sei, sei muito bem, já ouvi de mais de uma pessoa; pois a senhora Godby contou à senhorita Sparks que ninguém em sã consciência podia imaginar que o senhor Ferrars fosse abrir mão de uma mulher como a senhorita Morton, com uma fortuna de trinta mil libras, em troca de Lucy Steele, que não tinha nada; e isso eu mesma ouvi da senhorita Sparks. E, além disso, meu primo Richard também falou que, quando chegou a hora, ele receava que o senhor Ferrars fosse ceder; e, quando se passaram três dias sem que Edward viesse nos visitar, eu mesma não soube o que pensar; e creio do fundo do coração que Lucy deu o caso por encerrado; pois nós saímos da casa de seu irmão na quarta-feira, e não tivemos notícia na quinta-feira, na sexta-feira nem no sábado, e não sabíamos o que havia acontecido com ele. Lucy chegou a pensar em escrever, mas depois acabou desistindo da ideia. Mas ele apareceu hoje de manhã, quando voltávamos da igreja; e então ficamos sabendo de tudo, que ele fora na quarta-feira a Harley-street; e que ouviu a mãe e todos ali, e que disse na frente de todos que só amava Lucy e mais ninguém e que não se casaria com ninguém além de Lucy. E que ficou preocupado com o que aconteceu, tanto que, assim que saiu da casa da mãe, ele montou no cavalo e correu para algum lugar no interior; e que tinha ficado em uma hospedaria toda a quinta e a sexta, no intuito de se recuperar. E depois de pensar, e pensar, e pensar, disse que para ele, agora que não tinha mais fortuna nenhuma, nem mais nada de seu, seria muito rude exigir que ela mantivesse o compromisso, pois ela sairia perdendo, pois agora ele tinha apenas duas mil libras e nenhuma esperança de conseguir mais nada; e, se ele acabasse se ordenando, conforme já vinha planejando, receberia apenas um presbitério, e como eles viveriam só daquilo? — Ele não suportaria pensar que ela não teria nada melhor, e então implorou que, se ela tivesse isso em mente, terminasse o noivado ali mesmo e o deixasse por conta. Isso eu o ouvi dizer do modo mais claro possível. E foi só por causa dela, e por conta disso, que tocou no assunto da separação, e não porque ele mesmo quisesse. Eu seria capaz de jurar que ele jamais disse uma palavra sobre estar cansado dela ou que desejava se casar com a senhorita Morton, nem nada parecido. Mas, decerto, Lucy não daria ouvidos a esse tipo de conversa; então ela disse na mesma hora (com toda a doçura e paixão, você sabe, e tudo o mais — oh, oh! Não se pode repetir esse tipo de coisa, você sabe) — ela disse claramente que não tinha a menor intenção de romper o noivado, pois poderia viver com muito pouco ao lado dele e, do pouco que ele tivesse, aceitaria tudo de bom grado, você sabe, ou coisa parecida. De modo que ele ficou muito feliz, e eles falaram mais algum tempo sobre como deveriam agir e concordaram que ele devia se ordenar imediatamente e esperariam para casar quando ele recebesse a renda do presbitério. E bem aí não consegui ouvir mais nada, pois meu primo me chamou lá de baixo, dizendo que a senhora Richardson havia chegado com a carruagem e poderia levar uma de nós a Kensington Gardens; fui obrigada a entrar na sala e interrompê-los, para perguntar se Lucy queria ir junto, mas ela não quis se despedir de Edward; então eu subi para meu quarto, vesti minhas meias de seda e saí com os Richardson."

"Não entendi o que você quis dizer com interrompê-los", disse Elinor; "não estavam todos os três na mesma sala?"

"Na verdade, não; nem todos. Oh, oh! Senhorita Dashwood, você acha que as pessoas falam de amor quando há mais alguém por perto? Oh! E a vergonha? — Você deve saber muito bem disso. (Rindo afetadamente.) — Não, não; eles estavam trancados na sala de estar, e eu ouvi tudo escutando atrás da porta."

“Ora!”, exclamou Elinor; “você estava repetindo para mim o que ficou sabendo apenas porque escutou atrás da porta? Lamento não saber disso antes; pois certamente não teria havido necessidade de me contar detalhes de uma conversa que você não deveria ter ouvido. Como pode ser tão desleal com sua própria irmã?”

“Oh, oh! Isso não foi nada. Eu simplesmente fiquei perto da porta e ouvi o que pude. Tenho certeza de que Lucy faria o mesmo; pois, há coisa de um ou dois anos, quando Martha Sharpe e eu trocávamos muitos segredos, ela nunca se furtou de se esconder no armário, ou atrás do aparador, para ouvir o que dizíamos.”

Elinor tentou falar de outra coisa; mas a srta. Steele não conseguia ficar mais do que alguns minutos longe do que era predominante em sua mente.

“Edward falou em ir para Oxford muito em breve”, ela disse, “mas agora está hospedado no número — em Pall Mall. Que mulher malvada essa mãe dele, não? E seu irmão e sua cunhada também não foram nada gentis! Seja como for, não vou falar mal deles para você; e, a bem dizer, eles nos mandaram embora na carruagem deles, o que foi mais do que esperávamos que fizessem. E, quanto a mim, meu medo maior era que sua cunhada pedisse de volta os estojos de costura que tinha dado um ou dois dias antes; mas, seja como for, ela nem tocou no assunto, e deixei o meu longe dos olhos dela. Edward está tratando de algum assunto em Oxford, ele disse; de modo que precisa ficar lá por algum tempo; e, depois que se acertar com o bispo, ele será ordenado. Imagino o presbitério que ele vai conseguir! — Bom Deus! (sorrindo afetadamente enquanto falava) aposto a minha vida como sei o que meus primos vão dizer quando souberem disso. Vão dizer que eu devia escrever para o doutor, para Edward conseguir um presbitério nas terras dele. Sei que vão dizer isso; mas é certo que eu não faria uma coisa dessas por nada neste mundo. ‘Oh, oh!’, vou dizer na mesma hora, 'como vocês são capazes de imaginar uma coisa dessas? Justo eu, escrever ao doutor!'"

"Bem", disse Elinor, "é um consolo estar preparada para o pior. Você já tem sua resposta pronta."

A srta. Steele responderia qualquer coisa sobre o assunto, mas a aproximação do grupo com quem estava tornou necessário outro tipo de resposta.

"Oh, oh! Lá vêm os Richardson. Eu tinha tantas outras coisas para lhe dizer, mas não posso ficar muito tempo longe deles. Garanto que são pessoas muito finas. Ele ganha uma quantidade assombrosa de dinheiro, e eles têm uma carruagem particular. Não terei ocasião de dizer pessoalmente à senhora Jennings, mas peço que diga a ela que estou muito feliz por não ter ficado com raiva de nós, e a mesma coisa a lady Middleton; e, se acontecer alguma coisa e você e sua irmã precisarem partir, e a senhora Jennings quiser companhia, tenho certeza de que ficaríamos muito contentes de lhe fazer companhia pelo tempo que ela quiser. Imagino que lady Middleton não nos convidará mais agora. Adeus; lamento que a senhorita Marianne não tenha vindo hoje. Dê a ela minhas lembranças mais afetuosas. Oh! Você saiu com seu melhor vestido de musselina estampada! Não tem medo de que estrague?"

Tal foi sua última preocupação ao se despedir; pois, depois disso, ela só teve tempo de dar adeus à sra. Jennings, quando sua companhia foi requisitada pela sra. Richardson; e Elinor ficou de posse de informações que alimentariam suas reflexões por algum tempo, ainda que não tivesse descoberto muito mais do que já havia previsto e inferido sozinha. O casamento de Edward com Lucy estava tão decididamente acertado quanto a data do acontecimento era absolutamente incerta, como ela já havia concluído que seria; — tudo dependia, justamente como ela esperava, de uma indicação que, no momento, ele não parecia ter a menor chance de conseguir.

Assim que voltaram à carruagem, a sra. Jennings se mostrou ávida pelas novidades; mas, como Elinor pretendia difundir o mínimo possível aquelas informações que a princípio haviam sido obtidas de modo tão injusto, restringiu-se a uma breve repetição de meros detalhes, os quais tinha certeza de que Lucy, pelo seu próprio bem, teria escolhido tornar públicos. A manutenção do noivado, os meios empregados para promover seu fim, foi tudo o que ela contou; e isso extraiu da sra. Jennings o seguinte cândido comentário:

"Esperar até que ele arranje um presbitério! — Sei, todas sabemos como isso vai terminar; — eles vão esperar um ano, e, vendo que dali não sairá nada de bom, vão acabar arranjando um presbitério de cinquenta libras por ano, com os juros das duas mil libras dele, e o pouco que o senhor Steele e o senhor Pratt conseguirão para ela. — Terão um filho por ano! E Deus me perdoe! Como serão pobres! — Preciso ver o que eu posso dar para mobiliar a casa deles. Duas empregadas e dois criados, sim! — Como eu disse outro dia. — Não, não, eles vão precisar de uma moça forte para todo tipo de serviço. — A irmã de Betty já não serve mais."

Na manhã seguinte, Elinor recebeu uma carta pelo correio de dois centavos, da própria Lucy. — Dizia o seguinte:

Bartlett's Buildings, março

Espero que minha cara srta. Dashwood perdoe a liberdade que tomo de lhe escrever; mas sei que, por nossa amizade, a senhorita ficará contente em saber uma notícia tão boa sobre mim e meu querido Edward, depois de todas as dificuldades por que passamos ultimamente, e, portanto, deixarei de me desculpar para seguir dizendo que, graças a Deus!, embora tenhamos sofrido terrivelmente, estamos ambos muito bem agora, e felizes, como seremos para sempre, com o amor um do outro. Passamos por grandes provações e grandes perseguições, mas, ao mesmo tempo, felizmente fizemos muitos amigos, você entre eles, de cuja grande generosidade sempre lembrarei com gratidão, assim como Edward, a quem contei a respeito, tenho certeza de que ficará contente em saber, assim como a querida sra. Jennings, que passei duas horas felizes com ele ontem à tarde, ele não queria que nos separássemos, mas corajosamente eu, como considerei ser meu dever, insisti que era preciso por prudência, e teria ido embora para sempre dali, se ele consentisse, mas ele disse que aquilo jamais aconteceria, que não se importava com a ira da mãe, enquanto tivesse meu afeto, nossas perspectivas não são muito brilhantes, decerto, mas devemos aguardar, e esperar que o melhor aconteça; ele será ordenado muito em breve e, se estiver a seu alcance recomendá-lo para alguém que tenha um presbitério disponível, tenho plena certeza de que não se esquecerá de nós, e a querida sra. Jennings também, confio que vá falar bem de nós para sir John, ou para o sr. Palmer, ou qualquer amigo que possa ser capaz de nos ajudar. — Pobre Anne, sentiu-se tão culpada pelo que fez, mas agiu com a melhor das intenções, de modo que não digo nada; espero que a sra. Jennings não pense que será um incômodo vir nos visitar, se vier para estas bandas qualquer manhã dessas, seria muita gentileza, e para meus primos seria uma honra conhecê-la. — O papel me obriga a concluir,[2] e pedindo-lhe que encaminhe muito grata e respeitosamente minhas lembranças a ela, e a sir John, e lady Middleton, e às crianças queridas, quando vier a encontrá-los, e com amor para a srta. Marianne.

Sigo sua etc. etc.

Assim que terminou de ler a carta, Elinor agiu conforme concluiu ser o verdadeiro desígnio da autora, passando-a para as mãos da sra. Jennings, que a leu em voz alta com muitos comentários de satisfação e louvor.

"Muito bem! — ela escreve com muita graça! — Sim, foi muito apropriado deixá-lo ir se fosse preciso. Isso é típico de Lucy. — Pobrezinha! Quem dera eu pudesse dar a ele um presbitério, do fundo do coração. — Ela me chama de querida senhora Jennings, você viu? É uma menina de boa índole como nenhuma outra. — Juro que achei tudo muito bem escrito. Essa frase está muito bem delineada. Sim, sim, vou até lá visitá-la, certamente. Ela foi muito atenciosa, pensando em todas as pessoas! — Obrigada, minha querida, por ter me mostrado a carta. É uma das mais bonitas que já li, e prova que a cabeça e o coração de Lucy merecem todo o nosso apreço."

III

As srtas. Dashwood já estavam então havia mais de dois meses na cidade, e a impaciência de Marianne para ir embora aumentava a cada dia. Ela suspirava pelo ar livre, pela liberdade, pela tranquilidade do interior; e imaginava que, se existia um lugar capaz de acalmá-la, haveria de ser Barton. Elinor dificilmente estaria menos ansiosa pela partida, mas estava pouco inclinada a que isso se efetuasse imediatamente, pois tinha consciência das dificuldades de uma viagem tão longa, as quais não conseguiria fazer Marianne levar em consideração. Começou, contudo, a orientar seus pensamentos no sentido de sua realização, e já havia mencionado a intenção das duas à bondosa anfitriã, que se opôs com toda a eloquência de sua boa vontade, quando foi sugerido um plano, que, embora as detivesse ainda por mais algumas semanas longe de casa, pareceu a Elinor, ao mesmo tempo, preferível a qualquer outro. Os Palmer iriam a Cleveland até o final de março, para passar a Páscoa; e a sra. Jennings, com suas duas amigas, haviam recebido um caloroso convite de Charlotte para que os acompanhassem. Isso, por si, não teria sido o suficiente para a suscetibilidade da srta. Dashwood; — mas o convite fora reiterado com genuína polidez pelo próprio sr. Palmer, de modo que isso, aliado à grande melhoria de seus modos para com elas desde que soubera que a irmã estava infeliz, induziu-a a aceitá-lo de bom grado.

Quando contou a Marianne o que havia feito, todavia, sua primeira reação não foi muito auspiciosa:

"Cleveland!" — ela exclamou, muito agitada. "Não, não posso ir a Cleveland."

"Você esqueceu", disse Elinor, delicadamente, "que o local não é... que não fica nas vizinhanças de..."

"Mas é em Somersetshire. — Não posso pisar em Somersetshire. — Lá, aonde eu queria tanto ir... Não, Elinor, você não pode querer que eu vá para lá."

Elinor não discutiria a necessidade de superar tais sentimentos; — ela tentou compensá-los insistindo em outros; — e descreveu a viagem, portanto, como um passo que aproximaria a data da volta para sua mãe querida, a quem ela tanto desejava rever, de um modo mais favorável, mais confortável, do que qualquer outro plano seria capaz de fazer, e talvez sem mais delongas. De Cleveland, que ficava a poucas milhas de Bristol, a distância até Barton não passava de um dia, ainda que fosse um longo dia de viagem; e o criado de sua mãe poderia facilmente ir até lá para ajudá-las; e, como não seria o caso de passarem mais de sete dias em Cleveland, poderiam estar em casa dentro de pouco mais de três semanas. Como o afeto de Marianne pela mãe era sincero, haveria de triunfar, sem muita dificuldade, sobre o mal imaginário a que ela dera origem.

A sra. Jennings estava ainda tão longe de se cansar de suas hóspedes que insistiu enfaticamente para que voltassem com ela de Cleveland. Elinor agradeceu, mas não poderiam alterar seus planos; e, como já haviam conseguido a pronta concordância da mãe, tudo em relação ao retorno estava acertado na medida do possível; — e Marianne encontrou algum alívio esboçando para si mesma sua versão daquelas horas que ainda a separavam de Barton.

"Ah! Coronel, não sei o que faremos sem as senhoritas Dashwood"; foi a frase da sra. Jennings na primeira visita dele depois de acertada a partida das irmãs — "pois elas decidiram voltar para casa depois da estada com os Palmer; — e como ficaremos desamparados, quando eu estiver aqui de volta! — Senhor! Sentaremos aqui olhando um para o outro, entediados como dois gatos."

Talvez a sra. Jennings tivesse esperança, com esse vigoroso esboço de seu tédio futuro, de provocá-lo a fazer uma proposta, oferecendo a ele uma saída; — e, se fosse esse o caso, logo em seguida ela teve motivos para acreditar que seu objetivo fora alcançado; pois, quando Elinor se aproximou da janela para tomar as medidas exatas de uma gravura que copiaria para uma amiga, ele a seguiu com um olhar especialmente expressivo e conversou com ela ali durante vários minutos. Os efeitos de suas palavras sobre a dama tampouco escaparam à sua observação, pois, embora fosse uma senhora digna demais para escutar e tivesse mudado de lugar para não ouvir, até perto do piano em que Marianne tocava, não pôde deixar de notar que Elinor empalideceu, além de ter ficado agitada, e estava atenta demais ao que ele dizia para continuar costurando. — Ainda mais longe na confirmação dessas esperanças, enquanto Marianne mudava de uma lição para outra, algumas palavras do coronel inevitavelmente chegaram a seus ouvidos, com as quais ele parecia se desculpar pelas más condições da própria casa. Isso encerrou a questão para além de qualquer dúvida. Ela se perguntou se ele precisava mesmo fazer aquilo; — mas entendeu que devia ser alguma regra de etiqueta. O que Elinor disse em resposta, ela não conseguiu distinguir, mas julgou pelo movimento dos lábios que não havia nenhuma objeção concreta de sua parte; — e a sra. Jennings intimamente a elogiou por ser tão sincera. Então eles conversaram por mais alguns minutos sem que ela pudesse captar uma sílaba sequer do que disseram, quando outra pausa casual da execução de Marianne trouxe-lhe estas palavras na voz serena do coronel:

"Receio que isso não possa acontecer tão cedo."

Perplexa e chocada com uma frase tão empedernida, ela estava a ponto de exclamar em voz alta: "Santo Deus! Para que postergar tanto?" — mas conteve seu desejo, restringindo-se a este silencioso extravasamento:

"Isso é muito estranho! — decerto ele não precisa esperar ficar mais velho."

Esse atraso da parte do coronel, contudo, não pareceu ofender ou mortificar minimamente sua bela companheira, pois quando encerraram a conversa, pouco depois, deslocando-se para lados diferentes, a sra. Jennings ouviu perfeitamente Elinor dizer, com um tom que mostrava que de fato ela sentia o que estava dizendo:

"Sempre serei muito grata ao senhor."

A sra. Jennings adorou essa gratidão e só estranhou que, depois de ouvir uma frase como aquela, o coronel fosse capaz de ir embora, como imediatamente o fez, com o máximo *sang-froid*, e que partisse sem dar uma resposta! — Ela não imaginava que seu velho amigo pudesse se revelar um pretendente tão indiferente.

O que realmente se passou entre os dois foi o seguinte.

"Fiquei sabendo", ele disse, com grande compaixão, "da injustiça que seu amigo senhor Ferrars sofreu por parte da família, pois, se bem entendi a questão, ele foi inteiramente renegado por haver perseverado em seu compromisso com uma jovem de muitos méritos. — Fui bem informado? É mesmo verdade?"

Elinor disse-lhe que sim.

"A crueldade, a crueldade irrefletida" — ele respondeu, com intenso sentimento — "de separar, ou tentar separar, dois jovens que se gostam há muito tempo é algo terrível — a senhora Ferrars não sabe o que está fazendo — o que pode levar o filho a fazer. Vi o senhor Edward Ferrars duas ou três vezes em Harley-street e gostei muito dele. Não é um rapaz que se pode conhecer intimamente em pouco tempo, mas o conheci o bastante para lhe desejar bem, por ele mesmo, e por ser seu amigo, desejo-lhe ainda mais. Pelo que sei, ele pretende se ordenar. A senhorita pode fazer a gentileza de informá-lo de que o presbitério de Delaford, que acaba de vagar, como fui informado pelo correio de hoje, é dele, se achar por bem aceitá-lo; — e acredito que ache, dadas as infelizes circunstâncias em que ele se encontra agora; só gostaria que valesse mais. — Trata-se de um presbitério, mas é pequeno, creio que o último ocupante não fizesse mais de duzentas libras por ano,[1] e, embora certamente seja passível de melhorias, receio que não chegaria a uma quantia suficiente para que ele tenha uma renda muito confortável. Ainda assim, contudo, meu prazer em presenteá-lo será muito grande. Peço-lhe que o assegure disso."

O espanto de Elinor com tal pedido dificilmente teria sido maior se o coronel tivesse de fato pedido sua mão em casamento. O favor, que dois dias antes ela havia julgado inalcançável para Edward, já estava garantido e permitiria que ele se casasse; — e justamente ela, entre todas as pessoas do mundo, havia sido escolhida para concedê-lo! — Sua emoção foi aquela que a sra. Jennings atribuíra a uma causa muito diferente; — porém, mesmo que sentimentos menores, mais impuros, menos aprazíveis, fizessem parte daquela emoção, sua estima pela benevolência como um todo, e sua gratidão pela amizade em particular, que combinadas levaram o coronel Brandon àquela atitude, foram fortemente sentidas e calorosamente expressas. Ela agradeceu do fundo do coração, falou dos princípios e da disposição de Edward com o louvor que sabia que mereciam; e jurou cumprir seu papel com prazer, se era mesmo o desejo do coronel destinar daquela forma um posto tão conveniente. Mas, ao mesmo tempo, não conseguiu deixar de pensar que era uma tarefa que ele podia muito bem cumprir sozinho. Era uma tarefa da qual, em suma, relutando em causar a Edward o incômodo de lhe dever um favor, ela ficaria contente se pudesse ser poupada; — mas o coronel Brandon, por motivos de igual gentileza também declinando, ainda parecia querer tanto que o presente fosse dado por intermédio dela que não procuraria motivos para levar adiante alguma oposição. Edward, ela acreditava, ainda estava na cidade, e felizmente ouvira da srta. Steele o endereço. Ela se incumbiria, portanto, de informá-lo ainda naquele dia. Depois que isso ficou combinado, o coronel Brandon começou a falar nas vantagens que obteria ao garantir um vizinho tão respeitável e simpático, e foi então que lamentou o fato de que a casa era pequena e sem atrativos; — um defeito a que Elinor, segundo a sra. Jennings supusera, não teria dado muita importância, ao menos no tocante ao tamanho.

"Quanto ao tamanho da casa", ela disse, "não vejo nenhuma inconveniência, pois seria proporcional à família e à renda."

Com o que o coronel ficou surpreso ao ver que ela considerava o casamento consequência segura da indicação dele; pois não imaginava que fosse possível que o presbitério de Delaford pudesse suprir uma renda que bastasse ao estilo de vida deles — e foi o que ele disse a seguir.

"Esse pequeno presbitério só permitirá que o senhor Ferrars viva confortavelmente como solteiro; não permitiria que se casasse. Lamento dizer que meu apoio termina aí; e meus poderes dificilmente passariam disso. Se, no entanto, por algum acaso imprevisto, estivesse em meu poder fazer algo mais por ele, haveria de pensar de modo muito distinto do que penso agora, se não pudesse então ajudá-lo prontamente, como desejo com sinceridade poder fazer no momento. O que estou fazendo agora, na verdade, parece não ser quase nada, uma vez que só permitirá que ele avance muito pouco na direção do que deve ser seu objetivo principal e único de felicidade. Seu casamento permanecerá ainda como uma alegria distante; — ao menos, receio que isso não possa acontecer tão cedo."

Tal foi a frase que, mal compreendida, ultrajou, não sem motivo, os delicados sentimentos da sra. Jennings; mas, após esse relato do que de fato se passou entre o coronel Brandon e Elinor enquanto estiveram junto à janela, a gratidão expressa por esta última, na despedida, talvez pudesse parecer, em geral, não menos justificadamente motivada, nem menos apropriadamente formulada, do que se tivesse sido despertada por uma proposta de casamento.

IV

"Pois bem, senhorita Dashwood", disse a sra. Jennings, com um sorriso sagaz, assim que o cavalheiro se retirou, "não vou perguntar o que o coronel lhe disse; pois embora, juro pela minha honra, tenha tentado não escutar, não pude evitar de captar o bastante para entender o assunto. E garanto que não poderia ficar mais satisfeita, e desejo do fundo do coração que você seja muito feliz."

"Obrigada, madame", disse Elinor. "Foi motivo de grande alegria para mim; e sinto agora intensamente a bondade do coronel Brandon. Não há muitos homens capazes de agir como ele agiu. Poucas pessoas teriam tanta compaixão em seus corações! Jamais fiquei tão espantada em toda a minha vida."

"Santo Deus! Minha querida, você é tão modesta! Não me espantou nem um pouco, pois ultimamente vinha pensando que isso era mesmo a coisa mais provável de acontecer."

"A senhora pensava isso por conhecer a benevolência do coronel; mas aposto que não imaginava que essa oportunidade ocorreria tão cedo."

"Oportunidade!", repetiu a sra. Jennings — "Ah! Quanto a isso, quando o homem se decide sobre essas coisas, cedo ou tarde arranja uma oportunidade. Bem, minha querida, desejo-lhe mais uma vez toda a felicidade do mundo; e, se existe um casal feliz neste mundo, acho que em breve saberei onde procurar."

"A senhora quer dizer que irá depois a Delaford para uma visita, imagino", disse Elinor com um sorriso passageiro.

"Ora, minha querida, isso eu pretendo, de fato. E, quanto às más condições da casa, não sei ao que o coronel se refere, pois é tão boa quanto qualquer outra."

"Ele comentou que precisaria de uma reforma."

"Bem, e quem é culpado disso? Por que ele mesmo não reformou? — Quem haveria de fazê-lo senão ele?"

Foram interrompidas pela chegada do criado, avisando que a carruagem estava na porta; e a sra. Jennings, imediatamente se preparando para ir, disse:

"Bem, minha querida, preciso ir embora antes que esgote metade do que tenho para falar. Mas, mesmo assim, podemos continuar à noite, pois estaremos muito bem sozinhas. Não peço que venha comigo, pois imagino que sua cabeça esteja cheia demais para me fazer companhia; além do mais, você deve querer contar logo tudo à sua irmã."

Marianne havia saído da sala antes do início da conversa.

"Certamente, madame, contarei tudo à minha irmã; mas, por ora, não tocarei nesse assunto com mais ninguém."

"Ah! Muito bem", disse a sra. Jennings, um tanto frustrada. "Então não posso contar a Lucy, pois penso em passar em Holborn ainda hoje."

"Não, madame, nem mesmo a Lucy, por favor. A demora de um dia não será relevante; e, até que eu escreva ao senhor Ferrars, creio que nada deva ser mencionado a mais ninguém. Farei isso agora mesmo. No caso dele, é importante que não haja perda de tempo, pois deve ter muito o que fazer até receber as ordens."

Essa fala a princípio deixou a sra. Jennings extremamente intrigada. Por que o sr. Ferrars deveria ser informado por carta com tanta pressa, ela não conseguiu entender de imediato. Alguns momentos de reflexão, contudo, propiciaram-lhe uma ideia feliz, e ela exclamou:

"Ora, pois! — entendi. O senhor Ferrars há de ser o pastor. Bem, tanto melhor para ele. Sim, certamente, ele precisa ser ordenado logo; e fico contente por vocês terem encaminhado tão bem todos os detalhes. Mas, minha cara, isso não lhe parece descabido? O próprio coronel não deveria escrever? — Decerto, ele seria a pessoa mais indicada."

Elinor não entendeu muito bem o início da fala da sra. Jennings; tampouco achou que valesse a pena investigar; e, assim, respondeu apenas à conclusão:

"O coronel Brandon é um homem tão gentil que preferiu que outra pessoa anunciasse suas intenções ao senhor Ferrars, em vez de comunicá-las ele mesmo."

"Então você é obrigada a fazê-lo. Bem, é um tipo incomum de gentileza! Mas não a perturbarei mais (vendo que ela se preparava para escrever). Você sabe de seu próprios interesses melhor do que ninguém. Então, adeus, minha querida. Não ouço uma notícia tão boa desde que Charlotte deu à luz."

E lá se foi ela; mas voltou novamente por um momento:

"Estava pensando na irmã de Betty, minha querida. Ficaria muito contente de arranjar alguém tão boa para ser sua senhora. Mas seguramente não sei dizer se ela serve como aia de uma dama. É uma excelente camareira, e muito eficiente com linha e agulha. Seja como for, você poderá pensar em tudo isso quando estiver à vontade."

"Decerto, madame", respondeu Elinor, sem escutar muito do que ela dizia, e mais ansiosa para ficar sozinha do que para compreender tal situação.

Como deveria começar — como deveria se expressar no bilhete para Edward, era tudo o que lhe preocupava no momento. As circunstâncias particulares entre eles dificultavam o que para qualquer pessoa teria sido a coisa mais fácil do mundo, mas ela temia igualmente dizer muito e pouco demais, e ficou ponderando sobre o papel, com a pena na mão, até ser interrompida pela entrada do próprio Edward.

Encontrara a sra. Jennings na porta da carruagem, quando ele vinha deixar um cartão de despedida; e ela, depois de se desculpar por não voltar para dentro, permitiu que ele entrasse sozinho, dizendo que a srta. Dashwood estava lá em cima, e queria mesmo falar com ele sobre um assunto muito particular.

Elinor havia acabado de se convencer, em meio à perplexidade, de que, por mais que fosse difícil se expressar adequadamente por escrito, era ao menos preferível a dar a informação em pessoa quando o visitante entrou, obrigando-a justamente a esse esforço supremo. Seu espanto e sua confusão foram muito grandes diante da súbita aparição. Ela não o via desde antes que o noivado se tornara público, e, portanto, desde antes que ele soubesse que ela já tinha conhecimento do fato; o que, com a consciência do que Elinor já havia pensado a respeito e do que precisava contar para ele, fez com que se sentisse especialmente incomodada por alguns minutos. Ele também estava muito aflito, e sentaram-se juntos naquele embaraço assaz promissor. Se já havia pedido seu perdão pela intrusão ao chegar na sala, ele não se lembrava; mas, por garantia, pediu desculpas formais assim que conseguiu dizer alguma coisa, depois de escolher onde sentar.

"A senhora Jennings me contou", ele disse, "que você gostaria de falar comigo, pelo menos foi o que eu entendi do que ela disse — ou com certeza não teria entrado dessa forma; mas, ao mesmo tempo, eu lamentaria muito partir de Londres sem vê-las; ainda mais porque levará algum tempo até que eu volte — e não é provável que tenha o prazer de encontrá-la de novo tão cedo. Parto amanhã para Oxford."

"Mas você não iria embora", disse Elinor, recompondo-se, e decidida a superar o que mais temia que acontecesse assim que possível, "sem receber nossos melhores votos, mesmo que não conseguíssemos desejá-los pessoalmente. A senhora Jennings estava com toda a razão ao dizer o que disse. Tenho algo muito importante para lhe informar, algo que estava prestes a passar para o papel. Fui incumbida de uma tarefa muito agradável (respirando mais depressa do que de costume ao falar). O coronel Brandon, que estava aqui dez minutos atrás, deseja que eu diga que, sabendo que você pretendia se ordenar, ele terá grande prazer em lhe oferecer o presbitério de Delaford, que acaba de vagar, e só lamenta que não seja uma renda maior. Permita-me que eu lhe dê os parabéns por ter um amigo tão respeitável e criterioso, e quero juntar-me a ele nesse desejo de que essa renda — de cerca de duzentas libras por ano — fosse muito mais considerável, de modo a lhe permitir — de modo a representar mais do que apenas uma acomodação temporária — de modo, em suma, a concretizar todas as suas perspectivas de felicidade."

O que Edward sentiu, por ele mesmo não ser capaz de dizer, não se poderia esperar que outra pessoa dissesse por ele. Ele aparentou toda a perplexidade que aquela inesperada, que aquela imprevista informação não poderia deixar de suscitar; mas proferiu apenas duas palavras: "Coronel Brandon!"

"Sim", continuou Elinor, tomando mais coragem, uma vez que o pior parecia haver passado; "o coronel Brandon pretende com isso dar testemunho de sua preocupação com o que recentemente se passou — pois a cruel situação em que a injustificável conduta de sua família o colocou — uma preocupação de que, tenho certeza, Marianne, eu, e todos os seus amigos compartilhamos; e, igualmente, dar provas da alta estima por seu caráter em geral e da particular aprovação de seu comportamento na presente ocasião."

"O coronel Brandon me deu um presbitério! — Será possível?"

"A mesquinharia de seus próprios parentes faz com que você estranhe encontrar a amizade nos outros."

"Não", ele respondeu, com súbita consciência, "não estranho encontrá-la em você; pois não posso ignorar que a você, à sua bondade, devo tudo isso. — Sinto que — eu expressaria se pudesse — mas, como você bem sabe, não sou nenhum orador."

"Você está muito enganado. Garanto que deve tudo isso inteiramente, ao menos quase inteiramente, a seus próprios méritos e ao discernimento do coronel Brandon em reconhecê-los. Não tive participação nenhuma nisso. Eu nem sabia, até compreender as intenções dele, que o presbitério estava vago; tampouco jamais me ocorreu que ele pudesse fazer desse posto um presente. Como amigo meu, de minha família, talvez ele tenha — na verdade, sei que teve, um prazer ainda maior em concedê-lo a você; — mas tem minha palavra de que não deve nada à minha intervenção."

A bem da verdade, ela deveria admitir uma pequena participação naquela decisão, mas, ao mesmo tempo, não desejava ser vista como a benfeitora de Edward, de modo que o admitiu com certa hesitação; o que provavelmente contribuiu para introduzir essa suspeita na mente dele, na qual essa desconfiança recém-ingressara. Por alguns momentos, ele ficou sentado absorto em pensamentos, depois que Elinor parou de falar; — por fim, e como se fosse um esforço, ele disse:

"O coronel Brandon me parece um homem de grande valor e respeitabilidade. Sempre ouvi falarem isso dele, e sei que seu irmão o tem em alta conta. Ele é, sem dúvida, um homem sensato e tem os modos de um perfeito cavalheiro."

"De fato", respondeu Elinor, "acredito que descobrirá por si mesmo, quando o conhecer melhor, que ele é tudo o que ouviu dizerem dele; e, como serão vizinhos muito próximos (pois o presbitério não fica longe da mansão senhorial), é importante que ele seja mesmo tudo isso."

Edward não esboçou resposta; mas, depois que ela virou a cabeça, olhou-a com expressão tão séria, tão ardente, tão tristonha, como se dissesse que desejava que a distância entre o presbitério e a residência principal fosse muito maior.

"O coronel Brandon, creio, reside em St. James's-street", ele disse, pouco depois, levantando-se da cadeira.

Elinor disse-lhe o número da casa.

"Devo então me apressar, para agradecer a ele o que você não permitiu que eu agradecesse a você; para garantir que fez de mim um homem muito — um homem extremamente feliz."

Elinor não fez força para detê-lo; e eles se despediram, com a promessa muito sincera, da parte dela, de incessantes votos de boa sorte por sua felicidade em todas as mudanças de situação que lhe pudessem sobrevir; da parte dele, antes com uma tentativa de devolver a mesma boa vontade do que com a capacidade de expressá-la.

"Quando nos encontrarmos novamente", disse Elinor consigo mesma, quando a porta se fechou, "ele será o marido de Lucy."

E, com essa aprazível previsão, ela sentou para repensar o passado, evocar as palavras trocadas e tentar entender todos os sentimentos de Edward; e, é claro, refletir sobre o próprio descontentamento.

Quando a sra. Jennings voltou, embora retornasse da casa de pessoas que nunca havia visitado antes, e de quem, portanto, teria muito o que contar, sua mente estava muito mais ocupada do importante segredo de que soubera do que de qualquer outra coisa, de modo que ela voltou ao assunto assim que Elinor apareceu.

"Pois bem, minha querida", ela exclamou, "eu mandei o rapaz entrar. Não fiz o certo? — E imagino que você não tenha enfrentado dificuldades — ele não relutou em aceitar sua proposta?"

"Não, madame; não era provável que isso ocorresse."

"Bem, e quando ele estará pronto? — Pois parece que tudo depende disso apenas."

"De fato", disse Elinor, "sei muito pouco desses detalhes formais e mal posso conjecturar sobre a data ou os preparativos necessários; mas imagino que em dois ou três meses ele já terá recebido ordens."

"Dois ou três meses!", exclamou a sra. Jennings, "Deus! Minha querida, como você diz com a maior tranquilidade uma coisa dessas; e o coronel Brandon pode esperar três meses? Deus me perdoe! — Tenho certeza de que isso acabaria com minha paciência! — E, mesmo que alguém fique contente em fazer uma gentileza para o pobre senhor Ferrars, não acho que vale a pena esperar dois ou três meses por conta dele. Decerto, vocês poderão encontrar alguém que sirva tão bem quanto ele; alguém que já tenha sido ordenado."

"Minha cara madame", disse Elinor, "no que a senhora está pensando? — Ora, o único objetivo do coronel Brandon é ser útil ao senhor Ferrars."

"Deus a abençoe, minha querida! — Decerto não há de me convencer de que o coronel só se casará com você para dar dez guinéus ao senhor Ferrars!"

O engano não poderia continuar depois disso; e uma explicação logo foi dada, o que divertiu consideravelmente as duas por um momento, sem qualquer diminuição concreta da felicidade de nenhuma delas, pois a sra. Jennings apenas trocou uma forma de prazer por outra, e ainda assim não desfez sua expectativa pela primeira.

"Sim, sim, o presbitério é mesmo pequeno", ela disse, depois de passada a primeira efusão de surpresa e satisfação, "e muito provavelmente está precisando mesmo de reparos; mas ouvir um homem pedir desculpas, como eu pensei, por uma casa que até onde sei tem cinco salas no térreo, e, acho que a governanta me disse, onde cabem até quinze camas! E justo para você, que se acostumou a viver no chalé de Barton! — Parece deveras ridículo. Mas, minha querida, precisamos estimular o coronel a fazer alguma coisa pelo presbitério, a fim de deixá-lo confortável para eles, antes que Lucy se mude para lá."

"Mas o coronel Brandon não parece ter em mente que o presbitério seja o bastante para permitir que eles se casem."

"O coronel é um bobalhão, minha cara; porque ele mesmo tem uma renda de duas mil libras por ano e pensa que ninguém conseguiria se casar com menos. Escreva o que lhe digo: se eu estiver viva até lá, farei uma visita ao presbitério de Delaford antes da festa de são Miguel Arcanjo; e é certo que não vou enquanto Lucy não estiver por lá."

Elinor concordou inteiramente com a opinião dela quanto à probabilidade de que não fossem esperar por mais nada.

V

Edward, depois de ter levado seus agradecimentos ao coronel Brandon, seguiu com sua felicidade até Lucy; e tal foi o excesso desse sentimento quando chegou a Bartlett's Buildings que ela seria capaz de garantir à sra. Jennings, que a visitaria novamente no dia seguinte com seus parabéns, que nunca antes vira o noivo tão animado em toda a sua vida.

De sua própria felicidade e de seu próprio ânimo, ao menos ela tinha plena certeza; e juntou-se entusiasticamente à sra. Jennings na expectativa de viverem juntos de maneira confortável no presbitério de Delaford antes da festa de são Miguel Arcanjo. Ao mesmo tempo, estava tão inclinada a dar a Elinor o mesmo crédito que Edward lhe teria dado que falou da amizade que ela sempre demonstrara pelo casal com a mais grata cordialidade, estava disposta a admitir tudo o que lhe deviam e abertamente declarou que nenhum esforço pelo bem dos dois da parte da srta. Dashwood, no presente ou no futuro, jamais a surpreenderia, pois achava que ela era capaz de fazer qualquer coisa no mundo por quem realmente lhe importava. Quanto ao coronel Brandon, estava disposta não só a idolatrá-lo como um santo, mas também, e sobretudo, genuinamente desejosa de que ele fosse tratado como tal em todos os assuntos mundanos; de que os dízimos pagos a ele fossem elevados ao máximo;[1] e secretamente decidida a se aproveitar, em Delaford, o quanto pudesse dos criados, da carruagem, das vacas e das galinhas dele.

Agora já se havia passado uma semana desde que John Dashwood as visitara em Berkeley-street, e como desde então elas não tiveram mais notícias da indisposição de sua esposa, além daquele comunicado verbal, Elinor começou a pensar que era necessário fazer uma visita à cunhada. — Era uma obrigação, contudo, que, além de ir contra sua própria inclinação, não encontraria o apoio do estímulo de suas companheiras. Marianne, não contente em se recusar absolutamente, insistiu bastante para evitar que a irmã fosse mesmo sozinha; e a sra. Jennings, embora sua carruagem estivesse sempre à disposição de Elinor, desgostava tanto da sra. John Dashwood que nem mesmo sua curiosidade de ver como ela estava depois da recente descoberta nem seu forte desejo de afrontá-la tomando partido de Edward foram capazes de suplantar a aversão que sentia de estar de novo em sua companhia. A consequência disso foi que Elinor saiu sozinha para fazer uma visita que justamente ela seria a pessoa menos inclinada a fazer e para correr o risco de um tête-à-tête com uma mulher de quem nenhuma das outras duas tinha tanto motivo quanto ela para desgostar.

A sra. Dashwood mandou informar que não a receberia; mas, antes que a carruagem pudesse fazer a volta, o marido dela por acaso apareceu. Expressou grande prazer em ver Elinor, disse-lhe que estava indo visitá-las em Berkeley-street e, garantindo-lhe que Fanny ficaria muito contente em vê-la, convidou-a para entrar.

Subiram as escadas até a sala de estar. — Ali não havia ninguém.

"Fanny está no quarto, imagino", disse; — "Vou chamá-la agora mesmo, pois tenho certeza de que não fará nenhuma objeção. — A bem dizer, muito pelo contrário. Especialmente agora não poderá mais — mas, seja como for, você e Marianne sempre foram as favoritas dela. — Por que Marianne não veio?"

Elinor deu uma desculpa qualquer pela irmã.

"Não lamento encontrá-la sozinha", ele devolveu, "pois tenho muitas coisas a lhe dizer. Esse presbitério do coronel Brandon — será mesmo verdade? — Ele de fato deu de presente a Edward? — Ouvi dizer isso ontem por acaso, e estava justamente indo visitá-la com o propósito de saber mais a respeito."

"É a mais pura verdade. — O coronel Brandon deu o presbitério de Delaford a Edward."

"Quem diria! — Bem, isso é realmente impressionante! — Sem nenhum parentesco! — Nenhum vínculo entre eles! — e agora que o preço dos presbitérios está em alta! — quanto rende esse em questão?"

"Cerca de duzentas libras por ano."

"Pois bem — e na transferência de um presbitério desse valor — supondo que o último ocupante estivesse velho e doente e que provavelmente deixaria o posto em breve — ele poderia, digamos, conseguir cento e cinquenta. Mas como ele deixou para resolver essa questão só depois da morte desse pastor? — Agora, de fato, seria tarde demais para vender,[2] mas um homem sensato como o coronel Brandon! — É espantoso que tenha sido imprudente com responsabilidades tão simples, tão naturais! — Bem, estou convencido de que há muita contradição em quase toda a espécie humana. Contudo suponho — pensando melhor — que talvez o caso seja o seguinte. Edward só ficará com a renda do presbitério até que a pessoa a quem o coronel de fato o vendeu esteja velha demais para assumi-lo. — Sim, sim, a verdade é essa, pode contar com isso."

Elinor todavia o contradisse, de forma muito categórica; e, ao contar que havia sido ela a encarregada de comunicar a oferta do coronel Brandon a Edward e que, portanto, havia de saber os termos em que fora feita, obrigou-o a submeter-se à sua autoridade no assunto.

"É verdadeiramente espantoso!" — ele exclamou, depois de ouvir o que ela disse — "que motivo teria o coronel para fazer isso?"

"Um motivo muito simples — ser útil ao senhor Ferrars."

"Bem, bem; seja o que for, Edward é um homem de muita sorte! — Mas não toque nesse assunto com Fanny, pois, embora eu tenha contado e ela tenha assimilado incrivelmente bem — ela não há de gostar de ouvir o caso sendo muito falado."

Elinor teve aqui alguma dificuldade para deixar de comentar que o que Fanny assimilava com serenidade era uma aquisição de riqueza para seu irmão em decorrência da qual nem ela nem o filho ficariam empobrecidos.

"A senhora Ferrars", ele acrescentou, baixando a voz para o tom adequado a assunto tão importante, "ainda não sabe de nada disso, e acredito que o melhor é manter esse segredo longe dos ouvidos dela o quanto pudermos. — Quando o casamento acontecer, receio que acabará sabendo de tudo."

"Mas qual seria o motivo de tanta precaução? — Embora não se deva supor que a senhora Ferrars tenha a mínima satisfação ao saber que seu filho tem agora dinheiro o bastante para sobreviver — pois isso está fora de questão; — então por que, depois de suas últimas atitudes, ela haveria de sentir qualquer coisa? — ela abandonou o filho, renegou-o para sempre, e fez todos aqueles sobre quem tinha alguma influência renegá-lo também. Certamente, depois de agir assim, ela não pode se imaginar suscetível a qualquer sentimento de tristeza ou de alegria por conta dele — não pode ser parte interessada em nada que sobrevenha ao filho. — Não seria fraca a ponto de abrir mão do lado bom de ter um filho e ainda assim conservar a aflição de uma mãe!"

"Ah! Elinor", disse John, "sua argumentação é muito boa, mas se baseia em uma ignorância da natureza humana. Quando o infeliz casamento de Edward acontecer, pode ter certeza de que sua mãe se sentirá como se nunca o tivesse renegado; e, portanto, todas as circunstâncias capazes de acelerar esse terrível acontecimento devem permanecer ocultas o máximo possível. A senhora Ferrars jamais esquecerá que Edward é filho dela."

"Isso me surpreende; e eu pensando que ela já quase não se lembrava mais dele."

"Você está sendo extremamente injusta com ela. — A senhora Ferrars é uma das mães mais afetuosas do mundo."

Elinor calou-se.

"Agora estamos pensando" — disse o sr. Dashwood, após uma breve pausa, "que Robert pode então se casar com a senhorita Morton."

Elinor, sorrindo da altivez grave e decisiva do tom de voz do irmão, serenamente respondeu:

"A dama, suponho, não tem nenhuma escolha no caso."

"Escolha! — O que quer dizer com isso?"

"Quero dizer, suponho, pelo modo como você diz, que para a senhorita Morton tanto faz casar com Edward ou com Robert."

"Certamente, não faz diferença nenhuma; pois Robert, para todos os efeitos e propósitos, poderá ser considerado agora o filho mais velho; — e, quanto ao resto, eles são rapazes igualmente muito simpáticos, não creio que um seja melhor que o outro."

Elinor não disse mais nada, e John também se calou, mas por um momento apenas. — Suas reflexões terminaram assim:

"Uma coisa, minha cara irmã", disse gentilmente tomando sua mão, num sussurro tenebroso — "eu posso lhe garantir; — e o farei, porque sei que você há de gostar. — Tenho bons motivos para acreditar — na verdade, sei de fonte segura, ou não diria isso aqui de novo, pois de outro modo seria muito errado dizer qualquer coisa a esse respeito — mas sei de fonte segura — não que tenha exatamente ouvido da própria senhora Ferrars — mas a filha dela disse, e foi dela que ouvi — que, em suma, por mais que houvesse objeções contra certa — certa relação — você me entende — a outra teria sido muito preferível, não a teria incomodado tanto quanto esta. Fiquei contentíssimo de saber que a senhora Ferrars considerava as coisas sob esse prisma — circunstância que nos deixou muito satisfeitos, você sabe. 'Teria sido além de qualquer comparação', ela disse, 'dos males, o menor, e agora não estaria envolvida com algo pior.' Mas, no entanto, tudo isso está fora de cogitação — não se deve aventar nem sequer mencionar — qualquer relação, você sabe — teria sido impossível — e agora tudo já passou. Mas achei por bem lhe contar porque sabia o quanto isso haveria de lhe agradar. Não que tenha algum motivo para lamentar, minha cara Elinor. Não há nenhuma dúvida de que você agiu extremamente bem — tão bem, ou melhor, talvez, levando-se tudo em conta. Você esteve recentemente com o coronel Brandon?"

Elinor ouvira o bastante, se não para gratificar sua vaidade e aumentar seu amor-próprio, para agitar seus nervos e encher sua cabeça; — e ficou então contente de ser poupada da necessidade de dizer muito em resposta e do perigo de ouvir qualquer coisa a mais do irmão pela entrada do sr. Robert Ferrars. Após uma breve troca de palavras, John Dashwood, lembrando-se de que Fanny ainda não havia sido informada de que a cunhada ali estava, saiu da sala em busca da esposa; e Elinor teve ocasião de conhecer melhor Robert, que — pela alegre indiferença, pela feliz autocomplacência de seus modos ao se aproveitar de uma divisão muito injusta do amor e da generosidade da mãe, prejudicial ao irmão e obtida em troca de uma vida de mera dissipação e às custas da própria integridade desse irmão — confirmou a opinião desfavorável que ela já tinha sobre suas ideias e seus sentimentos.

Mal haviam passado dois minutos sozinhos quando ele começou a falar de Edward; pois também ele ficara sabendo do presbitério e foi muito inquisitivo sobre o assunto. Elinor repetiu detalhadamente o caso, da forma como contara a John, e o efeito disso sobre Robert, embora muito diferente, não foi menos impressionante. Ele riu desmesuradamente. A ideia de Edward como pastor, morando em um pequeno presbitério, divertiu-o muitíssimo; — e, quando a isso se somou a imagem fantasiosa de Edward lendo orações vestindo sobrepeliz branca, publicando as proclamas do casamento de John Smith e Mary Brown, ele não conseguiu pensar em nada que pudesse ser mais ridículo.

Elinor, enquanto esperava em silêncio e inquebrantável gravidade a conclusão daquela tolice, não pôde deixar de encará-lo fixamente, com um olhar que revelava todo o desprezo que ele provocava. Era um olhar, contudo, muito bem empregado, pois a aliviava dos próprios sentimentos e não comunicava a ele nenhuma informação. Ele seria levado do gracejo à razão, não por alguma censura da parte dela, mas graças à própria sensibilidade.

"Podemos até considerar todo esse caso uma piada", ele disse, por fim, retomando o riso afetado que exagerava consideravelmente a dimensão da genuína jocosidade do momento — "mas juro por minha alma que é um assunto muito sério. Pobre Edward! Está arruinado para sempre. Lamento demais por isso — pois sei que ele é uma criatura de bom coração; bem intencionado como talvez nenhum outro sujeito no mundo. Você não deve julgá-lo, senhorita Dashwood, pelo pouco que o conhece. — Pobre Edward! — Seus modos decerto não são os mais felizes. — Mas nem todos nascemos, a senhorita sabe, com os mesmos dons — o mesmo desembaraço. — Pobre sujeito! — Vê-lo nesse círculo de estranhos! — Já seria lamentável o bastante! — Mas juro por minha alma, creio que ele tem o melhor coração de todo o reino; e declaro e confirmo à senhorita que nunca fiquei tão chocado em toda a minha vida como quando tudo isso veio à tona. — Não fui capaz de acreditar. — A senhora Ferrars foi a primeira pessoa a me contar, e eu, sentindo-me na necessidade de agir com decisão, imediatamente disse a ela: 'Minha cara madame, não sei o que a senhora pretende fazer nesse caso, mas, quanto a mim, devo dizer, que se Edward se casar com essa moça, nunca mais tornarei a vê-lo'. Foi isso o que eu disse imediatamente — fiquei de fato em choque! — Pobre Edward! — Ele se arruinou definitivamente! — Isolou-se para sempre da boa sociedade! — Mas, como eu disse claramente à senhora Ferrars, isso não me surpreendeu nem um pouco; com o tipo de educação que ele teve, já era de esperar. A pobre mulher ficou quase louca."

"Você já viu a noiva alguma vez?"

"Sim; uma vez, quando ela estava hospedada nesta casa, fiz uma visita de dez minutos; e foi o bastante. Uma menina simplória e desengonçada do interior, sem estilo ou elegância, e quase nenhuma beleza. — Lembro-me perfeitamente dela. Bem o tipo de menina que eu imaginaria capaz de cativar o pobre Edward. Eu me ofereci imediatamente, assim que a senhora Ferrars me contou o caso, para falar com ele, dissuadi-lo do casamento; mas era tarde demais, descobri, para fazer qualquer coisa, pois infelizmente eu não estava presente na hora, e só fiquei sabendo depois do rompimento, quando não me cabia, você sabe, interferir. Mas, se tivesse ficado sabendo algumas horas antes — creio que seja o mais provável —, alguma coisa teríamos conseguido. Certamente eu teria feito Edward ver tudo sob uma luz muito forte. 'Meu bom sujeito', eu teria dito, 'pense no que está fazendo. Será um casamento deplorável e que sua família desaprova unanimemente.' Não consigo deixar de pensar, em suma, que tudo poderia ter sido diferente. Mas agora é tarde demais. Ele há de morrer de fome, a senhorita sabe; — isso é certeza; absolutamente à míngua."

Ele havia acabado de fazer essa última afirmação com grande frieza, quando a entrada da sra. John Dashwood encerrou o assunto. Mas, embora ela jamais tocasse no assunto fora da própria família, Elinor pôde ver que o tema rondava sua mente, naquela espécie de confusão no semblante com que adentrara o recinto e na tentativa de cordialidade da atitude dela para consigo. Chegou a mostrar-se preocupada ao descobrir que Elinor e a irmã em breve deixariam a cidade, pois ainda queria encontrá-las mais vezes; — um gesto no qual o marido, que a introduzira na sala e que suspirava embevecido a cada inflexão de voz da esposa, parecia distinguir tudo o que havia de mais afetuoso e gentil.

VI

Outra visita a Harley-street, breve e passageira, em que Elinor recebeu os parabéns do irmão por conseguirem fazer uma viagem tão longa até Barton sem nenhuma despesa e pelo fato de o coronel Brandon ir encontrá-las em Cleveland dali a um ou dois dias completou o intercâmbio do irmão com as irmãs na cidade; — e um insípido convite de Fanny para irem a Norland sempre que estivessem de passagem, o que entre todas as coisas era o mais improvável de acontecer, com uma garantia mais calorosa, porém menos pública, da parte de John a Elinor, da prontidão com que ele apareceria para visitá-la em Delaford, foi todo o prenúncio de um futuro reencontro no interior.

Intrigou-a perceber que todos os seus amigos pareciam decididos a enviá-la para Delaford; — lugar que, dentre todos os outros, ela não tinha nenhuma vontade de visitar e onde muito menos desejaria residir; pois não só era considerado seu futuro lar por seu irmão e pela sra. Jennings, como até a própria Lucy, quando se despediram, insistiu no convite para que fosse visitá-la ali.

Bem no início de abril, e razoavelmente cedo, um belo dia, os dois grupos de Hanover-square e Berkeley-street partiram de suas respectivas casas, para se encontrar, conforme o combinado, na estrada. Para maior conveniência de Charlotte e do menino, sairiam dois dias antes, e o sr. Palmer, viajando de modo mais diligente com o coronel Brandon, encontraria a esposa quando chegasse em Cleveland.

Marianne, sem ter passado muitas horas de consolo em Londres e ávida como estava havia tanto tempo por partir, não conseguiu, quando chegou o momento, despedir-se da casa em que pela última vez desfrutara das esperanças e da confiança em Willoughby que agora estavam extintas para sempre sem sentir muita dor. Tampouco conseguiu deixar o lugar onde Willoughby permanecia, ocupado agora em novos afazeres, e novos planos, dos quais não poderia participar sem derramar muitas lágrimas.

A satisfação de Elinor, no momento da partida, foi mais positiva. Ela não tinha nenhum objeto similar a que seus pensamentos divagantes pudessem se fixar, não deixava para trás nenhuma criatura da qual pudesse vir a se lamentar por haver se separado para sempre, estava aliviada por ter se livrado da perseguição da amizade de Lucy, grata por ter conseguido manter a irmã longe dos olhos de Willoughby desde que ele se casara e ansiava esperançosa pelo que alguns poucos meses de tranquilidade em Barton poderiam fazer para devolver a paz de espírito a Marianne e para reforçar a sua própria.

A viagem transcorreu em segurança. No segundo dia, estavam no adorado, ou proibido, condado de Somerset, pois assim, alternadamente, era considerado pelos volteios da imaginação de Marianne; e, na manhã do terceiro dia, chegaram a Cleveland.

Cleveland era uma casa espaçosa, de construção moderna, situada no aclive de um gramado. Não tinha parque, mas os jardins eram razoavelmente extensos; e, como todo lugar com o mesmo grau de importância, tinha aleias abertas e trilhas fechadas; um caminho de cascalho fino, serpeando em torno de um canteiro, levava à frente, o gramado era povoado de árvores altas, a casa em si ficava sob a proteção do abeto, do freixo da montanha e da acácia, e a tela espessa que todas juntas formavam, entremeada de álamos negros, tornava os cômodos indevassáveis.

Marianne entrou na casa com o coração cheio de emoção por saber que estava a apenas oitenta milhas de Barton e a menos de trinta de Combe Magna; menos de cinco minutos depois, enquanto todos estavam ocupados ajudando Charlotte a mostrar o filho à governanta, tornou a sair, sumindo entre as aleias serpeantes, que só então começavam a florir, até chegar a uma colina ao longe; onde, de um templo grego, seus olhos, vagando por sobre um bom trecho para o sudeste, poderiam descansar amorosamente na mais distante serra do horizonte e imaginar que de seus cumes Combe Magna pudesse ser vista.

Em tais momentos de angústia preciosa, incalculável, ela exultou em lágrimas de agonia por estar em Cleveland; e, quando voltava por um caminho diferente para a casa, sentindo todo o feliz privilégio da liberdade no campo, de perambular de um lugar para o outro na solidão mais livre e luxuriante, decidiu que passaria quase todas as horas do tempo que ficasse com os Palmer no abandono daqueles passeios solitários.

Ela voltou a tempo de se juntar aos outros quando deixavam a casa, para uma excursão pelas partes menos ermas da propriedade; e o restante da manhã se passou em tranquilidade, ora nas imediações da horta, examinando brotos, ouvindo o jardineiro reclamar das pragas — ora à toa na estufa, onde a perda de algumas mudas favoritas, expostas imprudentemente e estragadas por uma longa geada, provocou risos em Charlotte — e na visita ao galinheiro, onde nas esperanças frustradas da empregada com galinhas que haviam abandonado o ninho, ou que haviam sido levadas por uma raposa, ou na morte súbita de uma promissora ninhada, a patroa encontrou novas fontes de contentamento.

A manhã estava clara e seca, e Marianne, em seus planos de passar o tempo ao ar livre, não havia calculado nenhuma mudança de clima durante a estada em Cleveland. Com grande surpresa, portanto, ela se viu impedida pela chuva de sair outra vez depois do jantar. Contara com uma caminhada ao crepúsculo até o templo grego, e talvez percorrer toda a propriedade, e uma noite apenas fria ou úmida não a teria detido; mas, com a chuva forte e constante, nem mesmo ela seria capaz de fantasiar um tempo seco ou aprazível para caminhar.

O grupo era pequeno, e as horas se passavam serenamente. A sra. Palmer tinha o menino, e a sra. Jennings, seu tapete por fazer; falaram dos amigos que deixaram para trás, comentaram os compromissos de lady Middleton, e se perguntaram se o sr. Palmer e o coronel Brandon haveriam de ir além de Reading naquela noite. Elinor, mesmo que pouco preocupada com isso, tomou parte da conversa, e Marianne, que tinha uma queda pelas bibliotecas de onde quer que fosse, mesmo as negligenciadas pelos donos da casa, logo foi atrás de um livro para ler.

Da parte da sra. Palmer, seu bom humor constante e amistoso nada poupou para que se sentissem bem-vindas. A franqueza e a cordialidade de seus modos mais do que compensavam a falta de memória e elegância, que muitas vezes expunha seus lapsos nas formas da boa educação; sua bondade, auxiliada por um rosto tão bonito, era cativante; sua tolice, embora evidente, não era desprezível, pois não era arrogante; e Elinor seria capaz de tudo nela perdoar, exceto sua risada.

Os dois cavalheiros chegaram bem tarde no jantar do dia seguinte, propiciando um agradável acréscimo ao grupo, e uma bem-vinda variedade à conversa, que a longa manhã da mesma chuva incessante reduzira a quase nada.

Elinor vira muito pouco o sr. Palmer, e, naquele pouco, fora tanta a variedade de tratamentos que dedicara a ela e à irmã que não sabia o que esperar dele em família.

Achou-o, contudo, um perfeito cavalheiro na atitude com todas as visitas, e apenas eventualmente rude com a esposa e a sogra; achou-o muito capaz de ser uma companhia agradável, o que só não era sempre por uma tendência grande demais a se imaginar muito superior às pessoas em geral, como devia se sentir em relação à sra. Jennings e a Charlotte. Quanto ao restante de seu caráter e seus hábitos, não eram marcados, até onde Elinor podia perceber, por nenhum traço incomum em outros homens da mesma idade. Comia bem, não era pontual em seus horários; gostava do filho, embora fingisse desdém; e passava à toa manhãs inteiras, que deveria dedicar aos negócios, jogando bilhar. No entanto, ela gostou dele em termos gerais, muito mais do que esperava, e no íntimo não lamentou ser impossível gostar mais dele; — não lamentou ser levada, pela observação de seu epicurismo,[1] de seu egoísmo e de sua arrogância a encarar com complacência a lembrança do temperamento generoso de Edward, seu gosto simples, seus sentimentos ternos.

De Edward, ou pelo menos de seus compromissos, ela então recebeu informações trazidas pelo coronel Brandon, que estivera recentemente em Dorsetshire; e que, tratando-a ao mesmo tempo como amiga desinteressada do sr. Ferrars e bondosa confidente dele mesmo, conversou bastante com ela sobre o presbitério em Delaford, descreveu as deficiências do local e explicou o que ele mesmo pretendia fazer no sentido de mudá-los de lá. — Seu comportamento com ela nesse caso, assim como em todos os demais detalhes, o franco prazer ao revê-la após uma ausência de apenas dez dias, sua prontidão em vir lhe falar e a deferência para com sua opinião podiam muito bem justificar a impressão da sra. Jennings de que ele gostava dela e talvez tivesse sido o bastante, se Elinor não acreditasse, desde o início, que Marianne era sua verdadeira favorita, para fazê-la também suspeitar. Mas, na verdade, tal ideia mal teria passado por sua cabeça não fosse a insinuação da sra. Jennings; e ela não podia deixar de acreditar que era a melhor observadora entre as duas; — observava os olhos dele, enquanto a sra. Jennings só atentava em sua atitude; — e, quanto aos olhares de aflita solicitude diante da queixa de Marianne de dores na cabeça e na garganta, princípio de um forte resfriado, porque não foram expressos em palavras, escaparam inteiramente à observação da senhora; — ela descobriu naqueles olhares os sentimentos convulsionados e a desnecessária prontidão de um homem apaixonado.

Duas deliciosas caminhadas ao crepúsculo na terceira e na quarta tarde em que estava ali, não apenas pelas trilhas de cascalho das aleias, mas também pelos arredores e em especial pelas regiões mais distantes, onde era mais agreste, onde as árvores eram mais antigas, a relva mais alta e mais úmida, deixaram — auxiliadas pela imprudência de haver permanecido com os sapatos e as meias molhadas — Marianne com um resfriado tão violento que, embora ela o negasse por um ou dois dias, acabou se impondo, devido a uma indisposição crescente, à preocupação de todos e à consciência dela mesma. Medicamentos caseiros brotaram de todas as partes, e, como de costume, foram todos recusados. Embora pesada e febril, com dores nos membros, tosse, garganta irritada, uma boa noite de sono haveria de curá-la; e só com dificuldade Elinor a convenceu, quando foi para a cama, a aceitar um ou dois dos remédios mais simples.

VII

Marianne levantou na manhã seguinte no horário de sempre; a todas as perguntas, respondeu que estava melhor e tentou prová-lo a si mesma retomando suas atividades de costume. Mas um dia inteiro tremendo junto à lareira com um livro na mão, sem conseguir ler, ou deitada, exausta e lânguida, no sofá, não haveriam de fazer muito a favor de sua recuperação; e quando, por fim, ela foi cedo para a cama, cada vez mais indisposta, o coronel Brandon ficou espantado com a serenidade da irmã, que, embora cuidasse e tratasse dela o dia inteiro, contrariando a inclinação de Marianne e obrigando-a a tomar os remédios adequados à noite, confiava, como a mais nova, na certeza e na eficácia do sono, e não parecia realmente preocupada.

Uma noite irrequieta e febril, contudo, frustrou as expectativas de ambas; quando Marianne, após insistir em se levantar, confessou-se incapaz de sentar e voltou voluntariamente para a cama, Elinor resolveu que era hora de adotar o conselho da sra. Jennings e mandar chamar o boticário dos Palmer.

Ele chegou, examinou a paciente e, embora encorajasse a srta. Dashwood a esperar que em mais alguns poucos dias a irmã estaria totalmente recuperada, ao declarar que o distúrbio apresentava uma tendência pútrida[1] e permitindo que a palavra "infecção" passasse por seus lábios, despertou de imediato a preocupação da sra. Palmer com o bebê. A sra. Jennings, desde o início inclinada a pensar que o problema de Marianne era mais sério do que Elinor imaginava, então ficou seriamente aflita com o comentário do sr. Harris e, confirmando os temores e a precaução de Charlotte, insistiu na necessidade de sua partida imediata com a criança; e o sr. Palmer, embora tratasse tais apreensões como despropósitos, achou a aflição e a inconveniência da esposa grandes demais para serem ignoradas. Sua partida foi, portanto, acertada; e, uma hora depois da chegada do sr. Harris, ela partiu, com seu garotinho e a babá, para a casa de um parente próximo do sr. Palmer, que vivia a poucas milhas dali, do outro lado de Bath; onde o marido jurou, a instâncias da esposa, que iria encontrá-la dali a um ou dois dias; e para onde ela insistiu, quase o mesmo tanto, que a mãe a acompanhasse. Mas a sra. Jennings, com uma bondade no coração que fez com que Elinor realmente a amasse, declarou-se decidida a não sair de Cleveland enquanto Marianne continuasse doente e disse que tentaria, com seu cuidado atencioso, ocupar o lugar da mãe de quem ela a havia separado; Elinor teve nela uma companheira voluntariosa e ativa, dividindo todos os seus afazeres e, muitas vezes, graças à sua maior experiência com doentes, sendo útil de fato.

Pobre Marianne, lânguida e convalescente, dada a natureza de sua doença, e sentindo-se infinitamente doente, não podia mais esperar que o amanhã a encontraria recuperada; e a ideia do que o amanhã teria trazido, não fosse a doença infeliz, tornava cada sintoma mais rigoroso; pois seria o dia em que começariam a viagem de volta para casa; e, acompanhadas em todo o trajeto por um criado da sra. Jennings, fariam uma surpresa para a mãe na manhã seguinte. O pouco que falou foi para lamentar todo esse inevitável atraso; embora Elinor tentasse melhorar seu ânimo, fazendo-a crer, como ela mesma então acreditava, que seria um atraso muito breve.

No dia seguinte, a paciente apresentou pouca ou nenhuma alteração em seu estado; certamente não estava melhor e, apesar de não ter havido recuperação, tampouco parecia pior. O grupo ficou então ainda mais reduzido; pois o sr. Palmer, embora relutante em partir, tanto por motivos de verdadeira humanidade e boa vontade, como pelo desejo de não parecer ter sido afugentado pela esposa, foi, por fim, convencido pelo coronel Brandon a cumprir sua promessa de que iria encontrá-la; e, enquanto ele se preparava para partir, o próprio coronel Brandon, mediante esforço ainda maior, começou a falar em acompanhá-lo. — Aqui, no entanto, a bondade da sra. Jennings interveio oportunamente; pois mandar o coronel embora enquanto sua amada estava atordoada por conta da irmã seria privá-los, pensou, de todo o consolo; e assim, dizendo-lhe de uma vez que sua permanência em Cleveland era necessária para ela, que queria jogar *piquet*[2] com ele aquela noite, enquanto a srta. Dashwood ficava no andar de cima com a irmã etc., ela insistiu tanto para que ficasse, a que ele, atendendo a um desejo do próprio coração ao obedecer, não poderia sequer fingir alguma objeção; especialmente porque o pedido da sra. Jennings foi ardorosamente reforçado pelo sr. Palmer, que pareceu se sentir aliviado, ao deixar para trás uma pessoa tão apta a ajudar ou aconselhar a srta. Dashwood em caso de emergência.

Marianne evidentemente ignorava tudo o que era combinado. Não ficou sabendo ter sido ela mesma o motivo da partida dos donos da casa, cerca de uma semana depois de chegarem ali. Não se surpreendeu por não ver mais a sra. Palmer; e, como isso tampouco lhe interessava, não mencionou mais o nome dela.

Dois dias se passaram desde a partida do sr. Palmer, e a situação continuou, com pouca variação, a mesma.

O sr. Harris, que a visitou todos os dias, ainda falava destemidamente em uma rápida recuperação, e a srta. Dashwood compartilhava de sua confiança; mas a expectativa dos demais não era de modo algum tão agradável. A sra. Jennings se convencera desde o início que Marianne jamais se recuperaria sozinha, e o coronel Brandon, que sempre prestava atenção às intuições funestas daquela mulher, não estava em estado de espírito para resistir à influência de tais apreensões. Tentou racionalmente desfazer seus receios, que a opinião distinta do boticário parecia tornar absurdos; porém, as muitas horas de cada dia que passava inteiramente só favoreciam a admissão das ideias mais melancólicas, e ele não conseguia expulsar de sua mente a convicção de que não veria Marianne nunca mais.

Na manhã do terceiro dia, contudo, as previsões sombrias de ambos se desfizeram quase completamente; pois, quando o sr. Harris chegou, disse que a paciente estava muito melhor. Seu pulso estava mais forte, e todos os sintomas pareciam mais favoráveis que na visita anterior. Elinor, vendo confirmada sua esperança mais otimista, ficou muito contente; exultando por haver seguido o próprio julgamento nas cartas à mãe, e não o da amiga, sem insistir na indisposição que as detivera em Cleveland; e praticamente marcando a data em que Marianne estaria apta a viajar.

Mas o dia não terminaria tão auspiciosamente quanto começara. — À noitinha, Marianne voltou a adoecer, sentindo-se mais pesada, inquieta e incomodada do que antes. A irmã, todavia, ainda otimista, tentou atribuir a mudança à mera fadiga por Marianne haver se erguido para que fizessem a cama; e, ciosamente ministrando-lhe os tônicos prescritos, observou com satisfação quando ela enfim mergulhou no sono, do qual esperava os efeitos mais benéficos. Esse cochilo, embora não tão sereno quanto Elinor gostaria de ver, durou um tempo considerável; e, aflita para observar o resultado de perto, ela resolveu ficar de vigília até que a irmã acordasse. A sra. Jennings, sem sinal de alteração na paciente, recolhera-se excepcionalmente cedo; sua criada, que era uma das principais enfermeiras, descansava no quarto da governanta, e Elinor ficou sozinha com Marianne.

O sono desta última foi se tornando cada vez mais agitado; e a irmã, que assistia com atenção incessante à sua contínua mudança de posição e escutava os sons frequentes porém inarticulados das queixas que saíam de seus lábios, estava quase desejando acordá-la de um cochilo doloroso quando Marianne, despertando de súbito por algum ruído acidental na casa, rapidamente se ergueu, e com intensidade febril exclamou:

"Mamãe chegou?"

"Ainda não", respondeu a outra, disfarçando o terror, e ajudando Marianne a se deitar novamente, "mas ela deve chegar, espero, a qualquer momento. É uma viagem longa, você sabe, de Barton para cá."

"Mas ela não pode vir por Londres", exclamou Marianne, da mesma maneira brusca, "nunca mais a verei se ela for por Londres."

Elinor notou, com preocupação, que ela não parecia a mesma, e enquanto tentava acalmá-la avidamente tomou-lhe o pulso. Estava mais fraco e mais acelerado que nunca; e, com Marianne ainda falando desvairadamente sobre a mãe, sua inquietação aumentou tão depressa que ela decidiu chamar imediatamente o sr. Harris, e enviar um mensageiro até Barton para avisar a mãe. Consultar o coronel Brandon sobre o melhor modo de fazê-lo foi um pensamento que se seguiu a tal decisão; e, assim que a criada assumiu seu posto junto à irmã, ela desceu correndo até a sala de jantar, onde sabia que ele geralmente ficava até bem tarde.

Não era hora para hesitação. Seus receios e suas dificuldades foram logo expostos diante dele. Os receios, ele não teria coragem, ou segurança para tentar desfazer; — o coronel Brandon os ouviu em silencioso desalento; — mas suas dificuldades foram logo resolvidas, pois, com uma prontidão que parecia à altura da ocasião e havendo mentalmente projetado todo o caso, ele mesmo se ofereceu como mensageiro para buscar a sra. Dashwood. Elinor não opôs nenhuma resistência que não fosse facilmente superada. Agradeceu com um gesto breve, mas fervoroso, de gratidão e, enquanto ele despachava às pressas seu criado com um recado para o sr. Harris e um pedido urgente de seus cavalos,[3] ela escreveu algumas linhas para a mãe.

O consolo de um amigo como o coronel Brandon naquele momento — ao acompanhar sua mãe — foi sentido com profunda gratidão! — um companheiro cujos critérios a orientariam, cujo auxílio seria um alívio e cuja amizade decerto era um alento! — e toda a dureza de tais solicitações, a presença dele, seus modos, seu apoio haveriam de amenizar.

Nesse ínterim, quaisquer que fossem seus sentimentos, ele agiu com toda a firmeza de uma mente controlada, tomou as providências necessárias com a maior rapidez e calculou com exatidão a hora em que deveria estar de volta. Nenhum instante foi perdido em qualquer tipo de atraso. Os cavalos chegaram, até antes do esperado, e o coronel Brandon apenas apertou a mão dela com expressão solene e, após algumas poucas palavras ditas em voz baixa demais para chegarem aos ouvidos dela, entrou às pressas na carruagem. Era então por volta de meia-noite, e ela voltou ao quarto da irmã para esperar o boticário, onde ficou acordada pelo resto da noite. Foi um período de sofrimento quase igual para ambas. Horas e horas insones se passaram, entre dores e delírios da parte de Marianne e na mais cruel ansiedade da parte de Elinor, até que o sr. Harris apareceu. Sua apreensão recém-despertada devia-se ao excesso de confiança de antes; e a criada, que ficara acordada com ela, pois não permitiria que a sra. Jennings fosse chamada, apenas a torturou ainda mais, sugerindo que afinal a patroa tinha razão desde o início.

As ideias de Marianne, de quando em quando, ainda se prendiam incoerentemente à mãe, e, sempre que mencionava seu nome, uma pontada se fazia sentir no coração da pobre Elinor, que se censurava por haver negligenciado a doença por tantos dias, e, desgraçada em busca de algum alívio imediato, imaginava que em breve todo alívio podia ser em vão, que tudo havia demorado demais, e vinha-lhe a imagem da mãe aflita chegando muito tarde para ver sua menina querida, ou muito tarde para vê-la ainda em sã consciência.

Estava prestes a mandar chamar novamente o sr. Harris, ou, se ele não pudesse vir, buscar outro parecer, quando ele — ainda que só depois das cinco — chegou. Sua opinião, no entanto, pouco compensou pelo atraso, pois, embora reconhecesse uma alteração muito inesperada e desagradável na paciente, não chegou a admitir um perigo concreto, e falou do alívio que um novo método de tratamento poderia oferecer, com uma confiança que, em menor grau, foi transmitida a Elinor. Ele prometeu voltar dentro de três ou quatro horas e deixou tanto a paciente como a irmã mais serenas do que as encontrara.

Com intensa preocupação, e com muitas censuras por não ter sido chamada a ajudar, a sra. Jennings ficou sabendo pela manhã do que se passara. Sua apreensão anterior, agora com muitos motivos restaurada, não lhe deixava dúvidas quanto ao que aconteceria; — e, embora tentasse consolar Elinor com palavras, sua convicção do perigo que a outra corria não lhe permitia oferecer o consolo da esperança. Seu coração de fato sofria. A súbita decadência, a morte precoce de uma menina tão nova, tão adorável como Marianne, abalariam mesmo uma pessoa menos envolvida. Havia ainda outros motivos para que ela despertasse a compaixão da sra. Jennings. Fizera-lhe companhia durante três meses, ainda estava sob seus cuidados, sabia-se que havia sido muito magoada e fazia tempo que estava infeliz. A aflição da irmã, sua favorita, era evidente; — e quanto à mãe delas, quando a sra. Jennings ponderou que Marianne provavelmente seria o que Charlotte era para ela, a solidariedade para com seus sofrimentos foi muito sincera.

O sr. Harris foi pontual na segunda visita; — mas suas esperanças foram frustradas quanto aos resultados da primeira. Seus remédios haviam falhado; — a febre não baixara; — e Marianne apenas mais quieta — mas ainda irreconhecível — permanecia em profundo estupor. Elinor, reunindo seus medos todos, e outros ainda, em um rompante, propôs que procurassem uma segunda opinião. Mas ele julgou desnecessário, havia ainda outra tentativa a ser feita, novas compressas, em cuja eficácia ele mostrou ter quase a mesma confiança que tivera na anterior, então sua visita terminou com estimulantes garantias que chegaram aos ouvidos, mas não seriam capazes de penetrar no coração da srta. Dashwood. Ela permanecia calma, exceto quando pensava na mãe, mas estava quase sem esperanças; e nesse estado continuou até o meio-dia, quase nunca se afastando do lado da cama da irmã, com os pensamentos divagando em uma imagem de tristeza, do sofrimento de um ente querido para o do outro, e com o espírito oprimido ao máximo pela conversa com a sra. Jennings, que não hesitou em atribuir a gravidade e o risco daquela crise às muitas semanas de indisposição que a decepção de Marianne havia ocasionado. Elinor sentiu toda a sensatez dessa ideia, o que trouxe ainda mais angústia a suas reflexões.

Por volta do meio-dia, no entanto, ela começou — ainda desconfiada — temendo se frustrar, o que por algum tempo a manteve calada, mesmo na presença da amiga — a imaginar, a esperar que talvez tivesse percebido uma ligeira melhora no pulso da irmã; — ela aguardou, observou e examinou diversas vezes; — e, por fim, com uma agitação mais difícil de conter sob a calma exterior, do que toda a sua aflição precedente, arriscou comunicar sua esperança. A sra. Jennings, embora obrigada, depois de examiná-la, a admitir uma recuperação momentânea, tentou impedir que sua jovem amiga se permitisse contar com a continuidade da situação; — e Elinor, cedendo às injunções da descrença, também obrigou-se a não confiar. Mas era tarde demais. A esperança já havia conquistado seu espaço; e, sentindo todo o seu alvoroço, ela se inclinou sobre a irmã para observar — mal sabia o quê. Meia hora se passou, até que houve a bênção de uma reação favorável. Outras iriam confirmá-la. A respiração, a pele, os lábios, tudo para Elinor eram sinais de recuperação, e Marianne fixou os olhos sobre ela com um olhar racional, embora lânguido. Graus idênticos de ansiedade e esperança então a oprimiram, e não lhe permitiram nenhum momento de tranquilidade até a chegada do sr. Harris às quatro da tarde; — quando as garantias e as felicitações pela recuperação de sua irmã, superando até as expectativas dele, trouxeram-lhe confiança, consolo e lágrimas de alegria.

Marianne estava, sob todos os aspectos, nitidamente melhor, e ele disse que o maior perigo havia passado. A sra. Jennings, talvez satisfeita com a justificativa parcial de seus presságios nos recentes acontecimentos, permitiu-se confiar dessa vez no julgamento dele, e admitiu com franca alegria, e logo com inequívoco entusiasmo, a possibilidade de uma recuperação completa.

Elinor não poderia ter o mesmo entusiasmo. Sua alegria era de outro tipo, e não levava a nada além de uma satisfação. Marianne de volta à vida, à saúde, às amizades e à sua devotada mãe, era uma ideia para encher seu coração de sensações de extremo alívio e fazê-lo expandir em fervorosa gratidão; — porém aquilo não a levou a nenhuma demonstração externa de alegria, nenhuma palavra, nenhum sorriso. Dentro do peito de Elinor, porém, tudo era uma só satisfação, silenciosa e soberana.

Ela continuou ao lado da irmã, com poucas interrupções, a tarde inteira, apaziguando seus temores, respondendo às perguntas de seu espírito debilitado, prestando todo auxílio, atenta a praticamente cada olhar, cada respiração. A possibilidade de uma recaída, evidentemente, em alguns momentos lhe ocorreu, lembrando-lhe do que era aflição — mas quando viu, em seus exames frequentes e minuciosos, que todos os sinais da recuperação permaneciam, e ao ver Marianne às seis da tarde mergulhar em um sono tranquilo, constante, e sob todos os aspectos confortável, calaram-se as últimas dúvidas.

Chegava a hora em que o coronel Brandon previra que poderia estar de volta. Às dez da noite, ela acreditava, ou pelo menos não muito depois, sua mãe ficaria livre daquele terrível suspense que devia estar enfrentando ao ir encontrá-las. E também o coronel! — tão digno de pena quanto, talvez um pouco menos! — Oh! — como se arrastou o tempo que ainda restava sem que soubessem de nada!

Às sete horas da manhã, deixando Marianne ainda candidamente adormecida, ela se juntou à sra. Jennings na sala de estar para o chá. Tinha evitado o desjejum com receio de comer demais, e depois evitara o jantar com a súbita recuperação; — de modo que aquele chá mais a sensação de contentamento conferida ao momento foram especialmente bem-vindos. A sra. Jennings a teria convencido a descansar um pouco antes da chegada da mãe e ofereceu-se para tomar seu lugar ao lado de Marianne; mas Elinor não sentia fadiga nenhuma, nem havia a menor possibilidade de dormir àquela altura, não ficaria longe da irmã nem um instante caso não fosse necessário. A sra. Jennings então subiu com ela até o quarto da doente, para certificar-se de que tudo continuava bem, e ali a deixou novamente com seus afazeres e seus pensamentos, e recolheu-se para escrever cartas e dormir.

A noite foi de frio e tempestade. O vento rugiu contra a casa, e a chuva fustigou as janelas: mas Elinor, intimamente feliz, não se importou. Marianne dormiu mesmo com a intempérie, e os viajantes — a estes, uma grande recompensa pelas inconveniências por que passavam aguardava.

O relógio bateu oito horas. Se fossem dez, Elinor estaria convicta de naquele momento ter ouvido uma carruagem ir na direção da casa; e, tão forte foi sua convicção de ter de fato ouvido, apesar da impossibilidade quase absoluta de já haverem chegado, que ela foi até o quarto de vestir contíguo e abriu uma persiana, para se satisfazer com a verdade. Instantaneamente viu que seus ouvidos não a haviam enganado. Os lampiões bruxuleantes de uma carruagem estavam bem à vista. Na luz indecisa, ela julgou notar que vinha puxada por quatro cavalos; e isso, ao mesmo tempo que dava conta do excesso de preocupação de sua pobre mãe, explicava a inesperada rapidez da chegada.

Jamais em sua vida Elinor achou tão difícil se acalmar como naquele momento. Saber o que a mãe devia estar sentindo quando a carruagem parou na porta — suas dúvidas — seus temores — talvez seu desespero! — e tudo o que tinha para lhe contar! — sabendo tudo isso, era impossível se acalmar. Tudo o que ela ainda precisava fazer era ser rápida; e, portanto, assim que deixou a criada da sra. Jennings com a irmã, desceu correndo as escadas.

O alvoroço no vestíbulo, quando ela passou por um corredor interno, provou que já haviam entrado na casa. Ela avançou às pressas até a sala de estar — entrou — e viu apenas Willoughby.

VIII

Elinor, recuando com um olhar horrorizado diante de tal visão, obedeceu ao primeiro impulso de seu coração e virou-se instantaneamente para sair da sala, e sua mão já estava na maçaneta quando esse movimento foi suspenso pelo avanço apressado dele, que disse, com uma voz antes de comando que de súplica:

"Senhorita Dashwood, por meia hora — por dez minutos — eu lhe imploro que fique."

"Não, senhor", ela respondeu com firmeza, "não ficarei. Seu assunto não pode ser comigo. Os criados, imagino, esqueceram de dizer que o senhor Palmer não está em casa."

"Se tivessem dito", ele exclamou com veemência, "que o senhor Palmer e todos os parentes dele tinham ido para o inferno, eu não teria me afastado da porta. Meu assunto é com a senhorita, e só com a senhorita."

"Comigo!" — no ápice do espanto — "bem, senhor — seja breve — e se possível — menos violento."

"Sente-se, serei ambas as coisas."

Ela hesitou; não sabia o que fazer. Ocorreu-lhe a possibilidade de o coronel Brandon chegar e encontrá-los ali. Mas ela prometeu escutá-lo, e sua curiosidade, não menos que sua honra, agora estava envolvida. Após se recompor por um momento, portanto, concluindo que a prudência requeria pressa e que sua aquiescência podia melhor propiciá-la, caminhou silenciosamente até a mesa e sentou. Ele pegou a cadeira à sua frente e durante meio minuto nenhuma palavra foi dita por nenhum dos dois.

"Eu lhe peço que seja breve" — disse Elinor, impaciente — "não tenho tempo a perder."

Ele estava em atitude de profunda meditação e parecia não ouvi-la.

"Sua irmã", disse abruptamente no momento seguinte — "já não corre perigo. Fiquei sabendo pela criada. Deus seja louvado! — Mas é verdade? — É verdade mesmo?"

Elinor não dizia nada. Ele repetiu a pergunta com avidez ainda maior.

"Pelo amor de Deus, diga-me, ela está a salvo ou não?"

"Esperamos que sim."

Ele se levantou e caminhou pela sala.

"Se eu soubesse disso meia hora atrás — mas já que estou aqui" — falando com forçada vivacidade ao voltar à cadeira. — "O que isto significa? Diga-me de uma vez, senhorita Dashwood — será a última, talvez — sejamos otimistas juntos. — Estou com boa disposição para a alegria. — Diga-me francamente" — um brilho mais intenso se espalhou por suas faces — "a senhorita me tem por canalha ou tolo?"

Elinor encarou-o com mais perplexidade do que nunca. Começou a achar que ele estava embriagado; — a estranheza da visita e daqueles modos não parecia fazer sentido de outro modo; e, com tal impressão, ela se levantou imediatamente, dizendo:

"Senhor Willoughby, aconselho-o a voltar agora a Combe. — Não tenho nem mais um minuto para o senhor. — Qualquer que seja seu assunto comigo, será melhor pensado e explicado amanhã."

"Entendi", ele respondeu, com um sorriso expressivo e a voz perfeitamente calma, "sim, estou muito bêbado. — Meio litro de cerveja escura[1] com rosbife em Marlborough bastaram para me derrubar."

"Em Marlborough!", exclamou Elinor, que cada vez compreendia menos o que ele queria dizer.

"Sim — saí de Londres hoje às oito da manhã e os únicos dez minutos que passei fora da carruagem desde então foram para esse lanche em Marlborough."

Diante da firmeza de seus modos e da inteligência de seus olhos enquanto falava, convencendo Elinor de que, por mais que outra loucura imperdoável o tivesse levado a Cleveland, ele não fora levado até ali por embriaguez, ela disse, lembrando-se após um momento:

"Senhor Willoughby, o senhor deve entender, e eu certamente entendo, que depois do que se passou — sua aparição aqui dessa forma, obrigando-me a recebê-lo, exige um motivo bastante específico. — Qual é esse motivo, o que o senhor quer?"

"Quero" — ele disse, com grave ênfase — "se possível, fazer com que me odeie um pouco menos do que me odeia agora. Quero dar algum tipo de explicação, um pedido de desculpas, pelo passado; abrir meu coração para a senhorita, e, ao convencê-la de que, embora eu sempre tenha sido idiota, nem sempre fui crápula, obter algo como um perdão de Ma — de sua irmã."

"Esse é o verdadeiro motivo de sua visita?"

"Juro pela minha alma que sim" — foi a resposta dele, com um ardor que trouxe de volta à sua lembrança o Willoughby de antes, o que a fez pensar, apesar de tudo, que ele era sincero.

"Se isso é tudo, o senhor pode se dar por satisfeito desde já — pois Marianne o perdoou — ela já o perdoou há muito tempo."

"Ela me perdoou!" — ele exclamou, no mesmo tom ávido. — "Então ela me perdoou antes do que devia. Mas então há de me perdoar novamente, com motivos mais sensatos. — Agora me ouvirá?"

Elinor concordou com uma mesura.

"Não sei", ele disse, após uma pausa de expectativa

da parte dela e de reflexão da parte dele — "o que a senhorita pode ter pensado sobre minha atitude com sua irmã, ou que motivo diabólico pode ter atribuído a tudo. — Talvez nem chegue a ter uma opinião melhor sobre mim — mas vale a pena tentar, e a senhorita há de ouvir tudo agora. — Quando me tornei íntimo de sua família, eu não tinha nenhuma outra intenção, nenhum outro interesse além de passar meu tempo agradavelmente enquanto fosse obrigado a permanecer em Devonshire, mais agradavelmente do que nunca. A presença adorável de sua irmã e seus modos interessantes, desde o início, eram tão — é impressionante, quando reflito sobre o que era aquilo e o que ela era para mim, como meu coração pôde ser tão insensível! — Mas a princípio, devo confessar, apenas minha vaidade se deixou levar. Indiferente à felicidade dela, pensando apenas em minha própria diversão, dando vazão a sentimentos que sempre fui acostumado a extravasar, tentei, por todos os meios de que dispunha, tornar-me agradável aos olhos dela sem qualquer intuito de retribuir sua afeição."

A srta. Dashwood, nesse ponto, voltando seus olhos para ele com o mais iracundo desprezo, interrompeu-o, dizendo:

"Não creio que valha a pena, senhor Willoughby, nem o senhor relatar nem eu ouvir mais nada. Nada de bom há de sobrevir a um começo assim. — Não me obrigue a passar pelo incômodo de ouvir sobre esse assunto."

"Insisto que escute tudo", ele respondeu. "Minha fortuna nunca foi grande e sempre vivi à larga, acostumado a conviver com pessoas mais ricas que eu. Todos os anos desde a maioridade, ou mesmo antes, creio, venho gastando cada vez mais; e mesmo que a morte da minha velha prima, a senhora Smith, fosse me libertar; sendo incerto esse acontecimento e possivelmente ainda remoto no futuro, vinha sendo minha intenção havia algum tempo restabelecer minha posição casando-me com uma mulher rica. Afeiçoar-me à sua irmã, portanto, era algo impensável; e — com uma maldade, um egoísmo, uma crueldade — que nenhum olhar de indignação ou desdém, mesmo de sua parte, senhorita Dashwood, poderá censurar o bastante — eu agi dessa maneira, tentando cativar-lhe o afeto, sem pensar em retribuí-lo. Mas uma coisa pode ser dita a meu respeito, mesmo naquele meu horrendo estado de vaidade egoísta, eu não sabia a extensão do dano que causava, pois não sabia o que era amar. Mas será que um dia eu soube? — Pode-se bem duvidar; pois, se eu tivesse amado de verdade, teria sido capaz de sacrificar meus sentimentos à vaidade, à cobiça? — ou, o que é pior, teria sido capaz de sacrificar os sentimentos dela? — Mas foi justamente o que fiz. Para evitar uma relativa pobreza, que seu afeto e companhia teriam despojado de todos os horrores, eu, alçando-me à riqueza, perdi tudo o que poderia fazer disso uma bênção."

"Então o senhor", disse Elinor, um tanto apaziguada, "admite que estava apaixonado por ela."

"Resistir a tais atrativos, opor-se a tanta ternura! — Pergunto-me se algum homem na terra o faria! — Sim, eu me vi, aos poucos, imperceptivelmente, gostando dela com sinceridade; e as horas mais felizes da minha vida foram as que passei com ela, quando senti que minhas intenções eram estritamente honrosas e meus sentimentos, sem culpa. Mesmo então, contudo, estando decidido a me declarar para ela, eu me permitia muito inapropriadamente postergar, dia após dia, o momento de fazê-lo, por uma relutância em assumir um compromisso enquanto minha posição era tão constrangedora. Não argumentarei aqui — nem deixarei que discorra sobre o absurdo, ainda mais que absurdo, de eu haver hesitado em comprometer minha fé quando minha honra já estava comprometida. Os acontecimentos provariam que eu era um tolo astucioso, sempre em busca da possível oportunidade de me tornar vil e desgraçado para sempre. Por fim, no entanto, minha decisão foi tomada, e resolvi, assim que ficasse a sós com ela, justificar as atenções que eu tanto lhe dedicara e garantir-lhe abertamente a afeição que me era tão difícil definir. Mas nesse ínterim — naquelas poucas horas que se passaram até que eu tivesse ocasião de falar com ela em particular — uma circunstância ocorreu — uma infeliz circunstância, que arruinou minha decisão, e com ela, todo o meu consolo. Houve uma descoberta" — aqui ele hesitou e baixou os olhos. — "A senhora Smith de alguma maneira foi informada, imagino que por algum parente distante, cujo interesse era me privar de seu apoio, a respeito de um caso, uma relação — mas não preciso me explicar mais", ele acrescentou, olhando para ela, corado e com olhar inquisitivo, "a senhorita está familiarizada — provavelmente já ouviu a história toda há muito tempo."

"Ouvi", devolveu Elinor, também envergonhada e endurecendo o coração outra vez contra qualquer compaixão por ele, "ouvi tudo. E como o senhor pretende desfazer parte de sua culpa nesse caso pavoroso, confesso que está além da minha compreensão."

"Lembre-se", exclamou Willoughby, "de quem lhe contou a história. Seria ele imparcial? Admito que a posição e o caráter dela deviam ter sido respeitados por mim. Não pretendo me justificar, mas, ao mesmo tempo, não posso deixar que suponha que eu não tivesse meus motivos — que, por ter sido prejudicada, ela fosse irrepreensível; que, por eu ter sido libertino, ela fosse santa. Se a violência de sua paixão, a fraqueza de sua compreensão das coisas — não pretendo, contudo, me defender. Sua afeição por mim merecia melhor tratamento, e muitas vezes, censurando-me muito, lembro-me da ternura que, por um breve tempo, teve o poder de gerar alguma reciprocidade. Quem dera — quem dera de todo o coração isso nunca tivesse acontecido. Mas prejudiquei não apenas a ela; prejudiquei alguém cuja afeição por mim — (posso dizê-lo?) era apenas um pouco menos ardente que a dela; e cujo intelecto — Oh!, tão infinitamente superior!"

"Sua indiferença, portanto, em relação à infeliz menina devo dizê-lo, por mais que a discussão do assunto possa ser desagradável para mim — essa indiferença não é desculpa pela cruel negligência do senhor. Não pense que está desculpado em virtude de alguma fraqueza, alguma dificuldade de compreensão da parte dela, pela perversa crueldade tão evidente de sua parte. O senhor deve saber que, enquanto desfrutava em Devonshire, atrás de novas artimanhas, sempre alegre, sempre feliz, ela se via reduzida à mais extrema indigência."

"Mas, juro pela minha alma, eu não sabia", ele respondeu, exaltado. "Eu não lembrava que não havia lhe dado meu endereço; e o bom senso poderia facilmente mostrar a ela como descobri-lo."

"Bem, senhor, e o que disse a senhora Smith?"

"Ela prontamente me acusou de ultraje, e pode-se imaginar minha perplexidade. A pureza de sua vida, a formalidade de seus conceitos, sua ignorância do mundo — tudo estava contra mim. A própria questão em si, eu não podia negar, e toda tentativa de amenizá-la foi em vão. Ela estava predisposta, creio, a duvidar da moralidade de minha conduta em geral e sobretudo descontente com a pouquíssima atenção, com o pouco tempo que eu passara com ela, durante minha visita. Em suma, tudo terminou com uma ruptura definitiva. Por uma única medida, eu poderia ter me salvado. Do alto de sua moralidade, aquela mulher tão boa!, ela ofereceu perdoar o passado se eu me casasse com Eliza. Mas isso não seria possível — e fui então formalmente dispensado de sua generosidade e de sua casa. A noite seguinte a isso — eu partiria apenas na manhã seguinte — passei inteira ponderando sobre qual deveria ser minha conduta. Era um grande dilema — mas acabou logo. Meu afeto por Marianne, minha plena convicção do que ela sentia por mim — tudo foi insuficiente para compensar o pavor da pobreza, ou para suplantar as falsas ideias da necessidade de riquezas, para as quais eu sentia uma natural inclinação, e que o convívio com os ricos só fizera aumentar. Eu tinha motivos para me acreditar garantido com minha atual esposa se decidisse propor casamento, e me convenci a pensar que nada mais me restava de prudente a fazer. Todavia uma cena muito pesada me aguardava, antes que pudesse sair de Devonshire; — eu havia combinado que jantaria com vocês naquele mesmo dia; alguma desculpa era portanto necessária para que desfizesse o compromisso. Mas, se eu deveria escrever esse pedido de desculpas ou comunicá-lo pessoalmente, foi uma questão longamente ponderada. Ver Marianne, senti que seria terrível demais, cheguei a duvidar de que conseguiria vê-la novamente, e mantive a minha decisão. Nesse ponto, contudo, subestimei minha própria magnanimidade, conforme os acontecimentos se desenrolaram; pois fui até ela, estive com ela, vi como estava infeliz, e, infeliz como ela estava, eu a deixei — e a deixei na esperança de jamais tornar a vê-la."

"Por que foi visitá-la, senhor Willoughby?", disse Elinor, condenatória; "Um bilhete teria atendido a todos os propósitos. — Por que foi necessário visitá-la?"

"Era necessário para meu próprio orgulho. Eu não teria suportado partir de um modo que levasse vocês, ou o resto da vizinhança, a desconfiar do que realmente havia se passado entre mim e a senhora Smith — e decidi, assim, passar em sua casa a caminho de Honiton. A visão de sua querida irmã, contudo, foi realmente terrível; e, para piorar a situação, encontrei-a sozinha. Vocês todas haviam ido não sei aonde. Eu me despedira dela na noite anterior, tão completamente, tão firmemente decidido comigo mesmo de que faria o certo! Em poucas horas ela estaria comprometida comigo para sempre; e me lembro de como estava feliz, alegre, quando caminhei de sua casa até Allenham, satisfeito comigo mesmo, contente com todo o mundo! Mas, nessa nossa última conversa como amigos, abordei-a com uma sensação de culpa que quase me tira a coragem de dissimular. Sua tristeza, sua frustração, seu profundo pesar, quando contei a ela que era obrigado a deixar Devonshire imediatamente — jamais esquecerei — aliados a tamanha fé, tamanha confiança em mim! — Oh, Deus! — Que patife impiedoso eu fui!"

Ficaram os dois em silêncio por alguns momentos. Elinor foi a primeira a falar:

"O senhor disse a ela que voltaria logo?"

"Não sei o que disse a ela", ele respondeu, impaciente; "sem dúvida foi menos do que devia, tendo em vista o que havíamos passado, e, com toda a probabilidade, muito mais do que viria a se provar pelo que passaríamos no futuro. Mal consigo pensar a respeito. — De nada adiantaria. — Então chegou sua querida mãe para me torturar ainda mais, com toda a sua bondade e confiança. Céus! Como isso foi torturante. Eu estava muito infeliz. Senhorita Dashwood, não faz ideia do consolo que é para mim poder relembrar minha angústia. É tamanho o remorso pelo tolo patife e grosseiro que fui, que todo o sofrimento passado é apenas triunfo e exultação agora. Bem, parti, deixei tudo o que amava, e parti em busca de alguém por quem sentia, no máximo, indiferença. Minha viagem para Londres — com meus próprios cavalos, e portanto muito tediosa — sem ninguém com quem conversar — com minhas reflexões tão entusiasmadas — quando eu ansiava por coisas tão convidativas! — Quando pensava em Barton, aquela imagem tão consoladora! — Oh, bendita viagem!"

Ele se interrompeu.

"Bem, senhor", disse Elinor, que, embora se compadecendo dele, estava impaciente para que fosse embora, "e isso é tudo?"

"Tudo — não — a senhorita se esqueceu do que aconteceu em Londres? — Daquela carta infame? — Ela mostrou a carta?"

"Sim, acompanhei toda a troca de bilhetes."

"Quando fiquei sabendo de sua chegada (o que ocorreu imediatamente, pois eu estava na cidade o tempo todo) o que senti foi — como se diz, não há palavras para descrever; dito de modo mais simples — talvez singelo demais para despertar alguma emoção — meu sentimento foi muito, muitíssimo doloroso. — Cada linha, cada palavra — na metáfora batida que a querida autora, se estivesse aqui, proibiria — foi uma punhalada em meu coração. Saber que Marianne estava na cidade foi — no mesmo linguajar — ser atingido por um raio. — Raios e punhaladas! — Como ela me censuraria! — Seu gosto, suas opiniões — acho que as conheço melhor até — e tenho certeza de que me são mais caras que as minhas próprias."

O coração de Elinor, que passara por tantas transformações ao longo dessa extraordinária conversa, agora havia amolecido novamente; — mas ela sentiu que era seu dever interromper as ideias de seu visitante pela última vez.

"Isto não está certo, senhor Willoughby. Lembre-se de que o senhor é casado. — Diga apenas o que em sua consciência o senhor acredita ser necessário que eu saiba."

"O bilhete de Marianne, garantindo que gostava de mim como antes, que, apesar das muitas e muitas semanas de separação, ela seguia constante em seus sentimentos, ainda tão cheia de fé na constância dos meus, despertou todo o meu remorso. Digo despertou porque o tempo e Londres, os negócios e a dissipação, haviam-no em certa medida amainado, e fui me tornando um vilão empedernido, imaginando-me indiferente a ela, preferindo fantasiar que ela também tivesse se tornado indiferente a mim; dizendo comigo mesmo que nossa afeição do passado tinha sido uma bobagem passageira, um passatempo, dando de ombros para provar que, de fato, era só isso, e calando toda censura, ignorando cada escrúpulo, dizendo-me de quando em quando: 'Ficarei contente do fundo do coração quando souber que ela se casou bem'. — Mas aquele bilhete me fez entender melhor a mim mesmo. Senti que ela era mais importante para mim do que qualquer outra mulher no mundo e que eu a estava tratando de modo vergonhoso. Mas então já estava tudo acertado entre mim a senhorita Grey. Era impossível voltar atrás. Tudo o que eu precisava fazer era evitá-las. Não respondi a Marianne, para que não tivesse mais notícias minhas; e, por algum tempo, resolvi não visitar Berkeley-street; — mas, por fim, julgando mais prudente adotar um ar sereno, de um conhecido qualquer, esperei que saíssem de casa certa manhã e deixei meu nome com a criada."

"Esperou que saíssemos de casa!"

"Até isso fiz. A senhorita ficaria surpresa ao saber quantas vezes fiquei a observá-las, quantas vezes estive prestes a abordá-las. Entrei em muitas lojas para que não me vissem, quando passavam de carruagem. Hospedado em Bond-street, dificilmente passava um dia sem que vislumbrasse alguma de vocês; e nada senão a mais constante vigilância de minha parte e o sempre efetivo intuito de não ser visto por vocês duas puderam nos separar por tanto tempo. Evitei os Middleton o máximo que pude, assim como todos os que pudessem se revelar conhecidos em comum. Sem saber que eles estavam na cidade, todavia, encontrei por acaso sir John, creio, no dia em que ele chegou, e no dia seguinte fui visitar a senhora Jennings. Ele me convidou para uma festa, um baile em sua casa naquela noite. Mesmo que ele não tivesse dito, como estímulo, que a senhorita e sua irmã estariam presentes, eu sabia que decerto estariam e não me arrisquei a aceitar. Na manhã seguinte chegou outro breve bilhete de Marianne — ainda afetuosa, franca, singela, confiante — o que só tornou minha conduta ainda mais odiosa. Não pude responder. Tentei — mas não consegui formular uma frase. Pensei nela, creio, em todos os momentos do dia. Se for capaz de ter pena de mim, senhorita Dashwood, tenha pena de minha situação naquele dia. Com a mente e o coração tomados por sua irmã, fui obrigado a interpretar o papel do amante feliz com outra mulher! — Essas três ou quatro semanas foram as piores. Bem, enfim, como não preciso nem dizer, vocês me encontraram; que lembrança guardei! — que noite de agonia! — Marianne, bela como um anjo de um lado, chamando Willoughby com aquela voz! — Oh!, Deus! — estendendo-me a mão, pedindo uma explicação com aqueles olhos fascinantes, arregalados, pedindo abertamente minha atenção! — E Sophia do outro, com um ciúme infernal, vendo tudo aquilo. — Bem, não faz diferença; agora está tudo acabado. — Que noite foi aquela! — Fugi de vocês assim que pude; mas não antes de ver o rosto delicado de Marianne branco como a morte. — Essa foi a última vez, a última vez que a vi; — a última forma em que ela apareceu para mim. Foi uma visão horrenda! — E, no entanto, quando eu achava que ela estava morrendo de fato, foi uma espécie de consolo pensar que eu sabia exatamente como ela estaria aos olhos daqueles que a veriam pela última vez neste mundo. Ela estava ali diante de mim, constantemente à minha frente durante a viagem, com a mesma aparência e a mesma cor."

Uma breve pausa mutuamente reflexiva se sucedeu. Willoughby, levantando-se primeiro, rompeu o silêncio:

"Bem, preciso me apressar e partir. Sua irmã certamente está melhor, decerto fora de perigo?"

"Temos certeza de que sim."

"Sua pobre mãe! — tão carinhosa com Marianne."

"Mas e a carta, senhor Willoughby, sua própria carta; o senhor não tem nada a dizer sobre isso?"

"Sim, sim, aquela carta. Sua irmã voltou a me escrever, a senhorita sabe, na manhã seguinte. Viu o que ela escreveu. Eu fazia o desjejum com os Ellison, — e a carta dela chegou, com algumas outras, reencaminhada de meu endereço. Notei o olhar de Sophia antes que ela percebesse o meu — e o formato, a elegância do papel, além da caligrafia, imediatamente fizeram com que ela suspeitasse do assunto. Algum vago comentário sobre uma jovem dama com quem eu teria me envolvido em Devonshire, mais o que ela própria observara na noite anterior, deixaram claro quem era a jovem dama, deixando-a mais ciumenta do que nunca. Fingindo aquele ar de jovialidade, portanto, que é delicioso na mulher que se ama, ela abriu a carta e leu todo o conteúdo. Ela teve o que mereceu pelo atrevimento. O que ela leu deixou-a muito infeliz. Sua desgraça, eu teria suportado, mas sua paixão — sua malícia — a todo instante precisava ser apaziguada. E, em suma — o que a senhorita achou do estilo da carta escrita por minha esposa? — delicado — terno — genuinamente feminino — não?"

"Sua esposa? — A carta veio escrita com sua caligrafia."

"Sim, mas tive o crédito apenas de copiar, subserviente, aquelas frases que me envergonhei de assinar. O original foi inteiramente dela — seus próprios pensamentos felizes e sua suave dicção. Mas o que eu poderia fazer? — Estávamos noivos, tudo estava sendo preparado, a data quase acertada — mas estou sendo tolo. Preparativos! — datas! Francamente, o dinheiro dela era necessário para mim, e em uma situação como a minha, tudo devia ser feito para impedir a separação. E, afinal, que diferença faria, na opinião de Marianne e seus entes queridos, em que linguajar minha resposta fosse formulada? — A finalidade era uma só. Minha questão era me declarar um canalha, e se o fizesse com mesuras ou petulância pouco importava. — 'Estou arruinado para sempre aos olhos delas — disse comigo mesmo — banido para sempre de seu convívio, elas já me consideram um sujeito sem princípios, esta carta só fará com que me vejam também como um tratante.' Tais eram minhas reflexões quando, com uma espécie de negligência desesperada, copiava as palavras da minha esposa e devolvia as últimas relíquias de Marianne. Seus três bilhetes — infelizmente estavam em minha carteira, ou eu teria negado sua existência e os teria guardado para sempre — fui obrigado a abrir mão deles e não pude sequer beijá-los. E a mecha de cabelo — que eu também sempre levava comigo na mesma carteira, que então foi revistada com insinuante virulência — aquela mecha querida — tudo, cada lembrança me foi arrancada."

"O senhor está muito errado, senhor Willoughby, sua atitude é muito condenável", disse Elinor, enquanto sua voz, contra sua vontade, traía sua compaixão; "não deveria falar assim nem da senhora Willoughby nem de minha irmã. O senhor fez sua própria escolha. Não foi obrigado. Sua esposa tem direito à sua polidez, a seu respeito, no mínimo. Ela há de gostar do senhor, ou não teria se casado. Tratá-la com crueldade, falar dela com menosprezo não constituem nenhuma reparação para Marianne — nem posso crer que seja um alívio para sua própria consciência."

"Não me fale de minha esposa", disse com um pesado suspiro. — "Ela não merece sua compaixão. — Sabia que eu não gostava dela quando nos casamos. — Bem, enfim casamos, e viemos para Combe Magna para sermos felizes, e depois voltamos para Londres, para vivermos alegremente. — E agora tem pena de mim, senhorita Dashwood? — Ou eu disse isso tudo sem nenhum efeito? — Sou — ainda que em apenas certo grau — menos culpado em sua opinião do que antes? — Minhas intenções nem sempre foram dolosas. Desfiz de alguma maneira parte de minha culpa a seus olhos?"

"Sim, certamente o senhor removeu uma parte — um

pouco de sua culpa. — O senhor se mostrou, no geral, menos culpado do que eu imaginava. Provou que seu coração não é tão mau, muito menos cruel. Mas dificilmente — a angústia que o senhor infligiu — dificilmente algo poderia ter sido pior."

"Repetirá para sua irmã, quando ela se recuperar, tudo o que lhe contei? — Permita que eu melhore também no conceito dela, assim como no seu. A senhorita disse que ela já me perdoou. Deixe-me sonhar que esse esclarecimento sobre meu coração, e meus sentimentos no presente, será capaz de encontrar nela um perdão mais espontâneo, mais natural, mais delicado, menos majestoso. Conte-lhe sobre minha angústia e minha penitência — conte-lhe que meu coração jamais foi inconstante para ela e, se possível, conte-lhe que neste momento ela me é mais cara do que nunca."

"Contarei a ela tudo o que for necessário para aquilo que se pode relativamente chamar de sua justificação. Mas o senhor ainda não me explicou o motivo particular desta visita, nem como ficou sabendo que ela estava doente."

"Na noite passada, no saguão do teatro em Drury-lane,[2] acabei encontrando sir John Middleton e quando me reconheceu — pela primeira vez nos últimos dois meses — falou comigo. — Que vinha me evitando desde meu casamento eu já havia notado sem surpresa ou ressentimento. Agora, contudo, aquela alma bondosa, franca, tola, cheia de indignação contra mim e preocupação com sua irmã, não conseguiu evitar a tentação de me contar algo que sabia que — embora provavelmente não soubesse que iria de fato — haveria de me deixar muitíssimo contrariado. — O mais diretamente possível, portanto, ele me contou que Marianne Dashwood estava morrendo de febre em Cleveland — uma carta da senhora Jennings recebida naquela manhã dizia que o perigo era iminente — os Palmer tinham ido embora apavorados etc. — fiquei chocado demais para me fazer passar por indiferente até mesmo diante do singelo sir John. O coração dele se apaziguou ao ver o meu sofrer; e sua má vontade comigo foi de tal modo superada que, ao se despedir, ele quase quebrou minha mão enquanto me lembrava de uma velha promessa sobre um filhote de perdigueiro. O que senti ao ouvir que sua irmã estava morrendo — e me considerando o maior vilão da face da terra, desprezando-me, odiando-me até seus últimos momentos — pois como eu poderia saber que horríveis desígnios não me teriam sido atribuídos? — Ao menos uma pessoa certamente me haveria de considerar capaz de qualquer coisa — o que senti foi pavoroso! — Minha decisão logo foi tomada, e às oito horas da manhã de hoje eu estava em minha carruagem. Agora a senhorita sabe de tudo."

Elinor nada respondeu. Seus pensamentos estavam silenciosamente fixos no irreparável prejuízo que uma independência precoce e os consequentes hábitos do ócio, da dissipação e da luxúria haviam causado à mente, ao caráter, à felicidade de um homem que, apesar de todas as vantagens de sua aparência e de seus talentos, aliava uma disposição naturalmente franca e honesta a um temperamento sentimental, apaixonado. O mundo o tornara extravagante e fátuo — a extravagância e a vaidade o tornaram egoísta e sem coração. A vaidade, enquanto ele perseguia sua própria glória culpada às custas de outra, envolvera-o em um afeto verdadeiro, que a extravagância, ou ao menos sua filha, a necessidade, exigia que fosse sacrificado. A propensão faltosa que o levara ao mal, levara-o também ao castigo. Aquele afeto, do qual, contrariando a honra, o sentimento, contrariando seu próprio interesse, ele externamente se afastara, agora, quando já não estava mais acessível, dominava seus pensamentos; e aquele casamento, em nome do qual ele, sem o menor escrúpulo, deixara sua irmã infeliz, provavelmente seria para ele fonte de uma infelicidade de natureza incurável. De um devaneio similar, ela foi despertada ao cabo de alguns minutos por Willoughby, que, despertando de devaneio ao menos igualmente doloroso, levantou-se pronto para partir, e disse:

"Não adianta nada ficar aqui; preciso ir."

"Voltará para Londres?"

"Não, para Combe Magna. Tenho negócios por lá; irei a Londres após um ou dois dias. Adeus."

Ele estendeu a mão. Ela não podia recusá-la; — ele a apertou com afeição.

"E agora pensa melhor a meu respeito do que antes?" — ele perguntou, soltando-lhe a mão e apoiando-se ao console da lareira como se esquecesse que estava de partida.

Elinor garantiu que sim; — que o perdoava, lamentava, desejava-lhe bem — estava até mesmo interessada na felicidade dele — e acrescentou um conselho gentil quanto ao comportamento mais provável de promovê-la. A resposta dele não foi muito estimulante.

"Quanto a isso", Willoughby disse, "devo vagar pelo mundo o melhor que puder. A felicidade doméstica está fora de questão. Se, no entanto, eu puder pensar que a senhorita e os seus sentem algum interesse em meu destino e em minhas ações, talvez esse seja o meio — de me colocar em guarda — ao menos, será algum motivo pelo qual viver. Marianne decerto está perdida para mim definitivamente. Se ao menos eu tivesse por algum bendito acaso novamente liberdade —"

Elinor interrompeu-o com uma censura.

"Bem" — ele respondeu — "mais uma vez adeus. Agora preciso ir e viver com o temor de um único acontecimento."

"O que o senhor quer dizer?"

"O casamento de sua irmã."

"O senhor está muito enganado. Ela está agora mais do que nunca perdida para o senhor."

"Mas será conquistada por outro. E se esse outro for

justamente aquele que, entre todos os outros, eu seria menos capaz de tolerar... — Mas não vou continuar me privando de toda a sua boa vontade, mostrando que onde mais feri, menos sou capaz de perdoar. Adeus — Deus abençoe a senhorita!"

E, com tais palavras, ele saiu quase correndo da sala.

IX

Por algum tempo depois que ele partiu, por algum tempo mesmo depois que o som da carruagem dele se extinguiu, Elinor permaneceu oprimida demais por um acúmulo de ideias amplamente distintas, mas cuja tristeza era a resultante geral, até mesmo para pensar na irmã.

Willoughby, que, apenas meia hora antes, ela detestava como o homem mais indigno do mundo, Willoughby, que, apesar de todas as falhas, despertara nela um grau de comiseração pelos sofrimentos por elas produzidos, que fez com que ela pensasse nele, agora separado para sempre de sua família, com uma ternura, um remorso, como ela logo reconheceu dentro de si — proporcionais antes aos desejos dele do que a seus méritos. Ela sentiu que a influência dele sobre seus pensamentos havia sido ampliada por circunstâncias que racionalmente não deveriam influenciá-los; — pela aparência de atrativos incomuns, pelos modos francos, apaixonados e vívidos, algo que não era mérito nenhum possuir; e por aquele amor ainda ardente por Marianne, que não era um amor inocente a ser permitido. Mas ela sentiu que só mais tarde, muito mais tarde, a influência dele foi se atenuando.

Quando por fim voltou à inconsciente Marianne, encontrou-a recém-despertada, recuperada após um longo e suave sono que durou tanto quanto ela esperava. O coração de Elinor estava carregado. O passado, o presente, o futuro, a visita de Willoughby, a recuperação de Marianne e a aguardada chegada da mãe lançaram-na por fim em uma agitação dos ânimos que afugentou qualquer sinal de fadiga e a deixou apenas temerosa de trair-se diante da irmã. Durou pouco, todavia, o tempo que esse medo pôde afetá-la, pois, meia hora depois de Willoughby deixar a casa, ela foi mais uma vez chamada ao andar de baixo pelo som de outra carruagem. — Ávida por poupar a mãe de mais um momento desnecessário daquele horrível suspense, ela correu imediatamente para o vestíbulo e abriu a porta a tempo de recebê-la e ajudá-la a entrar.

A sra. Dashwood, cujo terror ao se aproximarem da casa havia produzido praticamente uma certeza de que Marianne já não existia, não teve voz para perguntar pela filha nem para saber de Elinor; mas esta, sem esperar cumprimentos ou perguntas, logo ofereceu o alívio consolador; — e a mãe, recebendo a notícia com o ardor de costume, ficou, por um momento, dominada por essa felicidade, como antes estivera dominada pelo medo. Foi amparada até a sala de estar entre a filha e o amigo; — e lá, vertendo lágrimas de alegria, embora ainda incapaz de falar, abraçou Elinor muitas vezes, voltando-se para apertar a mão do coronel Brandon com um olhar que revelava sua gratidão e a convicção de partilhar com ele a felicidade daquele momento. E ele compartilhava, mas em silêncio ainda maior que o seu.

Assim que a sra. Dashwood se recompôs, seu primeiro desejo foi ver Marianne; e, dois minutos depois, estava com a filha bem-amada, ainda mais querida após a longa ausência, a infelicidade e o perigo. O prazer de Elinor ao ver o que ambas sentiram no encontro só foi atenuado pela preocupação por Marianne não dormir mais um pouco; mas a sra. Dashwood sabia ser serena, até mesmo prudente, quando a vida de uma filha estava em jogo, e Marianne, satisfeita em saber que tinha a mãe junto de si e ciente de que estava fraca demais para conversar, submeteu-se prontamente ao silêncio e à calma prescritos por todas à sua volta. A sra. Dashwood ficaria com ela a noite inteira, e Elinor, cedendo à insistência da mãe, foi para a cama. Mas o sono, que uma noite inteira sem dormir e muitas horas da mais extenuante aflição pareciam exigir, foi afastado por seu ânimo irritado. Willoughby, "o pobre Willoughby", como ela agora se permitia chamá-lo, estava constantemente em seus pensamentos; mal acabara de ouvir a reivindicação que ele fizera ao mundo e agora se culpava, agora se condenava por havê-lo julgado com tanta severidade antes. Mas a promessa que fizera de contar à irmã era inevitavelmente dolorosa. Ela temia ter de cumpri-la, temia os efeitos que pudesse ter sobre Marianne; imaginava se, após tal explicação, ela poderia ser feliz com outro, e por um momento desejou que Willoughby ficasse viúvo. Então, lembrando-se do coronel Brandon, censurou a si mesma, sentindo que ao sofrimento e à constância dele, muito mais que a seu rival, devia-se a recompensa da irmã e desejou tudo menos a morte da sra. Willoughby.

O choque da ida do coronel Brandon até Barton havia sido muito amenizado pela preocupação prévia da própria sra. Dashwood; pois estava tão aflita com Marianne que já se decidira a ir a Cleveland naquele mesmo dia, sem aguardar mais nenhuma notícia, e tanto vinha se preparando para a viagem quando ele chegou que a qualquer momento deveriam chegar os Carey para levar Margaret, pois a mãe não queria que ela fosse a um lugar onde houvesse infecção.

Marianne continuou melhorando a cada dia, e a alegria esfuziante do olhar e do ânimo da sra. Dashwood dava prova disso, como quando ela repetia que era uma das mulheres mais felizes do mundo. Elinor não poderia escutar essa declaração nem testemunhar essas comprovações sem às vezes se perguntar se a mãe ainda se lembrava de Edward. Mas a sra. Dashwood, confiando no relato moderado da decepção que Elinor lhe enviara, deixou-se levar pela exuberância da própria alegria, a pensar apenas no que pudesse aumentá-la. Marianne havia escapado de um perigo em que, como agora a mãe começava a sentir, seu próprio juízo equivocado, ao encorajar a relação infeliz com Willoughby, contribuíra para colocar a filha; — e, com a recuperação, ela tinha ainda outra fonte de alegria de que Elinor nem desconfiava. Isso lhe foi comunicado assim que houve a primeira oportunidade de uma conversa particular entre elas.

"Enfim, estamos sós, Elinor, você ainda não sabe o porquê de toda a minha alegria. O coronel Brandon ama Marianne. Ele mesmo me contou."

A filha, sentindo-se ora contente, ora incomodada, surpresa e nem um pouco surpresa, permaneceu em atenção silenciosa.

"Você não se parece em nada comigo, Elinor, ou eu duvidaria de sua serenidade agora. Se pudesse escolher algo de bom para a minha família, o coronel Brandon se casar com uma de vocês seria meu objetivo mais desejável. E acredito que, entre as duas, Marianne seria a mais feliz com ele."

Elinor estava inclinada a perguntar o motivo de a mãe pensar assim, uma vez que, considerando imparcialmente em termos de idade, caráter e sentimento, não havia o que o justificasse; — mas a sra. Dashwood precisava sempre ser levada pela imaginação em qualquer assunto de seu interesse, e assim, ela prosseguiu dizendo com um sorriso:

"Ele abriu o coração para mim ontem durante a viagem. Tudo de improviso, tudo muito desavisadamente. Eu, como você pode imaginar, só conseguia falar de minha filha; — ele não conseguia esconder a aflição que sentia; vi que era igual à minha, e ele, talvez, vendo que a mera amizade, no mundo de hoje, não justificaria tão ardorosa solidariedade — ou mesmo sem pensar em nada, imagino — extravasando sentimentos irreprimíveis, contou-me de seu sincero, terno e constante afeto por Marianne. Ele a ama, minha Elinor, desde a primeira vez que a viu."

Aqui, no entanto, Elinor percebeu — não a linguagem, não as declarações do coronel Brandon, mas os adornos naturais da ativa imaginação de sua mãe, que fantasiava tudo a seu bel-prazer.

"O que ele sente por ela, que ultrapassa infinitamente tudo o que Willoughby jamais sentiu ou fingiu, de modo mais carinhoso, mais sincero e mais constante — como sempre haveremos de lembrar — sobreviveu a tudo o que ele sabia sobre a infeliz preferência de nossa querida Marianne por aquele rapaz desprezível! — e sem nenhum egoísmo — sem nenhuma esperança a encorajá-lo a tanto! — Ele teria suportado vê-la feliz com outro. — Que espírito nobre! — quanta franqueza, quanta sinceridade! — Não seria capaz de enganar ninguém."

"O coronel Brandon", disse Elinor, "por seu caráter, é reconhecidamente um homem excelente."

"Eu sei disso" — respondeu seriamente a mãe, "ou depois desse aviso, eu seria a última pessoa a encorajar sua afeição, ou mesmo a ficar contente com ela. Mas a forma como ele veio até mim, com amizade, de maneira diligente e solícita, foi o bastante para provar que se trata de um homem de grande valor."

"Seu caráter, contudo", respondeu Elinor, "não se limita a um único gesto de bondade, propiciado por sua afeição por Marianne, mesmo que se desconsiderasse sua humanidade. Da senhora Jennings, dos Middleton, ele é um velho e íntimo conhecido; eles igualmente o amam e respeitam; e até eu mesma, que o conheci depois, já o conheço consideravelmente; e o valorizo e o estimo tanto que, se Marianne puder ser feliz com ele, estarei tão disposta quanto você a pensar nessa relação como a maior felicidade que nos poderia acontecer na vida. O que a senhora respondeu a ele? — Deu-lhe alguma esperança?"

"Oh!, meu amor, na hora não fui capaz de falar de esperança, nem para ele nem para mim mesma: naquele momento Marianne podia estar à beira da morte. Mas ele não me pediu esperança ou estímulo. Sua confissão foi involuntária, uma efusão irreprimível diante de uma amiga consoladora — não uma proposta feita à mãe da moça. No entanto, depois eu disse de fato, pois a princípio fiquei bastante perplexa — que se ela sobrevivesse, como eu confiava que aconteceria, minha maior felicidade seria promover o casamento deles; e, desde que chegamos, desde que nos encontramos nesta deliciosa segurança, tornei a falar com ele sobre isso com mais ênfase, dando-lhe todo o meu encorajamento. O tempo, um tempo muito curto, eu disse a ele, se encarregará de tudo; — o coração de Marianne não será desperdiçado para sempre com um homem como Willoughby. — Os próprios méritos do coronel muito em breve deverão conquistá-la."

"A julgar pelo ânimo do coronel, contudo, a senhora não conseguiu deixá-lo exatamente confiante."

"Não. — Ele considera o afeto de Marianne profundo demais para se alterar ainda por muito tempo, e mesmo que imaginasse seu coração livre, ele é muito inseguro de si mesmo para acreditar que, com tal diferença de idade e de disposição, algum dia possa vir a ser capaz de cativá-la. Nisso, contudo, ele está muito enganado. Ele é mais velho apenas o bastante para constituir uma vantagem, uma vez que seu caráter e seus princípios estão estabelecidos; — e sua disposição, estou convencida, é exatamente a certa para fazer Marianne feliz. E sua aparência, seus modos também, tudo depõe a favor dele. Minha parcialidade não me impede de ver; certamente não é tão bonito quanto Willoughby — mas, ao mesmo tempo, existe algo muito mais agradável em seu semblante. — Sempre houve

— se você lembrar bem — nos olhos de Willoughby, às vezes, algo de que eu não gostava."

Elinor não conseguiu se lembrar disso; — mas a mãe, sem esperar por seu assentimento, continuou:

"E seus modos, os modos do coronel, não só são mais agradáveis que os de Willoughby jamais o foram, como sei que são de um tipo mais solidamente cativantes para Marianne. Sua delicadeza, sua genuína atenção aos outros e sua simplicidade viril e natural são muito mais adequadas à verdadeira disposição dela do que a jovialidade — muitas vezes artificial, e muitas vezes inoportuna do outro. Tenho plena certeza de que, se Willoughby tivesse se revelado um sujeito realmente amável, como se provou o contrário, Marianne ainda assim não teria sido tão feliz com ele quanto será com o coronel Brandon."

Ela fez uma pausa. — A filha podia não concordar em todas as letras com ela, mas sua discordância não se fez ouvir, e, portanto, não houve discordância.

"Em Delaford, ela ficará a uma distância cômoda de mim", acrescentou a sra. Dashwood, "mesmo que eu permaneça em Barton; e muito provavelmente — pois fiquei sabendo que é uma propriedade grande, sem dúvida deve haver alguma casa pequena ou um chalé por perto, que nos serviria tão bem quanto a nossa casa atual."

Pobre Elinor! — Ali estava outro plano para levá-la a Delaford! — mas seu espírito era obstinado.

"Sem falar na fortuna dele! — Pois nesta altura da vida, você sabe, todo mundo se importa com isso; — e embora eu não saiba de quanto se trata, nem deseje saber, na verdade, tenho certeza de que deve ser uma bela fortuna."

Aqui elas foram interrompidas pela entrada de uma terceira pessoa, e Elinor se retirou para pensar em tudo aquilo em particular, para desejar sucesso a seu amigo, ainda que, ao desejá-lo, sentisse uma pontada de dor por Willoughby.

X

A doença de Marianne, embora de um tipo debilitante, não se prolongara o bastante para tornar sua recuperação muito lenta; e com a juventude, o vigor natural e o auxílio da presença da mãe, o processo foi tão suave que permitiu que ela se instalasse, quatro dias após a chegada desta última, na sala de estar da sra. Palmer. Uma vez ali, a pedido dela mesma, pois estava impaciente para externar seu agradecimento por ele haver buscado sua mãe, o coronel Brandon foi convidado a visitá-la.

A emoção dele ao entrar na sala, ao ver sua aparência debilitada e ao receber a mão pálida que imediatamente ela estendeu foi tanta que, conforme as conjecturas de Elinor, deveria ser suscitada por algo além da afeição por Marianne ou pela consciência de que esse afeto era conhecido por outras pessoas; e ela logo descobriu, naquele olhar melancólico e na variação da tez enquanto ele olhava para sua irmã, a provável recorrência de muitas cenas de angústia que teriam passado pela cabeça dele, trazidas de volta pela semelhança já admitida entre Marianne e Eliza, e agora fortalecida pelos olhos fundos, a pele doentia, a postura inclinada da fraqueza e o ardoroso reconhecimento de uma devoção peculiar.

A sra. Dashwood, não menos atenta que a filha ao que se passava, mas com o pensamento influenciado de maneira muito distinta e portanto alerta de um modo bastante diferente, não notou nada na atitude do coronel senão o resultado das mais simples e evidentes sensações, ao passo que nas ações e palavras de Marianne ela se convenceu de que algo além da gratidão já havia brotado.

Ao cabo de um ou dois dias, com Marianne se tornando visivelmente mais forte a cada doze horas, a sra. Dashwood, encorajada também pelos próprios desejos e da filha, começou a falar na volta a Barton. De sua atitude, dependiam a de seus dois amigos; a sra. Jennings não poderia deixar Cleveland durante a estada das Dashwood, e o coronel Brandon foi logo levado, a pedido das duas, a considerar sua própria permanência lá como igualmente estabelecida, se não indispensável. A pedido dele e da sra. Jennings, em resposta, a sra. Dashwood foi convencida a aceitar a carruagem do coronel na viagem de volta, para maior comodidade da filha adoentada; e ele, a convite da sra. Dashwood e da sra. Jennings, cuja ativa generosidade a tornava amigável e hospitaleira para os outros assim como para ela mesma, aceitou de bom grado redimir-se visitando o chalé ao longo das semanas seguintes.

O dia da separação e da partida chegou; e Marianne, após se despedir de modo tão particular e demorado da sra. Jennings, tão sinceramente agradecida, tão cheia de respeito e desejos ternos, como se seu próprio coração reconhecesse em segredo suas desatenções do passado, e dizendo adeus ao coronel Brandon com a cordialidade de uma amiga, foi cuidadosamente amparada por ele até a carruagem, da qual parecia ávido que ela ocupasse pelo menos a metade. A sra. Dashwood e Elinor, então, vieram em seguida, e os outros foram deixados sozinhos, para conversar sobre as viajantes e sentir o próprio tédio, até que a sra. Jennings foi chamada de volta à sua espreguiçadeira para se consolar, com a conversa da criada, pela perda de suas duas jovens companheiras; e o coronel Brandon imediatamente partiu solitário rumo a Delaford.

Havia dois dias que as Dashwood estavam na estrada, e Marianne suportava a viagem sem grande fadiga. Tudo o que a mais ciosa afeição, o mais solícito cuidado pudessem fazer para deixá-la à vontade foi feito por suas atenciosas companheiras, que tiveram como recompensa seu conforto físico e a serenidade de seu espírito. Para Elinor, a observação desta última parte foi particularmente gratificante. Ela, que semana após semana vira a irmã sofrer constantemente, oprimida por uma angústia do coração da qual não tinha coragem de falar nem forças para esconder, viu então, com uma alegria que ninguém mais poderia compartilhar da mesma forma, uma aparente tranquilidade mental, que, sendo resultado, segundo ela confiava, de uma séria reflexão, deveria acabar levando-a ao contentamento e à jovialidade.

Quando se aproximaram de Barton, de fato, e adentraram aquela paisagem, da qual cada campo e cada árvore traziam alguma recordação, ora peculiar, ora dolorosa, ela ficou calada e pensativa, e, desviando o rosto das outras duas, pôs-se a olhar avidamente pela janela. Mas, por isso, Elinor não podia se espantar nem culpá-la; e quando viu, ao ajudar Marianne a descer da carruagem, que ela estivera chorando, enxergou apenas uma emoção natural demais para suscitar algo menos terno que compaixão e digno de elogio por sua discrição. Nos modos da irmã, em seguida, notou a orientação de uma mente desperta por uma reação racional; pois, assim que entraram na sala, Marianne esquadrinhou-a com uma expressão de firmeza resoluta, como que decidida a se acostumar à visão dos objetos com que a lembrança de Willoughby pudesse estar associada. — Ela pouco falou, mas cada frase visava à jovialidade e embora, vez por outra, deixasse escapar um suspiro, nenhum jamais saía sem a reparação de um sorriso. Após o jantar, ela experimentaria seu piano. Foi até ele; mas a primeira música em que pôs os olhos era uma ópera escolhida por

Willoughby, contendo alguns de seus duetos favoritos e trazendo na folha externa seu nome escrito com a letra dele. — Aquela não seria possível. — Ela balançou a cabeça, colocou a partitura de lado e, após percorrer as teclas por um minuto, reclamou da debilidade dos dedos e tornou a fechar o instrumento; porém declarando com firmeza que precisaria futuramente praticar muito.

A manhã seguinte não trouxe nenhum abatimento a tais sintomas benfazejos. Pelo contrário, com a mente e o corpo igualmente fortalecidos pelo repouso, ela se mostrou e falou com ânimo genuíno, ansiando pelo prazer do retorno de Margaret, comentando sobre o querido grupo familiar que ficaria outra vez completo, falando de seus interesses comuns e do alegre convívio social como a única felicidade que valia a pena desejar.

"Quando o tempo firmar e eu tiver recuperado minhas forças", disse, "faremos longas caminhadas juntas todos os dias. Caminharemos até a fazenda na beira da encosta e veremos como estão as crianças; caminharemos até as novas plantações de sir John em Barton-Cross e até Abbeyland; e iremos sempre visitar as ruínas do velho priorado, e tentaremos investigar suas fundações até onde nos disseram que elas chegavam outrora. Sei que haveremos de ser felizes. Sei que o verão será de felicidade. Pretendo não acordar nunca depois das seis, e dessa hora até o jantar dividirei todos os momentos entre música e leitura. Já tracei meu plano e estou decidida a mergulhar em sérios estudos. Conheço bem demais nossa biblioteca para que me ofereça algo além de mera diversão. Mas existem obras dignas de serem lidas em Barton Park; e há outras de produção mais moderna que sei que posso tomar emprestadas do coronel Brandon. Lendo apenas seis horas por dia, ganharei ao longo de um ano um bocado de instrução que agora sinto me fazer falta."

Elinor elogiou-a por um plano que se originava de modo tão nobre; embora sorrindo ao ver a mesma ávida imaginação, que a levara aos extremos da indolência lânguida e aflição egoísta, agora agindo de forma a introduzir o excesso em um esquema de atividades tão racionais e de virtuoso autocontrole. Seu sorriso todavia transformou-se em suspiro ao lembrar que sua promessa a Willoughby ainda não estava cumprida, e receou que aquilo que precisava comunicar pudesse novamente perturbar a mente de Marianne e arruinar, ao menos por algum tempo, aquela boa perspectiva de ocupações tranquilas. Desejando, portanto, postergar o momento cruel, ela decidiu aguardar até que a saúde da irmã estivesse mais assegurada antes de agir. Mas tal resolução seria tomada apenas para ser descumprida.

Marianne estava havia dois ou três dias em casa quando o tempo ficou bom o bastante para uma convalescente como ela se arriscar a sair. Mas, por fim, raiou uma suave e agradável manhã; capaz de tentar os desejos da filha e a confiança da mãe; e Marianne, apoiando-se no braço de Elinor, foi autorizada a caminhar o quanto pudesse, desde que não se cansasse, pela alameda em frente à casa.

As irmãs saíram a passo lento, conforme requeria a fraqueza de Marianne diante de um exercício até então jamais tentado desde que adoecera; — e elas haviam avançado além da casa apenas o bastante para permitir uma visão panorâmica da colina, a imponente colina ao fundo, quando, pousando os olhos ali, Marianne disse calmamente:

"Ali, exatamente ali" — apontando com uma das mãos, "naquela elevação da colina — foi ali que eu caí; e ali vi Willoughby pela primeira vez."

A voz fraquejou ao dizer o nome dele, mas então reavivou-se, e ela acrescentou:

"Sinto-me grata ao ver que já sou capaz de olhar para lá sem grande sofrimento! — Será que devemos voltar a esse assunto, Elinor?" — disse com hesitação. "Ou seria errado? — Sou capaz de falar disso agora, espero, como se deve."

Elinor ternamente instou a irmã a ser franca.

"Quanto ao remorso", disse Marianne, "já não me atinge, com relação a ele. Não pretendo falar dos sentimentos que tinha por Willoughby, mas do que sinto agora. — No momento, se ao menos pudesse me satisfazer com uma única coisa, se eu pudesse me permitir pensar que ele não esteve o tempo todo interpretando um papel, o tempo todo me iludindo; — mas, sobretudo, se ao menos pudesse ter certeza de que ele não foi tão cruel quanto meus temores o imaginaram algumas vezes, desde a história daquela pobre menina infeliz."

Ela parou. — Elinor apreciou as palavras que ela usara ao responder:

"Se pudesse ter certeza disso, você acha que ficaria tranquila?"

"Sim. Minha paz de espírito está duplamente envolvida nisso; — pois não apenas é horrível desconfiar de uma pessoa que foi o que ele foi para mim, com tais intenções — mas o que isso deve me fazer parecer aos meus próprios olhos? — O que, em situação como a minha, senão um afeto vergonhosamente desabrido poderia me expor a —"

"Como então", perguntou a irmã, "explicaria o comportamento dele?"

"Eu diria que ele — oh! de bom grado eu diria que ele é apenas volúvel, muito, muito volúvel."

Elinor não disse mais nada. Intimamente, dividia-se entre a conveniência de começar sua história naquele momento ou postergá-la até que a saúde de Marianne estivesse melhor; — e divagaram por mais alguns minutos em silêncio.

"Não creio que seja desejar o bem para ele", disse Marianne, por fim, com um suspiro, "querer que secretamente suas reflexões não sejam mais desagradáveis do que as minhas. Com isso, ele haverá de sofrer o bastante."

"Você compara sua conduta com a dele?"

"Não. Comparo com a conduta que eu deveria ter adotado; comparo com a sua."

"Nossas situações guardam pouca semelhança."

"Elas envolvem mais do que apenas nossa conduta. — Não deixe, minha querida Elinor, que sua bondade defenda o que sei que seu juízo deveria censurar. Minha doença me fez pensar — concedeu-me o ócio e a calma que ensejaram uma séria recapitulação dos fatos. Muito antes de estar recuperada o bastante para falar, eu era perfeitamente capaz de refletir. Considerei o passado; vi minha própria atitude desde o início, quando o conheci no outono passado, como uma série de imprudências cometidas contra mim mesma e de falta de generosidade para com os outros. Vi que meus próprios sentimentos haviam preparado meus sofrimentos e que minha falta de firmeza ao me entregar ao sofrimento quase me leva à morte. Minha doença, eu bem sabia, foi causada unicamente por mim mesma, por uma negligência para com minha própria saúde, que mesmo na hora eu sentia que era errada. Se eu tivesse morrido — teria sido autodestruição. Não me dei conta do perigo até que o perigo passou; mas, com os sentimentos que essas reflexões me propiciaram, espanta-me que minha recuperação — espanta-me que a própria avidez de meu desejo de viver, para dispor de tempo de retratar-me com meu Deus, e com todas vocês, não me tenha matado de uma vez. Se eu tivesse morrido — em que desgraça as teria lançado, minha enfermeira, minha amiga, minha irmã! — Você, que presenciou o irritante egoísmo de meus últimos dias; que ouviu cada murmúrio de meu coração! — Que lembrança guardaria de mim! — E também minha mãe! Como você haveria de consolá-la! Não consigo expressar a aversão que sinto por mim mesma. — Sempre que olhava para o passado, eu via algum dever negligenciado ou algum deslize a que me permitira. Todos pareciam prejudicados por mim. A bondade, a incessante bondade da senhora Jennings, retribuí com desdém ingrato. Com os Middleton, com os Palmer, com as Steele, com todos os nossos conhecidos em comum, fui insolente e injusta; com o coração empedernido contra seus méritos e o temperamento irritado com a própria atenção que me davam. — A John, a Fanny — sim, mesmo a eles, por menos que mereçam, dei menos do que era devido. Mas você, — sobretudo você, mais do que minha mãe, eu tratei mal. Eu, e apenas eu, conhecia seu coração e suas tristezas; contudo, sabê-lo influenciou-me a quê? — Não a uma compaixão capaz de beneficiar você ou a mim mesma. — Seu exemplo estava diante de mim: mas de que adiantou? — Tive alguma consideração por você ou pelo seu consolo? Imitei sua contenção ou aliviei-a de seu fardo, tomando parte nas obrigações de gentileza com os outros ou de gratidão particular que até então você fora deixada a desempenhar sozinha? — Não; — não menos depois de saber que você estava infeliz do que quando eu acreditava que estava bem, desviei-me de todo empenho do dever ou da amizade; mal concebia que existisse tristeza além da minha, lamentando apenas aquele coração que desertara e me maltratara, deixando que você, por quem eu professava um afeto sem limites, fosse infeliz por minha causa."

Aqui cessou o célere fluxo daquela efusão de autocensura; e Elinor, impaciente para acalmá-la, embora sincera demais para a lisonja, elogiou e apoiou instantaneamente a irmã, cuja franqueza e compunção bem o mereciam. Marianne apertou sua mão e respondeu:

"Você é muito boa. — O futuro haverá de me pôr à prova. Defini meu plano e se eu for capaz de me ater a ele — meus sentimentos hão de ser governados e meu temperamento, aperfeiçoado. Não haverão de importunar os outros nem de torturar a mim mesma. Hei de viver agora unicamente para minha família. Você, minha mãe e Margaret hão de ser doravante todo o meu mundo;

compartilharão de minha exclusiva afeição. De vocês, de casa, hei de jamais sentir-me tentada a me afastar; e se vier a frequentar outras companhias, será apenas para mostrar que meu espírito se tornou humilde, meu coração, curado, e que sou capaz de praticar tais cortesias, os deveres menores da vida, com gentileza e contenção. Quanto a Willoughby — dizer que em breve ou que um dia hei de esquecê-lo seria inútil. Essa lembrança não poderá ser superada por nenhuma transformação das circunstâncias ou de opinião. Mas ela será regulada, filtrada pela religião, pela razão, por constantes afazeres."

Ela fez uma pausa — e acrescentou em voz mais baixa: "Se ao menos eu compreendesse o coração dele, tudo seria mais fácil".

Elinor, que então já tivera tempo para refletir sobre a conveniência e a inconveniência de rapidamente arriscar sua narrativa sem se sentir minimamente mais próxima de uma decisão do que antes, ouviu isso da irmã; e, percebendo que, como a reflexão de nada adiantara, a resolução deveria se incumbir de tudo, logo se viu passando aos fatos.

Conduziu seu discurso, conforme esperava, com eloquência; preparou a ansiosa ouvinte com cuidado; relatou simples e honestamente os principais pontos em que Willoughby baseara sua defesa; fez justiça ao arrependimento dele e atenuou apenas seus votos de estima no presente. Marianne não disse uma palavra. — Ela tremia, os olhos fixos no chão, e seus lábios ficaram mais pálidos do que a doença os deixara. Mil perguntas brotaram em seu coração, mas ela não ousou proferir nenhuma. Captava cada sílaba com arfante avidez; sua mão, inconscientemente, apertou a da irmã, e lágrimas cobriram-lhe as faces.

Elinor, temendo que estivesse cansada, levou-a para casa; e, até que chegassem à porta do chalé, conjecturando sobre sua curiosidade embora nenhuma pergunta tivesse sido dolorosamente feita, não falou de outra coisa senão de Willoughby e da última conversa que tiveram; sendo minuciosa nos detalhes da fala e da expressão, em que seguramente se poderia permitir tal minúcia. Assim que entraram em casa, Marianne, com um beijo de gratidão e estas palavras articuladas em meio às lágrimas, "Conte a mamãe", afastou-se da irmã e subiu lentamente a escada. Elinor não tentaria perturbar uma solidão tão razoável como a que ela agora procurava; e, ansiosamente premeditando o resultado de tal isolamento e a decisão de reviver mais uma vez o assunto, caso Marianne não conseguisse abordá-lo, entrou na saleta para cumprir a ordem que esta lhe dera ao ir para o quarto.

XI

Não foi sem comoção que a sra. Dashwood ouviu a reivindicação de seu antigo favorito. Alegrou-se por ele se eximir de parte da culpa que lhe era imputada; — sentiu pena dele; — desejou que fosse feliz. Mas os sentimentos do passado não poderiam ser retomados. Nada poderia recuperar a confiança integral — do caráter imaculado, que Marianne tivera nele. Nada poderia afastar o conhecimento do que ela havia sofrido por sua causa, nem remover a culpa da conduta para com Eliza. Nada poderia trazê-lo de volta, portanto, à estima de antes, nem prejudicar o interesse do coronel Brandon.

Se a sra. Dashwood, como a filha, tivesse ouvido a história da boca do próprio Willoughby — caso tivesse sido testemunha de sua aflição e sofrido a influência de seu semblante e de seus modos, é provável que sua compaixão tivesse sido maior. Mas não estava em poder de Elinor, nem era seu desejo, despertar tais sentimentos em mais ninguém ao repassar tal justificativa, como a princípio ela mesma se vira tentada a fazer. A reflexão havia conferido serenidade a seu julgamento e sobriedade à sua opinião sobre as deserções de Willoughby; ela desejava, portanto, declarar a pura verdade e desvelar tais fatos como o caráter dele realmente merecia, sem nenhum embelezamento de ternura que levasse a fantasias e divagações.

À noite, quando estavam todas reunidas, Marianne começou voluntariamente a falar dele outra vez; — mas que não foi sem esforço, a postura inquieta e pensativa em que ela estivera anteriormente parada — a pele corando enquanto falava — e sua voz alquebrada claramente deram mostras.

"Quero assegurar a vocês duas", disse, "que agora vejo tudo — como desejam que eu veja."

A sra. Dashwood teria interrompido a filha com terno consolo se Elinor, que de fato queria ouvir a opinião da irmã, com um gesto voluntarioso, não lhe pedisse silêncio. Marianne lentamente prosseguiu:

"É um grande alívio para mim — o que Elinor me contou esta manhã — agora ouvi exatamente o que desejava ouvir." — Por alguns momentos, sua voz sumiu; mas, recompondo-se, ela acrescentou, e com maior serenidade que antes — "Agora estou plenamente satisfeita. Não desejo que nada mais mude. Jamais poderia ter sido feliz com ele depois de saber, como cedo ou tarde acabaria sabendo, de tudo isso. — Eu não sentiria nenhuma confiança, nenhuma estima. — Nada poderia apagar isso de meus sentimentos."

"Eu sei — eu sei", exclamou a mãe. "Ser feliz com um homem de costumes libertinos! — Alguém que prejudicou a paz de nosso amigo mais querido, do melhor homem do mundo! — Não — um homem desses não seria capaz de fazer o coração de minha Marianne feliz! — Sua consciência, sua consciência sensível, acabaria sofrendo tudo o que deveria pesar na consciência do marido."

Marianne suspirou e repetiu. "Não desejo que nada mais mude."

"Você considera a questão", disse Elinor, "exatamente como um intelecto sadio e uma mente sólida devem considerá-la; e arrisco-me a dizer que demonstra, assim como eu, não apenas nesta, como em muitas outras circunstâncias, razão suficiente para se convencer de que esse casamento certamente a envolveria em diversas atribulações e decepções, nas quais você seria pouco apoiada por uma afeição, da parte dele, ainda mais incerta. Se tivesse se casado com ele, vocês seriam pobres para sempre. Ele mesmo admite gastar em excesso, e sua atitude demonstra que abnegação é uma palavra quase incompreensível para ele. As exigências de Willoughby, somadas à sua inexperiência e uma renda muito, muito pequena, haveriam de acarretar aflições que não lhes seriam menos mortificantes pelo fato de serem inteiramente desconhecidas e jamais aventadas antes. Sua honra e sua honestidade a teriam levado, você sabe, uma vez ciente da situação, a tentar toda economia que lhe parecesse possível; e talvez, conquanto sua frugalidade se limitasse a seu próprio conforto, você poderia praticá-la, mas além disso — e até que ponto essa sua parcimônia solitária poderia impedir uma ruína anunciada antes mesmo do casamento? — Além disso, mesmo que fosse capaz de controlar, ainda que justificavelmente, os prazeres dele, não haveria motivos para temer que, em vez de conseguir vencer sentimentos tão egoístas, você veria diminuir sua influência sobre o coração dele, fazendo-o se arrepender de uma relação que o envolvera em tais dificuldades?"

Os lábios de Marianne estremeceram e ela repetiu "Egoísta?" com um tom que subentendia — "Você o considera mesmo egoísta?".

"Toda a atitude dele", respondeu Elinor, "desde o início até o fim do caso, baseou-se no egoísmo. Foi por egoísmo que pela primeira vez ele brincou com seu afeto; que depois, quando o afeto dele estava envolvido, fez com que postergasse a confissão desse sentimento e que no fim o fez partir de Barton. O amor-próprio, ou a própria conveniência, foi, sob todos os aspectos, sua principal diretriz."

"É uma grande verdade. Minha felicidade nunca foi seu objetivo."

"No momento", continuou Elinor, "ele lamenta o que fez. E por que lamenta? — Porque o resultado não o favoreceu. Não o fez feliz. Agora não há mais o empecilho financeiro — ele já não sofre desse mal; e só consegue pensar que se casou com uma mulher de temperamento menos amável que o seu. Mas disso se segue, necessariamente, que, se tivesse casado com você, ele teria sido feliz? — A inconveniência teria sido diferente. Ele então sofreria de aflições pecuniárias que, uma vez removidas, ele supõe agora não serem nada. Teria uma esposa de cujo temperamento não poderia se queixar, mas viveria sempre em necessidade — sempre pobre; e provavelmente logo passaria a considerar as inúmeras comodidades de uma propriedade e uma boa renda em seu nome algo muito mais importante, até mesmo para a felicidade doméstica, do que a simples questão do temperamento de uma esposa."

"Não tenho nenhuma dúvida disso", garantiu Marianne, "e não tenho nada a lamentar — a não ser minha própria loucura."

"Melhor dizendo, a imprudência de sua mãe, minha filha", disse a sra. Dashwood; "ela, sim, é responsável."

Marianne não a deixou prosseguir; — e Elinor, satisfeita porque as duas acusavam o próprio erro, preferiu não fazer mais perguntas sobre o passado que pudessem enfraquecer o ânimo da irmã; ela, portanto, retomando o assunto anterior, imediatamente continuou:

"Uma única observação, creio, pode-se fazer da história toda — que todas as dificuldades de Willoughby decorrem de seu primeiro delito contra a virtude, por sua conduta com Eliza Williams. Esse crime foi a origem de todos os outros, menores, e de seu atual descontentamento."

Marianne concordou enfaticamente com o comentário; e sua mãe aproveitou o ensejo para enumerar os agravos sofridos e os méritos do coronel Brandon, ardorosamente, como só a amizade e a intenção unidas poderiam ditar. A filha não pareceu, contudo, prestar muita atenção.

Elinor, conforme sua expectativa, viu que, nos dois ou três dias seguintes, Marianne não continuou ganhando forças no mesmo ritmo de antes; mas, conquanto sua decisão não arrefecesse e ela ainda tentasse parecer jovial e serena, a irmã poderia seguramente confiar no efeito do tempo sobre sua saúde.

Margaret voltou para casa, e a família estava de novo toda reunida, outra vez tranquilamente instalada no chalé, e, se não prosseguiam seus estudos com o mesmo vigor de quando haviam chegado pela primeira vez a Barton, ao menos planejava retomá-los vigorosamente no futuro.

Elinor ansiava por alguma notícia de Edward. Não ouvia falar dele desde que chegara de Londres, nenhuma novidade acerca de seus planos, nenhuma certeza sequer de seu atual paradeiro. Algumas cartas haviam sido trocadas entre ela e o irmão, por conta da doença de Marianne; e, na primeira mensagem de John, vinha esta frase: "Nada sabemos de nosso pobre Edward, tampouco podemos fazer perguntas sobre esse assunto proibido, mas concluímos que ainda deve estar em Oxford"; era toda a informação sobre Edward que ela tirou dessa correspondência, pois o nome dele não foi nem mencionado em nenhuma das cartas seguintes. Ela não estava fadada, contudo, a ignorar por muito tempo seu destino.

O criado havia sido mandado certa manhã a Exeter; e então, quando estendia a toalha de mesa, ao responder às perguntas da patroa acerca da execução da tarefa, eis o que involuntariamente comunicou:

"Imagino que a senhora saiba, madame, que o senhor Ferrars casou."

Marianne teve um violento sobressalto, arregalou os olhos para Elinor, viu que ela ficou pálida e se recostou histericamente na cadeira. A sra. Dashwood, cujos olhos, ao responder à pergunta do criado, intuitivamente se voltaram na mesma direção, ficou chocada ao perceber, pelo semblante de Elinor, o quanto ela sofria, e, no momento seguinte, aflita também com a situação de Marianne, não soube em qual filha prestar mais atenção.

O criado, que vira apenas que a srta. Marianne passara mal, teve o bom senso de chamar uma das empregadas, que, com apoio da sra. Dashwood, levou-a para a outra sala. A essa altura, Marianne já estava melhor, e a mãe, deixando-a aos cuidados de Margaret e da empregada, retornou a Elinor, que, embora ainda muito abalada, já havia retomado a razão e a voz, o bastante para começar a perguntar a Thomas sobre a fonte da informação. A sra. Dashwood logo assumiu a tarefa das perguntas; e Elinor teve o benefício da resposta sem o esforço de obtê-la.

"Quem lhe disse que o senhor Ferrars casou, Thomas?"

"Encontrei o próprio senhor Ferrars, madame, esta manhã em Exeter, e a esposa também, a senhorita Steele, era ela. Estavam parados na carruagem em frente do New London Inn quando eu fui lá levar um recado de Sally, que trabalha em Barton Park, para o irmão dela, que é um dos mensageiros do hotel. Por acaso olhei para cima ao passar pela carruagem e vi justo a senhorita Steele, a mais nova; então tirei o chapéu, e ela me viu e me chamou, e perguntou da senhora, madame, e das senhoritas, especialmente da senhorita Marianne, e pediu para eu mandar recomendações dela e do senhor Ferrars, os melhores votos do casal, dizendo que estava à disposição da senhora, e que lamentava muito não ter tempo de vir visitar, mas estava com pressa para seguir viagem, porque ia ainda mais adiante, mas que, mesmo assim, quando voltarem, com certeza virão visitar."

"Mas ela disse que havia se casado, Thomas?"

"Sim, madame. Ela sorriu e disse que tinha mudado o sobrenome desde a última vez que esteve por aqui. Sempre foi uma moça muito simpática e falante, muito educada. Então, tomei a liberdade de dar meus parabéns."

"O senhor Ferrars estava na carruagem com ela?"

"Sim, madame, eu vi que ele estava recostado lá dentro, mas ele não olhou para fora; — nunca foi um cavalheiro de muita conversa."

O coração de Elinor facilmente poderia entender por que ele não aparecera; e a sra. Dashwood deve ter entendido da mesma maneira.

"Não havia mais ninguém na carruagem?"

"Não, madame, só eles dois."

"Você sabe de onde vinham?"

"Direto de Londres, como a senhorita Lucy — a senhora Ferrars me disse."

"E seguiriam mais a oeste?"

"Sim, madame — mas não muito. Eles voltam logo, então decerto virão aqui visitar."

A sra. Dashwood, então, olhou para a filha; mas Elinor sabia muito bem que não deveria contar com tal visita. Identificou perfeitamente a intenção de Lucy naquela mensagem e teve plena confiança de que Edward jamais tornaria a se aproximar delas. Ela comentou, em voz baixa, com a mãe, que provavelmente deviam estar a caminho da casa do sr. Pratt, perto de Plymouth.

As informações de Thomas aparentemente haviam se esgotado. Elinor parecia ansiosa por saber mais.

"Você os viu partir antes de voltar para cá?"

"Não, madame — os cavalos estavam de saída, mas não pude esperar para ver; tive medo de me atrasar."

"A senhora Ferrars parecia bem?"

"Sim, madame, ela disse que estava muito bem; e no meu conceito ela sempre foi uma moça muito bonita — e parecia muito contente."

A sra. Dashwood não foi capaz de pensar em nenhuma outra pergunta, e Thomas e a toalha de mesa, agora igualmente desnecessários, foram logo em seguida dispensados. Marianne já havia mandado dizer que não queria mais comer nada, o apetite da sra. Dashwood e o de Elinor também se extinguiram, e Margaret sentiu-se abençoada, pois, com toda a inquietação que suas irmãs ultimamente vinham experimentando, com tantos motivos para negligenciarem a comida, até então ela nunca havia sido obrigada a ficar sem jantar.

Quando a sobremesa e o vinho foram servidos, e a sra. Dashwood e Elinor ficaram sozinhas, ambas permaneceram pensativas e caladas. A sra. Dashwood receou arriscar algum comentário, e não ousou oferecer nenhum consolo. Ela então se deu conta de que errara ao confiar na representação que Elinor fazia de si mesma; e concluiu com justiça que tudo havia sido atenuado na época, para poupá-la de um aumento de infelicidade, sofrendo como então sofria por Marianne. Ela se deu conta de que se deixara enganar pela atenção cuidadosa e conscienciosa da filha, a pensar que o compromisso, que outrora ela tão bem compreendera, era muito menor na realidade do que ela se habituara a acreditar ou do que agora provava ser. Receou que, sob tal persuasão, tivesse sido injusta, desatenta, não, quase cruel, com sua Elinor; — que a aflição de Marianne, por ser mais reconhecida, por estar mais imediatamente diante dos seus olhos, tivesse exagerado demais sua ternura, levando-a a esquecer que em Elinor podia haver uma filha sofrendo o mesmo tanto, um sofrimento certamente menos autoinfligido, e sofrido com maior compostura.

XII

Elinor então se deu conta da diferença entre a expectativa de um acontecimento desagradável, por mais que a mente tenha sido orientada a considerá-lo um fato consumado, e a certeza em si. Ela então se deu conta de que, apesar de tudo, sempre admitira uma esperança, enquanto Edward continuasse solteiro, de que algo ocorreria para impedir o casamento com Lucy; de que alguma decisão dele, alguma mediação da família ou de amigos, ou de que outra oportunidade de ascensão mais desejável para a noiva surgiria, contribuindo para a felicidade de todos. Mas ele agora estava casado, e ela condenou a furtiva ilusão imposta por seu coração, que tanto acentuava a dor de sabê-lo.

Que ele se casasse tão cedo, antes mesmo (segundo ela supunha) de ser ordenado, e portanto antes que pudesse assumir o presbitério, surpreendeu-a um pouco a princípio. Mas ela logo viu como era provável que Lucy, em seu zelo para com os próprios interesses, no afã de garantir o noivo, relevasse tudo menos o risco de algum atraso. Eles estavam casados, casados em Londres, e agora tinham pressa de chegar à casa do tio dela. O que Edward não teria sentido ao passar a quatro milhas de Barton, ao ver o criado da sra. Dashwood, ao ouvir a mensagem de Lucy!

Eles muito em breve estariam, ela supunha, instalados em Delaford. — Delaford — aquele lugar que tanto havia conspirado para deixá-la interessada; que ela desejara conhecer e que, no entanto, agora só queria evitar. Ela os imaginou por um instante no presbitério; imaginou Lucy, a administradora ativa, engenhosa, aliando um desejo de aparência elegante à extrema frugalidade, e envergonhada de que suspeitassem de metade de suas práticas econômicas; — perseguindo o próprio interesse em cada pensamento, cortejando o favor do coronel Brandon, da sra. Jennings e de todos os seus amigos ricos. Em Edward — ela não sabia o que via, nem o que desejava ver; — feliz ou infeliz — não viu nada que lhe agradasse; — virou o rosto diante de cada esforço de imaginá-lo.

Elinor esperava que algum de seus parentes em Londres fosse escrever anunciando o casamento, fornecendo maiores detalhes — mas os dias se sucederam sem trazer nenhuma carta, nenhuma notícia. Embora incerta quanto a haver de fato a quem culpar, ela acusou todos os amigos ausentes. Haviam sido todos desatentos e omissos.

"Quando a senhora escreveu para o coronel Brandon, madame?", foi uma pergunta originada da impaciência de sua mente, por saber de algo que estivesse acontecendo.

"Escrevi para ele, meu amor, na semana passada, e espero vê-lo antes mesmo que me responda. Insisti sinceramente para que viesse nos ver, em minha carta, e não me surpreenderia se entrasse por esta porta ainda hoje ou amanhã, ou algum dia desses."

Já era alguma coisa, algo pelo qual esperar. O coronel Brandon devia ter alguma informação para dar.

Pouco depois de concluir isso, a figura de um homem a cavalo atraiu seus olhos para a janela. Ele parou diante do portão do chalé. Era um cavalheiro, era o coronel Brandon em pessoa. Agora ela ficaria sabendo de mais detalhes; — e estremeceu com tal expectativa. No entanto — aquele não era o coronel Brandon — não tinha sua postura — nem sua altura. Caso fosse possível, ela diria que devia ser Edward. Olhou novamente. Ele havia desmontado; — ela não tinha como se enganar; — era Edward de fato. Ela recuou e sentou-se. "Ele veio especialmente da casa do senhor Pratt para nos ver. Ficarei calma; serei senhora de mim mesma."

Dentro em pouco, Elinor notou que as outras também se deram conta do engano. Ela viu a mãe e Marianne empalidecerem; notou como olhavam para ela e sussurravam frases uma para a outra. Elinor daria tudo para conseguir falar — fazê-las entender que esperava que nenhuma frieza, nenhum desdém, aparecesse no comportamento delas para com ele; — mas ficou sem palavras e foi obrigada a contar com a discrição de cada uma.

Nenhuma sílaba foi pronunciada. Ficaram todas esperando caladas a aparição do visitante. Os passos dele foram ouvidos ao longo do caminho de cascalho; no momento seguinte, estava no corredor; e, no outro, bem diante delas.

O semblante de Edward ao entrar na sala não pareceu muito feliz, mesmo aos olhos de Elinor. Sua pele estava pálida de tanto alvoroço, e ele parecia temeroso quanto à recepção que encontraria, ciente de não merecer melhor acolhida. A sra. Dashwood, todavia, em conformidade, no próprio entender, aos desejos daquela filha por quem ela então pretendia, no calor de seu coração, ser conduzida a cada passo, recebeu-o com uma expressão de complacência forçada, estendeu-lhe a mão e lhe deu os parabéns.

Ele corou e gaguejou uma resposta incompreensível. Os lábios de Elinor haviam se mexido como os da mãe, e quando passou o momento da ação ela lamentou não ter também apertado a mão dele. Mas era tarde demais, e, com um semblante que pretendia ser franco, ela tornou a sentar e falou do tempo lá fora.

Marianne havia se afastado o máximo possível da visão do grupo, para esconder sua aflição; e Margaret, compreendendo apenas parte do caso, mas não sua totalidade, achou que lhe cabia agir dignamente, e assim tomou um assento o mais distante que podia dele e manteve estrito silêncio.

Quando Elinor deixou de exultar com o estio da estação, seguiu-se uma pausa terrível. O silêncio foi rompido pela sra. Dashwood, que se sentiu obrigada a expressar sua esperança de que a sra. Ferrars estivesse com boa saúde. De modo atabalhoado, ele respondeu que sim.

Outra pausa.

Elinor, decidida a se controlar, embora com medo da própria voz, então disse:

"A senhora Ferrars ficou em Longstaple?"

"Em Longstaple?!" — ele respondeu, com ar de surpresa. — "Não, minha mãe está em Londres."

"Eu quis dizer", retomou Elinor, pegando um bordado da mesa, "a senhora Edward Ferrars."

Ela não ousou erguer os olhos; — mas a mãe e Marianne voltaram os seus para Edward. Ele corou, pareceu perplexo, desconfiado, e após alguma hesitação, disse:

"Talvez você se refira — meu irmão — você quer dizer a senhora — a senhora Robert Ferrars?"

"Senhora Robert Ferrars?!" — repetiram Marianne e a mãe, com o mais extremo espanto; — e, embora Elinor não conseguisse falar, também seus olhos se fixaram nele com o mesmo assombro impaciente. Ele se levantou da poltrona e caminhou até a janela, aparentemente por não saber como agir; pegou uma tesoura que havia ali, e estragando as lâminas e a bainha ao cortar esta última em pedaços enquanto falava disse, com uma voz apressada:

"Talvez vocês ainda não saibam — podem não ter ficado sabendo que recentemente meu irmão se casou — com a mais nova — com a senhorita Lucy Steele."

Suas palavras foram recebidas com indizível assombro por todas elas, menos por Elinor, que se sentou, com a cabeça inclinada sobre o bordado, em estado de tamanho alvoroço que mal sabia onde estava.

"Sim", ele disse, "eles se casaram na semana passada, e estão agora em Dawlish."

Elinor não se conteve mais sentada. Saiu quase correndo da sala, e, assim que fechou a porta, vieram-lhe lágrimas de alegria, que, a princípio, pensou que não parariam mais de cair. Edward, que até então olhava para qualquer coisa menos para ela, notou que ela saíra às pressas e talvez tenha visto — ou até mesmo ouvido, sua emoção; pois imediatamente mergulhou em um devaneio, que nenhum comentário, nenhuma pergunta, nenhum tratamento afetuoso da sra. Dashwood foi capaz de penetrar, e por fim, sem dizer palavra, saiu também da sala e caminhou na direção da vila; — deixando-as em grande assombro e perplexidade com a mudança da situação, tão maravilhosa e tão súbita; — uma perplexidade que elas não dispunham de meios para atenuar além das próprias conjecturas.

XIII

Por mais inexplicáveis que pudessem parecer, para toda a família, as circunstâncias de sua liberação, o certo era que Edward estava livre; e o propósito em que essa liberdade seria empregada foi facilmente predeterminado por todas elas; — porque, depois de experimentar as bênçãos de um noivado imprudente, contraído sem o consentimento da mãe, como ele já havia feito durante mais de quatro anos, nada poderia se esperar dele com o fracasso daquele compromisso, senão que logo em seguida contraísse outro.

Sua ida a Barton, em verdade, fora algo muito singelo. Queria apenas pedir que Elinor se casasse com ele; — e, considerando que não era inexperiente no assunto, talvez fosse estranho que se sentisse tão incomodado com a situação presente como realmente se sentia, tão desprovido de coragem e necessitado de ar fresco.

Como ele logo se encaminhara rumo à decisão apropriada, todavia, como rapidamente surgiu uma oportunidade de tomá-la, o modo como ele se expressou, e como foi recebido, não precisa ser contado em detalhes. Basta que se diga o seguinte; — que quando sentaram à mesa, às quatro da tarde, cerca de três horas depois de sua chegada, ele havia conquistado sua dama, obtido o consentimento de sua mãe, e era, não apenas na enlevada profissão de amante, mas na realidade da razão e da verdade, um dos homens mais felizes do mundo. Sua situação, de fato, era mais do que ordinariamente feliz. Obtivera mais do que o triunfo usual do amor correspondido a insuflar seu coração e elevar seu ânimo. Fora liberado, sem qualquer censura contra si mesmo, de um embaraço que havia muito constituía sua angústia, de uma mulher que havia tempos deixara de amar; — e alçado, a um só tempo, àquela segurança com outra, em quem devia pensar quase com desespero assim que começara a considerá-la com desejo. Fora levado não da dúvida ou do suspense, mas da angústia à felicidade; — e essa transformação foi francamente declarada com exultação genuína, eloquente e grata, como suas amigas jamais haviam testemunhado nele antes.

Seu coração então se abriu para Elinor, cada fraqueza, cada erro foi confessado, e seu primeiro afeto juvenil por Lucy, tratado com a dignidade filosófica de seus vinte e quatro anos.

“Foi uma tolice, uma inclinação ociosa de minha parte”, ele disse, “uma consequência de minha ignorância do mundo — de minha falta do que fazer. Se minha mãe tivesse me dado alguma profissão ativa quando deixei, aos dezoito anos, a casa do senhor Pratt, creio — não, tenho certeza, isso jamais teria acontecido; pois, embora eu tenha saído de Longstaple com o que eu pensava, na época, ser uma inquebrantável predileção pela sobrinha dele, no entanto, se tivesse então alguma meta, algum objetivo com que ocupar meu tempo, que me mantivesse longe dela por alguns meses, muito em breve teria superado aquela afeição ilusória, especialmente ao conviver mais com o mundo, como nesse caso eu devia ter feito. Mas, em vez de arranjar alguma coisa para fazer, em vez de escolher uma profissão entre as que me ofereciam ou de ser autorizado a escolher sozinho, voltei para casa e vivi completamente ocioso; e um ano depois não tinha ainda uma ocupação definida, o que eu teria se pertencesse à universidade, pois só ingressei em Oxford aos dezenove. Eu não tinha, portanto, nada para fazer na vida, senão imaginar que estava apaixonado; e, como minha mãe não tornava a vida em casa minimamente confortável, como eu não tinha um amigo nem companheiro em meu irmão e não gostava de conhecer pessoas, não foi estranho para mim continuar frequentando Longstaple, onde sempre me senti em casa, e tinha a certeza de sempre ser bem-vindo; e, dessa forma, passei a maior parte do tempo ali, dos dezoito aos dezenove: Lucy me parecia o que havia de mais amável e gentil. Era também bonita — ao menos eu assim pensava na época e vira tão pouco outras mulheres na vida que não podia fazer comparações ou enxergar nela algum defeito. Tudo considerado, portanto, espero, mesmo sendo tolo como era nosso compromisso, uma tolice que se comprovou em todos os aspectos, não foi, na época, uma loucura imperdoável ou anormal."

A mudança que algumas poucas horas forjaram na mente e na felicidade das Dashwood foi tamanha — tão grandiosa — que prometia a todas elas a satisfação de uma noite sem sono. A sra. Dashwood, feliz demais para conseguir relaxar, mal sabia como amar Edward, ou louvar Elinor o bastante, como se mostrar suficientemente grata por sua liberação sem lhe ferir a delicadeza, nem como ao mesmo tempo deixá-lo à vontade para conversar sem pejo e ainda assim desfrutar, como queria, da visão e da companhia dos dois.

Marianne só sabia expressar sua felicidade com lágrimas. As comparações viriam — o remorso surgiria; — e sua alegria, embora sincera como seu amor pela irmã, era de um tipo que não lhe trazia entusiasmo ou eloquência.

Mas Elinor — como descrever os sentimentos dela? — Do instante em que soube que Lucy se casara com outro, que Edward estava livre, até o momento em que ele justificou as esperanças que logo se seguiram, ela sentiu-se tudo, alternadamente, menos tranquila. Mas, passado esse segundo momento, quando viu removidas todas as dúvidas, toda a inquietação, quando comparou sua situação à que vinha vivendo nos últimos tempos, — quando o viu liberado de maneira honrosa de seu antigo compromisso, instantaneamente lucrando com a liberdade, dirigir-se a ela e declarar um afeto tão terno, tão constante como ela jamais supusera existir, — ela se sentiu oprimida, sobrepujada pela própria felicidade; — e, felizmente disposta como é a mente humana a se familiarizar sem dificuldades com mudança para melhor, foram necessárias algumas horas para apaziguar seu espírito e levar um mínimo de tranquilidade a seu coração.

Edward ficaria então hospedado no chalé pelo menos por uma semana; — pois, por mais que tivesse outros afazeres à sua espera, era impossível que menos de uma semana fosse suficiente para o deleite da companhia de Elinor ou que bastasse para dizer metade do que tinham para dizer sobre o passado, o presente e o futuro; pois, embora algumas poucas horas passadas no intenso trabalho da conversa incessante esgotem mais assuntos do que pode de fato haver entre duas criaturas racionais, entre apaixonados é diferente. Entre eles, nenhum assunto jamais se esgota, nenhuma comunicação é considerada concluída se não for feita pelo menos vinte vezes.

O casamento de Lucy, uma inesgotável e justificável maravilha para todos, constituiu evidentemente um dos primeiros temas da conversa dos amantes; — e o conhecimento particular que Elinor tinha de ambas as partes fez com que, para ela, parecesse, sob todos os aspectos, uma das circunstâncias mais extraordinárias e inexplicáveis de que já tivera notícia. Como puderam ter ficado juntos, e que atração Robert poderia ter sentido para se casar com uma moça de cuja beleza ela mesma já o ouvira falar sem nenhuma admiração — uma moça que ainda por cima já era noiva de seu irmão, e por conta de quem esse mesmo irmão já havia sido expulso da família — era algo além de sua compreensão. Para seu próprio coração, tal desfecho foi um grande deleite; para sua imaginação, algo deveras ridículo; mas para sua razão, para seu juízo, algo absolutamente intrigante.

Edward só conseguiu esboçar uma explicação supondo que talvez, encontrando-se a princípio por acaso, a vaidade de um tivesse sido insuflada pela bajulação do outro, de modo a conduzir gradativamente a todo o resto. Elinor lembrou o que Robert lhe dissera em Harley-street, a opinião sobre o papel que sua mediação nos assuntos do irmão poderia ter exercido, caso aplicada a tempo. Ela repetiu tudo a Edward.

"Isso é muito típico de Robert" — foi o comentário que ele fez de imediato. "E isso", acrescentou, "talvez estivesse na cabeça dele quando os dois se conheceram. Lucy talvez tivesse em mente apenas granjear o apoio dele a meu favor. Outras intenções podem ter surgido depois."

Há quanto tempo vinha acontecendo algo entre eles, contudo, ele ignorava tanto quanto ela; pois em Oxford, onde ele permanecera voluntariamente desde que deixara Londres, não tivera notícias da noiva a não ser as que ela mesma havia fornecido, e as cartas que ela enviara, da primeira à última, não foram se tornando menos frequentes, nem menos afetuosas, que de costume. A mínima desconfiança, portanto, jamais lhe ocorrera para prepará-lo para o que se seguiu; — e quando por fim uma carta da própria Lucy chegou com a notícia explosiva, Edward ficou por algum tempo, segundo ele mesmo, estupefato, com um misto de perplexidade, horror e alegria por tal decisão. Ele colocou a carta nas mãos de Elinor.

Caro senhor,

Tendo plena certeza de que há muito tempo perdi seu afeto, tomei a liberdade de conceder o meu a outro, e não tenho dúvidas de que serei tão feliz com ele como um dia pensei poder ser com o senhor; mas repudio aceitar a mão de um enquanto o coração for de outro. Sinceramente desejo felicidade em sua escolha, e que não seja minha culpa se não formos bons amigos, como nossa relação próxima agora torna apropriado que sejamos, posso dizer com segurança que não guardo rancor do senhor, e tenho certeza de que será generoso o bastante para não nos desejar nenhum mal. Seu irmão conquistou inteiramente minha afeição, e como não poderíamos viver um sem o outro, acabamos de voltar do altar, e estamos agora a caminho de Dawlish, onde passaremos algumas semanas, lugar que seu querido irmão demonstra grande curiosidade de conhecer, mas achou por bem que antes eu o incomodasse com estas linhas, desta que seguirá lhe desejando o bem.

Sua sincera amiga e cunhada,
Lucy Ferrars

Queimei todas as suas cartas, e devolverei seu retrato na primeira oportunidade. Favor destruir meus garranchos — mas o anel com meu cabelo pode guardar de bom grado.

Elinor leu e devolveu a carta sem nenhum comentário.

"Não perguntarei sua opinião sobre o mérito da composição", disse Edward. — "Por nada no mundo eu teria deixado que lesse uma carta dela de outros tempos. Se vinda de uma cunhada já é ruim o bastante, que dirá de uma esposa! — E creio que posso dizer que desde os primeiros meses de nossa tola — negociação — esta é a única carta que recebi cujo conteúdo não me fez lamentar seus defeitos de estilo."

"Como quer que tenha sido", disse Elinor, após uma pausa — "decerto eles se casaram. E sua mãe atraiu para si o mais apropriado castigo. A independência que ela franqueou a Robert, por ressentimento contra você, deu a ele poderes para fazer a própria escolha; e ela, a bem dizer, subornou um filho com mil libras por ano para fazer a mesma coisa pela qual deserdou o outro por pretender fazê-la. Dificilmente sofrerá menos, imagino, com o casamento de Robert e Lucy do que sofreria se você se casasse com ela."

"Ela sofrerá mais, pois Robert sempre foi seu favorito. — Ela sofrerá mais e, pelo mesmo princípio, acabará perdoando Robert muito antes."

A situação do caso no presente, Edward não conhecia, pois não havia tentado ainda nenhum contato com ninguém de sua família. Deixara Oxford vinte e quatro horas depois da chegada da carta de Lucy, e com um único objetivo diante de si, a estrada mais próxima rumo a Barton, não tivera tempo de elaborar nenhum plano de ação que não tivesse a mais íntima relação com aquela estrada. Não poderia fazer nada até que seu destino com a srta. Dashwood estivesse assegurado; e, por sua rapidez em buscar esse destino, deve-se supor, apesar do ciúme que um dia sentira do coronel Brandon, apesar da modéstia com que avaliara suas próprias deserções, e a educação com que falava de suas dúvidas, que ele não esperava, no geral, uma acolhida muito cruel. Tratou, contudo, de dizê-lo, e o disse muito bem. O que falaria sobre o assunto depois de um ano cabe à imaginação de maridos e esposas.

Que Lucy certamente pretendera iludir, sair de cena com um floreio de malícia contra ela, em seu recado para Thomas, ficou perfeitamente claro aos olhos de Elinor; e o próprio Edward, agora esclarecido por completo quanto ao caráter dela, não hesitou em acreditar que ela seria capaz das maiores maldades de um perverso amargor. Embora seus olhos tivessem sido abertos havia muito tempo, mesmo antes de conhecer Elinor, para a ignorância e a mesquinhez de algumas de suas opiniões — ambas haviam sido atribuídas por ele à falta de educação; até aquela última carta, sempre acreditara que ela fosse uma moça de boa índole, boas intenções e genuinamente apegada a ele. Nada além de tal convicção teria evitado que pusesse fim a um compromisso que, muito antes de ser descoberto, já o expusera à ira da mãe e representara uma fonte contínua de inquietações e remorsos.

"Considerei meu dever", ele disse, "independentemente dos meus sentimentos, dar a ela a opção de continuar o noivado ou não, quando fui deserdado por minha mãe, e me vi, para todos os efeitos, sem o auxílio de nenhum parente no mundo. Em tal situação, na qual parecia não haver nada de tentador para a avareza e a vaidade de nenhuma criatura, como eu poderia imaginar, uma vez que ela insistia com tanto ardor, com tanto carinho, em compartilhar de minha sina, qualquer que ela fosse, que algo diverso da mais desinteressada afeição fosse seu estímulo? E, mesmo agora, não consigo compreender o motivo de seus atos, ou que ilusória vantagem poderia representar para ela atrelar-se a um homem por quem não tinha a menor consideração e que possuía apenas duas mil libras de seu. Ela não teria como prever que o coronel Brandon me daria o presbitério."

"Não, mas ela talvez supusesse que poderia ocorrer alguma coisa que o beneficiasse; que sua própria família pudesse ceder com o tempo. E, de todo modo, nada perdia ao continuar com o noivado, pois ela provou que isso não restringia suas inclinações nem suas atitudes. A relação decerto era respeitável, e provavelmente lhe ofereceria a consideração de seus conhecidos; e, se nada de mais vantajoso ocorresse, seria melhor para ela se casar com você do que ser solteira."

Edward ficou logo convencido de que nada teria sido mais natural do que aquela conduta de Lucy, nem poderia ser mais evidente do que seu motivo para tanto.

Elinor ralhou com ele, asperamente como as damas sempre ralham contra uma imprudência que as lisonjeia, por haver passado tanto tempo com elas em Norland, quando deveria ter sentido sua própria inconstância.

"Seu comportamento foi mesmo muito errado", ela disse, "porque — sem falar em minha própria convicção, nossa relação levou todas nós a imaginar e esperar algo que, de acordo com sua situação de então, jamais poderia acontecer."

Ele só pôde alegar a ignorância do próprio coração e uma segurança enganosa na força de seu compromisso anterior.

"Eu fui ingênuo o bastante para pensar que, como minha palavra estava empenhada com outra, não poderia haver risco em estar com você; e que a consciência do meu compromisso manteria meu coração a salvo e sacramentado, assim como minha honra. Senti que admirava você, mas disse a mim mesmo que era só amizade: e, até começar a fazer comparações entre você e Lucy, eu não sabia até que ponto me deixara levar. Depois disso, suponho, errei ao permanecer tanto tempo em Sussex, e os argumentos de que me vali para considerar conveniente minha estada foram os seguintes: o risco é todo meu; não estou fazendo mal a ninguém além de mim mesmo."

Elinor sorriu e balançou a cabeça.

Edward ouviu com prazer que o coronel Brandon era esperado no chalé, pois ele realmente desejava não apenas conhecê-lo melhor, mas também ter uma oportunidade de convencê-lo de que se sentia grato pelo fato de o outro lhe haver concedido o presbitério de Delaford — "Favor que", disse, "após agradecimento tão pouco gentil da minha parte na ocasião, ele deve pensar que jamais o perdoarei por ter feito."

Só então se sentiu surpreso por ainda não ter visitado o local. Mas o fato é que havia se interessado tão pouco pela questão que devia todo o conhecimento da casa, do jardim, do lote e da extensão da paróquia, das condições da terra, e do valor dos dízimos, à própria Elinor, que se informara de tudo com o coronel Brandon e prestara tanta atenção que se tornara inteiramente senhora do assunto.

Uma única questão depois disso permanecia incerta entre eles, uma única dificuldade a ser superada. Eles haviam se aproximado por mútua afeição, com a mais terna aprovação de seus verdadeiros amigos, o conhecimento íntimo que tinham um do outro parecia tornar sua felicidade uma certeza — só lhes faltava um meio de vida. Edward tinha duas mil libras e Elinor mil, as quais, somadas à renda do presbitério de Delaford, eram tudo o que podiam chamar de seu; pois era impossível que a sra. Dashwood pudesse contribuir com alguma coisa, e nenhum dos dois estava apaixonado a ponto de achar que trezentas e cinquenta libras por ano bastariam para lhes oferecer os confortos da vida.

Edward não estava inteiramente sem esperanças de que alguma mudança favorável da parte de sua mãe pudesse ocorrer; e com isso ele contava para complementar a renda do casal. Mas Elinor não considerava isso; pois, uma vez que Edward ainda não se casaria com a srta. Morton e a escolha por ela fora comentada na linguagem lisonjeira da sra. Ferrars apenas como um mal menor diante da opção por Lucy Steele, temia que a ofensa de Robert não serviria a outro propósito senão o de enriquecer Fanny.

Cerca de quatro dias depois da chegada de Edward, o coronel Brandon apareceu para completar a satisfação da sra. Dashwood e lhe propiciar a honra de ter, pela primeira vez desde que se mudara para Barton, mais companhia do que sua casa poderia acomodar. A Edward cabia o privilégio de haver chegado primeiro, e o coronel Brandon, portanto, caminhava toda noite até seus conhecidos aposentos em Barton Park; de onde ele em geral voltava pela manhã, cedo o bastante para interromper o primeiro tête-à-tête dos amantes ainda antes do desjejum.

Uma estada de três semanas em Delaford, onde, ao menos nas horas noturnas, ele teve pouco o que fazer além de calcular a desproporção entre trinta e seis e dezessete, levou-o a Barton em um estado de espírito que precisou de todo o estímulo da aparência de Marianne, toda a bondade de suas boas-vindas e todo o encorajamento das palavras da mãe dela para tornar alegre esse período. Entre pessoas queridas, contudo, e tamanha lisonja, ele renasceu. Os rumores do casamento de Lucy não haviam ainda chegado a seus ouvidos; — ele nada sabia do que se passara; e as primeiras horas de sua visita foram, portanto, passadas entre ouvir e se espantar. Tudo lhe foi explicado pela sra. Dashwood, e ele encontrou novos motivos para exultar naquilo que havia feito pelo sr. Ferrars, uma vez que acabara promovendo os interesses de Elinor.

Seria desnecessário dizer que os dois cavalheiros progrediram na boa opinião um do outro conforme progrediam no conhecimento mútuo, pois não poderia ser de outro modo. A semelhança dos bons princípios e do bom senso de cada um, da disposição e da maneira de pensar de ambos, provavelmente teria sido o bastante para uni-los na amizade, ainda que não houvesse nada mais a aproximá-los; mas o fato de estarem apaixonados por duas irmãs, e duas irmãs que se gostavam, fez daquela consideração recíproca algo inevitável e imediato, o que poderia de outro modo precisar esperar o efeito do tempo e do juízo.

As cartas de Londres, que alguns dias antes teriam feito cada nervo do corpo de Elinor estremecer de agitação, agora chegavam e eram lidas com menos emoção do que júbilo. A sra. Jennings escreveu para contar a história fantástica, para expressar sua sincera indignação com a leviana jovem e dar conta de sua compaixão pelo pobre senhor Edward, que, ela tinha certeza, amava profundamente a indigna despudorada e estava agora, ao que tudo indicava, com o coração aos pedaços em

Oxford — "Creio", ela continuava, "que nunca vi nada tão ardiloso; pois há menos de dois dias Lucy me visitou e passou algumas horas comigo. Ninguém suspeitava de nada sobre o assunto, nem mesmo Nancy, que, pobrezinha!, veio chorando no dia seguinte, com muito medo da senhora Ferrars e sem saber como chegar a Plymouth; pois Lucy, ao que parece, pegou todo o dinheiro dela antes de fugir para se casar, no intuito, imagino, de se exibir, e a pobre Nancy ficou sem sete xelins sequer;[1] — de modo que fiquei contente de poder lhe dar cinco guinéus para levá-la até Exeter, onde ela pretende passar três ou quatro semanas com a senhora Burgess, na esperança, conforme eu disse a ela, de voltar a se encontrar com o doutor. E devo dizer que a má vontade de Lucy ao não permitir que ela fosse com eles na carruagem é o pior de tudo. Pobre senhor Edward! Não consigo tirá-lo da cabeça, mas você deve mandar chamá-lo para visitá-las em Barton, e a senhorita Marianne deve tentar consolá-lo."

As afirmativas do sr. Dashwood foram mais solenes. A sra. Ferrars era a mulher mais infeliz do mundo — pobre Fanny, sua sensibilidade agonizava — e ele considerava a sobrevivência de ambas, sob tais achaques, um grato milagre. A ofensa de Robert era imperdoável, mas a de Lucy era infinitamente pior. O nome de nenhum dos dois jamais deveria ser mencionado à sra. Ferrars; e, mesmo que ela pudesse um dia ser levada a perdoar o filho, a esposa jamais seria reconhecida como sua nora nem teria permissão de aparecer em sua presença. O segredo em que tudo havia sido conduzido entre eles foi visto como algo que aumentara enormemente o delito, pois, se alguma suspeita tivesse ocorrido, as medidas apropriadas teriam sido tomadas para impedir o casamento; e ele pedia a Elinor que lamentasse também o fato de que o compromisso de Lucy com Edward não tivesse se cumprido, para que ela não fosse o instrumento a semear mais angústia na família. — E assim continuava:

"A senhora Ferrars nunca mais mencionou o nome de Edward, o que não nos surpreende; mas, para nossa grande perplexidade, nenhuma linha foi recebida da parte dele desde então. Talvez, contudo, esteja em silêncio por receio de ofendê-la, e devo portanto alertá-lo, escrevendo a Oxford, que a irmã dele e eu achamos que uma carta de justa submissão, talvez dirigida a Fanny, e que ela mostraria à mãe, talvez seja de bom tom; pois todos sabemos da ternura do coração da senhora Ferrars e que ela deseja mais do que qualquer coisa voltar às boas relações com seus filhos."

Esse parágrafo teve certa importância para as perspectivas e a conduta de Edward. O trecho fez com que ele decidisse tentar uma reconciliação, ainda que não exatamente da maneira proposta pelo cunhado e pela irmã.

"Uma carta de justa submissão!", repetiu; "Querem que eu implore à minha mãe o perdão pela ingratidão que Robert cometeu contra ela e pela desonra que ele cometeu contra mim? — Não posso me submeter mais — não fiquei mais humilde nem penitente depois do que aconteceu. — Fiquei, sim, muito feliz, mas isso não lhes interessa. — Não há nenhuma submissão justa que me caiba declarar."

"Você certamente pode pedir perdão", disse Elinor, "pois a ofendeu; — e eu diria que pode agora ousar confessar alguma preocupação por um dia ter contraído o compromisso que despertou a ira de sua mãe contra você."

Ele concordou que poderia fazê-lo.

"E, quando ela o perdoar, talvez seja conveniente um pouco de humildade ao admitir este segundo compromisso, quase tão imprudente aos olhos dela quanto o primeiro."

Ele não teve nada a dizer contra isso, mas ainda resistia à ideia de uma carta de submissão; e portanto, para tornar as coisas mais fáceis, uma vez que ele se declarara mais disposto a fazer essas duas concessões pessoalmente do que por escrito, decidiram que, em vez de escrever a Fanny, ele iria a Londres e pediria que ela intercedesse por ele junto à mãe. — "E se eles realmente se interessarem", disse Marianne, em sua nova personificação da candura, "pela reconciliação, creio que até mesmo John e Fanny não serão inteiramente isentos de mérito."

Após a visita do coronel Brandon, que durou três ou quatro dias, os dois cavalheiros deixaram Barton juntos. — Iriam direto a Delaford, para que Edward pudesse conhecer pessoalmente seu futuro lar, e ajudar seu patrono e amigo a decidir quais reformas seriam necessárias; e de lá, após uma estada de algumas noites, ele prosseguiria sozinho sua jornada até a capital.

XIV

Após uma esperada resistência da parte da sra. Ferrars, violenta e firme a ponto de preservá-la da censura em que sempre pareceu receosa de incorrer, a censura de ser amável demais, Edward foi admitido em sua presença, e declarado novamente seu filho.

Sua família nos últimos tempos vinha revelando um caráter flutuante. Por muitos anos de sua vida ela tivera dois filhos; mas o delito e a desgraça de Edward, poucas semanas antes, haviam-na roubado de um deles; a desgraça semelhante de Robert a deixara durante duas semanas sem nenhum; e agora, com a ressurreição de Edward, voltara a ter um só.

Apesar de ter recebido permissão de voltar à vida, todavia, ele não sentiu a continuidade dessa existência assegurada até revelar seu presente noivado; pois a divulgação dessa circunstância, ele temia, talvez causasse uma súbita reviravolta em sua constituição, que o expulsaria outra vez, com a mesma velocidade de antes. Com apreensiva cautela, portanto, ele contou tudo, e foi ouvido com inesperada serenidade. A sra. Ferrars, a princípio, tentou razoavelmente dissuadi-lo do casamento com a srta. Dashwood, com todos os argumentos em seu poder; — disse-lhe que, na srta. Morton, ele teria uma mulher de posição mais elevada e de maior fortuna; — e reforçou a asserção, comentando que a moça era filha de um nobre, que dispunha de uma renda de trinta mil libras, enquanto a srta. Dashwood era filha de um cavalheiro civil, com apenas três; mas quando percebeu que, embora admitindo perfeitamente a veracidade de sua exposição, ele não estava nem um pouco inclinado a se deixar convencer, ela julgou mais sábio, pela experiência do passado, submeter-se — e portanto, após atraso deveras indecoroso como o que ela devia à própria dignidade, e que serviu para evitar alguma suspeita de boa vontade de sua parte, ela emitiu seu decreto de consentimento ao casamento de Edward e Elinor.

O que se comprometeria a fazer para aumentar a renda do casal seria considerado em seguida; e nisso ficou bastante claro que, embora Edward fosse agora seu único filho, não era mais, de modo algum, o primogênito; pois, enquanto Robert ficara inevitavelmente de posse de mil libras por ano, nem a mais mínima objeção foi feita quanto à ordenação de Edward em troca de, no máximo, duzentas e cinquenta; tampouco alguma coisa foi prometida para o presente ou para o futuro, além das mesmas dez mil libras de dote que haviam sido concedidas a Fanny.

Isso, no entanto, estava de acordo com o que desejavam, e era mais até do que Edward e Elinor esperavam; e a própria sra. Ferrars, com suas confusas justificativas, parecia a única pessoa surpresa por não ter dado mais.

Com uma renda suficiente para suas necessidades assim garantida, eles não teriam mais pelo que esperar depois que Edward assumisse o presbitério senão que ficasse pronta a casa, à qual o coronel Brandon, com ávido desejo de acomodar Elinor, vinha fazendo consideráveis melhorias; e, após aguardar por algum tempo que as reformas terminassem, depois de experimentar, como de costume, mil frustrações e atrasos, decorrentes da inexplicável procrastinação dos trabalhadores, Elinor, como de costume, abriu mão de sua resoluta decisão de não se casar até que tudo estivesse pronto e a cerimônia ocorreu na igreja de Barton no início do outono.

Passaram o primeiro mês depois do casamento na mansão senhorial do amigo, de onde podiam supervisionar as reformas do presbitério e orientar cada passo conforme desejavam; — escolheram os papéis de parede, projetaram as cercas vivas e até criaram uma aleia serpeante. As profecias da sra. Jennings, ainda que atabalhoadas, foram plenamente cumpridas; pois ela conseguiu visitar Edward e a esposa no presbitério antes da festa de são Miguel Arcanjo e considerou que Elinor e o marido, como ela realmente acreditava que seria, formavam um dos casais mais felizes do mundo. Eles não tinham, de fato, nada mais a desejar além do casamento do coronel Brandon com Marianne e melhores pastagens para suas vacas.

Foram visitados assim que se instalaram por quase todos os parentes e amigos. A sra. Ferrars foi inspecionar a felicidade que se sentia quase envergonhada de haver autorizado; e até mesmo os Dashwood se submeteram à despesa de uma viagem desde Sussex para lhes fazer a honra de uma visita.

"Não direi que estou decepcionado, minha cara irmã", disse John, enquanto caminhavam juntos certa manhã diante dos portões da residência principal de Delaford, "isso seria um exagero, pois certamente você provou ser uma das moças mais afortunadas do mundo, de fato. Mas, confesso, eu teria um grande prazer em poder chamar o coronel Brandon de cunhado. A propriedade que ele tem aqui, este lugar, esta casa, tudo se apresenta em condições tão respeitáveis e excelentes! — E esses bosques! — Não vejo madeiras tão nobres em nenhuma parte de Dorsetshire, como a destes bosques das colinas de Delaford! — E embora, talvez, Marianne não pareça ser exatamente o tipo de pessoa que o atrairia — todavia creio que seria bastante aconselhável agora convidá-los para ficar aqui com vocês, pois, como o coronel Brandon parece passar muito tempo sozinho em casa, ninguém sabe o que pode acontecer — pois, quando as pessoas passam muito tempo juntas e veem pouco outras pessoas — e você sempre pode oferecer a ela essa vantagem, e assim por diante; — em suma, pode muito bem dar essa chance a ela — você já entendeu." —

Mas, embora a sra. Ferrars fosse visitá-los e sempre os tratasse com fingida afeição, eles jamais sofreram o insulto de sua verdadeira generosidade e preferência. — Isso ela dedicaria à vaidade de Robert e à astúcia de sua esposa; e isso eles conquistaram ainda antes que se passassem muitos meses. — A egoísta sagacidade desta última, que a princípio arrastara Robert à desgraça, foi o principal instrumento de sua libertação dessa mesma desgraça; pois a humildade respeitosa, as atenções assíduas e as intermináveis cavilações, tão logo houve a mínima abertura para que fossem exercidas, reconciliaram a sra. Ferrars com a escolha do caçula e reabilitaram-no completamente em sua generosidade.

Toda a atitude de Lucy no caso e a prosperidade que a coroou, portanto, podem ser ostentadas como o mais encorajador exemplo do que uma ardorosa e incessante atenção ao próprio interesse, mesmo que o progresso deste possa aparentemente estar obstruído, fará para assegurar todas as vantagens da fortuna, sem nenhum outro sacrifício senão o do tempo e da consciência. Quando Robert procurou conhecê-la pela primeira vez e fez a ela uma visita privada em Bartlett's Buildings, havia sido apenas com a imagem que o irmão lhe passara. Ele pretendia meramente convencê-la a desistir do noivado; e, como não podia haver nada a ser superado além do afeto de ambos, naturalmente esperava que uma ou duas conversas resolveriam a questão. Nesse ponto, contudo, e apenas nesse, ele estava errado; — pois embora Lucy logo lhe desse esperanças de que sua eloquência a convenceria com o tempo, outra visita, outra conversa, sempre se mostrariam necessárias para o resultado daquela convicção. Algumas dúvidas sempre pairavam na mente dela quando se despediam, que só poderiam ser dirimidas por mais meia hora de palestras com ele. Sua presença seria dessa forma assegurada, e o resto foi consequência. Em vez de falar de Edward, passaram gradativamente a falar apenas de Robert — tema sobre o qual ele sempre tinha mais a falar do que qualquer outro e sobre o qual ela logo trairia um interesse até mesmo igual ao dele; e, em suma, tornou-se logo evidente para os dois que seu irmão havia sido superado completamente. Ele ficou orgulhoso de sua conquista, orgulhoso por haver trapaceado Edward, e muito orgulhoso por se casar em segredo sem o consentimento da mãe. Sabe-se o que imediatamente se seguiu. Passaram alguns meses de grande felicidade em Dawlish; pois ela tinha muitos parentes e conhecidos de que se valer — e ele desenhou diversos projetos de chalés magníficos; — e de lá, retornando à capital, procuraram obter o perdão da sra. Ferrars, mediante o simples expediente de pedi-lo, que, a instâncias de Lucy, foi adotado. O perdão, a princípio, de fato, como era razoável que fosse, estendeu-se apenas a Robert; e Lucy, que não tinha deveres para com a mãe dele e portanto não podia haver transgredido nenhum, ainda permaneceu sem perdão por mais algumas semanas. Mas a perseverança da humildade da conduta e das mensagens, da autocondenação pela ofensa de Robert e a gratidão pela crueldade com que era tratada, granjearam-lhe com o tempo a atenção arrogante que a conquistou pela indulgência e a levaram pouco depois, a passos largos, ao mais alto cume da afeição e da influência. Lucy se tornou tão necessária à sra. Ferrars como Robert ou Fanny; e enquanto Edward jamais seria cordialmente perdoado por um dia haver pretendido se casar com ela, e Elinor, embora superior em fortuna e berço, seria referida sempre como uma intrusa, ela seria em tudo considerada, e sempre abertamente reconhecida, como a nora predileta. Eles se estabeleceram em Londres, receberam a assistência muito generosa da sra. Ferrars, convivendo nos melhores termos imagináveis com os Dashwood; e, deixando de lado o ciúme e a má vontade que subsistiam entre Fanny e Lucy, em que os maridos evidentemente tiveram seu papel, assim como as frequentes desavenças entre o próprio casal, nada poderia ser maior que a harmonia em que todos conviviam.

O que Edward fizera para perder as prerrogativas da primogenitura talvez tenha deixado muita gente interessada em descobrir; e o que Robert fizera para herdá-las talvez os intrigasse ainda mais. Foi uma acomodação, no entanto, justificada por seus efeitos, não por sua causa; pois nada jamais transpareceu no estilo de vida ou na fala de Robert que levantasse a suspeita de que ele lamentava o tamanho de sua renda, por ter deixado muito pouco para o irmão ou por haver amealhado demais para si; — e se Edward pudesse ser julgado pelo pronto desempenho de seus deveres em cada detalhe, do crescente apego pela esposa e pelo lar, e pela constante alegria de seu ânimo, não se deve supor que ele se sentisse menos contente com seu quinhão, ou menos isento de alguma intenção de trocar de lugar com o irmão.

O casamento de Elinor afastou-a tão pouco da família quanto se poderia desejar sem tornar o chalé em Barton inteiramente inútil, pois sua mãe e suas irmãs passavam mais da metade do tempo com ela. A sra. Dashwood agia tanto por política como por prazer, na frequência de suas visitas a Delaford; pois seu desejo de aproximar Marianne e o coronel Brandon dificilmente era menos ardoroso, ainda que fosse mais generoso do que o que John expressara. Esse era agora seu objetivo dileto. Preciosa como era para ela a companhia da filha, não desejava mais nada além de abrir mão desse constante deleite, cedendo-a a seu valioso amigo; e ver

Marianne instalada na mansão senhorial era igualmente o desejo de Edward e Elinor. Todos sentiam a tristeza dele, e suas próprias obrigações, e Marianne, segundo o consenso geral, deveria ser a recompensa de todos.

Diante de tamanho conluio contra ela — de um conhecimento tão íntimo da bondade dele — de uma convicção do carinhoso afeto que sentia por ela, que por fim, embora muito depois de se tornar evidente para todas as outras pessoas — subitamente se revelou a seus olhos — o que mais ela poderia fazer?

Marianne Dashwood nascera com um destino extraordinário. Nascera para descobrir a falsidade das próprias opiniões e para contradizer, por sua própria conduta, suas máximas favoritas. Nascera para superar um afeto formado ainda aos dezessete anos, e sem nenhum sentimento superior a uma forte estima e uma vigorosa amizade, voluntariamente dar sua mão a outro! — E esse outro, um homem que havia sofrido não menos do que ela a fatalidade de um primeiro amor desfeito, que dois anos antes ela considerara velho demais para casar — e que ainda cuidava da saúde usando um colete de flanela!

Mas foi o que aconteceu. Em vez de sacrificar-se a uma paixão irresistível, como um dia se gabara de esperar para si — em vez de morar para sempre com a mãe e de encontrar prazer apenas na reclusão e na leitura, como mais tarde, com o juízo mais sereno e sóbrio, decidira fazer — ela se viu, aos dezenove anos, submetendo-se a um novo afeto, assumindo novos deveres, morando em um novo lar, esposa e senhora de uma família, e benfeitora de um povoado.

O coronel Brandon era agora feliz como todos aqueles que o amavam acreditavam que ele merecia ser; — em Marianne, encontrou o consolo por todas as aflições do passado; a estima e o convívio devolveram-lhe o entusiasmo à mente e a alegria ao ânimo; e que Marianne encontrasse a própria felicidade construindo a dele foi igualmente a convicção e o prazer de cada observador amigo. Marianne jamais poderia amar pela metade; e seu coração inteiro se tornou, com o tempo, tão devotado ao marido como outrora fora a Willoughby.

Willoughby não conseguia ouvir falar do casamento dela sem uma pontada de dor; e seu castigo pouco depois se tornaria completo com o perdão voluntário da sra. Smith, que, ao declarar que o casamento dele com uma mulher de caráter era a fonte de sua clemência, deu-lhe motivos para crer que, se tivesse agido honrosamente com Marianne, ele poderia ter sido ao mesmo tempo rico e feliz. Que seu arrependimento pela má conduta, que assim o castigara, era sincero, não é preciso duvidar; — nem de que por muito tempo ele pensaria no coronel Brandon com inveja e em Marianne com remorso. Mas que tivesse vivido eternamente inconsolável, fugido da sociedade, ou adotado um temperamento soturno por hábito, ou que tivesse morrido com o coração partido, com tanto não se deve contar — pois ele não fez nada disso. Viveria o bastante para reagir e com frequência chegaria até mesmo a se divertir. Sua esposa nem sempre estava de mau humor, seu lar nem sempre lhe parecia desconfortável; e, com sua criação de cavalos e cães, e todo o tipo de esporte, ele encontrou um grau considerável de felicidade doméstica.

Quanto a Marianne, contudo — apesar da deselegância de sobreviver à sua perda — ele sempre conservaria aquele interesse resoluto por tudo o que lhe acontecia, e faria dela seu padrão secreto da perfeição de uma mulher; — e muitas jovens beldades seriam desdenhadas por ele no futuro como incomparáveis à sra. Brandon.

A sra. Dashwood foi prudente o bastante para permanecer no chalé, sem tentar se mudar para Delaford; e, para a felicidade de sir John e da sra. Jennings, quando Marianne foi tirada deles, Margaret já havia atingido uma idade altamente apropriada para os bailes e ainda não incompatível com a possibilidade de ter um pretendente.

Entre Barton e Delaford, haveria a constante comunicação ditada naturalmente pelo forte afeto familiar; — e entre os méritos e a felicidade de Elinor e Marianne, que não se classifique entre os menos consideráveis que, embora irmãs, e vivendo quase ao alcance dos olhos uma da outra, elas conseguiriam viver sem desavenças entre elas, e sem provocar nenhum tipo de frieza entre seus maridos.

Notas

ABREVIAÇÕES

A Family Record: AUSTEN-LEIGH, William e Richard. *Jane Austen: A Family Record*, revisto e ampliado por Deirdre Le Faye. Londres: The British Library, 1989.

Chapman: CHAPMAN, R.W. (org.). *Sense and Sensibility*, v. I, *The Novels of Jane Austen*, 3ª ed. Londres: Oxford University Press, 1933.

Collins: COLLINS, Irene. *Jane Austen and the Clergy*. Londres: The Hambledon Press, 1994.

Kinsley: KINSLEY, James (org.). *Sense and Sensibility*. Oxford English Novels, 1970.

Letters: CHAPMAN, R. W. (org.). *Jane Austen's Letters to Her Sister Cassandra and Others*, 2ª ed. Londres: Oxford University Press, 1952.

Memoir: AUSTEN-LEIGH, James Edward. *A Memoir of Jane Austen*, 2ª ed. Bentley, 1871; reimpresso em Oxford: Clarendon Press, 1951.

Minor Works: CHAPMAN, R.W. (org.). *Minor Works*, v. VI, *The Works of Jane Austen*, reimpresso com revisões. Londres: Oxford University Press, 1965.

OED: *Oxford English Dictionary*.

Sense and Sensibility: os volumes I e II (1798-9) do jornal *The Lady's Monthly Museum* traziam uma série de ensaios moralizantes chamados "Efeitos de enganosa sinonímia", e um deles trazia a manchete "Sense and Sensibility" estampada. Austen recentemente havia terminado *Elinor e Marianne* e pode ter visto essa manchete (ver *A Family Record*, p. 102).

VOLUME I

CAPÍTULO III [PP. 86-91]

1 William Cowper (1731-1800). Poeta e admirador do pitoresco. Fanny Price cita um poema seu de 1784, "The Task", em *Mansfield Park*. Em *Memoir*, James Edward Austen-Leigh diz sobre o gosto literário de sua tia que: "Johnson na prosa, Crabbe no verso, e Cowper em ambos, eram os favoritos" (p. 89). A admiração de Marianne por Cowper, assim como seu prazer ao piano, permite especular que ela talvez fosse mais próxima de sua criadora do que o tratamento satírico pode contrariamente sugerir.

CAPÍTULO VI [PP. 103-7]

1 Anne-Marie Edwards sugere que Barton corresponde a Upton Pyne em Devon (*In the Steps of Jane Austen*, Southampton: Arcady, 1985, p. 102). Jane, Cassandra e seus pais passaram o verão de 1801 em Sidmouth e o de 1802 em Dawlish e Teignmouth.

2 Chapman observa que dois jornais diários eram publicados em Exeter na época: *Trewman's Exeter Flying Post or Plymouth and Cornish Advertiser* e *The Devon and Exeter Daily Gazette*. Jornais e periódicos comumente circulavam em um círculo maior do que apenas a família que os comprava, pois representavam uma despesa alta (cerca de seis centavos).

CAPÍTULO VII [PP. 108-12]

1 Como a iluminação das carruagens era fraca e as estradas eram escuras, era mais fácil comparecer a compromissos sociais que obrigavam a volta depois de escurecer quando a lua estava cheia.

CAPÍTULO VIII [PP. 113-6]

1 Fundo limitado concedido à esposa durante a vida toda (geralmente um acordo financeiro) para compensar a morte do marido.

CAPÍTULO IX [PP. 117-22]

1 Um bosque onde se podia caçar.

CAPÍTULO X [PP. 123-9]

1 O contraste é entre dois poetas românticos, Cowper (ver nota 1, v. I, cap. III) e Walter Scott (1771-1832), e seu predecessor Alexander Pope (1688-1744). A expressão poética de Cowper e Scott de uma reação emocional à natureza foi essencial no declínio da apresentação mais cerebral feita por Pope da contenção e da ordem no espírito humano e no mundo natural. A popularidade de Scott só seria firmemente estabelecida com a publicação de *The Lay of the Last Minstrel*, em 1805; daí seu nome talvez ter sido introduzido em uma versão posterior do romance se, conforme sugere Cassandra, sua primeira composição data da década de 1790 (ver Prefácio).

2 Os seis livros de William Gilpin com suas *Observations* sobre diversas partes do Reino Unido (1782-1809) e seus *Three Essays: On Picturesque Beauty; on Picturesque Travel; and on Sketching Landscape* estabeleceram o princípio de enfatizar o cenário em si em vez de usá-lo como moldura para o emblema, o ícone ou a alegoria. A beleza pitoresca é a que se pode demonstrar pela pintura. Os *Essays on the Picturesque* (1794-8), de Uvedale Price, também são uma referência frequente no romance.

3 O irmão de Jane Austen, Francis, foi aspirante e tenente a bordo dos navios do rei nas Índias Orientais entre 1788 e 1793, e sem dúvida foi dele que ela rece-

beu informações sobre essas colônias. Pelo Tratado de Paris, em 1783, as Índias Orientais foram devolvidas aos holandeses, porém os ingleses mantiveram privilégios comerciais e retomariam Sumatra em 1798. Aqui, a referência de Willoughby é à imagem, mais do que à realidade, das atividades coloniais britânicas na Índia. "Nababos", do urdu *nawab* para representante do governo, refere-se a uma pessoa que voltou da Índia com grande fortuna. "Mohr", do persa *mohur*, selo, era a principal moeda de ouro da Índia britânica, equivalente a quinze rúpias. "Palanquins", do hindi *palki*, refere-se a uma liteira coberta, geralmente com ornamentos extravagantes para compromissos de Estado, levada por quatro ou seis homens através de travessas na frente e atrás (OED).

4 Uma crítica à posição do corpo em relação às duas rodas desse veículo leve de passeio.

CAPÍTULO XII [PP. 135-40]

1 Willoughby faz um elogio velado a Marianne com o nome do cavalo que lhe deu. A rainha Mab, evocada por Mercúcio no *Romeu e Julieta* de Shakespeare, é a parteira das fadas, que dá à luz esperanças secretas dos homens na forma de sonhos enquanto eles dormem.

CAPÍTULO XVI [PP. 163-9]

1 A tragédia de Shakespeare de 1601 sem dúvida exibe admiravelmente as habilidades do desempenho de Willoughby. É também apropriada à situação, de modo peculiar, uma vez que um filho sem pai se vê obrigado a agir, mas é forçado a esperar. Mais tarde, o contexto da peça se aplica também ao cruel tratamento que ele dispensará a Marianne, cuja "loucura" traça um paralelo com Ofélia. Ver Isobel Armstrong, *Sense and Sensibility*, pp. 15-6.

CAPÍTULO XVII [PP. 170-5]

1 O poeta James Thomson (1700-48), autor do longo poema em versos brancos *The Seasons* (1726-30), considerado precursor de *The Prelude*, de Wordsworth, com sua relação direta e incontida com a natureza em sua poesia. Sua pastoral virgiliana é, contudo, enfraquecida pelo sentimentalismo e pelo patriotismo, beirando a autocomplacência.

CAPÍTULO XVIII [PP. 176-81]

1 Edward está aqui demonstrando seu conhecimento de William Gilpin através do repúdio a seus valores e sua linguagem. Gilpin comenta o seguinte sobre uma paisagem de Exeter:

> Em particular quanto à Fair-Mile-hill, uma vista muito extensiva se abre diante de nós, mas nada é capaz de torná-la agradável, uma vez que é limitada por um desfecho abrupto. Deve haver uma distância dissolvida no céu, ou terminada em linha de montanhas suave e variegada (*Observation on the Western Parts of England*, Londres, 1798, p. 255).

2 A autora provavelmente se refere a Gilpin (ver nota anterior). A definição de Gilpin é a seguinte: "Uma distinção [...] entre tais elementos na medida em que são belos, e na medida em que são pitorescos — entre aqueles, que agradam os olhos em seu estado natural, e aqueles que agradam por alguma qualidade, capaz de ser ilustrada na pintura" (*Essay on Picturesque Beauty*, p. 3). A posição de Jane Austen sobre o pitoresco não era inequivocamente negativa. Uma das poucas vozes da razão em *Love and Friendship*, Augusta, diz a Laura para fazer uma excursão pelas Highlands escocesas depois de ler as *Observations* de Gilpin, de 1789. Henry Austen, em sua nota biográfica à primeira edi-

ção de *Persuasão* (1818), comenta que sua irmã "ainda muito menina [...] ficou apaixonada pelas noções de Gilpin acerca do Pitoresco".

CAPÍTULO XIX [PP. 182-91]

1 Os meninos faziam três anos de treinamento naval entre os doze e os quinze anos. O irmão de Jane Austen, Francis, entrou na Royal Naval Academy em Portsmouth poucos dias antes de completar doze anos. Outro irmão, Henry (o favorito dela), foi capitão, tesoureiro e ajudante de ordens da milícia de Oxford por um breve período. A autora demonstra forte predileção pela Marinha em relação ao Exército como profissão digna para os filhos da aristocracia em todos os seus romances.

2 Em *Columella, or, the Distressed Anchoret* (2 v., 1779), de Richard Graves (1715-1804), existe um relato de como Columella planeja o destino dos filhos, que termina assim:

> O terceiro ele decidiu [...] um homem muito célebre [...] que uniria em uma única pessoa as diversas profissões de boticário, cirurgião, parteiro, quiroprático, tira-dentes, negociante de lúpulo, vendedor de conhaque. E com essas diversas ocupações Columella se gabava de que seus filhos estariam protegidos daquele tédio e daquele desgosto com a vida que ele sentia, dos quais ele mesmo era culpado por sua vida de indolência e inatividade (v. II, cap. 28, pp. 209-10).

CAPÍTULO XX [PP. 192-9]

1 Membros do Parlamento, pelo ato de 1763, podiam enviar cartas gratuitamente pelo correio. Bastava "franquear" a correspondência escrevendo o endereço (e, após 1784, a data) na carta com sua própria letra.

CAPÍTULO XXI [PP. 200-9]

1 E. E. Duncan-Jones, em *The Times Literary Supplement* (10 de setembro de 1964), observa que Lucy e Nancy Steele têm os mesmos prenomes das irmãs Selby do romance favorito de Austen, *Sir Charles Grandison* (1753-4), de Samuel Richardson. As irmãs Selby são primas da heroína Harriet Byron, e Lucy é sua principal correspondente. Além disso, as irmãs Steele mais tarde ficam amigas dos Richardson (p. 231). Reimpresso em *The Jane Austen Society Collected Reports 1949-1965*, Alton, Hampshire: Jane Austen Society, 1990, p. 296.

2 Sucesso extraordinário ou aclamação (OED).

VOLUME II

CAPÍTULO I [PP. 221-8]

1 Jogo de cartas geralmente disputado em uma mesa redonda, no qual cada jogador tem sua vez e não é necessário formar duplas.

2 Jogo de cartas no qual o dez de ouros (maior carta) vale dois pontos e o dois de espadas (menor carta) vale um. O objetivo é obter onze pontos.

CAPÍTULO III [PP. 236-41]

1 A maior parte da ação dos episódios em Londres ocorre em torno de Mayfair e Covent Garden (região onde o irmão de Jane Austen, Henry, morava); mas a residência da sra. Jennings em Berkeley Street, perto de Portman Square, fica ao norte da Oxford Street e mais perto do Marble Arch. Ver Nikolaus Pevsner, "The Architectural Setting of Jane Austen's Novels", *Journal of the Warburg and Courtauld Institutes* 31, 1968, 404-22. A irmã da autora, Cassandra, ficou com Henry

na da Upper Berkeley Street 24, Portman Square, em fevereiro de 1801. Margaret Lesley escreve a Charlotte Lutterell de Portman Square em "Letter the Tenth" de Lesley Castle (*Minor Works*, p. 135).

CAPÍTULO IV [PP. 242-9]

1 Em 1801, o correio londrino de um centavo dobrou de preço. Austen deve, portanto, ter acrescentado esta correção depois da versão inicial do romance, assim como a referência a Scott (ver nota 1, v. I, cap. X). O correio de Londres data do final do século XVII. As cartas eram retiradas e entregues entre quatro e oito vezes todos os dias.

CAPÍTULO V [PP. 250-8]

1 Isto é, sem geada.

CAPÍTULO VI [PP. 259-63]

1 O chifre ou galhada de cervo contém amônia e era usado como sal para ser inalado em caso de desmaio.

CAPÍTULO VIII [PP. 277-86]

1 "À moda antiga" sugere alguma crítica à mania das "melhorias" representada por John Dashwood. Jane Austen sabia, e aprovava, propriedades "melhoradas" como Godmersham e Goodnestone em Kent e conhecia as reformas de Humphrey Repton em Adlestorp, onde o primo de sua mãe era reitor. No entanto, em *Mansfield Park*, ela satiriza tais "melhorias" na transformação que o sr. Rushworth faz de sua antiga casa e seus jardins, Sotherton. As opiniões dela mesma sobre o assunto, nas palavras da sra. Jennings ao descrever o jardim de Brandon, são

discutidas em carta a Cassandra sobre o jardim e a casa em Southampton (domingo, 8 de fevereiro de 1807): "A borda sobre o muro do terraço está sendo limpa para receber arbustos de groselhas & amoras, & acharam um local muito apropriado para as framboesas" (*Letters*, p. 178).

2 A primeira dessas estradas foi construída em 1663, e em 1750 já existia uma malha viária básica. Fundos de investimento foram formados a partir dessas estradas, usando os pedágios para mantê-las e melhorá-las, de modo que fossem transitáveis por carruagens públicas ou particulares.

3 Ver John Ray, *A Collection of English Proverbs*, Cambridge, 1670, provérbio 128: "*One shoulder of mutton draws another down*". Mais esclarecedor é Jonathan Swift, em *A Compleat Collection of Genteel and Ingenious Conversation* (1738): "*Col. I'gad, I think, the more I eat, the hungryer I am; Lord Sp. Why, Colonel, they say, one Shoulder of Mutton drives down another*" [Coronel: para mim, quanto mais eu como, mais faminto eu fico. Lord Sp: Porque, Coronel, dizem, uma paleta de cordeiro atrai outra]. Em Jonathan Swift: *A Proposal for Correcting the English Tongue, Polite Conversation, Etc.*, Herbert Davis e Louis Landa (orgs.), Oxford: Basil Blackwell, 1957, p. 177.

4 Vinho de sobremesa de uma vinícola próxima da Cidade do Cabo, na África do Sul, chamada Constantia Farm. O domínio britânico do Cabo começou em 1795, como resultado das guerras contra a França, de modo que esta é uma referência bastante pioneira a este vinho sendo encontrado na Inglaterra.

5 Pall Mall fica na região especialmente sofisticada e rica de St. James, o coração dos clubes de cavalheiros, onde Brandon tinha residência.

CAPÍTULO IX [PP. 287-98]

1 No original, "*Like half the rest of the world, if more than half there be that are clever and good*". Ian Milli-

gan defende que essa frase deveria ser "se não mais que" para que faça sentido. "Se Marianne é perspicaz e bondosa, é estranho dizer que ela é como metade do resto do mundo, se mais da metade é perspicaz e bondosa. Se mais da metade é perspicaz e bondosa e ela não o for, não pode ser como metade do resto do mundo" (*Notes and Queries* 232, 1987, 478).

2 Jane Austen pode ter escolhido o nome para evocar a vida dramática da esposa de seu primo, Eliza (1761-1813), viúva de um aristocrata francês guilhotinado em 1794, que mais tarde se casou com Henry Austen, em 1797, por volta da época da composição de *Razão e sensibilidade* em sua forma final. Eliza também estava associada à Índia (aonde Brandon vai para o serviço militar); ela nasceu em Madras, onde o pai servia como cirurgião militar, e batizou seu único filho do primeiro casamento com o nome do primeiro governador-geral da Índia Britânica, Warren Hastings.

3 Casa mantida pelo bailio ou xerife, outrora muito comum como lugar de confinamento prévio para devedores (OED).

4 Ou seja, um duelo. Até 1844, o Código Militar Britânico autorizava o duelo entre soldados, mas entre outras pessoas era ilegal, embora ainda fosse praticado.

CAPÍTULO X [PP. 299-307]

1 Perto de Fetter Lane, esses edifícios receberam o nome de seu proprietário, Thomas Bartlett.

CAPÍTULO XI [PP. 308-17]

1 Chapman observa que o *New Annual Directory* dos registros de 1800 traz "Gray and Constable, joalheiros, 41 Sackville Street, Piccadilly".

2 Havia uma coleção de animais selvagens no andar de cima de um edifício ao norte de Strand, com o nome de

uma casa que existira no mesmo local pertencente a sir Thomas Cecil, conde de Exeter. Leigh Hunt descreveu-a como "um ninho apinhado de balcões e animais selvagens" (*The Town*, cap. IV). Foi demolida em 1829, e hoje o local é ocupado pela Burleigh Street.

3 Durante as Guerras Napoleônicas, com o aumento do preço do milho, tornou-se mais frequente o cercamento de terras comuns para transformá-las em grandes unidades agrícolas. Como resultado, pequenos produtores perderam o direito de pastagem de seus rebanhos nessas terras comuns e foram obrigados a se transformar em empregados na nova fazenda comandada pelo dono da terra. John Dashwood teria lucros consideráveis, mas, como de hábito, exibe sua avareza reclamando dos custos imediatos. Ele também realiza outra prática comum do grande proprietário de terra, comprando uma propriedade vizinha (East Kingham) e tornando o sitiante seu inquilino.

4 Sobre esse tipo de "melhorias", ver nota 1, v. II, cap. VIII.

CAPÍTULO XII [PP. 318-26]

1 Um aparador era uma moldura coberta de papel, tecido ou madeira fina com um cabo que a pessoa podia segurar entre o rosto e o fogo (OED).

2 Amarga invectiva, derivada das orações do século IV de Demóstenes, contra as ambições de Felipe, rei da Macedônia.

CAPÍTULO XIV [PP. 335-44]

1 Os irmãos de Jane Austen, James e Henry, foram educados pelo pai em casa e depois no St. John's College, de Oxford. A crítica da autora à educação dos dois irmãos Ferrars parece residir no fato de que, pública ou privada, ocorrera longe de casa.

2 Joseph Bonomi (1739-1808), Associado da Real Academia (ARA), foi um famoso arquiteto.

VOLUME III

CAPÍTULO I [PP. 347-60]

1 Chapman observa que o sr. Donavan não está voltando para seu consultório em Harley Street, como se poderia esperar, mas que ali estão hospedadas as Dashwood. Harley Street só foi se tornar uma rua popular de consultórios e especialistas em meados do século XIX.

2 O imposto sobre a propriedade da terra foi introduzido em 1689.

CAPÍTULO II [PP. 361-70]

1 Os jardins do palácio de Kensington, no oeste de Londres. O palácio foi transformado em palácio real para William III e Mary, quando subiram ao trono em 1689, por Christopher Wren. Incluíam uma residência de verão, projetada por William Kent em 1735, e o Round Pond, lago criado em 1728. Ver *Letters* (quinta-feira, 25 de abril de 1811): "Fiz uma agradável caminhada em Kensington Gs no Domingo com Henry, sra. Smith & sra. Tilson — tudo estava fresco e belo" (p. 275).

2 Não se usava envelope nessa época. As cartas consistiam em uma única folha de papel ofício, dobrada de modo a obter quatro "páginas", com o endereço no terço central da página 4, quando era dobrada para dentro em cima e embaixo. As laterais dobradas eram seladas com um pedaço de cera. Geralmente, portanto, o remetente se limitava a escrever uma única página.

CAPÍTULO III [PP. 371-7]

1 O valor de um presbitério varia imensamente nos romances de Jane Austen, como parece que acontecia no período. Em *Mansfield Park*, o presbitério de Edmund

Bertram em Thornton Lacy vale setecentas libras por ano, enquanto o de Mansfield, do dr. Grant, vale pouco menos de mil. Em 1796, avaliadores estavam trabalhando na compensação que Henry Austen deveria pagar a John Rawstorne Papillon para convencê-lo a desistir de reivindicar os rendimentos de Chawton; a estimativa desse valor chegou a algo entre trezentas e quatrocentas libras por ano. Ver Collins, p. 57.

CAPÍTULO V [PP.387-95]

1 Collins (p. 51) observa que, como Delaford não era uma paróquia, os dízimos não pertenciam ao coronel Brandon, como Lucy supõe. Em paróquias concedidas, um reitor laico geralmente recebia até três quartos dos dízimos (a maior porcentagem das safras de cereais), enquanto o pastor ficava com o resto (geralmente dízimos pequenos, relativos a carneiros, galinhas, frutos e ovos).

2 Os proprietários de terras e a aristocracia geralmente tinham direito de nomear o pastor e de vender a promessa de um presbitério em suas propriedades. O valor da renda desses presbitérios costumava sair anunciado nos jornais, ao lado da expectativa de vida do atual ocupante. George Austen (pai de Jane) adquiriu seu presbitério através de seu tio Francis, que comprou o direito de dois, Deane e Ashw, para conceder o que vagasse primeiro ao sobrinho. Ver Collins, p. 27.

CAPÍTULO VI [PP. 396-401]

1 A busca do prazer, termo derivado da filosofia do ateniense Epicuro (*c.* 300 a.C.), que não acreditava em uma vida futura e na ordem divina, e portanto defendia viver plenamente o presente.

CAPÍTULO VII [PP. 402-12]

1 Propensa a infecção através da decomposição; ao apodrecimento de matéria orgânica.

2 Jogo de cartas para duas pessoas que usa 32 cartas (todas abaixo de sete são descartadas).

3 Os cavalos eram trocados regularmente a cada posto ou estação. O uso da própria carruagem de Brandon significava que ela nunca precisaria ser trocada, nem sua bagagem transferida.

CAPÍTULO VIII [PP. 413-30]

1 Ou cerveja *porter*, feita com malte queimado ou escurecido por secagem em alta temperatura, assim chamada porque era feita originalmente para os porteiros e outros empregados.

2 O Theatre Royal, em Drury Lane, foi fundado em 1663. Austen se refere ao terceiro teatro, reconstruído após a destruição pelo incêndio do edifício de Cristopher Wren em 1741, que abriu em 1774. Sofreu outro incêndio em 1809 e foi reconstruído entre 1811-2.

CAPÍTULO XIII [PP. 461-74]

1 Chapman observa que esta quantia teria sido uma unidade monetária corrente com o guinéu (21 xelins) em uso.

Cronologia

1775	Jane Austen nasce em 16 de dezembro, segunda filha mulher dos sete filhos do reverendo George Austen e sua esposa, Cassandra Leigh. Seu pai era reitor da paróquia de Steventon em Hampshire. A família era bem relacionada, embora não fosse rica. Dois de seus irmãos entraram na Marinha, e um chegou ao posto de almirante da frota.
1776	Declaração de Independência dos Estados Unidos.
1778	Frances Burney publica *Evelina*.
1785-6	Jane Austen, com sua irmã Cassandra, frequentam a Abbey School, escola de leitura.
1787	Jane Austen começa a escrever as peças curtas e paródicas de ficção conhecidas como suas obras de juventude.
1789	Irrompe a Revolução Francesa.
1792	Mary Wollstonecraft publica *Reivindicação dos direitos da mulher.*
1793	A Inglaterra entra em guerra com a França revolucionária.
1794	Ann Radcliffe publica *Os mistérios de Udolfo*.
1795	Jane Austen escreve *Elinor e Marianne*, uma primeira versão de *Razão e sensibilidade.*
1796	Ascensão de Napoleão Bonaparte na França.
1796-7	Jane Austen escreve *Primeiras impressões*, uma primeira versão de *Orgulho e preconceito.*
1797	*Primeiras impressões* é oferecido a um editor, que recusa o original.

1798-9 Jane Austen escreve *Susan*, uma versão anterior de *A abadia de Northanger.*

1801 O pai de Jane Austen se aposenta e a família muda para Bath.

1802 Jane Austen aceita uma proposta de casamento de Harris Bigg-Wither, mas muda de ideia no dia seguinte.
Na França, Napoleão é nomeado cônsul vitalício.

1803 *Susan* é vendido por dez libras à editora Crosby, que acaba não publicando o livro.

1804 Jane Austen escreve o romance inacabado *The Watsons*.
Napoleão é coroado imperador.

1805 Morre o pai de Jane Austen.
Batalha de Trafalgar.

1806 Jane Austen muda-se com a mãe e a irmã para Southampton.

1809 Jane Austen muda-se com a mãe e a irmã para uma casa em Chawton, Hampshire, de propriedade de seu irmão Edward, que seria seu lar até o fim da vida.

1811 *Razão e sensibilidade* é publicado.
A doença do rei George III faz com que o príncipe de Gales seja nomeado príncipe regente.

1813 *Orgulho e preconceito* é publicado.

1814 *Mansfield Park* é publicado.

1815 DEZEMBRO *Emma* é publicado (data de 1816) e dedicado ao príncipe regente, a pedido dele.
Wellington e Blücher derrotam a França na Batalha de Waterloo, pondo fim às Guerras Napoleônicas.

1816 A saúde de Austen começa a se deteriorar; ela termina *Persuasão*. *Susan* retorna das mãos da editora Crosby. Walter Scott resenha elogiosamente *Emma* no *Quarterly Review*.

1817 JANEIRO-MARÇO Austen trabalha em *Sandition*.
Ela morre no dia 18 de julho em Winchester, aonde havia ido para tratamento médico, e é enterrada na Catedral de Winchester.
DEZEMBRO Seu irmão Henry acompanha a publicação de *A abadia de Northanger* e de *Persuasão* (data de 1818), com uma nota biográfica sobre a autora.

Outras leituras

RESENHAS DA ÉPOCA

ANÔNIMO. *The Critical Review*, 4ª série, 1:2, fevereiro de 1812, 149-57.

ANÔNIMO. *The British Critic* 39, maio de 1812, 527.

BIBLIOGRAFIA

GILSON, David. *A Bibliography of Jane Austen*. Oxford: Clarendon Press, 1982.

KEYNES, Geoffrey. *Jane Austen: A Bibliography*. London: The Nonesuch Press, 1929.

ROTH, Barry; WEINSHEIMER, Joel. *An Annotated Bibliography of Jane Austen Studies 1952-75*. Charlottesville: University Press of Virginia, 1973.

BIOGRAFIA

AUSTEN, Jane. *Jane Austen's Letters to Her Sister Cassandra and Others*. R.W. Chapman (org.), 2ª ed. Londres: Oxford University Press, 1952; reimpresso em 1979.

AUSTEN-LEIGH, James Edward. *A Memoir of Jane Austen*. R.W. Chapman (org.), 2ª ed., 1871; reimpresso em 1951; reimpresso em Oxford: Clarendon Press, 1952.

AUSTEN-LEIGH, William e Richard. *Jane Austen: Her Life and Letters. A Family Record* Londres: Smith, Elder and Co., 1913; reimpresso em Nova York: Russell and Russell, 1965.

CHAPMAN, R.W. *Jane Austen: Facts and Problems*. Oxford: Clarendon Press, 1948; reimpresso em 1961.

FERGUS, Jan. *Jane Austen: A Literary Life, Macmillan Literary Lifes*. Londres: Macmillan, 1991.

HALPERIN, John. *The Life of Jane Austen*. Brighton: The Harvester Press, 1984; reimpresso em 1986.

HONAN, Park. *Jane Austen: Her Life*. Londres: Weidenfeld & Nicolson, 1987; reimpresso em Nova York: Macmillan, 1988.

LASKI, Margharita. *Jane Austen and Her World*. Londres: Thames and Hudson; Nova York: Viking, 1969.

LE FAYE, Deirdre. *Jane Austen, British Library Writers' Lives*. Londres: British Library, 1998.

NOKES, David. *Jane Austen*. Londres: Fourth Estate, 1997.

SHIELDS, Carol. *Jane Austen*. Londres: Weidenfeld & Nicolson, 2001.

TOMALIN, Claire. *Jane Austen: A Life*. Harmondsworth: Viking, 1997.

CRÍTICA

APROBERTS, Ruth. "Sense and Sensibility, or Growing Up Dichotomous". *Nineteenth Century Fiction*, número especial, Jane Austen, 1775-1975, 30 (1975-6), 351-65.

ARMSTRONG, Isobel. *Sense and Sensibility*. Penguin Critical Studies. Harmondsworth: Penguin, 1994.

BOYD, Zelda. "The Language of Supposing: Modal Auxiliaries in *Sense and Sensibility*". In Janet Todd (org.). *Jane Austen: New Perspectives*. Women and Literature, série 3. Nova York: Holmes and Meier, 1983, pp. 142-54.

BUTLER, Marilyn. "Disregarded Designs: Jane Austen's Sense of the Volume". In *The Jane Austen Society: Report for the Year, 1978*. Alton, Hampshire: Jane Austen Society, 1979; reimpresso em David Monaghan (org.). *Jane Austen in a Social Context*. Totowa, NJ: Barnes and Noble, 1981, pp. 49-65.

———. *Jane Austen and the War of Ideas*. Oxford: Clarendon Press, 1975; relançado com nova introdução em 1987.

COLLINS, Irene. *Jane Austen and the Clergy*. Londres: The Hambledon, 1994.

COPELAND, Edward; MCMASTER, Juliet (orgs.). *The Cambridge Companion to Jane Austen*. Cambridge: Cambridge University Press, 1997.

CRADDOCK, Patricia. "The Almanac of *Sense and Sensibility*". *Notes and Queries*, nova série 26 (1979), 222-6.

DOODY, Margaret Anne. Introdução a *Sense and Sensibility*. Oxford: Oxford University Press, 1990, pp. vii-xlvi.

DUNCAN-JONES, Elsie Elizabeth. "The Misses Selby and Steele". *The Times Literary Supplement*, 10 de setembro de 1964, 845.

JACK, Ian. "The Epistolary Element in Jane Austen". *English Studies Today: Second Series*. G. A. Bonnard (org.). Berna: Francke Verlag, 1961, 173-86.

JOHNSON, Claudia L. *Equivocal Beings: Politics, Gender and Sentimentality in the 1790s: Wollstonecraft, Radcliffe, Burney, Austen*. Londres e Chicago: University of Chicago Press, 1995.

———. "The 'Twilight of Probability': Uncertainty and Hope in *Sense and Sensibility*". *Philological Quarterly* 62 (1983), 171-86.

KAPLAN, Deborah. "Achieving Autority: Jane Austen's First Published Novel". *Nineteenth-Century Fiction* 37 (1983), 531-51.

LYNCH, Deidre (org.). *Janeites. Austen's Disciples and Devotees*. Oxford e Princeton: Princeton University Press, 2000.

MOLER, Kenneth L. "*Sense and Sensibility* and Its Sources". *Review of English Studies* 17 (1966), 413-9.

MORELAND, Perkins. *Reshaping the Sexes in Sense and Sensibility*. Charlottesville: University Press of Virginia, 1998.

PARK, You-me; RAJAN, Rajeswari Sunder (orgs.). *The Post-colonial Jane Austen*. Londres: Routledge, 2000.

PHILIPPS, Kenneth C. "Lucy Steele's English". *English Studies* 50 (1969), Anglo-American Supplement, lv-lxi.

POOVEY, Mary. *The Proper Lady and the Woman Writer: Ideology as Style in the Works of Mary Wollstonecraft, Mary Shelley, and Jane Austen*. Chicago e Londres: University of Chicago Press, 1984.

SALES, Roger. *Jane Austen and Representations of Regency England*. Londres: Routledge, 1994; edição revista, 1996.

STOKES, Myra. *The Language of Jane Austen, The Language of Literature Series*. Londres: Macmillan, 1991.

WALDRON, Mary. *Jane Austen and the Fiction of Her Time*. Cambridge: Cambridge University Press, 1999.

———. (org.). *Women's Writing*. Número especial sobre Jane Austen, 5:1, 1998.

WILTSHIRE, John. *Jane Austen and the Body*. Cambridge: Cambridge University Press, 1992.

———. *Recreating Jane Austen*. Cambridge: Cambridge University Press, 2001.

ZIMMERMAN, Everet. "Admiring Pope No More Than is Proper: *Sense and Sensibility*". In John Halperin (org.). *Jane Austen: Bicentenary Essays*. Cambridge: Cambridge University Press, 1975, pp. 123-43.

Jane Austen

Orgulho e preconceito

Tradução de
ALEXANDRE BARBOSA DE SOUZA
Prefácio e notas de
VIVIEN JONES
Introdução de
TONY TANNER

Na Inglaterra do final do século XVIII, as possibilidades de ascensão social eram limitadas para uma mulher sem dote. Elizabeth Bennet, no entanto, é um novo tipo de heroína, que não precisará de estereótipos femininos para conquistar o nobre Fitzwilliam Darcy e defender suas posições com a perfeita lucidez de uma filósofa liberal da província. Lizzy é uma espécie de Cinderela esclarecida, iluminista, protofeminista.

Neste clássico da literatura mundial que já deu origem a todo tipo de adaptação no cinema, na TV e na própria literatura, Jane Austen faz uma crítica à futilidade das mulheres na voz dessa admirável heroína — recompensada, ao final, com uma felicidade que não lhe parecia possível na classe em que nasceu. Em meio a isso, a autora constrói alguns dos mais perfeitos diálogos sobre a moral e os valores sociais da pseudoaristocracia inglesa.

Esta edição traz uma introdução de Tony Tanner, professor de literatura inglesa e norte-americana na Universidade de Cambridge, além de um prefácio de Vivien Jones, professora titular de inglês da Universidade de Leeds.

Henry James

Pelos olhos de Maisie

Tradução de
PAULO HENRIQUES BRITTO

A separação de seus pais gerou uma situação inusitada para Maisie. Apesar de a guarda ter sido concedida ao pai, acabou sendo estabelecido que a menina ficaria com os dois. Dividida, Maisie vira um joguete na mão do casal e, aos poucos, expõe os contrastes, entre virtudes e defeitos, entre inocência e cinismo, de ambas as partes — ao mesmo tempo que descobre um modo próprio de ver o mundo.

A personagem está num lugar privilegiado para Henry James contar esta história admirável, feita de objetividade narrativa, observação detalhada e sutil ironia. Maisie já não é criança, mas ainda não é adulta. Situa-se ao mesmo tempo dentro e fora da trama. Por isso, sua vida ilumina e desvela costumes, princípios e fraquezas de uma família desagregada e de uma sociedade movediça.

Escrito na fase mais fértil da carreira de Henry James, o romance está entre as grandes realizações do autor. Esta edição traz, entre outros aparatos, o prefácio que o próprio autor escreveu, em 1908, para a *New York Edition* de suas obras, extraordinário depoimento em que comenta seu método de trabalho e o processo de construção do romance.

1ª EDIÇÃO [2012] 5 reimpressões

Esta obra foi composta em Sabon por warrakloureiro/ Alice Viggiani
e impressa em ofsete pela Geográfica sobre papel Pólen Soft
da Suzano S.A. para a Editora Schwarcz em março de 2024

FSC
www.fsc.org
MISTO
Papel | Apoiando o manejo florestal responsável
FSC® C019498

A marca FSC® é a garantia de que a madeira utilizada na fabricação do papel deste livro provém de florestas que foram gerenciadas de maneira ambientalmente correta, socialmente justa e economicamente viável, além de outras fontes de origem controlada.